黎正光 ○ 著

长篇历史小说

春秋墨香

CHUNQIU MOXIANG

下部

扬雄别传

成都时代出版社
CHENGDU TIMES PRESS

图书在版编目（CIP）数据

春秋墨香:扬雄别传/黎正光著.——成都:成都时代出版社，2024.3
　　ISBN 978-7-5464-3302-8

　　Ⅰ.①春… Ⅱ.①黎… Ⅲ.传记小说－中国－当代 Ⅳ.①I247.5

中国国家版本馆CIP数据核字(2024)第010284号

春秋墨香——扬雄别传
CHUNQIU MOXIANG YANGXIONG BIEZHUAN

黎正光 ／ 著

出 品 人	达　海
责任编辑	张　旭　周　慧
责任校对	陈　胤
责任印制	黄　鑫　曾译乐
装帧设计	成都九天众和

出版发行	成都时代出版社
电　　话	（028）86742352（编辑部）
	（028）86615250（发行部）
印　　刷	成都博瑞印务有限公司
规　　格	175mm×240mm
印　　张	56.25
字　　数	1074千
版　　次	2024年3月第1版
印　　次	2024年3月第1次印刷
书　　号	ISBN 978-7-5464-3302-8
定　　价	155.00元（全2册）

著作权所有・违者必究

本书若出现印装质量问题，请与工厂联系。电话：（028）85919288

CONTENTS
目 录（下部）

417	第五十一章	《蜀都赋》轰动古老的成都城
426	第五十二章	痴心美女，到成都寻找扬雄哥
436	第五十三章	丐帮头再次启动复仇计划
445	第五十四章	恶人宋捕头，惨遭血腥复仇
454	第五十五章	严君平的辞职触动了扬雄
464	第五十六章	复仇的飞镖声响在元宵节之夜
475	第五十七章	毕业季，扬雄的选择非常另类
485	第五十八章	渴望自由的昭君，被迫远嫁匈奴
494	第五十九章	游学考察，扬雄突遭天灾人祸
503	第六十章	逃避还是拯救，该怎样对待昔日恋人？
512	第六十一章	复仇未成，杀人犯竟逃得无影无踪
522	第六十二章	为考察古蜀历史，扬雄信心满满再出发
530	第六十三章	翻越龙门山，扬雄被抓进强盗窝
539	第六十四章	莽莽群山中，扬雄被迫做了强盗军师

548	第六十五章	扬雄施计，终于逃离强盗窝
558	第六十六章	逃亡路上的危险遭遇
568	第六十七章	扬雄幸运地被羌人酋长和巫师救治
578	第六十八章	扬雄在羌地了解了不少古蜀历史
588	第六十九章	酋长爱女羊角花爱上扬雄才子
597	第七十章	逃婚，无奈的扬雄从羌寨悄悄溜走
605	第七十一章	翠云楼头牌艳惊四座
615	第七十二章	《蜀王本纪》诞生后受冷遇，出乎扬雄预料
626	第七十三章	失意中的扬雄，再次拜师严君平
636	第七十四章	婚姻，扬雄绕不过的人生命题
647	第七十五章	翠云楼被焚，一代名妓殒命亲弟之手
658	第七十六章	神箭手为姐报仇，射杀骗他的两恶人
669	第七十七章	几年苦读，扬雄终成饱学之士
678	第七十八章	为尽孝，不愿远游的扬雄滞留成都
688	第七十九章	在涪县完成了《绵竹颂》
698	第八十章	玉女湖见证了女弟子的爱慕之情
707	第八十一章	西山的刀光剑影，迫使扬雄奔向长安
716	第八十二章	初到长安，落魄中寻生机
725	第八十三章	进汉宫成为满血复活的黄门侍郎

733	第八十四章	扬雄四赋,轰动整个大汉王朝
742	第八十五章	汉宫皇后赵飞燕,欲收买辞赋大咖
751	第八十六章	扬雄再次研究方言
760	第八十七章	岁月静好——家人齐聚长安后的幸福生活
771	第八十八章	王昭君在大漠的悲情岁月
780	第八十九章	为争皇权,宫斗愈演愈烈
787	第九十章	不屑钻营的黄门侍郎,只醉心天禄阁
797	第九十一章	历时四年,高深《太玄》终于问世
806	第九十二章	为避汉匈交恶,扬雄敢于上书直谏皇上
815	第九十三章	瘟疫肆虐,扬雄相继痛失二子
824	第九十四章	王莽终于登上历史舞台
833	第九十五章	扬雄新作不断问世,王莽用技登基
842	第九十六章	为证清白,扬雄跳楼自杀以死明志
850	第九十七章	为捍卫儒学道统,终于完成《法言》大著
858	第九十八章	"载酒问字"的故事
868	第九十九章	令人难以忘怀的忠诚弟子侯芭
877	第一百章	书写辉耀千古的不朽先贤
882	后　记	

第五十一章

《蜀都赋》轰动古老的成都城

锦江中，汹涌的波涛终于化为一江秋水，卷着波涛向东流去。帆影伴着渔歌，在柔软秋风吹拂下，摇曳的柳丝宛若送别的妇人，不断向远去的货船挥手道别。四季轮回中，金色的秋天又在回眸中降临成都古城。

中秋节前夕，扬雄特去了一趟聚义客栈，告诉刘三和张德川，他已受扬庄之邀，将去扬庄家过中秋节，就无法分身同朋友们在客栈欢度中秋了。表示理解的刘三仍约上席大哥和西门云飞，在客栈酒聚，提前给扬雄过了一个酒足饭饱的中秋。席上，刘三向扬雄提了个要求，希望他一定要同扬庄之父蜀郡刺史扬之恒建立良好关系，这对今后他们拓展生意大有好处。扬雄听后，有些不解地问道："刘三兄，扬庄父亲是蜀郡的最高军事长官，他老人家咋跟民间生意扯得上关系呀？"

刘三听后呵呵一笑说："哥老倌呀，你枉自来成都读书一年多，咋个还这么不开窍呢？我问你，去年消灭成都黑道老大雷振山一伙，若没扬庄父亲出马调兵，凭卓春桃那帮从临邛赶来的男人，我们能灭掉黑道老大甚至拿到赏金？那无疑是白日做梦！"

扬雄回道："刘三兄，对那些犯有无数命案的黑道团伙，蜀郡府派兵抓捕他们，这可是他们义不容辞的责任，你要我主动去跟扬大人搞好关系，莫不是今后我们还有可能遇上黑道团伙？"

对刘三给扬雄的建议，这伙人中，只有西门公子最知刘三用意，因为自今年以来，刘三不止两次给西门云飞建议，他们可开赌场和青楼，这样赚钱更快更多。由于事关重大，西门公子听后就没表态更不敢给父亲讲。西门云飞清楚，刘三的建议是想为未来拓展新业务寻求保护伞，而有些迂的扬雄哪能明白刘三用意？见刘三没马上回答扬雄，西门公子忙圆场说："子云贤弟此言差矣，刘兄的意思我懂，他是指我们今后可能要拓展业务，到目前为止，我们的客栈和两家织锦坊均无官方背景，据我所知，若真要把生意做大，没有官方背景是绝对不行的。"

此时，回过神的扬雄放下酒杯自语道："哦，跟刺史搞好关系，还跟今后生意有关，这、这也太让人醒脑了吧。"随后，扬雄认真对刘三和西门云飞说："二位兄长，我跟同窗扬庄关系极好，这不就证明跟他爸的关系也不错了吗？你们还担心啥呀。来来来，我敬大家一杯。"说完，扬雄同众兄弟碰杯后，就率先将杯中酒一饮而尽。西门公子放下酒杯后，认真地说："子云贤弟，你同扬庄关系好，不等于你同他父亲关系就好，这是两码事哟。"

扬雄想了想，点头回道："西门公子，既然你们都认为这层关系重要，那我去扬庄家过中秋时，就认真照你们说的做就是了嘛。"

"这就对了嘛。"席毛根说后，大家又愉快地端起了酒杯。

文翁学馆中秋放假一天。午饭后，扬雄按同刘三事前约定，匆匆去聚义客栈取了刘三给他准备的一坛文君好酒，两封从酒楼订制的腊肉椒盐月饼和一小袋精制水果。刘三之所以要精心给扬雄准备这些礼物，自有他未来想巴结利用蜀郡官员的长远打算。好在文庙街离卧龙桥不远，半个时辰后，拿到礼物的扬雄就悄悄返回了学馆。

按扬庄跟家里的约定，下午申时，车夫就准时赶着马车候在文翁学馆校门外。睡过午觉的扬庄见时辰已到，就催扬子云离开卧房。先出门的扬庄回头见扬雄背着小包袱还提着一坛文君酒，生气地说："子云贤弟，我俩不是早说好的嘛。你为啥还要莫名其妙准备礼物呀？"

"哎，望庄兄理解我的心情，我第一次去你家做客，咋好意思空着手去喃？何况，去年消灭黑道团伙后，蜀郡府还奖赏我不少钱嘛。我带点不成敬意的小礼物，也是我对你父母的一点心意。"

"子云，我家好酒多得很，你把酒放下吧，带上包袱就行了。"扬庄忙说。

"你家不缺好酒我相信，要是你不赞同我带这坛文君好酒去，算了，那我今天就不去你家过中秋。"扬雄说完，就装作返身要回卧室。这时，扬庄见龙耀文两兄弟在操场边正羡慕地盯着提着酒坛的扬雄，只好无奈地说："好好好，我劲不过你这倔强的家伙，那就走吧。"说完，扬庄上前从扬雄手中接过酒坛，二人并肩朝学馆门口走去。

第五十一章 《蜀都赋》轰动古老的成都城

学馆门外，车夫见扬庄二人出来，忙从扬庄手中拿过酒坛，小心放在马车上。当扬庄和扬雄坐上马车，车夫便扬起马鞭，两匹马便扬蹄朝城中奔去。扬庄回头发现，龙耀文两兄弟正站在校门外，用嫉恨的目光盯着马车的离去……

一刻钟后，拉着扬雄和扬庄的马车，就停在了蜀郡府后面一座豪华府邸前。下马车后，扬庄提着酒坛，扬雄抓起蓝色包袱就敲开大门走了进去。当扬庄把扬雄带到客厅不久，扬庄母亲得到下人禀报就来到客厅，并告诉扬庄说："庄儿，你父亲下午的会还没完，估计他要晚饭前才能回家。现在你就同扬雄在这喝茶吃点水果吧。"说完，罗氏就抓起一个石榴递给了扬雄。扬雄忙双手接过石榴躬身说："谢谢伯母，祝您老人家中秋快乐。"

罗氏见扬雄举止文雅礼貌，开心地说："哎哟，我早就听庄儿说，你是他最要好的同窗，也是文翁学馆的才子，今日一见，总算了了我多日想见见你的愿望。"说着，女佣端上两杯已泡好的茶走进客厅，罗氏指着茶杯说："扬雄，这杯里泡的是峨眉山的明前春茶，你同我家庄儿慢慢聊哈，我去厨房看看准备的晚宴咋样了。"说完，满脸喜悦的扬庄母亲就离开了。

扬庄见母亲离开，便催扬雄喝了两口香茶，然后拉着扬雄说："走，我俩转转去，成天待在学馆，都快把人关疯了。"随即，扬雄跟着扬庄朝偌大的后花园走去。刚一跨进后花园圆拱门，一腰挎长剑、身穿黑衣的卫士突然从树后走出，躬身对扬庄问候道："扬公子好，今天回家过中秋呀？"

扬庄"嗯"了一声，算是回答了卫士，然后头也不回朝不远的荷塘走去。跟上的扬雄忙低声问道："庄兄，像刚才那位魁梧的卫士，你家府邸究竟有几位？"

扬庄回道："有七八个吧。听说这些卫士都是官军中有武艺的人，他们个个都身怀绝技哩。"

站在荷塘前，看着水面还有不少残留荷花，水中有各种游鱼，扬雄不觉感叹道："哎呀，还是你们官宦人家好哇，衣食无忧不说，看看这住的偌大府邸庭院，竟然还有那么多卫兵保护，你的生活环境比起我这桑农之家出身的人来说，真可谓有天壤之别哪。"

扬庄弯腰摘了一朵残荷仔细瞧了瞧说："子云，人的命运是可转变的，我相信，凭你的能力，你的未来定有一个好前程。"说完，扬庄就使劲把手中荷花投向了塘中。就在鱼儿争食残荷时，扬庄又指着远处假山边的回廊说："走，我俩上那边玩去。"

当女佣在有荷塘的后花园找到扬庄二人时，酉时已过一半。由于扬雄二人在认真讨论回廊上的对联忘了时间，扬之恒开完会回家后，听说儿子跟扬雄在后花园玩，就忙派佣人找二人回来吃晚饭。其实，这次扬雄被扬庄请到府上过中秋，也是扬之恒有意安排的。因扬庄常在家中夸赞同窗子云的文章和书法，均属文翁学馆上乘之作，相信儿子之言的杨之恒毕竟没见过扬雄，他想当面见见甚至考察下他，只要扬雄能过他的法眼，待两年后扬雄从学馆毕业，他就可用手中权力把成绩优异的扬雄弄到他手下工作，甚至做他的助手。

当扬雄跟着扬庄走进饭厅时，罗氏忙指着扬雄向扬之恒介绍道："官人，这位就是庄儿同窗扬雄。"扬雄立马明白这位高大且不怒自威的男人，就是扬庄做官的老爸，于是，忙作揖躬身说："伯父大人好，学子扬雄祝您中秋快乐，身体健康。"

扬之恒上前，打量扬雄后拍着扬雄肩头说："嗯，不错不错，扬才子不仅人长得俊朗，说话也自带三分文气，不愧是文翁学馆高才生。"扬之恒话音刚落，罗氏忙拉过一位漂亮姑娘向扬雄介绍道："扬雄，这姑娘叫扬小娥，是庄儿的亲妹妹，今天中秋是私人家宴，所以她非要来见见你这才子不可。"

罗氏介绍后，眨着灵动大眼的小娥微笑着说："扬才子，我常听我哥说你在学习上挺厉害，今天一见，你身上果然有股不一样的书卷气，嗯，你真是个比我哥强的读书人。"

"哎呀小娥，你咋老拿我跟才子比呢？再怎么说，你哥也是文翁学馆的优等生嘛。"扬庄回道。机灵的扬雄看着饭厅四人，忙高兴地说："扬庄兄妹出生在这严父慈母之家，想必从小就受到良好教育，我想，这小妹也定是位各方面修养不错的姑娘。今天，我扬雄有幸受邀参加你们的家宴，真乃三生有幸也。"说完，扬雄又分别向扬之恒和罗氏作揖表示感谢。

稍后，罗氏走到门口向一女佣交代了几句，很快，几个女佣就端着碗盘来到饭厅。不一会儿，饭厅桌上就摆上了熊掌、鹿肉、凉拌鸡块、红烧鲤鱼及一些卤菜和一碟油酥蚕豆，更有好些扬雄不认识的山珍海味。坐在上位的扬之恒指着文君酒说："扬雄，我听说这坛酒是你带来的，那今天我们就喝此酒摆龙门阵哈。"说完，扬之恒就亲自给扬雄倒了杯酒。还没等扬雄伸手，扬庄忙接过酒坛，给父亲杯中倒满才给自己倒上酒。晚宴上，扬之恒并不劝儿子和扬雄多喝酒，只是说酒喝到自己满意就成。懂事的扬雄除敬了扬之恒一杯表示对曾经的奖励的感谢外，就是祝扬大人官运亨通、长命百岁。

在摆龙门阵时，扬之恒不仅了解了扬雄家庭和经济状况，还旁敲侧击问了扬雄毕业后想做啥样的工作。扬雄如实回答家里情况后，对未来工作展望道："伯父大人，我是个喜欢辞赋的学子，然而又是家里独子，我这既没靠山又无社会关系的青年，就没挑选工作的权利。唉，顺其自然吧，今后无论做啥，我都会认真好好干的。"

席上，扬小娥见扬雄只吃凉拌鸡块和卤菜，便天真地问扬雄："扬才子，你为啥不吃山珍海味，就吃这些家常菜呀？"扬雄实诚地回道："小娥妹子，我从没吃过山珍海味，就喜欢吃这些家常菜。"

扬庄见扬雄这样说，忙抓过扬雄的碗，夹了些山珍在扬雄碗中说："既然你子云过去没吃过，那无论如何今天也要尝尝新东西。"

"哎呀，够了够了，庄兄，你这不是让我这没见过世面的人出洋相嘛。"扬雄话音刚落，扬小娥又把一只卤鸭腿放进扬雄碗中。扬之恒和罗氏见状，都笑了起来。

晚饭后，在扬小娥安排下，扬雄跟着扬庄全家，来到洒满月光的庭院。藤蔓架下，几张草席前的长条木案上，除放有秋梨、石榴、秋枣、核桃等瓜果外，还有扬雄带来的椒盐月饼。赏月开始不久，大家凝望空中皎洁的满月，扬之恒吃了几粒石榴问道："扬雄，从前你在乡下，也跟父母一块过中秋吗？"

扬雄回道："伯父，只要我在家，每年都要跟父母和奶奶一起过中秋，关于跟月有关的许多民间故事，还是听我爸妈告诉我的哩。虽然我出身于桑农之家，但我家祖上一直是耕读传家，我从小读的许多书，就是我太祖爷爷传下来的。"

扬之恒点头说："哦，难怪你学习成绩出众，原来也是有家学渊源的。"

"伯父，我从四岁起，我爸就教我识字练字，我的书法基础，就是从那时打下的。"

这时，扬之恒似乎想起什么，忙对扬雄说："扬雄，我这里交给你一个任务，你能帮我完成吗？"

"啥任务呀？"扬雄忙问。

"嗯，不着急。来，今晚既然是赏月，大家先吃点月饼喝点桂花酒，我再给你交代一个简单任务。"扬之恒一说完，罗氏就忙把早已切好的月饼分给大家。待大家吃得差不多时，扬之恒缓缓说道："扬才子，我想请你写五位名人之言，但不是用你擅长的小篆字体写，而是要用庄重的隶书体书写，每个字需要两寸见方大小，不知你可愿接受这个并不难的任务？"

"伯父请讲，是哪五位名人之言？"扬雄忙问。

月光下，扬之恒放下酒杯说："第一，是老子的'知人者智，自知者明'；第二，是孔子的'学而不思则罔，思而不学则殆'；第三，是孟子的'爱人者，人恒爱之，敬人者，人恒敬之'；第四，是庄子的'吾生也有涯，而知也无涯'；第五，是荀子的'锲而舍之，朽木不折，锲而不舍，金石可镂'。"

扬雄听后想了想，又问道："尊敬的伯父大人，您所说的这些名人大师的简短之言，应该是放在衙门用的吧？"

"对，我想请你用绢帛写下，我会命人把它雕刻在楠木板上，然后根据不同官员的个性，挂在他衙门里起到警示或鞭策作用。"扬之恒解释道。

扬雄说："要得，伯父大人，我三天后就可让扬庄给您带回，一定完成好您交给我的任务。"

"扬雄，我所讲的五位名人之言你都记住啦？"扬之恒有些不放心地问道。

"伯父，这么简单的五位名人之言，我咋可能记不住嘛。"说完，扬雄就把刚刚杨之恒说的五位名人之言，一字不差复述了一遍。扬庄全家人听后，都笑了。扬小娥特端起一小杯桂花酒说："来，扬雄哥，为你这好记性，我特敬你一杯！"说完，扬小娥跟扬雄碰杯后，就仰脖将酒一口喝尽。

扬之恒见扬雄喝完杯中桂花酒，微笑着说："呵呵，扬雄的字不仅比我家庄儿写得好，这记忆力嘛，我看也是没几人能比的。"待扬父说完后，扬庄更开始给大家分发起瓜果来……

当天晚上，虽然扬雄喝了不少桂花酒，但没喝断片的他坚持要回学官休息，无奈之下，扬之恒只好派一名军士，赶着马车把喝得有些飘飘然的扬雄送回了学馆。第二天下午放学后，扬雄就独自在教室，认认真真完成了扬之恒交给的任务。然后他便催扬庄带回家让他老爸过目。第三天早上，返校的扬庄告诉扬雄，他老爸对扬雄的书法非常满意，还说扬子云是个当官的料。扬雄听后淡淡一笑，似乎这评论早在他预料中。

金秋时节，扬雄自完成五位名人之言的书写后，就开始把全部业余时间，用在了构思一篇跟成都或蜀地有关的赋上。经过几天认真思考，他把即将创作的新赋定名为"蜀都赋"。赋名确定后，扬雄再一次搜集跟这篇赋有关的文字和地图资料。说实话，扬雄已不再担心自己的文字功底和创作热情，他真正担心的是自己有许多地方没能亲身实地考察过，一些地理山川风物人文资料只能靠阅读补充。好在他想象力丰富，创作激情一旦被灵感烈焰点燃，他自信会写出一篇他迄今为止最好的赋来。

现在，每当学馆放假休息时，同学们三三两两邀约着，不是到锦江泛舟，就是去郊外秋游玩耍，再不就是去城中心繁华地段逛街或寻美食等等。而这时的扬雄，无论扬庄怎样约他出去玩，他总是委婉谢绝，"庄兄，等我把这篇赋完成后，一定陪你好好玩玩"。

每当这时，善解人意的扬庄明白，他好友定是来了不可遏制的创作灵感，否则，子云一定会接受他的邀约。由于有《成都城四隅铭》摆在那，扬庄相信，已进入创作癫狂状态的扬子云，在不久将来定会又完成一篇有质量的新作。

重要时刻终于来临。已进入创作巅峰状态的扬雄，时而坐在案前凝思，时而在卧房来回踱步，思绪卷涌，对蜀地山川风物浮想不断，有时甚至从梦中惊醒，又点亮油灯记下梦中闪现的美词佳句。构思，孕育；再构思，再修改孕育。一天夜里临近子夜时分，已完成腹稿的扬雄在竹简上写下开头几句，"蜀都之地，古曰梁州。禹治其江，渟皋弥望，郁乎青葱，沃壄千里。上稽干度，则井络储精；下案地纪，则巛宫奠位"。

此刻，扬雄脑海中不断涌出蜀地神奇的山川风物，于是，他又奋笔写出"……于远则有银、铅、锡、碧、马、犀、象、僰，西有盐泉铁冶，橘林铜陵。邛连卢池，澹漫波沦。其旁则有期牛兕旄，金马碧鸡。北则有岷山，外羌白马。……北属昆仑泰极，涌泉醴，凝水流津，漉集成川"。写着写着，扬雄又联想到蜀地纵横阡陌的大小河流，还有汹涌澎湃的岷江，于是，他笔下又出现了"于是乎则左沈犁，右羌庭，漆水浮其匈，都江漂其泾。乃溢乎通沟，洪涛溶沈。千溪万谷，合流逆折，泌㵽乎争降，湖潪排礚，反波逆濞……龙历丰隆，潜潜延延，雷挟电击。鸿康陁速，远乎长喻，驰山下卒，湍降疾流，分川并注，合乎江州"。

丰富联想伴随激荡思绪，扬雄神情激动，握笔的右手在微微颤抖，又继续挥笔写下"……结根才业，填衍迥野，若此者方乎数十百里。……尔乃其都门二九，四百余间，两江珥其市。九桥带其流，武儋镇都，刻削成蕤。王基既夷，蜀候尚丛。……尔乃五谷冯戎，瓜瓠饶多，卉以部麻，往往姜㮯，附子巨蒜，木艾椒蘺，藙酱酴清，众献储斯，盛冬育笋，旧菜增伽。百华投春，隆隐芬芳，蔓茗荧郁，翠紫青黄，丽靡螭烛，若挥锦布绣，望芒兮无幅。……发文扬采，转代无穷。

其布则细都弱折，绵茧成衽，阿丽纤靡，避晏与阴。蜘蛛作丝，不可见风，筩中黄润，一端数金。雕镂扣器，百伎千工。东西鳞集，南北并凑。……万物更凑，四时迭代，彼不折货，我罔乏械。财用饶赡，蓄积备具"。

写完第五个自然段落，扬雄稍歇息片刻，又联想到蜀地人文风俗及地理和众多生活场景，于是他又继续挥笔写出，"若夫慈孙孝子，宗厥祖祢，鬼神祭祀，练时选日，沥豫齐戒。龙明衣，表玄谷，俪吉日，异清浊，合疏明，绥离兹。乃使有伊之徒，调夫五味，甘甜之和，芍药之羹，江东鲐鲍，陇西牛羊，籴米邸猪……尔乃其俗，迎春送冬，百金之家，千金之公，干池泄澳，观鱼于江。若其吉日嘉会，期于倍春之阴，迎夏之阳，侯、罗、司马、郭、范、畾、杨，置酒乎荥川之闲宅，设坐乎华都之高堂。延帷扬幕，接帐连冈。众器雕琢，早刻将皇。朱缘之画，邠盼丽光。……厥女作歌，是以其声，呼吟靖领，激呦喝啾，户音六成，行夏低徊，胥徒入冥，及庙嚌吟，诸连单情，舞曲转节，踃駮应声。……罗儒吟，吴公连。眺朱颜，离绛唇，眇眇之态，呲嚵出焉。若其游息渔弋，郄公之徒。……枝孔施兮纤缴出，惊雌落兮高雄靡，翔鸥卦兮奔茡毕，俎飞脍沈，单然后别"。

刚写完初稿，扬雄长舒一口气后，就猛地把笔一掷朝床上倒去。这时，时辰已快到凌晨寅时，虽已耗去不少精血，但毫无倦意的扬雄又翻身爬起，数了数竹简上《蜀都赋》足足有两千多字。擅写文章的扬雄明白，现在还不是修改文章的好时机，他得悄悄放上两天，然后等思绪稍冷下来，才是修改文章的最佳时间。想到此，渐渐有些倦意的扬雄才倒床合眼，怀着满意心情慢慢进入梦乡……

三天后，当修改完心血之作《蜀都赋》，扬雄就工工整整用绢帛抄写了三份，一份赠给长期支持他的好友扬庄，一份呈给他所拜的先生严君平，另一份呈给有恩于他的李弘先生。扬雄虽然内心比较满意自己刚定稿的《蜀都赋》，但他万万没想到的是，李弘先生看完《蜀都赋》后，就立即把扬雄的手稿传给在校先生们阅读。同时，君平先生还向李弘建议，为证明文翁学馆是出人才之地，可用楠木板雕刻出《蜀都赋》钉在校门口墙上，而字体就采用扬雄手书的小篆体。当君平先生建议一落实，整个文翁学馆轰动了，一百多年间，该学馆虽出了不少优秀学子，但还没一个学子能写出像《蜀都赋》这么棒的赋来。

两天后，返校的扬庄告诉扬雄，说他父亲不仅非常喜欢《蜀都赋》，而且还把此赋推荐给蜀郡太守看了。太守说这篇赋的全部内容，把我们富饶美丽的蜀地险峻山川风光、历史传承、风土人情、民俗物产等等，都艺术而又生动地展现出来了。

个别地方虽有艺术夸张虚构，但总体给人有壮美磅礴之感，确是一篇难得一见的大赋佳作。太守表示，要把赞美我们蜀地的《蜀都赋》雕刻成宣传品，钉在成都和各州县显眼之地，以供我们蜀地百姓欣赏流传。蜀郡太守还说，这是继司马相如之后蜀郡的又一位能写好赋的青年才俊，对这样的人才，蜀郡府要破格选用。最后，扬庄低声对扬雄说："子云，有蜀郡太守这番话，看来，你今后不愁有个好工作啰。"

扬雄听后，有些飘飘然回道："哪里哪里，凭我之才华，干个小吏还是没问题的。"

从那之后，文翁学馆的先生和同学们，看待扬雄的目光又有了不小变化，因为，经李弘多次的大肆宣扬，有些先生已向学馆负责人建议，让扬雄毕业后留校任教。有的甚至给扬雄出主意，今后可主攻大赋写作，说扬雄身上具有当年司马相如的文学天赋和气质。过去，大多同窗认为扬雄只不过是成绩出众的人，而当《蜀都赋》诞生后，大多同窗已对扬雄佩服得五体投地，就连龙耀文两兄弟也感叹说，扬雄是个其貌不扬的怪才。

不久，扬雄的《蜀都赋》就在蜀地卷起一股辞赋热，而扬雄的名气也随之传遍了广阔的蜀地。当郫县王县令得知扬雄写出《蜀都赋》后，立即派人把《蜀都赋》全文用木板刻好挂在县衙大门外，并下令各乡要照此办理。具有一定商业头脑的覃老板，得知乡衙挂出扬雄写的《蜀都赋》后，也效仿乡衙，请人刻了《蜀都赋》全文，挂在了她的豆腐饭店墙上。从此，豆腐饭店的生意又好了许多。杏花一再对她妈说，这也算扬雄哥帮了她家的忙。

很快，在席毛根和西门云飞建议下，聚义客栈和浣花与百花织锦坊，也雕刻并挂出了扬雄写的《蜀都赋》。西门松柏曾几次对儿子说，今后一定要设法留住扬雄这个奇才。此刻，卓春桃也取下文君酒坊墙上的《美人赋》，换上了扬雄的《蜀都赋》，桃花姑娘已派桂子去文翁学馆请扬雄和扬庄，她要设大宴祝贺扬雄才子的佳作诞生……

第五十二章

痴心美女，到成都寻找扬雄哥

不久，桂子从文翁学馆返回酒坊，告诉桃花老板说，扬雄已答应明天下午，同扬庄一块到琴台路来。桃花听后，立马让桂子赶着马车，她要亲自去盐市口蜀都大酒楼订包间，顺便再去聚义客栈通知刘三、席毛根与西门公子几人，到时一同赴宴祝贺扬雄写出轰动蜀地的佳作。

桃花刚一走进蜀都大酒楼，就看见高高挂在墙上的《蜀都赋》。在向酒楼朱老板订包间时，桃花对朱老板炫耀说："我明晚要为写出《蜀都赋》的友人扬雄祝贺，请朱老板一定安排好我所预订的菜品。"

发福的圆脸朱老板听后大惊，睁着不大的眼睛说："啥，桃花老板，你明晚是特为招待大才子扬雄设的宴？"

"是呀，皆因扬雄是我好友，我设宴为他祝贺那是必须的。"桃花骄气地说。

朱老板笑道："呵呵，桃花老板，你进酒楼时看见没，我前几天已派人挂上了扬雄的《蜀都赋》，我的酒楼之名是'蜀都大酒楼'，我总感觉扬雄的赋好像是特为我酒楼写的，真的太巧了。"

桃花也爽声笑道："哈哈，朱老板，扬雄的《蜀都赋》可是为我们偌大蜀地写的哟，如果真是为您酒楼而写，恐怕您将向扬雄支付不少稿酬吧。"

"嗯，桃花美女说的对，这样吧，为表达我心意，明晚的包间免费，所有菜品一律六折优惠，另外，我再赠送扬雄才子一道特色菜，你意下如何？"

"好哇好哇，这才像您朱老板的为人嘛。细想起来，扬雄的《蜀都赋》挂在您酒楼，确实还挺搭的。"桃花又拍手微笑说。

第五十二章 痴心美女，到成都寻找扬雄哥

第二天下午，扬雄和扬庄准时来到琴台路文君酒坊。桃花请扬雄和扬庄看过酒坊墙上的《蜀都赋》后，就对扬雄说："扬雄大才子，为庆贺你创作出《蜀都赋》，我今晚已在盐市口蜀都大酒楼订了包间，我也通知了刘三、席毛根和西门公子几人。走，我们一块到蜀都大酒楼喝酒去。"说完，桃花就指了指门外的马车。

"哟，桃花大美女，看来你是真喜欢子云的《蜀都赋》嘛，不然，你咋会如此破费招待大家啷？"扬庄说道。

桃花笑了："扬公子，是呀，我是真心喜欢扬雄创作的《蜀都赋》，所以才请大家来为他祝贺。若没好朋友助兴，这个祝贺之宴就少了气氛嘛。"说完，桃花便命阿贵和桂子把几坛上等文君酒搬到马车上。尔后，扬雄和扬庄随桃花坐上马车，桂子挥鞭后，马车就朝盐市口方向跑去。

马车刚一停在蜀都大酒楼外，朱老板就带着酒楼全体员工夹道欢迎桃花几人的到来。待桃花向朱老板介绍扬雄和扬庄后，朱老板上下打量一番扬雄说："哎呀，我真没想到，扬雄大才子原来是个这么年轻的青年才俊，真是太不可思议了。我原以为，能写出《蜀都赋》的才子，定是个四十岁以上的人。今天亲眼见了青年才俊扬雄，本人才更加坚信我们蜀郡之地，真是个人杰地灵的好地方。"

桃花和扬雄几人刚进包间，朱老板就亲自提着一壶茶进来说："桃花姑娘，你们今天具体有多少人用餐呀？我有个准确数后好给厨房大师傅交代。"

"朱老板，具体多少人用餐，过会儿人来齐才知道，您先按十人标准准备吧。"桃花刚说完，刘三和席毛根一伙就走了进来。朱老板点了点人数，便离开了包间。此时，令桃花有些意外的是，她没想到随刘三一伙到来的，还有两名少女。望着二位面熟的少女，桃花忙向刘三问道："刘老板，这二位小妹，我似乎有些面熟，但对她俩我确实不太了解，你介绍下如何？"

刘三笑道："呵呵，桃花大美女，你见着这两位村姑模样的妹妹，是不是感觉有点'辣眼睛'呀？"

"刘老板，见着这两位漂亮小姐姐，我桃花眼睛一点不感觉辣，只是你不介绍她俩身份，我不知该怎样称呼这两位妹妹呀。"桃花不失礼数地说。

刘三指着秀娟对桃花说："这位妹子是我客栈员工张秀娟，她既是张德川亲妹妹，又是席大掌柜的女朋友。"随即，刘三又指着小芳说："这位是我客栈员工罗小芳，她同时也是张德川的女朋友。她二人得知你要设宴为扬雄庆贺，非要跟着我们来不可。桃花老板，你说，我能拒绝这两个妹子的要求吗？"

桃花再次笑了："呵呵，这二位妹妹既然是席兄和张兄女朋友，说啥也该来

427

嘛。今后若再遇我请客，你同样可叫上这二位妹妹。"说完，众人都开心地笑起来。不待桃花发话，西门公子就把扬雄和扬庄推到上位坐下，在刘三主动跟扬庄套近乎时，桃花忙命桂子把酒搬到包间来。陆小青和桂子刚给众人酒杯倒上酒，八种凉菜就先摆上了桌。很快，十种热菜也先后被端了上来。席毛根无疑是这群人的大哥，他见菜上得差不多了，就对桃花说："桃花老板，今天是你做东为扬雄祝贺，现在，还是由你先说几句我们再举杯吧。"

桃花听后，忙点头站起说道："朋友们，过去，我仅知道扬雄才子喜欢辞赋，能将司马相如的大赋全背下来。但是，令我卓春桃万万没想到的是，青年才俊扬雄，居然在读书期间，就写出轰动蜀地的《蜀都赋》。现在，在蜀郡太守的首肯和宣传下，扬雄这篇佳作已在蜀地广泛流传。不知大家看见没，就连这大酒楼墙上，也挂出扬大才子的《蜀都赋》，在此，我代表卓氏家族全体成员，代表文君酒坊和扬雄这帮朋友，向青年才俊扬雄表示衷心祝贺。同时，我卓春桃个人，更希望在不久的将来，再次拜读到扬才子更多名篇佳作！来，为扬大才子写出《蜀都赋》，我们共同敬他一杯！"随后，众人立即起身，端着酒杯跟扬雄碰杯。

接着，西门公子代表他老爸和他本人，也向扬雄表示了祝贺，并一再表示，欢迎扬雄毕业后出任他们两家织锦坊的文化监理。随后，在热闹氛围中，扬庄也代表他全家向同窗学友表示了衷心祝贺，并意味深长地对扬雄说："子云，蜀郡太守和我父亲都非常喜欢你写的《蜀都赋》，看来，你未来前程比我更辉煌哟。"

待席毛根和秀娟刚站起，要向扬雄表示祝贺时，朱老板领着端大盘的罗厨师来到包间。朱老板指着盘中一只烤得酥黄的大公鸡说："年轻的食客朋友们，这道名菜叫'雄冠天下'，是我酒楼著名的罗大厨独创的。你们看，这红红大鸡冠真有雄冠天下之意哩。今天这道菜我是特意送给扬雄大才子的。因为只有他，才配享用'雄冠天下'这道名菜。"朱老板刚一说完，众人就举杯喊叫起来："对对对，只有扬雄大才子，才配享用这道名菜哟。"喊叫声中，众人一同举杯，再次向扬雄表示了由衷祝贺……

过去，只有花园场附近的住户，知道杏花同扬雄有着较为亲近的特殊关系，自发生宋捕头强奸案后，整个花园乡的人，几乎都知道了花园场豆腐饭店的美少女杏花。这次在蜀地，挂出扬雄《蜀都赋》的几乎全是清一色的大小官方机构。而民间挂出《蜀都赋》的，花园场估计只有豆腐饭店。现虽是深秋时节，由于覃老板的这个举动又在花园场制造了个不大不小的新闻事件，所以每到赶场天，许多赶场乡民

第五十二章　痴心美女，到成都寻找扬雄哥

仍希望到豆腐饭店吃个饭，见识下扬雄的《蜀都赋》。

如果说，杏花曾为自己的失身有过忧虑的话，那么，自扬雄带着礼物来看她后，那忧虑就渐渐消失了，可单纯的杏花哪知这是善良的扬雄对她的安慰。对扬雄父母态度一点不知的杏花，仍在日常忙碌中等待扬雄从学馆毕业，来娶她去扬家小院生活。所以，每当杏花听到食客指着墙上的《蜀都赋》议论时，她都认为这是对她的扬雄哥的赞美，一想到这儿，她白里透红的脸蛋就会露出微笑，而她微笑时，脸上那一对浅浅酒窝就显得更加迷人。每当这时，杏花总是幻想她的扬雄哥会突然出现在豆腐饭店，会当着无数食客的面朗诵他的《蜀都赋》，甚至还会给一些人解释赋中的生僻字。

就这样，平静而幸福的日子又过去十来天后，一天夜里，杏花又梦见了几年前乡丁抬着戴大红花游街的扬雄哥。兴奋的杏花蹿出豆腐饭店，挥手高喊着朝滑竿追去，而回头的扬雄猛地跳下滑竿朝她跑来……当她喊叫着从梦中醒来时，再也无法入睡的杏花，突然第一次冒出个念头：她要去成都找她的扬雄哥。

杏花把她想去成都找扬雄的想法告诉母亲后，覃老板沉默了好一阵。是呀，最近自她在饭店挂出《蜀都赋》后，在饭店当着她和杏花的面议论扬雄的人开始增多。比杏花多个心眼的覃老板在高兴之余，开始渐渐有了无法跟杏花说的隐忧。自今年春节扬雄送了两件春装走后，就再也没来过豆腐饭店看望杏花。难道，有了名气的扬雄，会在成都遇上比杏花还漂亮的美女？或是被成都官宦或富商之家择为了未来女婿？不敢细想下去的覃老板，为了女儿一生的幸福，为了不失去这个有才华的女婿，她决定陪女儿亲自去一趟成都，去看看那个出身于桑农之家的小子，出名后是否会抛弃她家杏花？于是，覃老板爽快地答应了女儿去成都的要求。

第二天早饭后，车夫吴老大按约，赶着小马车来到豆腐饭店大门外。挎着蓝花布包袱的覃老板和杏花，便高兴地坐着马车朝成都奔去。覃老板没忘刘三曾给她讲过，扬雄读书的文翁学馆在文庙街，他的聚义客栈在盐市口附近的卧龙桥。为了不去学馆打扰正上学的扬雄，覃老板决定，先去卧龙桥找到刘三再说。

近两个时辰奔波后，小马车终于来到聚义客栈外。覃老板按事先说好的价付给吴老大几枚五铢钱后，吴老大就赶着马车离开了聚义客栈。

覃老板见小马车走后，抬头看了看客栈招牌和挂在门旁的《蜀都赋》，随后，就拉着杏花，小心翼翼走进了客栈。刚从饭厅出来的陆小青猛然看见挎包袱的母女进了客栈，误以为有住店生意的他便扯着喉咙喊道："张总管，又来生意啦，快出

来登记安排啰。"

张德川还没出饭厅，走过来的陆小青终于认出覃老板母女，他立马又扭头高声喊道："刘老大，杏花和覃老板来我们客栈啦！"随着陆小青的喊声，刘三和张德川很快蹿出饭厅，朝覃老板母女跑来。跑上前的刘三忙拉着覃老板问道："覃老板，你们两娘母咋来我们客栈啦？"

"咋的，难道你刘三不欢迎我们来打扰你？"覃老板故意板着脸说。

"咋会嘛？我刘三一直盼着你和杏花来玩哩。"说着，刘三就从覃老板和杏花手中取下包袱，交给身边的秀娟说："你马上给覃老板安排一间上等客房，然后再通知厨房炒几个拿手菜，我要好好招待我老铁的女朋友和他未来的丈母娘。"

刘三刚一说完，小芳就从秀娟手上拿过包袱说："我去安排房间，你马上去通知厨房，大老远来到我们这儿，说啥也不能亏待扬雄的女朋友。"覃老板和杏花刚被小芳领进房间，陆小青便对覃老板说："覃老板，过去你经常招待我们老大和我，今天，我们终于可以招待您和杏花了。"

这时，杏花认出了帮她写诉状的张德川，诧异地问道："张先生，你不是在蜀郡府工作吗？咋今天也在这儿呀？"

反应敏捷的张德川忙指着刘三说："杏花，因刘老板工作需要，我又来这儿帮他啦。关于你两娘母的接待工作，在这儿由我负责，如你们有啥需要，挙我和刘老板打声招呼就行。"

说话间，刘三亲自给覃老板倒了一杯茶，并双手捧给覃老板说："覃老板，请喝茶。"待覃老板笑着接过茶杯后，刘三又把另一杯茶递给了杏花。杏花一看刘三正经模样，忍不住笑道："哟，你刘大老板变化太大了嘛，当了老板也学会服侍人啦？"

刘三回道："服务行业嘛，客人的满意才是我们的目的，不会服务的人，咋能干好客栈工作呢？"

不一会儿，陆小青走进房间告诉刘三说："老大，饭菜已弄好，现可请覃老板母女用餐了。"待小青说完，刘三便领着覃老板母女朝饭厅走去。进了饭厅，秀娟忙对覃老板说："覃老板，由于时间紧，我们就只给你俩弄了个红烧鲢鱼、热窝鸡和鱼香肉丝，外加一个煎蛋汤，不知这些菜是否合您口味。"

覃老板做了个深呼吸说："嗯，不错不错，这红烧鲢鱼味道闻起都巴适，肯定好吃。"说完，不客气的覃老板就叫杏花坐下，秀娟和小芳忙把盛好的饭递给了覃老板母女。在杏花二人吃饭时，刘三低声问道："覃老板，此次您来成都还有其他事没？若有，我好给您提前做好安排。"

覃老板抬头回道："刘三，这次我来成都，主要是想见见扬雄。今天你要设法通知他，让他下午放学后，来这儿一块吃个晚饭，也好跟我家杏花说上几句悄悄话。今年以来，我同杏花还没见过扬雄哩。"

刘三笑了："呵呵，覃老板，你们母女俩来我这儿，就为见扬雄嗦，那太简单了，我叫陆小青去文翁学馆跑一趟不就得了，小事一桩嘛。"说完，刘三就把陆小青拉到跟前说："你给老子去趟文庙街，等学馆放学后，你叫门房去找扬雄。"刚说到这，刘三突然想起了什么，把小青一推说："算了，还是我亲自跑一趟稳当些。万一你没说清楚，扬雄不来就麻烦了。"

覃老板见刘三要亲自去学馆通知扬雄，便说："刘三呀，你要告诉扬雄，我和杏花还给他带有核桃和石榴。"

刘三把胸脯一拍说："覃老板放心，就是您一样没带，我照样把扬雄给您带到您和杏花面前。"

众人听后，都笑了起来，这时，张德川听到门外小芳低声对秀娟说："扬雄哥的女朋友这么漂亮，我们相比之下，也显得太不咋样了嘛……"

下午申时刚过一半，刘三起身对覃老板说："覃老板，您和杏花在房间休息下，我骑马去文庙街通知扬雄，要不了多久，您两娘母就能看到青年才俊啦。"说完，刘三就离开了房间。客栈大门口，陆小青牵了一匹枣红马过来，刘三翻身跃上马背，打马便朝文庙街去了。

来到文翁学馆大门口，刘三下马对门房王大爷说："喂，老人家，请您帮我叫叫两个读书的学子，好吗？"说完，刘三就塞给王老汉一枚五铢钱。王老汉看了看刘三，没接钱却反问道："小伙子，你要找谁呀？"

不傻的刘三忙拱手说："老人家，我找扬庄和扬雄。"

王老汉看了看高大又粗犷的刘三，有些怀疑地问道："小伙子，你要找扬庄和扬雄？你同他俩是啥关系呀？"

"老人家，看来您是不太信任我，跟您实说吧，这二位有名的学子，可是我的好友哩。"刘三有些自豪地说。

王老汉再次认真打量头发粗硬穿戴随便的刘三，更加疑惑地说："啥，扬庄和扬雄是你好友？"

"老人家，您啰唆啥子嘛，您把这二人帮我喊出来，您不就清楚了吗？"

王老汉见刘三说得有理，便说："那也是，你在校门口等着，我马上进去把这二位学子给你喊出来。"说完，王老汉就快步朝学馆内走去。仅片刻工夫，扬雄和扬庄就跟着王老汉来到校门口，王老汉指着牵马的刘三问扬庄说："就是这个小伙子找你俩，他说他是你二位的朋友，我也不知他说的是真话还是假话。"

扬雄看见牵马的刘三大惊，忙告诉门卫王老汉说："这人没说谎，他确是我和扬庄好友。"说完，扬雄立马走出校门，低声向刘三问道："刘兄，你今天来学馆找我和扬庄，该是有啥急事吧？"

"哥老倌，我当然有大事告诉你，不然，我跑到你们学馆来取草喔呀。"说完，刘三对扬庄也笑了笑。

"啥重要事情，你就快说呗。"扬雄吃惊地问道。

刘三说："杏花来成都找你，她现在和她妈在我客栈等你。"

扬雄大惊："啥子喃，杏、杏花来成都找我？难道她不晓得我在学馆念书？"

"咋的，大美女来成都找你，似乎你还不乐意？"

"我、我乐啥子意嘛，这些日子学馆增加了课程，我、我学习都搞不赢，哪有时间去陪她两娘母摆龙门阵。"扬雄说。

"去见见，陪她两娘母吃顿饭，又占不了你多少时间，闲话少说，快跟我走呗。"说完，刘三就翻身跃上马背。

"我不去，你告诉杏花，就说没找到我不就得了。"扬雄有些不高兴。

一听这话，生气的刘三又翻身下马，指着扬雄骂道："好你个忘恩负义的东西，想当年杏花和覃老板是咋对你的。哼，难道你把杏花对你的好、对你的爱全忘啦？走，今天无论如何，你也得跟我去看看杏花，她两娘母跑几十里来看你容易吗？"说完，刘三就去拉扬雄。扬雄用力挣脱刘三的手，高声说："我不去，今天我说啥也不想去见杏花和覃老板！"

"你混蛋！"刘三说完就给了扬雄一巴掌。

扬庄见状，忙上前拉着发怒的刘三喝问："刘三，你咋打你兄弟呢？"

刘三咬牙指着扬雄骂道："老子今天就是要打这个忘恩负义的东西。哼，你以为你写了篇好文章，有了点名气，你就可以连深爱你的杏花也不认了，难道，你、你的良心被狗吃啦？"

秋风吹过，没再作解释的扬雄，任两行冷泪无声地从自己面颊流下。良久，含泪的扬雄低声对刘三说："若你我还是一块长大的朋友，请你听听我不去见杏花的原因，好吗？"

第五十二章 痴心美女，到成都寻找扬雄哥

刘三恨恨盯着扬雄，嘟哝一句："那你就说吧，但别给我玩花花肠子，否则，我仍饶不了你！"

扬雄说："刘三兄，这几年，覃老板和杏花对我的好，世人虽不知，但我内心是真切感受到了的。杏花是个漂亮单纯而又勤快的好姑娘，我也是看在眼里爱在心头的。但自从我父母得知杏花失身后，他们的态度就发生了巨大变化，无论我怎样做二老的思想工作，但二老就是油盐不进，死活不接纳杏花。刘三兄，你是知道的，我是家里独子，我未来娶进门的任何姑娘，都将在扬家小院生活，都要给我爸妈养老送终。你想想，若我娶了杏花，我能忍心让杏花几十年去面对我父母的冷眼吗？我又咋可能让疼爱我的父母每天都面对他们无法接受的儿媳妇呢？说实话，我不愿让杏花在我家受一辈子窝囊气，更不愿让杏花在我扬家以泪洗面度过一生啊！"说完，扬雄就呜呜哭出了声。

刘三听后愣了，他这粗鄙汉子第一次听到扬雄发自肺腑的心声，也第一次明白了扬雄不愿见杏花的真正原因。感到十分内疚的刘三忙拉着扬雄的手道歉道："老铁，是我不好，刚才我没弄清原因就打了你，现在你也打我吧。"说完，刘三抓起扬雄的手就朝自己脸上打了几下。

扬雄忙挣脱刘三的手说："刘三兄，你虽打了我，但我不怪你，我深知你是为杏花好，同时也证明你是个正直的人。"

"你虽不怪我，但我咋回去跟覃老板两娘母交差呢？我总不能说出你刚才给我讲的那些理由吧。"刘三有些无奈地说。

扬雄想了想说："前段时间，我收到临邛林间先生来信，他说他身体大不如从前，前几天我才给先生回了信，也告诉了先生我创作《蜀都赋》的事。这样吧，你回去说，我到临邛去看望我曾经的先生了，但不知我多久才能返回成都。我想，唯有这样，杏花才不会在你客栈等我回来。"

听到这儿，一旁的扬庄终于开了腔："嗯，子云这善意谎言有些道理，既然子云跟杏花成不了夫妻，暂时不见也好。为让这谎言听起来更真，我就跟刘老板去趟聚义客栈，我以子云同窗的身份向杏花做个解释，我想，覃老板两娘母会相信的。"

"要得，扬庄这办法好，我相信，这样覃老板母女就不会责怪我老铁了。"刘三说完，扬庄就跟着刘三离开了文翁学馆。

到聚义客栈后，刘三领着扬庄去客房见了覃老板和杏花。当刘三介绍完扬庄是

433

扬雄最要好的同窗后，借口上茅厕的他就匆匆离开了房间。扬庄装作有些遗憾地对杏花说："杏花，子云曾经的先生病了，由于他们师生关系极好，所以他也就请假去临邛看望曾教过他的先生了。"

"那扬雄哥多久回成都喃？"大惊的杏花忙问。

"至于扬雄多久回来，这我就不知了，估计、估计要看他先生病情而定吧。"扬庄仍继续哄着杏花，他真怕杏花要执意留下等扬雄从临邛归来。

此刻，覃老板留意着女儿的反应，因为只有她清楚，最近几天杏花的饭量减了不少。杏花抬头看了看高大的扬庄，低声说："扬雄哥不在学馆，这、这没啥子嘛，我、我改天再来看他就是。"说完，杏花就抹起眼泪来。

这时的扬庄，才真正第一次看清杏花清秀美丽的面容。扬庄心里不禁叹道：这么漂亮的女子却成不了扬子云老婆，真是可惜了。唉，命运咋如此捉弄人呢？为不使杏花失望，扬庄忙又安慰流泪的杏花说："杏花，下个月就是冬月了，我想，过年时扬雄会回花园场看你的。"

情绪有些好转的杏花，忙眨着长长睫毛下的大眼睛说："就是嘛，扬雄哥每次回来，都要带上礼物来看我，我也要上灶给他做可口的饭菜哩。"

不久，秀娟便来告知，说晚饭已准备好，请大家进餐厅吃饭。晚饭时空气有些沉闷，刚到客栈的席毛根和西门云飞听说扬雄无法前来后，几人就一面喝酒一面东拉西扯说些活跃气氛的话。覃老板见这些年轻汉子不仅夸赞扬雄有出息，写出了名震蜀地的好赋，而且还说杏花才是世上真正的美女，覃老板也是会经商的人，今后一定会发大财等等。闲扯中，只有刘三很少说话，因为只有他最感遗憾，今生他的老铁不会娶杏花为妻了，而令人心疼的是，深爱扬雄的杏花，却一点不知她的扬雄哥正一步一步离她远去……

第二天早饭后，刘三见杏花执意要回花园场，只好派陆小青赶马车送覃老板母女回去。趁人不注意时，刘三悄悄向小青交代，要他送覃老板母女到花园场后，立即去青城山天师洞，问问二帮主和三帮主何时学成下山，若他俩不久就能正式下山，他便要亲自去青城山接二位来成都共商大事。

当陆小青赶着马车离开客栈时，杏花突然要陆小青赶车去趟文庙街，她想去看看扬雄哥读书的地方。为满足杏花的这个小要求，陆小青便赶着马车朝不远的文庙街跑去。到文翁学馆大门外，陆小青便指着学馆说："杏花，这就是扬雄读书的地方。"

杏花点头后，就独自下车朝学馆大门走去。杏花朝学馆内望了望，听见从学堂内传来诵读声。很快，眼尖的杏花发现了校门外墙上的《蜀都赋》。杏花上前，伸出双手不断抚摸着楠木板上雕刻的文字。摸着摸着，杏花眼中就涌出了泪水。

凉凉秋风吹动了杏花额前的刘海儿，默然伫立在《蜀都赋》前的杏花，再次望望空无一人的学馆操场，然后又默默走回马车。在一阵凄凉的老鸦叫声中，载着杏花的马车，很快就朝城西方向跑去……

第五十三章

丐帮头再次启动复仇计划

　　一个多时辰后，赶着马车的陆小青把覃老板母女送回了花园场。之后，没歇息的小青又赶着马车朝青城山方向跑去。在安德镇吃过午饭，酒足饭饱的陆小青喂过马后，喝了半个时辰茶，才又赶着马车朝青城山奔去。下午酉时刚过一半，陆小青的马车就到了青城山脚下，当他把马车和马寄存在山下小客栈后，就匆匆朝天师洞跑去。

　　天色渐渐暗了下来，阵阵山风掀动林涛，在暮鸦归林的叫声中，不时传来此起彼伏的猴叫声。当张云天师徒三人正在石案边摆龙门阵时，陆小青的突然出现竟使得陈山岗和李二娃感到异常兴奋。方小桥见陆小青到来，又追加炒了个葱花鸡蛋。晚饭喝酒时，陈山岗向张云天坦诚说了陆小青此次来这里的目的。张云天听后，对陈山岗和李二娃说："你俩已整整在这儿学了三年，根据之前的约定，你俩待的时间也到了，不过，你俩也别急，我在等芝香大雪那天上山给我把送给你俩的礼物带来，之后，你俩就可正式出师下山了。"

　　陈山岗慎重地问道："师父，根据您多年习武经验，您认为我和李二娃的功夫学得咋样？"

　　"不好不坏，马马虎虎说得过去吧。"张云天淡淡地说。

　　"师父，照您这么说来，四天大雪后，我同三师弟真的就可下山啰？"陈山岗暗喜，又问道。

　　"是的。但下山前，我仍要叮嘱你两个几句，习武之人要洁身自好，不要去江湖上惹是生非，更不能好勇斗狠去欺负弱者。但我们习武之人面对社会邪恶势力时，要有敢于坚持正义的勇气，必要时，要为百姓主持公道，要有不怕流氓地痞的

第五十三章　丐帮头再次启动复仇计划

胆量。"张云天认真说道。

"师父，您的意思就是要我俩做有良知的武林中人呗。"李二娃忙对张云天说。

"师父，您的谆谆教诲我记住了，今后我俩行走江湖，一定遵照您说的办，来，我和三师弟再次感谢您老人家这三年的精心培养，我俩再敬您一杯，以示徒儿们的感恩之意。"陈山岗说完，就同李二娃一同举杯，向张云天敬了满满一大杯酒。

大雪那天上午，带了四坛文君好酒、一些糕点与卤菜的刘三，命陆小青赶着马车朝青城山奔去。下午申时刚过一半，刘三的马车就来到清风庄园外。庄丁去通报陈干爹和王干妈后，小青就把马车赶进了庄园。当王干妈和陈干爹笑着从客室走出时，刘三和陆小青正提着酒和其他礼物迎面走来。王干妈笑着问道："刘三呀，你咋想起今天回庄园呀？"

刘三说："干妈，明天我两个师弟要从天师洞正式下山去成都，我来接他们。"说完，刘三就把礼物摆了出来。陈财主看了看礼物，笑道："呵呵，刘三呀，都是自家人，你回庄园耍就是了，还带礼物干啥子嘛，你也太客气了。"

"干爹，您和干妈在这儿，我刘三哪有不尽孝之理，带点不成敬意的小礼物来看望，也是我该做的嘛。"刘三忙说。当问过刘三今晚要在庄园住一宿后，王干妈就立即出了客室，去厨房通知下人准备晚餐。陈财主仔细看了看两坛文君酒，向刘三问道："刘三，听说这文君酒已在成都卖出了名气，你认为这酒真的好喝吗？"

"干爹，这酒若不好喝，我能拿来孝敬您老人家吗？不过，我还要告诉干爹的是，这卖酒的美女老板，还是我的好朋友哩。"刘三自豪地说。

陈干爹一惊："哟，刘三呀，这美女老板已成为你女朋友啦？"

刘三笑道："干爹呀，这美女老板只是我众多朋友中的一位而已，她是心高气傲之人，我同她成不了恋爱关系。"

"咋的，不管咋说，你也是成都客栈的大老板嘛，人也长得有模有样，她有啥资格在你面前傲呀？"陈干爹有些不解。

刘三解释道："干爹呀，您老人家有所不知，这美女老板姓卓，是临邛大富豪卓王孙第六代直系后人，她又懂琴棋书画，是我配不上那漂亮女老板哈。"

"哦，那美女老板原来是卓王孙后人，这下我就晓得她高傲的原因了。"陈财主说完，就摸着花白胡须点了点头。第二天早饭后，刘三用两箩筐装着王干妈为他准备的礼物，就高高兴兴离开了清风庄园。

半个时辰后，陆小青在小客栈寄存好马车，刘三就亲自挑着送给张云天的礼

437

物，一步步朝天师洞走去。不久，刘三就来到天师洞小道旁的土坝下，放下箩筐喘了几口气后，就朝坡上打了两声响亮的呼哨。很快，听见呼哨声的陈山岗和李二娃就朝坡下蹿来。陈山岗激动地抓住刘三的手说："帮主，你还真的亲自来接我和三师弟喽。"

"二帮主，你龟儿子说啥见外话嘛，你我三人既然结拜成兄弟，又一起创建了丐帮团伙，那就是生死与共之人，来接你两个，也是我这老大该做的事。"刘三忙说。

"嗯，老大说得对，你我三人是生死兄弟，今后还得齐心协力打拼才行。"陈山岗回道。

刘三又看了看李二娃，向两位师弟问道："我今天来接二位的目的，其中还有向师父当面道歉赔罪之意，不知师父会不会接受我的道歉？"

李二娃看了看箩筐中两坛文君酒、卤菜、糕点、两大块老腊肉、两只老母鸡、几小坛豆腐乳和几条干鱼，认真地说："两年多时间过去了，我想师父会原谅你因不懂江湖规矩所犯下的错。上去吧，我和二师兄再帮你求求情，我想师父会原谅你的。"

"嗯，三师弟说的有道理，正好今天芝香师娘也在，师父一定不会给你难堪的。"陈山岗很有把握地说。

"既然你两个如此说，那我就硬着头皮去向师父赔罪。"说完，刘三又挑起担子朝土坡上走去。

由于事前陈山岗给师父讲过，说今天大师兄有可能来接他和李二娃下山，已有思想准备的张云天，早饭后就坐在石桌前同陈山岗和李二娃摆龙门阵。当陈山岗介绍完扬雄写的名震蜀地的《蜀都赋》后，廖芝香就拿出在盐市口夜市买的用绢帛抄写的《蜀都赋》，然后递给张云天说："云天，您认真看看吧，这就是扬雄轰动蜀地的作品。"

张云天刚认真看完扬雄的《蜀都赋》，山道上就传来刘三的呼哨声。一听呼哨响起，张云天、陈山岗和李二娃都明白，这是刘三到天师洞的信号。随即，张云天放下手中绢帛说："你两个去吧，这是你们老大来了。"说完，张云天就朝陈山岗二人挥手，尔后，陈山岗二人才朝山坡下山道跑来。

此刻，石桌前的张云天和廖芝香两人，都看见了挑着两个大箩筐满头是汗的刘三，正一步步朝石桌走来。刚到石桌前，刘三放下扁担立马跪在张云天面前说："刘三再次恳求师父，宽恕徒儿两年多前犯下的大错。"说完，刘三就一个头磕在地上等待张云天发话。

陈山岗见张云天看了看趴跪在面前的刘三，嘴唇动了动却又端起石桌上的茶杯。灵醒的陈山岗忙上前指着箩筐中礼物说："师父，这是大师兄特地从成都给您带的礼物，您看，这箩筐中不仅有文君美酒，有您喜欢吃的卤菜和糕点，还有腊肉、豆腐乳、干鱼以及下蛋母鸡等。说实话，大师兄还真是个知恩图报的好徒弟。"

廖芝香见张云天不说话，忙起身扶起刘三说："刘三，这深秋时节，天也凉了，你跪在地上容易受凉的。"说完，她又扭头对张云天说："云天呀，刘三是个知错能改的徒弟嘛。人的一生，哪有不犯点错的时候，原谅他人之错也是人之美德嘛。您看看，刘三大老远从成都给您带这么多礼物来，就凭他这份孝心，也足可抵销他不懂江湖规矩时所犯的错。"说完，廖芝香就用期待的眼神看着张云天。

张云天虽说是见过世面的老江湖，但刘三今天的举动确实对他有所触动。他深知，他和刘三都是非常倔强的男人，两年多过去，自刘三被他逐下山后，他就再也没见过刘三。今天，他的两个爱徒就将离他而去。而曾是大徒弟的刘三，不仅来接他两个师弟，而且还亲自挑着两箩筐礼物来求他宽恕，就凭这一点，张云天也绝没有不原谅刘三的理由。于是，张云天说："刘三，过去的事就让它过去吧，今天，你作为客人又作为我曾经的弟子来天师洞，我张云天哪有不接受你认错的道理呀？要是那样，那就是我张云天脑子出了毛病。"说完，张云天立刻向候在一旁的方小桥说："你还愣在这干嘛，赶紧去厨房烧火做饭，今天中午说啥也要弄几个下酒好菜，给我三个徒弟送行。"方小桥听后，立马挑起盛满礼物的箩筐，兴奋地朝厨房跑去。

午饭后，酒足饭饱的刘三、陈山岗、李二娃和陆小青四人，再次作揖拜别张云天和廖芝香，就离开天师洞下了山。当陆小青赶着马车跑在回成都的路上时，异常开心的刘三竟仰趟在车上哼起了小曲。此次上天师洞，刘三终于用他的诚意感动了张云天，使得师父原谅了他两年多前犯下的过失。刘三心结终于解开。刘三是早已没了父母的孤儿，从小就过着讨口要饭的叫花子生活，自他被张云天收为徒弟后，非常崇拜张云天武功的刘三，就把师父视为自己精神上的父亲。如果说，刘三是出于感恩对陈干爹较为尊重的话，那么，对张云天尊重与崇拜的分量，那绝对是远远超过陈干爹的。

这次，张云天之所以能原谅刘三曾经的错，是因为聪明过人的张云天早就明白，刘三犯错的根本原因，是对他的保护和深深的爱。刘三不愿他败在巴人剑客手下，为维护他颜面才带头去轰打巴人剑客的，但由于围观助威的人不少，更看重自己声誉和名望的张云天，只能选择用惩罚刘三的方式来维护自己声誉。这就是老江湖张云天的高明之处。

　　正当刘三左声左气哼着小曲时，陈山岗突然从怀中拔出三把精致飞镖，对刘三说："老大，你看，这三把锋利飞镖，是昨晚师父送给我的。"陈山岗说后，李二娃也从怀中掏出三把铮亮飞镖，在刘三面前晃动说："老大，这几把非同寻常的飞镖，听芝香师娘说，是师父在成都特为我和二师兄定做的。师父昨晚一再告诫我和二师兄，这飞镖只能攻击歹人，绝不可对民间武林中人使用，若违反了他使用飞镖的原则，往后他就会断绝我们的师徒关系。"

　　刘三听后，忙爬起抓过飞镖认真看了看，不解地向陈山岗问道："二帮主，师父是啥意思，同为飞镖，为啥送你俩的飞镖只能扎歹人？"

　　陈山岗小声回道："老大，昨晚廖芝香师娘悄悄对我说，这飞镖上浸有不为人知的毒液，所以使用时要格外小心。"

　　刘三一听，立马再次仔细看了看手中飞镖，突然厉声说道："好哇，太他妈好了，老子做梦都想要宋捕头挨上这有毒的飞镖，否则，难解我刘三心头之恨哪……"

　　刘三几人回到客栈时，已临近黄昏时分，这时，昨天就得到消息的扬雄、席毛根、西门公子几人，早已候在聚义客栈。张德川见刘三同陈山岗几人归来，忙安排厨房先上下酒菜。当凉菜上得差不多时，刘三就率众兄弟进了饭厅。不用众兄弟说啥，刘三就当仁不让坐了上位。此时，倒酒的秀娟发现，饭厅已坐齐了这帮联系紧密的弟兄，他们是刘三、扬雄、席毛根、张德川、西门公子、陈山岗、李二娃、袁平与陆小青。

　　刘三看了看上得差不多的丰盛菜肴，又闻了闻飘香的文君酒，然后眯着眼睛叹道："嗯，这味道硬是巴适得板嘛。"随即，席毛根对刘三说道："刘老板，弟兄们肚子都饿了，你要发话，大家才好动筷子噻。"

　　"要得，我先说几句大家就可开怀畅饮。"说完，刘三站起端着酒杯，看了看陈山岗和李二娃，认真说道，"今晚的聚会，是我们特为迎接二帮主和三帮主学成下山，回归我们聚义客栈而组的。大家或许不知道，为盼二帮主和三帮主学成武艺下山，我刘三已整整盼了两年多！这期间，老子忍辱负重，一直被宋捕头和龙老四曾经的恶行折磨着。大家不是一直劝我，要等到我这两个生死兄弟下山才能去复仇吗？今晚，我向兄弟们正式宣告，老子的复仇计划将重新启动，不严惩宋捕头和龙

第五十三章 丐帮头再次启动复仇计划

老四,我刘三就不是真男人!"说完,刘三就将手中酒杯猛地往地上一砸,在陶片碎了一地后,秀娟立即又拿来一个陶杯,给刘三把酒倒上。

饭厅空气顿时紧张起来。随即,陈山岗和李二娃从怀中各掏出三支铮亮的飞镖往桌上一扎,接着,陈山岗抱拳对刘三说道:"只要帮主发话,我陈山岗立马就可取宋捕头项上人头。"陈山岗说后,李二娃也忙说:"只要老大一声令下,老子的飞镖就可扎爆宋捕头的狗头!"

"来,为我们即将拉开的复仇大幕,兄弟们先干了这杯酒再说。"在西门公子提议下,众兄弟齐声应和着,一同将杯中酒喝干。这时,粗中有细的刘三发现,默默喝酒的扬雄,似乎对他的复仇计划没多大兴趣,好似在应付。为提高扬雄兴致,刘三故意对扬雄说:"老铁,我这次上天师洞,发现芝香师娘把你的《蜀都赋》带给了我师父,我师父看后,也非常赞赏你的大作。"

"嗨,刘三兄,那都是过去的事了,老提那《蜀都赋》干吗。"扬雄终于在酒宴上开了腔。过去,扬雄也跟刘三、陈山岗和李二娃喝过酒,但今晚扬雄第一次产生了跟他们气场不合的感觉。扬雄虽然也恨强奸了杏花的宋捕头,但今晚扬雄却开始对刘三、陈山岗和李二娃身上的痞子习气,产生了跟扬庄同样的讨厌感。

这时,西门公子好似想起什么,忙向刘三问道:"刘兄,我好像记得,你自被张大师逐出天师洞后,就一直没上过青城山嘛。咋的,这回为接二帮主、三帮主下山,你去天师洞时,张大师原谅你曾经的错啦?"

"西门公子,这次我是带着礼物,上天师洞负荆请罪的,在芝香师娘劝说下,我师父自然就原谅我的错了。我已向师父表示,今后每年我都会上天师洞去看望他老人家。"刘三说。

西门公子叹道:"唉,刘三兄,还是你能干,终于把张大师的事摆平了。我的运气就没你好了,原以为我去忠州能找到巴人剑客,求巴人剑客原谅你因不懂江湖规矩所犯的错,我就可拜张大师为师了。谁料想,我白跑一趟忠州不说,也没拜成张大师为师。唉,真令我遗憾万分啊。"

"这有啥子嘛,等我哪天去看望师父时,给你求求情,说不定我师父就收你为徒了。"心情不错的刘三又开始吹起牛来。随后,不傻的刘三知道,扬雄会在学馆关大门前离开,为不影响扬雄喝酒情绪,刘三就暂没谈关于复仇的事。

不久,第一次对刘三一伙海阔天空吹牛不感兴趣的扬雄,就告辞大家回了学馆。待扬雄走后,刘三便支走秀娟和小芳,再次把复仇计划提了出来。看着言语不多行为有些反常的席毛根,刘三问道:"席大哥,你没忘去年说的话吧?你说等陈山岗和李二娃正式下山后，你会为我拿出一个行之有效的复仇计划来，对吧？"

席毛根听后，将杯中剩下的酒一口喝干，然后抹了抹嘴说："刘老板，我没忘你我是义结金兰的结拜兄弟，更没忘我曾对你的承诺。自那次我同意为你设计一套复仇方案后，我就一直在思考如何才能惩治宋捕头。今年初，我同德川已恢复了练功，以便有朝一日参加复仇行动时，不致失手。"

"谢谢一言九鼎的席兄，这么说来，你已有成熟方案啦？"刘三欣喜地问道。这时，早已喝得脸红脖子粗的陈山岗和李二娃顿时兴奋起来，李二娃跟着问道："席大哥，我李二娃虽是没啥文化的粗人，但我却有为朋友两肋插刀的勇气，请说说你已想好的复仇方案，只要需要，我李二娃定义不容辞冲在前头。"

席毛根看了看李二娃和陈山岗，平静地说："为你俩的复仇勇气和决心，我先敬二位一杯再说。"尔后，席毛根同陈山岗和李二娃碰杯后，就爽快地喝完了杯中酒。放下酒杯，席毛根异常冷静地说："这次向宋捕头复仇，我们绝不是报私仇。大家想想看，德川为杏花写的诉状，交给县衙有多长时间了，而且，西门公子还去催问了几次王县令，到目前为止，宋捕头强奸案居然没一点进展。何况，那个宋捕头曾为报私仇，居然多次毒打残害刘三兄弟，就凭以上两条罪状，这个宋捕头就该受到罪有应得的惩罚。"

"席兄，惩罚宋捕头的道理我们都懂，现在，大家就想听听你的具体方案。"西门公子有些急了。

席毛根看了看有些着急的西门公子，立马回道："好，我马上就说具体方案，我认为，惩治宋捕头可分两步实施。第一步为'跟踪侦察'，第二步为'突袭制胜'。现在我就先来说说跟踪侦察的必要性。宋捕头是郫县维持治安和办案的负责人，我晓得他还有些拳脚功夫，我们若对他行动规律和身边的捕快一点不了解，就难以对他实施精准打击。所以，我建议三帮主和陆小青二人，可化装去郫县深入跟踪侦察宋捕头行踪，把他行动规律摸清后，回来我们再研究第二步的'突袭制胜'方案，不知大家以为我这分两步走的方案如何？你们如有更好的补充建议来完善这两步走计划，那就更好。"

席毛根刚一说完，袁平和陆小青就表示了赞同。很快，陈山岗提出了自己的补充看法："各位兄弟，既然我们这次复仇行动主要是针对宋捕头，其次才是龙老四，这里，我想问问老大，我们该如何把握惩治恶人的尺度呢？是把他俩分别弄死，还是整残或是暴打一顿？如果不先确定惩罚尺度，就难定下突袭制胜的实施手段。"

第五十三章　丐帮头再次启动复仇计划

陈山岗一说完，大家都把目光投向了刘三。

刘三见众兄弟都在等他表态，心里也明白，这次复仇行动主要的目的，是为他报仇，为杏花申冤。看着大家，刘三突然从腰间拔出七星短剑，然后挥手咬牙说："那还有啥子说的喃，给老子往死里弄，要是今后这案子发了，老子去顶命就是，我刘三决不连累大家！"

刘三说完后，众兄弟很快陷入一片沉默。是呀，过去大家只是想向宋捕头和龙老四复仇，却没想过如何把握复仇尺度。若按刘三说的往死里弄，这人命案一旦成真，官方是绝对要追查到底的，否则，今后谁还敢担任基层官员？可一旦追查到底，谁又敢保证这人命案就不会被侦破？何况，这群年轻的兄弟中，只有席毛根杀过匪首段煞神，其余的人都没欠下过命债。

随后不久，行事稳重的张德川对刘三说道："刘老大，我赞同向宋捕头复仇，但我不赞同把宋捕头往死里整，要是这样的话，有可能我们这帮兄弟就再也没有安稳日子过了。"

"张总管，我没想到，你这杂音发得有点奇怪，既然是复仇，为啥不把宋捕头弄死？我想听听，你的理由是啥？"刘三不满地问道。

见刘三逼问自己，张德川认真回道："刘老大，你得认真想想，第一，你现在早已不是丐帮老大，而是聚义客栈老板，如果人命案发生，你还能安安心心经营这个生意不错的客栈吗？第二，这次复仇行动中，我想定是少不了席兄参加的，他现可是百花织锦坊总办，若官方执意追查人命案，席兄还可能安心经营管理百花织锦坊吗？第三，西门公子是家里独子，我不赞同西门公子参加这次复仇行动。"

"这么说来，你也不想参加这次复仇行动啰？"刘三盯着张德川问道。

张德川忙对刘三回道："刘老板，这大半年来，我每天深夜都在客栈马厩旁练习过去的功夫，目的是啥，就是在等陈山岗和李二娃下山后，好跟你们一块去收拾宋捕头，所以，你的复仇行动我必须参加。"

刘三见张德川如此回答，绷紧的脸很快松弛下来。这时，西门公子说道："德川兄的心意我明白，但这次行动我必须参加。我参加的理由十分简单，路见不平拔刀相助，对宋捕头这样的恶人不严惩，我也是心意难平哪！"

"弄就弄噻，对宋捕头这样的恶人，弄死他才能出刘老大和老子心中恶气。"李二娃突然充满嗜血欲望地冒出一句。陈山岗看了看众兄弟，颇有心机地说："各位，我非常赞同德川兄意见，我们若真欠下命债，有可能会连累刘老大、席兄和仗义疏财的西门公子。兄弟伙中，只有我和李二娃既是单身汉，又没社会地位和职

443

业，所以，至于怎样惩治宋捕头和龙老四，我看，到具体惩罚时，就由我这个单身汉来决定和实施吧。即使今后有啥意外发生，你们就说是我杀的宋捕头，跟你们无关，这样的话，就不会连累众兄弟了。"

"那咋行，我也是单身汉，老子也想亲手宰了宋捕头，嘿嘿，到时老子脚板底下抹油，溜到峨眉山去躲起，看他王县令有啥子办法找得到我。"李二娃也说道。众兄弟沉默片刻后，刘三端起酒杯对陈山岗和李二娃说："来，我再敬两位一杯，单凭你俩敢冒死杀宋捕头的胆量，就不愧是我天师洞的师兄弟，也不愧是老子六年前创办丐帮时要饭的生死兄弟。"说完，刘三同陈山岗和李二娃碰杯后，仰头就把杯中酒吞下了肚。谁也没想到，当刘三把酒喝下后，他却突然起身抱着陈山岗和李二娃哭了起来。

见此情景，有文化又有一定社会经验的席毛根明白，这是刘三对他两位丐帮兄弟绝对信任的表现，毕竟，这三人从少年时代就一起讨口要饭混社会，然后又艰难拉起丐帮团伙。席毛根清楚，这次酒聚已决定向宋捕头展开复仇行动，既然如此，复仇行动宜早不宜晚，他怕夜长梦多走漏消息给复仇行动带来隐患。于是，席毛根向刘三问道："刘帮主，你认为此次复仇行动，何时开始为好？"

还没等刘三回答，李二娃便抢着说："席大哥，事不宜迟，我明天上午就同陆小青化装去郫县，待我俩把宋捕头行踪弄清后，就立马回来向你和刘帮主禀报，你们再制定出详细复仇方案，这样好吗？"

"嗯，三帮主果然是雷厉风行之人，好，我赞同你明天上午去郫县。"席毛根满意地回道。西门公子看了看刘三和席毛根，然后对陆小青和李二娃说："这样吧，明天上午我同你二人一块去郫县，到后可先跟我去我家老宅院。我认为你二人此次去探察宋捕头行踪，千万别跟过去那些丐帮人员往来，以免误了大事。这次行动，也不可能是两三天能完成的，你二人可把老宅院作为行动据点，等探察到宋捕头准确行踪后，就立马回成都通报。"

刘三听后忙点头说："嗯，西门公子安排甚好，为防止丐帮的人同你们接触，我决定，你俩除跟踪宋捕头外，其余时间最好待在西门家老宅院别出门，为此次行动方便，你俩可骑走客栈的两匹快马。"

"好，有帮主和众兄弟为我和陆小青撑腰，我一定圆满完成探察任务。来，为早日成功向宋捕头复仇，大家干了这杯酒！"说完，早已喝得快断片的李二娃，同众兄弟干杯后，随即将酒杯往地上一砸说，"哼，宋捕头的死期就快到啦！"

第五十四章

恶人宋捕头，惨遭血腥复仇

第二天中午前，骑快马的西门公子、李二娃和陆小青三人，就悄悄进了郫县西门家老宅院。进院后，西门公子立即吩咐老管家王长顺准备午饭，然后三人就在客室商量下一步行动方案。研究好一阵后，李二娃最后决定，他本人装扮成马车夫，赶一辆小马车在县城游走，便于机动探察。陆小青采纳了西门公子的建议，扮成磨刀匠游走在县城内，协助三帮主跟踪宋捕头行踪，必要时，还可坐小马车随三帮主行动。

午饭后，化了装的陆小青随西门公子去县城买磨刀匠家什，李二娃就在马厩，开始修理西门家已闲置好些年没用的小马车。下午申时快结束时，买好磨刀家什的西门公子和陆小青返回了老宅院。为检验二人即将扮演的角色，西门公子坚持要李二娃和陆小青分别进行角色演示。出乎西门公子预料的是，李二娃在小马车收拾好后，就从怀中抓出顶帽子盖在头上，然后从马车上捡起根草绳拴在腰间，随后将马鞭一扬"驾"的一声，就像模像样赶起了小马车。

在检验陆小青装扮磨刀匠时，却费了好一番周折。过去陆小青虽见过磨刀匠，却从没认真观察过。李二娃知道，如果仅凭外形装扮得像磨刀匠，那是远远不够的，还必须学会吆喝。好在李二娃小时邻居有干磨刀匠职业的，所以，他对磨刀匠走街串巷的吆喝声较为熟悉，在纠正指点陆小青的吆喝声中，他还起了关键作用。直到晚饭前，陆小青才把"磨剪子嘞，抢……菜……刀"的喊叫声学得勉强过了关。

当晚喝酒时，李二娃突然冒出个念头问西门公子："你说，我要是在跟踪宋捕头行动中有下手机会，老子干脆一镖把宋捕头扎死算了，免得兄弟们从成都跑来再费周折，你以为如何？"

"三帮主，你可千万别自作主张行事，要是这样，刘帮主定饶不了你。"西门公子说。

李二娃大为不解："我替刘老大报了仇，为啥他还饶不了我？"

西门公子回道："三帮主，你难道不知刘帮主早对宋捕头恨之入骨，他曾多次对我说非要亲手宰了宋捕头不可。你想想看，你若除掉宋捕头，那刘帮主不是就失去亲自复仇的机会了吗？所以你还是按我们商量好的做吧，若不这样，刘帮主和席大哥是不会高兴的。"

李二娃想了想，忙点头说："嗯，你提醒得对，我一定按大家商量的做。"

第二天上午，骑马的西门公子，在分别检查了李二娃和陆小青装扮的角色后，才满意地离开朝成都奔去……

当萧瑟秋风把金黄的银杏叶吹落后，平静而又冷寂的日子再次降临花园场。自杏花从成都寻扬雄回来后，她的言语渐渐就少了起来。过去，每当有狗或寻食的鸡鸭进了豆腐饭店，怕脏的杏花总是爱用扫帚去驱赶它们。现在，当漫长的下午没生意时，杏花就常独自坐在饭店门口，望着成都方向发呆，纵是有狗或鸡鸭进店，她也仿佛没看见一样。

杏花过去是个爱说笑的活泼少女，覃老板发现女儿精神已发生重大变化，便开始焦虑起来。在那个年代，覃老板虽不懂啥叫抑郁症，但她曾听说过女人的花痴病，这种病跟女子过度思念某个男人有关，若不设法解决这事，就有可能会毁了这个思念成疾的女子。于是，着急的覃老板便开始动起脑子来。

为分散杏花注意力，有一天，覃老板租辆小马车带她去县城逛逛。在县城中，覃老板不仅选择了有特色的苍蝇馆子，给杏花点了她最喜欢吃的凉拌麻辣兔丁和鱼香肉丝，而且还带杏花去杂货店，给她买了化妆用的胭脂与铜镜。午饭后，覃老板打听好望岷楼，在登望岷楼时，她们发现了扬雄曾写的《望岷楼赋》。没想到，当不识字的杏花听说这是几年前扬雄写的文章时，她竟抚摸着《望岷楼赋》流下了眼泪。回到花园场第二天，覃老板发现，除昨天去逛县城稍有些高兴外，又过一夜，杏花又恢复常态陷入忧郁的沉默中。

李二娃和陆小青，在头几天跟踪探察中发现一个重要线索，那就是县郊赌场苟老板，常在鹃城大酒楼请宋捕头喝酒，而平时宋捕头在县城巡查时，无论骑马还是步行，总要带两个跟班在身边。为掌握宋捕头活动规律，在蹲点、守候、跟踪宋捕头十多天后，装扮非常成功的李二娃和陆小青，终于摸清宋捕头在夜间的活动规律。

原来，赌场的苟老板经常在赌钱过程中出老千，一旦被赌客发现，免不了就有打架动刀的时候。自出了两次伤人案后，为保住赌场这棵摇钱树，几个月前苟老板就开始收买握有治安实权的宋捕头。说来也有些讽刺，苟老板最初接近宋捕头的手段，竟是以报假案方式勘查现场。通过几次暗中贿赂后，收了钱财的宋捕头，竟同苟老板成了不为人知的结拜兄弟。每月能收到上贡钱的宋捕头，自然就成了赌场保护伞。

为巩固同宋捕头的关系，善于动歪脑筋的苟老板，不仅每月给宋捕头上贡钱财，还隔三岔五请宋捕头去鹃城大酒楼喝酒。开初，每次酒后苟老板想请宋捕头去逛青楼，都被狡猾的宋捕头以太招摇为由谢绝了。很快，会来事的苟老板就租了个小院，每当苟老板请宋捕头喝酒时，苟老板就派马仔花钱到青楼请个模样不错的年轻妓女到小院候着，很快，宋捕头就欣然接受了这隐秘的贿赂方式。

有了宋捕头这个保护伞，爱出老千的苟老板胆子就越来越大，即使有时被赌客发现争执打斗，被抓的往往是受害的赌客。在十多天蹲点过程中，头脑灵活的李二娃和陆小青，已完全弄清宋捕头这一活动规律。任务完成，二人骑马朝成都聚义客栈奔去……

前两天下午，心情有些郁闷的扬雄，为找张德川和席毛根摆龙门阵，放学后就来到聚义客栈。晚饭喝酒时，刘三无意间又提起李二娃和陆小青咋没丁点消息的事。一打听，扬雄才知李二娃和陆小青去探查宋捕头行踪。喝酒时，西门云飞安慰刘三说："刘兄，你着啥子急嘛，李二娃不把事情搞定，他咋可能回来交差呢？"

陈山岗听西门公子说后，忙补充说："西门公子说的有理，大家别小看李二娃个子小没啥文化，我同他在天师洞三年多时间里，对他胆大心细这一特点，还是非常了解的。只要他一回来，我就敢断定，他准是拿捏死了宋捕头行踪，也就是说，恶人宋捕头的死期就到了。"

席毛根听后放下酒杯说："看来，还是你了解你师弟呀。过去，我没同李二娃打过交道，还不知他有胆大心细这特点。"

陈山岗说："席兄，三帮主不仅胆大心细，过去，我从没谈及我俩学的飞镖之技，今天，我就给大家透露点秘密吧，他的飞镖之技学得比我好，今后只要刘帮主一声令下，五十步内，宋捕头定逃不过三帮主的飞镖。"说完，陈山岗顺利做了两个甩飞镖的动作。

"真的？"张德川惊讶地问道。

陈山岗笑了："呵呵，德川兄，这当然是真的。你如若不信，这次复仇行动，你自会见证我说的真假。"

刘三笑道："哈哈，我是相信三帮主掌握了飞镖绝技的，去年灭雷振山黑道团伙时，雷振山不是还挨了李二娃两飞镖嘛，这可是我们亲眼所见哟。"

扬雄看了看兴致颇高的众兄弟，认真说道："前次我从这儿回学馆后，就向扬庄打听过，说民间复仇，打死人和没打死人的处理区别是啥。扬庄回家后他父亲问后告诉我，说没弄出人命，一般只当民事纠纷处理，要是弄出人命，官府就要对刑事命案追查到底，只要抓出凶手，大都要杀人偿命。所以，我建议即便你们要向宋捕头复仇，最好也别弄出人命来，只要不弄出人命，大家就会相安无事。"

"老铁，你没问扬庄，要是把人弄残，会咋处理呢？"刘三向扬雄问道。

扬雄一愣："这个嘛，我确实还没想过。"

这时，席毛根端起酒杯提议道："来，为感谢扬雄才子对我们的善意提醒，大家干了这杯酒。"说完，席毛根同众兄弟碰杯后，大家就将杯中酒一次而尽。随即，席毛根认真地说："至于如何向宋捕头复仇，就让我同刘帮主来把握这个尺度吧，反正，宋捕头必须遭受严厉惩罚才行。"

刘三听后，盯着席毛根，似乎在猜想席兄此言用意……

在等李二娃带回消息这段时间里，闲得无聊的陈山岗，有时被刘三带着去成都许多地方逛逛，也吃了不少成都美食。一天夜里，当刘三带陈山岗逛盐市口夜市，在货摊上见着几把寒光闪闪的长剑时，或许是长剑勾起了刘三对复仇的渴望，他便低声问陈山岗："山岗，你说句心里话，希不希望我这次复仇时，弄死那个宋捕头？"

陈山岗回道："刘兄，其实你也清楚，我们这群弟兄中，真正能成为过命兄弟的，只有你我和李二娃三人。其他兄弟虽赞同，也愿帮你去复仇，但他们都不赞同弄死宋捕头，尤其是扬雄还去咨询了扬庄。我看这样吧，由于这次参加复仇的人多，为免伤了和气，我们就暂时不弄死宋捕头，等以后另有机会时，我同李二娃悄悄行动，用飞镖结果了宋捕头，为你出了胸中恶气不就得了。"

"嗯，这办法好，这样就不会伤了弟兄们和气。我想，你今后千万别在席兄和

448

第五十四章 恶人宋捕头，惨遭血腥复仇

张德川面前再提起此事，反正，只要宋捕头还活在世上，老子心里就他妈难受。"刘三推心置腹地说。

陈山岗说："老大放心吧，既然你要宋捕头死，他咋个还可能长期活在人间呢？"说完，陈山岗还特意拍了拍刘三肩头。之后，为消遣也为买酒，在扬雄离开客栈第三天上午，刘三亲自赶着马车，带陈山岗去了琴台路。令刘三也没想到的是，在文君酒坊跟桃花老板闲聊时，陈山岗居然渐渐迷上了充满文艺气质的桃花小姐姐。

在天师洞学武艺三年的陈山岗，当初上山时，还不过是一名少年，如今已从少年变为有武艺的二帮主，正值青春期的他，第一次近距离接触到年龄相近的美女桃花，相比聚义客栈的秀娟、瑞华、小芳和冬梅，陈山岗感觉桃花的气质和美貌，都要甩她们好几条大街。然而，颇有心机的陈山岗，却没把迷上桃花的事告诉刘老大……

半月后，李二娃和陆小青终于回到聚义客栈，向刘三、席毛根、西门公子、陈山岗和张德川几人禀报了跟踪宋捕头的情况。当夜，席毛根征求刘三意见后，就向众兄弟讲了具体行动方案。聚会快结束时，席毛根对刘三和西门云飞说："这样吧，我明天安排好织锦坊工作，后天中午前过来客栈会合，大家一块出发去郫县，你俩以为咋样？"

"好，我估计此次行动至少也要好几天，你把织锦坊工作安排好也是必须的，否则，到时我不好向我老爸交差。"西门公子点头说。

席毛根笑了："西门公子放心吧，我决不会耽误这次蜀郡府订制的官服，春节前我一定保质保量交货。既然工期较紧，我建议袁平在坊内监工，他这次就别去郫县了。"席毛根刚说完，袁平就站起红着脸说："席大哥，我不去咋行？当年宋捕头打我脑袋，至今我还感到隐隐作痛，何况，我比你们更熟悉郫县县城，真要是有个意外，我也好发挥特殊作用。"

刘三听后点头说："嗯，袁平说的有理，席兄，反正我们去郫县时间不会太久，你合理安排下，就让袁平参加这次复仇行动吧，他也是受过宋捕头毒打之人，不报此仇，我看他心里也难受。"说完，刘三忙朝西门公子递了个眼色。

西门云飞见此，也对席毛根说："席兄，你好好安排下，就让袁平参加这次行动吧，当年，还是我同二帮主几人把袁平从县衙救出的，而抓他打他的人，正是恶人宋捕头。"

"好，既然如此，又有你二位替袁平说话，那袁平就参加这次行动。"说完，席毛根端起酒杯严肃地对众兄弟说，"为此次复仇行动成功，我们提前干了这杯庆功酒。"随即，众兄弟同席毛根碰杯后，便把杯中酒一饮而尽……

三天后的下午，陆小青赶着马车，将席毛根、刘三一群人送到了西门家老宅院。为不难为老管家，西门云飞要陆小青赶马车去县城买些熟食回来，吃点东西后就可按计划行动。时已进入小雪后的冬月，气温低了许多。带着大刀的席毛根再次检查了几位弟兄的利器，并一再叮嘱，行动时必须戴头套行事，这样，即便出了意外，也不至于被宋捕头看见面孔。

待大家刚喝了一阵热茶，熟悉道路的陆小青就买了几大包熟食回来。由于事先商定，在没完成复仇行动前，任何人不得喝酒，所以，不到半个时辰，众兄弟就着热茶和大头菜丝，便把食物送进了肚里。这时，席毛根立即让李二娃和陆小青赶着小马车，先去侦察宋捕头活动的情况，并向李二娃交代半个时辰后，大家在鹃城大酒楼外十字路口等消息，没有命令，谁都不得擅自采取任何行动！

李二娃点头后，就同陆小青离开了老宅院，赶着他早已熟悉的小马车朝县城跑去。待李二娃离开一刻钟后，席毛根几人坐着袁平赶的大马车，他悄悄朝县城中的鹃城大酒楼跑去。

先出发的李二娃和陆小青，很快就到了鹃城大酒楼外，狡猾的李二娃把小马车停在离酒楼不远的暗处，就让陆小青去酒楼看看宋捕头今晚在里面喝酒没。按李二娃计算，这两天又该赌场苟老板请宋捕头喝酒了。若是晚饭时间过了一半，宋捕头还没来的话，那就只有等明天了。

化了装的陆小青吹着口哨，不慌不忙走进酒楼后，迅速扫视被油灯照亮的一楼大堂，见没宋捕头身影，便又慢慢朝二楼走去。在二楼靠窗位置，眼尖的陆小青发现了正喝得高兴的宋捕头和苟老板。为不引起堂倌怀疑，暗喜的陆小青假装找人，又朝三楼爬去。刚上三楼，年轻的堂倌便向陆小青问道："客人，你是来找人的吧？"

陆小青伸着脖子假装看了看点着油灯的几个客人，便扫兴地说："哎，咋个老王头今晚没来这喝酒呀，他该不是记错时间了吧。"说完，陆小青便装着失落样朝楼下走去。跑堂汉子忙朝下楼的陆小青说："客官请慢走，改天再来喝酒咔。"

陆小青挥了挥手说："要得嘛，就这两天我要在这包两席哩，大生意整成了该

450

庆祝下。"说完，心中狂喜的陆小青就离开了鹃城大酒楼。同李二娃会合后，陆小青忙把宋捕头在楼上喝酒的情况告诉了三帮主。李二娃听后，立刻赶着小马车朝不远的约定地点跑去。

转眼间，同席毛根几人会合后，李二娃就把探查到的情况向总指挥席毛根做了汇报。席毛根听后将双拳一击说："好！今晚我们就能了了复仇之愿！"

看着众兄弟个个摩拳擦掌，异常兴奋盼望即将到来的复仇时刻，席毛根立即命令："三帮主，你赶着小马车，马上到酒楼外继续观察宋捕头动向，若发现情况有变，请立刻到城郊小院来通报我和刘老大。现在，我们几人立马去小院，先控制住妓女再说。若宋捕头喝完酒来同妓女过夜的话，那就是我们收拾宋捕头的最好时机。要是宋捕头今夜有变，我们就必须带走这个可能坏事的妓女。"说完，李二娃又独自赶着马车朝酒楼外跑去。席毛根几人在陆小青带领下，坐上大马车朝城外赶去。

刚出城不久，陆小青就指着不远处一小院说："席大哥，那小院就是宋捕头酒后要来的地方。"

席毛根凝视那并不起眼的小院，回头问道："小青兄弟，据你俩探察，那小院就只住有一个妓女？"

"前些天确实只住有一个妓女，但今晚是不是只有一个我就不晓得了。"陆小青忙回道。席毛根想了想，便对西门云飞和袁平说："袁平，你熟悉这周围，你把马车赶到前面去，西门公子同你一块在车上给我们放哨当接应，其余的人跟我下车，我们先控制住这小院再说。"说完，席毛根率先跳下马车，其余几人也跟着跳了下来。

很快袁平赶的马车就在前面不远处停了下来。席毛根见挎剑的西门公子心有不甘，跳下车又朝这边走来，忙叫刘三去劝阻西门公子，并说大家说话得算数，否则他就不当这个总指挥。西门公子心里清楚，席毛根之所以让他在外放哨，是为减少他参加复仇的风险，万一今后案件事发，也不至于牵连到他。见刘三成功劝阻西门公子后，席毛根将手一挥，几人便在小院边散开。之后，身背大刀戴着头套的席毛根便独自上前敲响了院门。

在那没有路灯的年代，县城居民忙完一天后，往往很早就会上床歇息。小院一带不是有铺面的商业街，所以，在这居住的人不是有钱人就是附近的生意人。太阳一下山，这里就显得更加寂静。当席毛根敲响院门后，很快，院内就传来娇滴滴的声音："哎哟，宋大官人，您回来啦。说完，不满十八岁的翠翠就打开了院门。"

此时，猛然进门的席毛根，忙上前用右手卡住翠翠脖子问道："院内还有人吗？"

被吓蒙的翠翠忙回道："大、大侠，里面还有个今天下午来的小姐姐芳儿。"

"平常不是只有你一人侍候宋捕头吗，咋今晚又来了一人？"席毛根警惕地问道。

"大、大侠，以往确实只有我一个侍候宋大人，不知咋的，今下午苟老板又把芳儿弄来了。苟老板走时，还特地交代我和芳儿，一定要侍候好宋大官人。"翠翠忙说。

席毛根说："这么说来，眼下这小院里，就只有你和芳儿啰？"

浑身颤抖的翠翠忙点头回道："是、是的。"

"今天我们来找宋捕头商量点道上的事，你同芳儿就在屋里待着，若出声影响我们谈事，老子就送你俩去见阎王！"进过土匪窝的席毛根立马威胁说。见翠翠点头后，席毛根立即返身用手一招，很快，戴着头套的刘三、张德川、陈山岗和陆小青几人，就迅速蹿进了小院。

席毛根押着翠翠，在一间房内找到芳儿后，立即授意张德川和陆小青，将翠翠和芳儿绑了起来，并在她俩嘴里塞上丝帕。除拿着短剑留下看守的陆小青外，其余几人很快退出房间。席毛根借着点燃的油灯察看另几间房后，才将油灯吹熄。不久，院外响起李二娃的呼哨声。刘三忙低声对席毛根说："席兄，这是三帮主信号，估计宋捕头快来了。"说完，刘三便拔出腰间七星短剑。

这时，在外放哨接应的西门公子和袁平，也听见了呼哨声，他俩忙趴在马车中朝小院方向观望。很快，李二娃赶着小马车朝大马车方向跑来。靠近大马车后，李二娃便停下小马车跳上大马车，并示意西门公子和袁平注意他指示的方向。

很快，三人便隐约看见喝得摇摇晃晃、腰挎佩刀的宋捕头，朝不远的小院走来。走到小院门前，打了几个酒嗝的宋捕头就举手敲响了院门，院门被打开后，宋捕头挥着右手朝门内黑影摸去："翠翠，你咋个没点油灯嘛。"还没等宋捕头说完，席毛根用力将宋捕头猛地拖进大门，然后刘三几人一同扑上，瞬间把宋捕头按翻在地。

这时，听见院内响动的李二娃，突然跳下马车冲进了小院。院内，席毛根、刘三、张德川与陈山岗四人，立即用绳索将宋捕头双手反绑在背后，然后刘三把宋捕头又提起按跪在他面前。黑暗中，酒被吓醒的宋捕头，见几名蒙面人拿着刀剑凶狠对着他，平时耀武扬威的他忙低声问道："各位好汉，我宋某人若有得罪之处，还望你们明示，我一定向你们赔罪。"

还没等宋捕头说完，刘三就一巴掌朝宋捕头脸上扇去："好你个王八蛋，老子现在就罚你这个恶人二十金，你给老子拿出来！"说完，刘三又反手甩了宋捕头一耳光，鲜血顿时从宋捕头嘴角流出。

隔壁房间，嘴被塞了丝帕的翠翠似乎听见了耳光声，便睁着惊恐大眼挣扎起来。陆小青忙用短剑拍着翠翠脸蛋说："你给我老实点，若敢弄出响动，老子用剑杀了你！"随即，被镇住的翠翠就不再动弹。

挨了两耳光的宋捕头，愣愣地盯着黑暗中戴着头套的刘三，不知该怎样回答，此时，刚进院门的李二娃见宋捕头不开腔，气得飞起一脚朝宋捕头脑袋踢去："宋捕头，你他妈哑巴啦，我们老大问你话哩，快回答！"

如果说宋捕头刚被打翻又被反绑时并不知是何人向他寻仇，那么，李二娃无意间一句"我们老大问你话"，却使宋捕头很快缩小了思考范围，他猛然想起两年多前从花园场逃走的丐帮头刘三。为逃过眼前一劫，并不想死的宋捕头马上服软说："好汉们，我宋捕头确实做过不地道的亏心事，从今往后，本人一定洗心革面，争取做个好人。"

"你他妈也配做好人！"刘三咬牙又一拳朝宋捕头脑袋击去，接着，张德川、陈山岗和李二娃也对宋捕头一阵拳打脚踢。待刘三几人打得差不多时，席毛根抓着宋捕头胸口，又是左右开弓啪啪几耳光。黑暗中，拿着大刀的张德川猛地挥着刀背朝宋捕头右肩砸去，只听宋捕头一声惨叫，便倒在地上呻吟起来。

刘三见倒在地上的宋捕头叫唤声越来越大，又飞起一脚朝宋捕头屁股踢去："你嚎啥子，再嚎老子就用短剑割了你舌头！"尔后，没敢再嚎的宋捕头就蜷缩在地，身子不断抽搐。此时，席毛根靠近刘三说："你看，这样行了吗？"

怒目圆睁的刘三点了点头："哼，即便老子今夜放他一马，但也不能就这样便宜了这个狗杂种！"说完，刘三弯腰抓住宋捕头右耳，用七星短剑一划拉，猛地将右耳割下丢在地上，然后将手一挥说："走，弟兄们！"

就在张德川低声喊陆小青快走时，李二娃从怀中掏出飞镖，一镖扎在宋捕头右小腿上："狗捕头，今夜大爷些给你留条狗命，改天我们还要来找你算总账！"

夜色中，刘三几人出了院门就朝不远的大马车跑去。当席毛根、刘三一伙跃上马车后，李二娃又蹿上小马车。很快，几人迅速赶着大小马车，麻利地消失在寒冷的冬夜里……

第五十五章

严君平的辞职触动了扬雄

　　刘三一伙刚离去，手被反绑睡在地上哀号的宋捕头，就朝院内喊叫道："翠翠，你在哪呀？"

　　听见宋捕头的喊声，被吓坏的翠翠用床沿蹭掉口中丝帕，怯声回道："宋、宋大官人，我在屋里。"

　　"你快来，快给老子把绳子解开！"说完，宋捕头又低声哀号起来，"哎哟，痛死老子了哟……"

　　"宋大官人，小翠马上就来。"说完，翠翠便吋出放入口中丝帕，叫芳儿用牙咬开手上绳索，然后翠翠又麻利地替芳儿解开绳索，之后，翠翠慌忙举起油灯，朝传来喊声的院门走来。刚走到，举着油灯的翠翠见满脸是血、手被反绑的宋捕头蜷缩在地上，顿时吓得一声惊叫，手中油灯随即掉落在地，小院立刻又陷入一片黑暗。气得咬牙的宋捕头厉声吼道："笨蛋小婆娘，快给老子把手上绳子解开！"

　　"好、好的。"浑身颤抖的翠翠忙蹲下，一阵摸索后，将绳索解开。随即，宋捕头再次命令翠翠把油灯点燃。待油灯点燃后，宋捕头抓过油灯便在地上寻找起来。很快，宋捕头就寻到他被刘三割掉的耳朵。盯着手上似乎仍在抖动的右耳，宋捕头又厉声对翠翠命令道："你快去赌场，给老子把苟老板喊来，我有要事找他！"

　　"要得，我、我马上就去。"说完，翠翠即刻出了院门朝赌场跑去。在另间屋内听见响动的芳儿，吓得一声不吭坐在床边不知如何是好。不久，惊慌的苟老板就跟着翠翠来到小院。见苟老板到来，宋捕头忙把翠翠支出屋，透过昏暗灯光，苟老板发现满脸血迹的宋捕头缺了右耳，忙惊诧地问道："咋的，我俩刚喝完分开，你、你就跟人打架啦？"

宋捕头恨恨说道："老子跟人打屁的架，我问你，你这小院才租了二十几天，这房东是谁？咋仇家这么快就寻到这了。今晚我刚到这儿，七八个蒙面汉子就把我反绑起，不问青红皂白对我一阵暴打，还把老子右耳给割了。"说完，宋捕头就把手中残耳往桌上一丢。

"宋大哥，我这小院是租一位老乡绅的，此人和善且修养极好，他不会跟你有仇吧？"苟老板忙说。

"哼，老子多年秉公执法，可能得罪了些地痞流氓，这伙人就来报复我。只是令老子想不到的是，这小院才租这么短时间，这帮仇家咋会晓得我要在这儿过夜喃？难道，这问题出在翠翠身上？"宋捕头盯着苟老板问道。

苟老板一听，立马从腰间拔出短刀，去隔壁找到翠翠和芳儿，然后推着二人来到宋捕头面前说："你俩给宋捕头老实交代，你们是咋个跟流氓勾结算计宋捕头的？"

宋捕头见突然冒出个芳儿，诧异地问道："你又是从哪儿冒出来的？"

芳儿看了看一脸凶相的宋捕头，忙解释说："是苟老板今天中午上春香楼，找老鸨派我来这儿，同翠姑娘一起侍候宋大人的，不信，你可问问苟老板。"听芳儿说后，苟老板忙点头说："宋大哥，我原本想让两个头牌姑娘好好服侍你，谁料想，今晚就意外出了倒霉事。"

警惕的宋捕头立马对翠翠问道："这芳儿今天下午来后，离开过小院没？"

"没有呀，连夜饭都是我俩在小院一块吃的。"翠翠忙说。缺耳的宋捕头再次用审犯人的目光，盯着翠翠和芳儿看了几眼，在确认翠翠没说谎后，他便对翠翠二人说："你俩到隔壁房间去，我要同苟老板说点事。"

刚说完，老江湖宋捕头又想了想，然后对翠翠说："这样吧，你俩明天中午再回去，但别给老子讲今晚在这儿发生的事，谁要是走漏半点消息，我就叫她不得好死！"说完，宋捕头拉起苟老板，就一拐一瘸离开了小院。刚出院门，不解的苟老板问道："宋大哥，你今晚咋不享用这两个头牌呀？"

宋捕头没好气地说："苟老板，你看我伤成这样，老子还有心情享用吗？今夜我必须离开这凶险小院，换个地方我才睡得着。明天上午你派个马仔去县衙给我请个假，就说我老父得了急病，我连夜赶回唐昌老家了。"

苟老板忙点头说："要得，一切照你交代的办就是，但今夜你是不能去住客栈的，这里哪家客栈老板不认识你大名鼎鼎的宋捕头呀。这样吧，你去我家住几天，我有多的房间,去之后,我立马去找个郎中给你包扎下,要是感染就麻烦了。"

"还是兄弟够哥们儿,行,那就去你那先住几天再说。"尔后,宋捕头跟着苟老板,神情沮丧地朝赌场走去……

天刚亮,赶着大小马车的刘三一伙,就回到了卧龙桥边的聚义客栈。听见敲门声后,秀娟和厨房两个伙计忙爬起,给刘三八人各煮了一碗煎蛋面。由于席毛根和袁平上午要去织锦坊,吃完面后,他俩就抓紧时间歇息去了。另外六人,在刘三卧室高兴地摆了好一阵龙门阵后,才各自去歇息。为庆祝这次成功复仇,刘三特地叮嘱陆小青,要他午饭后去文翁学馆通知扬雄,要扬雄下午下课后来客栈吃饭。

下午,扬雄便准时来到聚义客栈。过了不久,席毛根和袁平也赶到了客栈。由于成功报复了宋捕头,心情特爽的刘三便命厨房多弄几个好菜。时值冬月,客栈生意已清淡了许多,小芳也主动到厨房帮忙。没一会儿,秀娟就禀报刘三,说厨房已准备得差不多了,若不再等人,大家就可先喝酒。刘三一听,即刻命令秀娟上菜。

街上寒气弥漫,几盏油灯却将客栈饭厅照得透亮。尽管是初冬时节,走进饭厅的众兄弟脸上都洋溢着喜悦之情。去复仇的虽只有八个兄弟,加上来喝庆功酒的扬雄才九人,由于秀娟和小芳身份特殊,刘三便命陆小青摆放11个凳子和11副碗筷,在刘三看来,这些人才是他最亲近的自己人。待秀娟和小芳给大家杯中倒上酒后,刘三便对坐在上位的席毛根说:"席大哥,你先说两句我们再喝庆功酒。"

席毛根点点头,对众人说道:"我也没想到,此次去郫县复仇,居然如此顺利,看来,惩罚宋捕头很有天意嘛。"尔后,席毛根就示意刘三也说几句。高兴的刘三立马站起端着酒杯说道:"谢谢各位铁杆兄弟,昨天去郫县,替我和扬雄报了仇,老子一想起被暴揍的宋捕头,还有被我割下的那只耳朵,我心里就无比痛快!这仇报得巴适,报得干净利落,来,在此我先敬参加了此次复仇行动的弟兄们一杯。"说完,刘三就率先干了杯中酒。

刘三见众兄弟喝了酒后,便对身边还没端杯的扬雄说:"老铁,众兄弟也帮你报了仇,你也该说几句谢话噻。"

扬雄听后,突然一拳砸在桌上说:"天杀的宋捕头,自强奸杏花后,这个恶人就毁了我同杏花的好事,我、我一想起这恶人,心、心里就异常难受啊!"说完,扬雄竟趴在桌上哭了起来。见众人有些不解地看着痛哭的扬雄,席毛根忙低声对众人说:"让子云哭一会儿吧,这么长时间来,他一直压抑着心中巨大的痛苦。"

过了片刻,秀娟端着酒杯走到扬雄身边说:"扬雄哥,这些兄弟去郫县惩罚了歹人宋捕头，今晚你得感谢他们才对。来，让我们一块举杯向八位兄弟致谢吧。"说完，秀娟就拉起了扬雄。扬雄抹了抹泪，然后看着刘三和席毛根说："刘兄，席兄，在此，我代表杏花向你们八位复仇好汉表示感谢，同时，我也永远铭记你们的大恩大德，我眼下无以为报，但我要真诚敬各位一杯酒，再次向各位兄弟表示感谢！"说完，扬雄就仰脖把杯中酒喝得干干净净。

此时，谁也没想到，扬雄刚才一拳砸在桌上的响声，惊动了正想要水喝的一位中年住栈客人，他端茶杯离开房间后，就听见了饭厅传来的说话声。出于好奇，这位姓胡的客人，就走到饭厅外偷听起来。听了好一阵后，他才敲开饭厅门想讨口水喝，小芳听后，立即出门带客人朝厨房走去……

两天后，包扎着头部的宋捕头，发现被戳了的右小腿红肿起来，开初不以为然的他，以为过几天红肿自会消散，谁料想，从第四天开始，红肿处就开始溃烂。急了的苟老板又请来郎中为宋捕头做了仔细检查，郎中告诉宋捕头，这是中了毒镖所致，并建议宋捕头立即手术切除溃烂处，不然就可能殃及整条右腿。

被吓坏的宋捕头听从了老郎中建议，咬牙忍痛硬是让郎中切除了右小腿一大块烂肉。看在眼里的苟老板怕宋捕头怨恨自己，又担心长期在他家吃住产生意外矛盾，冬月快结束时，苟老板以自己乡下父母要来他这过年为由，便打发走了宋捕头。临行前，包扎着的宋捕头，一拐一瘸去县衙见了王县令。宋捕头以家中两兄弟发生矛盾打架为由，说自己不仅右耳受损，右小腿也被亲兄弟砍伤，他想在家休养一段时间，春节后再来报到。王县令见年前工作已做得差不多了，便同意了宋捕头的请假要求。

领到县衙提前预支的薪酬后，宋捕头特派两名手下去买了好些年货。第二天早饭后，宋捕头独自骑马，另派一名捕快载着一车年货，朝老家唐昌赶去。令人想不到的是，回了家的宋捕头，在被他老爸询问为何失了右耳腿又受伤时，竟谎称说，这是他同犯罪分子搏斗时所受的伤。信以为真的家人还夸他是为民除害的英雄哩。

腊八节前一天下午，放了学的扬雄匆匆赶到聚义客栈，他想在学馆放假前，弄清刘三一伙春节期间的安排。因为，扬雄已决定，今年春节回家不再去花园场见杏花，他打算过了大年三十就离开扬家小院，唯有这样才能避免跟杏花见面的尴尬。当晚喝酒时，刘三告诉扬雄说，客栈腊月二十四就正式关门放假，员工大年初十后再来上工。

颇有心机的秀娟，见扬雄神情依然有些忧郁，知道他还陷在同杏花分手的痛苦中，于是便告诉扬雄说："扬雄哥，若你春节能抽出时间的话，我们全家欢迎你来临邛玩。你知道吗，小芳今年也要去我家哩。"说完，秀娟就用眼睛示意小芳说两句。小芳看了看扬雄，柔声说道："扬雄哥，你同德川和席大哥曾是同窗好友，你又去过临邛翠竹乡，我们几人都欢迎你来秀娟家做客。"

小芳刚说完，张德川也补充说："子云，我晓得这段时间你心里难受，若你不想在扬家小院待得太久，我全家还有席兄，真诚欢迎你来临邛玩，到时我们还可一同去看看病中的林间先生嘛。"

"对头，我们三人不仅可去看看林间先生，还可去我老家看看我家的窑场。到时，我让我老爸亲自送你两件陶制艺术品，我敢保证，你定会满意的。"席毛根也微笑着说。

扬雄听席毛根说后，忙点头说："要得嘛，那我就大年初三赶到翠竹乡，到时席兄定要前来跟我会合，然后再去你家窑场看看。"几人说话间，西门云飞端着酒杯对扬雄几人说道："好好好，你们几人春节都有了好安排，那我就只有在成都等你们春节后回来啰。"

"西门公子，大家是怕你春节期间跟着你老爸饭局多，就不敢打扰你，要是你春节真有时间的话，那就跟我和二帮主、三帮主，一同上天师洞去拜望我师父，说不定，我师父酒喝高兴了，收你为徒也是有可能的。"刘三说后，西门公子笑道："呵呵，这主意不错，那我这个春节就跟你们三人上天师洞。"说完，众人又开心碰起杯来⋯⋯

大年初二吃晚饭时，扬雄采用突然袭击的方式，告诉父亲他明天将去临邛看望林间先生，还说他与曾经的同窗席毛根与张德川，在成都就已约好此事。扬凯听后虽有些不满，但对儿子利用假期去看望教过自己的先生，似乎也找不出反对的理由，于是只好说："雄儿，你已长大成人，类似春节外出这些事，你也该早些知会一声嘛。现在，你在家的时间越来越少了，奶奶年纪大了，你也该多陪陪她才是。"

还没等扬雄回答，母亲张氏也马上开了腔："雄儿，你早已到谈婚论嫁年纪，这次春节，我和你爸本想请花园场媒婆给你说个姑娘，没想到你明天就要离开家。唉，你这一走，又不知哪天才回来哟。"说完，张氏眼中就噙满了泪水。看着关心自己的父母，心中有些愧疚的扬雄，只好找理由解释说："爸、妈，你们知道吗，这大半年来，林间先生身体已大不如从前，从先生几次给我的来信中，他都希望我们几个弟子有空去看看他。或许，先生留在人世的时间已不多了，你们说，我能不抓紧时间去看他吗？"

扬凯说："雄儿，既然你先生希望你去看他，我和你妈也没反对嘛。明天你骑马走时，带上两块新腊肉吧。人啊，要有感恩之心才对。"见丈夫如此说后，张氏又忙说："雄儿，我希望你去临邛看望林间先生后，能回家再住几天。"

"妈，看望林间先生后，我还要去同窗张德川和席毛根家分别玩几天，这也是我们几人年前约好的。要是我来不及赶回家，那我夏天放农忙假时，一定回来多住几天哈。"扬雄刚说完，躺在床上养病的奶奶就挣扎起身说："雄儿，你别忘了，即使你走遍天下，这扬家小院才是你真正的家。今后，你一定要把心思放在扬家小院上，放在你爸妈身上，我们才是你真正的亲人……"

大年初三早上，吃了汤圆和荷包蛋后，长得比父亲还高些的扬雄，带上母亲为他备好的礼物，就打马朝临邛奔去。下午酉时刚过一刻，快马加鞭的扬雄，就赶到了翠竹乡张德川家。出乎扬雄意料的是，当他刚下马，似乎早有准备的秀娟和秀梅，就从小院迎了出来。仅两年多不见，身材窈窕的秀梅竟长得比她姐还高了些。在秀娟鼓励下，腼腆清秀的秀梅上前从扬雄手中接过包袱，秀娟将大汗淋漓的白马牵到院内歇息。这时，张德川、席毛根、小芳与严氏，才跟着出来迎接扬雄。

为给曾帮助过自己家的扬雄接风，严氏特叫上两个女儿做助手，弄了满满一桌菜招待扬雄。晚饭喝酒时，秀娟特意安排秀梅坐在扬雄身边，说是好照顾奔波了一整天的扬雄大才子。席上，扬雄从严氏口中得知，自席毛根除掉匪首段煞神后，闹内讧的土匪在争头领之位的相互厮杀中，早已没了气候，天台山下民众已安宁了许多。在劝酒声、谈笑声此起彼伏的过程中，秀梅给扬雄夹了几次菜，扬雄第一次有了不一样的温馨感觉。席毛根和张德川本是他曾经的同窗好友，而秀娟和小芳现在是这二位好友的恋人，今天来到德川家，失恋已久的扬雄已真切感到张德川全家对他的关照与亲近，似乎大家早商量好要促成他同秀梅的好事。而轮廓分明比先前长得更漂亮的秀梅，对他也格外主动友好。看着席毛根与秀娟、张德川与小芳，再看看挨在自己身边的秀梅，似乎这是上天有意安排好的三对夫妻嘛。想到这儿，心情舒畅的扬雄竟然一杯又一杯喝得飘飘然起来。过去，他曾多次去聚义客栈参加酒聚，而唯有今夜，扬雄才真正第一次有了不一样的温馨感觉……

到张德川家第二天，扬雄就提议去县城拜望林间先生，席毛根见子云说得有理，便租了辆马车，三人就带上礼物去了翁孺学馆。令扬雄三人没想到的是，由于林间先生病倒在床，学馆早已停课解散。望着病中的先生，流泪的扬雄跪在林间先生床前，讲述了他这两年在文翁学馆的情况，同时也解释了他暂没推动方言研究的原因。林间翁孺听后，仍用微弱的声音鼓励扬雄要坚持辞赋创作，但也别放弃了方言研究。

就在他们要告别先生之际，他们曾经的同窗卓铁伦领着一妇人来到林间先生房中，几句寒暄后扬雄才得知，自他离开翁孺学馆不久，卓铁伦就担负起照顾林间先生起居生活的责任，今天领来的这妇人，就是卓家掏钱为林间先生请的佣人。临别前，扬雄、席毛根和张德川又凑了些钱，交给卓铁伦说，希望卓铁伦代他们照顾好先生。卓铁伦推辞不过，只好收下钱说："三位同窗，我一定竭尽全力照顾好先生。"分手时，扬雄告诉铁伦，说他姐是他们这群人的好友，希望今后铁伦来成都玩。

回到翠竹乡后，扬雄又在德川家玩了两天，然后才跟着席毛根去了他老家。席毛根领着扬雄、张德川、秀娟与小芳，参观了他家不大的窑场，并赠送给扬雄几人一些陶制艺术品。在席毛根家吃饭时，扬雄才得知席家过去也是农民，只是在五年前才开办起窑场。扬雄几人只在席毛根家住了一夜，就同张德川几人回了翠竹乡。扬雄心里明白，他要好好在德川家待上几天，认真跟秀梅接触接触，若秀梅真是他喜欢的那类姑娘，他就可定下自己的终身大事。然而，令扬雄不知的是，此时在花园场的杏花，由于春节期间没等来扬雄，已陷入更深的忧郁中……

冬去春来，扬雄在文翁学馆过完20岁生日不久，扬庄告诉扬雄，他听李弘先生说，好像君平先生要辞职离开文翁学馆。扬雄听后大惊，忙到李弘先生那里核实此事。李弘告诉扬雄，说学馆刚同意了严先生的执意请求，或许，过两天交接完工作的严先生，就将离开文翁学馆。惊慌的扬雄忙把关于君平先生的最新情况告诉了扬庄，扬庄决定，他要亲自为他所崇敬的严先生送行。在扬雄坚持下，扬庄答应以他们二人名义请严君平和李弘先生吃一顿告别饭。令扬雄和扬庄感到开心的是，严君平和李弘先生居然答应了此事。

第二天下午酉时刚过一半，四人就来到南大街一家不错的中等餐馆。选好一个临窗位子后，扬庄就向店家要了一坛上等文君酒。待有特色的家常菜上得差不多时，扬雄便给君平和李弘先生杯中倒满酒。稍后，扬庄便端起酒杯说："十分感谢严先生两年多的教诲之恩，您在即将离别之际，能赏光参加我和子云为您举行的告别宴，弟子表示衷心感谢。"

严君平听后，摸着自己胡须微笑着说："扬庄哪，你同扬雄真是有心人，临别之际，我能喝上两位弟子的送别酒，心里真是高兴哩。"严君平刚说完，扬雄也说道："君平先生，您和李弘先生都是我的大恩人，没有您，我就不会去临邛翁孺学馆念书，更不会认识又把我推荐到成都来的林间先生，要是我没来文翁学馆找您，我同样不会遇上把我留下做旁听生的李弘先生。没有您和李弘先生的鼓励与帮助，我更不会写出有些影响的《蜀都赋》。所以，在临别之际，我扬雄要好好敬先生一杯酒，以表我感激之心。"说完，扬雄就率先单独敬了君平先生一满杯酒。

很快，严君平放下酒杯说道："扬子云哪，我俩今生确实有缘，想当年你在花园场听我说书时，也不过是个孩子嘛，后来你非要拜我为师，我才把你推荐给我老友林间翁孺的。嘿嘿，没想到几年后，林间先生又推荐你来成都找我，要你拜我为师。开初，我还有点埋怨林间老友，没想到，你扬子云果然是块读书的料，还是个挺会写赋的人。看来，林间先生也是个有眼光的人，他怕你被埋没在临邛那小地方。这两年，你在文翁学馆念书，我怕耽误你的学业，也就没另教你多少东西。但没关系嘛，你还年轻，人生之路还长，就是你今后毕业踏入社会，能学的东西也多嘛。人啊，只要愿学习，难道还怕学不到东西？"说到此，严君平又特向扬雄问了一句："扬子云，你说，我说得对吗？"

扬雄忙点头回道："先生是有大智慧的高人，说得非常有理。不过，今天我想问问，像先生这么有知识有学问的高人，离开文翁学馆后，又打算去哪儿高就呢？"

严君平看了看李弘和扬庄，认真对扬雄说："扬子云，我知你也是郫县人，实话告诉你吧，辞职后我将去郫县唐昌隐居，打算在那办一个规模不大的私学堂。"

扬雄刚"哦"了一声，扬庄便有些不解地问道："严先生，既然您仍做教书一事，为何不在办学条件优越的文翁学馆教书呢？"

严君平说："扬庄，我深知官办学馆条件不错，但不同的是，官办学馆遵循的是明经入仕之道，讲授的是四书五经，培养的是朝廷所需的各种官吏，而我追求的是《易经》之理，喜欢的是老庄倡导的逍遥自在的生活，这两者之间的教学理念和教学内容，区别何其大也！"

扬庄又问："先生，这二者之间您就不能调和吗？作为弟子，我十分倾慕先生的知识与才华，我是真希望先生能留在文翁学馆，让我们这些学子受益啊！"这时，扬雄也忙说："先生这一走，对我们学馆来说，将是多大的损失哟。"

一旁的李弘终于开了口，对严君平说道："尊敬的严先生，既然您两位得意弟子劝您留下，您看，可否再考虑下去留一事？"

严君平抿了一口酒，放下酒杯对李弘回道："庄子说'小人则以身殉利，士则以身殉名，大夫则以身殉家，圣人则以身殉天下'。李弘先生，本人不是士也非大夫，更不是圣人，但多年来，对我这喜欢老庄学说的人来说，我更愿过无拘无束自由自在的生活。这两年间，我更多时候，只能按官方教材来给弟子们讲解所授内容，而我喜欢的老庄和《周易》学说却不能在学馆公开讲解。感谢你的真诚之邀，让我在文翁学馆领了两年多较为丰厚的酬劳。但人各有志，我去意已决，明早就将离开学馆，踏上去唐昌之路。"

几人听后，顿时陷入沉默。稍后，扬雄端起酒杯对严君平说："先生，临别之际，弟子再谢先生的培养教诲，先生的人生理念，早已影响了弟子，我已认为，读书之道不应只为当官发财，真正的学习应超越功利之心，更应为天下苍生谋福祉，为追求内心需要而竭尽心血才是。"

严君平听后，点头对扬雄说："嗯，扬子云不愧是我弟子，知我者，扬雄也。"

扬雄又问："严先生，您离开学馆后，我感觉我再待下去也没多大意思了，在分别之际，先生能给弟子个建议吗？"

严君平看着扬雄，认真说道："扬子云，你跟先生不一样，先生仅凭占卜打卦在哪儿都能混口饭吃，你呢，你还是没出校门的年轻学子。我认为你首先要在文翁学馆完成学业，毕业后先找个不错的工作，这样就可以解决你基本生存问题。你从前不是一直对古蜀历史有兴趣吗？若你真想在这方面有所建树的话，毕业后你也可去蜀地许多地方游学考察嘛。我相信，只要你坚持努力，就会写出前人没写出过的古蜀历史。"

李弘听完，也高兴地对扬雄说："君平先生给你的建议极有道理，我们古蜀王历史传说在四川民间流传甚广，你去游学考察的话，可以广泛在民间搜集资料嘛。"

扬雄开心地笑了，忙双手一拱对严君平说："谢先生好建议，我定当尊先生指教去做，待我游学考察完后，弟子定来唐昌找您，那时再续我们的师生情缘。"

"好，扬子云，到时我欢迎你来跟我一块办好私人学堂。"严君平高兴地说道。这时，一旁的扬庄终于忍不住开了腔："哎呀，到时你们都离开了学宫，我留在这也没啥意思了。我爸前不久说了，等我毕业后，就送我到长安去发展。"

第五十五章 严君平的辞职触动了扬雄

李弘听后叹道:"唉,我要在成都侍奉我母亲,离不开成都。但无论你们去哪儿发展,只要回到成都,我李弘一定为你们接风洗尘,我这里,永远是你们温暖的港湾。"待李弘说完,几人又碰杯开怀畅饮起来。

当晚回到学馆,浮想联翩的扬雄为君平先生的辞职离去,为自己未来的人生追求,竟第一次思索得失眠到天亮……

[第五十六章]

复仇的飞镖声响在元宵节之夜

　　腊月二十八上午，买了不少年货的刘三，让袁平赶着马车，带上西门云飞、陈山岗和李二娃，朝青城山下清风庄园跑去。下午酉时前，刘三几人就进了清风庄园。无儿无女的陈财主和王干妈见刘三买了许多年礼，又带着几个英俊后生来给他俩拜年，异常开心，当晚就用一顿丰盛晚宴招待了刘三几人。酒席上，刘三向干爹干妈重点介绍了西门云飞，并说西门公子是成都顶级大富豪的儿子，也是飞家织锦坊和客栈的大股东，同时还是他要好的结拜兄弟。陈财主和王干妈听后，均惊得张大了嘴巴，王干妈甚至还亲自给西门云飞倒了杯酒。

　　几年前上天师洞拜师学艺时，陈财主和王干妈见过陈山岗和李二娃。没想到三年多后，陈财主和王干妈再次见到这二人时，两人都已长成真正的汉子了。在刘三示意下，陈山岗和李二娃跪谢了陈财主夫妇。最后，刘三在介绍袁平时，竟吹嘘此人是西门公子的得力助手，现在独当一面在管理百花织锦坊。开心的陈财主见刘三带来几位能干的年轻人，竟多喝了两杯刘三送来的文君酒。

　　大年三十早饭后，在清风庄园住了两晚的刘三五人，便告辞陈财主和王干妈，带上礼物赶着马车朝青城山脚下跑去。在小客栈寄存好马车和两匹马后，几人就分别拿着礼物朝天师洞走去。由于青城山几天前下过雪，山林中有些树枝还压有积雪。今天是雪后初晴，在阳光照耀下，树上或山崖上的冰凌不时反射出耀眼光芒。见着异常熟悉的山林，激动的李二娃竟连打了几声响亮呼哨。在天师洞正锻炼身体的方小桥，听见熟悉的呼哨声后，忙惊喜地告诉正在屋内烤火的张云天和廖芝香："张大师、芝香师娘，我听到三师兄的呼哨声了。"

　　已有半尺银须的张云天，沉默片刻后叹道："哎呀，他们在大年三十来看老夫，真不愧是我的徒儿哟……"

踏着积雪的刘三几人，被张云天、廖芝香和方小桥迎到茅屋后，就分别高兴地拥抱了张云天。西门公子在同张大师拉手时，张云天很快认出戴着狐皮帽的西门云飞，他微笑着说道："西门公子，老夫一看你腰上这长长佩剑，就晓得你又来了。"说完，张云天还拍了拍西门云飞肩头。随后，刘三郑重地向张云天介绍了袁平，并告诉师父说，这袁平现已是百花织锦坊老板的助理。袁平立刻向张云天作揖说："久闻张大师大名，上次唐突，没能好好拜见，今日得拜，我袁平真是三生有幸呀。"

很快，在方小桥的忙碌中，围着火塘的几个年轻汉子就捧上了热茶。寒暄后，西门云飞向张云天讲述了两年前他去忠州寻找巴人剑客未成的经历。张云天听后，异常吃惊地问道："西门公子，为啥你要跑到忠州去寻找巴人剑客？"

西门云飞说："尊敬的张大师，我去寻找巴人剑客，是想求他原谅刘三兄因不懂江湖规矩所犯下的错，同时也希望巴人剑客理解您教徒不周的小过失。我想，只要他答应了我的请求，我回来不就可做您徒弟了嘛。"

"哦，你去找巴人剑客的目的，原是为这呀，这也太难为你了嘛。"张云天说道。

西门云飞又说："张大师，虽然我没找到已去中原浪游的巴人剑客，但我并不后悔，因为我终于去了巴蔓子将军曾驻守过的山寨，叩拜了巴将军高大威武的塑像，也感受到了巴人彪悍的民风和尚武传统。"

张云天点了点头说："嗯，看来你西门公子去忠州这一趟，收获真不小嘛。"正说着，方小桥来告诉张云天，说午饭已弄好，可否就在火塘边喝酒。张云天同意后，陈山岗和李二娃就忙收拾房间，到厨房帮忙端菜拿碗和酒杯去了。随后，穿着棉衣的廖芝香，就给每人杯中倒上酒，然后她高兴地举杯说道："今天是大年三十，我真没想到，你们这群年轻人，会在这时来看望你们的师父，在此，我个人同时也代表张大师，向你们几位徒弟表示衷心感谢，同时，也祝大家新年快乐。"说完，在众人欢快的祝福声中，有些感冒的张云天同大家一块喝干了杯中酒。

午饭后，走出房间的刘三一伙，兴奋地观望着白雪皑皑的山林。陈山岗也自豪地向西门云飞和袁平介绍了他和李二娃这几年的学武情况，尤其是讲到学飞镖之技时，陈山岗眉飞色舞地说："这一年多来，老子起码用飞镖扎死了四只山猴和七八只山鸡，还有几只野鸽。哈哈，学会飞镖之技后，我就再不怕那些拳脚功夫厉害的

465

武林人士了。"正说着，一只彩色锦鸡飞歇在不远的高大楠树上。正想掏飞镖的陈山岗还没来得及动手，就见李二娃从怀中掏出飞镖，唰地朝树上锦鸡甩去。只听一声惨叫，锦鸡便扑腾着落在树下枯草丛中。

　　在大年初三下午下山前，尽管西门云飞几次提出想拜张大师为师的请求，甚至还说清明之后，他要为天师洞捐建两间瓦房，但不知为啥，张云天仍没答应收西门云飞为徒……

　　大年初三临近午时，浓浓大雾才从花园场慢慢散去。在豆腐饭店门外张望好一阵的杏花，回到后院哭丧着脸对母亲说："妈，春节都过去好几天了，咋扬雄哥还没来呢？莫非，扬雄哥生病了？"说完，杏花眼睛就有些湿润起来。看着失魂落魄又异常难受的女儿，覃老板想了想对杏花说："杏花，你在家里等着，我去找茶铺赵老板商量下，请他去扬家小院看看，若扬雄没病，就让他来一趟。哼　老娘要亲自问问扬雄，今年过年，为啥不来看我家杏花。"见杏花点头后，覃老板就匆匆离开了后院。

　　由于天冷，茶铺里除有几位老人在烤火摆龙门阵外，基本就没啥客人，找到在吃瓜子的赵老板后，覃老板以找扬雄商量为饭店写赋为由，请赵老板去扬家小院跑一趟，让扬雄今天下午来豆腐饭店。热心肠的赵老板见覃老板求他帮忙，二话不说，解下围腰，就出门匆匆朝扬家小院走去。

　　不到半个时辰，敲开扬家小院院门的赵老板，就向开门的扬凯说明了来意。扬凯听后有些吃惊，只好告诉赵老板说："不巧得很，我家雄儿今天早饭后，就骑马去临邛看望他生病的先生了，请赵老板跟覃老板解释下，要是我家雄儿下次回来，我一定让他到豆腐饭店去见覃老板。"

　　赵老板听后忙问："扬大哥，你家扬雄看望他先生后，还会回来过元宵节吗？"

　　扬凯说："赵老板，这就很难说了，听雄儿说，还有他几个曾经的同窗在临邛等他玩哩。真要是雄儿能回来过元宵，我一定让他到花园场来拜见你和覃老板。"说完，扬凯就请赵老板进院喝茶，赵老板以茶铺无人看管为由，同扬凯道别后就很快离去了。不久，回到花园场的赵老板只好遗憾地告诉覃老板，说扬雄今天上午已骑马去临邛看望病中的先生了。

　　覃老板听后，点头夸赞道："嗯，扬雄这个年轻人不错，是个懂得感恩的人，还到那么远的临邛去看望曾教过他的先生。"

第五十六章　复仇的飞镖声响在元宵节之夜

为安慰一旁忧郁的杏花，赵老板故意对覃老板说："我听扬雄老爸说，要是扬雄从临邛回来过元宵节的话，就一定让他来一趟豆腐饭店，到时，你们就可商量写赋的事啦。"杏花听后，嘴角终于有了一丝笑意……

自大年初六扬雄同张德川与小芳回到翠竹乡后，他就利用几天难得的闲暇时光，同秀梅进行了接触。秀梅虽是个腼腆的村姑，但小时在她哥读书时，也跟着学认了一些字，甚至还能背诵一些《诗经》中的诗句。秀梅本是个活泼爱说话的姑娘，自父亲遭难家里发生重大变故后，她语言才开始减少许多，有时眼中还凝有忧郁之色。后来，当见着她哥和姐去成都工作，尤其是这次春节见着她姐同席毛根成为恋人后，她又想起几年前她母亲对扬雄和席毛根说的话。秀娟这次回家，就单独给秀梅讲了扬雄失恋的原因。在秀娟鼓励下，秀梅答应可同已有名气的扬雄好好接触下。

这次扬雄来翠竹乡见到秀梅后，没想到当年瘦小的秀梅，现已出落成亭亭玉立的漂亮姑娘。在有阳光的日子，扬雄便约秀梅到乡间小道散步，他不仅给秀梅介绍了他奶奶、父母情况及个性，还讲了他小时学竹笛和跟人打架的故事。后来，扬雄还说了他爸逼他看书认字与练字的情况，甚至还讲了他祖爷爷流落郫县的悲情往事。自然，讲得最多的是他听严君平说书，以及到临邛翁孺学馆读书与她哥和席兄结下友谊的情况。在讲完去成都文翁学馆的事后，扬雄还诚实地告诉秀梅他和杏花的故事以及父母坚决反对的真实原因，并还说他是家里五代单传，对父母有不可推卸的尽孝责任。聪明的秀梅听后，当然明白扬雄给她讲这些的用意。

这次回家过年，德川和秀娟给自己母亲和秀梅讲得最多的就是扬雄的情况，尤其是德川讲到扬雄的《蜀都赋》在蜀地产生极大影响时，秀梅向他问道："这么说来，扬雄哥今后有可能成为第二个司马相如啰？"

忠厚的张德川挠着后脑勺说："这、这有些难说，或许今后也有可能吧。"随后，有心的张德川又把蜀郡府奖励扬雄的事告诉了母亲和秀梅。见秀梅和扬雄在乡间小道说说笑笑摆龙门阵，最开心的当属严氏。这次春节，她见儿子带回的小芳不仅温柔乖巧，而且还非常贤惠有孝心，又见着秀娟同席毛根成了恋人，要是她小女儿能同扬雄好上，这不就圆满了吗？每当想到这儿，在屋里和厨房忙上忙下的严氏，就仿佛在用笑声告诉儿女们，她的心安了。

在离开翠竹乡前夜，扬雄终于向秀梅说出了心中愿望，腼腆脸红的秀梅，点头同意了扬雄的真诚表白……

大年初三黄昏，从天师洞下山的刘三和西门云飞五人，坐马车到了西门家老宅院。在老王头匆匆准备好几样下酒菜后，刘三几人便喝起酒来。喝酒时，西门云飞对刘三说，他不想把为天师洞捐建两间瓦房的事告诉父亲，他想从聚义客栈支取八金解决此事，便问刘三有无问题。

　　想了片刻又好面子的刘三回答说："问题不大，到时我一定凑够你需要的钱，不过，我想问的是，到时你可能还需两个帮手吧？"其实，刘三说这话时非常清楚，由于他不擅经营，每月利润已基本被他耗光，他说这话无非想减轻西门公子对他的埋怨。说完后，他已打定主意，必须在龙家兄弟身上弄到填坑的钱。

　　"嗨，刘兄，只要有了钱，修建房屋的帮工在哪都能找，放心吧，这区区小事还难不倒我。"端着酒杯的西门公子自豪地说。第二天早饭后，西门公子说他先回成都，要跟着他爸去参加一些饭局，只好同刘三几人分手。

　　待西门公子走后，在客室喝茶的刘三四人，就商量起向龙老四复仇的方案来。经一个多时辰反复研究，陈山岗坚持认为，向龙老四复仇必须在元宵节前完成，复仇后，他们几人才可脱身出来寻找新生意。有些好奇的袁平向陈山岗问道："二帮主，你能否透露下，下一步你对啥生意感兴趣呀？"

　　"嘿嘿，这还用说吗，老子自然对来钱容易的生意感兴趣。这段时间我认真观察了，客栈生意虽说简单，但一年到头辛苦下来，也挣不到几个钱；织锦坊技术要求复杂，外面还要有许多客源关系才行。我建议今后客栈让张大哥管理就行了，刘帮主抽身出来就可做别的生意。"

　　"哟，二师兄，莫非你对未来生意已规划好啦？"李二娃高兴地问道。

　　陈山岗看了看李二娃和刘三，骄傲地说："你们别忘了，我可是咱们丐帮中的军师，若无谋划，难道我这军师就真是混饭吃的？"说完，陈山岗故意看了看袁平。听陈山岗说后，有点小兴奋的袁平说："二帮主，要是你们今后的生意巴适，那我就离开织锦坊跟着你和老大干，说实话，织锦坊生意太他妈不好耍了，每天杂事还多。"

　　刘三看了看袁平，有些不满地说："袁平，你给老子别忘了，当年西门公子家就为收留躲难的你，才把你安排到织锦坊学技术的，如今你翅膀硬了，想飞了是不是？老子给你明说，要是西门公子不主动提出新安排，你龟儿子哪也别想去！做人，要对得起曾经帮助过我们的人。"

　　"老大，我说起耍的，没有想马上离开织锦坊的意思。"被吓了一跳的袁平忙解释说。

第五十六章 复仇的飞镖声响在元宵节之夜

刘三说："那就好，下一步向龙老四复仇后，我们丐帮兄弟肯定要变换生意思路。老子早就想好了，既然扬雄有扬庄老爸这个硬关系，我们就开青楼和赌场，只要赚了钱分些给扬庄家，老子就不信他不给我们作保护伞。哈哈，到那时，我们丐帮就在成都发大财啦！"刘三刚说完，几个铁杆兄弟也跟着他笑起来……

大年初十正好阳光明媚，早饭后，独自上马的扬雄，和赶着马车载着张德川、秀娟与小芳的席毛根几人，在严氏和秀梅的陪送下，离开了翠竹乡张德川家。在依依不舍的告别中，扬雄隐约看到秀梅眼中饱含的泪水。一个时辰后，从难舍情绪中缓过来的扬雄，才同赶车的席毛根说起话来。看着独自骑马前行的扬雄，张德川和秀娟不时交换着满意的眼神，因为他俩知道，在不久的将来，有文才的扬雄将成为他们的妹夫。

大年初四夜里，刘三几人在花园乡进行了踩点，刘三给陈山岗几人下令，若是今晚在花园场或是龙家大院外发现了龙老四，只要下手方便，就让这个歹人尝尝飞镖的厉害。不知是龙老四去走亲戚还是在别人家喝酒，直到临近子夜时分，刘三几人也没发现龙老四影子。无奈之下，刘三只好去他母亲坟头烧了香烛磕了几个头，然后又坐马车回了成都。

由于客栈春节放假，此后几天刘三领着他的几个铁杆兄弟，赶着马车在成都城内四处游逛。他们不仅去青羊肆看了灯会，还去盐市口夜市寻吃了不少小吃。出乎刘三意料的是，在逛盐市口夜市时，手脚麻利的李二娃，居然成功偷窃了两对和田玉手镯和三个铜镜。第二天，陈山岗用玉手镯和铜镜在当铺当了整整五金。喜出望外的刘三几人，又用这些钱在蜀都大酒楼大吃了几顿。直到大年初九晚上，在客栈喝酒的刘三几人，才又开始研究起报复龙老四的计划来。

通过一个时辰商讨，最后刘三归纳说："这次我们向龙老四复仇，时间就定在大年十四和十五两晚上。大年十四下午我们几人从客栈出发，我就以去花园场给我妈上坟为由，要你们几个陪我去，这样的话，这次复仇就不必再惊动席兄、西门公子和张德川，你们给老子记住，大家一定要守口如瓶，明天员工回来后，就别再提复仇一事，以免遭到席兄和西门公子劝阻。哼，老子一定要让龙老四尝尝我的厉害，要让他明白，啥子才叫君子报仇十年不晚！"

"帮主，我也想参加这次行动。"袁平真心对刘三说。

"算了，这次你就不去了，你一走，容易引起席兄和西门公子怀疑。"刘三忙

469

说。看着袁平有些失落,刘三想了想又说道:"袁平,你小子别为这小事不安逸,今后,只要有我在,有我们丐帮在,老子迟早会让你干出点精彩的大事来!"

"真的?"袁平脸上终于露出了笑意……

大年十四午饭时,刘三告诉张德川,他打算下午回花园场给他母亲上坟,还说陈山岗、李二娃和陆小青也要陪他回花园场。刘三叮嘱张德川,他走后这几天要德川兄全权负责客栈业务。有些吃惊的张德川问道:"刘老板,你大概要走几天哟?"

刘三装作大大咧咧地回道:"嗨,我最多也就走两天吧,要是扬雄和席兄他们问起我行踪,你就直接告诉他们,我回花园场上坟去了。"说完,刘三还故意当着张德川的面,吩咐陆小青去准备马车。没多想的张德川点头说:"刘老板,这有啥子嘛,你放心走就是,我一定认真管理好客栈。"随即,张德川还让秀娟去厨房给刘三几人准备点好吃的,说可在路上享用。下午申时,刘三几人坐着陆小青赶的马车,就匆匆离开了客栈。

出西城门后,奔驰的马车就穿过茶店子和土桥小镇,一直奔到犀浦地界才慢了下来。熟悉路道的刘三指着旁边一条岔道对陆小青说:"小青,这条道也可直通花园场,这条道走的人少,我们这次行动要避开人多的地方,当地人虽不认识你们几个,但有许多乡民却认识我,所以,大白天老子必须提防才行。"

不到一个时辰,马车就到了离花园场不到两里远的河堤边。刘三看看天色,便对陈山岗说:"走,我们到河堤下歇歇,等天黑下来再进花园场。"尔后,刘三跳下马车,李二娃拿着秀娟包的一大包卤菜和面饼,几人就蹲在河堤下吃了起来。黄昏渐渐降临,在冷飕飕的河风吹过时,陆小青又赶着马车,悄悄进了花园场。为不引人注意,刘三命陆小青把马车赶到场口土地庙后藏起,然后率陈山岗、李二娃朝豆腐饭店走去。

刚走到饭店门口,刘三就听见店内传来一阵砍骨头的声音,警惕的刘三探头望去,在油灯光的辉映下,只见覃老板正在案板上砍猪脚,杏花在灶边择菜。见店内无其他人,刘三立马闪进店内,随即示意李二娃关了店门。杏花猛然发现几个黑影溜进店,忙紧张站起问道:"你们是哪个?"随即,紧握砍刀的覃老板,立刻盯着几个黑影。这时刘三忙上前说道:"覃老板,我是刘三。"

"砍老壳的,你咋不开声腔嘛,这黑灯瞎火的,把老娘吓了一大跳。"覃老板埋怨说。

刘三忙解释道:"覃老板,今晚我们来得突然,还来不及给您打招呼。"说完，刘三拉过陈山岗和李二娃给覃老板做了介绍。介绍完后，刘三问道："覃老板，这大过年的，你两娘母还在忙啥子喃？"

"明天是元宵节，又是花园场的赶场天，我在饭店准备些明天要用的东西，不然，明天食客多了搞不赢。"覃老板回道。刘三点头后，便压低声音说："覃老板，我怕隔墙有耳，我们还是到你后院去说，好吗？"

"哦，我晓得你刘三是无事不来花园场的，要得嘛。"随后，端起油灯的覃老板就领着刘三几人朝后院走去。刚进后院，覃老板就叫杏花把门关上，然后回身向刘三问道："刘三，你必须给我说实话，你这次来花园场做啥？"

"我、我……"刘三犹豫了，他不想告诉覃老板来花园场的真实原因，他怕吓着覃老板母女。见刘三迟疑不开腔，有些火了的覃老板说道："哼，刘三，你现在竟把老娘当外人了，要是你不说明来这做啥，你就给我滚出去！"

刘三慌了，忙说："覃老板，您别急嘛，我、我咋个可能把您当外人喃，我是从小在您这里要饭长大的，您又跟我娘年纪差不多，我之前一直把您当作娘看待哩。"

"既然这样，那你就给我说实话。"覃老板语气缓和了下来。

刘三见覃老板态度有所转变，忙说："覃老板，说来话长，我们就到您房间去说吧，屋外有些冷，我怕冻着您老人家了。"说完，刘三用大手抚着覃老板肩头，便轻推着覃老板朝房间走去……

房间里，刘三向覃老板坦言了他来找龙老四报仇的事，并告诉覃老板母女，他在冬月带人暴打了宋捕头，还割了他右耳。覃老板和杏花听后，非常感谢刘三替他们报了仇。随后，覃老板问道："刘三，你们这次就只向龙亭长报仇，不干别的？"

"对，老子只向龙老四报仇，报完仇就走！"

覃老板紧张地问道："莫非，你想弄死龙亭长？"

刘三笑道："覃老板，我连比龙老四更坏的宋捕头都没要他的命，又何必弄死龙老四呢。我这次带人来，只为出他伙同宋捕头毒打我的恶气。"

"行，你不弄出人命就好。刘三，你要晓得，这花园场可是龙家地盘，弄不好的话，反而会伤了你们自己哟。"覃老板提醒说。

"放心吧，覃老板，我晓得向龙老四复仇，只能智取，不能莽撞行事，更不会连累您和杏花。"刘三回道。

覃老板听后点了点头，好似想起什么，突然问道："刘三，你们几个走路来的花园场？"

刘三回道："不是，我们是赶马车来的。"

覃老板大惊："那你们的马车喃？"

"我把马车藏在了土地庙后面，陆小青还守在那。"

覃老板眉头一皱："那咋行，天气这么冷，我看这样吧，你让小青住花园客栈，那里有马厩，这样的话，人和马都安顿了。然后让他明早上我这里来吃早饭。"听覃老板说后，刘三忙叫李二娃去通知陆小青到花园客栈去住宿。李二娃刚出店门，覃老板突然拍着自己的脑袋说："哎呀，我还差点忘了，明天中午从长安做生意回乡的胡老板，要在我这儿请龙乡长和龙亭长吃午饭哩，今天中午胡老板还来我这儿打了招呼。"

刘三拍手笑道："哈哈，这太他妈好了，正好二帮主和三帮主还不认识龙老四，这下就有认识这个歹人的机会了。"

覃老板一听急了，忙摆手说："要不得要不得哈，你们千万别在饭店对龙亭长下手，要是他们晓得你们藏在我这里，我今后是脱不了爪爪的呀。"

刘三忙拍着覃老板的肩头说："放心吧，我们决不会在豆腐饭店动手，我只是让我的人认准谁才是龙老四，要不然下手时，把人弄错了咋办。"

"哦，这还差不多。"紧张的覃老板终于笑了。

第二天早上，当陆小青来豆腐饭店吃过早饭，覃老板就带刘三几人上楼，来看午时龙乡长一群人的吃饭位置。由于豆腐饭店不宽敞，楼上位子不多，覃老板说，请客的胡老板订的是八人餐，而且点名要靠窗光线好的位置。刘三想了片刻，指着挨近楼梯口的木桌说："覃老板，中午时，二帮主他们三人就在这吃饭，一是可认到龙老四，二是可偷听他们谈话内容，由于花园场认识我的人多，白天我就躲在后院不出来，您看行不？"

"要得，这样最安全。"覃老板完全赞同刘三的决定。

大年十五元宵节又逢赶场天，来花园场赶场买卖东西的乡民特多。到豆腐饭店吃饭的人确实不少，楼下大堂早已坐满食客，楼上陈山岗、李二娃和陆小青三人占好位子后，其他寻座位的人也就不好意思再挤过来。快到午时，身穿高档锦衣的胡老板，领着跟他一般高的儿子，早早就上楼候在临窗案边。刚到午时，高大的龙廷跃乡长和龙老四亭长，领着龙耀文、龙耀武和两个姑娘，一同上了楼。龙乡长和龙

第五十六章　复仇的飞镖声响在元宵节之夜

亭长同胡老板寒暄不久，覃老板和杏花就陆续将色香味俱佳的各种菜肴摆了上来。当龙乡长一群人推杯换盏时，陈山岗三人也喝起了小酒。就这样，豆腐饭店内忙碌的景象组成了花园场小镇上最具人间烟火味的民俗风情画。

午饭快结束时，溜进后院的陈山岗兴奋地告诉刘三说："老大，我听到龙乡长对那请客的老板说，他们一家今晚要去县城看灯会。"

"真的？这他妈太好了，那我们就在灯会上找机会下手，那时人多，我们既好脱身，还不易被发现。"说完，刘三就同陈山岗将手紧紧握在了一起。

下午申时刚过，陆小青就把马车赶出了花园客栈。由于怕被人发现引起怀疑，陆小青一直以一人面目出入花园客栈。在陆小青把马车赶出花园场一里地后，用帽子遮住脸的刘三，才匆匆闪出豆腐饭店朝马车跑去。不久，陈山岗和李二娃也跟着跳上了马车。从花园场到县城，能走马车的道路只有一条。刘三十分熟悉当地路况，他决定到前面有石桥的地方，去守候龙乡长家的大马车，然后再跟踪龙乡长大马车。

酉时刚到，一阵橐橐马蹄声传来，载有十多人、装饰较为豪华的龙家大马车，就不紧不慢跑过了石桥。随即，在刘三指挥下，陆小青赶着马车就跟了上去。车上，刘三向陈山岗和李二娃定下了复仇原则：不取龙老四性命，把他整伤或弄残即可。李二娃听后笑道："呵呵，老大，看来今晚的复仇行动，我的飞镖就可派上用场啦。"

临近黄昏，龙家大马车就停在了离灯会地点不远的地方。机灵的陆小青控制着马车速度，就在离龙家大马车不远处停了下来。为离开方便，机警的陈山岗叫陆小青调转车头，以便夜里离开时好走。刘三见陈山岗作如此安排，便微笑着向陈山岗跷起了大拇指。

龙廷跃一大家人下马车后，就被他和龙老四招呼着，前呼后拥挤进了灯会人流，开始寻找小吃。尾随龙家的刘三几人，便散开跟了过去。在各式各色动物和花卉灯笼组成的灯会上，除卖各种商品的摊位外，就是众多卖各种小吃的摊点，在高低不一的吆喝声中，走走停停的龙乡长一大家人，就在热气腾腾卖糖油果子的摊位旁停了下来。此时，陈山岗摸了摸藏在腰间的飞镖。平时，陈山岗和李二娃身上各藏有七把飞镖，其中三把毒镖插在皮套中藏在腰间，另外四把镖分别插在两小腿外侧绑腿上。若不近距离观察，一般人是看不出他俩身上藏有飞镖的。

陈山岗见龙乡长一大家人围着糖油果子摊位，立即低声对靠近的刘三说："老大，我看这机会好，龙老四在分发糖油果子，用飞镖扎他头部或脸最好，而且，在这人多之地撤离也方便，错过这时机，恐怕难有下手的好机会了。"刘三点头后，陈山岗立刻从绑腿拔出两把飞镖，而李二娃却从腰间掏出把毒镖。稍高的陈山岗看了看四周拥挤的人群，立即挥镖朝龙老四头部和后颈甩去，只听唰唰两声飞镖声响起，中镖的龙老四大叫一声，便捂着脑袋四处张望。这时，李二娃甩出毒镖朝龙老四脸上扎去，再次中镖的龙老四"啊"了一声便瘫坐在地。

此刻，在龙家众人惊恐的呼喊声中，灯会人群便炸了锅似的乱作一团。趁着四散人群乱窜时，朝停放马车之地跑去的刘三几人，很快寻到自己马车跳了上去，早有准备的陆小青挥鞭打马，马车便疯狂地朝成都方向奔去……

第五十七章

毕业季，扬雄的选择非常另类

当晚，在刘三几人飞速逃离灯会现场后，龙廷跃一面大喊抓人，一面从龙老四头上、后颈和脸上拔出三把飞镖。虽然龙耀文、龙耀武几人四处搜寻，但他们在人多的灯会，根本没法找到暗算的人。无奈之下，经过简单包扎后，扫兴的龙家人在龙廷跃带领下，只好悻悻离开了灯会。

几天后，敦实的中年汉子龙亭长怎么也没想到，当他后脑勺和颈上的镖伤开始结痂时，右脸上的伤却开始溃烂开来。在请郎中看过后，郎中惊诧地告诉龙亭长，说他脸中了毒镖，若不及时手术，可能还会扩大溃烂面积。感到后怕的龙老四做了切除手术后，出乎他意料的是，无法合拢的右脸伤口，竟在靠近下巴处，露出个鸽子蛋般大小的洞来，无论谁看到露出的牙槽，都会产生莫名的恐惧感。龙老四用铜镜看到破相的惨状后，气得卧床几天不愿出门。无论龙廷跃和龙老四怎样分析暗算的仇家，他俩都没想到两年多前逃走的刘三。

大年十五子夜后，坐着马车回到聚义客栈的刘三四人，面带喜色走进客栈饭厅。刘三命秀娟要厨房伙计起床给他们弄点吃的，并说他们还没吃夜饭。起床的伙计忙了一阵后，秀娟终于给刘三几人端出几个巴适的家常菜。听见响动的张德川也到饭厅，陪刘三几人喝了两杯，并告诉刘三说，下午扬雄和席兄来客栈过元宵，他们见刘老板不在，喝完酒就离开了客栈。刘三听后高兴地说："呵呵，这没关系，改天我再给他们补起没喝成的酒嘛。"

大年十五下午，当刘三闪出豆腐饭店后，杏花凝望刘三消失的背影，竟在饭店门口出神发呆了好一阵，才被母亲拉进店内。原来，中午营业高峰过后，下午走进后院的杏花，就质问刘三："为啥说话不算数，我来成都时，你不是说春节前要同扬雄哥一块来我家吗？"

不傻的刘三这次来花园场，已明显感到过去爱说笑的杏花，现已变得不仅寡言少语，而且目光中还带有忧郁。从刘三内心讲，他一直希望他老铁能娶善良纯朴的杏花为妻，但扬雄父母反对，他也相信老铁对他讲的那些真心话。刘三既不想伤害老实本分的杏花，又不敢讲扬雄不来看她的真实原因。于是，刘三只好哄杏花说："要是往后扬雄在临邛的先生过世了，那时扬雄回花园场的时间就多了，日子还长，今后扬雄来看你的时候还多。"说完，刘三从怀中掏出几枚五铢钱塞在杏花手中说："杏花，改天你跟你妈去逛县城时，可买点你喜欢的东西哈。"

收下刘三的钱后，单纯的杏花点头说："刘三哥，你若是今后在成都碰见扬雄哥，一定要提醒他回来看我哟。"见刘三点头后，杏花才离开了后院。

就在严君平辞职离开文翁学馆的第七天，下午下课后，李弘找到扬雄，告诉他说："扬子云，有位老板来过三次，他说他非要见见你不可。我已推过他两次了，事不过三，我今天实在不好意思再推他了。"

扬雄有些诧异："李弘先生，你知道那老板有啥事非要见我吗？"

"不知道，我问了两次，他也没讲。"李弘回道。

扬雄又问："先生，您之前认识这老板吗？"

李弘摇了摇头："我之前从不认识此人，但他是我一位熟人推荐来找我的，所以，我也不好再拒绝他。"

"既然这样，那先生就带我去见见此人吧。"说完，扬雄就跟着李弘朝待客室走去。刚进屋，一位已体态发福穿得讲究的中年人，便起身看着俊朗的扬雄说："哟，你就是扬雄大才子嗦。"

扬雄一拱手："先生有事找我？"

"是呀，我有一件大好事找你哩。哈哈，我来过两次，今天终于见到你了。"

扬雄又问："请问先生贵姓，有啥事找我呀？"

"本人姓赖名富贵，是成都本地做粮食生意的老板，我来找你是想同你商量件事，不知扬大才子可愿听听这件难遇的好事？"赖富贵高兴地说。

扬雄回道："哦，原来赖先生是做粮食生意的，我不会做生意，不知赖老板有何事找我，请说吧。"

赖老板看了看李弘，微笑着对扬雄说："扬雄大才子，这事不是一时能说完的,这样吧,我们三人到外面酒楼去,我们一面喝酒一面聊,我相信,你听完我的想法后,你和李弘先生都会高兴的。"

扬雄忙回道:"赖老板,有啥事就在这儿说吧,晚上我还要复习功课。"说完,扬雄就坐了下来,表示不想外出之意。赖富贵见扬雄不愿外出吃饭,只好征求李弘意见说:"李弘先生,我们去酒楼慢慢说,要得不?"

李弘说:"赖老板,既然扬雄不愿外出,那你就在这儿说吧,扬雄是个珍惜时间的学子。"

无奈之下,赖富贵只好笑着对扬雄说:"好吧,既然扬雄才子是珍惜光阴之人,那我就直说。扬雄,你去年写的《蜀都赋》,我是认认真真拜读了十多遍的,本人认为,你照此写下去,你的辞赋完全可以跟当年的司马相如比肩嘛,近段日子,我突然有个想法,想说给你听听,咋样?"

"赖老板,您且说无妨。"扬雄忙说。

赖富贵接着说:"人嘛,这一世除了吃喝,似乎就没多大意思,但有追求的人,都想扬名天下流芳百世,我敢断定,你扬雄的文章就可流芳百世。"

扬雄抱拳回道:"赖老板过奖了,我只是一名辞赋爱好者而已,作品谈不上流芳百世。"

"哎,扬雄大才子,你也别谦虚嘛,你看看,现在成都和蜀地各县,不是都有你写的《蜀都赋》吗?若只是一名普通爱好者,蜀郡太守咋可能带头宣传你的大作?"赖老板认真说道。

由于扬雄前些日子听过许多夸赞他的溢美之词,故对赖老板的话没啥兴趣,于是,有点不耐烦的扬雄回道:"赖老板,若您没其他事,那我就走了。"说完,心情不爽的扬雄就准备离去。

赖老板忙起身拦住扬雄说:"喂,扬大才子别急,我还没说正题哩。我想,你扬雄既能写出佳作好文,我赖某人就想跟你合作一次,咋样?"

"赖老板,您是做粮食生意的,我咋跟您合作呀?"

"扬雄呀,你别小看我这生意人,我可是做过不少善事的好人,前些年灾荒时,我曾捐助过灾区五十担粮食哟。"赖富贵又说。

"先生说了这么多,您到底是啥意思嘛?"扬雄有些急了。

赖富贵认真说道:"扬雄,我想先预支五金给你,请你在下篇赋中把我名字巧妙地写进去,要是我看了满意的话,到时我再付给你八金。今天有李弘先生在此做证,本人决不反悔食言。"说完,赖老板就从怀中掏出五金放在桌上。

扬雄盯着赖老板，气得嘴唇颤抖起来："赖、赖先生，我扬雄写辞赋是有感而发有感而写，每一个字都是经过反复推敲才写出的。看来，您根本不懂文章奥妙文章立意，您只是个想出名之人！您不觉得，您的名字会毁了我的辞赋作品吗？哼，我真没想到，这世上竟有虚荣心重到如此地步之人！"说完，生气的扬雄便推开赖老板扬长而去……

清明节三天后，为兑现给天师洞捐建两间瓦房的承诺，西门公子在刘三那里拿到五金，又在浣花和百花织锦坊各支取六金，然后加上他的私房钱，又带上家里两个男佣，就让车夫赶着马车去了青城山。山下，西门云飞请教建房老匠人后，就照老匠人建议买齐建房材料，然后请人运上了山。

通过十多天的努力，西门云飞硬是在天师洞建起两间像样的新瓦房，并请张云天做了验收。张云天看着新瓦房，非常满意地点头说："真没想到，你西门公子真还是个说话算数的汉子，有点像你父亲当年做事的样子。"

西门云飞听后，惊讶地问道："张大师，您认识我爸？"

为掩饰自己不小心说漏了嘴，不想暴露身份的张云天只好摸着胡须说："呵呵，或许是老夫在梦里感觉到的吧。"尔后，在欢送西门公子和老匠人的酒桌上，被感动的张云天对西门公子说："西门公子，鉴于你对我天师洞做了很大贡献，现我答应收你为徒。不过，有个小条件我必须事先向你说明，现我年事已高，就不要求你长住天师洞，只要你有空来我这儿，我再指点你剑术吧，不知你可否愿意？"

西门公子一听，忙起身朝张云天跪下磕头说："谢谢师父收我为徒，徒儿相信在您指教下，我的半拉子剑术定会得到提升。"说完，西门云飞认认真真给张云天磕了三个响头。回到成都，西门云飞兴奋地对刘三、陈山岗和李二娃说："弟兄们，张大师已收我为徒，我终于跟你们们成为师兄弟啦！"

自西门云飞为天师洞捐建房屋回成都后，不想再做客栈生意的刘三，在陈山岗和李二娃怂恿下，试探性地跟西门公子谈了两次青楼的事，均被西门公子以父亲只投资熟悉生意为由委婉拒绝了。无奈之下，刘三又打起敲诈龙耀文两兄弟的主意。

在一个宜人的黄昏里，刘三如法炮制，带上陈山岗、李二娃和陆小青，拿着两年前的欠条小木板，又到文翁学馆敲诈了五金。在不到十天的时间里，当他们又去敲诈龙耀文十金时，被逼得拿不出钱的龙耀文两兄弟，只得去报了官府。三天后，来拿钱的刘三几人碰上了官府派来的人，通过一番搏斗，李二娃用飞镖放翻了官军头目，几人才好不容易从小巷逃走。从那之后，凑不够钱的刘三有了放弃开青楼的想法。

一天晚上喝酒时，陈山岗把想跟桃花借钱的想法告诉了刘三，刘三听后摇头说："老二，你我跟桃花又无深交，她咋可能借这么大笔钱给我们呢？"陈山岗听后，吊诡一笑说："老大，不瞒你说，这几个月里，我独自去了琴台路多次，而且每次去后，桃花都用好酒招待了我。"

"呬，你龟儿子还瞒得深喃，难怪前些日子，有几次找不到人吃夜饭，原来你是跑到文君酒坊去了嗦。"刘三说完，便似笑非笑地看着陈山岗。奸诈的陈山岗却微笑着对刘三说："老大，在投资青楼的问题上，我早就料到我们会遇到资金难题，我去琴台路的目的只有一个，那就是在遇到资金困难时，让我们有借钱的主。"

令刘三不知的是，在报复龙老四后的这几个月中，对桃花有了想法的陈山岗，竟以为凭他灵活的头脑和三寸不烂之舌，可以将涉世不深的桃花拿下，哪知见多识广的桃花对陈山岗的心思了如指掌，没啥文化仅是丐帮二帮主的陈山岗，哪能入得了卓春桃的法眼。无论陈山岗怎样吹嘘自己剑术和飞镖之技，对这些不感兴趣的桃花，只看在他是扬雄、扬庄、席毛根朋友的份上，看在他曾参加了消灭黑帮团伙的份上，才多次用好酒招待了陈山岗。经过一段时间努力，陈山岗见桃花对他仅局限在表面客气的交往，清醒过来后，他便采取友好的渐行渐远方式，逐渐离开了高傲的桃花。

并不好糊弄的刘三听后，心里笑道：哈哈，你二帮主居然给老子装，难道我还不知你的打猫心肠？哎，没追到桃花就算了嘛，还跟老子说啥是为寻找借钱的主，你这不是坟坝头撒花椒面——麻鬼吗？想了片刻，不愿戳破真相的刘三说："老二，你不愧是我们丐帮军师，居然在考虑未来生意上打了提前量。"说完后，刘三就跟陈山岗商量，要借多少钱才合适的计谋来。在李二娃一再提醒下，他们三人才定下分三步走的借钱方案。

春光易逝，转眼间石榴花盛开的初夏就已来临。

一天晚饭后，在锦江边散步的扬庄告诉扬雄，说昨天回家时，他老爸对他说，夏天毕业前，可问问扬雄是否愿来蜀郡府做文案工作。

扬雄听后，诧异地问道："庄兄，过去对毕业学子的分配，尤其是到蜀郡府工作的人，听说不是还要进行另外的考试吗？咋的，我不经过考试，就能去蜀郡府工作？"

扬庄笑了起来："呵呵，扬子云是谁呀，你可是闻名蜀地的大才子，是写出《蜀都赋》的青年才俊。蜀郡府能破格录用你，也很正常嘛。"

"庄兄，我估计这特殊待遇，跟你老爸帮忙分不开吧。不过，现离毕业不是还有一个多月嘛，到时我到底去哪工作，我看还是等毕业时再说吧。"扬雄忙说。

扬庄又劝道："扬子云，这可是众多学子都羡慕的好工作，你若不提前确定下来，要是这特殊名额被别人占去，那时可后悔都来不及啰。"

扬雄将手一摇说："谢谢庄兄和你老爸的关爱，下次你回家时，一定要代我向你老爸表示感谢，至于我的毕业去向，我还是想等毕业后再说。"

令扬雄有些意外的是，在扬庄告诉他蜀郡府有意要他来任职的几天后，他去聚义客栈玩时，西门公子也向他转达了他父亲的意见："子云贤弟，我老爸知道你快毕业了，他要我转告你，他欢迎你来我们浣花和百花织锦坊，担任我们的文化监理，具体任务就是负责产品宣传。我爸还说，要是你能用辞赋或诗文宣传得好的话，年终分红时，可额外再给你奖励，不知你意下如何？"

扬雄听后，忙端起酒杯说："西门公子，谢谢你老爸美意，至于我毕业后去哪工作，我看还是等我毕业后再说吧。眼下还暂时定不下来。"说完，扬雄敬了西门公子一杯表示谢意。

此时，席毛根也在一旁说道："子云，今年我们两家织锦坊生意都不错，估计到年底分红时，员工们都能拿到不少奖金。你若能来当文化监理，再笔下生花大肆宣传的话，我相信我们产品会卖得更好，你也会拿到不少钱。"席毛根说完，一旁的张德川、秀娟和小芳，也纷纷劝扬雄出任织锦坊文化监理，还说这样大家在一块工作，生活也更加方便。扬雄听后，没再说不去担任监理一事，只是微笑着向大家敬酒，对众人的关心表示感谢。

为做自己喜欢又能赚大钱的青楼生意，可以说，刘三和陈山岗是绞尽脑汁费尽了心机，却没弄到最起码的启动资金。后来，当陈山岗提出向做酒生意的桃花借钱，经过反复考虑的刘三，在万般无奈下，终于采纳了陈山岗的建议，并制订出借钱的三步计划：第一步，必须设法使桃花同意借钱；第二步，第一次开口的数额不能太大；第三步，借钱半月后，再找理由追加借款额度。

为测试自己选择项目的正确性，刘三和陈山岗二人还偷偷去低档青楼体验了几次。此后，尝到女人滋味的刘三和陈山岗，更加坚定了向桃花借钱的决心。用什么理由向桃花借钱？这可难住了以军师自居的陈山岗。是呀，若向桃花开口借一笔资金，桃花有没有那么多钱是一回事，若桃花问他们借钱的目的，那该怎样回答呢？刘三也认为，若不先把借钱理由编好，是绝不能向桃花开口的。

出身社会底层的刘三和陈山岗也清楚，在民间许多人看来，青楼和赌场都不能算正经生意，甚至很多人还反感做这类生意的人。他们要找的借钱理由，必须选定在说得出口的正儿八经生意上。军师毕竟是军师，反复思考几天的陈山岗认为，朝廷监管极严的盐铁生意虽无法涉足，但航运、酒楼、窑场和杂货商铺，甚至组建可承接蜀郡府修建工程的施工队等，这类理由还是可以找的。思来想去又被自己数次否定后，最后陈山岗把可信度较高的借钱理由，锁定在投建或收购织锦坊上，他的算盘是关系要好的西门公子和席毛根可配合他们借钱，万不得已时，还可请西门公子作借款担保人。想好主意后，刘三和陈山岗便开始等待同西门公子和席毛根说事的机会……

夏至将临之际，一天下午放学后，李弘把扬雄叫到房间，慎重地对扬雄说："我受学馆委托，今天告诉你件重要事，现经大家研究并一致同意，希望你毕业后能留在学馆担任教书先生，不知你可否愿意？"

扬雄听后非常开心，但他却抑制住内心激动，假装平静地回道："李弘先生，谢谢您和学馆领导的看重，能留在学馆教书，对我而言当然是件天大好事，但眼下我暂定不了毕业后的职业选择，所以，我今天还不能回答您。"

"为啥呀？学馆领导和先生们都一致认为，你沉稳内敛的性格和丰富的学识，都挺适合当教书先生，何况，朝廷给教书先生的俸禄，也是很可观的。"李弘认真说道。

"这我知道呀，李弘先生，我过去一直也认为，教书是个很不错的职业。"随后，扬雄就把前不久扬庄父亲想让他去蜀郡府工作，以及西门家希望他去两家织锦坊担任文化监理的事，较为详细地告诉了李弘。李弘听后沉默片刻，提醒扬雄说："扬子云，据我对当下各行业的了解，我认为在文翁学馆担任教书先生的收入，均要比官府文员和文化监理要高，况且，教书先生的生活相对稳定，这非常有助于你搞创作。"

扬雄忙点头说："先生说的在理，我的性格确实适合过安宁生活，若没君平先生走时给我的建议和鼓励，或许我就选择留在学馆做教书先生了。"

吃惊的李弘忙问道："扬子云，莫非你真想去游学考察古蜀历史？"

"先生，我确实有这想法。"

李弘又说："扬子云，你知道吗？要游学考察古蜀历史，少说也要一年半载，弄不好，要两三年时间也有可能。你要认真想想，若等你考察回来，这教书先生的位置和官府职位，还会给你留着吗？到那时，你又拿啥钱来养家糊口？"

扬雄愣了，他没想到他十分尊敬的李弘先生，竟然对他说出如此世俗之语，眼下自我感觉良好的扬雄，是无法接受李弘先生的建议和提醒的。但毕竟李弘先生曾有恩于他，于是，扬雄只好对李弘回道："谢谢先生好意，我想，这段时间我再认真想想，到毕业时我再做最后决定吧……"

十多天很快过去，在颁发毕业证的前夜，独自躺在卧房的扬雄久久无法入睡，职业选择的难题再次摆到他面前，今天若再不做出决定的话，他明天拿到毕业证后，就无法面对李弘、扬庄和西门公子了。黑夜中，扬雄脑中渐渐回想起童年的情景……

四岁时，在父亲帮助下，他开始学习认字，五岁开始练习写字，到八岁时，能识不少字的小扬雄，又开始在父亲教授下习读《诗经》。十四岁时，他不仅能背诵几十首《诗经》中的作品，而且练习的小篆和隶书书法也受到父亲表扬。后来，他无意间在翻阅先祖扬季留下的大量竹简时，竟鬼使神差地喜欢上了司马相如的辞赋。十四岁之后，早已能背诵《论语》《孟子》等著作的他，就悄悄开始模仿司马相如大赋写起赋来。十五岁时，他创作的《望岷楼赋》竟得到王县令嘉奖。后来，在听严君平说书时，他又开始重视起古蜀历史来。想拜君平先生为师时，爱游学的君平先生却把他推荐去临邛翁孺学馆。出乎意料的是两年之后，林间先生又把他推荐给已在成都教书的君平先生，更没想到，他被李弘先生留下做了旁听生，后又被文翁学馆特批为正式学子。在勤奋学习中，他在多年研究司马相如辞赋的基础上创作出的《蜀都赋》，竟轰动了整个蜀地。

躺在床上的扬雄回忆了自己短暂的人生经历后，认为最值得他自豪的，就是创作产生了广泛影响的《蜀都赋》。他在想，既然屈原、宋玉、司马相如与司马迁等人，可以凭自己的佳作流芳后世，那为何我又不能向他们学习呢？难道，我毕业后就为谋个有收入的职业，为挣点可怜的俸禄而老死终生？要是就这样平庸过完一生，我生命又有何意义？他连续反问自己几次后，猛然从床上坐起，然后一拳砸在床板上说："不行，我扬雄决不能就这样碌碌无为度过此生！"

一种从未有过的执念产生后，扬雄突然感觉一股热血直冲脑顶。他竭力控制自己的激动，浑身燥热的他，情不自禁紧张思索后，蓦地点亮油灯，抽出竹简，磨好墨，又抓起毛笔，然后盯着竹简说："好，我就遵从君平先生建议，去游学考察古蜀历史，写出前人从没写出过的东西，我要让这篇文章超过我的《蜀都赋》。哈哈，当完成这篇重要的文章后，难道我还怕在成都找不到满意的工作？"说完，激动得手有些颤抖的扬雄，猛然间想起听君平先生说书时产生的理想，于是便挥笔在竹简上写下"蜀王本纪"几个大字。写完后，扬雄将笔一掷，仰头高声说道："我扬雄要去踏遍万水千山，写出我们古蜀王的历史……"

第二天中午吃饭时，拿到文翁学馆毕业证的扬雄，就坦诚向李弘和扬庄讲了，他暂时不谋求职业，而要去踏遍万水千山考察古蜀历史，还说打算在三年内写出一篇比《蜀都赋》更重要的作品来，到那之后，他再考虑求职一事。李弘听扬雄说后，点头叹道："扬子云，看来你确实受君平先生影响甚大，不过话又说回来，你的选择虽然另类，但平心而论，这样另类的选择也只有你才能做出。好，你今天再次让我刮目相看，你确实是个有理想有抱负的年轻人。在这分别之际，我衷心祝你事业成功，愿三年后能拜读到你的大作！"

一旁的扬庄听李弘说后，也对扬雄说了些鼓励话，最后认真问道："子云，你说我该咋告诉我老爸喃？那职位定是无法给你保留三年的。"

扬雄笑道："呵呵，我虽没去蜀郡府工作，不是还有你嘛，我相信，在你老爸呵护下，你定会有个好工作的。"说完，几人就笑了起来。随后，扬雄低声向李弘打听道："先生，龙耀文两兄弟分配去了哪儿呢？"

李弘看了看四周，低声回道："由于龙氏两兄弟去不了蜀郡府，也不可能留在学馆，我听主管分配的领导说，好像这两兄弟要回郫县县衙报到，至于他们最后干啥，或许只有去县衙报到后才知道。"

扬雄听后点了点头："哦，原来龙氏兄弟要回老家县衙报到……"

下午申时刚过，匆匆赶到聚义客栈的扬雄，就告诉了张德川和秀娟他已毕业的事。张德川听后高兴地问道："子云，你毕业后准备干啥呀？"

"德川兄，这事留到晚饭再说吧，不然，我又要给其他没来的人重复讲几次。嗯，对了，刘三和陈山岗呢？我这两次来，都没见着他俩。"扬雄问道。

张德川说："好长一段时间了，刘老板同二帮主经常很晚才回来，也不知他二人成天在外忙啥。不过今天午时刘老板出门时，叫陆小青去通知席兄和西门公子，说今晚大家聚一聚，他打算说点事。"

"哦，那就好，今晚给大家说了我下一步计划后，明天我要去趟临邛你家，向秀梅和你妈告个别，然后我就回花园场去。在家待几天后，我就准备踏上游学考察之路。"

"啥子喃，你要去我们家呀？"秀娟顿时高兴得跳了起来。尔后，张德川告诉扬

483

雄说："秀娟给我妈和秀梅各买了一件夏天穿的绸服，正好你可帮她带回云。"

"这有啥子嘛，小事一桩，我保证圆满完成任务。"扬雄说完，就接过了秀娟递过的茶杯。晚饭喝酒时，扬雄向兄弟姊妹们讲了他已从文翁学馆毕业的事，也谈了他即将踏上游学考察之路的计划。西门云飞听后立马问道："子云贤弟，这么说来，你是一时半会儿来不了织锦坊出任文化监理啰？"

扬雄笑道："西门公子，我暂时来不了也没啥嘛，其实，席兄是完全有能力兼任文化监理的。我这一走，估计最少也要两三年时间吧，若席兄工作太忙，你西门公子也可另聘文化监理嘛。"

"嗯，我家不会另聘人了，我老爸说，这文化监理一职，永远是留给你的。要是你两三年后回来，那时再来织锦坊工作也行。"后来，当西门云飞得知扬雄明天要去临邛翠竹乡时，便慷慨说道，"子云，那我就把我那匹白马送给你吧，反正，你今后去游学考察也会有用，只是我希望你在旅途上要善待这匹好马哟。"

扬雄抱拳谢过西门公子后，便一一同刘三、席毛根、张德川、西门公子、陈山岗、李二娃、陆小青、袁平、秀娟、小芳、瑞华、冬梅碰了杯，并一再感谢大家这两年对他的关照。碰杯后有些失落的刘三低声问扬雄："老铁，老子想不通，你是有名气的大才子，咋个不留在成都工作嘛？"

扬雄靠近刘三，低声告诉了他龙氏兄弟要回郫县县衙报到的事，然后才提高声音对众人说："大家放心吧，两三年后，我扬雄一定会来成都工作的。"说完，眼里已含有泪花的扬雄，再次向众人拱手以示告别。

第二天黄昏，扬雄骑着白马奔到翠竹乡。当晚，扬雄把他对未来的计划，告诉了秀梅和他未来的丈母娘。秀梅听后说道："扬雄哥，我相信你，也支持你的选择，无论你多久来娶我，我都在家等着你。"

在秀梅家住了一夜的扬雄，第二天早饭后就打马朝花园乡奔去。晚饭时，扬雄同样把他未来考察的计划告诉了父母。令扬雄万万没想到的是，愣了好一阵的父亲，竟然把筷子往桌上一拍说："扬雄，好你个瓜娃子，我把你养这么大，指望你毕业后有个好工作或是一官半职，谁想到，你居然要跑到荒山野岭去考察啥子古蜀历史！你、你这不是疯了吗？在那毒虫猛兽出没之地，你要是有个三长两短咋办？你别给老子忘了，你可是我扬家五代单传的独子啊！唉，你、你真是气死我也！"说完，浑身颤抖的扬凯，猛地将手中酒杯砸在了地上……

第五十八章

渴望自由的昭君，被迫远嫁匈奴

　　一顿晚饭，在扬凯的骂声和砸杯声中，被彻底中断。为防被气得浑身颤抖的丈夫打扬雄，张氏很快把儿子推进了房间。不依不饶的扬凯指着房门，仍恨恨骂道："好你个自以为是的东西，你别以为自己写出篇有影响的辞赋，就胆敢工作也不要了。难道，你要跟老子一样，也想面朝黄土背朝天累死累活干一辈子农活！"

　　"扬凯，你给我住嘴，你为何要这样骂我乖孙？你为啥不问问雄儿，他为啥要去大山里游学考察古蜀历史？"忍无可忍的奶奶终于开了腔。

　　扬凯看了看生气的老妈，忙说："老妈，这还用问嘛，凭他毕业后不回来征求我们意见，就擅自做出决定，我就该好好教训他才解气！哼，他如今翅膀长硬了，根本就没把老子放在眼里！"

　　突然，房间里的扬雄大声回道："爸，你们在家的辛苦我知道，但这些年你们对我的追求却一点不知，凭啥子就说我没把你们放在眼里？"

　　扬凯怒道："哼，你要是把我们放在眼里，就应该先回来商量后再做你的决定！"

　　"甭说多年务农的您不能理解我的决定，就连学馆中的先生和同窗，他们也对我的决定无法理解，我回来跟你们商量啥子喃？"不妥协的扬雄直接跟父亲杠上了。

　　"哼，既然如此，那你给老子跑回来干啥？有种的你就给我直接去荒山野岭考察呀！"说完，扬凯抓起饭碗就朝房门砸去。只听哐当一声，碎裂陶片撒落一地。

　　"你、你们两爷子要干啥子嘛，为啥有话不能好好说哟……"说着，张氏便抱着扬雄大哭起来。第二天下午，一直没吃东西的扬雄，才流着泪在奶奶房间，向全家人讲述了他毕业前收到的职业邀请，最后，他对想去考察的古蜀王历史做了详细解释，稍后，扬雄特向父亲说："我的这个选择遵从了严君平先生的建议。我也认为，君平先生的建议极有道理。父亲，我不想平庸度过一生，我想做前人没做过的事，我真正希望全家人理解并支持我的追求。"

扬雄推心置腹的言语打动了冷静下来的父亲，尤其是听扬雄说这是君平先生的建议后，对十分崇拜严君平的扬凯来说，他从心底已不再反对扬雄的决定了，毕竟，他也知道，在蜀地还没人完整写出过古蜀王历史。于是，扬凯有些疑惑地问道："雄儿，那你考察完蜀王历史后又干啥呢？"

扬雄自信地回道："父亲，您就放心吧，到那时，我不仅能谋得一个称心如意的工作，还要娶回个漂亮媳妇来孝敬你们。"扬雄说完，全家人脸上终于有了笑意……

当扬雄骑马回学馆后，刘三便把想向桃花借钱的事对西门公子和席毛根讲了。席毛根听后非常不解地问道："刘老板，你干啥要向桃花借钱呀？"

刘三支支吾吾地回道："席兄，我看这聚义客栈由德川一人管理就行了，我想同二帮主和三帮主另外去干点别的，这样也可扩大业务嘛。"

"刘老板，那你们几位兄弟打算去干啥呢？莫非，还有比经营客栈更好的生意？"席毛根又问道。刘三听后，没马上回答席毛根，却把目光投向了西门云飞，因为，他曾把想开青楼的事告诉过西门公子。难于启齿的刘三，想让西门公子来替他回答席毛根。西门公子见刘三看着他，想了想说："刘三兄，别的生意可能还可商量，唯独你们想做的生意难于借钱。我曾做过我父亲的工作，我父亲说他已投资了两个织锦坊和一家客栈，现手边紧，已借不出钱了。"

张德川听西门公子说后，嘴唇动了动，却没发出声来。席毛根看了看西门公子，又调头向刘三问道："刘老板，你们几个到底要做啥子生意嘛，难道还不能告诉我吗？"

在席毛根逼问下，刘三只好说："我和陈山岗这段时间做了深入调查，我认为，成都的达官贵人和生意人多，自雷振山一伙被处理后，成都青楼生意异常火爆，所以，我和二帮主决定投资青楼。"

"啥，你们想搞青楼？"席毛根大吃一惊。

"对头，我们就想搞个极有市场需求的青楼。"刘三坦言道。

"搞个青楼得借多少钱呀？"席毛根问。

"启动资金至少也要六十金。"刘三说。

"这么大笔资金，桃花有这么多钱吗？"席毛根又问。

"我同二帮主已调查过，这一年多来，桃花的酒生意做得风生水起，应该赚了不少钱。我想，只要我们分几次借钱，桃花就不会有太大压力。"刘三不紧不慢地说。

"那你直接开口向桃花借钱不就得了，还跟我们商量啥呢？"席毛根说。

"席兄，你听听我为啥要跟你和西门云飞说这事的原因，听完你就明白了。"说完，刘三把他不想告诉桃花实情的理由讲了，并说他想用创办织锦坊的名义，希望得到席兄和西门公子配合支持。可令刘三和陈山岗没想到的是，当刘三说完后，席兄和西门公子一句话没说，沉默地端起了酒杯。一旁的张德川见气氛不对，忙吩咐秀娟再去弄点下酒菜来。就在秀娟在厨房忙碌时，刘三独自倒了一碗酒，仰脖喝下后，便把酒碗往地上一砸说："我同你二人还是结拜兄弟，在我有困难要你俩助我一臂之力时，你两个就给我装哑巴。你们有文化，是不是看不起我这叫花子出身的人？"

"刘兄，看你把话说到哪去了，我、我咋会看不起你呢？"西门云飞忙说。席毛根也起身拍着刘三肩头说："我没开腔的原因，是在想，桃花也是我们的好朋友，若不对桃花讲实话去借钱，这似乎有些对不住桃花嘛。"

"有啥子对不住桃花，我们曾帮她灭了黑道团伙，她借点钱出点血又咋啦？老子又不是去抢她钱，她桃、桃花的钱，我刘三又不是不还她。"

陈山岗见刘三已喝醉，忙同李二娃和袁平将他扶进了卧室。此时的席毛根和西门云飞对视后，摇了摇头就离开了聚义客栈……

就在扬雄离家外出考察的第七天上午，龙廷跃乡长接到商人胡之云邀请，说第二天他用马车接龙乡长和龙亭长，一块去县城同王县令吃顿告别饭，还说他过两天就要离开花园乡，带着几车货回长安去了。

龙乡长接受邀请后，便告诉胡之云说，他兄弟生病在家休息，可否让他兄弟的儿子，新亭长龙耀武一道去县城。胡之云问道："咋的，龙老四的儿子从文翁学馆毕业，已回乡顶替他父亲当了亭长？"

"是呀，我儿龙耀文现也在县衙锻炼呢。"龙乡长高兴地说。

"哎呀，没想到一个月不见，你家两个公子都毕业当官了，真是可喜可贺嘛，好，到时一块叫上，大家共饮几杯以示庆贺，我这家乡人真为你们感到骄傲哩。"说完，胡之云还向龙乡长跷起了大拇指。第二天上午，胡之云同他儿子一道，用马车接走了龙乡长、龙耀文和新上任的龙耀武亭长。

不到一个时辰，胡之云的马车就到了县城鹃城大酒楼门外。当胡之云几人下车后，车夫就赶走了马车。胡之云几人刚到预订的包间坐下，穿着官服的王县令就同张师爷、龙耀文与缺了右耳的宋捕头来到包间。一阵寒暄后，胡之云儿子胡金贵就向酒楼老板要了两坛上等文君酒。

酒席开始后，王县令喝过两杯就问胡之云的货准备得咋样了，这年头，在长安做生意赚头大不大？胡之云听后，一副大商人的口气回道："县令大人，在帝都做生意就是不一样，那里是大汉精英荟萃之地，更是众多商贾云集的好地方。您知道吗，我们蜀地产的蜀锦和各种高档丝绸，不仅受到长安皇室和达官贵人的喜欢，就连西域的商人也大肆抢购。"

"哟，胡老板，那你这次回来，主要运到长安的货，就是丝绸和蜀锦啰？"王县令问道。

胡之云说："尊敬的县令大人，您真是聪明之人，我准备的五车货中，其中有三车货就是丝绸、锦袍、蜀锦、绸缎和各种高档绸服。不过，我还去山里收购了些熊皮、虎皮、豹皮、狐皮等皮货，另外还弄了些土特产和一车上等文君酒。"

蓄有两寸长胡须的张师爷放下酒杯，颇有兴趣地问道："胡老板，这么说来，你这次回乡探亲又要大赚一笔啰？"

胡之云自豪地笑道："呵呵，托你们这些家乡父母官的福，钱嘛我肯定是要赚些的，不然，我拿啥钱来请大家喝酒呢？"随后，在众人欢笑声中，胡之云举杯向大家敬酒。放下酒杯后，胡之云突然向王县令问道："县令大人，我在长安听说，写出《蜀都赋》的作者，就是我们郫县人，这可是真的？"

王县令笑道："呵呵，这确实是真的，《蜀都赋》作者就是我县花园乡人，他名叫扬雄，这龙乡长就很清楚嘛，他和扬雄还是石埂子亭的近邻哩。"

"我们不仅是近邻，这扬难还是我与耀武在文翁学馆的同窗。"龙耀文也对胡之云说。

"哟，这扬雄才子还是耀文和耀武的同窗喙，既然你俩已毕业分配，想来扬雄也跟你俩一样，那他这么有名气的人又分配到哪里工作了呢？"胡金贵向龙耀文问道。

龙耀文笑了："我在学馆听先生和同窗们说，蜀郡府想要扬雄去他们那儿，学馆也想留扬雄做教书先生，结果扬雄啥也没选，听说他要去崇山峻岭考察什么古蜀王历史。唉，这奇葩的选择真是令人想不到哇。"

"一个乳臭未干的小子真是不开窍，放着好好的工作不选，却要去大山中考察谁也弄不清楚的古蜀历史,这是脑壳进水了吧。"缺耳的宋捕头不屑地说道。这时,龙耀武端起酒杯说:"宋捕头说的对,扬雄就是个脑壳进了水的家伙。来,我敬您这跟歹徒搏斗受了伤的英雄一杯!"说完,龙耀武恭恭敬敬跟宋捕头碰杯后就仰脖先把酒喝干。

说者无心,听者有意。当龙耀武说后,胡之云猛然想起去年冬月在聚义客栈无意听到的话来。于是,胡之云轻声向宋捕头问道:"宋捕头,你的伤可是去年冬月留下的?"

宋捕头听后大惊,盯着胡之云问道:"胡老板,您在长安做生意,咋晓得我的伤是去年冬月留下的呢?"

"说来话长,我也是偶然间得知的。"胡之云说完,就把宋捕头叫到包间外,低声对宋捕头讲了他在聚义客栈听到的对话。听完后,宋捕头紧紧握住胡老板的手说:"谢谢胡老板,您终于让我知道谁是暗算我的仇家了。哼,老子不报这血仇,就誓不为人!"

扬雄第一次外出游学考察,没经验的他,选择的第一个目的地竟是犍为郡的嘉州。扬雄选择此地的原因只有一个,因为这是三江,即岷江、大渡河、青衣江汇合处。他认为,一个族群的繁衍生息跟水有关,那么,在三江汇聚之地就应该有许多跟古蜀王有关的传说故事。加上神秘的峨眉山对他也有巨大诱惑,扬雄到达三江交汇地后,就满怀信心地拉开了他游学考察的序幕。

然而,就在扬雄骑着白马游历考察时,远在长安的皇宫内,当年孤傲倔强的王嫱美女,此时正被女官教授如何阅读简牍,如何吃牛羊肉和使用刀具,如何用牛角杯饮马奶酒,如何说匈奴语,如何行匈奴礼仪等等。即便每天都在重复着枯燥乏味的练习,但对大漠无限向往的王嫱,在想离开皇宫禁闭生活的强烈愿望的驱使下,在她渴望自由灵魂的激励下,竟欣然接受了汉元帝将她以大汉公主身份下嫁呼韩邪的圣旨。

原来,大约从公元前60年开始,匈奴内部一直在内讧中厮杀征战,数年之后,就仅剩郅支单于同呼韩邪单于在分庭对抗。颇有头脑的呼韩邪单于,在多年对抗拼杀中逐渐明白,单凭他自身实力是无法战胜对手郅支单于的。于是,呼韩邪便派出使者同汉廷建立了特殊的友好关系,最终说服汉室助他打败了郅支单于,使自己成为匈奴真正的统治者。为感谢汉朝的帮助,呼韩邪单于在公元前33年正月,再次带着厚礼亲自到长安向汉元帝自请为婿。

对呼韩邪主动向汉室示好的良好愿望，不傻的汉元帝清楚，这是汉匈之间不可忽视的外交事件，若不处理好此事，必将影响汉匈关系，甚至会留下无穷隐患。为维护边境百姓正常生活，为汉匈两个民族的长治久安，汉元帝便答应了呼韩邪为婿的请求，把不曾临幸过的王嫱嫁给呼韩邪单于。从此，皇室美女王嫱便成为声名远播的王昭君。

说来可笑，当汉元帝在酒宴上向呼韩邪介绍大汉公主王嫱时，王嫱的美貌与优雅气质，竟把汉元帝惊得目瞪口呆。元帝怎么也没想到，在他后宫居然还藏着如此貌若天仙的宫女！由于呼韩邪和众大臣已见过王美女，无法反悔的汉元帝只好忍痛割爱，让王嫱成为呼韩邪的阏氏。不久，心有不满的元帝便下令彻查，到底是谁从中作梗，没让他临幸到王美女。查来查去，最后问题焦点便落到画师毛延寿头上。因毛画师没收到王嫱贿赂，故把王美女丑化，她自然就错失了被临幸的机会。直到她21岁出嫁时，在宫中生活了7年的王嫱，也没见到汉元帝。弄清真实原因后，盛怒之下的汉元帝，就下令处死误了他好事的毛画师。

在皇权面前，柔弱如草芥的王嫱，只是被命运摆布的小女子，她跟普通民女的人生愿望并无多大区别：长大成人能嫁个好男人就得了。可是，造化弄人，由于毛画师的贪婪，使漂亮的王嫱一次次跟汉元帝错失机缘。青春女子哪个不怀春，哪个没有做母亲的愿望？当王嫱怀春之梦一年年破灭后，她便开始对囚禁她自由身的皇宫感到厌恶。

在她看到宫墙边春花绽放又凋萎，在她听到秋雁在长空洒下无尽悲鸣后，一年年孤寂落寞导致的幽怨，使王嫱萌生了离开皇宫的想法。这些深藏心底的想法，她却不敢告诉任何人，因为王嫱知道，一旦被人告发，那不忠于皇帝的想法，足可以让她死上一百次。就这样，一颗渴望自由的心，就被王嫱用琵琶之弦，揉碎又缝合，缝合又揉碎。仿佛，她这被小小梦想抛弃的姑娘，就只有老死在孤寂宫中，被自己弹出的琵琶音符埋葬……

在西汉，百姓家21岁的女子往往儿女都承欢膝下了，然而在汉宫，像王嫱这样的女子又不知有多少。帝制诞生以来，诸如此类的不公现象，又以合法名义出现在不合理的专制温床上。这一年，汉元帝一道下嫁公主给呼韩邪单于圣旨的降临，将一颗早已麻木的心唤醒。"我要离开皇宫，走向大漠草原，我要去呼吸自由空气！"暗喜的王嫱终于等来枯木逢春的契机。

达到自请为婿的目的后，呼韩邪单于想用匈奴最隆重的婚礼迎娶他美貌的新娘，于是便率领他的卫队提前回大漠准备去了。呼韩邪走后不久，在浩渺的皇家车队与骑兵护卫下，高挽发髻、头插金钗、身披红色锦袍、怀抱琵琶的王昭君，在众多侍女陪伴下，坐在豪华马车上一路向西而去。

一路上，风雪漫天，呼啸的寒风吹着马车上的围幔与旗幡，而车内的昭君仍在想着只见过两面的呼韩邪单于，这个比她大几十岁的男人，虽向她表示过，只要在大漠举行了婚礼，就当即册封她为宁胡阏氏。这个粗犷充满野性的男人，一生经历过无数次征战的男人，会对她好吗？会疼爱她这个汉家公主吗？

西行途中，每当护送军官和大臣看到昭君能像匈奴人一样喝马奶酒、吃牛羊肉和胡饼，他们都惊讶于昭君超强的适应力，可他们不知，昭君早在宫中做足了准备。夜幕降临后，颇具公主派头的昭君，在油脂灯下，不是认真看简牍上的《诗经》《尔雅》和《礼记》，就是抱起她钟爱的琵琶，弹起思乡的《陌上桑》。最令昭君开心的是，她竟然在漫长的西行途中，亲自创作了一首《出塞曲》。

从长安出发的浩荡车队，历经北地郡、上郡、西河郡、朔方郡和五原郡，路上足足走了近两个月。当过了五原郡后，呼韩邪派来迎亲的大队骑兵，同昭君的车队会合，在一阵疯狂的欢呼声中，在匈奴骑兵护卫下，浩浩荡荡的昭君车队，朝大漠深处的匈奴王庭走去……

经过两个多月的长途跋涉，一位命运被帝王摆布的宫廷女子，终于见到了"天似穹庐，笼盖四野。天苍苍，野茫茫。风吹草低见牛羊"的塞外大漠，见到了无数匈奴人引以为豪的王庭。在响彻云霄的牛角号音中，在无数匈奴人的欢呼呐喊中，穿一袭红色锦袍的昭君缓缓走下马车，即将正式成为他夫君的呼韩邪正走出大帐张开双臂一步步朝她微笑走来。很快，走到她身前的呼韩邪，一把抱起昭君兴奋地转了两圈，然后将昭君放下，挥臂向众匈奴人大声说："大家都看见啦，这就是大汉天子嫁给我的宁胡阏氏，她的名字叫王昭君！"

呼韩邪话音刚落，草原上立即响起惊天动地的欢呼声。此刻，有些腼腆而又惊奇的昭君真切感受到，这些匈奴人对她的到来充满期盼和由衷欢迎，同时，更对他们大王呼韩邪充满崇敬与膜拜！

寒风中，脸上抹有少许胭脂的昭君从一位漂亮的匈奴姑娘托着的银盘中接过迎客酒，含笑看了看呼韩邪，然后仰脖一口将酒喝下。这时，在众人再次响起的呼叫声中，呼韩邪立马招手让一群年龄不一穿着皮袍的女人走了过来。高兴的呼韩邪向王昭君介绍了他之前的五位阏氏后，便对昭君说："宁胡阏氏，往后你们就都是我的女人啦，希望你们愉快相处，为我的子民做出汉匈和睦的友好榜样。"

491

看着五位对她微笑的匈奴阏氏，昭君愣了，在她有限的认知里，她知道大汉天子可以拥有无数嫔妃，但皇后只有一位，这呼韩邪单于的五位阏氏，她们可都享受着皇后般的待遇，这世上，一位君主咋能管好五位皇后，她们能不产生矛盾吗？我来之后，这呼韩邪单于不就多了一位皇后吗？那我今后能同她们相处得好吗？还没等昭君想明白，只听呼韩邪挥着大手朝他的副将吩咐道："今晚戌时，准时在大帐外燃起篝火，我要按我们匈奴人的规矩，同昭君公主祭拜天地正式完婚！"

天刚黑尽，大帐外的草原上便燃起数堆熊熊篝火。在众多牧人的欢快歌声中，神采奕奕的呼韩邪牵着昭君白皙玉手走出大帐。令昭君讶异的是，在她抬头瞬间，她透过燃烧的数支松明，看见了一个硕大木台上方，飘扬着一面呼啦啦飞扬的狼头图腾大旗。她突然想起，旅途上一位匈奴军官曾告诉她，他们匈奴人的图腾是狼，因为他们部族的人世世代代都崇拜极为凶猛的大狼。就在昭君收回目光时，木台侧的音乐骤然响起，这时，一位头插鹰羽手持长剑的萨满祭司，浑身抖动着彩色布条和皮绳上的铜铃，在扭动旋转中不时朝夜空寒月啸叫。伴随萨满的啸叫声，无数匍匐在地的匈奴人，不时应和着舞动中的萨满，发出低沉有力的呼叫声。

此时，拉着昭君手的呼韩邪低声告诉昭君："大汉公主，这是我们匈奴单于举行婚礼必不可少的仪式，等会儿你就跟着我做就是。"待昭君刚点这头，旋转中的萨满停下后，用长剑指着夜空中的月亮说："尊敬的大单于，请您二人祭拜月神。"随着一阵激烈皮鼓声，呼韩邪忙拉着昭君走上木台，尔后朝空中寒月跪下，随即，昭君耳畔猛然响起萨满高亢的喊叫声："月神哪，我们大单于今夜要娶一位大汉公主，请你见证祝福，我们大单于的婚姻将会幸福圆满、地久天长！"

此刻，激烈的皮鼓声和众匈奴人的欢呼声再次响起。随着萨满手中挥动的长剑，熊熊火光中，皮鼓声和众人欢呼声又停了下来。尔后，旋转摇铃的萨满突然挥剑朝风中飘飞的狼头图腾跪下，一声长啸后，泪流满面的萨满仰头对狼头图腾说："凶猛的大狼啊，求你保佑我匈奴民族人丁兴旺，繁荣富强吧！"

随着萨满响彻夜空的喊叫声，呼韩邪拉着昭君朝狼头图腾跪下，两人也齐声大喊："凶猛的大狼啊，求你保佑我匈奴民族人丁兴旺、繁荣富强吧！"

呼韩邪和王昭君声音刚停，手持长剑的萨满倏地站起，然后又开始舞动手中长剑。萨满念念有词，又突然将长剑朝西方指去，然后充满感情高声说道："我匈奴英明神武的祖先哪，今夜我们大单于特来向你们禀告，呼韩邪单于将同大汉公主完婚，以示我们同大汉朝廷结下百年之好！"萨满刚说完，呼韩邪忙同昭君磕了三个响头，以示告慰匈奴先祖。呼韩邪和王昭君刚一起身，无数匈奴人立即起身举臂欢呼起来。在马头琴声和皮鼓声中，众人围着篝火跳起舞来。伴着激烈欢快的舞步，有的牧人竟唱起高亢悠扬的牧歌来……

子夜已过。夜空的星月仍在飘游闪烁。

此时，喝得满脸通红的呼韩邪，抱着身穿红色锦袍的王昭君，一步步朝大帐走去。他们要在今夜完成神圣的"和亲"使命，促进汉匈的长久和睦，王昭君也将在今夜以大汉公主身份，向她夫君呼韩邪单于，献出她人生永不会再有的初夜……

第五十九章

游学考察，扬雄突遭天灾人祸

扬雄离开聚义客栈后的第三天下午，孤注一掷的刘三尽管没得到西门公子和席毛根的支持，但还是决定到琴台路，去向桃花开口一试，看到底能不能借到钱。刘三和陈山岗已商量好，若在桃花那里借不到钱，他们就再打别的主意。就这样，闲着无事的刘三和陈山岗，优哉游哉朝琴台路走去。

快到文君酒坊时，刘三和陈山岗就听见了悦耳的古筝声，还没等到刘三二人跨进房门，出门的桂子就看见了他们。于是，桂子忙回头高声说："桃花老板，有两位贵客来啦。"说完，桂子就把他昔日的两位帮主迎进了酒坊。桃花回头见是刘三和陈山岗，忙对兰花吩咐道："兰花，快去泡两杯好茶来，我要同我的贵客摆龙门阵。"

待刘三和陈山岗坐下后，桃花微笑着问道："今天二位突然光临我酒坊，莫不是有啥好事？"

刘三没正面回答桃花，却反问道："桃花，你知道扬雄已毕业的事吗？"

"知道呀，扬雄毕业前就同扬庄来过我这儿，他说他毕业后要去考察古蜀王历史，并特意告诉我，恐怕这两年难见面了。哎，我真没想到，这扬大才子不留在成都发展，却要跑到大山里去考察研究古蜀王历史，这也太令人担心了嘛。"桃花忙说。

刘三嘿嘿一笑说："桃花美女，你担心扬雄啥呀？"

"刘老板，我担心扬子云这个书生，在大山里遇见猛兽咋办？他又没席兄那样的拳脚功夫，要是有个意外，不就害了他自己吗？"桃花回道。

刘三苦笑一声："桃花呀，你别看我老铁是个读书人，可他的犟胆气没几人能比。朋友们都劝过他，可他认准的理，谁也无法改变。算了，别提我老铁了，提起他老子就一肚子气。哼，放着当官和挣钱的路不走，却偏要去荒山野岭考察什么劳什子古蜀历史，这不就是个脑壳进了水的迂文人嘛。"

桃花抿了一口茶说："刘老板，你今天该不会是来告诉我扬雄离开成都的事吧？"

刘三摇了摇头说："今天我来你这儿，当然不是告诉我老铁离开成都的事。嗯，我、我是有件事想请你帮下小忙，不知桃花老板能否助我一臂之力？"

桃花一愣，随即笑问："帮小忙？你刘老板有啥小忙需要我帮呀，不妨直说呗。"

刘三看了看陈山岗，然后也装作异常轻松地说："桃花小姐姐，最近我同山岗在筹办新的织锦坊，由于过去我俩没啥积蓄，在朋友们帮助下，我们才筹备得差不多了，不过，我现在还差20金的启动资金，我想，你桃花生意做得好，定是赚了不少钱的，所以，我和山岗特来你这儿，请你借给我俩20金，我们织锦坊开张后，我在半年内一定连本带息如数把钱还你。咋样，这小忙可帮吧！"

"刘老板，你和陈山岗敢做织锦坊生意，我想，你定是得到西门公子大力支持吧？"桃花问道。

刘三微笑着说："呵呵，那是肯定的啦，没西门公子和席兄支持，我咋敢下手创办织锦坊嘛，实话告诉你吧，西门公子家里还借给我40金作为支持哩。"

"哟，西门家还借了40金给你创办织锦坊，西门公子的父亲也太仗义了。我想，有西门家和席兄的鼎力支持，你和陈山岗创办的织锦坊定会赚得盆满钵满，到时，可别忘了我桃花哟。"桃花高兴地说。

刘三看了看高兴的桃花，问道："咋样，桃花老板，借20金没啥问题吧？"

桃花答道："没问题，只是我手边暂时没这么多现金，刘老板，你三天后来我这儿拿吧，到时，我一定给你凑足20金。"桃花刚说完，刘三忙拱手抱拳说："好，谢桃花鼎力相助，那我三天后再来你这儿拿钱哈。"说完之后，刘三说他还要去忙别的事，就和陈山岗向桃花告辞，然后二人满脸喜悦离开了文君酒坊。

身背包袱骑着白马的扬雄，离开家三天后，就赶到了南安县，当他登上凌云山和乌尤山，心潮激动地观看了三江汇流的壮观水势后，便打马朝西南方向奔去。缺乏考察经验的扬雄误以为，古蜀王早期一定居住在有山有水有森林的地方。但当地人大都只知大禹治水传说，见成都来的年轻后生打听古蜀王历史，一些老人就认

495

为这扬雄是考察大禹治水，便认真给扬雄指了有山和原始森林的地方。在双重误会下，信心满满的扬雄，便打马走上了一条缺少古蜀王传说的路。

有店住店，没店就找山民家借宿的扬雄，在一腔热血驱使下，牵马朝大山深处走去。被他访问的山民有的极好脸面，根本不愿说他们不知古蜀王的事，而总是客气地对扬雄说："听说山那边有人晓得古蜀王故事，你可翻过这座山去问问那些老人，或许，你就能如愿以偿得到你想了解的东西。"没在山区生活过的扬雄，根本不懂望山跑死马的道理，一座看得见的大山，往往要走两三天才能抵达。

跋涉在人烟越来越少的山林中，尽管有时又累又饿，还要遭遇一些野兽的跟踪和袭击，但不曾气馁的扬雄仍为心中理想坚持着考察访问。由于山道险峻，只得牵马前行的扬雄，有一天累得终于靠在一棵大树下打起盹儿来。约莫半个时辰后，白马突然发出的嘶鸣惊醒了扬雄。扬雄抬头一看，猛然发现三头大狼朝他围来。惊出一身冷汗的扬雄忙从腰间抽出防身短刀，就在这时，从扬雄手中挣脱缰绳的白马，再次嘶鸣后竟顺山道狂奔而去。逐渐缩小包围圈的大狼，试图向扬雄发动攻击，猛然反应过来的扬雄转身跃起，麻利地朝大树上蹭蹭蹿去。扬雄想起，在临邛读书时，席毛根曾对他讲过大狼和花豹的区别：豹子会上树而大狼却不能。就在扬雄刚爬上大树一丈多高时，为首的大狼也跃起朝大树上扑来，妄图咬住扬雄的腿。好在扬雄从小练就上树本领，爬上大树的他便站在树上，扳下些树枝朝树下大狼打去。三头大狼龇牙咧嘴发出愤怒呜呜声，不时闪躲着扬雄扔下的树枝。

见大狼奈何不了自己，扬雄又开始向远处张望，寻找他心爱的白马，偶尔，扬雄还打几声呼哨呼叫他的坐骑。黄昏就要来临，扬雄却一直没见到他的白马。此时，三头围住大树的大狼，却分别站在不同地点似乎很有耐心地守候着树上的扬雄。直到这时，饥肠辘辘的扬雄，才有些着急起来。他抬头望望阴沉的天空，然后大声呼喊起来："来人哪，快来人救救我哪，我被大狼围住啦……"山间，尽管四处回响着扬雄的呼救声，但回答他的，却是黄昏中吹过的呼呼山风声。

这时节刚到白露，天色也比夏季要黑得早些了。在山风中感到有些惧怕的扬雄突然想起，他装有衣物的包袱还在树下地上。好在大狼对他的包袱没兴趣，否则他用小篆在绢帛上抄写的《蜀都赋》定会遭殃。抬头望望悬挂夜空的弦月，手拿短刀的扬雄索性坐在树上，再次跟树下闪着绿眼的大狼对峙开来。扬雄坚信，寻找食物的大狼不久就会离去。

子夜过后，又冷又饿的扬雄，见树下几对狼眼仍在闪烁，困意再次袭来的扬雄只好双手紧紧抱着粗壮树身打起盹儿来。不知过了多久，紧抱树身的扬雄被树上

第五十九章　游学考察，扬雄突遭天灾人祸

歇着的群鸦的大叫声惊醒。很快，扬雄又听见大山中隐隐传来一阵隆隆响声，突然间，大树上群鸦像炸了锅似的朝夜空飞去。群鸦叫声伴随山中隆隆的响声，使扬雄感到一种莫名的惊悸。待扬雄又搜寻树下阴绿狼眼时，突然，大地开始剧烈抖动起来。刹那间，树下到处是乱窜的野兽，这时扬雄才意识到，他遭遇了地震！

伴随着地动山摇的震动声，扬雄倚着的大树也随之朝山下倒去。扬雄一声惊叫，倒下的大树倾斜躺在了悬崖边。借着朦胧月辉，被吓出冷汗的扬雄，才慌忙顺着树身朝山边匆忙爬回。待扬雄刚离开大树，大树就被山体莫名的力量抛下了山谷。为不掉下悬崖，扬雄企图站起朝山上跑去，可根本站立不稳的他完全控制不住摇晃的身子，只好四肢着地朝远离悬崖的地方一阵急爬。夜色中，爬了近十丈的扬雄躲到一块大石后，此时，伴着隆隆的巨大响声，移动的山体开始崩塌。黑夜中，到处是倒下的树木和飞崩的乱石。躲在大石后的扬雄，已分明感到大山的震动和迅速移动的山体。十分恐惧的扬雄不想被山石掩埋，他站着观察片刻后，便立即选择了自认为稍安全之处冲了出去。仅过片刻工夫，慌忙奔逃的扬雄就被滚落的乱石砸中，呼叫声中，倒下的扬雄很快昏了过去……

第二天上午醒来时，受伤的扬雄已被两位山民救到一片稍平坦的草地上。这片数丈见方的斜坡草地，已汇聚了附近山林中近六十名男女老少，其中还有几名身披擦尔瓦的彝族人。由于扬雄口音和穿着打扮不像山里人，当一位中年姓周的亭长问过扬雄情况后，就把伤势较重的扬雄作为了优先救助对象。

吃过老乡烤熟的山芋后，周亭长让一位猎人老者给扬雄检查了身体。认真看过扬雄伤情后，老猎人告诉周亭长："这人头部和腰腿都有伤，我看没三五个月，他是离不开这里的。"扬雄听后，泪水顿时夺眶而出，他深知他的游学考察将会被迫中断一些时间。

余震仍在继续。周亭长带着那些没受伤或受轻伤的青壮年，去四处倒塌的房屋中搜寻伤者和死者，然后又派人去砍伐树木，在临水坡地搭建临时避难所，以便安顿这些无家可归的人们。经过几天紧张努力，周亭长终于指挥乡民搭建起几间临时住处。对于无法行走的外乡人扬雄，周亭长特把他安顿在一群汉子中居住。不久，周亭长便得知被砸伤的扬雄，是个有文化的后生。在山民们关照下，头缠绷带的扬雄向周亭长表示，只要他伤情稳定能坐起后，他就可教一块避难的十来个儿童识字。当周亭长把这件事告诉山民后，山民们不仅非常高兴，而且还对扬雄更加关心。

躲避余震期间，受伤的扬雄多次向山民打听关于古蜀王的故事。有一天，同在

497

一块避难的两位彝族山民，不知从何处请来一位他们的老毕摩。通过周亭长翻译，扬雄得知毕摩即祭司，于是他特向老毕摩请教了彝族传说中关于大王的故事，老毕摩告诉扬雄说，他们彝族的先祖是古羌人中的一支，他们崇拜的英雄大王是支格阿鲁，支格阿鲁是彝人共同认可的祖先。老毕摩还对扬雄说，他们彝人崇拜的图腾是火与猛虎，所以他们才有"火把节"。最后，老毕摩给年轻的扬雄建议，若想要弄清古蜀王历史，最好去岷山一带羌人中了解，因为曾有一部分古羌人从很早开始，就沿岷江河谷走出大山和原始森林，到成都平原定居生活，这部分人跟原生活在巴蜀之地的先民，共同创造了古巴蜀文明。应该说，古蜀王的传说定跟成都平原相连结的巍巍岷山有关。

听完老毕摩语重心长的建议后，扬雄想起了少年时代听严君平说书，想起了家乡的望丛祠，想起了都江堰上游的崇山峻岭。离别时，老毕摩拍着躺在简易木床上的扬雄肩头说："汉族的年轻后生，你是我见过的第一位探寻古蜀王历史的人，望你好好养伤，等你身体康复后，我也欢迎你来我们彝家山寨走走，了解下我们彝人的传说故事也是可以的嘛。"扬雄真诚谢过老毕摩后，就把身上短刀送给了老毕摩留作纪念，老毕摩也给扬雄留下了治伤秘方。

季节轮回的足音，再次掠过广袤的川西平原，掠过具有鱼米之乡之称的花园乡。金秋时节，就在龙老四时常在龙家大院中哀叹自己被人暗算时，在花园场豆腐饭店的杏花，承受不起扬雄离她而去所造成的打击，她愈发忧郁，越来越陷入无法自拔的境地。覃老板看着一天天消瘦下去的女儿，不知用了多少办法，也没能扭转杏花悲哀的现状。心乱如麻的覃老板也知道，能治好杏花心病的只有扬雄。半个月前，思来想去的覃老板为救女儿，竟壮着胆子独自去了趟扬家小院。已忙完秋收的扬凯告诉覃老板，扬雄已从文翁学馆毕业，现他已到山区游学考察古蜀王历史去了，还不知多久回来。

覃老板听后恳求道："扬凯大哥，若扬雄回来，求你让他来一趟豆腐饭店，好吗？"

扬凯笑笑："覃老板，你喊我儿上你饭店去，还是为帮你饭店写赋的事吧？"

"不是为饭店写赋的事，而是救我家杏花的事。"覃老板忙解释说。

扬凯大惊："啥？为救杏花的事？你家杏花咋啦，为啥非要扬雄来救她？"

覃老板哭丧着脸说："扬大哥，我晓得我家杏花配不上扬雄，但因为过去杏花同扬雄私下好过，她就深深喜欢上了扬雄，现杏花见扬雄离她而去，我也没想到，

第五十九章 游学考察，扬雄突遭天灾人祸

杏花居然害了严重的相思病，人也憔悴许多。唉，我是希望扬雄外出回来，求他来开导开导杏花，或许只有这样，杏花的病才有可能减轻。"

"难道，花园场别的人去开导不行吗？"扬凯纳闷地问道。

覃老板说："我已找七八个人都试过了，但基本没啥效果。哎，我这苦命的杏花哟，没想到她就只服扬雄这包药，求求你了扬大哥，看在你我多年乡邻份上，你就让扬雄来救救我家杏花吧。"

扬凯想了想，认真说道："覃老板，要是我儿回来，我可转告此事，但他来与不来，我却无法向你保证。"

覃老板听后忙回道："谢谢扬大哥转告扬雄，我相信扬雄是个仁心泽厚之人，他定会来拯救杏花的。"说完，覃老板再次谢过扬凯后，就抹泪离开了扬家小院。

复仇心切的宋捕头，终于等来便于化装行动的秋天。

自胡之云把在聚义客栈偷听的情况告诉宋捕头后，宋捕头就断定这是原丐帮头刘三一伙对他下的黑手。之后，宋捕头就开始动起脑筋来：第一，他必须先弄清刘三一伙现在的情况；第二，根据刘三一伙的现状，他再制定复仇计划和方式，万不得已时，他还必须花钱雇帮手。秋分刚过，请了几天假的宋捕头，用黑布遮上他的缺耳和嘴巴，只露出眼睛和鼻子，再戴一顶草帽，拿上一根用竹竿做的打狗棒，并把两尺长的短剑藏在竹棒中，然后独自雇了辆小马车，悄悄在盐市口下车后，就朝卧龙桥走去。

下午申时，寻到聚义客栈后，宋捕头在客栈斜对面街沿边，找了块砖石坐下，然后从怀中掏出个破陶碗，摆在地上开始要起钱来。虽然宋捕头化装成要钱的乞丐，但他却并不在意路人的施舍，而草帽下那双眼睛，只死死盯着聚义客栈进出的男人。直到黄昏，他也没看见刘三的影子。天黑后，宋捕头起身上别处苍蝇馆子喝完酒吃过饭，又装成一拐一瘸的乞丐，走回聚义客栈外席地坐了下来，然后又把破碗摆在身前。无论是谁，见了宋捕头这模样，都会认为这是个货真价实的残疾乞丐。

直到第二天下午酉时，宋捕头也没发现刘三行踪。莫非这大半年中，刘三一伙已离开了客栈？正当宋捕头有些怀疑刘三一伙没在客栈时，坐在街对面的他猛然发现，身材魁梧的刘三从客栈走出，刘三身边还跟着一高一矮两个年轻男人。宋捕头仔细看了看矮个男人，立即断定，这矮家伙就是朝他右小腿扎了一镖之人，而那个高个汉子是不是也参与了暗算他的行动，还无法判定。

为弄清刘三一伙行踪，有点小紧张的宋捕头掂了掂手中的要饭棒，然后压低草

帽朝刘三几人跟去。约莫走了半个时辰，刘三几人来到繁忙的安顺码头。不久，天就暗了下来，码头上几根高高的木杆上，很快升起几个红色大灯笼来。在灯笼之光辉映下，安顺码头的船工和挑夫们仍紧张而又忙碌地卸货或装船。刘三几人一面观看繁忙码头，一面对货物指指点点议论着什么。宋捕头躲在暗中猜想，莫非这几个丐帮家伙，想要偷这船上或码头上堆放的货物？

还没等宋捕头弄清刘三几人的真实意图，突然一个码头监工对刘三几人喝道："喂，你们几个臭小子，在这偷看啥呀？前两天我们码头才丢了东西，你们几个虾子快给老子滚，否则，我们陈四爷来了定饶不了你们！"说完，那监工就朝空中甩响了手中皮鞭。有些气恼的刘三挥动拳头向那监工回怼道："监工头，你别拿陈四爷来恐吓我们，说不定，我们哪天也成这码头股东了。"

"呵呵，你小子给我吹吧，若你们都成了码头股东，大爷我就成码头大老板啦。闲话少说，没事你们就给老子爬远点！"说完，高个监工抓着皮鞭就朝刘三几人走来。刘三见监工走来，忙回身朝远处跑去，奔跑中，只见李二娃回身一镖，立即将木杆上的灯笼扎落在地。监工大叫一声后，忙停住脚步说："格老子的，难道成都又出新黑帮啦？"

黑暗中，目睹李二娃射落灯笼的宋捕头惊叹道："哎呀，这龟儿丐帮团伙，如今啷个变得这么凶了嘛……"

当刘三和陈山岗在文君酒坊立下字据，借走20金后，有些好奇的桃花，想打听刘三几人创办的织锦坊到底进行得咋样了，于是，一天上午闲着无事的桃花，就步行去了不远的百花织锦坊，向席毛根打听刘三创办织锦坊一事。

在百花织锦坊，席毛根和袁平热情接待了气质优雅的大美女桃花小姐姐。寒暄之后，当桃花问起刘三几人创办的织锦坊进行得咋样时，大惊的席毛根见袁平在场，就谎称他暂时还不知此事。中午，席毛根借请桃花吃饭为由，在饭店内把刘三借钱的真实原因告诉了桃花，并问桃花到底借了多少钱给刘三。当桃花说出刘三借的数目后，席毛根长出一口气道："唉，幸好不是60金，否则你的损失就大了。"

桃花有些不解："席大哥，难道你就一点不看好刘三他们能搞好青楼？"

"桃花呀，最近我也花了点心思去调查开青楼一事，要干好这一行，首先必须在江湖上有众多关系才行，然后还要有官府和黑道背景，其次才是要有雄厚的财力支撑。你想想，若遇点啥犯难事，没钱来打点疏通关系咋行。实话告诉你吧，刘三和陈山岗两个，我说的三个最基本条件，他们一条都不具备，咋可能开好青楼喃。"

桃花有些难以置信地说："席大哥，我看刘三和陈山岗也不是笨人，既然没条件，他俩为啥还执意借钱去整这些毫无把握的事？"

"还不是梦想发大财和好吃懒做思想支配的呗。我就想不通，客栈搞得好好的，为啥就突然冒出这些歪念头来。"席毛根说道。

桃花又问："席大哥，西门公子知道这事吗？"

席毛根答道："知道，刘三最早是向西门公子开口借钱的，估计是西门公子给他父亲说后，他父亲不同意借钱，刘三才来找你借钱的。"

"哦，原来是这样。"桃花听后点头道。

此后不久，刘三和陈山岗又借口资金不够，去了两次文君酒坊，但桃花均以手边太紧没再借钱给刘三。在刘三无法启动青楼计划成天开始游荡时，为复仇的宋捕头又化装来到聚义客栈外。见刘三身边有飞镖高手，不敢轻举妄动的宋捕头，在聚义客栈外又蹲守了两天，在确定刘三就住在聚义客栈后，才心有不甘地回到郫县，开始他下一步的复仇谋划……

一段时间的余震过后，大山又渐渐平静下来。在周亭长带领下，花岩乡的山民们开始抓紧时间修建新房，若不赶在冬天到来前建起新房，寒冷的山区可是会冻死人的。由于扬雄是突然闯入山区的外乡人，在腰腿受伤的情况下，他不仅无法帮山民们建房，且每天还要消耗些宝贵的食物。好在山里人朴实心善，周亭长在分发食物时，仍给了扬雄跟每个山民一样多的干粮。心里感到十分过意不去的扬雄，为回报花岩乡山民对他的救助与关照，在跟周亭长商量后，就提前开始了教山区儿童识字的活动。

爱动脑子的扬雄在教儿童识字后，就意识到仅仅让儿童们学会识字还不够，在识字过程中学会写字不是更好吗？于是，已能坐起的扬雄便同周亭长商量，让那些正建房的乡民把剥下来的树皮留下，他可用木炭在树皮内层白色处写字。通过几天实践，扬雄见此办法较好，而且儿童们也感觉好玩。十多天后，儿童们不仅认识了天、地、人、山川、河流和太阳、月亮，而且还认识了男、女、老、少与父母、姐妹等字词。不到一个月，令扬雄想不到的现象出现了，那些忙碌的父母们白天去修房抗震救灾，而当晚上回到用油脂灯点亮的窝棚时，无文化的他们也开始跟着自己孩子学起识字来。

一个月之后，新房屋已逐渐修好，有些家庭就陆续要离开临时搭建的避难窝棚了，谁也没想到的是，一些儿童竟哭闹着不愿离开教他们识字写字的扬雄小先生。一部分男人便同周亭长商量，他们给扬雄另建了两间房，并派一个年轻漂亮姑娘来照顾扬雄生活。其实，在周亭长心中，他早有留下扬雄的想法，因为花岩乡没一个教书先生，他想留下扬雄在这儿办一个学堂，好让山里孩子学些文化。

在大雪封山前，扬雄表了态，说他已能下地行走，伤也好了许多，完全乐意教孩子们识字写字，但不能接受年轻姑娘来照顾他生活，还说男女授受不亲是孔子之言，若实在要照顾他生活，派一位中年女人两天来一次即可，若不同意他的要求，他就不再给孩子们上课。拗不过扬雄的周亭长，只好答应了他的要求。由于在避灾生活期间，周亭长就知道扬雄是个能喝酒的人，于是，自从大雪封山后，周亭长便安排各家汉子们，隔三岔五轮流带上猎物或老腊肉等下酒菜，提上两斤酒去陪扬雄喝酒聊天，打发冬季漫长的夜晚时光。几个月下来，扬雄从不同山民口中了解到许多山区生存知识，还学会了一些狩猎本事。

在教儿童们识字写字过程中，扬雄打破了过去一些陈旧习惯，男女儿童都可成为他学生。令扬雄没想到的是，冬天快结束时，有两个稍大的女弟子竟偷偷告诉扬雄，她们今后愿意跟着小先生到成都去见见世面。为了鼓励大家学习，扬雄便对她俩说："长大后，你们不仅可去成都看看，还可去长安游玩嘛。"俩女娃听后，竟高兴得拍手跳了起来，第二天还从家里偷偷给扬雄小先生带了几个鸡蛋来。

当山顶积雪开始融化时，时常眺望远方的扬雄叹道："唉，还是老毕摩说得对，我应该到羌人生活的岷山深处去看看，或许，那里才有关于古蜀王的传说故事……"

第六十章

逃避还是拯救，该怎样对待昔日恋人？

自刘三和陈山岗在桃花那借到20金后，他俩着实暗暗高兴了好些天，而且又去低档青楼了解了办青楼需准备的基本条件，还有关于妓女来源问题，为此，刘三还特请春香楼秦老板喝了两次酒。以为大功即将告成的刘三，还领着陈山岗与李二娃在城内四处寻找可作青楼的地方。十多天后，刘三和陈山岗再次去向桃花借钱时，已知内情的桃花，却以各种理由没再借钱给刘三。极度失望的刘三和陈山岗，在无法再借到启动资金的情况下，就开始打起了歪主意。

一天，刘三和陈山岗在南大街小院喝茶聊天时，陈山岗问刘三说："老大，既然这小院是西门公子送你的，若实在凑不够钱，把这小院卖了咋样？"

"那咋行，这小院是西门公子送给我和席兄的，前不久我听席兄说，他打算秋天和秀娟在这小院结婚，要是我把小院卖了，这不是要得罪席兄吗？何况，这小院只能卖十多金，也解决不了大问题。"刘三忙说。

断了卖小院的念头后，陈山岗又说："老大，我们总不能这样就放弃开青楼吧，若实在借不到钱，我认为我俩可再想想其他办法，不知你同意否？"

"老二，你还有啥好主意？说来听听，别给老子卖关子好不好。"刘三忙说。陈山岗看了看刘三说："你我两个大活人，总不能被屎尿憋死，我认为，你我二人既然是丐帮头，总得应该有些胆量才对，实在不行，我们可在大成都采用特殊手段筹款。"

"啥特殊手段能筹到钱？"惊喜的刘三忙问。

陈山岗笑道："老大，你枉自在成都生活了这么久，难道你没发现，大成都值钱的东西多着哩，比如金银首饰、珠宝玉器，还有盐铁、航运货物以及值钱的丝绸蜀锦古玩等等。这些好东西到处都有，只是看我们有无胆量去获取而已。"

"你的意思，我、我们去偷还是去抢？"

"老大，你何必说得那样难听嘛，我们不是去偷，而是去巧妙合理讨要点商家利润而已。"陈山岗说后，沉默好一阵的刘三最后一拳砸在木桌上说："要得，老子赞同你的主意！既然老天要让我铤而走险，我又不是没胆量的人，好，从明天开始，我俩叫上老三，就在成都寻找下手对象，我相信，不久我们就会凑够开办青楼的启动资金。"

从那之后，刘三、陈山岗和李二娃，就经常在成都大街小巷转悠，寻找可下手的对象。那晚化装的宋捕头跟踪刘三几人去的安顺桥码头，就是刘三几人寻找下手对象的地点之一。可整整两个月过去，刘三几人踩点的对象，不是经济价值不高，就是商家防守过于严密，还有些商家用猛犬护卫自己的货物，使得刘三几人终未能锁定下手目标。

一天，在客栈喝酒的刘三对陈山岗和李二娃叹道："唉，老子真没想到，钱还真能逼死英雄汉！不知猴年马月，我们创办青楼的计划才能实现哦……"

陈山岗说："老大，你莫叹气，只要你同意我的主意，我保证很快就能筹齐启动资金。"

"老二，你既然是我们丐帮军师，有啥好主意就说，别给老子稳起嘛。"刘三催促道。

陈山岗抿了口酒，放下酒杯说："你两个没忘四年前，我送给师父那件高档锦缎绸服的事吧？"

"没忘呀。"刘三忙说。

陈山岗吊诡一笑说："呵呵，你们知道吗，那件高档服装，就是老子从浣花织锦坊用计骗来的。如今，虽然西门家收购了浣花织锦坊，但占股不少的谢老板仍在那负责业务，只要我们不要有太多顾忌，那么浣花织锦坊中的高档面料和做好的锦缎绸服，就可变成我们的启动资金。"

刘三和李二娃听后顿时来了兴致，李二娃忙对刘三说："老大，我认为二哥的主意不错，即便西门家遭受点损失，责任也在谢老板头上嘛。谢老板跟我们又没啥关系，我们行动得手后，让谢老板去承担西门家损失嘛。"

"行，那我先找熟悉情况的袁平问问再说。"刘三同意后，就找袁平详细了解浣花织锦坊的内部情况，袁平画出织锦坊厂区示意图，并指明了生产作坊和成品及面料库房位置。为了盗窃成功，刘三不仅要袁平发毒誓保守秘密，而且还要袁平和陆小青也参加此次行动。作为丐帮铁杆马仔，袁平和陆小青都欣然接受了老大的决定。

第二天下午，袁平以了解新款式冬装为由，去他曾非常熟悉的浣花织锦坊确认了库房位置没变后，晚上就到客栈向刘三做了禀报。第三天上午，刘三和陈山岗就在文翁学馆附近租了间库房，以便存放从浣花织锦坊盗出的货物。第四天凌晨寅时，刘三几人戴着黑色头套用木板架在织锦坊墙两边，硬是撬开库房大门，成功盗走一大批高档面料和男女秋装。为确保安全，刘三特派身怀飞镖绝技的李二娃看守库房。

自宋捕头从成都回到县衙后，他就开始独自谋划报复刘三一伙的复仇方案。宋捕头非常清楚，刘三的丐帮团伙，早已不是当年在郫县的模样了，他们能开一家中档客栈，这足以证明刘三一伙背后有金主支持，否则，这些昔日要饭的叫花子，哪能有钱来开客栈？但宋捕头无论如何也没想到，支持刘三的金主，就是王县令的朋友西门松柏的公子。更令他万分惊讶的是，他做梦也没想到，这些当年的叫花子，咋个有了飞镖绝技？难道，除了飞镖之技外，这些家伙还有别的本事？再三思考后，宋捕头已明白要靠他独自一人去复仇，那是绝对不行的，若这样的话，或许会丢掉自己小命。有了清醒认识后，宋捕头便开始寻找有武功的帮手来。

对熟悉郫县地界情况的宋捕头来说，要寻找到有武功的练家子并不难，但遗憾的是，每当跟他看得上的有武功的人谈后，别人总要刨根究底问他要怎样帮忙，都非要宋捕头说出具体要干些啥。宋捕头不敢隐瞒实情，他怕这些有武功的人知道受骗后会找他算账，就只好说出真实复仇原因，并答应可预付给帮忙者一些钱。不傻的练家子们很快明白，宋捕头这是在雇凶杀人，所以，尽管谈了好些人，但两个多月过去，宋捕头也没找到复仇的帮手。

一天，得到案情禀报的宋捕头，带着六名县衙捕快，在三道堰附近抓捕了两名伤人犯。在审案时，宋捕头了解到这两名穷疯了的赌徒，为抢几十枚五铢钱竟敢动手。两人少年时学过几年拳术，还会耍大刀。颇有心机的宋捕头破例没对这两个人犯动重刑，而是随便问了几句就算过了堂。

但两个伤人犯没想到的是，第二天晚上本应审他俩的宋捕头，却带着一坛酒和几样卤菜到牢房来看了他俩。酒喝得差不多时，宋捕头就说出了想请他俩帮忙的事，并答应事成后不仅可私放他俩逃走，还可各送两金。在两犯人追问帮啥忙后，宋捕头道出了实情。其中一个年龄稍长的陆姓犯人说："宋捕头，我俩虽犯了事，但只伤了人，却没弄出人命，你让我俩去真正要人命，只出这点钱，恐怕太少了些吧。"

宋捕头见这两人有愿帮他之意，在一番讨价还价后，便答应给每人追加一金，不过前提条件是必须把主要复仇对象杀死。两犯人经不住金钱诱惑，便答应了宋捕头。临别，宋捕头要这二人在牢里好好待着，一旦时机成熟，就跟他一块去成都动手。

立冬前十天，秀娟带着小芳与瑞华，几次到南大街小院打扫房间并布置好婚房。因席毛根已同张德川和秀娟商量好，他要在立冬那天，同秀娟在南大街小院正式举行个简单婚礼，把这人生大事办了，等春节回到临邛老家，席毛根再在老家请客，补办个像样的婚礼。

不料席毛根同秀娟的决定启发了张德川，他同小芳商量后也决定，大雪那天在聚义客栈举行婚礼。擅于处事的张德川跟从天师洞回来的西门云飞商量后，西门云飞爽快答应了张德川在客栈结婚的要求。喝酒时，西门公子高兴地对席毛根和张德川说，到二位举行婚礼那天，他一定要让自己的父母亲自前来贺喜。

浣花织锦坊失窃后，被吓坏的谢老板察看清点完失窃物品，就立即到官府报了案。随后谢老板又到西门家府上，向西门松柏禀报了织锦坊失窃一事。官府经现场勘查，确认此案为团伙作案，并迅速派出暗探到各丝绸市场暗中查访，看有无盗贼销赃。半个多月过去，几次到官府打听消息的谢老板，总是异常失望地回到浣花织锦坊。为防止再出意外，西门松柏特到百花织锦坊叮嘱席毛根，要他派人值夜班，并立即饲养两头猛犬来保卫织锦坊。席毛根不仅立刻照老板西门松柏讲的办，并表示他会常住织锦坊，并用大刀守卫织锦坊内一切财物。

立冬那天下午，西门松柏携夫人和独子西门云飞，果然来到南大街小院，参加了席毛根和秀娟的婚礼，并送上了三金和两个金手镯，另外还提前运了全套新家具。刘三以陈山岗和李二娃三人名义，给结拜的席兄送了两金和两床被子。桃花带着桂子与兰花，也送了十坛上等文君酒作为贺礼。谢老板虽因失窃案情绪受到影响，但当他收到席毛根请柬后，还是亲自给席毛根夫妻各设计了一套时尚秋装，送给了曾在浣花织锦坊工作过的得力助手。

大雪那天下午，张德川和小芳也在聚义客栈举行了婚礼。同样，西门松柏全家也来参加了婚礼，也照样送了三金和两个金手镯给张德川夫妻。经过一段时间接触考察，西门松柏非常认可席毛根和张德川二人的工作能力与人品，故对二人婚礼以同样礼物对待。由于刘三仍是张德川名义上的领导，张德川就一再表示不收刘三、陈山岗与李二娃的礼。为显示自己义气，刘三三人还是送了两金给张德川。异常纳闷的张德川曾私下问过刘三："你们几人既无工作，又没在客栈支取钱，这么多钱是哪来的？"刘三却拍着张德川肩头回道："德川兄，我们几个成天在外跑，在码头或古玩市场铲点小生意还是可以的。"

就这样，当扬雄被困在大山里教山区儿童识字写字时，席毛根和张德川便先后结了婚，完成了他们人生中的一件大事。而这之后，刘三几人经过一段时间反侦察，才悄悄开始少量卖起他们的盗窃之物来……

扬雄在花岩乡大山里终于熬过漫长寒冬。清明前夕，扬雄告诉周亭长，他现在已基本痊愈，打算过了清明就离开花岩乡，到时，他希望周亭长做做他所教孩子们家长的工作。扬雄知道，那些家长是极不愿自己离开的。周亭长再次做了扬雄的思想工作，他真诚希望这个有文化的小先生再留下一年半载，这样的话，这里的孩子和部分大人，就会学到更多汉字了，有的甚至还能学会写信。在扬雄一再坚持下，无奈的周亭长只好同意了扬雄离去的要求。

清明后的第二天，在欢送扬雄离开大山时，有的山民将煮熟的鸡蛋、山芋送给扬雄，以表达深深的难舍之情。见孩子们如此不舍扬雄的离去，有的妇女和老人也抹起泪来。扬雄在几次向欢送他的朴实山民们鞠躬告别后，终于返身踏上回乡之路。

经过长途跋涉，扬雄才好不容易衣衫褴褛地回到扬家小院。见着如此狼狈的儿子，错愕的父母怎么也难相信，外出才大半年的儿子，怎么变得跟讨口要饭的叫花子一般。扬雄洗漱完换上干净衣服后，才大声对父母和奶奶说："你们看，雄儿不依然是扬家能干俊朗的男子汉吗？"

晚饭后，在初夏新月和繁星闪烁的夜空下，扬雄一家坐在小院桑树下，听他讲起这大半年外出考察的经历。扬雄告诉父母和奶奶说："哎呀，那凌云山和乌尤山下三江汇合的水势呀，真可算得上是汹涌澎湃，那卷起的波涛足有草房那么高，那水势壮观的场面哪是都江堰、三道堰能相比的。令我没想到的是，当我离开岷江、大渡河与青衣江汇合处走向山区时，我沿途问了许多人，他们大都只知大禹治水故事，却对古蜀王传说知之甚少。莫非我运气不好，问的人恰巧不知古蜀王故事，于是，我抱着定要问出结果的心态，就朝犍为郡的高山密林走去。"

张氏听后诧异地问道："雄儿，难道你在高山密林里，没碰到豺狼虎豹？"

扬雄笑了："呵呵，母亲，我哪能那么傻呢，要进高山密林，我肯定要找向导呀，有时是跟着猎人走的。因为在大山里，那些野兽只要闻着猎人味，就会逃得远远的。"

"哟，看来我们雄儿非常机灵嘛，进高山密林跟着猎人当然不会吃亏。"奶奶高兴地说道。为啥扬雄不敢告诉家里他被大狼追撵包围过，也被野猪攻击过，甚至在地震中被飞石砸伤过，因为在扬雄看来，今后还要外出考察，他不想让父母担心害怕，所以，他就采取了报喜不报忧的方式，讲述在外的考察经历。

扬凯接着问道："雄儿，那后来你在山里了解到古蜀王历史没？"

扬雄叹了口气："老爸，说来您也难相信，我刚进大山第五天，就碰上了犍为大地震，哎呀，那山崩地裂般的险情还真有点吓人。唉，山上落下的飞石砸死砸伤了许多人不说，地震还震垮了许多房屋，我的白马就是那时跑丢的。"

"地震过后，你为啥不及时赶回家呢？"张氏有些不解道。

"母亲，您不晓得哟，我在躲余震那些日子里，山民们对我可好了，他们给我吃的穿的，还让我住进他们搭建的临时避难棚里。过了七八天余震结束后，山民们都投入重建家园的忙碌中了。您说，我这时能离他们而去吗？所以，年轻力壮的我，就留下来了。"

扬凯听后点头说："雄儿做得对，别人在难中帮了你，你是应该去帮山民重建家园嘛。"

"修完房子后，那花岩乡周亭长见我有文化，非要我留下当小先生，教他们山里娃娃认字写字。确实，我见那里没有一个读书人，于是就留下当了孩子们的小先生。为此，周亭长还领着一群汉子，特为我建了两间木屋，以供我教娃娃们用。"

奶奶听了，赞叹道："哎，我们雄儿做得对，教山里娃娃认些字是件大好事，不会认字写字的山里人，他们应该很感激你吧。"

扬雄说："是呀，奶奶，山里人纯朴善良，他们对我可好了，自大雪封山后，周亭长就时常在夜里派人来陪我喝酒聊天，讲些山里人狩猎的故事，一旦他们打了猎，总要分给我一份。就这样，我在山里度过了一个非常有意思的冬天。"

深夜，扬凯独自一人来到扬雄房间，告诉了覃老板曾来扬家小院的实情，最后，扬凯问儿子："雄儿，你认真想想自己决定吧，到底去不去豆腐饭店见杳老？"

扬雄沉思好一阵，反问道："爸，家里人咋看这事？你们同意我去看杳花吗？"

扬凯说："雄儿，你是知道的，我和你妈都不同意你娶失了身的杳花，其原因是不想让乡邻们几十年都戳我们脊梁骨，在背后说些难听的风凉话。唉，你21岁了，也该成家立业了，可、可你不仅没职业，而且成天还往山里跑，我们全家都为你操心哪……"

"爸，您放心吧，忙过这两年，我自会结婚的。"扬雄安慰父亲说。

扬凯借着油灯灯光，盯着扬雄不满地说："结婚？你现在连对象都没有，到时给我结啥子婚？"

扬雄想了想，为使全家放下心来，就把他同张秀梅的关系告诉了父亲，最后，扬雄自信地说："爸，您就放心吧，秀梅虽没杏花那么漂亮，但她却是个贤惠能识字的好姑娘，何况，她又是我好同窗张德川的小妹。我已跟秀梅商量好，等我这两年考察完古蜀王历史，我就娶她来扬家小院伺候你们几位老人家。"

"雄儿，你说的可是真的？"扬凯有点吃惊。

"爸，这么大的事，我能哄您老人家吗？我说的可都是真的。"扬雄回道。

"既然这样，那你就更没必要去豆腐饭店了。"扬凯终于松了口气。

"不，正因我已确定了结婚对象，现在我才更有责任去关心帮助因我而生病的杏花。她若不是被歹人宋捕头强奸，在我去年从学馆毕业后，就应该进扬家小院了。唉，命运太捉弄我了。"扬雄回道。

扬凯心里一紧："这么说来，你还是要去看杏花？"

"对，我明天就去，或许只有我，才能帮到深爱我的杏花姑娘。"扬雄口气坚决地说。

"若你非去不可，我希望你别再生出其他事端来。你要明确告诉杏花和覃老板，你现已是有未婚妻的人了，定要让杏花死了这条心。"扬凯提醒说。

"爸，您就放心，我一定争取用最好的方式，结束我和杏花的事……"

第二天早饭后，扬雄跟着父亲下地干了一上午农活，午饭后，扬雄带上老妈泡的20个咸鸭蛋，又在花园场街上买了一盒糕点和八尺蓝花布，然后就径直朝豆腐饭店走去。此时，坐在饭店内发呆的杏花，猛然看见手拿东西的扬雄朝饭店走来，激动得双唇颤抖眼含热泪的杏花，忙跑到大门边轻声喊道："扬雄哥，你、你终于来啦……"

扬雄微笑着点了点头："杏花，我昨天刚从犍为郡回来，今天就来看你了。"说完，扬雄忙把礼物拿了出来。坐在一边的覃老板，一见扬雄到来，忙起身说："大才子扬雄，你今天终于来了。"说完，覃老板忙从壶中倒了杯水递给扬雄。寒暄中，覃老板见杏花老是痴痴盯着扬雄，似乎想说什么，了解女儿心思的她忙对扬雄和杏花说："你俩也有一年多没见面了，应该有许多心里话要说，这样吧，你俩到后院杏花房间去说，这样就没人打扰你们说话了。"随即，覃老板就把杏花朝后院推去。

进了杏花房间后，杏花仍两眼含泪痴痴地看着扬雄，越是这样，手足无措的扬雄越是感到有些尴尬。要是从前，扬雄和杏花早就拥抱在一块亲起嘴来。过了一阵，冷静下来的扬雄便把杏花扶到床边坐下，随后，他也坐在床边面对神情跟从前大不一样的杏花。昨夜扬雄想了许久，今天该怎样跟杏花谈呢？说得太直接怕伤了杏花，说浅了又担心杏花不能理解他的真实想法。还没等扬雄想好该如何开口，杏花突然"哇"的一声大哭，便紧紧抱住了扬雄。

心智已成熟的扬雄清楚，这是杏花近两年深深思念他又怕失去他所致，此时的伤心大哭，正是杏花排解积压心中忧虑和痛苦的最佳方式。待杏花伏在扬雄胸前哭了好一阵后，闻着杏花发香的扬雄才拍了拍杏花背脊说："好了杏花，别哭了，再哭会伤了自己身子的。"

"扬、扬雄哥，你是不是在城里有了别的姑娘，你、你就不要我了？"两眼噙泪的杏花伤心地问道。该如何回答昔日恋人的问话，沉思的扬雄终于意识到，任何虚假托词安慰，均是对纯朴而又爱他的杏花最大的伤害。唉，无论结局怎样，我必须将真实情况告诉杏花，求她理解自己无法解决的难题和矛盾。想到此，眼睛湿润的扬雄低声说道："杏花，你应该知道过去我有多爱你，是吧？"

"嗯，扬雄哥，我晓得你过去是爱我的，但、但现在你却不爱我了，这、这是为啥呢？"涉世不深的杏花天真地问道。

哽咽的扬雄带着哭腔说："杏花呀，不是我不爱你，而是我无法再爱你啦……"说着，扬雄也抹起泪来。

非常不解的杏花猛地抓住扬雄双臂问道："扬雄哥，你应该告诉我，这是为什么为什么呀？"

四只泪眼相互对视一阵后，扬雄轻轻掰开杏花的手说："杏花，现在我就告诉你真实原因吧，因为，我父母无法接受你失身的事，我做了许多思想工作也不行。你想想，我总不能把你娶进扬家小院，让你看几十年我爸妈的冷眼吧。"

"哦，原来是我的失身，从此断绝了你我成为夫妻的希望，可、可失身不是我杏花浪荡造成的，而是恶人宋捕头强奸了我啊……"说着，异常痛苦的杏花又放声大哭起来。看到杏花如此悲痛欲绝，扬雄再次感受到杏花爱他爱得深切。想用热吻安慰杏花的扬雄，此时强行克制住自己，他明白若不这样，杏花就永远不会离他而去，就永远不会接受别的男人，更不会有自己的新生活。随即，扬雄安慰说："杏花，你我都认命吧，未来日子还长，你我虽成不了夫妻，但凭你的美貌和善良，我相信你会遇上个比我更爱你的男人，你、你一定要想开些。"

"不嘛，我只想要同你结为夫妻，我不想要别的男人！"杏花口气坚决地说。

"杏花，我不许你这样说，更不许你这样想，我扬雄虽娶不了你，但我真正希望你一生幸福快乐。"扬雄真诚地说。

"我跟别的男人没有幸福快乐，我跟你在一块才有幸福快乐。"杏花倔强地回答。

"杏花，你不能这样想，你若不开心，我扬雄今生也谈不上快乐。我是家里独子，不能让你跟我一块私奔，今后我还要对年老的父母尽孝。"说着，扬雄眼里又涌出了泪水。

杏花低声抽泣一阵后，突然抬头说："这样吧，扬雄哥，你可先娶个姑娘进扬家小院，一年后你再娶我做你的小老婆，我不在扬家小院生活，我就住在我家饭店后院，好吗？"

错愕的扬雄忙说："杏花，我家是并不富裕的桑农之家，父母是绝不可能同意我娶两个老婆的。杏花，你若真正爱我，就要听我话，你若是听我话，今后我每年都会来看你，我俩永远都是好朋友，好吗？"扬雄刚说完，伤心的杏花又抱着扬雄大哭起来。

又过了好一阵，伏在扬雄怀中的杏花喃喃说："扬、扬雄哥，你我今生既然成不了夫妻，那今天我就把我身子给你，我本来就是你的人，你拿去后我才不会后悔。"说完，杏花就开始脱自己衣服。

作为男人的扬雄，何尝不想试试巫山云雨？但理智告诉他，要是这样让杏花怀了孕咋办？他对得起还在等他的秀梅吗？对得起给了他身子又无法被娶的杏花吗？今后杏花咋在花园场做人呢？犹豫一阵的扬雄给杏花披好衣服说："杏花，你还是把身子留给你未来的男人吧，我已经很对不住你了，我不能再做对不起你的事。"说完，扬雄就离开了。

待扬雄离开房间后，此时的杏花，紧闭双眼任冷泪无声流淌……

第六十一章

复仇未成，杀人犯竟逃得无影无踪

挑选好复仇帮手，宋捕头便在郫县铁匠铺定制了两把一尺来长带皮套的匕首。每当摸着缺耳的脑袋，复仇心切的宋捕头，就恨不得立即杀死丐帮头刘三。在向王县令请假时，王县令以工作较忙为由，没立即同意宋捕头的假期。等王县令终于同意宋捕头的假期时，时令已进入冬月。

宋捕头本是个农家子弟，刚担任捕快那十多年间，他也算是勤勤恳恳认真工作之人。自从被提升为捕头后，他竟然已不满足过去的吃喝与占点小便宜，尤其是在刘三的墓碑石案中，心性发生重大变化的宋捕头，居然想杀灭刘三以绝后患。在刘三被救走的两年多后，他被刘三一伙复仇割了耳朵，小腿也被扎了毒镖，致使肌肉萎缩成了走路有点跛的残疾人。若是宋捕头就此罢休的话，或许刘三就会在忙碌中逐渐淡忘再向他复仇的事。可宋捕头哪是咽得下这口恶气之人！他向刘三一伙的报仇，注定是这个强奸犯命运大转折的开始。

请好假的当天晚上，宋捕头带上酒肉到牢里，又请那两个帮手陆远强和王成山喝了酒，并告知二人明天跟他去成都。颇有心机的陆远强对宋捕头说，明天去成都前，他俩应该拿到预付款。

"二位放心，我宋某人一定说话算数，事成后绝对不会少你俩分文的。"宋捕头口气异常坚决地说。

陆远强说："宋捕头，你有言在先，我们定要收到预付金才随你去成都杀人。"

"好，我明天一定把预付金给你俩。"宋捕头说后，便匆匆离开县衙牢房。待宋捕头走后，并没喝高的陆远强和王成山，一直密谋到深夜才睡去。

第六十一章　复仇未成，杀人犯竟逃得无影无踪

第二天上午，宋捕头赶着一辆小马车来到牢外，很快，宋捕头以外出指认共犯为由，接走了陆远强和王成山。当马车跑到土桥小镇时，停住马车的宋捕头，才向陆、王二位各支付了一金预付款和一把带鞘匕首。陆远强把匕首藏在怀中后，不满地向宋捕头问道："宋捕头，你先前不是说，先付我们两金嘛，事成后再补给我们每人一金，咋现在只付一金给我俩呀？"

宋捕头说："你着啥子急嘛，我现在身上钱不够，回来再补二位两金不就得了。"说完，宋捕头便又赶着马车朝成都奔去。不满的陆远强和王成山，却迅速交换了恨恨的眼神。快到卧龙桥时，宋捕头在染坊街找了家小客栈住下后，就在房间里低声对陆远强和王成山说："我马上就带你俩去踩点认人，寻到合适机会我们再动手。"

"要得嘛。"陆远强点头答应后，宋捕头拿出一顶狐皮帽戴在头上，然后又用布巾遮住左耳和嘴巴，尔后三人才离开小客栈朝卧龙桥走去。到聚义客栈斜对面后，宋捕头领着陆、王二人蹲了下来。这时，宋捕头才向他俩交代了要杀的对象共有三人，只要杀死为首的丐帮头刘三，就算此次行动成功，他就将支付剩下的欠款，但狡猾的宋捕头却没讲对方擅使飞镖的事。一直到天黑，宋捕头也没看到刘三人影，于是，回到染坊街找了家苍蝇馆子喝酒吃完饭后，宋捕头三人又回到聚义客栈对面进行蹲守，直到客栈关门才回染坊街小客栈睡觉。

自从席毛根结婚后，他便减少了到聚义客栈吃晚饭的次数，加上西门公子常到青城山天师洞跟着张云天学剑术，而刘三、陈山岗和李二娃三人又常在外鬼鬼祟祟销赃，且每次销赃后，又回库房清点所剩数量和商量变换销货地点，这样一来，大家聚在客栈喝酒的时候自然也少了许多。宋捕头带帮手来寻仇时，正是刘三几人销赃进行到尾声时，所以，宋捕头在聚义客栈外就难以看到在外奔忙的刘三。

第二天再次蹲点守候时，颇有心机的陆远强问宋捕头："宋捕头，我们郫县人都知你是有功夫的练家子，为啥你复仇还非要找人帮忙呀？"

"这些家伙常三五成群在一块行动，我一人不是怕吃亏嘛。"宋捕头回道。

"宋捕头，我想这事没这么简单吧。"

"你啥意思？"宋捕头忙问道。

陆远强接着说："宋捕头，既然你要我俩帮你复仇，你总该说说那些人有啥本事吧，瓜娃子也晓得，那帮人若没点功夫，你又何必花钱雇我俩呢？宋捕头，你给我们讲明他们有哪些功夫，我们在行动时也好有所提防。唯有这样，我们刺杀才能保证成

513

功嘛。"

陆远强最后这句话引起了宋捕头的重视。是的，我的目的是杀死丐帮头刘三，若不告诉他俩刘三身边有人会飞镖暗器，那他们如何能有效防备呢？若无防备，那又咋保证刺杀成功呢？想到这儿，宋捕头就把刘三身边矮个子会飞镖一事讲给了陆、王二人听，二人听后面面相觑陷入沉默。而此时的陆远强，心中突然冒出个逃走的念头……

直到下午酉时，李二娃赶着小马车停在聚义客栈门前时，宋捕头才终于看见刘三人影。刘三的马车刚一停，高大的陆小青就跑了出来，从李二娃手中接过马鞭把马车赶到客栈后马厩。陆远强发现盯着刘三的宋捕头紧捏拳头，愤怒地看着刘三几人走进客栈。

黄昏时分，冷风呜呜吹过成都平原。

宋捕头看见聚义客栈门外点燃两个红色灯笼，突然骂了句："龟儿子丐帮头，老子总有叫你见阎王的时候。"说完，宋捕头就领着陆远强二人去染房街苍蝇馆子吃夜饭。宋捕头今晚没请陆、王二人喝酒，其目的就是想早些再去蹲点观察守候，看能否寻到下手机会。

晚饭后，当宋捕头三人再次回到蹲守点，便听见聚义客栈内不时传来阵阵热闹的划拳声。听着划拳声又不敢进去的宋捕头急得不断来回走动，不时还挥着拳头低声骂道："哼，龟儿子些，老子总有叫你们鬼哭狼嚎的时候！"

见宋捕头异常难受，陆远强忙说："宋捕头，要不我进去看看这帮家伙，看他们到底有多少人，行吗？反正他们又不认识我。"

宋捕头想了想说："嗯，要得，你先进去探查下，先摸摸他们情况再说。实在不好下手的话，老子一把火烧了他们客栈也行。"听宋捕头说完，陆远强就径直朝街对面客栈走去。

走进客栈，陆远强警惕地站在客栈院中，扭头朝四处望了望，然后又盯看传出划拳声的饭厅。这时，端菜的秀娟看见了院中的陆远强，忙问道："客人，你是要住店吗？"

"不，我不住店，我只是想问问，你们客栈招伙计吗？我、我想找个工作。"陆远强机智地回道。

秀娟说："我们客栈暂时不招伙计，客人，你还是到别处问问吧。"秀娟刚一说完，刘三就扭头朝厅外高声说道："秀娟，你把想找工作的人喊进来，我想见见他。"

听刘老板发话后,秀娟就把陆远强领进了饭厅。借着几盏油灯光,起身的刘三打量了中等身材的陆远强,然后上前拍了拍头发硬直的陆远强肩头,问道:"伙计,我看你身体挺壮实,应该是个练家子吧?"

镇定的陆远强反问道:"你是这儿的老板?"

刘三笑道:"呵呵,不瞒你说大哥我虽是这儿的老板,但我们发展新业务需要人,你还没回答我呢。"

"是的老板,我是练家子,的确懂得些拳脚功夫。"陆远强将胸脯一挺说。这时的陆远强,非常成功地伪装成一名求职人。刘三见陆远强果然是练家子,便高兴地说:"这样吧,你三天后到骡马市翠云楼来找我,或许,我到时会给你一个满意的工作。"

陆远强兴奋地问道:"请问老板,你贵姓呀?"

刘三说:"我行不改名坐不改姓,本人姓刘,单名叫三,三天后,我俩在翠云楼见。"

陆远强听后,心里一惊:宋捕头想杀的正是此人,可此人却很爽直嘛,我喜欢这样的人。想到此,陆远强忙抱拳说:"谢谢刘老板看得起我,三天后我一定来翠云楼报到。"说完,陆远强朝刘三鞠了一躬,然后匆匆离开了聚义客栈。回到宋捕头身边,心里已发生变化的陆远强忙说:"宋捕头,我们最好别在客栈内下手,这客栈里的汉子多,我们会吃大亏。"

宋捕头听后大惊:"咋的,你都看清啦?"

"那帮家伙在客栈饭厅喝酒,我瞄了几眼,他们最少有十多个汉子。"陆远强故意夸张说。

宋捕头叹道:"唉,老子要报这仇,看样子还他妈不好找下手机会。"

陆远强说:"宋捕头,今晚我们一块好好研究研究,我就不信我们找不到下手的时机。"

"要得,今夜我把酒肉买回客栈慢慢整,老子就不信找不出对付那丐帮头的办法来。"宋捕头说。

陆远强话锋一转:"要得,宋捕头,我听说成都盐市口夜市很有名,我们现到夜市去转转,也不枉来成都一趟,要得不?"

"好,反正也耽误不了多少时间,那就去呗。"宋捕头说后,三人就朝不远的盐市口走去。谁知进入夜市不久,当宋捕头抓起两把锋利大刀比较时,陆远强和王成山却乘机迅速消失在夜市人流中……

今天刘三几人销赃完最后几件高档秋装后，便去了骡马市翠云楼，见了几天前春香楼秦老板给他推荐的老鸨罗妈。跟着罗妈又仔细看了翠云楼的地理位置、房间以及马厩，同陈山岗和李二娃反复商量后，三人一致赞同买下翠云楼。打扮得珠光宝气的罗妈说，这青楼的后台老板原是雷振山，雷振山一伙伏法后，这翠云楼生意就开始走下坡路，艰难维持一年多后，比较有姿色有技艺的名妓就开始相继离去，丰韵犹存的罗妈说她已难支撑翠云楼生意，现必须卖出房产让新老板来打开局面，然后她把所卖资金退还给从前那些股东了事。

双方讨价还价后，长着一对杏眼的罗妈说，这么大的两层院落和马厩，再怎么也需八十金才能出手。早已积累不少生意经验的刘三对罗妈说，翠云楼若不是口岸和院落中几十个房间令他满意，他根本就不考虑买下这地方。最后，刘三装作无所谓地说："罗妈，我只出六十金盘下翠云楼，你去给那些老股东说说，若能说通的话，我仍聘你为这里的老鸨，今后继续负责管理这里。"

"真的呀？"罗妈惊喜地问道。

刘三看了看脂粉过重的罗妈，哈哈大笑说："哈哈，我说罗妈，我刘老板一言既出，那肯定就是一锤定音，在您面前，我绝无戏言。"

"既然刘老板是如此爽快汉子，那我罗妈愿为你效犬马之劳，这两天我就去分头做原股东们的工作，争取说服他们同意你的出价。放心吧，我自有办法说服那些丈夫还在服刑的家属们。"罗妈高兴地说。

"很好，谢谢罗妈的辛苦努力，往后，我刘三决不会亏待您的。"刘三说完后，几人就高兴地离开了翠云楼。随后，刘三几人又去附近茶馆喝了一个多时辰的茶，然后商量手边不足五十金，如何才能买下翠云楼的事来。最后商量的结果是，设法在聚义客栈支取八金，然后再在西门公子那借十金，若实在不行，就从百花织锦坊席兄那借八金，然后先付五十金给翠云楼老股东，剩下十金在腊月三十前还清。手中剩下的钱还需用在翠云楼重新开张这段时间里。

下午酉时，回到客栈的刘三找张德川说了支取八金的事，张德川听后诚恳地对刘三说："刘老板，自中秋前西门家拿走十金后，客栈账上现就只剩七金了，若你要支取八金，现还差一金哩。"

"少一金没关系，但这七金我必须支走。你知道吗，我买下一座青楼差点资金，我敢保证，那口岸和环境不错的翠云楼，今后定能赚到大钱，到明年春天，我一定连本带利还给客栈。"刘三忙说。

"刘老板，只是、只是我该如何向西门家交代此事呢？"张德川为难地说。

刘三说："德川兄，我走后你就是这里的老板了，我不会难为你，这支钱的事由我来跟西门公子说。我相信，我刘三暂借这不多的钱，我的结拜兄弟不会说啥的。"

"刘老板，你既然话说到这份上，那我明天上午就把七金拿给你吧，只是按客栈制度，你得给我个手续才行，否则，我无法向西门家交差。"张德川又说。见张德川已同意拿出客栈仅有的七金，高兴的刘三忙吩咐陆小青准备酒菜，他今晚要好好在客栈喝上一台酒。随后才有了刘三几人的划拳声，又正是这划拳声引来陆远强假扮求职的探察。谁也没想到，陆远强的"即兴"谎言，竟引来刘三招聘他当青楼保安的想法。正愁逃出牢房没去处的陆远强，见刘老板想招人，于是顺水推舟就有了逃离宋捕头的行动。令宋捕头万万没想到的是，他已花了两金雇来杀人的陆远强和王成山，却趁夜市人多之际，逃得没了踪影。十分气恼的宋捕头在夜市寻找一阵后，又怕陆远强二人偷走小马车，便又匆匆返回染坊街小客栈……

惊慌赶回小客栈的宋捕头，见他借的小马车还在，便给老板打招呼说，任何人都不得赶走他的小马车，除他本人外。当夜，久久无法入睡的宋捕头已意识到，他雇来替他报仇的两个人犯已逃走，他们为啥要逃走？他不是说过帮他复仇后就放走他俩吗？宋捕头永远不明白的是，本就打算逃走的陆远强和王成山，幸运地碰上了可能收留他俩的丐帮头刘三。

当天下午刘三几人离开翠云楼后，老鸨罗妈就立即采取行动，她分别找到几家股东家属，用翠云楼房产再不售出，就有可能被官府收走为由，硬是逼着股东家属接受了六十金的低价。当第二天下午刘三几人来到翠云楼时，面色红润的罗妈眉开眼笑地告诉刘三说："刘大老板，我已费尽口舌，说服了那些股东家属们，他们已答应六十金卖出这翠云楼啦。你知道不，光这房产收入，你就先赚了二十金啰。"

"哟，罗妈，你立的大功我已记下，往后，我定当给你大大的回报。不过，从今天开始，你就可联系那些失散的姑娘们，十天后，她们就可回翠云楼接客啦。"

"好好好，你刘大老板果然是做事精明之人，我相信，只要这翠云楼的生意重新开张，那财源就会如三江之水滚滚而来。"个头较高微胖的罗妈兴奋地说道。

高兴的刘三打了个响指说："好，那就太好了，罗妈，你带我到各房间去看看，若需更换物品，这两天您负责登记更换，协助你工作的就是这位小兄弟。"说完，刘三就把陆小青介绍给罗妈。罗妈看了看陆小青，喜滋滋地说："刘老板，你的手下长得真俊啊，这样的小伙子来协助我工作，我罗妈着实开心。"

第二天早饭后，非常郁闷的宋捕头结完客栈账后，就独自赶着小马车在成都城里转了一大圈，一是想寻找离他而去的陆远强和王成山，二是想看看成都到底有哪些街道和景点，因他活了几十岁，还没认真到成都逛过。大概寻过一遍，情绪低落的宋捕头，就无精打采赶着小马车朝郫县跑去……

当扬雄离开杏花房间后，极度伤心的杏花又趴在床上哭了近半个时辰，后来，哭累了的杏花靠在床头再次回想扬雄给她讲的实情，她自认为扬雄哥还是喜欢她的，扬雄哥不能娶她的原因，是怕她今后到扬家小院遭白眼，而扬雄父母无法接受她的原因，是因为她失了身。唉，这一切都是因那混蛋宋捕头造成的，害自己的恶人就是可恨的宋捕头！想到这儿，再次涌起愤怒之情的杏花，一拳打在枕头上骂道："狗捕头，你今后定不得好死！"

自那天扬雄从杏花房间出来，他就匆匆回了扬家小院。扬凯见儿子脸色阴郁钻进自己房间，就知道儿子去见杏花结局不会太好，所以，他也没再追问扬雄。躺在床上的扬雄，思绪却浮想联翩回到了往昔岁月，想到了同杏花那些甜蜜相恋的日子，尤其想到今天杏花要把她身子献给自己时，他为自己克制住冲动感到自豪。他相信，今天当面给杏花讲明了不能娶她的真实原因，杏花会原谅他的。同时，他也明白，今生再不会跟杏花有啥瓜葛了，既然这样，那就把精力放在自己的事业上呗。《周易》不是说，"天行健，君子以自强不息"，那就先抓紧把要做的事办完，然后再去羌地考察古蜀王历史吧。在母亲几次叫喊中，心中已渐渐释然的扬雄，走出房间同家人们共进晚餐。

夜里，陪父亲小酌几杯后的扬雄回到自己房间，躺在初夏夜晚的他，又想起了杏花，想起了秀梅，想过这两位同他今生有缘的美少女后，又想起成都的李弘先生和扬庄学友，还有老铁刘三和送他马的西门云飞，然后又想起桃花，想起他的好同窗席毛根和张德川来，还有即将成为亲戚的秀娟和小芳。躺在床上的扬雄决定，明天上午帮母亲采桑喂蚕，下午下地帮父亲干农活，待收完小麦后，就去成都看望曾有恩于他的李弘先生和那些好朋友们，从成都返回后，就再次踏上考察游学之路……

六天后，帮家里收完小麦的扬雄，吃完早饭就大步朝成都走去。整整走了近

第六十一章　复仇未成，杀人犯竟逃得无影无踪

三个时辰的扬雄，在下午才来到卧龙桥的聚义客栈。张德川见扬雄到来，忙叫厨房添几个下酒菜，然后派人到南大街通知席毛根来客栈。扬雄见客栈出现了几个新面孔，便问张德川是咋回事。张德川把刘三和陈山岗几人开办青楼的事告诉了扬雄，并说陆小青也去了翠云楼。不到半个时辰，席毛根和袁平来到聚义客栈，稍后不久，骑马的西门云飞也下马进了客栈。几人一见扬雄到来，都围着扬雄问起他外出考察的经历。扬雄开心地讲了他去犍为郡的一些经历后，便抱拳对西门公子说："西门公子，很对不起你，大地震中，你送我的那匹白马跑丢了，我找过好几次，都没找到那匹好马。唉，真是太对不住了。"

"嗨，这有啥子嘛，丢了就丢了呗，我再送你一匹黄骠马不就得了。"西门公子慷慨地说。

扬雄听后，忙摆手说："使不得使不得，西门公子，我咋好意思再接受你的贵重礼物？"

西门公子笑笑："子云贤弟，你这就见外了，这些身外之物，我唯有送给好朋友才开心，何况，你是去干大事，这也算是我对你这老友的支持嘛。往后，你若再写出轰动蜀地的好文章，我西门云飞也感到自豪哩。"

"谢谢，那就太谢谢你西门公子了。"扬雄再次抱拳对西门云飞说。

张德川说："子云，你现在难得来一趟聚义客栈，要不要我派人去通知刘三和那几个兄弟？"

扬雄想了想说："算了，刘三现在忙他的生意，没必要去打搅他，等我下次来成都再去通知他们几个吧。"扬雄刚一说完，西门云飞好似想起什么，突然对张德川说："德川兄，扬子云外出考察花销大，你给他支取两金吧，这账算在我头上，好吗？"

张德川忙起身说："西门公子，这两金也算我一半吧，你给我留点支持子云的机会，行不？"

西门云飞笑了："呵呵，你张老板发了话，我西门云飞岂能不给面子，好吧，子云毕竟是你好同窗，那两金中有你一半。"刚说完，秀娟就来催几人到饭厅用餐。喝酒闲聊中，扬雄重点讲了他遇见狼并被狼群包围的险情，还讲了他在地震中受伤并被山民救治的过程。席毛根听后对扬雄说道："子云，正因你有大半年的外出考察，或许是大自然的山川灵秀之气影响和改变了你，现在你较之从前，身上的气质已明显发生了变化，而且你的口吃毛病也减轻许多。"

"真的？"扬雄开心地问道。

席毛根说："那当然是真的,我席毛根从不说假话。"待席毛根说后,西门云飞也讲了他这一年断断续续在天师洞跟着张大师学剑术的体会。最后,西门公子自豪地说："我师父说了,只要我这样坚持下去,明年秋天,我的剑术就会再上一个层次。"

"好,衷心祝贺西门公子剑技再上一层楼。明年秋天,我一定来聚义客栈欣赏你的精湛剑技。"扬雄说后,便举杯跟西门云飞喝了一杯。随后,当大家问在成都待多久时,扬雄真诚回道:"我打算明天去学馆看看李弘先生,然后问问扬庄在哪工作,跟扬庄见面后我就回扬家小院去。无论如何,我要在端午前,踏上去大岷山的考察之路。"

愉快的酒聚之后,席毛根离开客栈时,把身上仅有的几十枚五铢钱掏给了扬雄,并遗憾地说他身上只有这么多钱。分别时,秀娟悄悄问扬雄:"扬雄哥,你这次回来去看秀梅吗?"

"这次时间太紧,我打算下次回来再去看秀梅。不过,我回家后,会给秀梅去信的。"扬雄诚恳回道。

第二天中午,扬雄骑西门公子送给他的黄骠马,去了文翁学馆。见面后,李弘告诉扬雄,说扬庄一个月前已去了长安,这是他父亲给他做的安排,至于扬庄在长安做啥他还暂不清楚,不过扬庄会来信告诉他的。

扬雄也告诉李弘先生,这大半年他去犍为郡的考察情况,不过他只给李弘讲了遭遇地震和受伤的情况,却没讲被大狼围在树上的事。由于李弘下午有课,没待多久的扬雄就告辞先生,然后骑马朝琴台路而去。

刚到文君酒坊外,扬雄在马背上就听到桃花诵读《蜀都赋》的声音。下马后,扬雄看到身穿一袭高档镶边绸服、头挽发髻的桃花,正看着墙上的《蜀都赋》。听见响动声的桃花刚一转身,就看见了精气神俱佳的扬雄。这时,跑出的栏子忙从扬雄手中接过缰绳,把黄马拴在门外的拴马石上。

"扬子云,今天是啥风把你吹到我这儿来啦?快一年不见,你到底跑哪去考察了?"满面春风的桃花小姐姐高兴地问道。

从兰花手中接过茶杯的扬雄回道:"桃花小姐姐,我去年去了犍为郡考察,前不久才回来。在家忙了几天,这不,我就赶到成都来看你们这些好朋友啦。"

桃花再次打量了扬雄,微笑着说:"扬雄大才子,你变了,变得似乎比从前更有灵气了。"

520

"真的吗？"扬雄开心地问道。

同桃花寒暄一阵后，扬雄真切感到桃花仍不像生意场上的女老板，还是更像漂亮的女文人。喝茶聊天中，扬雄给桃花选择性讲了他在犍为郡山中遭遇的一些经历，还把腿伤和腰伤撩给桃花看。尤其在讲到遭遇狼群围困时，桃花的面部表情是那样担忧紧张。桃花一再提醒扬雄要注意安全，并说万一有意外，今后咋看扬雄的新作呀。一个多时辰后，当扬雄告辞要离开酒坊时，桃花遗憾地埋怨说："扬子云，你这大才子，咋留给我的时间总是那么紧呢？"

"后会有期，我明年一定多留些时间给你哈。再见，桃花小姐姐。"扬雄在马背上挥手对桃花说。尔后，扬雄挥鞭打马，黄骠马便朝城外去了……

第六十二章

为考察古蜀历史，扬雄信心满满再出发

　　自从浣花织锦坊失窃后，谢老板不仅报了官府，而且还几次到官府打探破案情况。西门松柏深知这是贼人之错，在安慰谢老板一番后，就按股份比例承担了相应损失。谢老板抹泪谢过西门松柏后，不仅在织锦坊养了两头大犬，自己也搬到织锦坊住宿，亲自看守织锦坊财产。自那之后，浣花织锦坊再没发生过失窃案。

　　盗窃成功又销完赃的刘三，在基本凑够启动资金后，又用手段成功拿下了翠云楼，在当年腊月初就让翠云楼重新开了张，妓女们大多又回到自己的老窝子，很快，生意开始火爆的翠云楼在成都又产生了影响。从腊月到正月十五元宵节，刘三就整整赚了近五十金。而被刘三聘为保安的陆远强和王成山几人，也尽心尽力坚守在保安兼打手岗位上，每月都领到了他们应拿的薪水。从那之后，陆远强和王成山不仅戒掉了嗜赌恶习，还开始存钱有了安家打算。

　　这段日子里，最令刘三想不到的是，陆小青自到翠云楼见到多位花枝招展的妓女后，就渐渐放弃对冬梅的追求，后来，当袁平来翠云楼看望几位丐帮老大时，陆小青竟主动告诉袁平，他把冬梅让给袁平。开初袁平还以为陆小青在跟他开玩笑，后来，他见陆小青与妓女们打得火热，才弄清陆小青放弃冬梅的真正原因。

　　按分工，刘三他本人全面负责翠云楼业务和与当地官府及税收人员的交往，陈山岗负责监管罗妈和几个头牌的业务收入及后勤保障，李二娃负责领导一支由六人组成的保安队伍，当这些保安见识过李二娃的飞镖绝技后，没一人不服从李队长管束与调遣。就这样，在原丐帮三个头目分工管理下，翠云楼的皮肉生意硬是做得风生水起。令外人不知的是，翠云楼生意爆好还有个重要原因，就是刘三巧妙利用了扬雄和扬庄的关系，他不仅在翠云楼大厅挂出扬雄写的《蜀都赋》，还多次向那些来翠云楼逍遥的文人墨客和公子炫耀说，扬雄是他老铁，而当今蜀郡府扬之恒的公子扬庄，也是他好友。自然，那些文人墨客都知道《蜀都赋》作者是扬雄，也明白扬庄确实是扬大人家的公子，有的甚至为巴结刘三老板，还有意常来翠云楼点头牌高消费。

惊蛰过后第二天，刘三派陆小青去通知桃花，说他明天将在蜀都大酒楼做东，请桃花同老友们一聚，并在酒席上还清借桃花的钱。陆小青奉刘三之命不仅去通知了桃花，还去通知了西门公子、席毛根、张德川与袁平。出乎陆小青意料是的，刘三还点名要秀娟和小芳也到场。通知完后，陆小青还去盐市口蜀都大酒楼，向朱老板订了个最贵的包间。

果然，第二天酒聚时，刘三不仅当面还清了桃花和西门公子的借款，还特向桃花订购了二十坛上等文君酒。吃惊的桃花当着众友面大夸刘三说："我真没想到，你刘老板几人还真是做生意的料，仅半年时间，不仅买下翠云楼，还把生意整得这么红火，来，我桃花衷心祝你刘老板生意兴隆好运常在！"说完，桃花就同刘三碰杯把酒喝干。稍后，西门公子也有些汗颜地说："刘兄，当初我老爸并不看好你们开青楼，后来，你向我借钱时，我也犹豫过，如今看来，我的想法有些错了，不管咋说，过去的已经过去，我今天也祝你们几个好师兄，好好把握运势，把青楼生意好好做下去，争取赚得盆满钵满！"

扬雄从成都回到扬家小院后，当夜就给秀梅写了封信，扬雄在信上给秀梅讲了他去犍为郡考察的一些事，也讲了他遇上大地震滞留山区教孩子们识字写字的事，但同样没告诉秀梅他被狼群包围、被山石砸伤的事。扬雄还说他这次回家时间太紧，他打算帮家里干些农活后，就再次向大岷山出发，到羌寨去考察古羌人跟蜀王有关的历史，或许明年回来后，他就可来翠竹乡同她商量婚姻大事了。

很快，大才子回到扬家小院的消息就传遍了花园场。在离开花园场时，亭长龙耀武看见了曾经的同窗，非要请扬雄吃了午饭再走，扬雄说他太忙，婉拒龙耀武就离开了花园场。望着扬雄的背影，龙耀武不满地说："哼，不就是写了个《蜀都赋》嘛，你扬子云别得意，老子总有收拾你的时候。"说完，龙耀武就独自朝花园场豆腐饭店走去。

还不到吃饭的时候，为啥龙耀武要提前去豆腐饭店？这有一个不为人知的原因，那就是龙耀武一直在暗中调查寻找暗算他父亲的人。自出了元宵节惨案后，龙老四同他亲大哥龙廷跃反复研究，两人都认为，这用毒镖扎他的人，一定跟花园乡或花园场仇人有关，由于龙廷跃两兄弟在花园乡任职多年，他俩也记不清到底得罪了哪些人。遵父亲所嘱，新上任石埂子亭亭长的龙耀武，就开始暗中做起了调查工作。龙耀武知道覃老板能说会道，又是性格直率之人，到饭店吃饭的人多，或许她知道花园场附近哪些人会使飞镖。

覃老板见年轻的龙亭长进了饭店，忙迎上说："哟，大侄子呀，你这么早就来我这儿，是想喝茶还是喝酒呀？"

龙耀武说："覃老板，您先给我泡杯茶吧，我想来您这坐坐，摆会儿龙门阵可以吗？"

"哟哟，是你龙亭长看得起我这苍蝇馆子，我欢迎还来不及哩。请坐请坐，我陪你摆龙门阵就是。"说完，覃老板就招呼杏花给龙亭长泡杯茶来。当杏花把泡好的明前春茶端来后，龙耀武看了看漂亮的杏花，问道："杏花，刚才我想请扬雄吃饭，他没答应我，我以为扬雄上你这来陪你了呢。"说完，龙耀武就微笑着朝后院望了望。

杏花并没回答龙耀武，而是走到灶前坐了下来，然后又望着远处湛蓝天空发呆。见龙耀武有些尴尬，覃老板忙赔着笑脸说："龙亭长，你千万别介意哈，我们杏花跟扬雄的好事吹了，她心里正难受哩。"

"啥，杏花跟扬雄的好事吹了？"龙耀武吃惊地问道。

覃老板叹了口气："不瞒你龙亭长说，她俩的事就在十天前正式吹的。"

"呵呵，我还以为最近要吃杏花喜酒了，真没想到这事竟然黄了，这到底是啥原因造成的呀？"龙耀武好奇地问道。

"这还有啥原因嘛，还不是那个县衙里的宋捕头做的恶事，扬雄家旦就不接受杏花了呗。"覃老板回道。

"哦，我想起来了，就是前年花园场传言宋捕头强奸杏花的事吧？难道，这强奸一事是真的？"有些疑惑的龙耀武再次问道。

"我说年轻的龙亭长，你也是结了婚的人，这强奸一案是不是真的，开茶铺的赵老板最清楚，这事他就是最好的见证人。"覃老板又说。

龙耀武再次看了看面无表情望着天空的杏花，然后对覃老板说："嗯，不管强奸一事是真是假，扬雄毕竟是我们花园乡的人才，我在想，是不是扬雄在成都有了相好，把杏花甩了呀？这年头，人心难测哟。"龙耀武故意挑拨说。

"应该不会吧，凭我们杏花的长相，他扬雄是不太可能主动甩我女儿的。"覃老板忙说。

第六十二章 为考察古蜀历史，扬雄信心满满再出发

杏花突然从灶前站起，埋怨道："妈，你们别在背后说扬雄哥坏话好不好，扬雄哥决不是喜新厌旧之人。"说完，杏花就朝后院走去，进了后院，杏花砰地把门关上。龙耀武看了看后院门，低声对覃老板说："覃老板，您就放心吧，凭杏花是花园乡的头号姿色，我相信，今后杏花一定会找到一个比扬雄家境更好的富家公子，那时呀，你们杏花就成阔太太啦。"

覃老板听后忙说："我说龙家大侄子，这事还得靠你帮忙哟，我们生活在花园场，跟外界没啥接触，不像你们龙家当官的多，在外见多识广，这事还劳你费点心，今后给我家杏花介绍一户好人家。若有眉目，我愿主动花钱请媒婆来提亲，到时，我一定谢你重礼哈。"

"没问题，我在成都认识的人多，这事就包在我身上。"说完，龙耀武就叫覃老板给他炒了三个特色菜，然后说打包回去陪他老爸喝酒，覃老板听后忙问道："咋的，最近好长时间不见你老爸来花园场转转啦？"

"覃老板，您是知道的，自我爸被人暗算破相后，他就再也不想来花园场了。"随即，龙耀武把手附在覃老板耳边低声说，"覃老板，请您帮我打听下，这花园乡哪有会使飞镖的人，我晓得来您这吃饭的人多，若寻到暗算我爸的凶手，我龙家一定给您重赏。"

"哎哟，啥子重不重赏哦，只要帮我家杏花找个好人家嫁了，就是对我最好的奖赏，至于帮你寻找害你爸的凶手，那是我应尽之责，我一定会全力相帮的。"不久，龙耀武提起打好包的菜肴，出了店门就大步朝龙家大院走去。

自龙耀武回乡接替已严重破相的父亲的亭长职位后，过去争强好胜的龙老四便开始蜗居龙家大院，很少到花园场喝茶摆龙门阵了。每当龙老四通过铜镜或水缸看自己右脸下露出的牙床时，他就恨得牙痒。他曾发毒誓一定要找到暗算他的人，通过几个要好的花园乡练家子，他都没寻到本乡有擅使飞镖的人。龙老四曾托人带话给宋捕头，希望宋捕头来花园场一趟，以便同宋捕头商量寻找暗算他的家伙。其实，龙老四一直不知宋捕头也已被人暗算的真相。接到龙老四邀请，宋捕头一想起他的强奸之事被王县令反复追问，他就感到窝火难受，更怕到花园场后被愤怒的乡民报复，于是就断了到花园场的念头。

蜗居在龙家大院的龙老四，现性格已发生较大变化，过去他爱喝酒说笑，也爱跟家人和外面乡邻开玩笑，现在他不仅变得沉默寡言，有时还无端在家发无名火，甚至摔东西。他一直想不通的是，他过去跟宋捕头也算是朋友，而且他每年还给宋

捕头送不少礼物，如今，为啥他一再邀请宋捕头来龙家大院，却一直不见宋捕头人影？越想越气的龙老四决定，哪天天气阴沉时，他要用布巾遮住右脸，骑马去县衙，他要亲自问问宋捕头，到底是啥原因不来龙家大院？

令龙老四想不到的是，他的侄儿龙耀文最近回家看望生病的爷爷，当他问起宋捕头近况时，县长助理龙耀文突然想起什么，告诉他说："四爸，过去我忘了告诉您，我到县衙工作时，发现宋捕头右耳没了，过去宋捕头来我家我是见过的，他可是没缺右耳呀。"

当听到龙耀文这一消息时，惊讶的龙老四自然联想到自己被暗算的遭遇，莫非，这有武艺的宋捕头也遭人暗算了？有了这念头后，龙老四更加坚定了要去县衙找宋捕头了解真相的决心。

初夏的川西平原，蓝天丽日之下到处是竹林包围的农舍，还有田亩中拔节的秧苗。鸡鸭欢叫声中，那不时从檐下飞进飞出的燕子，呢喃声中显得异常繁忙。见扬雄又将踏上考察之路，扬凯叮嘱妻子杀只鸡来为儿子送行，自己却拿上鱼竿到不远的河边去垂钓。下午酉时，扬凯提了半桶鲫鱼回家。这时，已收拾好行装的扬雄走出房间，到小院中帮父亲打整起鱼来。

从成都回来这两天，扬雄除帮父母干些农活外，就是在房中察看地形图，确定他下一步的考察路线。他已想好，既然此行主要是去汶山郡的羌寨考察，那么最好就是从广汉郡的绵竹或涪县一带翻越龙门山进入汶山郡。但具体从哪条山道进入汶山郡，他只有到当地问后才知道。经过犍为郡之行的锻炼，早已不是文弱书生的扬雄，仍在自己身上准备了一把防身短刀，他深知，这短刀不仅可防身，有时还可砍削树枝。

晚饭时，奶奶见着小院饭桌上，摆着一大盘炸得黄酥脆嫩的鲜鱼、一盘凉拌鸡与一碗热窝鸡，另还有一盘腊肉和香肠，顿时食欲大增的她吩咐扬凯给她倒上一小杯酒，说是要为雄儿送行喝上一杯。喝酒时，扬雄首先举杯祝福奶奶身体健康、长命百岁，又祝父母双亲大人身体无碍、家庭和睦。敬完家中老人酒后，扬雄就把他这次外出要走的路线和所需时间，告诉了奶奶和父母。扬凯听后说："雄儿，我知你现在做的是正事，许多地方我也没去过，无论你走到哪座山经过哪条河，我们都只有一个愿望，就是希望你早日平安归来。"

奶奶听后也说："雄儿，我年轻时就听说过，那大岷山中有不少毒虫猛兽，你现在要去不熟悉的岷山羌寨，可千万要当心哟。"奶奶刚说完，眼中噙着泪的张氏又接着说道:"雄儿,当妈的只有一句话要你记住,你是我们扬家独子,你一定要平安回来哈。"说完,张氏就抹了抹眼泪。

见晚饭气氛有些沉闷,扬雄为宽慰家中老人,便微笑着说:"哎呀,老人家些,我雄儿是骑马外出考察,身上又揣了不少钱,渴了我会找水喝,饿了我会买饭吃,黄昏前我会住店歇息,走路我会走大路,进大山我会请向导。反正,几个月我回来后,就去临邛把秀梅娶进扬家小院来。咋样奶奶,您老人家满意不?"

"哟,那巴适嘛,如果真是这样,我这当奶奶的,睡着也会笑醒啰……"

听奶奶这样说后,扬凯和张氏情绪顿时好了许多,随后,扬家老少四人就在愉快的晚餐中,享受起共饮美酒的天伦之乐来……

次日,把行李捆在马鞍后、身背包袱的扬雄告别父母,骑马便朝北奔去。中午时分,扬雄在丹景山下吃了所带的干粮,喂饱马后,又骑黄骠马朝前赶去。无心欣赏沿途风光的扬雄,早已想好今天必须到达雍城,在雍城住一夜后,第二天黄昏前,他必须赶到绵竹县。他想在绵竹县停上两三天,了解些当地风俗民情,然后再打听好翻越龙门山的道路,尔后再翻越龙门山进入汶山郡的羌寨。不到黄昏,扬雄就牵马进入了不大的雍城。很快,找了家小客栈住下喂完马后,扬雄就寻了家小饭店晚餐。由于骑了一天马较累,扬雄倒在客栈床上很快就进入了梦乡……

早上,扬雄被客栈外卖东西的吆喝声吵醒,起床吃过早饭,扬雄牵马在雍城溜达一阵后,又上马朝计划中的绵竹奔去。在文翁学馆读书时,扬雄曾听一位家住涪县的同窗讲过涪县和绵竹的一些风俗民情与人文景点,今天他将亲临绵竹,骑着马的扬雄内心竟有点激动起来。

下午申时刚过一刻,扬雄的黄骠马就奔到他渴望已久的绵竹县城。见黄骠马浑身是汗,心疼马的扬雄忙下马慢慢在县城里转悠起来。绵竹属四川盆地中亚热带湿润气候区,气候温和降水充沛且四季分明,大陆季风性气候特点显著。绵竹地处四川盆地西北部,是成都通往帝都长安的必经之路。扬雄清楚,他在绵竹待上两天后,就将朝着绵竹西北方向进入绵延起伏的龙门山脉,然后通过龙门山小道进入汶山郡茂县一带。

牵马行走的扬雄,并未急着寻找客栈,而是沿绵水河岸慢慢行走。看着绵水河两岸茂密的竹子,扬雄不禁脱口叹道:"哎呀,此地叫绵竹,莫不是跟这绵水河两岸众多竹子有关!"

扬雄是个喜竹爱竹之人,从小他就经常在扬家小院外挖竹笋,捉笋子虫,而且他从小就知道，竹子用刀剖过之后，那细细的竹条可编织许多农家用的器物，比如蚕簸、竹篮、巴笼、箩筐、晒席等等。扬雄十分喜欢清澈而流速不是太快的绵水河，坐在河岸歇息时，望着水中游鱼和柔软细长的水草，扬雄突然冒出个念头：或许有一天，我会写一篇跟绵竹有关的赋来哩。

未到戌时，扬雄在依傍绵水河畔的绵水客栈住了下来。晚饭在客栈喝酒时，扬雄向五十多岁的客栈余老板打听当地情况，余老板以为文质彬彬的扬雄，是从成都过来游玩的文人墨客，就颇有兴致地向扬雄重点介绍了九顶山和仙女洞的情况，并非常自豪地说："我们这儿的九顶山呀，不仅山高林密，山上还长有不少千年古树，而且林中还有豺狼虎豹、藏羚羊、金丝猴与各种毛色漂亮的锦鸡，只要会狩猎的人进山，从没空手而归的事。"

扬雄一听，忙问道："余老板，九顶山出产茶吗？"

余老板回道："扬公子，我们九顶山不仅产茶，山上还有不少杜鹃、兰草、珙桐、银杏和冷杉树，至于那些我叫不出名的花花草草和中草药，那就更多了。"

扬雄又问："余老板，这九顶山上的仙女洞，难道里面真住有仙女？"

余老板笑道："呵呵，扬公子，你果真是个文人墨客，看来，你对仙女比对风景更有兴致嘛。"

扬雄也笑了："余老板，我想能被称作仙女洞的地方，一定很美吧？如若不美又跟仙女无关的话，又咋能叫作仙女洞喃？"

"仙女洞当然美啦，不仅美，还有许多跟仙女有关的传说故事呢。扬公子，实话告诉你吧，那仙女洞非常深，只要进洞七八丈后，就非要打着火把才能再往里走，若没有火把，我怕你是走不出山洞的。"余老板又说。

"哟，既然这样，那我这次来就不去九顶山和仙女洞了。"扬雄忙说。稍后，余老板突然问道："扬公子，你既是文化人，那在哪儿高就呀？"

扬雄回道："余老板，我刚从成都文翁学馆毕业不久，还没正式工作，现我准备写点东西，出来四处转转，打算到汶山郡去考察古蜀王历史。"

"嘿，你扬公子还真是文化人。"刚说完，余老板忙端起油灯又说，"扬公子，你来看看我这墙上有一篇赋，听说这赋是成都一位年轻才子写的，你认识此人吗？"说完，走到墙前的余老板就举起油灯，让扬雄看墙上用楠木板雕刻的《蜀都赋》。

扬雄看了看墙上的《蜀都赋》，有些不解地问道："余老板，您这客栈为啥要挂这赋呀？它能为您招揽生意吗？"

"扬公子，我挂这赋并不是为招揽生意，而是不满这赋的作者，既然我们绵竹是蜀郡上佳之地，他为啥不把我们九顶山、仙女洞和绵水河写进赋中呀。哼，我看这写赋之人就是没见过世面的人嘛。"余老板不高兴地说。

扬雄愣了，他没想到余老板居然提出这样的问题来。于是，扬雄惊诧地问道："余老板，原来您是识字喜赋之人？"

余老板说："扬公子，老夫虽不识字，但自我们宋县令派人张贴告示，要民众了解《蜀都赋》后，我就多次请人给我诵读解释这赋中意思。由于我佩服这写赋人的文才，所以才请人刻了这篇赋挂在客栈里，只要我遇上有文化的先生，我都要请他听听我对此赋的意见。你说，我这样做对不？"

扬雄忙抓过油灯，把余老板扶到桌边坐下说："余老板，您做得对，做得太对啦，今晚我请您老人家喝酒，请您再讲讲这儿的民众对《蜀都赋》的看法和意见，以便我今后创作其他作品时，更加注意存在的这些问题。"

"啥？你、你就是此赋作者扬雄？"大惊的余老板指着墙上的赋问道。

"对呀，我正是《蜀都赋》的创作者扬雄。"

"哎呀，我是说嘛，你扬公子一身文气，举手投足间就是跟一般人不一样。难得你这大才子来到我这里住宿，这酒肉钱和住宿费，我余老板给你全免啦！"

扬雄有些不好意思地说："余老板，这、这咋要得喃……"

第六十三章

翻越龙门山，扬雄被抓进强盗窝

  端午节后的第二天上午，四十多岁的中年汉子龙老四，就用黑色布巾蒙住自己右脸，挥鞭打马朝县城奔去。到县衙外时，龙老四怕宋捕头不见他，就先叫衙役通知侄儿龙耀文来大门外。当问好宋捕头在县衙时，龙老四就让龙耀文去喊宋捕头来县衙外见他。由于龙耀文未来可能接替县令之职，宋捕头一听龙老四在外等他，立即就跑了出来。一见到缺耳的宋捕头，龙老四冷笑道："呵呵，宋捕头，你硬是忙得耳朵都要飞了嗦，你现在也给我摆起官架子来了，我几次托人带话，你居然不理我，想当年，你每次来花园乡办事，我龙四哥待你不薄吧？"

  "哎呀，龙亭长，你老兄生啥子气嘛，我确实有些忙，所以就……"

  龙老四忙打断宋捕头的话说："宋捕头，你别喊我亭长，我的亭长一职已被我儿龙耀武顶替，现我也是一介草民了。"

  宋捕头忙赔笑脸说："四哥，还是草民好哇，草民可以不多操闲心，成天就过自己的神仙日子，那多安逸呀。"

  "安逸个屁！老子被人暗算破相后，害得我连龙家大院都不想出了。"说完，龙老四就唰地扯下面巾。宋捕头一见龙老四右脸上的破洞，心里立马猜中了原因，他扭头看看四周，忙低声说："走，四哥，我俩到里面去聊聊。"随即，宋捕头领着龙老四朝县衙后门走去。

  进屋后，宋捕头从壶中倒了杯水递给龙老四，然后低声说："四哥，你看我缺了右耳，不会感到意外吧？"

  "为啥不感到意外？"

  "因为你右脸也多了个洞呀。"

第六十三章 翻越龙门山，扬雄被抓进强盗窝

"宋捕头，我俩也有好长时间不见了，那我俩各自讲讲被人暗算的经过吧。"龙老四说。

"暗算经过就不必讲了，重要的是，我已弄清暗算我俩的人是谁，你信吗？"宋捕头得意地说。

"啥子嘛？你已晓得暗算人，是谁呀？"龙老四吃惊地问。

宋捕头没好气地说："还有谁，就是当年我俩想弄死的那个丐帮头呗！"

龙老四大惊："啥？你、你说的是刘三？"

"不仅是刘三，还有他身边擅使飞镖的兄弟伙，我相信，四哥你定是被毒镖扎中才使右脸溃烂的。"说完，宋捕头就撩起了右腿裤，让龙老四看他做过手术的右小腿。龙老四伏下身认真看后，失声叹道："哎呀，狗杂种丐帮头刘三，这是当年老子没弄死他留下的后患啊！"

稍后，宋捕头冷冷说道："龙四哥，你我后悔也晚了，老子现在不仅弄清了谁暗害了我俩，还弄清了刘三一伙在啥地方生活。"说完，狡诈的宋捕头就注视着龙老四的反应。宋捕头在想，若龙老四没有复仇愿望，他就不说出刘三在聚义客栈的事，若龙老四有强烈的复仇愿望，他就联手龙老四一同向刘三一伙复仇。

"宋捕头，那你就说说刘三一伙的住址呗，哼，只要有机会，老子舍命也要宰了这个丐帮头子！"龙老四口气异常坚决地说。宋捕头见龙老四有复仇决心，心中不禁暗喜，便进一步试探说："四哥，刘三一伙已不是当年那群要饭的叫花子了，你难道不怕他们身边有擅使飞镖的家伙？"

龙老四一听就火了："老子怕个鬼，他们有会使飞镖的人，难道老子不会找擅使弓箭的人？只要能复仇，老子自有办法对付讨口的刘三！"说完，咬牙切齿的龙老四一拳砸在桌上。见龙老四有如此复仇决心和胆量，宋捕头就把商人胡之云偶然听到的话告诉了龙老四，并说他曾亲自去探查过，果然，刘三一伙现住在成都卧龙桥的聚义客栈。

龙老四听后说："好，只要晓得刘三一伙住在啥地方就好办，老子有法子向刘三一伙复仇。他妈的，我龙老四曾发过誓，老子这后半辈子只为复仇而活。过去，我弄不清是谁向我下的黑手，现在，老子弄清了复仇对象，就有办法收拾那个龟儿子刘三！"

宋捕头又问："四哥，若你真想复仇，我倒想听听你的复仇办法，能告诉我吗？"

龙老四答道："宋捕头，复仇方案我还没想好，不过，我想问问，你愿同我

联手共报大仇吗？"说完，龙老四就盯着宋捕头。宋捕头知道龙老四是个性情刚烈有仇必报之人，但他对龙老四的头脑和谋略有些信不过，他怕仇没报成却连累了自己，于是，宋捕头再次试探道："四哥，若我俩联手，你又想如何采取行动呢？"

龙老四说："宋捕头，若我俩联手复仇，一切费用由我承担，复仇办法可由我俩商量着办，毕竟你才是有江湖经验的老手，只要你出的主意比我的好，那我就听你的。"

"好，龙四哥，既然你把话说到这份上，那我俩就联手复仇，老子也恨不得早日灭了刘三这个王八蛋！"宋捕头口气坚决地回道。

因提前有约，端午节那天，席毛根叫上袁平，一块到聚义客栈酒聚。不到酉时，从浣花织锦坊检查完工作进度的西门云飞，就提前赶到客栈。开青楼的刘三虽说赚了些钱，但由于他同席毛根、张德川与西门公子在青楼问题上有不同看法，特别是向桃花借钱一事穿帮后，席毛根对刘三欺骗朋友的做法更加不满。因此，在还清西门公子和桃花借款后，刘三就减少了来聚义客栈的次数。这样一来，聚义客栈的酒聚，就比过去人数和次数减少许多。这样的结果是，能为西门家赚钱的席毛根和张德川，反而跟西门公子走得更近了。袁平虽说过去是刘三的马仔，但现在他在席毛根身边做助理，自然许多事就得听席毛根安排，何况，西门公子还对袁平有收留之恩。

吃晚饭时，张德川为增加热闹气氛，就把瑞华和冬梅也叫到饭厅一块用餐。看着饭桌上摆满的雄黄酒、盐蛋、皮蛋、粽子、炒菜与卤菜时，张德川端着酒杯提议道："来，为纪念这跟屈原有关的端午节，为我们聚义客栈的生意兴隆，大家喝了这杯雄黄酒。"当众人喝酒后，秀娟却没动桌上的酒杯。张德川有些不满，问道："秀娟，大家都喝了酒，你咋不动酒杯？"

小芳看了看自己男人，笑道："你这个大总管咋个瓜兮兮的喃，秀娟不端酒杯是有原因的，当真她是你妹子嗖，你大意得连她身上有喜都不晓得。"

"啥子喃，秀娟，你、你有喜啦？"惊讶的张德川刚说完，喜出望外地提议大家再举杯，祝他妹子早日生个胖小子。当大家放下酒杯，西门公子忙说："哎呀，巴适巴适，我们聚义客栈就快有接班人啰。来，我西门云飞单独敬席兄一杯。"说完，西门公子就同席毛根开心地喝了一杯。随后，端午晚餐就在愉快的聊天中进行。此后不久，谁也没想到的是，喝得脸红的瑞华端起酒杯，要单独同袁平干一杯，高兴的袁平忙站起说："哎呀，谢谢瑞华美女看得起我，喝就喝，这有啥子

第六十三章 翻越龙门山，扬雄被抓进强盗窝

嘛。"说完，袁平同瑞华碰杯后，就把杯中酒一饮而尽。

为啥作为普通员工的瑞华，要当众同袁平单独喝酒，说来这背后还有不为张德川、席毛根和西门云飞所知的原因呢。之前，当陆小青在追求冬梅时，失去小芳的袁平也开始向冬梅发起了进攻。由于有竞争，二人又都是刘三贴心马仔，在刘三鼓励下，这求爱竞争一直延续到陆小青去翠云楼之后。没跟女人打过交道的陆小青，自去青楼见到众多花枝招展的妓女后，就彻底动摇了对冬梅的追求，去了不到一个月的陆小青，就再也不愿回聚义客栈看冬梅了。在失去竞争对手后，袁平的追爱热情也退了潮。将这一切看在眼里的瑞华，竟主动向袁平发出示好信号，而有些蒙的袁平开初竟有些不敢相信这是真的。过了一阵，灵魂深处有着深深自卑感的袁平，思前想后，竟有些怕接触这个刘老大曾喜欢过的女人。今天瑞华的表现，无疑是当众宣布她想同袁平恋爱的信号。而此时，含泪的冬梅却不知说什么好……

绵水客栈余老板兑现了自己的承诺，免费让扬雄在客栈住了两天三夜。而扬雄利用这两个白天，骑马在绵竹县城四处游逛，一面了解当地人文风情，一面打听翻越龙门山进入汶山郡的路线。夜晚回到绵水客栈后，余老板就请扬雄喝酒，听扬雄分别讲司马相如和严君平的故事，尤其在讲严君平拆字、打卦、算命的神奇本事时，经过他绘声绘色稍加夸张的演绎，听得余老板和一些住客连连称奇。在离开绵水客栈前，余老板真诚地对扬雄说："扬大才子，我几个月前听说龙门山下新开了一家龙门客栈，这客栈主要是为那些翻越龙门山到汶山郡做生意的客商开的，你可到龙门客栈去打听打听，或许在那里能碰上结伴而行的客商。你千万要记住，独自一人是不能去翻越凶险的龙门山的。"

谢过款待过自己又好心提醒自己的余老板，扬雄就独自骑马朝远处连绵起伏的龙门山奔去。经过一路打听，下午酉时后扬雄终于寻到了龙门客栈。下马进栈后，一脸憨厚的中年汉子舒德金，仔细打量扬雄后问道："客官，你是远道来的客人吧？"

"老板，我该咋称呼您呀？"扬雄忙抱拳说。

舒德金说："客官，我姓舒，是龙门客栈主人，请问客官贵姓？"

"我姓扬，从成都过来，舒老板叫我扬学子即可。"扬雄忙说。

"哟，扬学子是成都来的贵客，请问，你是来看看还是要住店呀？"舒老板又问。

扬雄答道："舒老板，我既然来到龙门山下，那当然是要住店啦。"

舒老板一听，忙拍手说道："那太好啦，本人真诚欢迎扬学子入住我龙门客

栈，你的到来，使我这穷乡僻壤的小客栈蓬荜生辉。"随即，舒老板扭头对一少年吩咐道，"王三娃，你把客人的马牵到马厩去，记住，一定要喂上等饲料哈。"很快，应了一声的王三娃蹿出客栈，将扬雄的黄骠马牵往客栈后的马厩。

扬雄吃晚饭时，由于客栈客人少，陪在一旁聊天的舒老板问道："扬学子，我看你这么年轻，又不像生意人，你来龙门山干啥呀？"

"舒老板，您好眼力，我确实不是生意人。"

"那扬学子是来这游山玩水的啰？"舒老板好奇地问道。

扬雄回道："不，舒老板，本人打算翻越龙门山，去汶山郡考察古蜀历史。"

舒老板大惊的问道："啥，扬学子，你想到汶山郡考察古蜀历史，你知道汶山郡是羌人聚居地吗？"

"正因我知道汶山郡是羌人聚居地，所以我才去那的。"扬雄忙解释说。

"扬学子，我有些搞不懂，你考察古蜀历史，干吗非要跑到羌人那里去呢？你应该在蜀地汉人堆里考察嘛，没啥文化的羌人哪懂古蜀历史呀？"舒老板疑惑地说。

扬雄笑了："呵呵，舒老板，这您就不知了吧，我们古蜀历史，还确跟羌人有很大关系哩。易学大师严君平先生曾说过，我们最早的古蜀王蚕丛，就是古羌人首领。"

"真的？算命大师真这样说过？"舒老板惊异地问道。

扬雄答道："那当然啦，而且我是亲耳听算命大师说的，不然，我咋大老远跑到这儿，要从这儿翻越龙门山进入汶山郡呢。"

舒老板听后想了想，又问道："扬学子，你知道翻越龙门山的规矩吗？"

"知道呀，龙门山上豺狼虎豹多，不能单独翻越，只能结伴而行，对吧？"扬雄得意地回道。舒老板笑了："哈哈，看来你扬学子是有备而来，有备而来嘛，但你别忘了还有个行走江湖的规矩哟。"

"还有个江湖规矩？啥规矩，请舒老板明示，以免我在江湖上吃亏。"扬雄又说。

舒老板看了看扬雄，低声说道："有钱走遍天下，无钱寸步难行。扬学子，到了汶山郡，那可是羌人之地，你若没足够钱财，是很难在那儿进行考察的。"

扬雄放下酒杯说："舒老板，您就放心吧，我扬学子是有备而来啊。"

舒老板终于笑了："那就好，那就太好啦……"

第二天下午申时刚过，候在客栈的扬雄就听见一阵叮叮当当马铃声响起，很快，一队马帮就停在了龙门客栈外。此时，迎出的舒老板向一位中年商人汉子问

534

第六十三章 翻越龙门山，扬雄被抓进强盗窝

道："老板，您是要住店吗？"

"嗯，我和三个赶马人都要住店，另还有二十多匹驮马也要住马厩，你这儿应该没啥问题吧？"商人罗志辉忙问道。

舒德金笑道："呵呵，老板，我龙门客栈虽不咋样，但接待您这点人马，是没一点问题的。请问老板贵姓？"

"免贵姓罗，那你就安排我的人马歇息吧。"罗志辉说道。

"好嘞，王三娃，你快叫上两个帮手，把驮马牵到后面马厩去。"舒老板给王三娃交代后，就把罗志辉领进了客栈。吃晚饭时，舒德金向罗志辉几人详细介绍了翻越龙门山的注意事项，并提醒说："罗老板，我想你们马帮驮的货物多，每天走不了多少路，到达汶山郡羌寨的话，起码也需要好几天时间，这里我想问问，你们路上干粮准备够了吗？若不够的话，我客栈可为你们提供些干粮。"

罗志辉说："谢谢舒老板关照，路上干粮我们是准备够了的，只是我曾听说，翻越龙门山需要凑够一定人数才能动身，不知是不是这样？"

舒德金一听，忙问："哟，这么说来，您罗老板是第一次率马帮去汶山郡啰？"

"可不是嘛，不然我咋会向舒老板打听翻越龙门山的情况呢。"说完，罗志辉就笑了起来。

舒老板也笑了："罗老板，您运气不错，昨天我这刚来一位成都学子，他也想去汶山郡，过去这儿的规矩是要凑够六人才能去羌寨，我看你们一共有五人，再加上二十多匹驮马的话，也是可翻越龙门山的。这样的话，你们就不必再等人了，不然，住店也是要花钱的。"

"行，那就太谢谢舒老板了。"罗志辉举杯谢道。当天晚上，舒老板就通知扬雄，要扬学子做好准备，次日上午跟罗商人的马队一道去汶山郡。

第二天早饭后，结完账的罗志辉见自己马队已收拾好，便告别舒老板几人，从客栈后方朝龙门山小道走去，负责马队的汉子顾顺生高声吆喝后，就紧随罗志辉跟了上去，另两个赶马人便随马队走在后面。这时的扬雄，才骑马跟在了马队之后。但扬雄和罗志辉不知的是，就在马队离开客栈一刻钟后，舒老板从客栈楼上鸽笼中抓出只白鸽，然后把一张卷紧的绢帛捆在鸽腿上，随后将白鸽朝龙门山方向抛去。很快，振翅的白鸽围着客栈飞一圈后，就朝龙门山上飞去。

山上小院中，外号孙大侠的强盗头目孙大牛见白鸽飞落院中，忙上前抓住白鸽取下绢帛。随即，孙大牛从展开的绢帛上看到一行字：五人马队有货。看过绢帛

后，长着络腮胡的孙大牛笑道："哈哈，今天有货送上门啦。"说完，孙大牛将手指塞进嘴中打了个响亮呼哨，顷刻间，在院外练刀剑和在床上睡觉的喽啰们，便纷纷朝孙大牛身前跑来。

"大哥，今天有货送上门啦？"偏瘦的猴老二问道。这时，只见孙大牛抓起大刀，高声说："弟兄们，一个多时辰后，就有驮货的马队到这儿，按往常分工，大家各就各位，记住，我们虽是占山为王的绿林好汉，但盗亦有道，我们只要钱财不取人性命，不到万不得已，我们不能随意杀人！"

"孙大侠，要是有人反抗要杀我们咋办？"外号穿山甲的汉子问道。

"穿山甲，我们还是按老规矩办，若遇反抗者或想杀我们人的家伙，那就格杀勿论！"孙大牛大声回道。

"好，就照大哥说的办！"穿山甲举刀赞同说。尔后，一群穿着各异的强盗，有的磨刀，有的试拉弓箭，还有的挥舞长鞭，就在小院中演练开来。

原来，这伙汉子是新拉起杆子不到一年的强盗团伙，为首的正是外号叫孙大侠的孙大牛。孙大牛原是涪县县城中一位卖猪肉的屠夫，因与人争执打架，失手误伤人命的他，怕吃官司杀人偿命，就潜逃到龙门山中。孙大牛本性并不坏，为人仗义疏财爱打抱不平，还经常接济家庭困难的好友，其中猴老二和穿山甲两人，就曾受过孙大牛接济。当听说孙大牛犯命案逃进龙门山，猴老二和穿山甲商量决定，联手进龙门山寻找有恩于他俩的孙大牛。功夫不负有心人，进山半月后，二人还真寻到了躲在山洞的孙大牛。

经孙大牛、猴老二与穿山甲多次商议，他们决定在龙门山中拉起杆子，以抢劫去汶山郡做生意的老板们的钱财为生，但尽量不害人性命，除非遇到要他们命的反抗者。穿山甲曾习过武，他不仅答应去网罗些有武功的兄弟入伙，而且还愿出资买几把大刀和弓箭带上山来。受穿山甲启发，猴老二说他有个远房亲戚在做客栈生意，若能说服他来龙门山下开客栈，往后他们劫富济贫式的劫货生意就好做多了。由于涪县和绵竹等地挂有抓捕杀人犯孙大牛的画相，不便下山的孙大牛只好让猴老二和穿山甲去落实他俩各自的提议。没想到半月后，先后回来的二人还真办成了他们所要办的事。穿山甲带回了三个弟兄伙，三人除有些功夫外，最大特点就是崇拜孙大牛的行侠仗义之举。

猴老二的远房亲戚正是龙门客栈老板舒德金。原来，舒德金在涪县县城边开了家小客栈，生意虽半死不活，但也能勉强维持全家生活。猴老二一番鼓动，说在

第六十三章 翻越龙门山，扬雄被抓进强盗窝

龙门山下开一家独具特色的客栈，必定发大财，加上通风报信既无风险还可分利的诱惑，唯利是图的舒德金果真关了小客栈，来到山下建起了规模稍大的龙门客栈。经猴老二出主意，一怕官军抓捕，二为劫货更有把握，山上小院和龙门客栈都养了七八只鸽子，为传递信息需要，养熟后的鸽子各关两只在对方笼中，一旦有需要或突发意外情况，就用飞鸽传书方式互递情报。

扬雄和罗志辉人马一出发，舒德金就向十多里外的孙大牛发出飞鸽传书，山上的孙大牛收到情报后，就做好了劫货准备。要是遇上官军来搜山抓捕孙大牛一伙，只要有这外人不知的信息通道，收到信息的孙大牛一伙就会逃得无影无踪。就这样，在近半年屡试不爽又分到钱财的舒老板，就更加留意起入住客栈人的身份和货物来。在抢和不抢的判定上，他可是第一步的重要决定人。只要没收到飞鸽传书，无论遇上谁去汶山郡，孙大牛一伙是绝对不会下手的。

快到午时，马铃声就摇响在孙大侠一伙守候的地界。站在大树上瞭望的猴老二，忙溜下大树蹿到孙大牛身边喜滋滋地说："大哥，来了来了，果真只有五人，还有二十多匹驮着货物的马哩。"

微笑的孙大牛忙低声对围上的汉子们说："你们给老子隐藏好，听见我出击的呼哨声后，大家就给我拿着兵器包围马队，拿弓箭的弟兄必须对准带刀的人！"说完，孙大牛做了个撒的手势，众强盗便立马躲在了大石后和树丛中。

马铃声中，走在里头哼着小曲的罗志辉，一面走一面兴致勃勃观赏着百鸟啼鸣的山林。这时，一声尖利的呼哨声响起，只见手提大刀、长着络腮胡的孙大牛，从大石后跳出举着刀对罗志辉说："你们给老子停下，我大汉的绿林好汉们要搜查你们马队有无携带违禁物品。"话音刚落，整个马队就被拿着大刀、长矛和弓箭的强盗们包围。

颇有社会经验的中年汉子罗志辉立马明白，他的马队遇上了劫货强盗，于是，罗志辉忙从袖中摸出两根金条，拱手对孙大牛说："好汉，我们可是正经生意人，从不做违禁之物的买卖。您还是行行好，放我们过去吧。"

孙大牛一把抓住罗志辉手中金条，忙对穿山甲几人说："你们几个快给我查货。"随即，穿山甲几人就分别察看马背上的货物。不久，查过货的强盗就向孙大牛禀报："头，我查的这几匹马驮的是茶叶，我查到的是盐巴，我查到的是丝绸和锦缎，我查到的是犁铧、锄头和一些农具，我查到的是……"待禀报完后，想了想的孙大牛高声说道："给老子留下丝绸和锦缎，其余马匹放行！"

罗志辉听后慌了，忙向孙大牛央求说："好、好汉，丝绸和锦缎可不属违禁品啊，我这……"还没等罗老板说完，上前的猴老二就甩了罗老板一耳光说："你这家伙咋不知趣喃，今天查货，我们老大可是宅心仁厚，只留下你的丝绸和锦缎，这算是对你开了大恩，快走，要是再让你留下茶叶和盐巴，那你后悔就来不及了。"说完，猴老二就踢了罗志辉屁股一脚："快点爬！"无奈之下，罗老板只好哭丧着脸带剩下的马队离去。

就在扬雄想跟着马队离开时，穿山甲忙指着扬雄说："小子，我们还没检查你包袱哩，快把包袱拿过来，让大爷们看看你包袱中藏有啥宝贝。"说完，穿山甲上前从扬雄肩头强行扯下包袱摔在地上。猴老二见状，忙打开包袱一看，包袱里有两小捆竹简，一支竹笛和两张叠得工整写着字的绢帛与几件衣服。

盯着罗志辉马队离去后，回过身的孙大牛突然发现了地上包袱中的物品，诧异的孙大牛向扬雄问道："小子，从你包袱中物品看，你应该是个读书人吧？"

"回好汉，我曾是成都文翁学馆学子，也算是个读书人吧。"扬雄回道。

"哦，你小子还真是个读书人，那你竹简和绢帛上分别写的是啥？你必须如实给我招来。"孙大牛又盯着扬雄说。

"回、回好汉，那竹简上写的是我曾创作的《蜀都赋》，绢帛上写的是君平先生曾教我的爻辞和卦象图示。"扬雄忙说。

"啥子喃？你、你是算命大师严君平的弟子？你是曾写出轰动四川的《蜀都赋》的学子？"异常惊诧的孙大牛忙指着扬雄问道。

"好汉，我是扬雄，若你不信，可听听我背诵我写的《蜀都赋》？"幼稚的扬雄误以为眼前的绿林好汉，怀疑他不是真扬雄，忙解释说。

孙大牛一听，举着大刀仰天笑道："哈哈哈，皇天不负有心人，我孙大侠今天终于遇到真正的文人啦！小的们，快给我把这扬雄学子请进我们山寨，从今天起，我们山寨就有能掐会算的军师啰……"

第六十四章

莽莽群山中，扬雄被迫做了强盗军师

很快，众强盗簇拥着兴奋的孙大牛和蒙了的扬雄，朝山中小院走去。到小院后，孙大牛便吩咐猴老二准备酒菜，他要盛情款待今天刚俘获的扬雄学子。猴老二听后，尽管有些心不甘情不愿，但还是率几个小喽啰朝厨房走去。

为啥当孙大牛听扬雄说他既是严君平弟子，又是《蜀都赋》作者后，会高兴得仰天大笑，还要当众宣布山寨从此就有能掐会算的军师呢？原来，这是有原因的。孙大牛没犯命案前，他从没想过今生会有上山落草拉杆子那天，也没想到拉起杆子后会成为众兄弟拥戴的首领。孙大牛本人没啥文化，但他知道这些兄弟拥戴他的根本原因，是他曾经的仗义和善举感动了一些人，所以这些人才投在了他麾下。

七八年前，严君平游学曾到过涪县，并在涪县赶场天为两个当地特殊人物打卦算过命，这两个特殊人物一个是在县城边开了当地最大织绸坊的武德权老板，一个是威震涪县周围几县的著名拳师费全刚。可巧的是，在现场的孙大牛恰好认识这二人。由于严君平打卦算命本事在蜀地名气太大，加上武德权和费金刚二人都有不服输的性格，他二人在算命现场要想验证严君平本事，非要严君平当众说出二人五年内运势和生命状况。通过先后对武德权和费金刚相面、打卦与解卦一系列操作后，严君平便对二人说："天机不可泄漏，当众说出你俩的算命结果不太好吧？"

谁知，不信邪更不信严君平神算的二人，硬要严大师说出打卦结果，并要众人作为今天算命人和被算命者的见证人。无奈之下，严君平只得先说出武德权的解卦结果：五年之内，要提防织绸坊火灾事故，否则，就有坊毁人亡的危险。

严君平说后，没生气的武德权哈哈大笑说："谢谢算命大师提醒，不过，我那已经营了十多年的织绸坊，是绝不会发生火灾的，因为，我采取了最安全的防火措施。"说完，武老板还向严君平奉上了八十枚五铢钱。更有戏剧性的是，刚一听完严君平对武老板的提醒后，在一旁的费拳师一跃而起，一个空翻落于坐在草垫上的严君平面前，说："严大师，您莫不是要提醒我，会被人打死吧？"

镇定的严君平见费拳师有些狂妄无理，便平静说道："祸兮福所倚，福兮祸所伏。拳师虽是当地厉害人物，但山外有山人上有人，我希望拳师在武林中修身养性戒骄戒躁，若锋芒太露，恐在三年之内发生意外不测。"说完，严君平便闭上了眼睛。

费拳师听后，便环视周围人群大笑说："哈哈哈，尊敬的算命大师，我想请您三年后再来涪县一游，到时本拳师一定请您到我县豪华大酒楼，见证我到底发生意外不测没有，咋样？"

"好，那我祝你一切皆顺，平安是福。"说完，严君平没收费拳师算命钱，就匆匆离开了打卦之地。后来的几年间，孙大牛见证了费拳师在比武擂台赛中，被中原来的武术高手打翻在擂台上当场毙命。武老板的织绸坊在四年后遭雷击起火，作坊被烧个精光不说，赶来救人的武老板也被烧成重伤。从此，算命大师严君平就成了孙大牛心中的神人，他对君平大师崇拜得五体投地。所以，当听说扬雄是严君平弟子时，孙大牛就兴奋得连呼他们有军师了。

拉起杆子半年多来，作为头目的孙大牛非常清楚，他的队伍虽不时有人入伙，但一直缺一个真正的文化人，更缺一个能掐会算的军师。他常私下对穿山甲和猴老二说："我们若要想把队伍做大，就非要有文化人才行，不然，我们连写通告下战书的人都没有。"在那年代，人们更相信能破解天命的算命人。

过去，穿山甲见孙大牛对文化人有所渴求，也曾回老家试探性见过两位有文化的乡绅，那两个乡绅一听说要上山为绿林人服务，就吓得连连作揖说："不行不行，我绝对不干那些伤天害理的营生。"从那之后，孙大牛虽不再渴求文化人，但盼望有军师出现一直是他的心中愿望。

今天，孙大牛在把忐忑不安的扬雄拉到山中小院后，便亲自给一脸书生的扬雄递上了茶水。未时刚到，猴老二便领着两个小喽啰，把酒菜摆在了三张拼在一块的木桌上。见众兄弟都围坐桌前，孙大牛站起端着酒碗，指着他身边的扬雄说："兄弟们，我们龙门山好汉今天以最隆重方式，欢迎严君平弟子加入我们队伍，为青年才俊扬雄的到来，咱这群绿林好汉共敬我们未来军师一杯！"随即，众人高声呼叫着，端起酒碗准备向扬雄敬酒。

此刻，并未起身的扬雄冷冷对孙大牛说："你还没问我同不同意入伙哩，为啥

540

第六十四章 莽莽群山中，扬雄被迫做了强盗军师

就要委任我做你们军师？还要敬我并不愿喝的酒！"说完，扬雄便把碗中酒泼在了地上。

孙大牛和小喽啰见扬雄如此不识抬举，顿时把酒碗先后放下。猴老二生气地对孙大牛说："大哥，这小子太他妈傲了，他还真把自己当成一棵葱了，不行，他胆敢违抗大哥指令，今天，让我亲自宰了这小子，让他见识见识啥叫绿林好汉的英雄气！"说完，猴老二拔出腰间短刀，举刀就朝扬雄扑来。

"给我住手！"孙大牛大喝一声，忙抱住扑来的猴老二。几名小喽啰见头领如此护着扬雄，便把猴老二劝拉回桌前坐下。稍后，孙大牛扭头向扬雄说道："扬雄才子，老子是敬重算命大师严君平先生才礼待你的，你别以为自己是个人物，就可轻视我们这群好汉。现在我再问你一次，你愿不愿意做我们军师？"

俗话说，秀才遇到兵，有理说不清。何况，没一点思想准备的扬雄，今天突然遭遇的却是一伙占山为王的强盗！我这年轻学子想去汶山郡考察古蜀历史，是想写出具有特殊价值的文章啊。可如今这伙强盗却要我这有理想的才俊，去做他们的鬼军师，这哪跟哪呀？这也太有辱读过圣贤书的扬子云了嘛。想到这儿，热血冲顶的扬雄断然向孙大牛说："我、我不想做你们军师！"

啪！孙大牛抬手就扇了扬雄一耳光，然后向穿山甲喊道："快把这小子给我绑了，捆到小院外大树上让野狼今夜撕吃了！"随即，应了一声的穿山甲，率两个小喽啰扑上，把嘴角流血的扬雄绑起推出了房间。之后，孙大牛又重新端起酒碗说："弟兄们，为我们今天又成功进了一批值钱的丝绸和蜀锦，大家干了这碗酒！"

一片呼叫声中，众强盗又开始了他们大吃大喝不知日月的酒肉生活……

酉时后，快喝断片的孙大牛靠在木桌上，被几声从山中传来的狼嚎声惊醒。他突然想起绑在院外的扬雄，于是站起来摇摇晃晃走出小院，来到饥渴难耐被绑在树身上的扬雄面前。此时的扬雄，仍怒目圆睁瞪着走来的孙大牛。已消了不少气的孙大牛见扬雄瞪着他，便围着扬雄转了一圈，然后看着扬雄说："哼，你这小子以为我们这群绿林好汉是杀人越货的坏人，所以你才不愿入伙做我们军师？实话告诉你吧，我们这群人并非山匪强盗，只是为官府所逼，才啸聚山林的。今天你也亲眼看到，我们只劫了有较高经济价值的货，就放走了马队，我们没打也没伤一个人是不是？要是我们是十恶不赦的山匪，我们就会劫了所有货物，把商队的人全杀了丢进山谷喂狼了事，我们可没这样做，对吧？"

扬雄认真回想今天马队被抢经过，确如眼前头领所说，他们一没杀人，二没劫

541

走全部货物，看来，这伙强人还没彻底沦为恶匪。想到这儿，扬雄低声说："大头领，看来，你们这伙绿林好汉，还没堕落成真正的恶匪。"

"嘿嘿，扬学子，这你就说对了嘛，我们不是恶匪，我们只是一群啸聚山林的绿林好汉！"尔后，见扬雄没答话，孙大牛又说道，"看来，我今天对你这个初来乍到的扬学子，似乎要求急了些，这样吧，我希望你在这住上十来天，若你对我们这群好汉有好感，你再留下做我们军师，如何？"孙大牛说这话时，他已想好把扬雄留下的一整套办法。

扬雄听孙大头领这样说后，顿感自己命运有了转机，他猛然想到，真要把这个孙头领彻底激怒的话，夜里不松绑自己还真有被狼吃掉的可能。想到这儿，扬雄试探问道："孙头领，要是十天后我不想留下来做军师呢？"

孙大牛说："扬学子，若十多天后，你仍不愿留下做军师，到时我就亲自欢送你离开龙门山，去你想去的地方。"

"您真能这样做？我不相信。"被绑的扬雄摇了摇头。

孙大牛说："大丈夫一言九鼎，我说话绝对算数！"

"孙大头领，您若真能做到您说的那样，那我扬雄就认为您是真正的绿林好汉。"扬雄忙奉承说。孙大牛想了想，又围着扬雄慢慢转了一圈说："扬学子，你想不想被松绑呀？"

扬雄一听，心里顿时感到转机已到，忙假装哭丧着脸说："孙大头领，我整整饿了一天，滴水未进，咋、咋不想松绑呀？"

孙大牛笑道："松绑可以，不过，你得答应我一个条件才行。"

"啥条件，说来听听，看我能否办到。"

"这条件对你并不难，那就是今晚喝酒时，你得给我看看这小院风水，咋样？"说完，孙大牛就指了指身后小院。

"好，帮您看小院风水不难，不过您得给我准备点好酒好菜才行，不然，我酒没喝安逸，那风水是看不准的哦。"扬雄附加条件回道。

"嘿嘿，我这山上缺赌场和青楼，唯独不缺好酒好肉，好，我俩一言为定，今晚我定用好酒好菜招待你！"随后，孙大牛就替扬雄松了绑，然后领着扬雄朝小院大门走去……

作为头领的孙大牛，自拉起杆子起，他心底就有一种隐忧，他知道历史上大多占山为王的人结局都很惨，但他又不能对穿山甲和猴老二说出他的担忧，怕动摇

第六十四章 莽莽群山中,扬雄被迫做了强盗军师

这二人跟随他的决心,今天终于碰上严君平弟子,那么请扬学子以看风水为由,来算算他和这帮兄弟的命,不是挺好吗?至于如何设法留下扬学子,他今后有的是办法,现在第一步是先稳住扬学子再说。而扬雄为啥要答应给孙头领看风水呢?他早已想好,先哄住这帮家伙再说,往后趁他们放松警惕,再寻机逃走就是。

跟着孙大牛进了小院,扬雄就认真观察起小院的结构、方位和布局来,待心中有数后,便对孙大牛大声嚷叫起来:"孙大头领,我扬雄饿坏啦,我要喝酒吃肉,快点叫人给我拿东西来。"说完,扬雄就坐在堂屋案边,用指头敲击木桌。

在孙大牛吩咐下,很快,小喽啰就从厨房端来不少炒菜和山里各种野味,尔后,孙大牛亲自给扬雄碗中倒满酒说:"扬才子,请喝酒吧,大家还等着听你说说小院风水哩。"随后,小喽啰们纷纷围到桌边,看扬雄喝酒吃肉。感觉有点蹊跷的穿山甲悄悄向孙大牛问道:"大哥,您咋要这样将就这个书生呀?"

"你不懂,在他没正式成为我们军师前,老子得用软办法让他给我们看风水,若不这样,这扬学子是不会为我们服务的。"孙大牛低声回道。

穿山甲点了点头:"哦,大哥您原是这意思,我懂了。"

扬雄胡吃海喝一阵后,便端着酒碗起身说:"各位绿林好汉,方才我扬雄失礼了哈,待我酒足饭饱,就给你们看这小院风水。来,在此我敬大家一碗酒。"说完,扬雄仰脖就将碗中酒喝干。很快,众喽啰就嚷叫起来:"扬学子,你快点吃,吃完好给我们看风水嘛。扬军师,大家都等着你给我们算命哩……"

尽兴吃喝的扬雄,一面吃一面心中笑道:哈哈,你们这群无知的强盗,等会儿看我扬雄咋个糊弄你们!在孙大牛示意下,众人停止了嚷叫,只用各种表情看着尽兴吃喝的年轻扬学子。待吃得肚子鼓起后,喝得两眼有些迷离的扬雄指着猴老二说:"猴、猴大哥,你、你快去给我找凳子来,我要站在上面给这小院看、看风水。"待猴老二找来凳子,扬雄又对穿山甲说:"大、大哥,你去点几支火把来,把、把这堂屋照亮些。"扬雄说后,穿山甲就出门去准备火把。

此时的孙大牛一直在观察扬雄举动,因为他不熟悉眼前这个扬学子,此人到底有无真本事他也不清楚。想到这儿,孙大牛便提醒扬雄说:"扬学子,现亥时已到,你酒也喝巴适了,应该说正题了,兄弟们都等着你哩。"随后,众人又纷纷催促扬雄。

默然片刻,喝了一口茶的扬雄突然向众人问道:"喂,你们知道啥是左青龙右白虎、前朱雀后玄武吗?"见众人摇头后,扬雄又得意地说:"这是我们古代天文学中的四象,也是中华图腾文化和道家文化中的四灵。从风水学角度看,既然地有

四势，气从八方，故以左为青龙，右为白虎，前为朱雀，后为玄武。玄武垂头，朱雀翔舞，青龙盘旋蜿蜒，白虎驯俯……"

刚说到这，孙大牛忙打断侃侃而谈的扬雄，说："扬学子，你整那么复杂干啥子嘛，你就给大家直接说这老宅院风水好或不好就行了，你说多了，把我们脑壳都整晕了，也没弄懂风水好不好的问题。"

"好，要得嘛，那我就直接说简单些。"扬雄忙回道。其实，扬雄对风水学可以说是一知半解，好在他在学馆读书时，曾跟着严君平去给郊外一富人家看过一处风水和两处阴宅，加之他读过《易经》，看过几篇跟风水和算命有关的文章，有点看风水的三脚猫功夫，所以今天就在这群没文化的强盗面前胡乱卖弄起来。扬雄卖弄的目的只有一个：既然这帮家伙阻止我去汶山郡考察，那么我先镇住他们再说！

见众人都盯着自己，扬雄装模作样掐指算了一阵后，将头一昂说："风水学的重要性，就在于可以救人于水火，亦可杀人于无形。从我踏进这小院开始，我就感觉此院阴气太重，我可断定，这院从前是刨了人家祖坟建起的，而且在几年前，这小院曾发生过凶杀案，有好几人命丧黄泉，所以，此院为凶宅！"扬雄刚一说完，众汉子便惊诧议论开来，有的面面相觑，有的惊恐地看着孙大牛。

似信非信的孙大牛盯着扬雄问道："扬学子，你凭啥敢断定这是凶宅？"

扬雄微闭双目道："孙头领，天机不可泄漏，等您调查之后，我便再深入细聊，咋样？"

这时，猴老二忙走到孙大牛身边，用手附在孙大牛耳边说："大哥，我曾听山民说，这小院在几年前发生过凶杀案。"

"真的？"孙大牛大惊。

扬雄见一些人还在议论，为给这些人加码对自己的崇拜，于是又说道："这老宅院犯有风水学中的第一个禁忌，那就是穿堂煞！大家看看，我们从山道过来进大门后，就可直接看到后门通往后山谷。前门正对后门，这就是穿堂煞，住在此院的人，迟早有血光之灾！"

"啊！"扬雄刚一说完，众人像炸了锅似的，都扭头非常惧怕地打量起老宅院来。孙大牛忙上前，低声向扬雄问道："扬学子，你可有办法改变这老宅风水？"

扬雄环视众人后得意地回道："本人既是算命大师君平先生弟子，那自然有法改变这老宅风水！"

"那你就赶快施法改啊。"孙大牛忙说。

扬雄抱拳说："孙头领，我今天已困乏，想早点歇息，那就改天施法改变风水

第六十四章 莽莽群山中，扬雄被迫做了强盗军师

吧，如何？"

"行，或许困了施法不灵，那就改天请你施法。"说罢，孙大牛忙吩咐穿山甲领着扬雄去另间屋睡觉，并悄悄叮嘱要看管好这个扬学子，千万别让他溜了。

就在扬雄停留绵竹准备翻越龙门山时，性急的龙老四从县城回到龙家大院没多少日子，就按与宋捕头商量的计划，用灰绸巾遮住右脸，然后从家里赶出小马车，就到县衙接宋捕头去成都卧龙桥。好在宋捕头早有准备，当县衙守门人通报龙耀文四叔找宋捕头后，宋捕头立即编了个请假理由，骗过王县令后就坐小马车往成都奔去。

一路上，龙老四同宋捕头商议，若刘三一伙真在聚义客栈的话，他们用啥方法才能更好向刘三复仇。商议好一阵后，快到茶店子小镇时，宋捕头提议说："四哥，刘三他们人多，仅凭我俩要报仇是绝对打不赢的。我认为，若我俩实在请不到镖师的话，花钱雇个弓箭手也行，要是弓箭手没射死刘三，老子就下手烧了他们客栈，你认为如何？"

赶着小马车的龙老四扭头回道："宋捕头，我认为在没弄死刘三前，你我是不能烧他们客栈的，要是烧了客栈打草惊蛇咋办？往后我俩要复仇，又在哪去找刘三这个王八蛋呀？"

"嗯，四哥说的有理，要杀人在前烧房在后，这主意好。"宋捕头忙点头说。当天到成都后，宋捕头如法炮制，在染房街小客栈住下停好小马车，二人便化了装，用草帽盖住头朝聚义客栈街对面走去。到聚义客栈对面后，二人装着老朋友聊天，就坐在街沿边观察客栈进出人员。

宋捕头和龙老四两人哪知，半年前，刘三一伙已在骡马市开了翠云楼青楼，现在根本不住聚义客栈。一连三天，在外蹲守观察的宋捕头和龙老四，连刘三影子也没发现。眼看请假时间快到，宋捕头只好对龙老四说："四哥，这他妈就奇了怪了，这次来这好几天，老子咋没见着刘三呢？去年我来这侦察时，还亲眼见刘三好几次进出这聚义客栈哩。"

"莫非，这龟儿丐帮头临时外出了？"龙老四疑惑地说。

宋捕头想了想说："四哥，我看这样吧，这次我俩来成都摸底，今天就到此为止，我俩回去后，就到民间去问有无镖师或射箭高手，若找到镖师或弓箭手后，我俩秋天再来一趟聚义客栈，若发现刘三还在这，我俩就抓紧时间下手。现我请假时间已到，不能在这再傻等了。"

"要得，我俩今天回去，到秋天再来侦察。"龙老四点头同意后，二人就回到

染房街小客栈，赶着小马车朝郫县方向跑去。

扬雄酒醒后，兼有监管之责的穿山甲就陪同扬雄来到小院饭厅，早候在那儿的孙大牛和猴老二几人，同扬雄寒暄了几句。吃完早饭，孙大牛领着扬雄围着小院认真转了一圈，刚转完，扬雄突然停下脚步说："孙大头领，我可以说说你们是咋占据了这小院的吗？"

有些吃惊的孙大牛问道："扬学子，在你想说小院的事之前，你必须如实回答我一个问题，好吗？"

"问吧，我一定如实回答您。"扬雄坦言道。

孙大牛问："扬雄，你过去真的从没来过绵竹？"

扬雄一拍胸脯："我向孔夫子保证，我扬雄过去从没来过绵竹，若有半句不实，我定将被雷劈死！"

"好，那我就相信你从没来过绵竹，更没来过龙门山，那你就说说我们是如何得到这小院的吧。"孙大牛自信地说道，因为他深信，这扬雄不可能说中他是如何夺下小院的。扬雄抬头看着遥远天空，然后退后几步，眯着眼认真审视小院房顶的吻兽装饰。过了片刻，扬雄又装模作样闭上眼睛，掐着指头口中念念有词。这时，孙大牛、猴老二与穿山甲几人，都被扬雄神神道道的样子弄得面面相觑，因为昨夜，喝酒的扬雄竟说这小院是凶宅，但他们不信，这扬雄能算出只有他们几人知道的秘密。

不到三分钟，睁开眼的扬雄突然指着孙大牛说："孙大头领，你们不地道啊，居然用强制手段，拿下了这个世外小院。"

"扬、扬学子，你啥意思？我孙大牛愿听你分析这小院的前世今生。"孙大牛惊讶地说。

扬雄精神一振，提高声音说："好，你们听着，我扬雄今天就让几位头领见识下我的本事，从这小院成色看，这是一百多年前武帝时期修建的私家宅院，这小院第一代主人是一位从蜀郡退下的官员，他由于官场失意遭受打击，就有了遁世之意，于是便花钱在这龙门山有水有树地方，请人建了此院。谁知他去世后的近百年间，这小院几易其主，但都不是因买卖而换主人。由于在这天高皇帝远的龙门山，每当有强人想占山为王时，首先要拿下的就是这山中小院，因为，强人们怕这小院的人向山下官府通风报信，危及他们安全。昨夜我说这是凶宅，因几年前，这小院又发生过一场命案。我想，在大半年前的某天晚上，你们一伙也是用兵器，把那家人逼下山的吧？"

扬雄刚一说完，猴老二忙跪下给扬雄磕起头来："神人哪神人，你扬雄果真是做军师的料啊……"随即，孙大牛和穿山甲也跪下给扬雄磕起头来。此刻，见跪在他面前的几个强盗头目，扬雄心里笑道：嘿嘿，我不过是根据这小院的成色和屋内家什破损程度来推测分析嘛。事情很简单嘛，一般百姓再有难，也没钱来这龙门山上修小院避世，所以第一位修建人只有避世之愿，而无乱世之忧。而被逼上山做绿林好汉的人多了后，首先想拿下作为据点的，肯定就是这座小院嘛。到底这小院死了多少人，发生过多少次拼杀驱赶，我扬雄也是不完全清楚的。在这帮无文化的头领面前，我连猜带蒙加推测的表演，哈哈，还真起了神奇作用哩。

正当扬雄还在心中得意时，跪在地上的孙大牛抬头向扬雄求道："扬雄学子，你不愧是君平大师高足弟子，若不留下做我们这群绿林好汉的军师，那真是浪费人才了啊！往后，你若做了我们军师，我们做任何大事都绝对听你的。"随后，穿山甲和猴老二也跟着孙大牛求起扬雄来。

此时的扬雄清楚，无论他答不答应，他在短时间内，都是无法离开的。既然暂时无法离去，他们又被自己糊弄得瓜兮兮的，何不用瞒天过海之计留下呢？还是待他们放松警惕后，再设法逃离此地吧。想到此，扬雄便装作有些不情愿地对孙大牛几人说："头领们起来吧，看在你们一片真心邀请我留下的份上，今晚子时，我们就烧香磕头对月盟誓，我就入伙做你们的军师吧。"

扬雄话音刚落，猴老二爬起来就朝小院大门跑去，他挥动双手高呼："太好了太好了，扬雄终于同意留下，做我们军师啦……"

第六十五章

扬雄施计，终于逃离强盗窝

　　昨夜，由于扬雄提出不愿在小院对月盟誓，孙大牛只好依扬雄提出的要离月近些的要求，率全体人员去小院后山飞天岩烧香盟誓，完成了拜扬雄为军师的神圣仪式。扬雄成为军师后，孙大牛又当众宣布扬雄为头领之一，当时，扬雄就为这支没名的队伍，取了个叫"龙门山义军"的名。扬雄取这名的理由是，若今后汉匈有战事发生，他们就可举旗拉起一支队伍去抗匈杀敌，这样就不会被官府镇压剿灭。孙大牛一伙非常认可扬雄取的义军之名。仪式完后，孙大牛又率众喽啰回小院庆祝，直喝得许多人醉倒在地为止。

　　中午，扬雄一场宿醉起床后，浑身无力地坐到小院天井喝茶，孙大牛过来坐下问道："军师，你前晚答应要破穿堂煞的事没忘吧？"

　　"大头领，这么重要的事我咋可能忘呢，这样吧，您把穿山甲和猴老二大哥喊来，大家一块听听。"扬雄忙说。

　　孙大牛点头后，便扯着喉咙喊道："穿山甲，猴老二，你俩快到天井中来，扬军师要给我们讲破穿堂煞的事。"孙大牛刚喊完不久，穿山甲和猴老二就伸着懒腰打着哈欠，从不同房间走了出来。扬雄看了看孙大牛三人，认真说道："这小院的穿堂煞不破，我们将永无宁日！"

　　孙大牛急忙说："军师，那你就快施法破穿堂煞噻。"

　　扬雄说："大头领，我所要的东西没回来前，施任何法都无用。"

　　"你还需要啥东西呀？"孙大牛大惊。

　　扬雄又煞有介事地说："本来破穿堂煞的最好东西，是泰山的'石敢当'，我估计绵竹根本没这神圣之物，这样吧，您可派个信得过的兄弟去趟灌县的青城山，

第六十五章 扬雄施计，终于逃离强盗窝

在青城山天师洞去找一位高人张大师，让他弟子西门云飞去青城山顶，给我们取一块坚硬的青城石回来，这青城石虽不及石敢当，但仍有避邪镇妖的作用。"

"军师，张大师能信我派去的人吗？要是取不回青城石咋办？"孙大牛忙问。

扬雄自信地说："孙大头领，您先别急嘛，我敢保证，只要去的人带上我的亲笔信，天师洞的张大师一定会买账，因为，天师洞那儿，还立有我手书的老子《道德经》石碑哩。"

"哟，扬军师，看来你同张大师关系非同一般嘛。"猴老二感叹道。

扬雄得意地说："猴大哥，那是当然啦，我同张大师是忘年交，在此，我给大家透露个秘密吧，这张大师可是我们蜀地著名剑客，我亲眼所见，他老人家曾在天师洞打败两名厉害的巴人剑客。"

"既然张大师这么厉害，军师，今后若有机会，你带我们几个头领去天师洞拜会张大师如何？"孙大牛忙说。

扬雄笑道："呵呵，孙大头领，那当然没问题，只要有我扬雄出面，你们想要的结果，我都能搞定。"扬雄为镇住这帮绿林强人，又开始胡乱吹嘘起来。就在孙大牛三人商量好派去取青城石的人选后，扬雄又说道："大头领，这取青城石的人走后，您还得另派一人下山，去绵竹城里买两面大铜镜回来，在这小院前后门上方，各安放一个铜镜为好。你们别小看这铜镜，它也有反射驱离妖魔鬼怪的作用。"

"好，我们一切按军师交代的做便是。"孙大牛爽快回道。说完，孙大牛起身朝院外正练功的一群人走去。

扬雄为啥要叫去青城山天师洞的人跟着西门云飞去取青城石呢？因为扬雄有个隐含用意，那就是在信上他会用诗说出自己被困龙门山的情况，而一般人是不会明白诗中含义的，但有文化的西门公子能明白。扬雄怕他逃不脱这群对他跟踪监控的绿林强人，他告诉西门公子后，机灵的西门云飞或许会跟着取石人来龙门山看他。只要西门云飞一来，他就有法让西门云飞去说服扬庄父亲，派兵来救他离开这里。除想用逃走方式离开外，扬雄多一条思路早日离开强盗窝，也是完全可以理解的。

前不久，从文翁学馆毕业回来的龙耀武，为啥要主动向覃老板提出，今后要帮杏花找一个比扬雄家条件更好的男朋友呢？这背后到底隐藏了龙耀武亭长怎样不可告人的目的？

几年前，龙廷跃乡长曾给花园场媒婆下令，希望她去给自己儿子龙耀文向杏花

提亲。由于当时杏花同扬雄关系正常，覃老板和杏花就婉拒了媒婆的说其。当年提亲的事龙耀武是知道的，后来，宋捕头强奸杏花的事在花园场闹得沸沸扬扬，过去龙耀文两兄弟在外读书，也没把这些传言放在心上。自龙耀文两兄弟毕业相继结婚后，尤其是龙耀武当了亭长后，才开始重视花园场发生的事。

那天，在花园场豆腐饭店听覃老板说杏花跟扬雄的事吹后，龙耀武心中猛然升起一个邪念：老子现在结了婚也快成当爸的人了，既然过去我龙家曾选择过杏花作为龙家媳妇，那么现在，老子就来实现龙家当年的愿望。当亭长尝到权力甜头的龙耀武认为，在花园乡有他大爸罩着，在郫县有他给王县令做助理的大哥，即便惹了啥事，也没有人能奈何得了他。

想好退路的龙耀武当晚在床上又想了许久，最后，他终于想出一个让杏花成为他玩物的恶毒计划：以给杏花介绍同窗为由，把杏花骗到成都，嘿嘿，到成都后，老子在客栈开房，到那时，难道还怕杏花不就范？把生米煮成夹生饭。若实在不行，到时再强娶杏花做小老婆也是可以的。

为不让覃老板母女生疑，两天后，龙耀武才去豆腐饭店，告诉覃老板说，他已把信寄出，当他在蜀郡府工作的同窗回信后，他就带杏花去成都见人。龙耀武还假装征求意见说："覃老板，不知我这样做行不？"

"哎呀，龙亭长，若你真能给杏花介绍个当官的话，那就帮了我家杏花天大的忙了，在此，我先谢谢你了哈。"当天中午，覃老板用好酒好菜招待了龙耀武。临别时龙耀武还故意对杏花说："等我收到信后，我就带你去成都见见我那位同窗好友哈。"说完，龙耀武还故意看了看覃老板。

覃老板见女儿没表态，忙对龙耀武说："龙亭长，放心吧，到时我陪杏花一块去成都。"随后，心中美滋滋的龙耀武，就哼着小曲离开了豆腐饭店……

当小院前后门上方铜镜安好三天后，刚吃过早饭在院中喝茶的扬雄，突然见一只白鸽飞落院中，在咕咕咕叫声中，跑过来的孙大牛猛然伸手抓住白鸽，然后从鸽腿上取下一个小绢帛卷。取下绢帛卷的孙大牛忙叫上猴老二，就进堂屋认真看了起来。看完后，孙大牛对院中大声说："弟兄们，大家给我做好准备，一个时辰后，大家带上兵器一块去山道取货。"孙大牛刚说完，众兄弟就兴奋呼叫起来。

待众兄弟呼叫后，孙大牛走到扬雄身边说："军师，你给预测下，看我们今天收获咋样？"

扬雄想了想说："预测啥，莫非预测您刚从鸽腿上取下的东西？"

"是的，这事难道你不能预测？"

扬雄说："大头领，您让我做军师，可您又不告诉我这鸽腿上的秘密，难道，你们就如此不信任我这当军师的？"说后，扬雄就假装生气盯着孙大牛。孙大牛想了想，就把手中绢帛条递给了扬雄。扬雄打开绢帛看到一行字：六男三女二十五匹驮马。扬雄看后立即明白，这是情报，孙大牛一伙正是根据这情报来拦路抢劫的。随即，扬雄又想起刚才白鸽飞落院中的情景，想起孙大牛从鸽腿上取下绢帛卷的情景，心中不禁暗道：哎，这帮人不笨嘛，他们居然用飞鸽传书方式获取情报，然后根据情报采取抢劫行动，这样的抢劫难以失手啊！想到这儿，扬雄冷冷问道："大头领，这飞鸽传书来自山下吧？"

"是呀，这么准确的情报只能来自山下，没有情报，我们决不会对过路人采取行动。"孙大牛坦言说。

扬雄又说："大头领，您能告诉我更详细些吗，这样的话，我不仅能预测今天的收获，还能预测这条情报线的存活时间哩。"

"哟，真的吗？你既然是我义军军师，那我告诉你也无妨，否则，我孙大侠就真有些见外了。"随后，孙大牛就说出了龙门客栈的秘密。联想到这小院也养有鸽子，扬雄听后叹道："哟，您大头领真厉害，居然用训练有素的鸽子传递情报，我看大汉也只有您采用这办法来拦路抢劫嘛。"

"不不不，这可不是本人主意，这主意可是猴老二的功劳，没有他，我哪能想到飞鸽传书呀。"孙大牛忙解释说。这时，扬雄闭目掐指算了起来，不久，扬雄睁眼说："孙大头领，我们今天货不仅值钱，另还有两个年轻姑娘哩。"

"哈哈，这他妈太好了，终于有女人可抢了，山上这些光棍们都快憋疯了，没女人的日子太难受哇。"孙大牛感叹道。

"大头领，我建议千万别碰女人，一旦抢来女人，这义军内部就永无宁日。"扬雄忙说。

孙大牛不乐意了："军师，你这是啥屁话，为何抢来女人就永无宁日？老子真还没搞懂你的意思。"

扬雄解释道："大头领，您看这儿有近二十个光棍，两个女人谁不喜欢？在争抢之后，我敢断言，这义军内部一定会发生刀剑之拼的内讧，所以，我建议宁愿让大家忍受缺女人之苦，也不能毁了您精心拉起的团伙。万不得已，可让手下弟兄分别下山，去逛青楼嘛。"

孙大牛听完愣了好一阵，才点头对扬雄说："你说的有些道理，那今天我就只劫财不抢女人。"

"这就对了。"扬雄向孙大牛跷起了大拇指。这时,孙大牛又突然说:"军师,你还没说龙门客栈的预测哩。"

扬雄立即回道:"大头领,龙门客栈的命运短则五年,长则十年。您别问我原因,只管记住我今天算的命就行了。"尔后,孙大牛仰天叹道:"唉,这强盗营生真还干不长哪……"

刚到未时,孙大牛就领着喽啰们回到小院。这时,孙大牛从怀中掏出二十多根金条,丢在扬雄身旁放茶杯的桌上说:"军师,今天如你所料,我们收获颇大,那三个女人中,还有两个年轻姑娘哩。"

扬雄看了看金条,自信地说:"大头领,我想他们应该是回汶山郡的羌人吧。"

"你咋知道他们是羌人?"孙大牛大惊。

"有年轻姑娘翻越龙门山,不是新娘就只能是探亲之人。否则,谁家姑娘愿冒险穿越猛兽出没之地呀。"扬雄回道。正说着,穿山甲率几个小喽啰抬了两筐刀剑兵器和一些铜镜进了小院。提刀的穿山甲不满地向孙大牛问道:"大哥,你咋啦,茶叶、盐巴不抢也就算了,今天为啥连值钱的丝绸和锦缎也不要了?"

孙大牛指了指金条说:"穿山甲,这些金条不是比那些东西更巴适吗?"

"金条当然巴适,可是,还有比金条更巴适的东西你为啥也不要?"说完,举刀的穿山甲冲到扬雄面前,用刀指着扬雄鼻尖说:"小军师,不抢女人应该是你的馊主意吧?"尔后,众喽啰也跟着穿山甲朝扬雄发出不满声。

这时,猴老二上前,阴阳怪气地问道:"扬军师,你不跟我们一块去打劫就算了,既然你往后要在这分享胜利果实,为啥要阻拦我们抢年轻姑娘?莫非,你是把姑娘玩腻了的人,不知我们这群饿汉对女人的需要?"

"快说,为啥不许我们抢姑娘?"眼睛冒火的众汉子也跟着猴老二对扬雄吼叫起来。愣了片刻的扬雄清楚,若不说服这群强盗,他不仅难逃此地,甚至触犯众怒还有性命之忧。沉思片刻后,扬雄镇定地向穿山甲说:"各位好汉,今天不是我不许你们抢女人,而是孔孟两位圣贤,不让大家抢这两个相亲姑娘。"

"你放屁!孔孟两圣贤死了那么久,他们咋会来管咱们龙门山义军的事?"穿山甲反问道。

此刻,抓住机会的扬雄蓦地站起,扫视众人后对孙大牛说:"孙大头领,刚刚穿山甲也承认我们这伙人是龙门山义军,既然是义军,那我们就得遵从孔孟之言

第六十五章　扬雄施计，终于逃离强盗窝

做事。孔子曾说，'不仁者不可久处约，不可以长处乐。仁者安仁，知者利仁'。孟子也曾说，'爱人者，人恒爱之；敬人者，人恒敬之'。俗话说，盗亦有道。如果我们这支队伍已是十恶不赦的强盗，大家当然不必遵从孔孟之言，如果我们是义军，就必须遵从圣人之言行事。"说到这，情绪激动的扬雄跳上小木桌，向众人喝问道："大家说，我们是不是龙门山义军？"

扬雄刚问完，有的小喽啰就低声说："我、我们当然是义军呀，这义军之名不是前几天大家举手通过的嘛。"很快，孙大牛也表态说："军师，我们当然是义军，谁敢说我们不是义军的，就给老子站出来！"

一阵沉默后，扬雄又挥手说道："各位义军好汉们，大家想想看，那些过路的商人或民众，他们大多愿留下买路钱离去，可谁又愿意自己的亲人被抢被害呀？尤其是那些还没出嫁的姑娘。舍点钱财的可能不一定去报官府，但失去亲人的却一定会报官府，何况他们是回汶山郡的羌人。如果羌人组织人马来同我们这羽翼未丰的义军作战，我们有胜算吗？"

听扬雄说到此，孙大牛不断点头说："嗯，军师说得好，我咋就没想到这些呢。"随即，扬雄又振振有词地说："各位义军好汉，大家想过没，就算我们抢来两位姑娘，你们说，每晚该分配给谁睡呀？或许头几天不会出问题，时间一长，相互不满相互怨恨的事就一定会出现，到那时，你们愿看到自家兄弟相互残杀血拼吗？内讧的结果只有一个，那就是孙大头领的义军必将四分五裂！"说完，扬雄就跳下了木桌。

这时，孙大牛上前紧紧握住扬雄的手说："军师，你不愧是我们有文化的好军师哪，只有你能想得这么周全，说出这么令人信服的话来！"很快，围上前的众汉子就把扬雄抬举起来："军师说得好，军师说得巴适！"这发自内心的呼喊声，顿时飞出了小院……

孙大牛的铁杆马仔吴成志，怀揣扬雄写的信，第二天黄昏前，就骑马奔到了青城山脚下。在问好去天师洞的路后，吴成志就在山下小客栈住了一夜，第二天早饭后，身背大刀忠心耿耿的吴成志，就牵马沿山道朝天师洞走去。到天师洞后，牵马的吴成志看到在岩边的土坝上，一位身穿紧身白色绸服的银须老者，正指点一位英俊青年在练长剑。由于不认识对方，吴成志不便上前打扰，只见练剑青年挥舞长剑劈、刺、砍、削、挑都练得精彩，看得出神竟发出由衷的赞叹声。

一刻钟后，练完剑的西门云飞，朝身体壮实的吴成志走来问道："大哥你是找

人还是要上山呀？我看你在这儿待了好一阵子哩。"

"这位兄弟，这里是天师洞吧？"吴成志忙问道。

西门云飞回道："是呀，这儿是天师洞。"

"我想找一位叫张云天大师的人，他在这儿吗？"

西门云飞忙指着在石桌边喝茶的张云天说："哦，大哥，原来你是来找我师父的，他在那呢。"说完，西门云飞就把吴成志领到张云天面前。张云天打量吴成志后问道："小兄弟，你应该不是本地人吧？"

吴成志忙躬身作揖说："回张云天大师，我吴成志是绵竹人。"

张云天顿感一惊，忙问道："吴兄弟，你是绵竹人，我并不认识你呀？"说完，张云天再次打量头发有些蓬乱的吴成志。吴成志见张云天在审视他，忙从怀中掏出用绢帛写的信，双手捧给张云天说："张大师，这是我们军师扬雄写给您的信，您看后就知我来找您的目的了。"

打开绢帛认真看后，张云天又把扬雄的信递给西门云飞说："云飞，你也认真看看吧，等会儿，你就带吴兄弟去青城山主峰，给吴兄弟寻一块青城石，让他带回龙门山吧。"

西门公子看信后，非常吃惊地问道："吴大哥，你刚才说扬雄是你们军师，他、他不是去汶山郡考察古蜀历史了吗，咋就变成你们军师了？"

"兄弟，这话说来就有点长了，扬雄军师原本可能是去汶山郡的，谁知在龙门山遇上我们孙大头领后，他就被孙大头领邀请留下做了我们军师，前不久，他还在月下盟誓加入了我们队伍哩。"吴成志忙说。

"你、你们队伍？啥队伍呀？"惊讶的西门云飞又问道。

"就是我们龙门山义军呗，这名还是扬军师给取的。"吴成志回道。一直观察吴成志的张云天插嘴问道："吴兄弟，你们队伍共有多少人呀？"

"回张大师，我们队伍共有二十人。"

张云天又问："扬雄让你跑这么远来，就为取一块青城石，你知道取这石干啥用吗？"

吴成志答道："知道呀，扬雄军师是有文化又能掐会算的大能人，我们几个头领都挺佩服他的。为破我们山上小院的穿堂煞，扬军师说四川没有泰山石敢当，于是，孙大头领就派我拿着军师的信，来这儿找您张大师帮忙了。"

听吴成志说后，老江湖张云天就叫西门云飞领着吴成志上山，并代取了青城石后，就送吴兄弟下山，让他快马加鞭赶回龙门山，说扬雄还等着这石破穿堂煞呢。说完，西门公子就领着吴成志朝山上走去。

当西门云飞和吴成志背影从张云天视线消失，张云天便自语道："唉，老夫真没想到，这去汶山郡考察的扬雄，咋就落进强盗窝了嘛。他这封信的目的，哪是为取青城石，不就是告诉我们，他陷入龙门山强盗窝了……"

自扬雄在小院屋顶安放上青城石后，孙大牛一伙以为从此避免了血光之灾，着实在小院喝酒庆祝了一整天。扬雄虽为自己用手段使这伙人相信了自己感到庆幸，但他心中仍为自己被困龙门山而感到万分焦虑。怎样才能尽快逃离这伙逼他留下的强人呢？扬雄又开始动起脑子来。

转眼间，大暑已到，一天晚上，扬雄想到最近两天吴成志带他去熟悉周边地形，当他再次伫立飞天岩时，他详细了解了飞天岩四周情况。由于大家都崇拜能掐会算的扬军师，所以，当扬雄询问周边状况时，小喽啰吴成志就把他知道的地形如实告诉了扬雄。几天下来，扬雄便对小院周围的山谷、森林与山洞山溪，有了大致了解。之后，扬雄终于谋划出"金蝉脱壳"的逃跑计划，于是，他便开始等待时机。

一天午后，烈日当空十分炎热，当多数人在屋内歇息时，在院中打盹儿的扬雄，突然被惊叫的鸽子声惊醒，刚睁眼的扬雄看到，两只巨大的黑色山猫从后门扑进，各扑住一只鸽子咬在嘴中就蹿了出去。当晚下半夜，有个小喽啰肚子痛得在床上打滚，黎明时分就咽了气。吃早饭时，扬雄便抓住机会对孙大牛说："大头领，我们这儿连续发生意外事件，我应该去飞天岩观测星象，看看能不能找出原因来。"

"星象？你去观测啥星象？这跟打卦算命有关系吗？"孙大牛惊异地问道。

扬雄见穿山甲、猴老二几人也注视着他，为唬住他们，便对孙大牛说："大头领，星象不仅跟北斗七星和夜空中二十八星宿有关，也跟我平时打卦算命和预测有关，所以，我得遵我先生所教我的，必须去观测星象提高我的能力和水平，这样才能更好为我们龙门山义军服务。"

"哟，既然观测星象有如此重要作用，那今夜我们几个头领也陪你去飞天岩，跟着你看看星象如何？"来了兴致的孙大牛忙说。

扬雄笑了："好哇好哇，既然头领们对星象感兴趣，我当然欢迎大家跟我一块上飞天岩观星象啦。"

吃过晚饭，扬雄让吴成志带路，然后领着孙大牛、穿山甲和猴老二等人，沿后山小道朝飞天岩走去。半个时辰后，众人就气喘吁吁来到飞天岩。今夜星光灿烂，不时有流星划过黛蓝夜空。让夜风吹拂一阵后，已感到凉爽的扬雄便指着像勺子的北斗星说："各位头领请看，那就是北斗七星，这其中第一颗星叫天枢，第二颗星叫天旋，第三颗星叫天玑，第四颗星叫天权，第五颗星叫玉衡，第六颗星叫开阳，第七颗星叫摇光。这一至四颗星为斗魁，五至七颗星为斗柄，七颗星合在一块为北斗，所以，多数人就称这为北斗七星。"

"哦，这北斗七星原来都是各有其名的呀？"孙大牛望着夜空点头说。见大家都在观望北斗，为镇住这些没啥文化的强人，也为显示自己懂星象，扬雄又故作高深指着黄道附近星宿说："头领们，那二十八星宿分别代表日月星辰在天空中的位置，所以被称为二十八宿。它们就是古人观测天象的参照物。你们知道吗，这夜空中的东南西北四方各七宿，东方苍龙七宿是角、亢、氐、房、心、尾、箕；南方朱雀七宿是井、鬼、柳、星、张、翼、轸；西方白虎七宿是奎、娄、胃、昴、毕、觜、参；北方玄武七宿是斗、牛、女、虚、危、室、壁。我若要做好龙门山义军军师，就必须在夏夜经常观测北斗七星变化和斗柄所指方向，还要根据二十八宿运行规律，来结合我们身边发生的不同事件，并结合易经卦象来进行分析预测，唯有这样，我才能作出较为准确的预测。这就是我要观测星象的重要原因。"

孙大牛听后，想了想又好奇地问道："扬军师，除了北斗七星和二十八星宿外，你还知道哪些星星呢？"

扬雄不假思索地回道："知道呀，比如织女星、牛郎星、启明星、天狼星等等。咋的，大头领也对星象感兴趣啦？"

孙大牛忙摆手说："我感啥子兴趣哦，老子一听那么多星星名字脑壳都大了，咋个记得住嘛。我们几个头领天生就不是读书人，大家对神秘莫测的星象不敢有兴趣哈。"说完，孙大牛同穿山甲和猴老二就情不自禁地笑起来。

之后十来天晚上，只要是晴天，扬雄就带画有北斗七星和二十八星宿的小木板，在吴成志和关小云两个小喽啰陪同下，爬到飞天岩观测星象。为显示星象的神秘性，扬雄非要吴成志二人在距他有七八丈远的地方等他，还说不懂星象的人离他太近有干扰，会使他预测不准。由于扬雄是头领们都看重的人物，他的话这两个小喽啰哪敢不听。近半月时间下来，孙大牛几人完全相信了扬雄是为提高预测本事来观测星象的。时间稍长，吴成志二人就渐渐放松了警惕。

每当丑时回到小院时，扬雄作为军师是可以睡到自然醒才起床的，然而作为小喽啰的吴成志和关小云却不行，他俩白天在穿山甲或猴老二指挥下，仍要干不少杂

第六十五章 扬雄施计，终于逃离强盗窝

活，有时下半夜还要站岗放哨。时间一长，吴成志二人就欠了不少瞌睡，有时走路也在恍恍惚惚中打瞌睡。这一切，扬雄自然看在眼里。有一天，扬雄试探性向孙大牛建议，可减少一人陪他上飞天岩观星象，别让这些小喽啰太辛苦。孙大牛以夜里是猛兽出没高峰期为由，拒绝减少护卫军师人员。无奈之下，已困在龙门山整整一月的扬雄，终于做出逃走的决定。

中元节刚过，一天黄昏出发去飞天岩时，扬雄见吴成志像往常一样，用布巾包了几个面饼和咸菜，假装随意的扬雄又往布巾中添了两个面饼说："吴大哥，我今天晚饭胃口没开，没吃啥东西，子夜时，我要在飞天岩加点餐哈。"随后，吴成志忙又抓了点咸菜放在布巾中。出发时，扬雄悄悄把一把防身短刀插在了腰间。

爬到飞天岩后，扬雄放下手中小木板，就站在岩石上仰望繁星闪烁的夜空。吴成志和关小云二人却坐在飞天岩下不远的凹地上聊天。不到子时，吴关二人就发出了扬雄在山顶都能听见的鼾声。扬雄见时机已到，忙走下岩顶摸到吴关二人身旁，悄悄抓起一旁包着面饼的布巾，朝他早已熟悉的山道匆匆走去。走了一段路后，扬雄抬头看了看北斗七星，蓦地朝坐落在西北方向的汶山郡狂奔而去……

第六十六章

逃亡路上的危险遭遇

　　丑时刚过一半，山风吹醒了头发蓬乱的吴成志，像往常一样，吴成志望了望头顶星空后，又朝飞天岩看去。很快，见飞天岩上无人的吴成志，忙站起朝四周望了望，然后喊了几声扬军师。夜空下，吴成志的喊声显得响亮清晰，而且带有回声。有些惊慌的吴成志忙踹醒关小云，二人忙四下找寻起来。月光下，飞天岩上除了几块画有星象的小木板外，根本没有扬雄人影。吴关二人清楚，孙大头领派他俩来陪伴扬军师的主要任务，就是监视扬雄别让他观星象时溜走。见四下无人，又急又怕的二人扯起喉咙高声呼喊起来："扬军师，扬军师你在哪儿……"

　　夜空下，他俩的呼喊除惊起夜鸟啼鸣外，就是山谷传来的悠久回声。吴成志急了，忙对关小云说："糟了，我估计扬军师跑了，要不就是跟我们开玩笑，先回小院去了。走，我们回去看看再说。"说完，二人就连滚带爬朝山下小院跑去。冲进小院后，吴成志忙推开扬雄住的房间，扑到床上摸了摸，可床上并无扬军师，于是，吴成志退出房门又忙敲响孙大牛房门："孙、孙大头领，扬军师不见了，扬军师不见了！"

　　被惊醒的孙大牛忙从床上跃起，立即打开房门喝问道："什么，扬军师不见了？"

　　"大头领，子时前，扬军师说怕我和关小云打扰他观测星象，就支走了我俩，没想到，一个时辰后，我俩再次上飞天岩时，就、就不见了扬军师。"吴成志急切说道。

　　"你们这两个瓜娃子，老子叫你俩去陪扬军师，就是让你们去监视他的，这下可好，你俩却让他从眼皮下逃了，你们说，该当何罪？"说完，孙大牛就啪啪扇了

第六十六章 逃亡路上的危险遭遇

吴成志两耳光，还踹了关小云一脚。随即，孙大牛高声吼叫道："睡觉的都给老子爬起来，快点，大家分头去寻找扬军师！"

很快，全体人员就来到院中。孙大牛指着穿山甲说："你带吴成志几人，上飞天岩再仔细找找，我怕扬军师还躲在附近山洞里，因为天黑，山里野兽多，或许他不敢走夜路。"说完，孙大牛又扭头对猴老二交代："老二，你带几个兄弟骑马沿山道朝汶山郡方向追，扬雄的目的是想去那，若他逃走肯定就是去汶山郡。"

猴老二忙问："老大，若我们抓住扬雄，他要是不回来咋办？"

孙大牛想了想说："这好办，若扬军师不愿回我们小院，你们就把他腿打残，抬也要给我抬回来。哼，老子看他今后还敢不敢跑！"说完，孙大牛就催促穿山甲和猴老二赶快上路。很快，几路搜寻扬雄的人马就点燃火把、拿着兵器分头离开小院，在茫茫夜色中寻找逃走的扬军师……

夜色中，扬雄提着布巾包着的面饼，一路朝西北方向奔去。无论是爬坡下坎，还是穿越灌木丛或树林，他左手提面饼，右手用短刀开路，一阵疯跑后，累得直喘粗气的扬雄就渐渐慢了下来。扬雄非常清楚，当吴成志二人醒来发现他不在后，定要回去禀报孙大牛，而孙大牛一定会派人四处搜寻他，因为，在一个月的接触中，他已明显感到，孙大牛这伙绿林强人已对他产生了依赖。

为在密林中不迷失方向，扬雄不时停下望望夜空中的北斗七星。扬雄告诉自己，必须尽快寻到通往汶山郡那条山道，只有沿山道而行，才会少走弯路，也会减少被野兽攻击的危险，因为，一些野兽也会主动避开人走的道路。估算着山道的大致方位，天快亮时，从树林中钻出的扬雄，终于寻到那条进出汶山郡的山道。

启明星在东方天际闪烁。晨风吹过，有着极强方位感的扬雄，看着拼镶着石块的山道，心想：哈哈，我扬雄终于逃出强盗窝啦。刚想到这儿，扬雄就隐约听见一阵马蹄声传来。警惕的扬雄忙躲进山道边树丛，然后观察着动静。很快，扬雄就看见猴老二骑着西门云飞送给他的黄骠马，正率几个骑马喽啰朝汶山郡方向奔去。扬雄明白，这是孙大牛派出的人在四处寻找他。想了片刻，奔逃了半夜的扬雄突然感到有些饥饿，他用短刀拍了拍布巾说："嘿嘿，我这不是有面饼吗？待我吃了面饼再上路也行。说完，扬雄寻了一条山溪，然后坐在山溪旁，就着山泉水吃起面饼来。"

昨夜，当骑马的关小云跑到龙门客栈，向舒德金传达孙大牛指示后，二人就一直注视着下山小道，看扬雄是否会偷偷溜下山回绵竹县城。结果，舒德金、关小云

559

守到天亮，也没见扬雄走出，无奈之下，关小云只好回去向孙头领禀报实情。

黎明前，当穿山甲回小院向孙大牛禀告，他带的几个兄弟，已搜遍飞天岩附近山洞和树林，也没发现扬雄蛛丝马迹。一夜再没合眼坐在小院中的孙大牛，渐渐开始发怒起来，他本人十分看重这个严君平的弟子，这一月相处下来，他不仅尊重爱护他的年轻军师扬雄，而且听从了扬雄把他们这伙绿林好汉改编为龙门山义军的建议。扬雄平时言语不多，但关键时候的几次提议，是能让孙大牛几个头领认可服气的。

在这段磨合相处的日子里，孙大牛一直感觉扬雄已认可他们有限抢劫的生存手段，谁想到，扬雄竟借观测星象为由，骗过所有人弃他们而去！越想越气的孙大牛为年轻扬雄骗了他们而感到窝火、感到十分丢人。在他看来，他孙大牛是顶天立地的绿林强人，咋会被这个年轻书生所骗？哼，若扬雄被我手下抓回，我定要饿他两天惩罚这个不知好歹的军师。想到这儿，孙大牛命令穿山甲一伙马上吃早饭，然后再出去搜寻扬雄这个兔崽子！

很快，两个厨房伙计得到孙大牛命令后，就从厨房端出了饭菜。吃早饭时，孙大牛对穿山甲说："吃完早饭，你骑马带上几个兄弟，沿山道搜寻两旁的树林，我估计扬雄不会一直躲在山林里，他要去汶山郡的话，一定会回到山道上来。"饭后，穿山甲叫吴成志从马厩牵出几匹马，随后几人上马就朝不远的山道奔去。坐镇小院指挥的孙大牛，待他们走后才开始渐渐打起盹儿来……

朝霞满天的清晨，在山溪边吃饱面饼的扬雄，突然感到有些倦意，他想了想，白天行走容易被孙大牛派出的人发现，干脆找个地方睡一觉再走。随后，起身的扬雄把短刀插在腰间，又提着剩下的面饼朝前面不远的树林走去。

晨鸟的啼鸣声中，不时有小松鼠在树枝上跳来跳去，似乎在警惕观察扬雄这不速之客的到来。行走中，不时有彩色锦鸡被惊飞。由于林中藤蔓较多，行走困难的扬雄只好抽出短刀割断藤蔓前行。刚钻出树林，扬雄就发现前面不远的山坡中部有个大洞。全身被露水打湿的扬雄笑道："呵呵，待我去山洞美美睡上一觉，睡醒后，或许我的衣服也就干啰。"说完，扬雄就沿山坡径直朝山洞走去。

爬上斜坡，扬雄探头往洞内一看，由于这是背阴处山洞，扬雄除看见洞口光滑没啥东西外，却无法看清洞内情况，于是，手握短刀的扬雄便弯腰走了进去。找个石头坐下后，扬雄眼睛才慢慢适应洞内微弱的光线。待扬雄往洞内深处看去时，他发现，离他一丈多远的地方，似乎有一具白森森人形骷髅躺在地上。大惊的扬雄立马起身，再次盯看骷髅周围情况，当他确认无危险后，疲惫的他才又坐在了石头上，靠着洞壁闭眼歇息。正当扬雄快进入梦乡时，突然响起的振翅声惊扰了扬雄，扬雄抬眼朝洞口望去，这时他才发现，原来是一群硕大蝙蝠在洞口飞进飞出。闭上眼的扬雄嘟囔了一句："龙门山的大蝙蝠也怪吓人的。"

正当扬雄快入睡时，他突然又听见从洞深处传来一阵吱吱的响声，而且这声音越来越大。当扬雄睁眼扭头一看，他猛地一声大叫跃起就朝洞口逃去。原来，一条碗口粗的蟒蛇正向他袭来。蹿出山洞的扬雄，几个翻滚从山坡摔趴在地。慌忙爬起的扬雄看见，那巨蟒正口吐蛇信朝山下张望，似乎正为没咬住扬雄而生气。扬雄怕巨蟒蹿下，跃起就朝远处草甸跑去……

黄昏前，骑马的卓铁伦赶到琴台路文君酒坊，见了姐姐卓春桃后，就告诉姐姐，他今后可在成都帮姐姐卖酒了。桃花对弟弟的到来表示热情欢迎。晚饭时，桃花叫上酒坊几个帮工，带上铁伦到青羊肆酒楼去嗨了一顿，并在饭局上对铁伦说："铁伦，你大半时间可在成都帮姐卖酒，并熟悉这个行当的业务，另一部分时间还需接替年迈的表叔，负责把家里酒坊的酒运到成都来。"听姐姐安排后，铁伦愉快地答应了。

原来，自去年春节，扬雄和席毛根、张德川三人去临邛看望林间先生后，今年春天时，林间翁孺的病情开始恶化，拖到夏至前终于去世。处理完先生后事，卓铁伦在家休息的日子里，想起了同窗扬雄和席毛根几人曾对他说的，希望他今后来成都做事，再加上姐姐也曾几次希望他来成都，所以，在同父母商量后，卓铁伦就独自骑马来了成都。桃花还告诉铁伦，说扬雄已到大岷山去考察古蜀历史，席毛根和张德川也分别做了织锦坊与客栈总管。

第二天上午，桃花就带弟弟先去了百花织锦坊，拜访了席毛根。由于过去桃花对织锦坊不太了解，所以，席毛根就同袁平一道带桃花姐弟参观了织锦坊。席毛根还热情地向二人做了产品的详细介绍。看到快速跳动的织机木梭和一匹匹绚丽锦缎，桃花姐弟俩不断感叹纺织技术的神奇。中午，席毛根在织锦坊外一家不错的中档馆子招待了桃花和铁伦。分别时席毛根对桃花说："你姐弟俩下午可到德川那先喝茶等我，下午我处理完一笔买卖就过来，今晚我们几人好好喝一台大酒哈。"

告别席毛根后，桃花为让弟弟熟悉成都的情况，就用散步方式领着铁伦沿锦江河堤朝城内方向走去。一面走，桃花一面给铁伦介绍成都的风土人情，并说夏天太热，等到了秋天，她就用马车载着弟弟，去逛遍成都所有街道和人文景点。铁伦听后，再次礼貌地对姐姐表示了感谢。刚到申时，桃花和铁伦就步行来到卧龙桥聚义客栈。

进客栈后，桃花领着铁伦朝正在柜台拨打算盘的张德川走去。听见脚步声，张德川刚一抬头就看见了桃花和卓铁伦。高兴的张德川忙从柜台后走出，上前紧紧拉着铁伦的手问道："铁伦同窗，你多久来的成都呀？"

"昨天黄昏前到的琴台路，今天上午我和我姐去了席兄那里，中午他请我俩吃的午饭，席兄说下午要处理一笔生意，忙完后就来你这里。"卓铁伦忙回道。张德川一听席兄和袁平要来吃晚饭，立即给小芳交代，让她通知厨房伙计，晚上多加几个下酒菜，今晚要好好喝上一台大酒。

出乎桃花和张德川预料，刚到酉时，席毛根、西门云飞和袁平三人就匆匆走进了客栈。张德川忙向西门公子介绍了卓铁伦，并说这就是桃花的亲弟弟，也是他和席兄与扬雄的同窗。腰间挂着长剑的西门云飞，看着一表人才的卓铁伦，紧紧握住铁伦手说："你们卓家硬是出人才喃，姐弟都是俊男美女嘛，你这文化人一旦加入文君酒坊，我相信，不出两月，琴台路的文君酒坊，定会成为大成都的名店，那时呀，你姐弟俩就有赚不完的钱啰……"

坐下喝茶时，西门云飞说他今天刚从青城山下来，去百花织锦坊后才听说桃花姐弟来到聚义客栈，他连家都没回就同席兄一道来这里了。说完，西门云飞从怀中掏出扬雄写给张云天的信。当昔日同窗席毛根、张德川、卓铁伦看过信后，大家就纷纷议论起来。西门云飞还特意转达了张大师对此信的看法：扬雄现已被迫留在龙门山义军做了军师，他相信，不出两月，扬雄定会设法离开这伙绿林强人。

听西门云飞说后，卓铁伦大惊说："哎呀，咋个扬子云落草为寇了呢？这个极有学识和才华的同窗，跑到龙门山去干啥嘛。"

随后，席毛根向铁伦介绍了扬雄的追求，还语气肯定地说："子云定是在翻越龙门山进入汶山郡前被那伙强人拦下的。一旦那伙强人得知子云是严君平弟子，又是《蜀都赋》的作者，那么，他们定是要强迫子云留下做军师的。从八喽啰去天师洞取青城石来看，这定是子云用的计，只为给我们通风报信。从拜扬雄为军师角度看，那帮强人应该是很佩服子云的，否则，咋个会让他做军师嘛。在此，我敢断定，假如一个月内我们收到子云报平安的来信，那就证明他逃离了那伙强人，若收不到来信，那就是子云有求于我们去救他！"

西门云飞听后忙点头说："嗯，席兄分析得有理，凭子云贤弟的头脑，对付那帮绿林强人，应该是绰绰有余的。"西门云飞刚说完，卓铁伦便叹道："哟，原来子云是怀揣远大抱负去考察的嗦，我这同窗，竟然小看几年不在一块的扬子云啰，惭愧啊。"说完，卓铁伦就向席毛根和张德川讲了林间先生去世一事。张德川听后叹道："唉，林间先生去世太可惜了，他的离世使我大汉少了一位研究方言的学者，不知今后扬子云，是否还能完成林间先生遗愿……"

十分困倦的扬雄坐在草甸歇息一会儿后，突然听见远处林中传来几声狼号，警惕的扬雄忙站起身，朝林中张望。很快，扬雄一手拿短刀一手提布巾包着的面饼，朝一棵大树走去。他一面走一面自语道："不能在草甸睡觉，万一森林狼来了咋办？"随后，走到大树下的扬雄，看了看树上有不少枝丫，便将布巾拴紧挎在右肩，然后用牙咬住短刀，就蹭蹭朝树上爬去。上树后，扬雄选了根较粗的树枝，尔后就分腿坐了下去。随后，困倦的扬雄用双臂抱住树的主干，就很快进入了梦乡。

下午酉时，树上的扬雄被一阵树身的震动惊醒，揉揉眼的扬雄往树下一看，顿时被一头在树身上蹭痒的黑白相间花熊吓了一跳。扬雄过去没听说过也没见过这种花熊，也不知这花熊会不会上树攻击人。不敢声张的扬雄紧抱树身，仍低头观察着花熊的举动。不久，整整在树枝上坐有几个时辰的扬雄，感到屁股有些疼痛，尿也憋不住了，才轻轻起身站在树上撒起尿来。

闻着尿味的花熊，抬头看了看树上的扬雄，然后好奇围着树身转了两圈，尔后就不紧不慢将两只前掌搭在树身，慢慢朝树上爬来。被吓出冷汗的扬雄这才明白，这花熊原是会上树的家伙，难道，它上树是为了吃我？又惊又怕的扬雄急了，忙举着短刀大声吼叫恐吓往上爬的花熊。

或许是扬雄的吼叫声和摇动树枝的哗哗声震住了花熊，很快，花熊就停止了爬动，用四肢紧紧抓住树身，仰头注视着站在树上的扬雄。扬雄见花熊停止爬动，心想，他的恐吓真还起了作用，这时，心有余悸的扬雄，仍挥动手中短刀，大声朝停在树下的花熊吼叫。此刻，不知有多少鸟儿，在扬雄惊恐叫声中朝林外飞去。

其实，这花熊只是以为树上有异类在那戏耍，于是便有了上树探个究竟的愿望。谁知，还没上树，它就遭到扬雄强烈拒绝与恫吓。已无兴趣的花熊紧抓树身，再次仰头望望站在树上的扬雄，然后十分遗憾地朝树下退去。下树后，花熊依依不舍又围着大树转了一圈，然后扭动肥胖的屁股，慢慢朝密林中走去。

夕阳下，阵阵山风吹过，被摇动的树梢发出哗哗的林涛声。约莫过了半个时辰，扬雄从树枝上取下包着面饼的布巾，然后又朝不远的山溪奔去。他知道，这布巾中的面饼，就是他这两天唯一的食物，他必须节省着慢慢吃，直到抵达汶山郡为止……

整整一天过去了，黄昏前，几路搜寻扬雄的人马，先后回到小院，通过穿山甲、猴老二和吴成志、关小云等人禀报，从山下龙门客栈，到骑马追寻和搜捕山洞树林情况看，居然没发现一点扬雄的蛛丝马迹。原来对扬雄抱有极大希望和好感的孙大牛，忍不住愤愤说道："弟兄们，能否找回扬雄这家伙，关系到我们这群人的未来前途。前不久，他曾对我说过，他要好同窗的父亲就是蜀郡官员。大家想想看，我们这群绿林好汉，若要转变成真正的大汉义军，没扬雄这个关系去疏通，那我们在官府眼中，就仍是一伙强盗山贼！扬雄这虾子居然把我骗了，借观星象之机给老子逃走了。你们说，我们该不该把他抓回来审问，要他给我们做个解释，作为军师，为何要叛变我们龙门山义军？"

猴老二听后有些不满地说："大哥，你也太把扬雄当成一棵葱了，他不就有点文化吗，我认为，他既没胆子拿刀去拦路抢劫，更没胆量舞刀弄剑跟人拼命，我看，我们劳神费力把他找回来，只要他心不在我们义军，这家伙迟早仍会逃之夭夭的！"

"哎，猴兄，话也不能这么说，扬雄他毕竟是算命大师严君平的弟子，我看他给我们小院看风水也是有两把刷子的，大哥想留住他，也是为我们这支队伍长远考虑。今天我们虽没搜寻到扬雄，我估计他是躲进森林中去了。只要他想去汶山郡，他就一定会钻出森林过大岷河。我认为，捉拿回扬雄，我们也不必着急这两天，三日之内，没食物的扬雄就会自投罗网。"穿山甲得意地对猴老二说。

孙大牛一听，忙向穿山甲问道："兄弟，你知道附近几座大山，通往汶山郡的路只有这一条吗？"

"大哥，是呀，从绵竹过来去汶山郡，只有我们扼守的这条马帮道。"穿山甲回道。

孙大牛又问："我听说，要过大岷河的话，只有用横跨空中的铁索，是这样吗？"

穿山甲回道："大哥，我也仅骑马去过一次大岷河，那条河足有十来丈宽，无论是人马还是货物，夏天的话，都只能从空中溜索过去才行。"

"难道大岷河边没有羊皮筏？"

穿山甲说："过去听说曾有过，由于大岷河水流湍急，冲走不少羊皮筏和摆渡人，后来就再没人敢用羊皮筏了。"

孙大牛终于笑了："呵呵，那他妈这事就简单了，明天，我们再不用去搜寻山洞和森林，你骑快马先带几个兄弟去守住大岷河的溜索渡口，只要扬雄出现，你们就抓住绑老子绑回来！"说完，孙大牛又扭头对猴老二说："老二，你带一群弟兄，骑马沿马帮道给我仔细搜，万一扬雄饿得遭不住要归队，你也把他给我捆回来。哼，老子曾礼待过他，这次回来，我非得教训他不可！"

猴老二一听乐了，忙问道："大哥，你想咋教训扬雄这小子呀？"

孙大牛想了想，也忍不住笑了起来："我、我非得饿他两天不可，然后让他给我们每个弟兄算命，算完命后，老子才让他吃饭喝酒。"众兄弟听后，都哈哈大笑起来……

第二天清晨，东方天际刚露出白里透红的曦光，一阵清脆的鸟鸣声，把树上的扬雄惊醒。跨坐在粗树枝上的扬雄伸了个懒腰，摸了摸被夜露打湿的头发，随后将两块面饼用布巾拴在腰间，用牙咬着短刀就溜下了大树。

扬雄清楚，他今天只能吃一个面饼，还得留一个维持明天的日子，然后再设法寻些野果充饥。好在正值盛夏时节，偌大的龙门山中不缺野果。只是没啥山区生活经验的扬雄，在分辨能吃或不能吃的野果上还是缺少经验。

蹲在山溪边的扬雄，捧着山泉水吃了半个面饼后，就把剩下的半个饼又塞回腰上的布巾中。趁天气凉快山道无人，吃过食物的扬雄又甩开大步朝汶山郡方向走去。

走了大约近一个时辰，扬雄隐约听见身后传来一阵马蹄声，惊慌的扬雄忙蹿到路旁茂密的草丛趴下，然后静听越来越近的马蹄声。大气不敢出的扬雄透过草丛，看见头缠红巾身背大刀的穿山甲，正率吴成志几个小喽啰打马朝汶山郡方向跑去。当橐橐马蹄声消失后，扬雄才从草丛站起，又沿山道朝前走去。

扬雄在小院当军师的日子里，曾听说到汶山郡需得过一条大岷河，从小院到大岷河大约有一百里路。本来这点路对在农村长大的扬雄来说，并不算什么，但对于此时成天躲躲藏藏还得提防被抓回去的扬雄来说，这一百里山路就成了他必须小心前行的漫长之路。路上，他估算了一下，由于在树上睡得太久，他大概只走了三十多里吧，今天，他无论如何得走四十里路才行，这样一来，明天中午，他就能到达大岷河边了。想到这儿，有点小激动的扬雄便加快了脚步。

刚到午时，汹涌的蝉声就在山林间叫个不停。烈日灼烤着大地，走得头冒大汗的扬雄，正低头想着今晚该如何过夜的事，突然，路边灌木丛中蹿出个披头散发，上身穿着羊皮卦，腰系草裙的女人，那有点高的女人两手捏着几个红山果，一阵叽里呱啦话语后，便露出两排整齐白牙把手中山果捧在扬雄面前。吓得不断后退的扬雄，看着这个近乎野人般的女人，脑中迅速判断这女人肯定不是绵竹一带人，要是的话，他怎么也能听懂一些她的话语。难道，她是羌寨中的疯女人？或是大山中逃婚的山民女人？但眼前这个要送他山果的女人，为何要面带笑意痴痴盯着他呀？

很快，看着扬雄窘样的野女人突然哈哈大笑起来，她的笑声在扬雄听来，粗犷得有点像男人。随后，野女人丢下手中山果就朝扬雄扑来。扬雄急忙转身，吓得疯了似的朝来路跑去。疯跑的扬雄怎么也没想到，当他逃离后，那野女人却并不追赶，转眼间坐在山道上哇哇大哭起来，似乎在为这个男人不接受她的示爱而伤心……

扬雄一路走走停停，一面躲避孙大牛派出的追捕队伍，一面又担心突然冒出的野女人，就这样，在延迟一天后，终于在逃离第四天下午酉时前，听到了大岷河的波涛声。不傻的扬雄知道，这几天穿山甲和猴老二正带领人马搜寻他，他便躲在树林中观察大岷河边的简易渡口，看有没有孙大牛派出的手下藏在某处隐秘角落在等他出现。观察近半个时辰后，渡口除有一群麻雀和几只野鸦在地上觅食外，烈日下根本没见一个人影。

扬雄不知的是，在靠近渡口附近的灌木丛中，已等候多时的穿山甲和吴成志几人，正在渴盼扬雄的出现。孙大牛说得有道理，在夏天扬雄要去汶山郡的话，由于水大，还非得从横跨河面的溜索过去才行。又观察一阵的扬雄见渡口确实无人，饥肠辘辘的他便钻出树林朝渡口走去。

来到渡口后，扬雄望了望波涛汹涌足有十丈宽的大河，便摇头叹道："哟，咋这大山中还有这么宽的大河喃？"说完，扬雄走下河岸，用手捧起河水想喝几口解渴。谁料刚一触水，扬雄又把手缩了回来："哎，这水咋这么凉呢，莫非这是积雪化的？"无奈之下，口渴的扬雄还是捧起清冽河水喝了几口，然后又慢慢朝横跨两岸的溜索走去。

此刻，藏在灌木丛的穿山甲几人，早已发现孤身一人的扬雄，由于距离稍远，穿山甲命令小喽啰们先别动，等扬雄靠近后听他指令再动手。

从没见过溜索的扬雄感到有些好奇，他想这溜索应该是运送货物用的，仔细看过溜索后，扬雄又看了看渡口，自语道："这渡口咋没船呢？难道人马与货物还非得用溜索弄到对岸去？难怪，从龙门客栈去汶山郡，还需凑够一定人数才能走哩。"说完，疑惑中的扬雄就用力拉了拉沉重的溜索："哟喂，这溜索咋个过人嘛，这时要有人帮忙该有多好哇。"随后，扬雄就急得跺起脚来。

阵阵河风吹过，扬雄似乎听到身后传来轻微脚步声，正当回头之际，扬雄猛然发现穿山甲几人，手中拿着绳索朝他围来。说时迟那时快，扬雄立即撒腿朝河堤下冲去！

"扬雄，你别跑，我们孙大侠请你回去！"穿山甲忙高声喊道。

"扬军师，我们孙头领请你回去共谋义军发展，你就跟我们回去吧。"说完，吴成志几个小喽啰就跳下河岸朝扬雄追来。

此刻，无路可走的扬雄，望着滚滚波涛仰天大叫一声，便纵身跃入汹涌的大岷河中……

第六十七章

扬雄幸运地被羌人酋长和巫师救治

　　黎明，寂静山林中飘过几缕淡淡薄雾。

　　大树后，手拿弓弩的年轻猎人阿鹰，一双机警大眼正注视着林中两头警惕张望的梅花鹿。随即，盯着梅花鹿的阿鹰，慢慢从箭袋中取出弩箭，然后装上弓弩，四处张望的梅花鹿似乎嗅到某种异常，在阿鹰刚举起弓弩时，就蓦地撒蹄朝密林深处奔去。并不气馁的阿鹰，抓起弓弩朝梅花鹿逃走方向追去。

　　在密林中穿梭的阿鹰走走停停，不时停下静听林中动静，不时察看地上蹄印。晨鸟啼鸣中，曦光如甘霖洒在凝有露珠的树叶和草尖。破晓之后，幽暗的森林开始显露出蔚然可观的空间。突然，两只梅花鹿纵跳的身影闪过，脚穿草鞋的阿鹰又紧随梅花鹿影子追去。

　　不久，阿鹰听见远处传来波涛声，阿鹰知道梅花鹿有清晨饮水的习惯，于是，蹑脚蹑手的阿鹰又朝大岷河边搜寻而去。朝霞满天的时刻，河中滚滚波涛和河滩上灰白卵石清晰可见。搜寻中，阿鹰发现远处河滩似乎跟往常不一样，他揉揉眼再望时，发现有一个人趴在河边，似乎那人双脚还浸泡在水里。虽然阿鹰断定那溺水者早已身亡，但好奇心促使阿鹰走出森林，迅速朝溺水人走去。

　　原来，当头天下午吴成志几个小喽啰快抓到扬雄时，情急之下，不愿再与强盗为伍的扬雄，仗着从小会水的本事，就跳进大岷河朝对岸游去。谁料想，饥肠辘辘的扬雄刚游了不远，由于河水比成都平原的水冷许多，无法抵抗刺骨而又汹涌河水的扬雄，就再无力朝对岸游去，只能随波逐流慢慢向对岸靠去。在大河中挣扎的扬雄，在遭遇两处落差较大的跌水后，再也坚持不住，被大浪击昏，顺水漂流一段距离后，被滚滚浪涛推向了岸边。饥寒交迫加上又灌了一肚子水的扬雄，就趴在河滩上再没醒来。

　　猎手阿鹰见溺水者趴着，但他不知这死者有多大年纪，从装束来看，似乎这人还不是羌人，好奇的阿鹰便弯腰将扬雄翻了过来。阿鹰见这是汉子，肚子还鼓鼓的，嘴角还在不断流水。阿鹰抬脚在扬雄肚子上踩了踩，当昏迷的扬雄再次从嘴中吐水时，他的腿动了动，身穿羊皮裓的阿鹰连忙用手指试了试扬雄鼻息，随即大惊：啊，此人没死，既然让我撞见，那我得把这人背回碉楼，让释比巫师和老酋长将他救活才对。尔后，阿鹰收起弓弩，然后背起昏迷的扬雄朝远处的羌寨走去……

　　第二天黎明时分，穿山甲率吴成志几个小喽啰，终于骑马赶回了小院。被惊醒的孙大牛忙起床问道："穿山甲，咋的，你们没抓到扬雄？"

　　穿山甲说："唉，老大，我们运气实在太他妈差了，竟然让扬雄这小子给跑了。"

　　"啥子喃，你们居然没抓住扬雄？"孙大牛大惊。

　　"原来是可以抓住那小子的，可没想到，他居然跳了冰冷刺骨的大岷河。"穿山甲又说。孙大牛指了指小院中茶桌说："来来来，先坐下喝几口水再说，老子真不敢相信，那书生居然从你们一群人眼皮下跑脱了，唉，到底你们是啷个搞起的？"

　　随后，坐下喝水的穿山甲，见猴老二和其他弟兄也围了过来，才慢慢讲了头天下午在大岷河渡口发生的经过。最后，穿山甲对众人说道："老子就没想通，他扬雄为啥要冒被淹死的危险跳大岷河呢，难道，那汶山郡有他的未婚妻在等他？"

　　猴老二一听，顿时笑起来："呵呵，穿山甲兄弟，我看哪，不一定是美女等他嘛，说不定扬雄在上龙门山前，就打卦算出，汶山郡某地有金矿，想发财的他是奔着金矿跳大岷河的。"说完，众喽啰纷纷点头赞同猴老二的分析。

　　孙大牛又问："穿山甲，扬雄跳大岷河后，你们看没看见他会不会游水呀？"

　　穿山甲忙回道："老大，实话告诉你吧，扬雄不仅会凫水，而且动作还麻利，我们也没想到，从成都过来的一个年轻书生，居然敢跳进满是雪水的大岷河。"

　　孙大牛一惊："听说大岷河有点宽，你们亲眼见他游到对岸啦？"

　　穿山甲又答道："我们没法见他游到对岸，因水流太急河面太宽，但吴成志几个小兄弟是沿河追了一阵的，他们亲眼看见了胆大的扬雄在河中游水，不过他很快被冲到了下游。"尔后，孙大牛忙叫吴成志说说当时的情况，吴成志认真回道："孙大头领，当时我们见扬雄跳河后，心想大岷河水太冷，可能他遭不住就会上岸，于是我们几个就沿河追了一阵，大声劝他上岸，没想到扬雄根本不听我们的，仍朝对岸游去。再后来，由于山势险峻挡住了我们，我们就再也没看到河中的扬雄了。"

"哎呀，你们几个瓜娃子，咋不下河捉拿扬雄呢？"孙大牛气急败坏地问道。

吴成志哭丧着脸说："大、大头领，我们几个水性没扬雄好，咋敢下河捉拿扬雄嘛？说不定，我们还没靠近扬雄，就被大水冲走了。"

孙大牛听后点点头说："嗯，有道理，水性不好的人咋敢下大岷河哦。这么说来，扬雄这个兔崽子还真他妈从我们眼皮下逃脱了。为了安全起见，关小云骑马立即给我下山，去龙门客栈告诉舒老板，让他最近留意绵竹方向过来的人，若有风吹草动，就给老子飞鸽传书，我们这帮兄弟就躲到原始森林中去！"

关小云听后，立即朝院后马厩走去。孙大牛忙起身对众兄弟说："兄弟们，扬雄虽已跳大岷河去了汶山郡，但扬雄花花肠子多，我们不得不提防这家伙可能给我们带来麻烦，为安全起见，从今夜起，我们必须增加两个暗哨，以防官军偷袭我们！"

快到午时，歇了数次的阿鹰才把昏迷的扬雄背回羌寨。有人见猎手阿鹰背着人朝酋长的大碉楼走去，便好奇地跟了过来。很快，走进大碉楼的阿鹰，就在头包青色头帕身穿白布长衫的老酋长面前，放下沉重的扬雄。此时，正同释比巫师在火塘边聊天的老酋长，见进来的阿鹰放下一个人，忙问道："阿鹰，这是谁病啦？"

问话间，五十多岁头插羽冠的释比巫师也朝地上的人看了看。阿鹰忙单膝跪下说："禀老酋长和大巫师，这是我从大岷河边救回的汉人。"

"啥，你救回的是汉人？"惊讶的老酋长听后，忙起身朝地上昏迷的扬雄认真看来。待老酋长认真瞧过火塘边的扬雄后，又问道："阿鹰，你把当时救人的情况说说呗。"

阿鹰说："回酋长，当时我正追两头梅花鹿，没想到，我刚追到大岷河边，就发现这个被水冲到河滩的人。我见他还有气，就把他背回了寨落，让您和大巫师看看。这人从装束看，应该是个汉人，您不是常说嘛，无论是谁，该救助时，我们不能动摇自己的善念。"说完，阿鹰又看了看一直没说话的释比巫师。

"嗯，你做得对。"酋长说完，就蹲下翻看地上的扬雄，尔后又用手指试了试扬雄鼻息。过了一会儿，老酋长回头对巫师说："尊敬的释比巫师，看来，真要这汉人活过来，还得你作法才行。"

第六十七章 扬雄幸运地被羌人酋长和巫师救治

释比巫师听老酋长说后,忙起身走到扬雄身旁,认真摸了摸扬雄手腕处的脉,然后又翻看扬雄眼皮并试了鼻息。稍后,起身的释比巫师对酋长点头说:"老酋长,我一定设法救活这汉人。"尔后,他忙对阿鹰吩咐:"阿鹰,你快找人做准备,把火塘烧旺,我要立即施法救人!"

阿鹰听后,立马朝碉楼外跑去。到碉楼外,阿鹰立即向围观的一群男女交代几句,然后扛起碉楼边的铁铧头走回碉楼。碉楼外的男女们立刻忙碌起来,有的捡树枝,有的拿木柴,随后也进了碉楼。这时,一个头戴银饰耳戴大银质耳环的漂亮姑娘,从远处跑回碉楼,看了看躺在火塘边的扬雄,忙向老酋长问道:"阿爹,这是要救火塘边这人吗?"

老酋长说:"嗯,羊角花,这是阿鹰刚从大岷河边背回的汉人,释比巫师要救这个喝了不少水的家伙。"说完,老酋长就催促阿鹰动作快些。阿鹰点头后,就蹲在火塘边忙碌起来。不一会儿,塘火就被阿鹰烧旺。此后,酋长的小女羊角花也蹲在火塘边,添加起柴火来。在众人围观议论声中,铁铧头就渐渐被塘火烧红。

低沉的羊皮鼓声响起。众人神情骤然严肃起来。头插羽冠的释比巫师用右手指朝上做了几个神秘动作后,突然闭目一声长啸,便围着火塘跳起神异的脚铃舞来。羊皮鼓伴随急骤的脚铃声,释比巫师一阵扭动身躯疯狂舞蹈后,蓦地伸出长舌朝烧红的铁铧头舔去。一缕青烟和一阵吱吱声后,在众人惊诧的目光中,释比巫师又将赤脚连续踏上铁铧头三次。当释比巫师跳下铁铧头,阿鹰立马将准备好的碗中水倒向红红的铁铧头。转眼间,烟雾中阿鹰又把淬过火的水接回碗里。很快,释比巫师拿过阿鹰递上的碗,然后把碗中的水慢慢倒入扬雄口中。

尔后,羊角花和众羌人围上前,察看扬雄的反应。待扬雄喝完碗中水,释比巫师见扬雄没啥反应,于是又用赤脚在扬雄肚子上连踏几下,很快,地上的扬雄就渐渐开始扭动。好奇的羊角花伸手捏了捏扬雄鼻头,随即,扭动中的扬雄便哇哇呕吐起来。

见扬雄不断吐水,老酋长和释比巫师脸上终于露出笑意。阿鹰上前扶起扬雄,不断给扬雄捶背,仍在吐水的扬雄微睁双眼看着众人,然后又闭上了眼睛。这时,欢笑的众人都向释比巫师竖起了大拇指……

第二天午后,换了一身羌族服装的扬雄,正同穿着羊皮褂的阿鹰坐在大岷河边,一面聊天,一面观看奔腾的滔滔河水。阿鹰使劲朝大岷河扔去一块小石头,不解问道:"扬雄哥,你不会游水吗?为啥昨天早上昏死在河滩上呀?"

扬雄想了想说:"阿鹰兄弟,谢谢你救了我,要不是你,我也许就被大水冲走见阎王了。"

　　阿鹰说:"扬雄哥,救你是应该的,谁让我在狩猎时发现了河滩上的你呢?不过,你还没回答我的问题呢。"

　　扬雄笑了,缓缓回道:"阿鹰,我是会游水的人,但没想到这大岷河水会这么冷,加上我肚子饿没力气,游着游着就没劲了,不久就被激流打昏过去。"

　　"扬雄哥,你要是从龙门山过汶山郡的话,为啥不从溜索上过呀?"阿鹰又好奇地问道。扬雄不愿告诉阿鹰,他被绿林强人追捕一事,更不敢说他曾短暂当过强盗们的军师。于是,扬雄只好说:"阿鹰,因我是一人来汶山郡,过龙门山时,我就遇上几次猛兽和蟒蛇,我怕天黑后遭到猛兽袭击,所以过大岷河心切。加上又不会使用溜索,我就想游过大岷河。唉,我太小看这从高山上流下的雪水了,这水跟我们成都平原的水温度相差太大,其结果可想而知。我在冷水中不久就两腿抽筋,很快就昏迷过去了。"

　　"哎呀,扬雄哥,你居然两腿抽筋都能在激流中活下来,你真是命大福大之人。"阿鹰说后,就朝扬雄竖起了大拇指。阿鹰哪里知道,双腿抽筋是扬雄的谎言,为逃脱穿山甲一伙追击,又冷又饿的扬雄在河中的挣扎,当时是有多么惊慌和狼狈。闲聊中,当扬雄把话题刚转到对老酋长和释比巫师的了解时,从扬雄身后猛然跳出的羊角花说:"嘿嘿,我是说在碉楼找不到你扬雄哥嘛。原来你同阿鹰跑来观赏大岷河啦。"说完,羊角花就从身后拿出一束野花,递给扬雄说:"扬雄哥,来,我用这束美丽鲜花慰问你这刚从死神身边回来的人。"

　　扬雄接过花微笑着说:"谢谢你羊角花,你们羌人真是世间少有的好人,整个部族都充满了良善之意,往后,我定要用文章把这古老的族群介绍给外面的世界,让汉朝更多人知道羌人的友善和美好。"说完,扬雄转身又把鲜花捧在阿鹰面前说:"阿鹰,谢谢你救了我,现在,我把这束鲜花转送给你,再次表示我对你救命之恩的感谢!"

　　阿鹰看了看羊角花,却不敢伸手去接扬雄手中的鲜花。羊角花见扬雄有些尴尬,便命令说:"阿鹰,这是扬雄哥送你的花,你为啥不接呀?"

　　这时的阿鹰,才憨厚地笑了,然后在羊皮褂上擦了擦手,微笑着从扬雄手中接过鲜花。漂亮的羊角花闪着晶亮眸子说:"这就对了,一码归一码,扬雄哥有权处置我送给他的鲜花。现在,你俩跟我回羌寨吧,我阿爹说了,今晚他要在大碉楼宴请扬雄哥哩。"说完,扬雄和阿鹰就跟着羊角花朝羌寨走去……

第六十七章 扬雄幸运地被羌人酋长和巫师救治

夜月升起，黛蓝色天幕上，闪烁着点点繁星。羌寨内，数座高大挺拔的碉楼，映衬在仿佛透明的天幕背景上，那明晰的剪影宛若一幅古时的摄影作品，镶嵌在大岷山的天地之间。一座偌大的碉楼内，数支松明在熊熊燃烧，火塘边首座上，坐着老酋长和释比巫师二人，在老酋长和释比巫师身边坐着贵客扬雄，阿鹰、羊角花，另外还有众多羌族男女也都按规矩入了座，见人到得差不多后，在老酋长示意下，碉楼内渐渐安静下来。这时，高大瘦削的释比巫师向扬雄问道："小伙子，你昨夜应该睡得还好吧？"

扬雄忙躬身回道："感谢释比大巫师将我从死神身边拉了回来，若没阿鹰和您相救，我想我现在早不在人间了。"

释比巫师摆摆手："哎，年轻人，话可不能这样说，救助有难之人，是我们羌人的传统。只是我有些好奇，你如此年轻，为啥会被大岷河水冲到羌人之地；莫非，你有啥不顺心事才跳了大岷河？"

扬雄忙说："尊敬的大巫师，我扬雄是一名刚从学馆毕业不久的学子，来羌地游学考察古蜀历史。由于我不会使用溜索，所以，下水想游到汶山郡来。没想到大岷河水比我们成都的水冷许多，我腿抽筋后就渐渐失去了知觉。"

老酋长一听，情不自禁地笑道："呵呵，年轻的扬学子，难道你一点不知，我们这里的大岷河水，大多是从高山上融化而来的雪水，自然就比成都平原的水冷多啦。"老酋长刚说完，诧异的释比巫师问道："啥，你这年轻学子从成都过来，你说你是什么扬、扬雄？"

"回尊敬的大巫师，我是叫扬雄呀。"扬雄忙认真点头说。这时，想了想的释比巫师起身，走到身后不远的大木箱边，打开木箱翻寻片刻，随后拿出一捆竹简走到火塘边问道："扬雄学子，莫非这《蜀都赋》是你写的？"释比巫师刚说完，酋长和众人都盯着扬雄，他们难以相信，释比巫师珍藏的竹简上的文章，竟然是眼前这个黄毛小子写的！

扬雄见众人都在期待他回答，他也清楚，他的回答将是他下一步在羌寨考察的关键，所以，他必须认真对待，但还不能在这些纯朴羌人面前矫情与卖弄，还得以他们乐于接受的方式讲明才行。想到此，扬雄谦虚地对释比巫师和老酋长说："尊敬的老酋长和释比巫师，这《蜀都赋》是我前年在文翁学馆读书时写的，由于我从小喜欢司马相如的辞赋，加之我又是蜀人，所以，我就用此赋来表达我对蜀地的喜欢与热爱。若你们有兴趣听的话，我在此可背诵给大家听听，如何？"

释比巫师听扬雄说后，忙打开竹简说："扬雄，我看背诵全文就不必了，这里的山民大多也不懂，那你就背诵开头几句，中间几句和结尾几句就行，可以吗？"

扬雄听后立马明白，释比巫师仍有些怀疑他是《蜀都赋》的真正作者。为向释比巫师和大家证明自己就是扬雄，扬雄清了清嗓子，便认真背诵起来："蜀都之地，古曰梁州。禹治其江，涛皋弥望，郁乎青葱，沃壄千里。……俎飞脍沈，单然后别。"很快，扬雄就按要求背诵完《蜀都赋》部分句子。这时，释比巫师高兴地收起竹简说："扬雄学子，《蜀都赋》是我今年春天去成都买的。我听成都朋友说，你们蜀郡郡守挺喜欢你的《蜀都赋》，并下令各县都要宣传了解你歌颂蜀地的作品。我回到羌寨，也认真看了七八遍你的作品，在此，我想问问，既然我们羌地也属于四川，那你在赋中咋不写写我们羌人呀？"

老酋长也跟着问道："对呀，年轻的扬雄学子，你为啥不写写我们古老羌人的历史呢？"

羊角花也有些不满地说："对对，扬雄哥没写我们羌人，那就是闭门造车，就是没把我们羌人放在眼里。哼，你的小命还是我们羌人救活的呢……"

扬雄怎么也没想到，当年的即兴创作，竟留下些遗憾，更令他没想到的是，在释比巫师带头提问后，老酋长和羊角花也说出了文中的缺失。头脑灵活的扬雄忙解释道："尊敬的老酋长和大巫师，当年我写《蜀都赋》时，还仅仅是个正读书的学子，我也没机会外出游学考察，如今我亲自来到羌地，下一步我要好好深入羌寨考察，待我回到成都后，我就写出跟你们羌人有关的文章来。在我心中，你们才是我朝了不起的古老族群。"扬雄刚说完，忙向老酋长和释比巫师深深鞠了一躬，以示对羌人的敬重。

待扬雄又坐回火塘边，老酋长又问道："扬学子，这么说来，你下一步要在我们众多羌寨走访考察了？"

"是的，尊敬的老酋长，我扬雄还希望得到您大力支持呢。"扬雄忙说。

老酋长摸着银须笑道："呵呵，好说好说，只要你扬雄要写跟我们羌人有关的东西，我们羌人都会支持你的！"老酋长刚说完，羊角花就娇嗔埋怨说："阿爹，你们到底还要说多久呀，大家还等着唱歌跳舞哩。"

此时，满脸喜悦的老酋长站起对众人高声说道："好，今晚我们就不谈别的事了，现在大家就开始唱歌、跳沙朗舞、喝咂酒！"老酋长话音刚落，欢快的羊皮鼓顿然响起，阿鹰和羊角花跟着一群男女青年，就围着火塘跳起了欢快的沙朗舞。而扬雄同几个壮年汉子，用麦秸秆陪着老酋长和释比巫师，围在一个大酒坛边，由老酋长和释比巫师带头，众人喜笑颜开把秸秆伸进酒坛，喝起了咂酒。很快，具有古老羌人特色的原生态咂酒歌，就飞出了碉楼，飞向四处起伏着虫鸣声和狗叫声的羌寨……

缘分竟是如此神奇，自西门云飞见到有文化的卓铁伦后，竟奇迹般喜欢上这个比他小大半岁的兄弟。从在聚义客栈见面喝酒后，西门云飞就常约卓铁伦到青羊肆或锦江边散步聊天，增进相互间的了解。虽然夏天气候炎热，但两人相互倾慕之情却未受到丝毫影响。卓桃花见弟弟跟西门云飞来往开始密切，开始还有点担心，但她一想到西门云飞毕竟人品不错，在不影响文君酒坊生意的情况下，桃花就没反对弟弟跟西门云飞频繁交往。

卓铁伦是西汉大富商卓王孙的直系后人，他的知识面虽不及扬雄广泛，但他毕竟也是有文化、熟读四书五经之人。聊天中，铁伦向西门公子介绍了他祖爷爷卓王孙冶铁发家的致富史，以及当年在武帝时期的家庭背景与影响。交谈中卓铁伦经常引经据典谈及文章与大汉形势，使西门云飞由衷佩服铁伦是个有文化修养的好兄弟。当然，他们也经常谈到友人扬雄，铁伦还讲了许多扬子云在翁儒学馆读书时不为人知的故事。为使西门云飞支持他在成都发展，铁伦在回临邛运酒时，还特邀西门云飞去他老家参观他家的酿酒作坊和地下酒窖。

同样，西门云飞也给铁伦讲了他喜剑爱剑的个人爱好，并说他一直崇拜前人剑客荆轲和虫达。他身上具有的行侠仗义品行，就是受古代剑客影响。为证明自己的真诚，西门云飞不仅带铁伦去他家吃饭喝酒，还特把铁伦介绍给父母认识。后来，西门云飞还领着铁伦参观了百花和浣花织锦坊，较详细地介绍了他家生意。在参观铁伦家酿酒作坊后，西门云飞也带卓铁伦去青城山天师洞，不仅看了扬雄当年写的《道德经》石碑，还拜见了蜀地剑客张云天大师。在天师洞，西门云飞不仅让铁伦一睹张云天剑技，而且自己也换上一身紧身白绸服，让铁伦见识了他进步不小的剑技。下青城山后，西门云飞领着铁伦去郫县他家老宅院住了一夜，并给铁伦讲了当年去花园场救丐帮帮主刘三的故事。

令铁伦没想到的是，在他跟西门云飞交往的过程中，西门云飞竟动用他父亲的关系，在不长的时间里帮铁伦卖了五十多坛文君酒。一天，在酒坊品茶的桃花，竟充满醋意地对铁伦说："哟，你同西门公子关系硬是铁喃，这么短时间他就帮你卖了这么多酒，我跟他交往好几年了，他也没帮我卖出过这么多酒，照这样发展下去，西门公子都快成你的业务员了嘛。"

"姐姐，我跟云飞兄真是有缘，若我不来成都发展，哪会认识这个好心人呀。或许，再这么发展下去，他都快成我家的人了。"卓铁伦说后，桃花盯着铁伦，似乎在揣摩弟弟话中含意……

夕阳下，阵阵山风吹着扬雄浓密的黑发。碉楼顶上，老酋长和释比巫师正指着远方，给扬雄介绍他们部落的情况。陪伴在扬雄身旁的，还有率真而又漂亮的羊角花与猎人阿鹰。望着连绵起伏的山林，扬雄感叹道："哟，老酋长，你们羌人居住的地方这么大这么美呀。"

老酋长笑了："扬雄，这算啥呀，今天我们目力所见之地，占我们部落一半还不到呢。在大岷河上游和下游，也就是高山和原始森林挡住的地方，可都是我们羌人地盘。你不是想写我们羌人吗，若你去考察的话，我就让猎人阿鹰护送你去。"

"那就太谢谢老酋长了。"扬雄忙回道。

释比巫师看了看扬雄，问道："扬才子，你说你想写我们羌人，难道就写我们羌人在大山里怎样生活的？若你写这，我认为太表面化了，没多大意思。"

扬雄听后一愣，心里赞叹道：嘿嘿，这个大巫师不愧是羌人中的智者，他提出的问题分明是想打听我为写啥而来，难道，他在担心我想借游学考察之名，在羌寨骗吃骗喝？看来，我今天还非得说出自己真实的考察目的，才方便下一步在羌寨展开考察活动。想好后，扬雄坦诚地回道："尊敬的大巫师，您不愧是智者，提出的问题总跟常人不一样。这里，我就如实告诉您吧，我这次来羌地，是为写一篇我们四川古蜀王历史。我早就听严君平先生说过，我们古蜀王历史跟羌人有关，这就是我此次考察的目的。"

"看来，你扬雄真还是个有抱负的年轻人嘛，据我所知，偌大蜀地还真没人写过完整的古蜀王历史哩。"释比巫师点头道。

扬雄看了看纵目高鼻大耳的老酋长和释比巫师，再次向释比巫师问道："尊敬的大巫师，我知道羌人是蜀地最古老的族群，您能给我讲讲跟古蜀王有关的故事吗？"

"哈哈，扬雄才子，要说古蜀王故事，你只需问我们老酋长就行啦，在我们羌地，他才是首屈一指的羌人通，有些久远历史，我还是听老酋长讲的。"说完，释比巫师就向老酋长竖起了大拇指。额头刻有深深皱纹、长着国字脸的老酋长，摸了摸腰间短剑，微笑着对扬雄说："呵呵，扬才子，我们羌族确是一支最古老的族群，现蜀地广泛流传的蚕丛、鱼凫等古蜀王故事，均跟我们羌人有关。"

扬雄又问:"尊敬的老酋长,我知道不仅蚕丛、鱼凫等古蜀王跟你们有关,好像蜀山氏和柏灌古蜀王也跟你们羌人有关,是这样吗?"

老酋长又自豪地笑道:"呵呵,你说的不错,我们羌人是蜀地最古老的族群,我们部族的有些分支,早就下山去了成都周边好些地方,所以,四川的古蜀王都跟我们有着直接或间接关系。我可以自豪地说,没有我们羌人,就没有后来的古蜀王。"

老酋长刚说完,羊角花就得意地问扬雄:"扬雄哥,你凭心说,我们羌人厉不厉害?"

"厉害,羌人真是厉害。"说完,扬雄就竖起了大拇指。释比巫师见扬雄大赞羌人,非常开心地说:"扬才子,改天在火塘边,让老酋长给你慢慢讲有关古蜀王的故事,我想,你既然为考察而来,那我明天就带你去一处神奇之地看看,加深你对羌人的印象,如何?"

"好哇好哇,谢谢大巫师的好安排。"扬雄笑道。

羊角花说:"我也要去,没有我们年轻人陪着去,扬雄哥的考察多不好玩呀。"

老酋长点了点头说:"要得,那阿鹰也一块去吧……"

[第六十八章]

扬雄在羌地了解了不少古蜀历史

第二天上午,扬雄在释比巫师的带领下和羊角花、阿鹰的陪同下,一同朝羌寨外走去。盛夏湛蓝天空中,白云飘飞,有几只雄鹰在翱翔,长有不少野桃树的山林中,野花盛开蜜蜂飞舞,无数山雀不时在林间发出欢快叫声。行走中,心情极爽的羊角花不时给扬雄介绍野花和树木的名称,扬雄认真看过不断点头说:"哎呀,这儿的山花我大都没见过,许多花名我还是第一次听说。"

走了半个时辰,当扬雄几人刚爬到半山腰时,在一块凹地处,扬雄发现了一具较为完整的狼骨,于是便指着狼骨对阿鹰说:"阿鹰,这应是一具狼的遗骨吧,我在犍为郡山里曾见过大狼。"

阿鹰听后笑道:"呵呵,扬雄才子,你想听听这头大狼是如何被我打死的吗?"

"咋的,这大狼是被你打死的?"

阿鹰继续说道:"扬雄才子,说来话长,这都是半年前我的危险经历了。"尔后,阿鹰就给扬雄讲起了半年前的遭遇:"那还是冬天,当时这山林被大雪覆盖,那天我扛着猎获的岩羊下山走到这儿时,突然一头恶狼从雪窝中跃起,猛地朝我扑来,危急之下,我用岩羊尸体挡住大狼血口,然后拔出腰刀就朝大狼肚子捅去。我也没想到,不知是大狼饿疯了,还是大狼根本就不怕我的腰刀,肚子淌血的大狼仍向我不断扑咬。此时,我只好用弓弩猛砸狼头,受伤的大狼仍用前爪抓穿了我厚厚的皮袍。"说着,阿鹰就撩起土布白褂,让扬雄看他胸膛上的伤痕。

"那后来呢?"扬雄忙问。

阿鹰得意地说:"呵呵,谁叫这头大狼碰上我这个猎人,它的下场只有一个,

578

第六十八章 扬雄在羌地了解了不少古蜀历史

被我连捅数刀后,渐渐招架不住的大狼,就被我骑在身上一顿乱拳砸下,再后来,大狼就死在这儿了。"说完,阿鹰还指了指那片凹地和狼骨。由于羊角花多次听阿鹰讲过他的杀狼故事,没兴趣再听的羊角花就慢慢朝释比巫师追去。行走中,羊角花回头看了看扬雄,低声向释比巫师问道:"大巫师,我看您和阿爹对扬雄挺好,请您告诉我,这个从成都来的小伙子,他真的厉害吗?"

释比巫师想了想,望着空中一只雄鹰说:"羊角花姑娘,从发展角度看,这个扬雄才子,往后定是比我厉害许多的有为之人。"

"真的?大巫师,您在我们羌人中,就是最聪明绝顶的智者了,咋可能这个扬雄会比您还厉害呢?"羊角花根本不信释比巫师之言。

释比巫师又说:"羊角花,你还年轻,加之你不了解汉人文化,扬雄单凭《蜀都赋》就能轰动蜀地,你想想看,这还是他两年前写的作品。这次他在我们羌寨考察后,又不知会写出啥惊世之作哩。"

羊角花叹道:"哎呀,大巫师,听您这么说来,这个不起眼的扬才子,真是前途不可限量的青年才俊。"

一刻钟后,讲完精彩杀狼故事的阿鹰,才同扬雄一起朝已走远的释比巫师和羊角花追去。刚爬上一段斜坡,四人就来到一块巨大的崖壁前,释比巫师指着崖壁上石刻图对扬雄说:"扬雄才子,你看看,这是我们羌人先祖为纪念大禹治水的功劳,特在崖壁上凿刻的纪念岩画。"

听释比巫师介绍岩画后,扬雄抬头望去,只见崖壁上凿刻着一幅有几丈见方的巨大石刻岩画,这岩画生动朴拙呈现出当年大禹率百姓治水的场景,两眼炯炯有神挽着裤腿的大禹脚下,还有汹涌波涛。透过岩画画面,扬雄似乎已遥想起流传四川民间的大禹治水的故事。见扬雄久久凝视崖壁上的岩画,释比巫师催促说:"走,扬雄,我们去不远的禹王庙看看。"见扬雄点头后,释比巫师便领着扬雄朝不远的禹王庙走去。

由于禹王庙地处高山,加上修建时间久远,不大的禹王庙已显得有些残破。几人走进禹王庙后,扬雄走到泥塑大禹像前,久久凝视造型生动朴拙的塑像。释比巫师注视着神情肃然的扬雄,微笑点头说:"看来,这扬雄才子还真是个认真之人。"释比巫师话音刚落,羊角花拿着从黑布袋取出的几根长香说:"哟,扬雄才子,大禹王被你看累啦,莫非你也想上去陪我们大禹王站站?"

扬雄听羊角花说后,忙上前跪下给大禹磕了几个头,然后起身从羊角花手中接过几根长香，点燃后虔诚插在大禹像前的香炉中。插完香的扬雄，又趴在地上给禹王磕了一个用时稍长的头。待扬雄起身，释比巫师说道："扬雄，你知道吗？这治水英雄大禹，还是我们羌人先祖呢。"

扬雄忙点头回道："尊敬的释比巫师，我知道《孟子》记载，'禹 西羌之人也'，司马迁也在《史记》中说过，'禹生西羌'。所以说，大禹是你们羌人先祖，我是相信的。"随后，听扬雄说完的羊角花问道："扬雄哥，不知你们成都有没有大禹塑像？"

"或许是我孤陋寡闻吧，我还真不知成都有没有，反正我在成都没见过禹王庙，也没见过大禹塑像。"扬雄坦诚回道。

羊角花笑了："呵呵，扬雄哥，这么说来，你是第一次见着大禹塑像喽？"

扬雄忙回道："这、这应该是第一次吧。"

羊角花上前，摇着扬雄手臂说："扬雄哥，这是你第一次在我们羌地看见大禹像，那么这宝贵的第一次应该写进你今后的文章中，对吧？"

扬雄见率性顽皮的羊角花对他提出了这样的要求，又见释比巫师微笑着看着他，于是立马说："放心吧，羊角花妹子，今后我会认真写下在羌地的考察感受的。"

"那你还要记下释比大巫师，还有我和阿鹰陪你上禹王庙考察的过程吗？"羊角花又俏皮摇着扬雄手臂问道。随即，扬雄只好说："要得嘛，羊角花妹子。"

此刻，扬雄不知的是，由于羊角花主动热情把扬雄拉来拉去，开始产生妒意的阿鹰便立即气呼呼朝禹王庙外走去。释比巫师见阿鹰阴沉着脸离开，无奈摇了摇头。原来，十九岁的猎人阿鹰，是羌寨著名的英勇猎手，曾先后诱捕过两头大黑熊，打死过三头大狼，猎获过三十多头岩羊、野猪和梅花鹿，在羌寨有"神弓弩手"之称。今年春末才刚开始同十七岁的羊角花发展为恋人关系。今天，阿鹰见羊角花对他冷淡，而对新来的扬雄有些亲近，心里就有些不爽。在上山途中，当羊角花从释比巫师口中得知，年轻扬雄将来是个比释比巫师还厉害的人后，有着英雄崇拜情结的羊角花，很快就对扬雄产生了莫大的好感。难道，美丽任性的羊角花小姐姐，想要开始移情别恋？

就在扬雄参观岩画和拜谒禹王庙那天下午，酉时前后，席毛根的友人和长辈们，都先后来到成都盐市口蜀都大酒楼，来喝席毛根儿子的满月酒。为啥这满月酒要订在较为高档的蜀都大酒楼呢？主要原因有三：一是因这是张德川与小芳夫妻坚

第六十八章　扬雄在羌地了解了不少古蜀历史

持的结果，因为小芳父亲是酒楼大厨，不仅在菜品质量上有保证，而且价格上还有较大优惠；二是因张德川要回临邛请母亲和小妹来参加满月酒宴，加之还要邀请他们后台老板西门松柏夫妇参加，所以，一定要选择条件不错的酒楼；三是因几年打拼后，席毛根和张德川已属业界精英，经济收入比以前好了许多，他俩已属于有点小钱的人了，总不能再去苍蝇馆子办满月酒吧。

在张德川同酒楼朱老板商量后，提前十天他就订下了酒楼最高一层大厅。开席前，西门松柏送了两金和几套婴儿服装表示祝贺，谢老板夫妇也送了一金和一套儿童竹推车表示祝贺，刘三代表"翠云楼"送了两金和几顶镶金嵌玉的儿童瓜皮帽作为贺礼，桃花姐弟送了八坛上等文君酒外加一金作为贺礼。其余的人员，也分别送了五铢钱作为礼钱。由于席毛根平时处事稳重得体，而且非常善待员工，加上他敢杀匪首浑身充满侠义英雄气，大家都敬佩这个血性汉子，自他独自管理百花织锦坊后，其尽心尽责的表现也得到西门松柏赏识，故人缘关系非常好的他很受友人们尊重与爱戴。

开席后，穿着白色短绸褂的席毛根站起说道："尊敬的长辈们、老板们，我的至爱亲朋们，今天在我儿子满月之际，本人衷心欢迎大家光临此宴，也倍感荣幸得到你们的祝贺，在此，我席毛根和秀娟，特向前来的至爱亲朋表示深深的谢意。"说完，席毛根向众人鞠了一躬，然后，端起酒杯又说："来，让我用桃花姐弟送的美酒祝大家身体健康、快乐满满。"随即，席毛根就仰脖把杯中酒一饮而尽。

这时，刘三站起说道："席兄，我们只知秀娟妹子给你生了个儿子，但你却没说这儿子的名字哩。今天喝满月酒之际，你总该给大家说说这大侄子的大名。"刘三话音刚落，众人也跟着起哄要席毛根说出儿子名字来。坐下的席毛根忙又站起说："刘老板，你大侄子名字挺简单，就三个字——席锦阳。"

这时，坐在席毛根对面的桃花问道："哟，席大哥，你能给我们说说，为啥要给你儿子取名叫席锦阳呀？"随即，众人也附和桃花追问为啥要取这个名字，席毛根见众人不动筷子等他回答，忙说："各位，这样吧，我解释完后，大家就动筷子好不好？"

"要得，那你就赶快说嘛。"这时，陆小青和瑞华等人就相继喊叫起来。头已冒汗的席毛根忙解释说："我给儿子取名想法很简单，因为我在织锦坊工作，成天在跟丝绸锦缎打交道，我儿子又出生在成都锦江边，所以，他名字就自然该带个'锦'字，至于'阳'字嘛，就是希望我儿子快乐阳光成长，今后成为一个热爱文化、心理阳光的新一代成都人！"席毛根话音刚落，西门松柏就站起说道："嗯，席总管想法不错，看来你对儿子是寄予厚望的，我也希望你们这群青年今后有了自己的儿女后，让这些晚辈成为新一代的成都人。我相信，你们和下一代儿女们，都能在成都这块热土上创业发展，把事业做大做强，多留下几家百年老店和工坊！"

"好，西门伯父说得太好了，来，让我们共同祝福席锦阳快乐成长，祝西门伯父快乐长寿！"在卓铁伦提议下，众人端起酒杯，相互碰杯欢快喝起酒来。刚过一刻钟，拴着白围腰的罗大厨就率三个服务员，端着几个陶盘来到三楼。满面笑意的罗大厨指着盘中说："今天大家来喝年轻席总管儿子的满月酒，我作为当大厨的老辈子，特送上这道特色菜，让各位品尝下我新创的'金鸡报晓'，希望各位喜欢，今后也可推荐给其他客人品尝。"说完，罗大厨就叫三名服务员，把斜立盘中鸡冠用红辣椒装饰的"金鸡报晓"端了上去。

在众人欢闹声中，大家争先恐后将筷子伸向盘中童子鸡，转眼间，色香味俱佳的童子鸡就被众食客分食完。这时，只见端着满杯酒的西门公子和卓铁伦，一块走到席毛根面前，西门公子认真说道："席兄，今天我和铁伦还得代扬雄向你敬一杯贺喜酒，他虽在羌地游学考察，我想，要是他在成都的话，今天也该在此与我们共同分享这快乐时光。"

"对，西门兄说的也正是我想说的，我俩要替子云敬一杯祝贺酒。"卓铁伦话音刚落，张德川也起身端着酒杯凑上前说："作为子云的老同窗，我也该同你们一块敬酒祝贺。"说完，西门公子三人就同席兄碰杯，将杯中酒一饮而尽……

离开禹王庙不久，有着小心思的羊角花，见释比巫师在身边有碍她同扬雄亲切交流，便转身对释比巫师说："尊敬的释比巫师，您也带扬雄参观完禹王庙了，今天太阳大天气热，您老人家就回碉楼歇息吧，我带扬雄哥去石纽山看看刳儿坪和洗儿池就行了，天黑前我们一定会回来的。"说完，任性霸道的羊角花就硬推着释比巫师上了来时的山道。释比巫师看了看仍在一旁嘟囔着嘴的阿鹰，忙低声对阿鹰说："阿鹰，今天你无论如何得保护好羊角花和扬雄，石纽山那边野兽多，你可千万别大意。"见阿鹰点头后，释比巫师才同扬雄和羊角花告别，独自朝来路走去。

见释比巫师走后，羊角花忙拉起扬雄朝远处一座大山走去："走，扬雄哥，我带你去石纽山看看大禹王出生之地。"说完，羊角花便扯着扬雄的衣袖，头也不回地朝前走去。无奈的扬雄却回头对阿鹰说："阿鹰，快点跟上，我们一块走。"尔

582

第六十八章　扬雄在羌地了解了不少古蜀历史

后,阿鹰应了一声,就不远不近跟着扬雄和羊角花。当扬雄再回头招呼阿鹰时,扬雄已发现阿鹰眼中含有委屈的泪水。

走了半个时辰后,扬雄才猛然反应过来,今天当老酋长爱女羊角花主动亲近他时,阿鹰便有了不高兴的反应。难道,羊角花与阿鹰是一对恋人?要不,就是阿鹰已爱上羊角花?初来乍到的扬雄不好开口问羊角花。哎,看来我需得注意这关系的分寸,我不能在大意中伤害了救我一命的阿鹰。扬雄真还猜对了,此时跟在他和羊角花身后的羌人小伙阿鹰,真还有些后悔从大岷河救回了扬雄,不傻的阿鹰已真切感到,这个被老酋长和释比巫师看重的年轻人,真有可能夺走他在羊角花心中的地位。

又走了约一刻钟,羊角花理了理被山风吹乱的长发,然后指着眼前的大山说:"扬雄哥,你知道这山为啥叫石纽山吗?"

扬雄摇了摇头:"不知道,我之前可从没来过你们羌地呀。"

羊角花顽皮笑道:"呵呵,我晓得你不知道,这是我故意问你的。现在,就让我来告诉你呗。这石纽山呀,就是大禹王出生之地,传说当年禹王母亲生大禹时,肚子疼得在山上打滚,所以,大山就被难产的禹王母亲扭曲了,这扭曲的大山,后来就被叫做石纽山。"

"真的?这也太神奇了嘛。"扬雄感到异常惊奇。

"那肯定是真的,我们羌人都晓得这个流传在各羌寨的传说。我阿爹同释比巫师也在火塘边给我们讲过哩。快走,扬雄哥,我带你去石纽山半山腰看看刳儿坪和洗儿池,你就更加相信我的话了。"说完,羊角花见烈日当空,就把手中一片大树叶盖在扬雄头上,尔后又拉着扬雄朝前走去。这时,身背弓弩的阿鹰,看见羊角花这举动后,气得一刀朝山道边的一棵杂树砍去。

来到一片开阔处,羊角花指着较为平坦的缓坡说:"扬雄哥你看,这片平整的地方就叫刳儿坪。你知道刳儿坪的意思吗?"

扬雄摇摇头。

羊角花得意地说:"我想你也不会知道的,现在就让我来告诉你吧,传说这刳儿坪就是大禹王的出生之地。当年大禹母亲生他时,由于难产,所以就施行了剖腹产,刳儿就是剖腹取出孩子的意思。"

"哦,原来这刳儿坪是这意思呀。"扬雄忙点头说。随后,扬雄突然听见一阵水声传来,他惊奇地问道:"羊角花,你听见没,这刳儿坪咋有水声呢?我并没发现这山上有河流呀。"

没作答的羊角花，忙拉着扬雄朝林中一条小道走去。这时，阴着脸的阿鹰忙跟了上来。在林中穿行一阵后，扬雄听见水声越来越大，又穿过一大片灌木丛后，羊角花指着不远的飞瀑说："扬雄哥，你看，那就是水声来源处，飞瀑下就是洗儿池。"说完，正当羊角花要拉扬雄上前时，蹿上来的阿鹰忙低声说：'你俩先别过去，这洗儿池常有野兽在此饮水，让我先过去看看再说。"说完，把弓弩抓在手上的阿鹰，就猫着腰朝洗儿池边摸去。

刚摸到洗儿池边草丛，猎人阿鹰就发现了清澈的水潭对面，果然有三头野猪在饮水。想了想的阿鹰回头看看悄悄走来的扬雄和羊角花，心中暗想："哼，关键时候，还是我阿鹰比才子更有作用。"随即，阿鹰就端起弓弩瞄向一头大野猪。刹那间，只见疾飞弩箭很快射中一头体形最大的野猪。没想到，长着长獠牙的野猪皮厚，那弩箭虽扎进野猪身体，可并没使野猪倒下。一阵号叫后，三头野猪很快蹿入林中消失没了踪影。把这一切看在眼里的扬雄，忙竖起大拇指说："阿鹰，你真不愧是一位厉害的猎手啊！"

阿鹰收回弓弩苦笑说："哎呀，这有啥子嘛，我这点本事，在某些人眼中，可比不上你的文章哩。"

聪明的扬雄明白阿鹰的含意，忙回道："阿鹰好兄弟，话可不能这样说，尺有所短，寸有所长，人只要发挥出自己长处，就是有用之人。我扬雄就没你的狩猎本事嘛。"说完，扬雄高兴地拍了拍阿鹰肩头。很快，直率的阿鹰情绪就好了许多。三人走到水潭边，扬雄忙上前蹲在水潭边掬了一捧水饮尽，连饮三捧水的扬雄，才直起腰叹道："哎呀，这清凉的泉水太巴适了，真如甘霖般解渴呀！"很快，阿鹰和羊角花也走近水潭，二人伸着脖子也狂喝起泉水来。

羊角花喝完水后，便指着清澈水潭对扬雄说："扬雄哥，这就是传说中的洗儿池，听说当年大禹出生后，他母亲就是在这给他洗的身子。"

扬雄惊叹道："真的吗？哎呀，用这么清冽的泉水洗身子，当年作为婴儿的大禹王，该是多么有幸啊。"说完，高兴的扬雄就捧起泉水朝远处洒去。这时，阿鹰忙对扬雄说："扬雄才子，你同羊角花在这歇歇，我去林中打几只野鸡和兔子来，我们就在洗儿池边烧烤，来填早已饿了的肚子。"待扬雄点头后，阿鹰便抓起弓弩，朝密林钻去……

微凉的山风拂过，待西边天际绚烂的火烧云消失后，黄昏时分领着扬雄的羊角和阿鹰，终于从石纽山回到住有酋长和释比巫师的大羌寨。率先走进碉楼的羊角花,向靠在窗下打盹儿的父亲说:"阿爹,您跑了一整天的乖女儿饿啦。"

睁开眼的老酋长微笑着问道:"呵呵,羊角花呀,你今天把扬雄带到哪去玩啦,咋这么晚才回来?"

羊角花答道:"阿爹,今天我们从禹王庙出来,我就带扬雄哥去石纽山了,不去石纽山,扬雄哥咋能全面了解大禹故事呀?"说完,羊角花就靠在老酋长身旁。老酋长忙吩咐下人点亮油脂灯,然后烧起火塘。待两位下人忙去后,老酋长才对扬雄说:"扬才子,你白天了解了大禹王的故事,晚上我和释比巫师,就在火塘边,给你讲讲有关古蜀王的传说故事,好吗?"

"好哇,太谢谢您了。"说完,扬雄忙向老酋长鞠了一躬。很快,几盏油脂灯把碉楼底层大房间照亮,火塘刚烧旺时,释比巫师手拎两条大鱼也走进了碉楼。机灵的扬雄忙上前从释比巫师手中接过大鱼问道:"尊敬的大巫师,这鱼是您捉的?"

释比巫师笑道:"呵呵,扬雄大才子,我不会下河捉鱼,但我会在岸上钓鱼。中午我们分开后,我就去了大岷河边,在树荫下睡了午觉后,我就开始钓鱼,本巫师虽不及当年姜太公,但钓几条愿上钩的鱼是没丁点问题的。"说完,释比巫师就挨着老酋长坐在了火塘边。这时,一位下人从扬雄手中接过大鱼说:"扬大才子,待我去把鱼甲去掉,等会儿在火塘烧烤时涂抹作料方便入味。"

不一会儿,待火塘铁架上烧烤的野猪肉、大鱼、山鸡和野兔等散发出香味时,陆续从碉楼外走进一些跟老酋长和释比巫师亲近的羌人。这十多个男女手中,有的也拿着野味,有的甚至抱着两尺高的土酒坛。扬雄看了看墙上硕大的羊头图腾,然后再仔细观察这些和蔼可亲的羌人,心里不禁叹道:自我被救后,羌人给我的印象就是真诚和友善,这些人可比孙大牛一伙强多了,要是世上多一些这样的人,那人间该有多好呀。

从没把烧烤作为主食的扬雄,见两名年轻女人不断把碗中混合佐料涂抹在被烤野味上,那滴落在炭火上的油脂和佐料,不时发出闪着火花的吱吱声与香味,整个房间弥漫着肉香。老酋长看了看火塘铁架上烤着的食物,向围着火塘的众人宣布道:"今夜我们吃过食物后,就不再跳舞唱酒歌,我和释比巫师要给扬雄说说我们古蜀王的故事,有兴趣的可留下听听,没兴趣的可回各自碉楼歇息。"

众人应答老酋长后,就开始在火塘边用各式刀具和木筷分食起食物来。此刻,谁也没想到的是,羊角花掰下一只野鸡腿递给扬雄说:"扬雄哥,你是我们客人,来,你吃这个好东西。"说完,羊角花还故意看了看正盯着她的阿鹰。有些不好意思的扬雄忙把手中鸡腿塞在阿鹰手上说："阿鹰，这山鸡是你打的，你吃这鸡腿才对。"没待阿鹰说啥，羊角花又从阿鹰手中抓过鸡腿塞在扬雄手上说："哎呀，你这扬才子咋这么啰唆呢，我让你吃你就吃呗。"随即，众人见着羊角花任性刁蛮的举动，有的撇了撇嘴，有的善意地笑了起来。

当食物吃得差不多后，扬雄放下酒碗说："尊敬的老酋长，请您给我讲讲关于古蜀王的故事，好吗？"说完，扬雄就向老酋长作了一个揖。老酋长摸了摸自己银白的胡须说："好，现在我们就进入正题，我来先说说古蜀王的故事。"随即，老酋长端起火塘边的酒碗，大喝一口酒说："我们羌族是个古老的民族，听说很早很早以前，我们羌人是从蒙古高原迁徙至大岷山一带定居的。在黄帝时代，我们这儿的首领为蜀山氏，大家知道吗，这蜀山氏还同轩辕黄帝有着姻亲关系哩。蜀山氏的几百年后，生活在大岷山一带的羌人氏族，又涌现出一位杰出的部族首领蚕丛氏，由于黄帝正妃嫘祖发明了缫丝养蚕，这蚕丛首领的最大特点就是号召族人栽桑养蚕，然后用丝绸去外换回大量我们需要的东西，致使我们羌人部落逐渐富强起来。"

听到此，聚精会神的扬雄忙问："老酋长，这么说来，蜀山氏和蚕丛王都跟栽桑养蚕有关？"

老酋长点头道："说得对，若跟缫丝养蚕没关系，那羌人首领咋会叫蚕丛呢？"

扬雄又问："老酋长，司马迁在《史记》中曾写道，黄帝的儿子昌意曾娶蜀山氏的女儿为妻，既然昌意的母亲嫘祖发明了丝绸，我想应该是昌意把养蚕缫丝技术带到了你们羌地吧？"

老酋长又点头道："嗯，蚕丛氏的养蚕本事，肯定应该跟嫘祖和昌意有关，但蚕丛氏之后的数百年间，我们羌人中又出了一位英明大王柏灌，这柏灌大王不仅继承了养蚕缫丝技术，在羌人逐步增多的情况下，他便派一部分羌人走出大岷山，迁徙到成都平原去开拓发展，并获得了不错的发展成果。"

刚说到此，释比巫师便接着说道："扬雄才子，你知道吗，在柏灌大王数百年间，在成都平原出现的鱼凫大王，也是我们羌人和汉人通婚后的后裔。为什么说鱼凫大王跟我们羌人有关呢？你看看，我们羌人长相最显著特点是纵目高鼻和大耳，鱼凫大王也有这些特点呀。后来，这鱼凫王不负众望，在成都平原逐渐建立起具有青铜文明特征的部落王国。当时呀，每当祭祀时，在部落祭坛上，不又有各式青铜大立人像和鱼凫王国的鱼鹰图腾，还有各种神器、玉琮、金箔和权杖等等，可以说，鱼凫大王创造了古蜀大地最辉煌的早期文明。"

扬雄见没离去的羌人都听得津津有味，于是对释比巫师说："尊敬的巫师，这么说来，如果没有鱼凫王创造的古蜀文明，就不会有后来仍有较大影响的杜宇、开明王朝了？"

"对，应该是这样。"释比巫师点头赞同道。

扬雄高兴起来："尊敬的大巫师和老酋长，你们各个羌寨都流传着这些神奇的故事吗？"

释比巫师说："扬雄才子，我们羌寨不仅流传着古蜀王的神异故事，还流传不少有关我们羌人年代不一的英雄传奇哩，尽管有关古蜀王故事的版本各异，但大致区别不会太大。往后，你可到我们各羌寨去走访考察，希望你更深入了解我们古老的羌族，把我们羌人故事介绍给汉朝各郡，让天下人都知道我们羌人是一个了不起的古老族群。"

"好哇好哇，有了您的好安排，我扬雄往后就能在各羌寨考察啦。"说完，扬雄端起酒碗，恭敬地感谢老酋长和释比巫师给他讲述古蜀王故事……

第六十九章

酋长爱女羊角花爱上扬雄才子

秋空高远明净，雁声再次响于大岷山上空。自在火塘边听老酋长和释比巫师讲述了古蜀王传奇后，在接下来两个多月的时间里，扬雄在羊角花和阿鹰带领下，到一些羌寨进行了实地考察，又听了不少关于蜀山氏、蚕丛、柏灌和鱼凫三的传说。有的羌人甚至告诉扬雄，他们直系先人就有直接离开大岷山去了成都平原的，有的在年迈时还从成都回到羌寨，选择用石棺葬作为人生最后归宿。在这两个多月的考察中，扬雄记下不少新见闻和关于古蜀王的传说，甚至还记下了羌地方言中的特色音与含义。

就在扬雄乐此不疲穿行在羌寨游学考察时，老酋长爱女羊角花的心理，却发生了巨大的变化。当扬雄刚出现在羌寨时，出于好奇和释比巫师对扬雄未来的预测，直率任性的羊角花，竟对俊朗汉人小伙扬雄产生了好感，甚至冒着伤害初恋情人阿鹰的风险，去主动亲近这个从成都来的汉人学子。在没啥文化的羊角花再次刷新了对扬雄的认知后，一场执着而疯狂的爱的传奇，就在刁蛮任性的羊角花身上发生了。

有天下午，整个羌寨笼罩在暴风雨中，扬雄和释比巫师坐在火塘边聊天。释比巫师问扬雄为啥喜欢赋这种文体，扬雄就讲了他桑农之家的出生背景，以及从小受司马相如辞赋影响，并开始模仿学写赋的经历。后来，扬雄又同释比巫师谈起了老子的《道德经》，谈到了庄子和墨子等。释比巫师没想到，在那次谈话中，年轻的扬雄还背诵出许多孔子和孟子的名言，以及一些正统的儒家学说观点。羊角花虽不懂这些名人之言，但她能感到，这年轻扬雄能同释比巫师谈论这些高深问题，定是个不简单的人。

更令羊角花大开眼界的是，一天夜里，当扬雄和释比巫师在碉楼顶上纳凉时，他俩偶然间谈到了《易经》，也谈到了蜀地算命高人严君平。当释比巫师得知扬雄是严君平弟子时，大惊的释比巫师就非要扬雄教他使用风水中的罗盘等，说什么他过世后，就可选择一处风水尚佳之地作为归宿。在答应释比巫师的要求后，扬雄指着星空还给释比巫师讲了一些北斗七星和二十八星宿方面的星象知识。扬雄诚恳地说道："尊敬的释比巫师，人间知识包罗万象浩如烟海，我们每个人掌握的知识均有限，但要学会看风水，不掌握天象知识和青龙、白虎、朱雀与玄武配属关系的话，那风水也是没法看好的。"

见释比巫师在扬雄面前的谦虚和诚恳样，羊角花被彻底震惊了：释比巫师不仅是我们羌人中的大巫师，每逢重大活动都是他主持隆重祭祀，在羌地，谁不知释比巫师就是智者，就是跟老酋长享有同等威望的人呀？可眼前这个二十来岁的汉人小伙子扬雄，他咋懂那么多东西呀？甚至连释比巫师都要向他求教！

过去在羊角花心中，他们羌人的英雄是能杀死黑熊和大狼的猎人，是能从高山密林扛回大树的大力士，是能征善战打败敌人的武士，是能用弯弓从空中射落苍鹰的神奇箭手。但按这些标准，扬雄根本算不上英雄呀？但他为什么能受到释比巫师和阿爹尊重呢?难道扬雄是另一类人？带着疑问，羊角花曾私下问过释比巫师和阿爹，他们的回答更是让她困惑不已：扬雄是世上少有的另类聪明人！

啥是另类呀？阅历尚浅没啥文化的羊角花，只好把扬雄同阿鹰做了对比，最后的结论告诉她，扬雄是个比阿鹰厉害的青年，扬雄可以指挥阿鹰，阿鹰却不能指挥扬雄。扬雄可以同释比巫师和羌人中的一些智者交流，阿鹰却不能。难怪释比巫师曾说，扬雄未来是个比他还厉害的人！既然如此，从今往后自己就要坚定爱扬雄哥，至于阿鹰嘛，那就让他去爱别的姑娘。想到这儿，羊角花就情不自禁笑出声来……

扬雄深切感受到羌族霸道美女小姐姐羊角花对他的炽烈之爱。在刚开始陪扬雄去各羌寨考察时，作为保护人的阿鹰，是跟着扬雄和羊角花一块去的，无论在山林中行走，在火塘边交谈，在碉楼过夜，在羌寨中唱歌跳舞，阿鹰总是像一名忠诚卫士跟在扬雄身边。一月之后，羊角花为更方便亲近扬雄，就坚持不要阿鹰一同去其他羌寨。无奈之下，老酋长只得派两个汉子保护扬雄和羊角花。看在眼里的扬雄曾私下安慰阿鹰说："阿鹰兄弟，你放心吧，我决不会抢走你的羊角花，只要你相信我，我就有法让她回到你身边。"为这事，猎人阿鹰不知流了多少泪。

夏天，炽烈而又疯狂的蝉声，被柔韧的秋风渐渐吹灭，金色的秋天，再次降临一望无际的川西平原。忙完秋收后的征税工作，龙耀武终于开始实施他要拿下杏花的恶毒计划。中秋前几天的一个下午，龙耀武晃悠到豆腐饭店，从怀中掏出一张绢帛说："覃老板请看，我那位同窗终于来信啦，他刚从长安回到成都，已答应我带杏花去成都见见。"

　　"真的？"惊喜的覃老板忙从龙耀武手中抓过绢帛，并不识字的她来回从上到下看了几遍，又把绢帛还给龙耀武说，"哟，大侄子亭长，你看看，我这不识字的女人看啥子信嘛，这信上的字我一个也不认识，你给我说说信中意思就行了。"

　　见覃老板这样说，龙耀武忙把绢帛又塞回怀中说："覃老板，我那同窗跟我同年，在蜀郡府当官，是个既有才华又聪明的人，过去他虽有个未婚妻，但那姑娘命不好，还没过门就病亡了。现在成都一些达官贵人，都争着想挑选他做女婿。但我相信，凭杏花的美貌，她定能战胜各路竞争对手，成为我好同窗的夫人。到时，您覃老板就是有权有势的丈母娘了。"说完，龙耀武还得意地看了看坐在一旁的杏花。

　　"哎哟，年轻能干的龙亭长，你若帮成杏花这个大忙，我就是来生变作牛马也要感谢你的大恩大德啊！"覃老板忙堆着笑脸谢道。奸诈的龙耀武见饭店没其他人，忙低声说："覃老板，这事还不知结果如何，在没定下前，请您先别对外声张，要是没谈成，也不至于让人笑话，对吧？"

　　覃老板点头说："好好好，此事我先保密，等事成了再说，这样保险些。"说完，覃老板又抑制不住笑了。龙耀武又说："覃老板，我明上午赶着小马车来接杏花，由于马车小，我要捎些东西去成都，所以，小马车就只能坐下杏花了。"

　　"大侄子，你办事我放心，杏花跟着你去成都，我是一千个放心的，我留下照看饭店挺好，这样不就两不耽误吗？"说完，懂事的覃老板见龙耀武要离开饭店，忙从案板上包了一块五花肉，追出送给了龙耀武。

　　第二天上午早饭后，果然龙耀武赶着一辆带篷小马车，来到豆腐饭店门外。在覃老板劝说下，极不情愿的杏花还是被她母亲推上了小马车。一路上，无论龙耀武怎样东拉西扯说些逗乐的话，沉默的杏花总是盯着车外的农田发呆。一个多时辰后，当小马车进入城区，杏花才东张西望寻找起她跟母亲曾走过的街道。

　　早已谋划好的龙耀武，在没告知杏花去哪的情况下，进城后，就直接将小马车朝城中区梨花街赶去。梨花街离盐市口比较近，离蜀郡府和文翁学馆也不太远。龙耀武选择这儿的原因是他熟悉梨花街的春风客栈。这春风客栈顾老板是他同窗的一位亲戚，后来龙耀武同龙耀文来成都办事，都爱选择住这里。由于有同窗关系，客栈顾老板不仅给他两兄弟较大优惠，而且饭菜也做得格外上心，龙耀武选择住春风客栈还有个潜在目的，就是向杏花炫耀他有不少同窗好友。

龙耀武寄存好小马车后，就给杏花和他各租了楼上挨在一起的客房。见午时已到，为显示自己大方有钱，龙耀武没在客栈吃饭，而是直接带杏花去了蜀都大酒楼。当堂倌把药膳乳鸽、清蒸甲鱼和红烧江团端上桌时，龙耀武用筷子指着这些高档菜品说："杏花妹子，你和你妈在花园场开的饭店，是不会卖这些高档菜的，因为，在花园场没几人敢消费这么贵的高级菜。你难得来一趟成都，我这当哥的，该好好招待你一回。"说完，龙耀武就往杏花碗中夹菜。

"嗯，不行不行，龙亭长，这咋要得喃，我杏花不想吃这么贵的高档菜。若你真要招待我，我要一份鱼香肉丝就行了。我不想在这么豪华的地方吃饭。"说着，杏花就站了起来。龙耀武见杏花如此，知道这是杏花节俭惯了的表现，于是只好说："好好好，下不为例，今天菜已上了，没法退，我俩就将就吃了呗。"

为不使龙耀武难堪，杏花想了想说："龙亭长，这饭我可以吃，我希望下午见了你那同窗后，我们就抓紧回花园场哈。"

"啥？今天就回花园场，那咋可能呢？我是几天前收到我同窗回信的，我得去蜀郡府找他，看他在不在成都。你晓得不，这些当官的忙得很，只要他不出差，我就争取促使你俩早点见面。"说完，龙耀武就看杏花的反应。杏花见帮她的龙亭长说的有理，只好点头说："嗯，要得嘛。"很快，二人就端起饭碗吃起来。

饭后，龙耀武把杏花送回客栈，并说他去蜀郡府看看同窗在不在，若在，就争取今天吃晚饭时见。见杏花点头后，龙耀武就匆匆离开了春风客栈。为把假戏演得逼真，龙耀武离开梨花街就到了隔壁染房街茶铺，要了一杯茶的他就盘算起这两天的行动方案来。在拿下杏花前，他必须以给杏花介绍男友为借口稳住杏花，从今晚开始，他就想试探性向杏花发起进攻，若不成，他就打算采用宋捕头的手段，把杏花迷昏！哼，这杏花既然已不是黄花大闺女，他宋捕头这样的中年男人都能上，老子堂堂龙公子为啥又不能上喃？想到这儿，龙耀武站起打个响指自语道："嘿嘿，老子现在就去买点蒙汗药放在身上，我就不信在成都还解决不了没见过世面的小女子！"

在茶铺喝了一个多时辰的茶，龙耀武又去盐市口药铺买了蒙汗药藏在身上，然后在下午酉时回到春风客栈。当他敲开杏花的房间，便装着非常遗憾地说："杏花，不巧得很，我那同窗又到绵竹出差去了，不过听说就这两天回来。没关系嘛，

591

既然已来成都，那就多等两天也无妨。我一定要把你的事落实好再回去。"说完，没等杏花开口，他便挤进了杏花的房间。

杏花见进屋的龙耀武坐在了靠窗位置，忙用陶杯下楼要了一杯水端给龙耀武说："龙亭长，要是见不着你那位同窗也没关系，我们明天上午就回去嘛。"

"哟哟哟，看你说到哪去了，我这当亭长的都没急，你却急起来，到了成都，你得听我安排，我俩坐一会儿后，我就带你去逛盐市口夜市。前几年我在文翁学馆读书时，经常同我耀文哥去夜市玩，你知道吗，夜市里还有不少卖小吃的，晚饭我俩就吃成都名小吃哈。"说完，端着陶杯的龙耀武就暗暗观察杏花的反应。

到现在为止，单纯的杏花还一直以为龙亭长在真心帮她忙，要给她介绍一位有文化有地位的男朋友，尽管一想起曾经爱过的扬雄，她心里还是有些不是滋味，但一想到她母亲哀伤的眼神，一想到她母亲成天在她耳边絮叨，她还是勉强答应了母亲，跟着龙亭长来到成都。几句闲聊后，杏花跟着龙耀武走出客栈，便朝盐市口方向走去。刚转过一个街口，眼尖的杏花突然感觉这里有些眼熟，于是，机灵的她突然低声向路边店中妇人问道："大婶您好，卧龙桥就在这附近吗？"

那妇人指了指不远的街口说："姑娘，你转过那街口，走不远就是卧龙桥了。"杏花谢过妇人，就默默跟着龙耀武朝不远的盐市口走去。感觉有些奇怪的龙耀武见杏花打听卧龙桥，本想问问杏花，但又没开口。龙耀武没问杏花的原因只有一个，他自信杏花逃不出他手心，就是杏花知道卧龙桥也无妨。

天快黑下来时，盐市口夜市就在摊贩们点亮的各色灯笼辉映下，逐渐热闹起来。怕杏花被不一样的市井气吸引走散，龙耀武就想拉着杏花的手逛夜市，遭杏花无声婉拒后，龙耀武便叮嘱杏花牵着他衣服逛。确实，从没逛过蜀地最大夜市的杏花，看着夜市上琳琅满目的商品，竟感到有些兴奋。进夜市不久，杏花便盯着炸得红亮洒有芝麻的糖油果子，不愿挪动脚步。懂得杏花心思的龙耀武忙买了两串，分了一串给杏花，二人就一面走一面吃起了香糯松软而又脆甜的糖油果子。在不知情的外人看来，这似乎是一对新婚不久的小夫妻在逛夜市呢。

装着闲逛实则动了大心思的龙耀武，在安排第二道小吃汤圆后，就已想好，第三道小吃必须吃作料丰富味重的凉拌鸡丝面。只要这道小吃下肚，他就不愁口渴的杏花要水喝，到那时，他就有办法拿下这个花园乡的头号美女。寻找到鸡丝凉面摊位后，龙耀武故意大声说："哟喂，我终于找到这了，老板，给我来两碗正宗鸡丝凉面，作料放足，本人就是个重口味的男人！"

"好嘞，作料放足，吃起来味道才巴适。"中年老板回答后，就开始把各种作料放进小盆中，然后开始抓凉面、鸡丝和豆芽等食材。随着红油等作料的翻动，杏花目不转睛看着老板手上那麻利动作。仅片刻工夫，中年老板就把盘中拌好的凉面分装进两个半大陶碗，然后又迅速把葱花撒在面上。这时，两碗正宗的鸡丝凉面就算完成了。到成都后第一次露出微笑的杏花，从老板手中接过凉面赞叹道："哟，好安逸哟，我回去也要这样学做鸡丝凉面。"说完，杏花闻了闻凉面就开始吃起来。

小吃摊老板见龙耀武和杏花吃得异常开心，便笑道："呵呵，如果我的顾客都像你夫妻二人吃得这么扎劲，那我的生意就好做多啰……"

不出龙耀武所料，回到客栈的杏花就拿着陶杯要下楼找水，龙耀武忙拦着杏花说："用白开水是解不了渴的，我去喊顾老板给我们煮两碗红糖开水来，吃了麻辣鸡丝面，不用红糖开水是解不了渴的。"说完，龙耀武就匆匆离开了房间。不到一刻钟，龙耀武就端了两碗热腾腾的红糖开水上来，他递给杏花一碗后，就吹着自己的碗中水，然后一面喝水一面偷偷观察杏花的举动。思想单纯的杏花哪知碗中下了蒙汗药，待水凉后，口渴的她就仰脖把碗中水喝得一干二净。不一会儿，感觉十分困倦的杏花便无法控制自己，倒在床上昏迷过去……

扬雄在羌寨两个多月的游学考察中，不仅学会了一些羌语，了解到一些风俗民情，还逐步熟知了一些酒歌、嫁歌、犁地歌、收割歌、薅草歌、打场歌、搂柴歌和打房背歌等。有时在山间行走或夜深人静时，扬雄还总能听见一种带有幽怨的笛声，这种笛声乐音不高却不是他所熟悉的竹笛声。有天夜里扬雄在碉楼里的油脂灯下，用毛笔在竹简上记载他的考察感受和见闻，这时，羊角花又来找他玩，他便问羊角花："妹子，我常听到一种声音不高的乐器声，但我又不熟悉，那是啥乐器呀？"

羊角花想了想说："扬雄哥，那是我们羌人的随身吹奏乐器，它的名字叫羌笛。"

"羌笛？啥叫羌笛呀？"扬雄不解地问道。

"羌笛就是我们羌人发明的一种乐器呗。"说着，羊角花还用两手比画着做了个竖吹动作。稍后，羊角花又说："扬雄哥，你是聪明人，我们羌笛就是竖着吹用竹子做的双管双簧乐器，若你想听，我明天带你去山上找牧羊人卓克基大哥，让他吹几支曲子给你听听，咋样？"

"卓克基是牧羊人？"扬雄忙问。

羊角花点头说："嗯，卓克基是阿鹰的大表哥，也是我们羌寨的牧羊高手，经他放的羊呀，总是长得肥嘟嘟的。"

扬雄一听笑了："呵呵，羊角花妹子，我既然来羌地考察，我还没学过牧羊哩，那明天我不仅要听卓克基大哥吹奏羌笛，还要跟他学牧羊，行吗？"

"没问题，只要我一句话，那卓克基大哥就得照办。"羊角花得意地说。

"难道，就因你是酋长爱女？"

"不、不完全是，因为，我羊角花是羌人中的大美女呀。"羊角花说完，就用别样的眼神瞅着扬雄。扬雄装作没看见羊角花的神态，突然严肃问道："羊角花，我教你认的十个汉字呢？你现在认给我看看。"

"那有啥了不起的。"说着，羊角花就从怀中摸出几张小绢帕，然后把绢帕摊开说："这是'太阳'，这是'月亮'，这是'大山'，这是'河流'。"尔后她翻到最后一张绢帕，眨着眼睛想了想说："这、这是……哦，我想起来了，这是'牛羊'二字，对不对？"

扬雄笑了，点头说："嗯，你学得不错，明天我学会牧羊后，晚上回来再教你认几个新汉字，如何？"

"那好呀。"说完，羊角花就忍不住在扬雄脸上亲了一下，低声说道："扬雄哥，我、我今夜就在这过夜，好吗？"扬雄心里一惊，想了想说："羊角花，按我们汉人规矩，没正式结婚前，青年男女是不能在一块过夜的。今天就到此为止吧，我还要写考察笔记哩，我俩明天再玩，好吗？"说完，扬雄就在羊角花额头吻了一吻。

羊角花失望地看了看扬雄，然后默然点头朝楼下走去。刚出碉楼时，羊角花的行踪已被从寨外返回的老酋长和释比巫师看见……

第二天早上，头上和颈上戴着银饰，身穿一袭带有花边的白色长裙，腰束绣花围腰、脚穿勾尖绣花鞋的羊角花，早早来到扬雄住的碉楼，硬把他拉起来。去老酋长火塘边喝过羊奶吃过烤山芋和面饼后，身穿白色羊皮褂的扬雄，就随羊角花朝后山走去。路上，好奇的扬雄问道："妹子，我看你们羌人大都有名有姓嘛，咋个大家都喊你羊角花，难道，羊角花就真是你大名？"

"不，我是有姓名的，只是我从小喜欢羊角花，我做酋长的阿爹就给我取了这个小名，谁知这一叫，反而没人叫我大名了。唉，现在看来，这小名会叫到我老呢。"

"哦，原来是这样，不过，我认为这小名不错，叫起来顺口还很有亲切感。"扬雄忙说。

"扬雄哥，你是头脑灵光之人，那你猜猜，我原名叫啥呀？"顽皮的羊角花问道。扬雄想了片刻摇头说："你们羌人姓名不好猜，取的名字很有随意性，我猜不出。"

"嘻嘻，扬雄哥，你也有被我难住的时候。"说完，羊角花那银铃般的笑声就回荡在山间。走了几步，羊角花突然跳到一块山石上，用手指着丰满的胸脯说："扬雄哥，我的原名叫卓尔玛，你感觉这名咋样，好听吗？"

"卓……尔玛，嗯，这名字好听，不过，这名字有什么含义吗？"扬雄问道。

羊角花说："有含义呀，尔玛就是我是羌寨本地人的意思。扬雄哥，这下你晓得啦？"

"记住啦，你的大名叫卓尔玛，小名叫羊角花，我一辈子再也忘不了啦。"扬雄一说完，羊角花跳下山石，就拉着扬雄朝山上跑去。

穿过一片灌木丛，羊角花见坡地无人，便把手指塞进嘴中打了声尖利的呼哨，不久，从远处树林中钻出一位头缠白帕、穿着羊皮褂、身背强弩、手拿牧鞭的牧羊人。见英俊魁梧的牧羊人匆匆走来，羊角花生气道："卓克基大哥，昨夜我不是给你说过吗，今天我要来这后山，你咋不在此迎接我和扬雄呀？"

紧张的卓克基忙解释说："羊角花，可你没告诉我，你们上午要来后山呀，我原以为你们最早也得吃了中午饭才会来这。眼下，我同阿鹰正在树林那边山下捕猎一头岩羊。"

"那你们抓住岩羊没？"羊角花忙问。

"那岩羊是多机灵的家伙，一听见你的呼哨声，它就被惊跑了。"卓克基遗憾地说。随后，羊角花就把卓克基介绍给扬雄认识，最后，羊角花对卓克基命令道："卓大哥，今天你的任务有两个，一是要教会扬雄放羊，二是要用羌笛吹几支你拿手的曲子给他听，明白没？"

卓克基听完就笑着大声回道："听明白啦，我的羊角花小姐姐，卓克基大哥保证完成任务。"说完，卓克基把羊鞭一挥："走吧，扬雄大才子，跟我牧羊去！"

不久，卓克基便领着扬雄来到一大群羊中，首先，卓克基教扬雄如何分辨头羊和指挥头羊。他告诉扬雄说，只要把头羊控制住指挥好，你牧羊本事就成功了一半。接着，卓克基又教扬雄认识阳坡与阴坡。卓克基说，阳坡的草要比阴坡的草长得好，但放羊时，得让羊群轮换啃吃阳坡和阴坡的草，唯有这样才不致浪费山坡上的草。牧羊人还要学会观察天气，在暴风雨来临前，一定要把羊群赶到避雨地方。最后，卓克基提醒扬雄说，一个好的牧羊人，还要有杀狼的本事和勇气。在羌地山上放羊，这里森林多，经常发生大狼捕食羊的事，所以，好的牧羊人就是一名合格猎手。说着，卓克基取下身背的强弩，便开始教扬雄如何使用。教了些牧羊方法后，卓克基把牧鞭递给扬雄，让他亲自试试。在试着牧羊的过程中，尽管开初头羊不听扬雄指挥，但在卓克基调教下，头羊慢慢适应了扬雄的指挥方式。一个多时辰后，扬雄终于初步学会了一些牧羊方法。

见扬雄学得笨拙而艰辛，羊角花终于忍不住开了腔："算了算了，扬雄哥，你就歇一阵再试着牧羊呗。看来，你天生不是干这一行的料。"说完，羊角花就盯着在树林边朝她张望的阿鹰。阿鹰见羊角花发现了他，忙又躲到林中藏起来。很快，羊角花对卓克基说："牧羊人，该你完成第二个任务啦。"

"要得嘛。"卓克基微笑点头后，就取下挂在胸前的双排竹制羌笛，试了试音就吹奏起来。刚吹完一曲，羊角花就给扬雄解释说："扬雄哥，卓克基大哥吹奏的是我们羌人都熟悉的《云朵上的羌寨》，你觉得他吹得咋样？"

"吹得不错，挺抒情的，能否再来一支欢快点的曲子呀？"扬雄忙说。羊角花想了想，对卓克基说道："卓大哥，那你就吹一曲《萨朗姐》呗。这曲子不仅欢快，而且还挺有感情色彩。"

卓克基听后点点头，便口衔羌笛又吹了起来。由于该曲调简单欢快，人听后能很快记住。听得兴奋的扬雄从身后掏出一支竹笛，应和着卓克基吹的曲调合奏起来。大惊的羊角花指着扬雄说："扬、扬雄哥，你哪来的乐器呀？你吹的这声音可比我们羌笛高多了。"

合奏完《萨朗姐》后，扬雄指了指竹笛说："羊角花，这是我们汉人常吹的竹笛，前两天我无事时，就在大岷河边寻了根竹子，做了这竹笛。现在我为答谢卓克基大哥教我牧羊，又为我演奏羌笛，我就用这竹笛给你俩吹奏一曲我熟悉的汉人曲子《陌上桑》吧。"说完，扬雄便把竹笛往嘴唇上一放，横着竹笛吹奏起抒情而又徐缓的《陌上桑》来。此刻，扬雄已发现，牧羊人卓克基对笛声感到异常好奇，而羊角花眼中，已流露出对扬雄的无限崇拜和深深的爱意……

第七十章

逃婚，无奈的扬雄从羌寨悄悄溜走

雄鹰高翔在茫茫大岷山上空。秋风拂过，层林尽染的重峦叠嶂已透出星星点点的红黄色，秋天悄然来临的脚步声已掠过广袤的羌地。望着深邃秋空，扬雄在心中忆起：再过几天就是中秋节了，要是在家乡，我又该准备过节的礼物。羌地没有过中秋的习俗，今天秋阳甚好，我何不去大岷河边，了却我一直想了却的心愿呢。

原来，前几天去大岷河边另一羌寨考察时，扬雄突然发现大岷河水少了许多，河道也窄了不少。心里一直想不通的扬雄就冒出个想法，会游水的他要重游大岷河！扬雄一直认为，他几月前被大岷河水击昏是由于他饥饿和不适应雪水，如今，他已适应大岷河水的温度。若在肚子不饿、河水减少的情况下，他泅渡大岷河应该没有问题。于是，他便把这想法告诉了成天黏着他的羊角花。为满足所爱对象这小小要求，羊角花一口答应，还为扬雄准备了一瓶酒和几根烤羊排。

为防山中野兽袭击，扬雄还悄悄把这事告诉了阿鹰。阿鹰听后答应扬雄，他会为扬雄和羊角花保驾护航，决不会让野兽伤害到二位。尽管羊角花一直非常主动亲近扬雄，由于扬雄情商不错，把同羊角花的关系处理得好，加之扬雄几次向阿鹰保证，他决不会做出伤害到阿鹰的事来，所以，阿鹰一直非常信任这个汉人才子。

一路说说笑笑走到大岷河边后，扬雄就啃起羊排喝起了酒。阿鹰却躲在林中大树后，一直注视着扬雄和羊角花的举动。扬雄喝完酒吃光羊排后，把衣服一脱就跳进大岷河朝对岸游去。紧张的羊角花捂着嘴，大气都不敢出，两眼紧紧盯着逐渐游向对岸的扬雄。河水尽管有些冷，但吃饱喝足有酒壮胆的扬雄，为显示他童年就具有的游水本事，更想在羊角花和阿鹰面前露一手，不一会儿就轻松游过了不再汹涌奔腾的大岷河。上岸后，赤裸上身的扬雄得意地向羊角花挥手呼喊道："羊角花妹子，你看我游得咋样？"

羊角花大声回道："扬雄哥，你太厉害了，就是我们羌人汉子，也没几个敢游大岷河。今晚上，我一定要把这事告诉阿爹和释比大巫师，让我们羌人也知道你很勇敢！"稍停片刻后，羊角花就高声喊叫要扬雄快游回来。扬雄在对岸蹦跳了几下，然后又一个猛子扎入水中。在波涛的拍击声中，羊角花见扬雄好一阵没浮出水面，突然大声惊叫起来："扬雄哥，我的扬雄哥呢……呜呜呜。"

听见羊角花惊叫声，阿鹰猛地从大树后奔出，立刻朝河滩跑来："扬雄，扬雄哥……"

不久，当潜水的扬雄从水中冒出时，他已游过大岷河河中心。当扬雄踩着水一甩头上的水又奋力向前游来时，羊角花激动地跳进水中，伸着双手说："快，扬雄哥，你快点游过来。"

快到岸边，扬雄刚从水中站起，羊角花立即扑到扬雄胸前，用双拳捶打扬雄胸膛："扬雄哥，你、你把人吓死了。你坏你坏。"说完，羊角花又搂着扬雄脖子哈哈大笑起来。此时，阿鹰又忙退回大树后，愣愣看着率性的羊角花……

那晚，当昏迷的杏花倒在床上后，龙耀武试着摇了摇杏花，见杏花毫无反应，他深知自己下的蒙汗药起了作用，于是，不慌不忙的龙耀武，立即将两个大碗拿起，走到楼下厨房，把两个碗洗好就放进了装碗的碗柜。这个年龄不大做事老道阴狠的龙耀武清楚，若是迷奸杏花造成不良后果，这便是他销毁证据的关键一步。只要无证据，他就可编出各种谎言中伤没社会经验的弱女子。

放好碗后，龙耀武按住店客人的习惯，用木盆打了半盆热水就往楼上端去。他的目的很明确，就是要装作若无其事的样子，像什么事也没发生，然后神不知鬼不觉在房中床上，彻彻底底舒舒服服尽兴把杏花玩够，以解他多年对杏花的垂涎和对扬雄的嫉恨。洗完脸和脚后，沉着的龙耀武不慌不忙下楼把水倒掉把木盆放好，然后特意跟顾老板打了招呼，才慢慢上楼进了房间把门关死。房门刚一关上，这个畜生便急不可耐地扑向了不省人事的杏花。

天刚蒙蒙亮，被粗壮大腿压得难受的杏花，终于在几次翻身喘息中，被龙耀武粗重的鼾声惊醒。当杏花睁眼看见龙耀武赤裸睡在她身旁，万分惊诧的地吓得一声大叫就跳下了床。看了看自己光着的身子，又摸了摸疼痛的下身，顿时明白一切的杏花，在泪水狂流中迅速穿好衣服，然后拉开房门就冲下了楼，呜咽着朝卧龙桥方向奔去……

第七十章 逃婚，无奈的扬雄从羌寨悄悄溜走

杏花跌跌撞撞刚冲进聚义客栈，就用嘶哑的声音哭喊道："刘三哥，刘三哥呢……"

刚上柜台的张德川，见有个女人披头散发哭喊着冲了进来，忙问道："姑娘，你要找刘三老板？"说完，便起身迎向了杏花。这时，杏花忙抓住张德川的手说："张大哥，我是杏花，我、我要找刘三哥，他在哪呀？"

大惊的张德川见杏花披头散发泪流满面，忙问道："杏花，你、你被谁欺负了？"

杏花扑通一声跪在张德川面前，声嘶力竭哀哭说："我、我被龙耀武那个王八蛋祸害了啊……"说完，杏花便坐在地上撕心裂肺大哭。已明白原因的张德川忙叫来小芳和瑞华，让她二人先把杏花扶进房间，然后他冲出客栈就朝骡马市翠云楼奔去。

到翠云楼后，张德川就冲到里面擂响了刘三的房门："刘三老板刘三老板，我有急事找你！"很快，房内传来刘三极不耐烦的声音："是哪个龟儿子在叫唤，老子才睡下不到两个时辰，有事中午再说，快爬！"刘三话音刚落，张德川举拳又擂响了房门："刘老板，杏花被龙耀武祸害了，刚来聚义客栈非要找你！"

"啥、啥子喃？杏花找我？"说完，翻身下床的刘三转身对床上姑娘说，"小菊花，你先自己睡，我去处理点急事就回来。"随即，跨出门的刘三一面穿衣，一面问道，"德川兄，到底咋回事？"

张德川把杏花突然披头散发闯入聚义客栈的事讲了一遍，最后说："刘老板，我估计祸害杏花的龙耀武就在聚义客栈附近，否则，杏花不会一大早来客栈找你。"

刘三想了想说："好，老子马上叫人跟你去你那，问明杏花后，若真是龙耀武这虾子祸害了杏花，那么，老子今天就旧账新账跟他一起算！"说完，刘三就叫王成山去叫醒陈山岗、李二娃、陆远强与陆小青，并令这些人一律带上家伙。不一刻，陆小青就赶着马车，载着刘三及其手下朝卧龙桥方向奔去。

刚见到刘三，杏花哭喊着刘三哥就扑到刘三胸前放声痛哭。从没见过杏花如此痛哭的刘三，已从杏花肝肠寸断的哭喊声中，嗅到了杏花遭受巨大屈辱的悲恸。热血冲顶的刘三忙抓着杏花双肩问道："杏花，你到底咋啦？你不说出具体发生的事，光哭有啥用呀？"

这时，杏花才抽泣着断断续续说："刘三哥，那个混蛋龙耀武，把我骗到梨花

街春风客栈，昨夜给我下了迷药，就、就骗奸了我。"说完，杏花还指了指从下身流到双腿上的血迹。

"这么说来，那龙耀武还在春风客栈啰？"刘三忙问，稍停片刻，杏花点了点头："嗯，我逃离客栈时，他还昏睡在床上。"

"走，兄弟们，大家跟我到春风客栈寻龙耀武去！"说完，刘三就率陈山岗、李二娃、陆远强和王成山朝外走去。转眼间，陆小青赶着马车就来到春风客栈大门外。刘三扶下杏花，当问明房间后，他就抽出七星短剑朝二楼冲去。踹开门一看，龙耀武仍裸着身子仰躺在床鼾声不断。怒火燃烧的刘三上前提起酣睡的龙耀武，啪啪两耳光扇醒了他，然后陆远强又用双拳猛砸在龙耀武头上，王成山上前拖着龙耀武双腿，一下把龙耀武拖到楼板上。随即，陈山岗和李二娃几人，就开始对躺在楼板上的龙耀武一阵暴击，直打得龙耀武在房中翻滚号叫。

这时，在门外的杏花仍在伤心大哭，听到龙耀武惨叫声求饶声的顾老板，忙叫上两个小二从楼下奔上楼，想寻问这伙来路不明的年轻汉子为何要打他的房客。从房间冲到楼梯口的陈山岗，举着手中飞镖说："我们正在教训作恶的坏种，谁要敢上来阻拦我们伸张正义惩罚恶人，那他的下场就跟这院中花盆一样！"说完，陈山岗挥镖就朝柜台上的一盆白菊花甩去。只听啪的一声，小陶盆就被飞镖打得粉碎。顾老板见高大的陈山岗有如此飞镖之技，忙吓得退回到楼下不再吭声。

房间内，陆远强和王成山已把赤身裸体的龙耀武强按在刘三面前跪下。刘三盯着嘴角流血的龙耀武喝问道："龟儿子龙耀武，你为啥要祸害老实善良的杏花？今天你若不从实招来，老子就要你死在这房里！"

龙耀武惧怕地看着咬牙的刘三，低声说："我、我从小就喜欢杏、杏花，过去由于在成都念书，就没机会亲近她，几月前听说杏花跟扬雄的事吹了，所以，我就想、想要杏花做我的小老婆。"

"做你的小老婆？这事你跟覃老板商量过吗？"刘三惊异地问道。

龙耀武战战兢兢回道："这事我还没、没来得及跟覃老板商量，我、我想把生米煮成熟饭再说，到时，杏花就跑不脱了……"

稍停片刻，刘三恨恨问道："龙耀武，老子问你，你昨晚是采用啥恶毒方法祸害杏花的？"说完，刘三就踹了龙耀武一脚。龙耀武以为杏花已把他下药的事告诉了刘三，只好坦白道："我、我以给杏花介绍男朋友为名，把杏花哄到成都，昨夜我确实是给她下了过量蒙汗药，才迷奸了杏、杏花的。不过，我向你保正，今后我定会娶杏花做我的小老婆。"

第七十章 逃婚，无奈的扬雄从羌寨悄悄溜走

"放你妈的狗屁，漂亮的杏花凭啥要做你这恶人的小老婆！"说完，咬牙的刘三飞起一脚，又把龙耀武踢翻在地。慌乱中，龙耀武忙用手捂住自己下身。"龙耀武，你给老子听着，我从小要饭，你们龙家就常放狗来咬我，你和你哥还曾欺负过我和扬雄。若不是覃老板和杏花施舍给我饭吃，我不知早在多少年前就去见了阎王。今天老子实话告诉你，我一直把有恩于我的覃老板当妈看待，把杏花当亲妹子看待，你侮辱她就是侮辱老子！今天，不给你点颜色看看，你这龙家少爷不知马王爷有三只眼！"说完，刘三对陆远强和王成山将手一挥，"去，你俩把这恶人给我阉了，让他从今往后再无害人机会！"

很快，扑上的陆远强就骑在龙耀武身上，王成山和陆小青忙按住龙耀武双腿，这时，上前的刘三指着地上的龙耀武说："往后，你若再胆敢伤害杏花母女一根汗毛，我就放火烧了你们龙家大院，然后杀了你全家！"说完，刘三向陆远强做了个切的手势，点头的陆远强就迅速用短剑把龙耀武的睾丸挑了出来。只听一声惨叫，龙耀武立即昏死在客栈房中……

秋空中"人"字形雁阵早已消失，十月初一的羌历年终于到来。昨晚在碉楼顶上仰望星空时，扬雄就在想，或许过了羌历年，他就该结束羌地考察，回家乡去了。到家后，他要抓紧把早已确定的《蜀王本纪》完成，尔后就去临邛看望秀梅，商量他俩的终身大事。但这些想法，他还暂时不能告诉陪他考察给他带来诸多方便的羊角花。辛苦考察几个月下来，无论羊角花把他带到哪座羌寨，那里的人们只要见是老酋长爱女带来的客人，都会认真而友好地接待扬雄，都会给扬雄讲他们部族历史上的传说故事。正因如此，扬雄才对自己的考察结果感到满意。但在扬雄为自己的考察前景欢欣鼓舞时，羊角花的求爱攻势也日渐猛烈。

一日聚会，羊角花拉着扬雄来到唱歌的人群中。这时，好几个羌族姑娘高声拍手喊叫起来，要羊角花唱情歌。有些姑娘还指着身穿羊皮褂的扬雄议论纷纷，因大家都知道这个俊朗小伙子是外地来的汉子，有些人对羊角花的大胆示爱难以理解：为啥他们美丽的羌族公主，会爱上一个来羌寨游玩的汉族青年？

听着众多男女的起哄声和加油声，大方的羊角花理了理自己的彩色头饰，然后摸着胸前的银质饰物，深情地看着身边的扬雄唱道："哥在天上月儿圆，妹是地上清水湾。明月映在清水里，阿哥永在妹心间。"羊角花歌声刚停，众男女高声拍手欢叫后，就齐声喊叫："扬雄来一个，扬雄来一个。"由于扬雄去过不少羌寨考察，所以，羌寨的人大多知道他的名字。

在众多羌族男女的欢叫声中，无法回避的扬雄给大家躬了一躬，然后高兴地说："羌人朋友们，我就用竹笛给大家演奏一曲我们汉人的情歌，好不好？"

"啥子竹笛哟，该不会用羌笛来敷衍我们吧？"一个羌族男子笑着问道。随即，扬雄忙从身后掏出竹笛，挥了挥手："羌族朋友们，这就是我们汉人常吹的竹笛，它跟羌笛完全不一样。"

"扬雄，那你用竹笛吹啥子情歌呢？"另一姑娘向扬雄问道。很快，脸颊微微泛红的扬雄爽声说："姑娘，我吹的这曲子叫《凤求凰》，就是当年汉武帝时期，发生在临邛和成都关于卓文君的爱情故事。"尔后，在众男女的掌声中，扬雄就用竹笛深情演奏了《凤求凰》。扬雄刚一吹完，羊角花就把一束野菊花捧在扬雄面前说："为奖励你的精彩演奏，我特送你一束美丽山菊花。"随后，在众人的呼哨声和叫好声中，兴奋的扬雄收下了羊角花献上的野菊花。

不远处，看着羊角花举动的老酋长摇头叹道："唉，这个羊角花真没治了，这样发展下去，还不知是祸是福哩。"

释比巫师说："老酋长，羊角花喜欢扬雄，这应该是好事嘛，您担心啥呢？"

"唉，扬雄他毕竟是汉人，我也不知他能不能在我们这儿留下来。我是担心扬雄一走，羊角花再单相思也没用啊。"说完，老酋长就眼露忧虑之色。释比巫师看了看老酋长，非常有把握地说："老酋长，我有一计，可使扬雄长期留在我们羌寨。"

"你有啥计，说来我听听？"

释比巫师说："老酋长，我想以教授更多古蜀历史为由，把聪明过人的扬雄收为弟子，虽然外族人不能成为释比，但我们可以为他设一个有名无实的高职位，唯有这样，虚荣心得到满足的扬雄，才有可能留在我们羌寨。"

"嗯，好主意。这可是一举两得的事。"说完，老酋长和释比巫师都开心地笑起来……

寒冬，纷纷扬扬的鹅毛大雪，覆盖了巍巍大岷山中数座耸立着碉楼的羌寨。偎在火塘边的扬雄，在困倦中又将油脂灯拨亮，然后闭目背诵起羌族史诗《羌戈大战》来。正当扬雄全神贯注背诵时，突然响起了低沉的敲门声。扬雄忙起身问道："谁呀？"

"扬雄哥，我是阿鹰。"门外的阿鹰回道。

扬雄开门后，头上和肩头铺有雪花的阿鹰忙闪进碉楼说："扬雄哥，天冷，我来陪你喝点酒。"说完，阿鹰就从怀中拿出一个酒瓶和一块风干牛肉。两人坐在火塘边后，阿鹰抽出腰刀，把牛肉切成几块，然后把酒瓶递给扬雄，让扬雄先喝。扬雄喝口酒后问道："阿鹰，今晚你咋想起来我这儿玩呀？"

阿鹰沉默片刻，愁眉苦脸地说："扬雄哥，今天下午我在酋长碉楼帮着烤羊排时，我、我听老酋长和释比巫师商量说，在开春后的祭山会前，要让你同羊角花完婚。我听后心里难受，就想来问问，你曾给我保证不会同羊角花结婚，还、还算数吗？"

"当然算数啦，我扬雄决不会骗你。"

阿鹰说："其实，老酋长和释比巫师这样安排，就是有意把你留下，好同羊角花婚配。大家都知道，羊角花非常爱你，老酋长想保护她小女儿。"说完，阿鹰就用无助眼神望着扬雄。扬雄想了想，认真问道："阿鹰，你晓得羊角花非常喜欢我，你能否告诉我，既然羊角花如此爱我，你还喜欢羊角花吗？"

"喜欢，无论羊角花做了什么事，我都喜欢她。"

"那为什么呀？"扬雄诧异地又问。

"因为，她是我命中的女人。"

"好，既然这样，我现在就慎重回答你，我是有未婚妻的人，在祭山会前，我一定离开羌地回家乡去，成全你和羊角花的婚事。"扬雄抓着阿鹰的手说。

阿鹰一听，忙扑通跪下给扬雄磕了一个响头："谢谢扬雄哥，谢谢你成全我同羊角花的婚事。"说完，阿鹰眼中就涌出了感激的泪水。扬雄忙扶起阿鹰说："阿鹰，你是我的救命恩人，应该谢的是我。今晚，你得向我保证，第一，不得把我将离开的事告诉任何人；第二，这一辈子，你必须要深爱羊角花。这两点你能做到吗？"

阿鹰听后，用手中短刀往左臂一扎说："扬雄哥，我用鲜血发誓，你说的这两条我阿鹰一定能做到。"随即，扬雄点头道："那就好。阿鹰，你就等我走的消息吧，到时，我会提前告诉你……"

寒星闪烁，寅时刚过一半，春寒料峭的春夜，阿鹰轻轻敲响了碉楼房门。早准备好的扬雄忙拉开房门问道："一切都准备好了？"

阿鹰把一个包袱塞在扬雄手上说："扬雄哥，这是你路上吃的干粮，我已在寨落外备好马匹。"随后，身背包袱的扬雄忙朝大碉楼跪下说："老酋长，谢谢您这大半年的款待，今后若有机会，我再来报答您老人家的厚爱。"说完，磕头后爬起的扬雄，就跟着阿鹰匆匆朝寨外走去。

来到寨外，隐隐月辉下，阿鹰忙从树身解下马缰说："扬雄哥，这匹马是我送给你路上骑的。"

"好，谢谢你阿鹰，我俩现在立即赶往大岷河，从那过河后，我就可翻越龙门山啦。"说完，扬雄跃上马背，跟着身背弓弩的阿鹰朝大岷河赶去……

第七十一章

翠云楼头牌艳惊四座

　　天刚蒙蒙亮，阿鹰和扬雄终于来到大岷河边。早有准备的扬雄从包袱中取出一瓶酒，然后又取出用布巾包着的一只烤鸡，扬雄把酒瓶递给阿鹰说："来，兄弟，你先喝一口我再喝。"说完，扬雄就把酒瓶硬塞给阿鹰。仰脖喝了口酒的阿鹰又忙把酒瓶还给扬雄："扬雄哥，我不喝了，你快把酒喝完把烤鸡吃光，这样才能挨到午时。"

　　扬雄点头后，二话不说就喝了一大口酒，然后用牙撕扯烤鸡大嚼起来。当扬雄吃喝时，阿鹰弯腰用手试了试水温说："扬雄哥，这河水依然很凉，你能扛住游过去吗？"

　　"应该没问题。"扬雄回答后不久，一瓶酒和烤鸡就全部下了肚。扬雄把酒瓶抛入河中，立即在河滩上活动了几下筋骨，尔后就开始脱衣裤。脱完衣裤扬雄麻利把包袱捆在马鞍上。做完这一切后，赤裸着身子的扬雄紧紧握住阿鹰手说："阿鹰兄弟，我俩就此别过吧，祝你早日同羊角花完婚哈。"

　　两眼含泪的阿鹰嘴角抽动，猛地抱住扬雄哭道："扬雄哥，你是说话算数的好人，我、我真舍不得你离开，呜呜呜……"

　　"阿鹰，我离开后，你就装作什么也不知道，唯有如此，老酋长和羊角花才不会怀疑你协助我离开了羌寨，这对你往后生活很重要，知道吗？"

　　"好的，扬雄哥，我知道你是为我好，我定照你说的办。"说完，阿鹰再次拥抱了扬雄。很快，同阿鹰分开的扬雄，就牵着马慢慢朝河中走去。走到水快齐腰时，扬雄沉入水中慢慢朝对岸游去。扬雄身后，白马也紧随扬雄游了起来。河滩上，噙泪的阿鹰向扬雄久久挥动着手臂……

刘三命陆远强阉了龙耀武后，就带着手下和杏花来到聚义客栈。在客栈，秀娟、小芳与刘三又劝说安慰杏花近一个时辰，最后，痛哭的杏花才渐渐止住哭声。午饭后，刘三给张德川和秀娟做了交代，说他下午过来吃晚饭，然后就率众兄弟回翠云楼了。

下午，情绪有所缓解的杏花，在秀娟追问下，才向秀娟、小芳和张德川几人，讲述了昨天她离开花园场，到成都以及逛夜市和喝下有蒙汗药的红糖开水的经过。讲完后，杏花又伤心抹起泪来。由于刘三告诉了张德川惩罚龙耀武的实情，张德川便安慰伤心流泪的杏花说："杏花，你虽受了龙耀武祸害，但刘老板已严惩了那王八蛋，给你出了恶气，那龙耀武为他作恶付出了惨重代价，足够那家伙痛苦一辈子。"之后，在小芳追问下，张德川才向秀娟和小芳说出了惩罚结果。两人听后，直拍手称刘三做得对，作恶者就该做阉人。

当刘三一伙离开春风客栈后，顾老板就带着两个小工来到房间。一看到躺在血泊中的龙耀武，惊慌的顾老板就匆匆到客栈斜对面药铺请来郎中。老郎中见有人被阉了后，就立马用止血草药灰给龙耀武止血。尔后不久，老郎中又回药铺抓了些草药过来，叮嘱顾老板熬药让龙耀武喝下，忙完后，老郎中才对顾老板说："唯有这样吃药敷药，这汉子才能保住他小命。"稍后，老郎中见睡在床上的龙耀武闭目流泪不说话，就把顾老板拉到楼下问情况。顾老板只得遗憾地说："至于他们为啥打架弄得这么凶残，我确实也不知啥原因。看来，这姓龙的汉子不说实情，我们就没必要去关心那些床上丑事了。"

后来，龙耀武在春风客栈整整躺了五天，在老郎中调理下，身体好了许多，之后便灰溜溜离开成都回了花园场。

酉时刚过一刻，西门云飞就来到聚义客栈。西门云飞刚到不久，骑马的刘三和小青也来到客栈。刘三见席毛根不在，就叫陆小青去南大街通知席兄过来商量事。不久，席毛根和袁平也到聚义客栈聚会。晚饭喝酒时，刘三率先把替杏花报仇惩罚龙耀武的事讲了一遍。由于过去席毛根和张德川帮刘三去敲诈过龙耀武两兄弟，故对龙耀武并不陌生。席毛根听完刘三讲后，猛地一拳砸在案上说："狗娘养的龙家恶少，居然做出如此丧尽天良之事，我看对他施以宫刑，是他罪有应得！"

西门云飞也恨恨说道："若老子今天在场，起码也得用剑削去龙耀武两根指头方能解恨！"说完，西门云飞就看着低头不语的杏花。喝了一阵酒后，刘三向杏花问道："杏花，我们兄弟伙也替你报了仇，往后你打算咋办呀？"

眼中噙泪的杏花看了看刘三和秀娟，低声回道："刘三哥，谢谢你们替我报了仇，但今后咋办，我、我还没想好。"

张德川听后对刘三说道："刘老板，杏花刚受了祸害，心理创伤还有个恢复过程，我看她就在我们这里先休息几天再说，我让秀娟和小芳陪陪她。你看如何？"

刘三想了想说："嗯，杏花先在这里休息也行。若到时杏花想回花园场，可派人来给我说一声，我可派李二娃和陆小青送她回去。"

杏花有些害怕地说："刘三哥，我、我若回花园场，到时龙亭长来报复我咋办？我、我有些怕回花园场。"说完，杏花就用乞求的目光看着喝得脸红的刘三。刘三沉默片刻后说："杏花，我是了解你家情况的，在你没成家前，你妈是绝不会让你离开她的，何况，豆腐饭店也需要你这熟手。我看这样吧，今天我已给龙耀武严厉警告，若他再敢欺负你母女俩，老子就要烧他龙家大院，要是他敢再报复你，老子就敢杀他全家！"说完，两眼发红的刘三，就唰地把七星短剑插在案上。

"谢谢你，刘三哥。"杏花低声说道。

"杏花，你不用谢我，这是我应该做的。眼下，在花园场能保护你母女俩的，还真只有我刘三。"说完，自豪的刘三又端起酒杯将酒一口吞下。尔后，刘三抹抹嘴又说："杏花，我现在已是大忙人了，白天你就在聚义客栈玩，晚上我过来陪你一起吃饭，有时间你也可去城区逛逛，买点你喜欢的东西。"说完，刘三就从怀中掏出两金放在杏花面前。酒足饭饱离开聚义客栈前，刘三低声对张德川说："若扬雄来这，你一定要来给我通报，我有要事求他帮忙哩。"

"扬雄能帮你忙？"张德川有些诧异。

"是的，别的人都帮不了我，唯有我老铁才能帮我。"刘三微笑着说。

"真的？"张德川一脸蒙，有些难以相信。这时刘三神秘地说："德川兄，到时你就知道扬雄的非凡作用了……"

后来，杏花只在聚义客栈待了三天，心慌的她就告诉刘三，她想回花园场了。刘三同陈山岗和席毛根商量后，决定派李二娃、王成山和陆小青三人护送杏花回花园场。席毛根分析说："刘老板，只要龙耀武没敢在花园场声张被阉一事，就说明他还是顾及面子的，你想想，龙耀武虽说只是一个小小亭长，但他毕竟每年还有些收入，若这事在当地传开，估计对他龙家也有恶劣影响。为对杏花负责，我建议每十天你必须派两个弟兄去花园场了解下情况。我想，有你对龙耀武的烧院杀人威胁，若半年内没发生报复事件，我估计已受宫刑的龙耀武，就不敢在花园场兴风作浪了。"

"嗯，席兄此话有理，我会派陆小青长期跟踪此事，一旦龙耀武敢报复覃老板母女，老子决不会轻饶他龙家！"刘三咬牙说道。果然李二娃三人送杏花回花园场后，李二娃和陆小青还特意在豆腐饭店后院观察了几天，见一切风平浪静，李二娃二人才回了翠云楼。

杏花回去后，最失望也感到蹊跷的是覃老板，她不仅没见到年轻的龙亭长不说，竟然还是刘三的手下把杏花送回的。在覃老板一再追问下，杏花只是说她没见到龙耀武介绍的男朋友，后来就同龙耀武发生了矛盾，尔后她就去聚义客栈耍了几天。杏花没对母亲说她被迷奸一事，更不敢说刘三一伙已把龙耀武卵子割了，她怕母亲知道这事伤心，更怕母亲去龙家大院大闹讨公道，给她造成更大的不良影响。

春风客栈事件五天后，伤情有所减轻的龙耀武，跟顾老板结完账后，赶着小马车在天黑后才回到龙家大院。在春风客栈养伤期间，龙耀武一直在想：为啥曾经的叫花子刘三，居然手下有那么多有功夫的凶狠打手？从刘三手持的短刀来看，他和耀文哥曾在文翁学馆遭受的几次勒索，均是刘三一伙所为。妈的，老子晚上发生的事，咋个杏花这么快就叫来刘三一伙？难道，杏花一直暗中跟刘三一伙有联系？还是刘三一伙就住在春风客栈附近？刘三离开时撂下狠话，只要我报复了覃老板母女，他就要来烧我龙家大院，还要杀我们龙氏全家……唉，看来老子太轻视杏花这个小婆娘了，没想到，她身后还有刘三这伙王八蛋。越想越气的龙耀武摸着疼痛的下身，竟流下了眼泪……

回到龙家大院三天后，见儿子龙耀武不是躺在床上昏睡就是在院中喝茶的龙老四，极为不满地对龙耀武呵斥道："好你个懒种，你大爸前几天就问我两次，说你到哪去了，他找你商量工作上的事也不见你人影。我说你到成都办事去了，他说办事也耽误不了这么久呀。哼，没想到你回来后，居然不去工作，却成天躲在家里偷懒！"

"爸，您说啥子嘛，这次我在成都得了急病，吃了药还没好利索，我歇两天又不碍事。"龙耀武哄骗他爸后，就悄悄离开了龙家大院。一个多月后，龙耀武老婆给他生了个胖小子，从那之后，已沉默少言的龙耀武脸上，才开始有了笑意。龙耀武不知的是，两个多月后已有身孕的杏花，在覃老板一手操作下吃药打了胎，在打胎前，无法隐瞒的杏花，才向母亲说出了龙耀武的恶行。当听到刘三一伙已阉了龙耀武时，覃老板冷笑道："哼，老娘看他这个人面兽心的家伙，今后没有卵子咋个跟他婆娘睡觉。老天有眼，刘三终于给我两娘母出了这口恶气！"

从那之后，覃老板就告知陆小青，今后可不来花园场辛苦来回跑了，若有啥事，她会亲自到聚义客栈禀报刘三。因为，直到杏花打胎时，覃老板母女均不知刘三已创办了翠云楼青楼。

扬雄同阿鹰分手游过大岷河后,就快马加鞭翻越龙门山,黄昏时分终于赶到了龙门客栈。人困马乏的扬雄,已无力再寻其他地方住宿,就壮着胆子走进了刚点亮灯笼的龙门客栈。舒老板一见扬雄大惊:"你、你从哪冒出来的,扬、扬军师?"

扬雄忙拱手道:"舒老板,我刚从汶山郡回来。今晚在你店住一宿,明天就回成都去。咋的,这天已黑,您难道还要飞鸽传书通知孙大头领?"

"哪里哪里,扬军师咋跟我开玩笑呢。"说完,舒老板就看看扬雄身后,见确实只有扬雄一人,消除疑虑的舒老板又问道,"扬军师,你应该还没吃夜饭吧?"

扬雄轻描淡写地说:"如您所说,我还真没吃夜饭,给我准备一瓶酒,三个家常菜吧,今晚我俩好好喝一台,咋样?"

"要得要得,我完全按扬军师说的办。"

喝酒时,扬雄先给舒老板倒了一碗,确认没有蒙汗药后,才说了些他在汶山郡的考察见闻,后又说了些羌地的风俗民情,酒喝得差不多时,扬雄对舒老板劝道:"舒老板,孔圣人曾说,'诸恶莫做,众善奉行,莫以善小而不为,莫以恶小而为之'。我今天劝你和孙头领等一众弟兄,干这行不是长久之计,迟早有一天会翻船出事的。在没犯下大恶前收手,才是明智之举。"

舒老板说:"扬军师,你毕竟是有见识的文化人,我也非常赞同你说的,早些收手才是明智之举。那等你离开这后,我改天就约孙头领下山来商议商议,你看如何?"

扬雄说:"舒老板,仅从我跟孙头领打交道时间看,孙头领本质上并非恶人,只要你认真劝劝他,我想他会听的。"

"唉,孙头领不是不能弃恶从善,但要安顿这二十来个闲散惯了的兄弟,确实有些难啊。"

扬雄想了想说:"其实,我看也不难。二十个弟兄,可用四个来创办一家新客栈,估计有几个还愿留在龙门山当猎人,若愿采药,龙门山上也有不少珍贵药材嘛。剩下的七八人,喜欢木匠和砖泥工手艺的,可到汶山郡去搭起一套班子,给羌地百姓打家具、修碉楼或瓦房。要是有人愿去汶山郡,我可以帮忙。"

"咋帮忙?"舒老板急忙问道。

"要去的弟兄可去找羌人的老酋长和释比巫师,你们可说是我扬雄推荐来的,我敢保证,去了羌寨的弟兄们一定有活干有饭吃。"

舒老板终于笑了："若真能这样，那就太好了……"

离开汶山郡的第三天下午酉时，快马加鞭的扬雄，终于回到扬家小院。当天晚饭时，扬雄仍按老套路出牌，向父母和奶奶谈及羌地考察，仍采用报喜不报忧的方式，只谈在外有意义有价值的好事，甚至大谈羌地的风俗民情、人文景点等，绝口不提被抓进强盗窝，做了一个多月军师，以及为逃脱强盗们抓捕，跳入大岷河差点丧命的事。在谈到羌地老酋长和释比巫师时，扬雄把他听到的关于古蜀王诸多传说数事，按自己的理解编成一连串合情合理的故事，讲给了家里的老人们听，直听得扬雄父母大夸雄儿能干为止。

扬雄在家休整两天，又把他收集到的考察资料进行了整理归类。这次扬雄回家，不仅没去花园场，甚至连扬家小院也没出。扬雄认为，《蜀王本纪》一旦完成，定是他又一篇轰动蜀地的佳作，到时，不知又有多少人会投来赞赏目光并向他竖起大拇指。嘿嘿。至于落实个满意工作嘛，那肯定是水到渠成的啦。等有了薪水丰厚的职业，那时再把秀梅娶进扬家小院，那才是风风光光的美事一桩嘛。想着想着，夜里躺在床上的扬雄，竟发出抑制不住的笑声。

此后，设想了未来许多好事的扬雄却久久不能入睡，他老是想着成都的李弘先生和扬庄的消息，还有送了他两匹马的仗义好友西门云飞，还有他的好同窗席毛根和张德川，以及极为看重他文才的桃花小姐姐。哦，还有童年老铁刘三。扬雄决定，明天早饭后就骑马去成都，只有去了成都，向关心支持他的先生和朋友们讲述羌地之行后，他才可能回来静下心创作《蜀王本纪》，待他新作完成后，他才可能高高兴兴去临邛见未婚妻秀梅。当一切想好后，扬雄才枕着春夜的虫鸣声渐渐入梦。

早饭后，扬雄向父亲说了他必须去成都的理由，扬凯想到儿子或许要去落实工作，便支持说："去成都是好事嘛，你是应该去看看你那些教过你的先生还有同窗好友了。"

得到父亲支持，扬雄便打马朝成都奔去。一路上，春风得意的扬雄，首先想到的是去拜望李弘先生，到李弘先生那儿，既可打听已去帝都的扬庄的消息，还可了解君平先生近况。快到午时，扬雄在文翁学馆大门前下了马，门卫老王头认识扬雄，便对扬雄说："扬学子，你是来找李弘先生的吧，他要过会儿才下课，你可先把马牵进学馆等他。"说完，老王头就让牵马的扬雄进了学馆。

下课后，扬雄匆匆找到李弘，便邀李弘去外面餐馆吃饭。见着长得结实俊朗的扬雄，李弘高兴地说："哟，子云，我们又有近一年没见了，看你精气神俱佳，我想你去羌地应该收获不小吧。"说完，放好竹简教材的李弘，就跟着扬雄出了学馆。

在餐馆喝酒时，李弘告诉扬雄说："几月前，扬庄已来信说，他已在皇宫担任值宿郎，再熟悉两年皇宫生活后，他希望你去长安发展，凭你的学识和才华，他相信你定有大好前程。"李弘刚说完，扬雄便微笑着说："呵呵，我这桑农之家出生的草民，咋敢跟官宦人家的扬庄比呀，他有他父亲的朋友罩着，自然在皇宫混得不错，要是哪天时来运转，得到新皇赏识，逐步升迁也是极有可能的。"之后，李弘又告诉扬雄说："君平先生一个月前来过成都，先生说他已在郫县唐昌的平乐山定居下来，现书院已收有七八个学生了。"

扬雄问道："李弘先生，您感觉君平先生身体咋样？"

"我看不错，他不仅思维敏捷，而且走路也挺精神。我也没想到，先生一来学馆，校内校外的人就追着要找先生给他们算命，有的人还愿出大价钱哩。"李弘说道。

扬雄感叹道："在四川，崇拜严先生的人太多了，我这次外出，无论是在绵竹、雍城，还是羌地，只要人们一提起君平先生大名，那都是竖大拇指称赞的。"刚说完，李弘就低声问道："子云，你这次考察完后，有在成都求职的想法吗？"

"暂还没求职想法，我想等回去写出《蜀王本纪》再说。"说完，扬雄便在心中暗自念叨：哈哈，只要我完成前人从没写出过的《蜀王本纪》，到那时，求个职对我来说何难之有？

"好，扬子云，你一旦完成《蜀王本纪》，希望我能成为最早的读者之一。"说完，李弘同扬雄碰杯后又将杯中酒一饮而尽。扬雄笑道："呵呵，尊敬的李弘先生，我一旦写完《蜀王本纪》，一定送来先请您审阅指正。"尔后，酒足饭饱的李弘说他下午还有课，就匆匆回学馆去了。挥手告别李弘后，扬雄跃上马背就朝卧龙桥而去。

扬雄刚一跨进聚义客栈大门，正在喝茶的张德川就忙起身，快步朝扬雄迎来："哎呀，扬子云，你终于从羌地回来啦。"说完，张德川就紧紧拥抱着这个将成为他妹夫的同窗。小芳刚给扬雄泡了杯明前春茶，张德川就忙吩咐一个年轻伙计，让他骑马去通知刘三、席毛根、西门公子和卓铁伦，说扬雄已到聚义客栈，大家今晚必须酒聚。扬雄一听，迟疑一下说："德川兄，刘三兄不是挺忙吗，有必要去打扰他这个大忙人吗？"

张德川说："子云，这你就不知了吧，刘三已跟我打过几次招呼，只要你来这就立马通知他，他说他非要见你不可，还要求你帮他大忙哩。"

"求、求我帮大忙？我能帮他啥大忙？"不解的扬雄忙问。

"子云，刘三兄又没告诉我要你帮他啥忙，我咋晓得嘛，晚上酒聚你问他不就得了。"张德川刚说完，瑞华、冬梅与厨房两个伙计，也前来向扬雄问好。随后，张德川拿出二十多枚五铢钱，让厨房伙计去外面买些好的下酒菜回来。

在翠云楼得到扬雄已到聚义客栈信息的刘三，立即召集陈山岗和李二娃、罗妈做了安排，他晚上同陈山岗和陆小青去参加酒聚，让李二娃立马通知那一批常来翠云楼的文人骚客，以及十来个达官贵人和富家公子，就说大才子扬雄明天下午要来翠云楼。交代完后，刘三亲自去新建的后院通知头牌梅香姑娘，要梅香选好曲子，明晚可见她梦中情人扬雄才子。

没啥文化的刘三之所以要请扬雄来翠云楼，完全是出于他生意上的营销需要。这么长一段时间来，常吹嘘扬雄是他好友的刘三，经常被文人骚客问及何时能见到扬雄，时间一长，这些人已对刘老板之言产生了怀疑。扬雄这次来成都，不是他向众嫖客兑现诺言的好机会吗？兑现诺言后，这些仰慕扬雄才华的嫖客们，就会常来翠云楼照顾他生意。一想到扬雄这金字招牌将给他带来的特殊宣传效果，刘三就乐得合不拢嘴……

第二天下午申时刚过一半，按昨晚在聚义客栈喝酒时所约，身穿白色绸服的扬雄，在好友西门云飞陪同下，骑马来到翠云楼。早在翠云楼大门口等候的刘三几人，见扬雄二人到来，忙派陆远强和王成山上前，分别从扬雄和西门公子手中接过马缰。在刘三、陈山岗、李二娃、陆小青与一群打扮得花枝招展的妓女们的欢迎下，扬雄二人来到二楼一间较为宽敞早已布置好的大房间。令扬雄没想到的是，这接待他的房间中，早已候有二十多位年龄不一穿着各异的老少爷们。有几个小盘中还燃有细细的檀香，袅袅青烟中，不时传出人们窃窃的议论声。

刘三陪同扬雄刚走进房间，嫖客们就纷纷站了起来，刘三忙拍着扬雄肩头向众男人介绍道："朋友们，这就是写出《蜀都赋》的扬雄。这扬雄不仅是我童年老铁，而且也是我们翠云楼几个大股东的好朋友。前几天他为写新作刚从文山郡考察归来，你们看看，这该不是我刘老板夸海口吧，我曾对许多客人说过，只要扬雄大才子回来，我就能把他请到翠云楼来玩。今天，我可给大家兑现诺言啦。"

刘三刚一说完，众嫖客就呼叫起来："哟，刘老板果然没吹牛，还真把大才子请到翠云楼来啰；这下可好了，翠云楼在成都的名气就会直线上升啦……"这时，一名年过五旬身体偏瘦的老嫖客凑上前，仔细打量扬雄后问道："我看你这后生如此年轻，难道，你真是写出《蜀都赋》的扬雄？"

扬雄一看，这老者像个儒生，忙恭敬地说："老伯，您真喜欢我的《蜀都赋》？"

"老夫若不喜欢《蜀都赋》，又何故来见此赋的作者呢？"老者坦言道。

"这么说来，老伯见我有些年轻，不像是《蜀都赋》的作者吧？"扬雄微笑着看着老者说。老者并不怯场，缓缓回道："在老夫一生为文生涯中，我可从没见过这么年轻的人能写出如此有水平的赋哩。"

"若老伯真不相信，我现在马上就背诵《蜀都赋》给你们听听。"说完，扬雄就当着众人，声情并茂背诵起《蜀都赋》来。刚背几句，有位三十来岁的雅士说道："喂喂，你就别背了，谁人不知，只要肯下点功夫，哪个又背诵不了《蜀都赋》喃。"

"要是有人怀疑我不是真扬雄，那么，你们可记住我容貌，一是可到蜀郡府问问扬大人，他的公子扬庄曾是我同窗好友；二是你们可到文翁学馆，随便问问哪位先生，他们都可证明我就是写出《蜀都赋》的真扬雄！"说完，有点气恼的扬雄就有拂袖离去之意。这时，慌了的刘三忙拦住扬雄对众人说："各位，扬雄是跟我在花园乡一同长大的毛根朋友，你们居然有人怀疑我刘老板作假，现在，我宣布谁若不相信这年轻才俊就是真扬雄的，就立即给老子滚出去！"刘三话音刚落，西门云飞也抱拳对众人说："本人名叫西门云飞，我父亲是西门松柏，现成都浣花织锦坊、百花织锦坊和卧龙桥的聚义客栈都是我西门家的产业，现在我用人格担保，这已跟我结交快七年的扬雄贤弟，就是《蜀都赋》的真作者。谁若不信，从文翁学馆毕业的他，还可背诵司马相如的全部大赋，甚至你们可派出最有学问的人，同扬雄才子切磋老子的《道德经》，还有《周易》《论语》《孟子》等学说。我现在还可告诉大家，扬雄真正的大先生就是威震蜀地的严君平先生！"

西门云飞刚说完，众嫖客一下就蜂拥朝扬雄围来，纷纷叫嚷道："扬雄，你给我在竹简上签个名吧；扬雄才子，你给我在绸帕上签个字吧，我好送给我的相好；扬雄才俊，请你帮我看下手相；扬雄大哥，来，我送个住家地址给你，欢迎你来我家做客……"

看着闹哄哄的人群，刘三高声说道："大家排好队，可挨个让扬雄给你们签名，我保证，我的老铁一定能满足大家愿望。"

直忙到酉时快结束，累得口渴的扬雄，才基本满足屋内不同嫖客的各种要求。喝茶时，扬雄心里埋怨道：刘三啊刘三，你为赚这些嫖客的钱，居然策划出这样的见面会，难道，你要把你老铁整成红人？要把翠云楼打造成蜀郡的一景？这样下去，你不是要让我扬雄累死在成都么……

还没等扬雄在心里埋怨完，此刻，身穿玫瑰红薄绸褂的刘三拍手对众人说："现在，扬雄大才子的见面会结束，下面，我马上请翠云楼头牌梅香姑娘和一群貌美花魁来陪大家喝酒，正式开始我们的春宵饮酒会。"刘三话音刚落，众嫖客就顿时在屋中兴奋得大呼小叫起来，因为大家知道，若没扬雄来此，他们若不花大价钱，是不可能跟气质高雅的梅香姑娘一块喝酒的。

很快，暮色的羽翼就覆盖了充满春情的成都城。在陈山岗指挥下，龟公们很快点燃红烛，撤换完果盘，一些下酒菜和各式点心就纷纷端了上来。不一会儿，身姿窈窕、穿着素雅白色裙裾、怀抱琵琶的梅香姑娘，在刘三引领下，款款步入飘荡着白色窗纱红烛高照的大房间。待梅香姑娘抱琴坐定后，她用一对丹凤眼不卑不亢含笑注视着众人。这时，其他六个漂亮花魁才纷纷来到大房间。

当扬雄刚把目光投向梅香姑娘，他顿时震惊了：红烛光影中，一张秀美的鹅蛋脸上，梅香姑娘的鼻子长得挺直精巧，一对泛蓝的眸子宛若宝石嵌在睫毛长长的眼眶中，插有银簪的头上，那高耸的秀发梳得整洁有型，微翘的下巴上方，那殷红嘴唇显得生动而性感。扬雄从没见过这样俊美的姑娘，那冰清玉洁的气质，跟桃花，跟扬小娥，跟杏花和羊角花、秀娟秀梅完全不一样，仿佛那略显忧伤的目光中，隐藏着她不一样的人生故事。

众花魁刚一落座，微笑的刘三就指着扬雄向梅香介绍道："梅香姑娘，这就是你梦寐以求想见的扬雄才子。"

梅香听后，略微欠身颔首对扬雄说："小女子梅香，拜见扬雄大才子。"

看着具有超凡脱俗气质的梅香，被惊得张口结舌的扬雄，竟语无伦次地说："你、你就是梅、梅香姑娘？你、你咋会在、在翠云楼呢……"

第七十二章

《蜀王本纪》诞生后受冷遇，出乎扬雄预料

扬雄人生阅历极为有限，尤其是对女人的认知应该说是肤浅的。美丽梅香透出那超凡脱俗的文艺气质，不仅甩了桃江小姐姐几条大街，而且怀抱琵琶那优雅高贵的气质，真的是震住了心性有些高冷的扬雄。

原来，梅香姑娘真实姓名叫林雪梅，她出生于蜀郡府的官宦人家，父亲林竹山原是蜀郡府的监御史，由于渎职犯罪被流放至云南。林竹山被抄家流放直接影响了夫人邵秀芳，又气又怕的邵秀芳在丈夫被流放后，就病倒在床不久于人世，剩下十六岁的林雪梅和弟弟林雪谦相依为命。林竹山没犯案前，雪梅姐弟一直生活在衣食无忧的环境中，在具有文化艺术修养的母亲培养下，从六岁开始，林雪梅不仅开始学《诗经》，而且母亲还亲力亲为教习她琵琶弹唱技艺。十二岁时，雪梅就能背诵《诗经》全部作品，也能弹得一手好琵琶。由于林竹山深爱自己的女儿，就没让其参加皇宫选秀。若论气质容貌和琵琶技艺与文化修养，林雪梅并不输于王昭君。

没想到父亲出事遭流放、母亲病故后，十六岁的林雪梅和十五岁的弟弟就成了无依无靠的弃儿。之前，林竹山府邸是紧挨在扬之恒家隔壁的，扬之恒和夫人曾动过想纳林雪梅为自家儿媳的心思，但林竹山出事后，扬之恒就打消了这一念头。房产被没收充公后，扬庄母亲还曾接济过林雪梅姐弟一些钱财。谁承想，从小热爱骑射的林雪谦自尊心极强，他受不了世人的白眼和别人的施舍，一气之下就离开了成都不知去向。而林雪梅在一穷亲戚家住了大半年后，就被翠云楼老鸨罗妈动员进了有吃有住又能挣钱的翠云楼。在进翠云楼前，林雪梅给罗妈提了条件，她只卖艺不卖身，若不答应她的条件，她就放弃到翠云楼。罗妈向老板刘三禀报后，感觉奇怪的刘三认为，这世上居然还有这种女子，走投无路的她有啥本事，敢提出只卖

艺不卖身的条件？罗妈带刘三和陈山岗去考察后大惊，林雪梅的美貌和精湛的琵琶技艺，确实让刘三叹服。刘三便答应了雪梅的条件，她用艺名梅香姑娘身份接待想雅玩的文人墨客和少量的达官贵人。出乎所有翠云楼人员意料的是，只卖艺不卖身的梅香姑娘生意特好，而且比那些陪睡花魁收费还高。一时间，梅香姑娘还真成了翠云楼的摇钱树。陈山岗时常叹道："老子真搞球不懂，这成都玩清高的嫖客，还真他妈不少，听唱曲、弹琵琶、陪聊都能挣大钱。呵呵，还要预约才能见到梅香姑娘，这世道真不可理喻啊！"

在林雪梅进翠云楼前，刘三问过她最佩服四川哪些文人，林雪梅说她佩服司马相如和写出《蜀都赋》的扬雄。颇觉奇怪的刘三问道："林小姐，扬雄没写啥东西，你咋佩服他呀？"

林雪梅认真回道："刘老板，司马相如是用了几十年时间才写出那些大赋，可我听说扬雄是一位读书的学子，他那么年轻就写出了《蜀都赋》，可想而知，这青年才俊潜力巨大，真是前途不可限量呀。"

刘三听后笑道："呵呵，看来扬雄已成林小姐梦中情人啰？"

林雪梅摇头说："梦中情人谈不上，但他的作品让我对他刮目相看倒是真的。"

刘三想了想说："林小姐，只要你去我们翠云楼接客，我保证在一年之内，定让你见到扬雄大才子。"

"哟，刘大老板，你别给我开这个玩笑好不好，你的翠云楼咋可能请来扬雄这样的文学大神？"雪梅根本不相信刘三说的，她以为刘老板在设法哄她去当吸引嫖客的花魁。不愿多作解释的刘三打赌说："林小姐，你若去翠云楼一年内，没见到扬雄这个文学大神，那我在翠云楼的一半股份就属于你。"说完，刘三让陈山岗和罗妈做证，当即就给林雪梅立下字据。见刘三立下字据，懂事的雪梅知道，无论真假，她都得非去翠云楼不可了，何况，刘老板还答应了她卖艺不卖身的要求。

就在扬雄语无伦次跟梅香说话时，另一漂亮花魁起身指着扬雄说："哟，这是哪位爷呀，难道你眼中就只有梅香姑娘，没有我们这些姐妹们？你为啥连看都不看我们一眼，你这公子也太失礼了嘛。"话音刚落，一些嫖客就哄笑起来。这时，刘三忙指着扬雄对那花魁说："小桃红，你知道这位大神是谁吗？他就是梅香姑娘日夜想见的扬雄大才子。"

刘三刚说完，小桃红吐了下舌头，忙用白绸巾掩面不敢再开腔。这时，一中年男子举着手中竹简说："花魁们，小姐姐们，扬雄才子不仅写出了威震蜀地的《蜀都

第七十二章 《蜀王本纪》诞生后受冷遇，出乎扬雄预料

赋》，他还是算命大师严君平的弟子，今天下午，我们不仅求扬雄给我们签名纪念，有的还求他算了命呢。"刚说完，众花魁纷纷站起，也要扬雄给她们看相算命。

无奈的扬雄忙摆手对众花魁说："各位姐妹们，很对不起你们，昨晚我的童年老铁刘老板跟我介绍了梅香姑娘的情况，我今天是特为拜见梅香姑娘才来这的。没想到，好心的刘老板为满足客人们需要，就安排了一场特殊见面会。现在大家共同饮酒聊天时刻，我想同梅香姑娘交流交流，要是谁介意，她可随时离开这房间。"说完，扬雄便扭头对怀抱琵琶的梅香说："梅香姑娘，为调整气氛，请你先弹唱一支曲子吧。"

梅香姑娘忙颔首道："好的，扬雄才子，那我就弹一曲我自己谱曲的《关雎》吧。"见扬雄点头后，梅香略停片刻，纤细且长的手指就拨响了丝弦。一阵轻快舒缓的乐音很快就从梅香指尖流出。随着梅香身子的轻微摇动，她那白皙脖颈上的鹅蛋脸，在烛光下显得有些冷艳迷人。当她用悦耳动人的嗓音唱出："关关雎鸠，在河之洲。窈窕淑女，君子好逑……参差荇菜，左右芼之。窈窕淑女，钟鼓乐之。"约莫弹唱几分钟后，当最后一个音符消逝在春夜时，扬雄带头向梅香姑娘鼓起掌来。

听完梅香自己创作的《关雎》琵琶曲后，扬雄心里叹道：梅香姑娘的文艺气质是纯粹的，要是她的文化修养高些就更完美了。于时，扬雄试探性问道："梅香姑娘，你之前最喜欢哪些文人的作品呀？"

梅香看了看扬雄，低声回道："我十二岁时，就已能背诵完《诗经》，后又涉猎了一些孔孟学说和文学作品，从个人兴趣上说，孔孟学说太理性，我还是偏爱屈原的《离骚》《橘颂》《九章》《九歌》等作品，然后就是宋玉的《高唐赋》《神女赋》与《登徒子好色赋》，另外还有司马相如《子虚赋》《上林赋》《长门赋》《美人赋》，至于当今文人作品，我较为喜欢您的《蜀都赋》。"说完，梅香就含笑地看着扬雄。

由于昨晚在聚义客栈喝酒时，扬雄从刘三那里了解到梅香一些不幸身世。当梅香说完她喜欢的文人作品时，扬雄不禁当众叹道："唉，梅香姑娘太可惜了，若是你家父不发生意外，你一定会有个岁月静好的生活。好在今日我俩有幸相识，我也不枉来翠云楼一趟。"说完，扬雄端起酒杯对众人说："来，让我们共同举杯，欢迎梅香姑娘再为我们演奏一曲《霸王卸甲》，好不好？"

"要得，好得很嘛。"在众男女的吆喝喊叫声中，扬雄带头将杯中酒一饮而尽。尔后，在众人欢快饮酒吃起菜肴和糕点时，梅香姑娘又弹起了著名琵琶名曲《霸王卸甲》。很快，梅香弹出凄凉悲切的曲调，不时用渐强或渐弱的力度变化，

617

把令人愁肠欲断的"别姬"场景，以及项羽四面楚歌中的慷慨悲壮，演绎得淋漓尽致。由于刘三邀请来的这些嫖客，大多是富家公子和文人墨客，所以，具有一定文化素养的男人们，均对梅香的精湛演奏，给予了热烈掌声。在扬雄为梅香献上一杯酒后，为感谢梅香的演奏，扬雄特为梅香朗诵了司马相如的《美人赋》和宋玉的《神女赋》片断。

出乎所有嫖客和刘三预料的是，在风流潇洒的扬雄朗诵完《神女赋》片段后，一直沉默少言的梅香，在又饮过扬雄递上的酒后，脸颊微红的她竟为扬雄朗诵了屈原的《橘颂》和扬雄《蜀都赋》片段。众嫖客见他们崇拜的梅香姑娘和扬雄当众唱和，竟高兴得纷纷上前向扬雄和梅香敬酒。此时，一位二十多岁的富豪公子举杯说："哈哈，朋友们，我看这扬雄才子同梅香姑娘才是天设地造的一对嘛。来，为这对金童玉女早结百年之好，大家饮了这杯美酒。"说完，在众人的欢呼小叫中，大家又把杯中酒饮下。

春宵易逝，在不知不觉的饮酒弹唱与诗文唱和中，子夜已悄然来临。喝得微醺的扬雄抱拳向梅香和众男女说："各位，我扬雄有事得先行一步，祝各位在翠云楼继续尽情玩乐哈。"扬雄刚一说完，梅香施礼对扬雄说："扬雄才子，小女子梅香仍想向你讨教辞赋一事哩，如此良宵，难得相逢交流，你何故要急着离去呀？"梅香刚说完，那几个花魁猛地拥上，她们紧拽着扬雄胳膊和腰，非要强留下他不可。此刻，刘三见花魁要强留扬雄，忙上前低声问道："老铁，梅香和众花魁都在留你，难道你真要走？"

"刘三兄，你是知道我情况的，我咋可能留在翠云楼过夜呢？"说完，扬雄就向刘三做了驱离拉住他绸服花魁的眼色。会意的刘三忙对几位花魁说："你们就别强留扬雄了，他还要急着回去看望生病的奶奶，放心吧，扬雄改天一定会再来我们翠云楼。"随后刘三就示意花魁们放开扬雄。突然，小桃红转身拉着西门云说："扬雄才子若非走不可，那么，这位帅哥就得留下，我今夜要好好侍候他哟，若他不满意，我分文不要！"尔后，在众嫖客的哄笑声中，扬雄在梅香失落的眼神里，很快就离开了房间。刚到房外，刘三悄悄塞给扬雄两金，作为到翠云楼的酬谢费。扬雄刚一下楼，众嫖客就拉着各自要寻欢作乐的妓女们，嬉笑搂抱着朝不同房间走去……

就在扬雄泗渡大岷河后，阿鹰按扬雄交代，午时前就向老酋长和释比禀报了扬雄已离开羌寨一事。大惊的老酋长盯着阿鹰怒问："你咋知道这事的，为啥不来向我禀报？"

第七十二章 《蜀王本纪》诞生后受冷遇，出乎扬雄预料

见老酋长发怒，阿鹰吓得忙跪下说："老、老酋长，扬雄说他梦见他奶奶得了急病，他非要回去不可，我见他异常痛苦，我、我就不敢来禀报。"说完，阿鹰就用眼神乞求释比。释比问道："阿鹰，扬雄走时，他说还回来吗？"

阿鹰答道："尊敬的释比，扬雄说、说他……"

"哎，你咋变得婆婆妈妈的，扬雄咋说的，你就如实讲呗。"老酋长有些着急。为安慰老酋长，阿鹰用善意谎言低声说："扬雄说，说等奶奶病好后，他再来我们汶山郡。"随后，内心感到高兴的阿鹰，就装作一脸愁容地望着老酋长。释比忙对老酋长说："老酋长，您就放心吧，既然扬雄被您定为我的接班人，我看，扬雄就一定会回来。"

扬雄的突然离去，虽让老酋长和释比感到有些意外，但遭受最大打击最痛苦的却是羊角花。这个率真美少女自爱上扬雄后，生活的重心与梦想就全放在了扬雄身上。她多次歇斯底里痛哭喊叫后，就独自跑到大岷河边，眺望连绵起伏的龙门山脉，甚至用哭得嘶哑的嗓子一次次呼喊扬雄的名字，而这时的阿鹰，无论羊角花走到哪儿，他都忠实地跟到哪儿。即便又哭又闹的羊角花打他骂他，甚至用牙咬他，他都一声不吭默默承受着羊角花的痛苦发泄。曾有两次，不会游水的羊角花想游过大岷河，均被阿鹰死拽着从水中拉了回来。

随着时间的流逝，七八天后，在释比和老酋长苦苦劝说安慰下，羊角花才相信了扬雄会回来的说法。从那之后，不再疯狂寻找扬雄的羊角花，只是默默去扬雄留下脚印最多的地方，追忆她同扬雄的快乐时光……

当夜离开翠云楼后，扬雄独自骑马回到聚义客栈，正在看竹简上《道德经》的张德川，放下竹简说："子云，席兄明天要去上班，他等你至亥时快过，才回南大街的。"

"没得关系嘛，昨夜聚会时，大家该说的也说得差不多了，百花织锦坊的事又多又杂，何况他又有了儿子，现在不比从前单身了。"说完，口渴的扬雄就急着要水喝。喝完水后，扬雄叹道："嘿，我真没想到，刘三居然还是个有商业头脑的家伙，想着法子把翠云楼经营得风生水起的。要不是我态度坚决，今晚我就回不来聚义客栈了。"

"咋的，刘三要留你在翠云楼过夜？"张德川有些诧异。扬雄微笑着说："呵呵，刘三咋可能留我在翠云楼过夜嘛，他知道我同秀梅的关系。你知道吗，今天刘三请我去的真正用意，原来是给他翠云楼做商业营销，刘三为了兑现他乱提劲的说

法。真出乎我预料啊，我起码为二十个嫖客签了名。"

"子云，看来你的《蜀都赋》影响还真是大嘛。人呀，只要一出名，事都好办啦。"

"可不是嘛，今晚想留我在翠云楼过夜的，就是那些打扮最时髦的老魁们。"说完，扬雄从身上摸出两金，放在张德川面前又说，"你看，这是刘三今晚酬谢我的钱，他若没赚到大钱，咋可能酬谢我这么多钱喃。"

"子云，正好这么长日子，你外出考察只有开销而无收入，明天你可上街给家里买些东西带回去。何况，在你没确定工作前的这段时间，你也有所花销呀。"张德川提醒说。

"是啊，我早已长大成人，是不该再伸手向家里要钱了。何况，我父母年纪也大了，家里还有生病的奶奶。"

"子云，昨晚西门公子也问过你，你多久去他家织锦坊当文化监理呀？"

"德川兄，我之所以没把这事确定下来，就是想急着回家，想早些把《蜀王本纪》写出来，待这篇文章在社会上产生巨大影响后，我那时再确定干啥，不是挺好嘛。一旦达到我期望的那样，我再去临邛风风光光迎娶秀梅，那才对得起已等了我两年的秀梅。"

张德川笑了："呵呵，子云，只要你没忘秀梅就好，今年春节回家时，她还一直在问你回成没。我老妈也急了，老是问我扬雄多久来娶秀梅？唉。你再不抓紧，我都有些不好面对我老妈了。"

当夜，睡在聚义客栈的扬雄脑海中总是浮现出梅香姑娘的倩影。在他接触不多的女性中，文艺女青年那清纯的笑脸和精湛的琵琶技艺，还有她对文学的热爱以及对他的崇拜，都使扬雄久久无法入眠。这个桑农之家出身的青年，第一次冒出他要是没跟秀梅有婚约多好，要是那样的话，他今夜就会留在翠云楼，跟只卖艺不卖身的梅香姑娘好好聊聊诗文和人生。梅香姑娘的笑貌，还有那隐含忧伤的目光，竟使扬雄第一次彻夜失眠。天蒙蒙亮时，昏沉沉的扬雄才在各种假设中入睡……

第二天中午起床后，吃完饭的扬雄原打算去琴台路看望桃花和卓铁伦，刚离开客栈，扬雄便改变了主意，他要赶回扬家小院，抓紧写完《蜀王本纪》，过几天来成都时，再去看望桃花和铁伦。想到此，扬雄便快马加鞭朝花园场奔去。由于这次扬雄来成都时间紧迫，张德川就没把龙耀武迷奸杏花的糟事告诉扬雄，所以，赶回扬家小院的扬雄，根本不知杏花遭受强暴一事。

第七十二章 《蜀王本纪》诞生后受冷遇，出乎扬雄预料

到家后，扬雄掏出一金交给父亲。惊讶的扬凯忙问道："你这么多钱哪来的？我可不要不义之财哈。"

扬雄笑着回道："老爸，这是刘三给我的出场费，我还留了一金作为去成都的备用金哩。"

扬凯又是一惊："出场费？啥子出场费哟，刘三哪来那么多钱给你？"

"刘三现在已是大老板了，他让我去参加了一个重要营销活动，这是他给我的报酬。"说完，扬雄就看着父亲，他怕父亲看出他在扯谎，因为，他不敢告诉父亲刘三开了青楼，更不敢说在青楼见到了令他难忘的梅香姑娘。扬凯掂了掂手中一金，低声说了句"雄儿能干"，就把一金锁进了柜中。

当夜，扬雄在自己房间的桐油灯下，再次认真阅读了自己在羌地考察中记下的内容，那老酋长、释比和众多羌人给他讲的古蜀王传说，都一一浮现在他脑海，他把要写的重点用毛笔写在竹简上后，就把文章重点确定了下来。剔出不重要的记录后，扬雄决定，明天就正式开始《蜀王本纪》的创作。夜深了，扬雄脑海中又浮现出梅香姑娘和秀梅的笑貌，不一会儿，杏花的身影又冒了出来。就这样，这三个姑娘的面容轮番在扬雄眼前晃动，直到丑时，扬雄才在甜蜜的联想中睡去。

第二天早饭后，在砚台中磨好墨，提起毛笔，端坐在铺有竹简的桌前，扬雄脑海中便浮现蜀山氏的传说。由于年代过于久远，似乎蜀山氏的影像过于模糊，扬雄想了一阵，仍不知该怎样来写蜀山氏。既然这样，那我就从羌地听得最多的传说写起，要是写得不满意，今后我还可修改。想到这儿，扬雄便迅速挥笔写下：

蜀之先称王者，有蚕丛、柏灌、鱼凫、蒲泽、开明，是时人萌，椎髻左衽，不晓文字，未有礼乐。从开明已上至蚕丛，凡四千岁。

蜀王之先名蚕丛，后代名曰柏灌，后者名鱼凫。此三代各数百岁，皆神化不死，其民亦颇随王去。鱼凫田于湔山，得仙，今庙祀之于湔。时蜀民稀少。

············

蜀王据有巴蜀之地，本治广都樊乡，徙居成都。秦惠王遣张仪、司马错定蜀，因筑成都而县之。成都在赤里街，张若徙置少城内。始造府县寺舍，命与长安同制。

············

于是，秦王知蜀王好色，乃献美女五人于蜀王。蜀王爱之，遣五丁迎女。还至梓潼，见一大蛇入山穴中。一丁引其尾，不出。五丁共引蛇，山乃崩，压五丁。五丁踏地大呼，秦王五女及迎送者皆上山，化为石，蜀王登台，望之不来，因名五妇

621

侯台。蜀王亲埋作冢，皆致万石，以志其墓。

……

写着写着，扬雄突然想起在羌地石纽山听羊角花讲的关于大禹的传说故事，他默想片刻，又挥笔写下：

禹本汶山郡广柔县人，生于石纽，其地名痢儿畔。禹母吞珠孕禹，坼副而生于县。涂山娶妻生子，名启。于今涂山有禹庙，亦为其母立庙。

老子为关令君著《道德经》。临别，曰："子行道千日后，于成都青羊肆寻吾。"今为青羊观是也。

江水为害，蜀守李冰作石犀五枚。二枚在府中，一枚在市桥下，二枚在水中，以厌水精，因曰石犀里也。

李冰以秦时为蜀守，谓汶山为天彭阙，号曰天彭门。云亡者悉过其中，鬼神精灵数见。

……

快到午时，心潮激荡的扬雄就在文思泉涌中写完了初稿。吃了点母亲给他在陶盘中准备的瓜子花生后，扬雄又快速阅读了两遍初稿，在修改几处字句后，他放下毛笔就走出了房间。午饭时，扬雄兴奋地告诉父亲，他已写完《蜀王本纪》初稿，待明天修改完后，他打算返回成都，先去听听李弘先生的意见，或多抄一份送给扬庄父亲看看。扬雄心想，只要扬刺史满意，他就会推荐给郡守看的。要是郡守再向蜀地各州县推荐他的大作，嘿嘿，到那时，他还愁没一份令他满意的工作？

扬凯听后高兴地问道："雄儿，你对自己作品满意吗？"

扬雄极为自豪地回道："父亲，我这次去汶山郡考察收获特别大。我较完整地写出了古蜀王历史，这可是前人从没做过的事，我当然对自己新作满意啦。"

"你满意就好，修改完后，你可让我先睹为快嘛。"

"那是肯定的啦，让您阅读雄儿作品，对于我俩爷子来说，都是件愉快的好事啊。"扬雄说完，还特意看了看在一旁默默吃饭的母亲。

下午，扬雄在田间帮着父亲干了半天农活，晚饭后，兴奋的扬雄就提前在桐油灯下修改起《蜀王本纪》来。修改完后，扬雄分别在竹简上抄了三份他的新作，一直忙到深夜丑时，他才在舒坦的心境中酣然入睡。第二天早饭前，扬雄便把《蜀王本纪》拿给父亲过目。认真看完后，扬凯疑惑问道："雄儿，你此作有些难懂，一般百姓似乎并不清楚蜀王的排序，即便知道，他们又咋相信你写的各几百岁时间喃？"

第七十二章 《蜀王本纪》诞生后受冷遇，出乎扬雄预料

"哎，父亲，这您就不懂了吧，我写的是蜀王的传说，又不是考古文章，何况，这世上没人能说出古蜀王存在的准确时间呢。"扬雄为自己辩解道。

"雄儿，我水平有限，说不出更多看法，你还是先拿到文翁学馆，征求下那些博学多才的先生们的意见吧，多听听他们的看法，你再进行修改不是更好。"随后，吃过早饭的扬雄，把几小捆带有墨香的竹简装进包袱背在背上，就骑上阿鹰送的白骏马，挥鞭打马朝成都奔去……

中午，扬雄请下课的李弘到学馆外的苍蝇馆子吃饭。当得知扬雄已完成《蜀王本纪》初稿时，惊讶的李弘叹道："哎呀，我也没想到，前几天你来见了我，居然这么快就写完新作了，你这个'竹简侠'真是写作能手。"说完，李弘就打开竹简认真阅读起来。喝酒时，扬雄诚恳向已看完他初稿的李弘问道："先生，除我父亲外，您是第一位阅读《蜀王本纪》的人，我希望先生能提出宝贵意见，以便我下一步进行修改。"

放下酒杯的李弘，沉思片刻后说："扬子云，为写《蜀王本纪》你不仅去了犍为郡，还去了汶山郡深入羌地考察，孟夫子曾说，'天将降大任于是人也，必先苦其心志，劳其筋骨'。我读后认为，你能把传说中的蜀王分别排序写出，已经实属不易，这其中还涉及大禹的出生，以及秦惠王、张仪和司马错伐蜀的历史，甚至还有李冰治水关于五个石犀的史实。不过，这里我想问你几个问题，你能回答我吗？"

先生要向我提出文章中问题，这不是有利我修改嘛，想到此，扬雄爽快回道："好哇，先生有何看法可尽管直言，我扬雄定当洗耳恭听。"

李弘直言道："那就好，我提的问题仅供你参考而已，毕竟你是写作者，你有你自己的写作思考。第一个问题是，从蚕丛到望帝这数千年间，由于没有文字记载，流传下的往往是古蜀先民口耳相传的故事，难道在那么漫长的历史中，我们就仅有这几位古蜀王？第二个问题是，蜀王杜宇从天而降，利从井而出，然后二人结为夫妻，这样近乎神话传说的东西，似乎更像想象中的文学故事，而不像历史中的真实人物。第三个问题是，鳖灵既然是死去的人物，他的尸体又怎能顺江水而上到郫邑呢？你文中的鳖灵不仅活了过来，而且还被望帝封为国相，这到底是写史还是在进行浪漫的文学创作？我建议你再认真读读太史公的《史记》，然后修改你的《蜀王本纪》，你以为如何？"

扬雄听完彻底蒙了，他原以为会得到的是李弘先生的肯定与褒奖，没想到先生这几条意见一出，那这文章哪仅是修改呀，而是要去重新考察，重新梳理望帝之前

623

几千年中，还有没有别的古蜀王，关于鳖灵，关于杜宇……唉，这、这几乎是对我《蜀王本纪》的否定嘛。想到此，心已凉了半截的扬雄，只好低声回道："先生的意见我已记在心中，待我再找几人看看，听听更多意见后再来修改，您看行吗？"

"当然行，因为你干的是前人从没干过的事，何况，要去追溯几千年前没有文字记载的历史，确实相当困难。你要记住，写史不是天马行空的文学创作，必须要有严谨的治学精神，方能写出更符合史实的文章来。"说完，李弘想了想又问道："子云，你抄有多的文稿吗？若有，可拿一份给我，我让学馆其他先生也看看，两天后你再来我这儿吧，我可把其他先生阅后意见转告你，这样的话，也便于你修改。"

"先生，我抄有多的文稿，我多抄的目的就是想来征求意见，那我就把这竹简留给您去帮我征求意见吧。"说完，面色凝重的扬雄，就把竹简放在了李弘面前。

吃完饭同李弘分手后，异常失落的扬雄牵着马，一步步朝聚义客栈走去。扬雄心里明白，在他来成都征求意见的人中，无疑李弘先生是最有水平的，如果李弘都这么认为的话，那么，他想在近期创造自己另一个高光时刻就可能化为泡影。唉，为文之路就真这么难吗？想着想着，不服气的扬雄突然决定，他要送一份给扬刺史看看，扬庄父亲也是有水平的大官人，要是他赞同我用虚幻化方式写的《蜀王本纪》，再推荐给郡守的话，我不就同样可再在蜀地火上一把嘛。想到这儿，翻身上马的扬雄便打马朝扬庄家奔去。

扬雄到扬府后，门卫很快禀报扬庄母亲罗氏。罗氏出来见是扬雄，便高兴地邀请他进去玩。扬雄忙说明来意，留一份竹简并告诉伯母明晚他会再来厅上听听伯父大人意见，然后躬身作揖，告别罗氏，骑马朝聚义客栈奔去。到客栈后，扬雄立即要张德川派人去通知席毛根、卓铁伦和西门公子来吃晚饭，他要征求这几位文化友人的意见。很快，张德川派出一名伙计，骑马去通知扬雄指定的三人，之后，扬雄便把一小捆竹简抛给了张德川，他要求张德川认真看看他的新作，晚上喝酒时定要提出修改建议。

酉时刚到不久，卓铁伦骑马最先来到聚义客栈，随后，西门云飞和席毛根也先后到了客栈。随即，扬雄就让张德川把《蜀王本纪》拿给席毛根三人看。并向三人交代说："这是我的新作，你们看后，等会儿在酒桌上一定要给出真实意见。"

几杯酒下肚后，扬雄率先向席毛根问道："席兄，按年龄说，你是这儿的大哥，那你就先来说说，如何？"扬雄话音刚落，席毛根忙摆手道："嗯，不行不行，我对古蜀历史没啥研究，实在没有发言权，还是让有家学渊源的铁伦先说

第七十二章 《蜀王本纪》诞生后受冷遇，出乎扬雄预料

吧。"尔后，几人就把目光投向了卓铁伦。谁也没想到，沉默一阵的铁伦突然向扬雄问道："子云兄，我有些搞不懂，你是擅长写赋的人，咋这篇文章既不是赋，又不像文学作品，若说它是古蜀历史吧，这文章又充斥着大量浪漫的文学想象，一些地方还有浓郁的神秘色彩，所以，我还真不知该怎样评价你这篇文章。"

卓铁伦刚一说完，张德川就附和说："嗯，铁伦意见有些道理，我对这篇文章也有此感觉。"尔后，西门公子微笑着向扬雄问道："子云贤弟，你文中既然写了老子和他的《道德经》，也提到了我们成都青羊肆，你考察过没，老子真到过成都青羊肆吗？"随后，扬雄只得无奈地摇摇头说："老子到没到过青羊肆，我还真不知道哩。"

又一阵沉默后，席毛根放下酒杯说："子云，你这篇文章确实没有《蜀都赋》那样的文采，许多地方给人留下许多疑问。"之后，席毛根在提出类似李弘提出的问题后，便鼓励说："子云，或许你写的这些内容，正是今后蜀郡府和文翁学馆应该梳理的古蜀历史，我认为我们蜀人首先应该弄明白的是，蚕丛、柏灌、鱼凫、杜宇和开明，并不仅仅是五位蜀王，而应是不同蜀王的五个时代吧。如今，你采用虚幻化的写作方式写出古蜀王的历史，眼下人们并不能完全理解，但我想以后人们会逐步理解你的苦衷和追求的。"

扬雄听完众好友评论，心里再次感到一阵寒意袭来，他的三位同窗和西门云飞均是有一定文化素养的人，如果这四人都没向他点赞的话，无疑证明这篇文章，根本不适合对古蜀历史没啥研究的人看，此文章如果拿给百姓看的话，还不知会闹出什么笑话来！唉，也许席兄说的对，可能后人才能理解我的虚幻化写史手法，我毕竟不是太史公司马迁。表面冷静内心抓狂的扬雄，只好装作云淡风轻地说："谢谢各位好友的宝贵意见，这篇文章只是我刚完成的初稿，我要放上几年，然后对古蜀王历史进行一番深入研究，再认真进行修改，到那时，我再请诸位好友对《蜀王本纪》进行评判……"

第七十三章

失意中的扬雄，再次拜师严君平

  由于没得到友人们肯定，当天晚上，扬雄久久无法入睡，想到他的两次外出考察，深入羌地听到的诸多关于古蜀王的传说，心里不禁叹道：唉，那几千年间产生的古蜀王，的确应该有几十上百位，但年代过于久远又没文字记载，那么多羌人都无法说清他们老祖宗准确的历史，我又哪能弄清更多古蜀王的名字呢？若是明晚去扬庄家，扬刺史也不赞同我文章的写法，那么我就只得暂时离开成都了。直到鸡叫头遍，扬雄才在昏昏沉沉中入睡。

  中午起床吃过饭后，扬雄给张德川打了声招呼，说他晚上就不回来吃饭了，然后独自步行朝青羊肆走去。他想到青羊肆仔细看看，到底有没有老子来过成都的蛛丝马迹。路过琴台路时，扬雄并没停留而是直接去了青羊肆。在青羊肆内，扬雄认认真真寻遍了宫内许多地方（包括八卦亭），也询问了宫内一些道人，没一人有把握说出老子曾亲临过青羊肆。如此看来，老子当年对关令尹喜的"千日后，于成都青羊肆寻吾"，就是一句随口之言？十分失望的扬雄，在青羊肆内待了一个多时辰后，只得出来朝锦江边走去。

  由于去拜会扬刺史时间尚早，扬雄便沿锦江河堤走去。望着沿河两岸的垂柳和长得茂盛的春草，看着一江缓缓向东的碧绿春水，有些倦意的扬雄便靠柳树面朝锦江坐了下来。望着水上疾飞的春燕，扬雄又想起《蜀王本纪》中的问题：呵呵，关于鳖灵之尸逆水而上一事，我不也是多次听民间传说的吗？咋我把这些传说写进文章，我的先生和友人们就不能理解呢？想着想着，有些来气的扬雄竟抓起一块石头，朝锦江砸去。司马迁《史记》中的五帝本纪、夏本纪和殷本纪，不也是写的传说吗？难道就因司马迁是太史公而我仅是一介草民，大家就不认可我写的《蜀王本

626

纪》！这、这世道也太不公了嘛。说完，气急的扬雄一拳朝草地砸去！

夕阳西下，望着在水上飞翔的白鹤，扬雄情绪依然低落，他慢慢挪动脚步沿江岸朝下游走去。到安顺码头后，扬雄看着装卸繁忙的货船，心里叹道：哎，难怪成都这么繁华富庶，这跟商品快速流通有关。黄昏降临后，没一点饥饿感的扬雄，朝扬府快步走去，他急切想得知扬刺史对他作品的评价。

到扬府后，认识扬雄的门卫把他领到了客厅。扬雄向扬刺史作揖问好后，就诚恳问道："尊敬的伯父大人，您已看过我文章啦？"

扬刺史答："扬雄，你的文章昨夜我看了两遍，刚才饭后又仔细看了一遍，你很有才情，也很认真去关注古蜀的历史，这精神很值得肯定嘛。不过，据我所知，古蜀历史确有几千年，但咋可能仅有五位古蜀王呢？从春秋战国到我们当下，也不过一千年历史嘛，可这一千年历史中，华夏大地出现了多少位君王呀，所以，我认为古蜀王不可能只有五位，而应该有更多。你去做过考察研究吗？"

扬雄回答刺史后，就把他去犍为郡和汶山郡考察的经历，简略告诉了扬刺史，并强调是走访了不少古羌人得出的大致结论。扬刺史听后说："扬雄，或许你还没找到真正懂古蜀历史的羌人，即便五位古蜀王代表不同的五个时代，我想，在部落战争频繁发生的年代，古蜀王的替换绝不可能只有你文章中所提到的五位。"

扬雄见懂军事的刺史对古蜀王数量认知十分坚定，便解释道："伯父大人，由于我们从前没有文字记载古蜀历史，我去考察所听的也只能是口耳相传的民间传说。您说的对，五位古蜀王应该是五个不同执政年代，只是我无法确认五位古蜀王到底各统治了多少时间，所以我只能虚写假设名几百年。"说完，扬雄为自己的辩解感到满意，他想看看接下来扬刺史该如何作答。

扬之恒放下手中茶杯说："扬雄，我认为写史是件严肃的事，我们不能凭猜测和想象来写古蜀王历史，在这方面，你应该认真读读太史公的《史记》，再深入民间去考察研究古蜀历史，重新修改你的《蜀王本纪》，剔出文章中的一些个人想象成分，或许到那时，你的文章才有真正的史学价值。"说完，扬刺史就把竹简还给了扬雄。接过竹简的扬雄已明白，刺史大人并不完全认可他现在所写的内容，于是，扬雄谢过扬刺史后，便告辞离开了扬府。

踏着月色，扬雄嗅着市井气，看着灯笼辉映下琳琅满目的店铺货物，心情沮丧得根本无心去小吃店寻找食物充饥，而是一步步朝卧龙桥走去。当路过一家青楼时，手拿竹简的扬雄又想起翠云楼的梅香姑娘了，想起她纤细指尖下弹出的《霸

627

王卸甲》。难道，那晚这支琵琶曲是个不祥预兆，预示他与梅香与这座繁华古城无缘？走着走着，扬雄又想起胆大直率的羊角花，想起助他离开汶山郡的阿鹰……

不知不觉中，扬雄就来到聚义客栈大门外，要是往常他早已迫不及待跑了进去，而此刻，他却在客栈外犹豫起来，我该怎样向德川解释去扬府的结果？如此丢脸的结局我又咋说得出口？心里难受至极的扬雄，呆立好一阵后才推门进去直接朝他房间走去。进门后，没点灯的扬雄关上门就朝床上躺去。自读翁孺学馆后，扬雄第一次没洗漱就昏沉沉睡去。

第二天早饭后，扬雄独自去了马厩喂了马，在回房间时，他见张德川带着一个伙计外出采购厨房要用的肉与菜，便对德川说："我今天打算去百花织锦坊看看，来成都好些年了，我还没去过席兄所管的织锦坊哩。"张德川误以为这个即将成为他妹夫的扬雄，要去熟悉将上任的工作环境，便高兴地说："子云，你去看看也好，织锦坊毕竟是个能赚钱的好地方。"

同张德川分手后，扬雄就朝城西方向奔去。到浣花溪后，扬雄并没急着去织锦坊，而是牵马去浣花溪畔溜达起来。扬雄虽在注视清澈水中的水草和游鱼，但脑中仍在设想，今天下午李弘将给他转述先生们意见的几种可能。唉，我何苦要去写什么古蜀历史呢？一篇《蜀都赋》就可让蜀中父老知道我扬雄才华，看来，今后还是尽量别去触碰没文字记载的历史为好，就写我擅长的辞赋不是挺好嘛。想着想着，突然见一群白鹤飞落溪畔，回过神的扬雄，才牵马朝百花织锦坊走去。

席毛根见扬雄第一次主动来到织锦坊，也跟张德川一样，以为扬雄下一步将来出任文化监理一职，便热情给昔日同窗介绍织锦坊的情况，还带扬雄参观了织机声声的织锦坊。当扬雄看着一台台织机织出一匹匹彩色锦缎时，不禁赞叹道："哎呀，原来这些漂亮锦缎是这样织出来的呀，这一台台高大织机，也太神奇了。"见有不少织女看着自己，扬雄便催席毛根出来。中午，席毛根让袁平带上一坛文君酒，就到外面中档餐馆好好招待了扬雄。喝酒时，席毛根问道："子云，你打算何时来这上任？"

扬雄随口说："席兄，这事我还定不下来，下午酉时我去文翁学馆拜见李弘先生后再说吧。若要来你这上班，我三天内就可定下来，若三天内没来，那就是我有了别的安排。"

"也行，反正我尊重你的选择，正如东家西门松柏所说，这文化监理一职给你留着，随你多久来成都。"说完，席毛根又同扬雄干了一杯。今天喝酒时，有些出乎席毛根意料的是，他第一次见扬雄在没人劝的情况下，竟主动端杯多次，有时还流露出一丝苦笑。纳闷的席毛根心里吐槽道：难道，我们几位好友给《蜀王本纪》

628

第七十三章　失意中的扬雄，再次拜师严君平

提的不同意见，给子云造成了伤害？还是他开始对自己的才华有些不自信？不便多问的席毛根，就陪扬雄把一坛酒喝完。回织锦坊后，扬雄就昏沉沉趴在办公桌上睡去了。快到酉时，醒来的扬雄才告别席兄，骑马朝文翁学馆奔去……

进文翁学馆后，扬雄很快在学堂找到刚下课的李弘先生。李弘见扬雄来了，便从抽屉拿出一小捆竹简说："走，扬子云，到我屋内说去，这儿的师生多，干扰太大不便交流。"

进屋后，李弘低声说道："扬子云，今晚学馆先生们要统一聚餐，馆长要讲教学方面的新要求，我就不能同你去外面吃饭了。现在，我就把征求来的意见转告你，或许对你今后修改文章有益。"说完，李弘就把竹简还给了扬雄。早有心理准备的扬雄，接过竹简说："那就请转告先生们的意见吧，毕竟他们都是饱读诗书的文化人，可能见识比常人更胜一筹。"

李弘见昔日弟子持这样的态度，便直言道："扬子云，你的新作学馆先生们几乎都传看了，大家也发表了不少看法，我归纳后认为大致有三条。第一，不少人肯定了此文写作的不易，毕竟你是敢为天下先，几千年的蜀人中，还没人正式写出古蜀王历史。第二，一部分人坚持认为，五位古蜀王代表五个不同历史阶段，如果按几百年一个阶段算的话，那就还有一些有作为的古蜀王被淹没在历史尘烟中了。我也认为，如果你有时间和条件的话，看能否再挖掘出更多没文字记载的古蜀王故事，这样的话，我们蜀人就能了解更多有贡献的古蜀王了。第三，少数先生彻底否定了这篇文章，说你胆大妄为胡编乱造历史，话题焦点集中在鳖灵尸体咋可能逆江水而上，还复活成为望帝重臣。至于蜀王受骗、五丁开道、大蛇甩尾使大山崩压五丁，和老子到底来成都青羊肆没，这些都是传说而非有根有据的考证结果。唉，任何开创性文章都有人会说出些看法，扬子云，你可执着去追求你要追求的东西，也不必在意别人的看法。我也认真想过，过去严君平先生也曾提到过古蜀王历史，但他毕竟讲的是传说故事，你一旦写成史料文章，自然别人对你要求就不一样了。"

扬雄听完沉默片刻后，抬头问道："先生，您认为我的文章有价值吗？"

"当然有价值。不过，像你这样用虚幻方式写史，不一定被当下大众接受，或许，你的文章是写给后人看的。扬子云，我建议你到唐昌去征求下君平先生的意见，听听他的建议你再修改也不迟。"李弘推心置腹地建议道。

如果说，扬雄听完李弘归纳的三点意见，心里仍然不爽的话，那么，当听到李弘说这文章或许是写给后人看的，扬雄心里一下轻松许多。哼，我扬雄是闻名蜀

地的青年才俊，我的文章哪是那些迂夫子学究能理解的！他们可能懂现实主义和浪漫主义写作手法，但他们能懂虚幻化创作手法吗？扬雄心里吐槽后，面带微笑作揖向李弘谢道："谢谢先生帮我征求其他先生意见，更谢谢先生的鼓励和好建议。看来，我是应该去征求君平先生的意见，他才是对古蜀历史有较深研究的人。"说完，扬雄便拱手告别李弘，匆匆牵马离开了文翁学馆。

夕阳下，伫立锦江岸边的扬雄，望着一江汩汩向东的江水，万千思绪再次涌上心头：李弘先生虽鼓励安慰了我，但从收集到的各方意见看，他们都不认可我写的《蜀王本纪》，既然这样，我想再次收获成功喜悦的愿景就化为了泡影，那我再待在成都又有啥意思呢？想着想着，越来越气的扬雄打开手中竹简，几把就将竹简串线扯断，然后将竹简纷纷朝锦江抛去。抛完后，流泪的扬雄又背靠柳树呜呜抽泣起来。

下午同席毛根分手时，不是答应晚上要去聚义客栈聚聚嘛，要是那几位好友问我这几天征求意见的结果如何，我该咋面对他们的关心呀？若是张德川再问我哪天去临邛看秀梅，你俩多久定下婚期，我该咋说呀？想着想着，心里难受的扬雄竟趴在岸边草地上，哇哇大哭起来……

时间像江水一般悄然流逝。黄昏的翅翼消失后，新月便升上夜空。心情丧到爆的扬雄，再次坐起背靠柳树凝视新月，人生遭受第一次重大打击的他思索着到底下一步该怎么办？是先确定一个有报酬的职业，还是迎娶秀梅到扬家小院？唉，难哪，要是我的《蜀王本纪》能得到大家认可该有多好，这两件顺理成章的大事，不就能确定下来吗？沉默良久，阵阵江风似乎让扬雄清醒许多，蓦地，扬雄一拳砸在地上说："李弘先生说的对，我最应该去听听君平先生的意见，也许他能解我心中烦忧！"随即，从树身解下马缰的扬雄，翻身上马便朝城西外奔去……

自从宋捕头和龙老四去成都聚义客栈侦察到刘三行踪后，回到郫县的宋捕头和龙老四在后来的日子里，又碰了几次面，他俩见面的目的就是商议寻找复仇帮手。现在，宋捕头和龙老四已达成共识，如果复仇帮手的武艺达不到要求，他俩宁缺毋滥，绝不能滥竽充数去冒险。

一次宋捕头就对龙老四说："四哥，你我都才四十多岁，这复仇的事咋能着急呢，你想想看，要是找的人功夫不高，复仇不成不说，他娘的还可能把我们害了。"说完，宋捕头就想起曾找的陆远强和王成山，他花钱雇来的两个复仇杀手，居然在盐市口夜市跟他玩了失踪。听宋捕头说后，龙老四也说："宋捕头，你不愧是多年办案的老手，功夫不高的杀手拿来做啥，老子宁愿多花钱雇高手，也绝不要

第七十三章 失意中的扬雄,再次拜师严君平

那些只有三脚猫功夫的武林混混。"

后来,一直没找到合适人选,有点丧气的龙老四问宋捕头:"难道,我们这辈子就没复仇机会了吗?"

为安慰心急的龙老四,宋捕头劝慰道:"龙四哥,在接下来的日子里,我会以县衙破案为由,去附近州县打听打听武术高手的情况,可能我们郫县没啥像样的武林高手,所以,被选的几个家伙都被我俩淘汰了。"

"行,就照你说的办,如果需要我随行的话,我会骑马跟你去外县,一切费用由我自己承担。"龙老四以土财主的口气说。自杏花事件后,宋捕头再也没敢去花园场,令宋捕头和龙老四不知的是,龙耀武因迷奸杏花被刘三一伙阉了后,龙耀武在大半年时间里,心性渐渐发生了较大变化。他没啥文化的父亲龙老四一直在苦苦寻找复仇杀手,而有文化的龙耀武却被刘三威胁之言吓得不轻,他相信,已组建了黑道团伙的刘三居然敢下令阉了他,就一定敢烧他龙家大院、杀他全家。不再长胡须的龙耀武,借口以夜里爱做噩梦为由,不再同年轻的婆娘同居,因为,他再也硬不起来的阳物,无法面对老婆。被蒙在鼓里的年轻老婆变得时常同龙耀武吵架,有一次硬是破门而入挤到龙耀武床上,实在苦不堪言的龙耀武,只好跪在床上哭着扯谎说:"婆娘,我实在对不住你哪,去年秋天我去成都办事,下雨路滑,我不小心摔了一跤,就把自己卵蛋摔破了,我、我实在干不了那事了啊……"

年轻老婆有些不相信,把龙耀武扑翻在床,用桐油灯照着瞧过龙耀武下身后,才坐在床上冷泪长流地哭了起来,直到这时她才相信,从今以后的漫长岁月,她就得守活寡了……

当夜子时,骑马的扬雄回到了扬家小院,刚睡下不久的父母,忙起床点亮桐油灯。当母亲去给他煮荷包蛋时,父亲却走进扬雄房间,低声问道:"雄儿,你为啥这么晚才回来呀?"

"我明天上午要去唐昌拜望君平先生,所以办完事我才急着往家赶。"扬雄忙回道。

扬凯见儿子一脸沉郁,估计他遇上了啥不顺心事,就没再多问。过了一阵,张氏端着一碗荷包蛋进屋说:"雄儿,你这大半夜骑马回来,该是早饿了吧,你抓紧把这荷包蛋吃了就睡,有啥事明天再说。"随即,张氏放下碗就离开了房间。这时的扬雄才想起自己还没吃晚饭,于是,他端起碗就三下五除二,很快把几个荷包蛋解决完。吃完东西后,扬雄又到厨房洗脸洗脚,待一切弄完,他才摸回自己房间

上了床。寂静的春夜,扬雄听见了隔壁蚕簇中大白蚕嚼吃桑叶的沙沙声,听见了父母隐隐的对话声,尔后又传来奶奶的咳嗽声。有些自责的扬雄叹道:"唉,这几年我忙求学和考察,对奶奶关心少了许多,待我安定下来,我该多关心关心她老人家了。"不久,极度困乏的扬雄紧抱着棉被,就在沮丧的情绪中慢慢睡去……

　　第二天早饭后,扬雄背上装有《蜀王本纪》竹简的包袱,告别父母就骑马朝唐昌镇奔去。由于过去没去过唐昌镇,经一路打听,扬雄终于在唐昌的平乐山下找到了平乐书院。扬雄抬眼望去。只见并不太高的平乐山上,众多松柏长得郁郁葱葱,书院被一大片竹林和楠木树包围,离书院不远,是从都江堰奔流而下的柏条河,河上竟还漂游着几只渔船。望着书院大环境,扬雄脱口叹道:"哎呀,这真是个读书教学的好地方!"尔后,扬雄便把马拴在书院外的树上,肩挂包袱径直朝书院走去。

　　刚进书院大门,扬雄就听见君平先生的讲课声:"弟子们,今天我给你们介绍了战国时期著名哲学家、思想家和文学家庄子的人生概况,在接下来的两个月中,我会给大家详细讲解《庄子》一书的内容,该书从哲学、艺术、思想和文学方面,反映了庄子博大精深的思想内涵,是我们难得的人生启悟之钥匙。你们知道吗,庄子的文章,无论是《逍遥游》,还是《齐物论》,大都想象奇幻,构思精巧,他文章中丰富的联想和深妙的文学意境,以及汪洋恣肆的文笔和具有浪漫主义的创作风格,都是先秦诸子文章中的典范之作。好了,今天对庄子的人生和著作概况,我就暂介绍到此。"说完,精神矍铄的严君平拿起桌上竹简,就走了出来。

　　身体瘦削两眼却炯炯有神的严君平刚跨出学堂,就看见了肩挎包袱、穿着黑色布鞋的扬雄。还没等诧异的严君平开口,扬雄忙拱手作揖说:"严先生,弟子今天特来拜望您了。"严君平问道:"哟,你扬子云简直就是稀客嘛,两年多不见,你比过去更有精神了。"随后,严君平就把扬雄朝院内带去。

　　进屋后,扬雄忙说:"先生,您这附近有饭馆吗?走,弟子请您喝酒去。"

　　比扬雄整整大了三十多岁的严君平阅历极为丰富。他问道:"扬子云,咱先不说喝酒的事,你今天来这,应该是无事不登三宝殿,有啥要紧事,先说事再喝酒不迟。"

　　扬雄知道先生有预测的本事,于是只好从包袱中拿出竹简说:"先生,我前几天刚写了一篇新文章,今天来此就是想听听您意见。"说完,扬雄就把竹简呈给了君平先生。严君平二话不说,马上打开竹简看了起来。此刻,表面平静、内心紧张的扬雄,便偷偷注视着先生的表情,他清楚,严先生是对古蜀历史有研究的人,如果内行的先生肯定了他的文章，他会感到很开心。严君平看完一遍后，想了想又接着认真看了第二遍，然后合上竹简说："走，我俩到镇上喝酒去，喝酒时再聊聊你的文章。"说完，二人就离开书院，朝镇上走去。

春光明媚，约莫二十多分钟后，严君平二人就来到唐昌镇上。由于严君平在本地教书，晓得哪家餐馆味道不错，故将弟子领到一家叫"逍遥饭庄"的餐馆。扬雄见饭庄门楣上方是君平先生手书的几个大字，便问道："君平先生，这饭庄有您股份？"

严君平笑道："呵呵，你扬子云开啥子玩笑哦，这世上就没一家店里有我的股份，这家的老板只是跟我熟悉，开张时就请我题了店名。我仅是帮忙而已。"话音刚落，拴着围裙的中年汉子何老板，就迎出来躬身对严君平说："欢迎严大师光临我店，今天您想吃点啥呀？"

"何老板，我今天跟我最有才华的弟子喝酒，你整三个巴适的家常菜就行，但酒一定要喝你前不久刚从成都进回的文君酒哈。"严君平说道。

"要得，严大师，那我就给你们炒个回锅肉、鱼香肉丝和肝腰合炒，外加一盘油酥花生米下酒哈，你看要得不？"何老板忙问。

严君平笑道："行，要得，肝腰合炒依然要炒嫩点，吃起来安逸些。"说完，严君平同扬雄挑了张靠里的桌子坐下来。由于不是赶场天，所以馆子里人不多。刚坐下，扬雄就催问道："先生，请您给我文章提点意见。"

"扬子云，你急啥子嘛，我想先问问，自你前年从文翁学馆毕业后，这近两年时间里，你干了些啥？"

扬雄认真回道："先生，自您离开学馆，我就一直在思考您临别时对我的鼓励之言。所以，当我毕业后，我就用行动来践行我想写《蜀王本纪》的想法。"尔后，扬雄就如实讲了他去犍为郡和汶山郡的考察经历，尤其重点讲了他在羌地听了许多古蜀王的故事，以及对大禹出生地与治水情况的了解。最后，扬雄诚实地说："先生，虽然我深入羌地对古蜀王做了深入考察了解，但对漫长几千年没文字记载的古蜀王历史，我也无法说清他们具体在位多长时间。"

严君平听后略一沉思，然后突然问道："扬子云，你这篇文章给哪些人看过，他们又是咋认为的呢？"

"我给李弘先生看过，他又在学馆请一些先生看过，另外，我还给扬庄父亲看过，给我原来临邛翁孺学馆的几位同窗看过。"

严君平听完笑道："呵呵，扬子云，你这么短时间就请这么多人看过《蜀王本纪》了，这足以说明，你期望值高嘛，你想这篇文章也像《蜀都赋》一样，得到众人认可，对不对？"

扬雄听完不好意思地笑了笑，坦诚说："先生，你目光犀利，一下就看透了我的心思。说实话，我花那么多心血写出的东西，确实希望得到大家认可。话又说回来，之前所看文章的人对古蜀历史一没研究，二没兴趣，他们提的意见或许不在点子上，我想先生您对古蜀历史有所研究，提的意见更利于我对此文的修改。"

刚说到此，何老板就把他炒好的几个拿手家常菜端来，紧接着，何老板的儿子也把一坛文君酒和一盘油酥花生米放上了桌。见酒菜上桌，严君平忙用筷子夹了片肝片放在嘴里嚼了嚼，很快，放下筷子的严君平拍手说："嗨，这肝腰合炒整得巴适，火候掌握得恰到好处，味道简直不摆了。"说完，严君平就对年纪比他小些的何老板竖起了拇指。

严君平摸着自己胡须笑了："哈哈，你说的对，老夫一生不爱做官，不迷恋金钱和女人，但确实喜爱美食美酒，同样，也喜欢好文好书哩。"随即，扬雄忙为先生倒上酒，自己也斟满举杯说："来，先生，我先敬您一杯。"

"扬子云，我还没给你文章提意见，你为何要敬我酒呀？"

"先生，我这些年的成长进步，都跟您的帮助分不开，何况，我在外考察时，当有人听说我曾是先生弟子时，都非常羡慕我。"说完，扬雄再次举起酒杯。严君平笑而不答，一仰脖就把杯中酒一饮而尽。很快，放下酒杯的严君平就在各盘中夹些菜尝了尝，然后闭目叹道："嗨，何老板炒的菜就是合我口味，硬是巴适得很。"

几杯酒下肚后，扬雄小声问道："先生，求您说说意见嘛，好不好？"

"扬子云，你就那么看重我的意见？"

扬雄有点急了："先生，我若对您的指教都不看重，那我不就成了瓜娃子吗？"

严君平摇头叹道："唉，扬子云哪，你对俗世名利看得太重，就那么看重你这篇文章吗？老子曾说，'身染红尘，心常洗之'，'天地尚不能久，而况于人乎'。人是应该有所追求，不能碌碌无为混完一生，但优秀者更应有超越功利的高远境界，若为浅薄的俗世小名小利所累，那他永远不会拥有志存高远的人生追求。"

扬雄听完彻底蒙了，他心里想着，我心急火燎找寻到平乐书院的目的，就是想征求先生的意见，以便我下一步修改《蜀王本纪》，一句意见还没听到，却先领教了先生的训诫。难道，是先生这位高人发现了我的问题，才如此严肃对我说这些？想到此，扬雄试探问道："先生，我、我不敢有啥高远追求，仅是想把这篇文章修改好些而已，所以，我才来求教先生的。"

"这么说来，你扬子云没有俗世功利之心了？莫非我还冤枉了你？"严君平态度严肃地说。

人生阅历尚浅的扬雄哪里知道，洞悉世事的严君平从扬雄见到他起，在这不长的时辰中，他就从扬雄言语、神态以及急切想听他意见的眼神里，感到年轻扬雄对成功的渴望。严君平两年多前就意识到，扬雄是个读书认真之人，也有做学问搞研究成大事的潜质，若不及时遏制他身上贪恋小功名的毛病，将来很可能成不了大事。于是，精于看相算命又有预测本事的严君平说："扬子云，你不说我也知道，那些看过你文章的人，他们没一个会赞同你用虚化手法写的古蜀王历史。"

扬雄听后大惊，语无伦次地说："先、先生，您咋、咋晓得是这结果呢？"

"因为，你虚幻化的浪漫写作方式，只适合写诗与赋，而不适合写史。即便在蜀地官场和文人学者中，又有几个人对古蜀历史有所研究？你千万别指望你的《蜀王本纪》会像《蜀都赋》那样，在郡守支持下会在蜀地火一把，你更别奢望当今世人会对漫长的、没文字记载的历史感兴趣，他们关心看重的只是自身的生存问题！"

"先生，那、那我该咋、咋办呢？"扬雄口吃地问道。

"庄子曾说，'人生天地之间，若白驹过隙，忽然而已'，同样，庄子还说过'白玉不毁，孰为珪璋'。扬子云，你应该珍惜光阴，不要贪恋那些不足挂齿的小名小利，要把精力放在求学上，世间知识甚多，你不提升自己，又怎能迎接天将降大任于是人的时刻？"

扬雄望着君平先生愣了好一阵，猛然间似乎明白了先生苦心的他，忙跪下向严君平拜道："先生，求您再次收下我这个弟子吧……"

第七十四章

婚姻，扬雄绕不过的人生命题

在逍遥饭庄里，严君平拗不过扬雄的执意请求，答应了扬雄再次拜师的要求，但严君平提了个条件，说："你扬子云早已从文翁学馆毕业，听李弘说当年学馆就想留你做先生，而你却没答应，现在你既然想来书院跟我学知识，那么，你就跟我一起教十多个弟子吧。我授课时，你不必在课堂上跟那些十多岁娃娃一块听课，你要学的东西我可单独讲给你听。若你答应我既当弟子又当先生的条件，那你就可来书院跟我一块生活。"扬雄听后，爽快地答应了先生的条件，他早就体会到，只要能跟先生在一起，他提升自己的目的就能达到。

扬雄同君平先生喝完酒后，就匆匆告别先生，骑马朝成都奔去。扬雄知道，席毛根和西门云飞还等着他回话，是否近期会去做织锦坊的文化监理，抛开工作上的事不说，仅凭好友之谊，他也该把这重要决定告诉好友们，因为，他最近几年或许就要在平乐书院苦读了。扬雄已在心里暗暗发誓，我暂不管《蜀王本纪》的修改，先跟着君平先生多读些书提高自己本事再说！

路过琴台路时，扬雄把他这一决定告诉了桃花姐弟，并要卓铁伦去通知席毛根和西门云飞，说他今晚在聚义客栈同友人们要好好聚聚，今后他较长时间不会来成都了。卓铁伦听后，立即骑马去了百花织锦坊，随后，扬雄就径直打马朝卧龙桥奔去。到聚义客栈后，扬雄要张德川派人去翠云楼通知刘三，今晚大家聚聚。张德川以为扬雄要宣布重要决定，忙叫小伙计从马厩牵出马，然后对扬雄说："子云，现在要请刘三这尊大神，除我、席兄与西门公子外，其他人是请不动他的。"说完，张德川跃上马背就离开了客栈。

快到戌时，被扬雄点名邀请的几人就先后赶到了聚义客栈。由于刚过立夏，天也黑得晚了些。待小芳请大家进饭厅围坐到桌前后，扬雄便主动说："各位好友，我今天刚从平乐山下君平先生的书院赶来，我已做出个重要决定，未来几年时间，我将再次以君平先生的弟子身份，在平乐书院跟着君平先生读书学习。"话音刚落，卓铁伦说道："子云兄，那你今后就是君平大师的关门弟子了？"

"也算是吧。"扬雄点点头说。

西门云飞顿时笑道："哟，你这'竹简侠'也太傲娇了嘛，谁不知君平大师一生孤傲清高，平时许多富人请他赴宴，都被他谢绝，你居然就成了君平大师关门弟子，这也太荣幸了嘛。"接着，席毛根也问道："子云，你今天为征求新作意见，去了平乐书院？"

"嗯，是的，高人毕竟是高人，让君平大师一点拨，我才幡然醒悟，人生何必为一篇小文得失斤斤计较呢，成大事者，必先充实提高自己才行，若不提高自己，即便写出一两篇好文章，那他事业也是走不远的。所以，我中午才慎重地做出决定，要在平乐书院好好跟着先生学几年，由于事发突然，我特赶来成都告诉席兄和西门公子，我眼前无法来做你们织锦坊文化监理了，在此，我再次谢谢你们的美意。"

两杯酒下肚后，刘三放下酒杯对扬雄说："老铁，你前几天走后，梅香姑娘已问过我两次，她问你又多久去翠云楼，看来，她仍想同你交流诗词歌赋呢。你今晚能否回答我，这两天是否有时间，再来翠云楼一趟？"

"刘兄，实话告诉你吧，我的心思现在在平乐山下那风光秀丽的书院了，我暂时不能来翠云楼，不过，你可转告梅香姑娘，就说我扬雄一旦闭关学习结束，一定会来拜访她的。"扬雄刚说完，刘三好似想起什么，突然对众人说道："各位友人，请你们留意一个叫林雪谦的小帅哥，此人是梅香姑娘亲弟弟，半年多前，由于他不愿过寄人篱下的生活，就不辞而别了。现在梅香姑娘在四处托人寻找她弟弟，若你们今后有谁得知林雪谦的下落，可来告诉我一声，若找到小帅哥，梅香姑娘愿以六金重谢。哦，对了，这林雪谦最大特点是喜爱骑射，他的射箭功夫还不错。"说完，刘三就举杯向众友表示感谢。

放下酒杯，西门云飞对扬雄说道："子云，我每月都要去天师洞，下次我去天师洞时，可绕道来平乐书院拜见君平先生，不知行否？"

"这有何难呀，只要我在平乐书院，你随时来都可以。"扬雄回道。这些年来，仗义疏财的西门公子曾给予扬雄不少支持，扬雄一直没机会报答呢。桃花也说道：西门公子，你下次去天师洞时，可提前告诉我一声，这几年来，我一直再没机会感谢君平大师给我算的命，让我躲过一劫，我跟你去平乐书院，一定给严大师送上十坛上等文君好酒，到时呀，扬子云就可同严大师好好对饮了。"桃花刚说完，卓铁伦忙对桃花说："姐姐，到时去拜望君平大师，你千万别忘带上我哈。"

快到子夜时分，心情异常轻松的扬雄才同友人们结束了暮春时节的快乐聚会。

大半年后的春节期间，当宋捕头回家吃年饭时，丰盛的酒桌上，年逾七旬的宋捕头老父亲摆龙门阵时，说他清晨散步到平乐书院外土坝，常见一位年轻学子在土坝上练骑射，现在，围观乡民逐渐多了起来，大家还不时报以热烈掌声。说者无心听者有意，第二天故意早起的宋捕头，就跟着父亲去了书院外的土坝，只见一位青年在活动一阵筋骨后，就跃上马背开始练起骑射来。

书院大门外靠墙位置长有一棵高大银杏树，树上挂有两块画有圆圈的木靶，只要不刮风下雨，在书院求学的林雪谦，都要在土坝纵马练骑射。由于是大年初一的严冬，还没走到土坝的宋捕头就看见一位高挽发髻、身穿黑绸袄的青年，骑着一匹白骏马在土坝上跑圆圈，在跑动中手拉弓箭不时把箭射向树身上的木靶。不到一刻钟，林雪谦就把箭袋中20枝箭全部射完。待林雪谦下马去取靶上和地上箭杆时，他总要看看到底有多少箭射在了靶上。

待练骑射好一阵后，宋捕头亲眼见证了林雪谦的骑射本事，他忍不住赞道："好，小伙子不错，这骑射功夫再练上两年，定可成为神射手！"说完，已动心思的宋捕头就朝林雪谦走去。见中年汉子走来，林雪谦忙下马抱拳说："承蒙大叔夸赞，我离神箭手还差得远哩。"

宋捕头看了看空寂无人的四周，诧异地问道："年轻学子，你姓啥呀？这春节书院早该放假了吧，你咋还一人留在书院喃？"

林雪谦看看身穿差服、头戴双耳棉帽的宋捕头，回道："大叔，我姓林，由于父母已亡，我这孤儿没啥去处，就自愿留守书院了。"

"林学子，看来你挺喜欢骑射？"暗暗高兴的宋捕头又问道。

"嗯，我从小就喜欢骑射，尤其佩服汉军将领卫青与霍去病。"林雪谦回道。此时，宋捕头突然冒出个念头，他想深入了解这林姓学子，如有可能，还可将他收买，作为复仇帮手，凭他现有箭术再练上两年，这家伙定能成为一个百步穿杨的射手。想到这儿，宋捕头便亮明身份说："林学子，我姓宋，是郫县县衙的捕头，我非常赏识你的骑射功夫，走，这大清早的，我邀请你去我家吃汤圆，今天中午我俩还可好好喝顿酒，咱俩都是习武之人，应该好好摆摆龙门阵。"说完，宋捕头就拉过马缰，把林雪谦领着朝他家走去。

扬雄在平乐书院既当弟子又当小先生不久，他就了解到仅有十六岁的林雪谦的情况。扬雄曾问过君平先生，这林雪谦是怎样来书院的？严君平沉吟后说："过去我也不认识此人，半年多前，我见他独身一人在书院外土坝上练习骑射，情不自禁就鼓掌以示鼓励，没想到，这后生就从马背翻下跪求我收留他。当时我问了些情况，他说他是父母双亡的孤儿，正流浪民间，过去父母在世时，他曾学过一些四书五经，我当即就考了他一些《诗经》《论语》和《礼记》中知识，嘿嘿，没想到这小子大都能脱口背给我听。我问他。你最崇拜哪些先人？他居然不崇拜老子、孔子、孟子和庄子，而崇拜武帝时期的武将卫青与霍去病。出于同情，我便留下这个林雪谦做了书院学子。"

由于扬雄见过梅香姑娘，也曾听刘三说过这姐弟俩身世，出乎他意料的是，在成都失踪的林雪谦竟鬼使神差流落到平乐书院。扬雄当然不愿对林雪谦说破他认识他姐姐的事，更不敢说林雪梅已用艺名在翠云楼讨生活。除此之外，想了许多的扬雄，也不能向君平先生揭穿林雪谦身世之谜，若是那样，他怕先生将说谎的雪谦逐出书院。眼下，作为学子的林雪谦，既是书院学子，又是书院的杂役，每天下午放学后，他都要认真打扫书院卫生，还要给君平先生煮晚饭。君平先生虽知雪谦喜欢骑射，但还是推荐了一些杂书给他看，让他多增加一些知识，以便今后离开书院后，有更多能力去社会讨生活。自扬雄知道林雪谦就是梅香姑娘亲弟弟之后，不便明说的扬雄就格外关照比他小六岁的林雪谦。

两年后的一天，从扬家小院回书院的扬雄情绪异常低落，吃晚饭时，在严君平逼问下，扬雄才向先生道出他心中苦闷的原因。两年前，遭受创作打击的扬雄执意要来平乐书院跟着严君平学习，当时扬雄父母也不好反对儿子的决定。当一切稳定后，扬雄母亲曾私下问过扬雄，今年秋天把婚事办了如何？扬雄借口刚去书院，他以既当学生又当小先生太忙为由，婉拒了母亲的催婚。无奈之下，盼独子早日结婚生子的张氏，只得依了扬雄。

自今年过完春节开始，扬凯就正式提出，要儿子在立夏前把秀梅娶进扬家小院，无论如何，这婚事不能再拖了，毕竟扬雄是扬家五代单传的独子，要是断了香火，那可是扬凯夫妇的大罪啊。结果，扬凯几次同扬雄商量下来，扬雄均一再推说等正式离开书院找到工作后再说，还说秀梅来信也没催他结婚嘛。跟父母谈了几次后，今天中午矛盾开始升级，吃午饭时，扬凯指着扬雄骂道："哼，亏你还是个读书人，你这不孝之人，难道不懂孟子所说'不孝有三，无后为大'吗？你是我扬家独子，今年已满25岁，你看看我们十里八乡，像你这个岁数的男人，哪个不是已有两三个儿女的人了。你这样再拖下去，不仅害了秀梅姑娘，而且还要气死你奶奶呀！"说完，极度愤怒的扬凯便将手中筷子朝扬雄脑袋打去。

扬凯刚一说完，躺在屋里的奶奶便传来哭声："雄儿哪，男大当婚女大当嫁，这、这可是天经地义之事哟，你、你可不能让我们扬家绝后啊……"说完，奶奶的呜咽声又传了过来。这时，坐在桌边的母亲也抹泪劝道："雄儿啊，你年龄真不小了，你奶奶曾对我说过几次，她若没见到你把媳妇娶进扬家小院，她、她老人家是死不瞑目的……"

见一家人这样说，眼睛发红的扬雄心里叹道：唉，你们这些老人也真是，我又没说不结婚，我仅是推迟点时间嘛。今后我长了本事有了工作后，一定多生几个儿子让你们高兴高兴。想到这儿，扬雄默默起身走出小院，喂完白马后，就朝书院走去。

当严君平听完扬雄说出心中苦闷的原因后，猛地把筷子往桌上一拍：“好你个扬子云，你让我咋说你呢，要是我是你父母，不知你已挨了我多少次打。真没想到，我曾问你几次为啥至今没结婚，你竟给我说是女方原因，现在看来，你至今未婚，责任全在你身上。现在，你给我老实说，是不是你生理上有毛病，才不愿结婚？”

扬雄忙摆手说："先生，我、我生理上没毛病。"

"没毛病为啥不想结婚，这像个正常男人说的话吗？"

扬雄嗫嚅回道："先生，我怕结了婚影响我来书院学习，我想等我从书院毕业后，再回家结婚。"

有些来气的严君平说道："简直是岂有此理！你的结婚年龄早过了，况且结婚跟来书院学习是两码事。孟子说，'孝子之至，莫大乎尊亲'，《礼记》中也有'孝子之养也，不违其志'的说法。世人若知者，知是你扬子云怕影响学习而没结婚，而更多不知者却会误以为，是老夫在鼓励你而为之。扬子云，你父母骂你是对的，你若是一个孝子，就应该抓紧时间把未婚妻娶进门，来安慰你父母那盼望传宗接代的苦心，你必须清醒认识到，你毕竟是你扬氏一族五代单传的后代！"

听先生说完，扬雄彻底傻眼了，他原以为君平先生会为他的求学精神表扬他，谁想到，没听到一句表扬的话不说，却得到一阵劈头盖脸的教训，甚至还差点成了没孝心的恶人。愣了片刻，扬雄低声问道："先生，您的意思是我应该马上结婚？"

"孟子说，'不孝有三，无后为大'，你不仅应该马上回去结婚，而且还要抓紧时间让你妻子怀孕生子，只有这样，你的父母才会感到安慰。"

本就有口吃毛病的扬雄，听先生说后，竟一时不知该怎样回答，便嗫嚅回道：

第七十四章 婚姻，扬雄绕不过的人生命题

"先生，我、我是该考、考虑自己婚姻大、大事了。"

"啥子考虑，是必须马上给我回去抓紧结婚。扬子云，从明天起，我给你二十天时间，你完了婚再来书院，若没完婚，你就不必再来这儿了。"说完，严君平头也不回就朝书院外走去。

在扬雄离开羌地一年多后，彻底失望的羊角花在释比和老父亲劝说下，还是同猎人阿鹰成了亲，尽管成亲不久羊角花就有了身孕，但她仍坚持在天气晴好时，在碉楼顶上眺望成都方向，嘴里喃喃念道："扬雄哥，你多久来我们羌寨呀，你可别忘了深爱你的羊角花……"每当这时，阿鹰就会搂着羊角花安慰说："放心吧，羊角花，扬雄哥绝不会忘记你的，只要他回我们羌寨，我就搬出碉楼，让他同你居住，我阿鹰决不食言反悔……"

有天晚上在火塘边烤吃食物时，羊角花摸着自己的大肚子，悄悄问释比说："释比大巫师，您帮我算算，扬雄哥还会回我们羌寨吗？"

释比知道羊角花还爱着扬雄，但他又不愿伤害羊角花，只好装模作样扳着指头算了算，然后模棱两可地说："扬雄还能不能回到我们这儿，这要看北斗七星的运行情况，若北斗七星运行正常，扬雄就会再来我们羌寨，若不正常，扬雄就可能要去别的地方。"

不放心的羊角花又问道："大巫师，您说说看，要是扬雄哥真回来，他还要我这个生了娃的女人吗？"

充满善念的释比又安慰说："漂亮的羊角花，只要扬雄真心爱你，就是你再多生几个娃，他也依然会爱你的。"

羊角花听后，才满意地点头吃起烤羊肉来。

自扬雄进平乐书院后，他隔十天休沐时，总要骑马回扬家小院看望奶奶和父母，也会帮父亲干些农活或帮母亲采摘喂蚕的桑叶，有时还会去花园场买些东西。当扬雄向杏花讲明今生不可能结婚的原因后，扬雄就再也没进过豆腐饭店。扬雄这样做的目的只有一个，他希望杏花早日成家，只要杏花嫁人后，他就可去豆腐饭店吃饭了。

令扬雄不知的是，只要杏花看到扬雄，她总要从饭店跑出，站在大门外久久凝视扬雄远去的背影。在杏花心中，扬雄哥才是她永远的恋人。由此，花园场上的人，大都知道杏花仍爱着扬雄，但扬雄跟大多数花园场的人一样，均不知在宋捕头

迷奸杏花后，漂亮的杏花又遭到龙耀武亭长的祸害。唉，好似某种阴影，像可怕的鬼魂缠着不幸的杏花姑娘……

被恩师教训了的扬雄，第二天早饭后就骑马回了扬家小院，向父母禀告他十多天后要迎娶秀梅的事，父母听后终于露出了笑脸。禀告完父母后，扬雄便快马加鞭朝临邛翠竹乡而去。见了秀梅，扬雄坦诚讲了他迟迟没来迎娶她的诸多真实原因。严氏和秀梅听完扬雄的诚恳之言，心中怨言很快就烟消云散。当夜商量完结婚诸多事宜后，第二天一早扬雄又骑马朝成都奔去。由于扬雄多年在外求学，他在老家只有很少往来的乡邻，他的主要好友全在成都。

到成都后的第二天，扬雄向席毛根、张德川、刘三、西门云飞、桃花与卓铁伦等人，宣布了他将在霜降后第二天同秀梅举行婚礼的喜事。刘三听后兴奋地将桌子一拍大笑说："哈哈哈，老子终于听到老铁要结婚的好消息了，我首先表态，我将率一帮兄弟伙，前来扬家小院道贺！"说完，刘三便命陆小青回翠云楼去取五金来，先让扬雄带回家置办婚礼用品。随后，席毛根和张德川这两个既是同窗又将成为亲戚的汉子也表态，他俩各自先送三金给扬雄。西门云飞见众友表了态，也立刻说道："子云贤弟，我送你和秀梅各两套时尚春秋装吧，另外再送你一辆迎娶新娘的马车。我晓得临邛翠竹乡到扬家小院有点远，你总不能让新娘走路去你家嘛。"话音刚落，众友都为西门公子考虑周到举杯大赞。

见众友表了态，桃花与卓铁伦商量后微笑着说："大家对扬子云婚事都表了态，我姐弟俩当然也要道贺，铁伦既是子云同窗，我又是扬子云好友，没啥说的，扬雄婚宴肯定要用不少酒，我们就送他一大车上等文君酒吧。"另外，我想时间这么紧，扬雄要筹办婚事定是挺忙的，我酒坊有两个男帮工，我就让柱子赶着西门云飞送的马车，跟铁伦一道去临邛帮扬雄接秀梅，这样的话，两辆马车就可一同去扬家小院。

扬雄听完众友表态，忙站起举杯说："非常感谢各位好友帮助，没有你们鼎力支持，我的婚礼定是平淡而冷清的。我长这么大，还从不敢张扬做事，这次婚礼我将在扬家小院隆重举行。再次对好友们的深情厚谊表示衷心感谢！"说完，扬雄就敬了众友一杯。刚放下杯，刘三就对扬雄说："老铁，你婚礼前三天，必须包下花园场的花园客栈，费用由我支付。为了安全起见，花园客栈只能由我们自己人住，外人一律不得入内。"说完，刘三就把目光投向了胆大心细的席毛根。

席毛根点头说："嗯，刘老板不愧已成江湖大哥，考虑事情越来越周到，我完全赞同刘老板意见。"

第七十四章 婚姻，扬雄绕不过的人生命题

刘三接着说："席兄，我跟花园场龙家早已结下死仇，我老铁结婚我又必须参加，我是不得不防龙家啊！"随即，桃花向扬雄问道："子云，你的伴郎伴娘确定没？"

"伴郎我已有了人选，但伴娘还没确定。"

桃花看了看张德川，又对扬雄说："我酒坊的兰花姑娘做伴娘如何？那可是位乖巧漂亮的小姐姐哟。"

"嗯，不错不错，兰花姑娘正好可与你桃花同行，侍候你呗。"扬雄忙笑着说。刚到此，取回钱的陆小青就把五金交给了刘三。刘三接过五金转手就递给了扬雄。扬雄收下钱后抱拳说："刘兄厚礼，大恩不言谢，我在此表个态，今后你有儿子后，我扬雄一定当他先生作为报答。"话音刚落，席毛根又问道："子云，谁做你的主婚人呀？"

扬雄微微一笑，低声回道："谁做主婚人嘛，这事我暂时保密，到时你们定会满意的。"话音一落，众友就开始猜测议论开来……

雁声消失之后，扬雄亲自测算的好日子终于来临。

两天前的黄昏，刘三让陈山岗留守翠云楼，他亲自率李二娃、陆远强、陆小青、王成山等十个打手，坐一辆带篷大马车，悄悄入住花园场的花园客栈。他们刻意换了装束，刘三让陆小青去豆腐饭店通知覃老板，让她抓紧时间在二楼准备一桌酒菜，他要同兄弟们吃晚饭。刘三带这么多弟兄来的目的，一是为老铁大婚道贺，二是担心被阉的龙耀武对他进行报复。刘三已跟李二娃商定，若龙耀武胆敢报复，就用毒镖灭了这家伙。深夜，刘三还要带这些弟兄去踩点扬家小院一带地形，选择婚礼当天的藏身之地。

晚上，当得到消息的扬雄赶到花园客栈看望刘三一伙时，刘三悄悄塞给扬雄一张白色绸帕说："老铁，我把你结婚的消息告诉了梅香姑娘，我来这之前，她拿来这绸帕让我转送给你。你看，梅香在绸帕上还绣有燕子和两句诗。"扬雄打开绸帕看到，帕的右上方绣有柳丝和一对疾飞春燕，绸帕左下方绣有"燕声呢喃春风里，谁知柳枝遥相思"的诗句。扬雄看后忙把绸帕塞进怀中说："刘三兄，你回去后替我谢谢梅香姑娘，就说今后有机会，我定来翠云楼再次拜望她。"刘三听后，拍着扬雄的肩头说："老铁，你真是个有女人缘的家伙。"

第二天中午前，桃花、张德川、西门公子、秀娟、小芳和兰花等八人坐在聚义客栈伙计赶的马车上，也赶到了花园场。昨天晚上接待刘三一伙时，覃老板母女得知了他们是来参加扬雄婚礼的。虽然覃老板心里有些不是滋味，但善解人意的她也

643

能理解扬雄迟到的婚礼。令覃老板感到意外的是,女儿杏花却出奇的平静,在招待刘三一伙时,她一再叮嘱母亲要把家常菜味道弄巴适。

下午未时刚到,扬雄就按约骑马提前赶到十里外的走马桥,去迎接坐马车来的秀梅和送酒的卓铁伦。五天前,扬雄已把喜帖送给了龙廷跃乡长和龙灌武亭长,还有场上茶铺的赵老板及一些跟扬凯关系较好的乡邻。等了大约二十分钟,扬雄在桥上就远远看见赶着马车的桂子,还有骑马伴在另一辆马车边的卓铁伦。大家会合后,扬雄就伴着秀梅和两辆马车朝花园场走去。有心的扬雄前两天在包下花园客栈后,又订下另一春花小客栈的房间,并一再交代老板要把客栈卫生搞好,说他新娘即将来此。当扬雄多给了些定金后,脸快笑烂的客栈小老板,果然把客栈重新认真收拾了一遍。扬雄这样安排的想法是,刘三一伙在花园客栈说话带有江湖气,他怕吓着了没见过世面的秀梅。何况,桃花、秀娟、小芳、兰花等女人也住这客栈,花园客栈就让男人们去撒野吧。

申时过了一半,卓铁伦护送的两辆马车就停在了小客栈外。扬雄扶着穿新衣的秀梅下了马车,刚进客栈,秀梅就看见一花轿停在院中,扬雄低声对秀梅说:"这是你明天要坐的花轿,由于你家离这太远,就委屈你了哈。"说完,扬雄就看看微笑不语的秀梅。很快,得到消息的桃花、秀娟、小芳几个女人,就匆匆来到小客栈陪伴即将成为新娘的秀梅。顿时,小客栈就在叽叽喳喳的说笑声中热闹起来。尔后,在留下几坛要用的酒后,扬雄让张德川领着桂子把剩下的十多坛酒送到扬家小院去。待一切安排妥后,扬雄就在春花小客栈外等主婚人君平先生和伴郎林雪谦的到来。

五天前,当扬雄在花园场发完喜帖后,就骑马去了平乐书院。当他把婚礼时间和准备情况向严君平禀告后,严君平高兴地说:"嘿嘿,这才像你扬子云做的正事嘛。嗯,准备得不错,真为你高兴。"

扬雄看着开心的先生,有些惶恐地说:"先生,我来书院还有一事相求,请您务必要答应我。"

严君平讶异问道:"你不是一切都安排好了吗,还有啥事求我呀?"

"先生,我父母要我请您做我婚礼的主婚人。"

"这是你父母的意思,还是你的想法?"

"先生,这既是我的想法,也是我父母的愿望,我不敢说半句假话。"

严君平沉默片刻后,突然笑道:"呵呵,扬子云哪,谁让我只有你这一个关门弟子呢,去,我去你家给你做主婚人便是。"说完,严君平从卧室中取出一捆竹简,认真说道:"扬子云,这是《孟子》一书,现世上不易买到此书,先生就送你作为彩礼吧。"说完,严君平就把竹简拿给了扬雄。接过竹简的扬雄向先生深深鞠了一躬谢道:"谢谢先生厚爱,送给我如此贵重之礼,真是我的荣幸啊。"随后,扬雄就找到林雪谦,邀请他做伴郎,作为学子的林雪谦听完后就爽快答应了小先生的邀请。扬雄之所以敢让林雪谦做他伴郎,是因为他知道,刘三一伙还从没见过林雪谦。

婚礼当天巳时刚到,四名轿夫就抬着大花轿,在欢快唢呐声中朝扬家小院走来。此时,陆远强和王成山几人便开始监视龙家大院动静。行进花轿中,张德川、秀娟、席毛根、小芳、桃花等人,作为家人象征性护送新娘跟在花轿后,接着,随花轿前行的还有西门云飞、卓铁伦、袁平、兰花与瑞华等一群男女。由于花园场乡邻前几天就知道扬雄要举行大婚,所以,尾随在送亲队伍两旁的人就较多。怕来找严君平算命的人太多,扬雄就提前安排先生到扬家小院喝茶,等候婚礼开始。

不到一个时辰,吹吹打打的送亲队伍就到了龙家大院外,戴着大红绸花穿着高档红色新郎装的扬雄和他父母,就在大黄角树下迎接从花轿里走出来盖着盖头的秀梅。随后,扬雄牵着秀梅的手一步步朝扬家小院走去。扬雄和秀梅刚进小院,鞭炮声就开始炸响,小院很快被众乡邻围了个水泄不通。院内,喝茶的严君平和龙乡长忙走出堂屋。这时,不知谁高喊了一声:"哟,那不是算命大师严君平先生嘛,他也来给扬雄扎场子了。"很快,"严大师在小院"的呼叫声在人群中响起。

刚过巳时,龙乡长看见院内外高兴的人群,然后高声说道:"吉时已到,请新郎新娘双双进堂屋。"话音刚落,扬雄在林雪谦,秀梅在兰花姑娘陪伴下走进了供奉着祖先牌位的堂屋。很快,龙乡长又高声宣布:"今天主婚人由易学大师严君平先生担任,现在请君平先生入场主婚。"在众人的掌声和呼叫声中,身材瘦高、两眼炯炯有神的严君平就走进堂屋内的神龛前。当严君平刚一站定,扬雄父母也随之走进堂屋,两人站到了严君平对面一侧。此刻,令众人不知的是,挤到扬家小院大门外的杏花,也在人群中朝院内张望。

由于院内外人声太喧闹嘈杂,严君平欲言又止地望了望龙乡长,会意的龙乡长用双手做了个压低声音的动作说:"各位亲朋好友和乡邻们,请大家暂时不要说话,主婚人就要宣布拜堂啦。"尔后,院内声音就小了下来。此刻,只听严君平高声宣布:"婚礼正式开始,请新郎新娘一拜天地。"随着严君平的喊声,身穿崭新婚服的扬雄和秀梅,就朝祖宗牌位跪下,认真磕了三个头。待扬雄二人刚起身,严君平又高声说:"请新郎新娘二拜父母。"随即,扬雄和秀梅又跪下向扬凯和张氏磕了三个头。接着,严君平又高声说:"夫妻对拜。"很快,扬雄和秀梅又相互鞠躬对拜。

645

扬雄二人刚对拜完，院内外就响起"扬雄终于完婚"的喊叫声。严君平又立即高声说："从今天起，扬雄同张秀梅就正式结为夫妻，我衷心祝愿他俩互敬互爱，白头偕老！"

严君平刚一说完，院内外就响起热烈的巴掌声和口哨声。这时，一妇指着身边的杏花说："这不是杏花吗，你应该成为扬雄的婆娘才对嘛，咋个你的扬雄被外来女人抢走啦？"随着众人的讥笑嘲讽声，嘴唇气得颤抖的杏花猛地朝不远的清溪河奔去。很快，有人就惊呼起来："杏花跳河啦，快来救人哪……"

第七十五章

翠云楼被焚，一代名妓殒命亲弟之手

很快被救起的杏花让乡邻们扶回了豆腐饭店，中午婚宴仍按计划进行。为防意外，刘三率十个兄弟在竹林中单独一桌喝的大酒，而席毛根、张德川、西门公子和桃花姐弟等人，却被安排在扬家小院中吃的婚宴。扬凯夫妇还特向送了好酒的桃花姐弟表示了感谢。按乡俗，新郎扬雄和新娘秀梅挨桌向来客敬了酒，不少客人赞叹扬雄娶了个容貌不错又贤惠的姑娘。

晚饭时，刘三告诉扬雄，他准备去看看杏花，特问扬雄有无话要说或有礼物要送。扬雄想了想从婚房中拿出两床锦缎被面说："刘兄，请你把这两床被面转给杏花，就说我扬雄希望她早日结婚嫁人。"说完，扬雄就红着眼圈叹了口气。

不到亥时，借着夜色掩护，刘三一群兄弟伙在扬家小院喝完酒后，就悄悄离开了。路过龙家大院时，刘三望了望龙家气派的四合大院，想起他童年要饭被龙家放狗追撵的情景，想起扬雄帮他一块复仇被绑在大树上的情景，想起他为复仇盗走墓碑石以及被宋捕头抓住毒打的情景。忍不住的刘三朝大院吐口水骂道："哼，老子恨不得你龙家人全部死光光才好！"

二十多分钟后，刘三留下大部分人在外分散警戒，自己便带着李二娃和陆小青进了豆腐饭店。覃老板见刘三到来，忙点亮桐油灯把刘三领进后院。进杏花房间后，刘三见眼中有泪的杏花躺在床上，双眼直愣愣盯着房梁。刘三清楚，心里痛苦的杏花还陷在情感的失落中无法自拔。沉默一阵后，刘三见覃老板也在一旁偷偷抹泪，忙拿出被面低声安慰道："杏花，这是扬雄送你的两床好被面，他让我转告你，希望你早些嫁人，不要再耽误自己的青春了。"说完，刘三就把被面放到杏花面前。流泪的杏花猛然坐起，紧紧抱住被面又伤心哭起来。

刘三劝了一阵杏花，见杏花仍伤心抽泣，便把覃老板拉到门外说："覃老板，过会儿我同弟兄们要返回成都，平常莫法照顾到你们两娘母，这里，我拿点钱，您明天去请郎中给杏花看看有无大碍，今天她在扬雄婚礼现场受了刺激，我估计过几天就没啥事了。"说完，刘三从怀中掏出一金塞在覃老板手上。覃老板谢过刘三，也抹泪叹道："唉，我和杏花命苦哇，自可恶的宋捕头祸害杏花后，这几年我家都在走霉运，这何时是个头呀。"

刘三安慰覃老板说："覃老板，我想我的人惩罚龙耀武的事，您肯定晓得了，今后，只要龙家的人敢给您和杏花装怪，您就派人到成都来告诉我，老子还要收拾他龙家。"覃老板点头后，刘三几人就离开了豆腐饭店。出门后，刘三一声口哨，赶着马车的陆远强几人很快来到刘三面前。当刘三几人跳上马车后，在陆远强的马鞭声中，马车便朝成都方向奔去。

第二天上午，应扬雄之邀，张德川和席毛根领着秀娟、小芳、西门云飞、桃花姐弟等走得近的友人，到扬家小院吃午饭。张德川和席毛根在扬雄带领下，参观了扬家小院内外情况，并建议扬雄可在原有猪圈基础上，再扩建一倍面积，秀梅嫁来后每年可多养两头猪，这样的话一年用的肉、油和供地里的肥料就有了保障。扬雄父子听后，便采纳了这好建议。

做午饭时，已成亲戚的秀娟和小芳，一同下厨房帮着张氏和秀梅煮饭炒菜。不到一个时辰，张氏几人就弄出两桌丰盛的饭菜。饭桌上，扬凯感叹道："哎，还是人多好办事，几十年了，我们扬家小院就从没这样热闹过。我曾多次听雄儿提及你们的名字，这次我终于见到大家了，来，我代表我们全家，向你们这些扬雄的好友表示感谢。"说完，扬凯就举杯敬了众人一杯。

午饭后，秀娟把小妹秀梅拉到一旁，叮嘱小妹要同扬雄一家搞好关系，做事要勤快，要多为在书院的丈夫分忧，还要孝敬老人。秀梅一一答应后，秀娟又塞给小妹几十枚五铢钱说："小妹，这是当姐的给你的私房钱，或许在关键时候能发挥作用。"收下钱的秀梅回道："姐，你就放心吧，妈和你交代的我已记在心上了，不管咋样，就是凭九年前扬雄对我家的帮助之恩，我也会做好一个媳妇应该做的一切。"

下午申时，扬雄和父亲把席毛根、张德川一行送到了花园场街上，大家分乘两辆马车朝成都奔去。就在扬雄同众友告别时，站在豆腐饭店门口的杏花目睹了这一切，当扬凯父子和两辆马车消失后，谁也没想到的事发生了。这时只见杏花返身跑回后院，把一床扬雄送的锦缎被面披在身上，右手拿着锅铲，左手拿着一大陶碗敲击着，她一面走一面高声喊道："哦，结婚啰，结婚啰……"

648

第七十五章　翠云楼被焚，一代名妓殒命亲弟之手

赵老板发现了神情异常的杏花，观察片刻后，惊慌的他立马朝豆腐饭店跑去："覃老板，杏花出事了，杏花疯了……"

几个月后的春节放假期间，跟林雪谦一直保持隐秘联系的宋捕头，在平乐书院外土坝上，再次观看了林雪谦的骑射之术。当看到林雪谦射在木靶上的箭几乎全中后，开心的宋捕头再次邀请林雪谦去他家做客。酒足饭饱后，心存感激之情的林雪谦抱拳说："宋大叔，这几年间您对我的关心与帮助，令我终生难忘，我这孤儿现在是一名穷学子，还没有报答您的条件和能力，不过，我可先表个态，往后如有啥用得着我的地方，我林雪谦一定义不容辞，定为您效犬马之劳。"

听林雪谦说后，宋捕头心中暗喜道：呵呵，老子几年的努力终没白费，现在终于等到他主动开口表态了。于是，装作有心事的宋捕头试探地问道："雪谦，你真能替我效犬马之劳？"

"大丈夫一言九鼎，我林雪谦懂得滴水之恩当涌泉相报之理。宋大叔，您有啥事尽管说，就是舍命我也要报答您这几年对我的关心支持。"

宋捕头听后，装作有些为难地说："雪谦，你宋大叔确有一难事无法解决，我想了许久，要抓住或处死从我手上逃掉的几个杀人犯，还非你莫属。"随后，宋捕头编了一套谎言，说："在县城杀了人的几个逃犯三年前就逃往了成都，这几个逃犯不易被抓捕的原因，是他们擅使飞镖，你看，我的耳朵就是被那几个亡命徒割掉的。前不久，县令已下了最新指示，说抓不了活的死的也行。这是几个不杀不足以平民愤的家伙。"说完，宋捕头就从林雪谦箭袋里抽出一支箭来。

明白了宋捕头意图的林雪谦忙说："宋大叔，您的意思是只要我们发现了杀人犯，就可用箭将其射杀，是这意思吧？"

"对，是这意思。"宋捕头点头说。

"那就太简单了，宋大叔，您哪天带我去寻那几个杀人犯，我用箭结果了他们不就得了。这样的话，您就可向县令交差了。"

宋捕头终于笑了，紧紧握住林雪谦的手说："太好了太好了，有你这句话，我就可以放心啦。"随后，宋捕头又对林雪谦说，由于逃犯潜入成都好多年，他还得去寻找这些逃犯，待发现目标后，他再来通知林雪谦。然而，不知宋捕头在说谎的林雪谦，竟拍着胸脯答应了宋捕头。

扬雄婚后第二年初春，当西门云飞再次领着桃花小姐姐到平乐书院给严君平和

扬雄送酒时，西门云飞正式告诉扬雄，他同桃花将在立夏那天举行大婚。并邀请子云参加。扬雄听后笑道："呵呵，我说你们这一对呀，为啥要拖这么久才结婚呢？若几年前结了婚，现在至少也有两个娃娃了吧。"

桃花也笑了："子云，这事还得怪西门公子，当初他追我的决心不够，要不是铁伦来成都跟他成了好友，或许今生我俩还走不到一块呢。"随后，西门云飞也正式向严君平发出了邀请，严君平遗憾地说："谢谢你二位盛情之邀，不过我最近开始写《老子指归》一书，不愿受外界干扰，故不能离开书院去成都，望二位理解，但到时我会托扬子云把礼物给你们带到。"

雨水节过后不久，请好假的宋捕头约上龙老四，二人又赶着小马车去卧龙桥聚义客栈外，盯梢刘三几人行踪。整整蹲守三天的宋捕头二人，依然没见刘三影子，宋捕头气恼地说："哼，这就他妈奇了怪了，老子之前没落实杀手时，竟还发现了刘三一伙行踪，现在我好不容易敲定了杀手，他狗日的丐帮头却不知躲到哪去了！难道，他是命不该死吗？"

龙老四听后，安慰说："宋捕头，你别急，若你假期到了，那我就留下再守几天，老子就不信，他刘三钻了成都地下的耗子洞！"

坐在街沿边的宋捕头后悔地说："唉，怪只怪当初我俩下手太慢，要是在花园场早点弄死这个丐帮头，哪有今天这么被动哟。"说完，生气的宋捕头一拳砸在自己右腿上。龙老四安慰道："宋捕头，你后悔啥子嘛，后悔现在也他妈晚了。走，我俩去逛逛盐市口夜市，若碰上好吃的，我请你喝酒。"

宋捕头听龙老四提起夜市，他就想起逃走的陆远强和王成山，便不安逸地说："去逛啥子夜市嘛，我都去过好几次了，没球得啥子逛头。"说完，宋捕头抬头望了望初春的夜空。龙老四见宋捕头不愿逛夜市，又提议说："那我两去小酒馆喝酒，毕竟这早春之夜还有点冷哦。"

宋捕头盯着龙老四，突然问道："四哥，你身上带的钱多吗？"

龙老四一愣："你啥意思，你是怕我钱没带够，不够你点的酒肉钱？实话告诉你吧，我身上足足带有三金，够你成都吃喝玩乐耍十天哩。"

宋捕头笑道："呵呵，四哥，我不是担心酒肉钱，我俩难得来一趟成都，前段时间我听龙耀文说，这两年成都的翠云楼挺火，耀文还说里面有个卖艺不卖身的梅香姑娘，逗得那些达官贵人和有钱公子们都愿花重金跟这宛若天仙的梅香姑娘一见。我俩虽不能去跟梅香姑娘摆龙门阵，但去翠云楼玩一盘妓女总还是可以的。"

第七十五章　翠云楼被焚，一代名妓殒命亲弟之手

"哟，龙耀文还给你们提起过大名鼎鼎的翠云楼？他又是咋个晓得里面有个梅香姑娘的呢？"龙老四诧异问道。

"四哥，你也太土包子了吧，你大概是在龙家大院待得太久的原因，跟你实说吧，耀文是亲自去翠云楼尝过鲜的人，他不说，县衙里的人又咋个晓得梅香姑娘那么多花边新闻呀。"说完，宋捕头就拍着龙老四肩头笑起来。

"宋捕头，你是缺右耳，我是右脸有个洞，你我这副丑八怪模样去逛翠云楼合适吗？"

"哈哈，龙四哥，你真是土得掉渣的人，这世上哪家青楼不是只认钱不管美丑的皮肉场所。只要你带的钱够我俩去逍遥一夜，那我俩现在就去翠云楼玩玩，行不？若你不敢去，那我就借钱一人去。"宋捕头话中使用了激将法。

"去就去，这年头，老子还怕啥子。明天上午你回郫县后，我又去守候丐帮头行踪便是。"说完，二人便会心一笑，一同朝翠云楼方向走去。

刚到翠云楼外，眼尖的宋捕头就发现了红灯笼下的陆远强和王成山。为证实自己没认错人，宋捕头又上前几步，再次确认了作为翠云楼打手的陆远强二人。感到意外又愤怒的宋捕头，忙拉着龙老四退到远处说："不忙进去，我前次在卧龙桥好像见过他们跟刘三在一块，我们先观察一阵再说。"说完，宋捕头心里吐槽道：这两个狗日的咋在这呢？要是他俩认出我就麻烦了，至于刘三在不在里面，看来，老子还得另想别的办法去弄清才行。

"真的？"龙老四惊诧问道。随后，宋捕头二人便蹲下盯着翠云楼大门。当宋捕头二人在暗处守候约半个时辰后，突然从翠云楼走出刘三、陈山岗和陆小青三人，站在大门口朝外看了看，刘三便向陆远强问道："远强，今晚客人多，你俩没发现啥情况吧？"

陆远强忙躬身回道："刘老板，这跟往常一样，没啥意外情况出现，若有，我一定及时向您禀报。"话音刚落，老鸨罗妈也含笑对刘三说："刘老板，这段时间我们生意特别好，自梅香姑娘名气大了后，我们翠云楼已成那些文人雅士的向往地，您红运当头，真是不尽财源滚滚来呀。"

站在暗处的宋捕头和龙老四，从身形和声音特征，早已认出刘老板就是刘三。宋捕头低声对龙老四说："四哥，我们在卧龙桥白白蹲守了几天，狗日的，原来这丐帮头早就不在聚义客栈，而把生意转移到翠云楼了。"

龙老四再次看了看站在灯笼下的刘三几人，咬牙说："哼，老子看你还往哪

里跑，不出十天，我就叫你翠云楼灰飞烟灭！"说完，龙老四二人就迅速消失在夜中……

扬雄结婚前后，西门公子和桃花小姐姐多次去平乐书院看望扬雄和君平先生，为让林雪谦静心学习，扬雄一直没向西门公子透露林雪谦身世之谜，他怕一旦刘三知道雪谦下落去告诉梅香姑娘，那样的话，好学又喜欢骑射的林雪谦，就会离开书院去过另一种流浪生活。在教林雪谦知识时，扬雄有意给雪谦这个弟子讲解了老庄学说，并一再告诫雪谦要把功名利禄看淡些，并鼓励他多学君平先生的为人处世之道。后来，在扬雄力劝下，严君平已答应两年后给林雪谦讲授《易经》和《道德经》。

就在宋捕头和龙老四去成都卧龙桥寻找刘三行踪那天，在天师洞学剑技的西门公子匆匆离开青城山，骑着快马朝成都文翁学馆奔去。原来，近一年颈上长有一瘤子的张云天，已常感到胸闷还伴有头晕发生，退隐江湖多年的张大师担心自己发生不测，便想见见自己儿子，派弟子西门云飞去通知儿子陆小龙来天师洞见他，并一再叮嘱西门云飞要陆小龙严守秘密。

当陆小龙听到叫他去天师洞见自己父亲时，陆小龙根本不相信西门公子的话。无奈之下，西门云飞便掏出一个绿色大雁玉佩说："小龙叔，您该认识这个玉佩吧？"说完，西门云飞就把玉佩递给了陆小龙。接过玉佩后，陆小龙大惊："这、这玉佩可是芝香阿姨的，咋、咋在你手中呢？"

"小龙叔，张云天大师是我师父，当年他出事后，已改名换姓隐居在天师洞近三十年，廖师娘怕我的传话您不相信，就让我带上这玉佩告诉您，这也是师娘这两年为啥不住成都，而在天师洞侍候您父亲的真正原因。"

陆小龙听完西门云飞的解释，两眼盯着手中玉佩，嘴唇颤抖、两眼发红的他，很久冒出一句："我的天哪，他们为啥要对我隐瞒这么久？几十年了。我一直以为我父亲早已不在人世。"随后，在西门云飞催促下，陆小龙在学馆借了一匹马，便跟着西门云飞朝青城山奔去……

当陆小龙跌跌撞撞摸黑爬到天师洞，在桐油灯光下见到白发银髯的老父亲时，号啕大哭的陆小龙终于吐出积压胸中几十年的郁闷之情。深夜，张云天向儿子讲述了当年他逃出长安的经过，以及后来他改名换姓隐居天师洞的实情，也解释了他为啥多年不敢见儿子的真实原因，他是怕牵连无辜的儿子啊。这么多年来，只有廖芝香同他保持着单线联系。随后，廖芝香也向陆小龙证实了他父亲这席话的真实性。

第七十五章 翠云楼被焚，一代名妓殒命亲弟之手

在张云天一家人的相互倾诉中，隔壁的西门云飞和方小桥也听得连连叹息不已。

第二天上午喝茶时，张云天对西门云飞交代："端午节前后，可让刘三、陈山岗和李二娃三个弟子来一趟天师洞，我有事要向他们交代。"说完，张云天就催促儿子连夜离开了天师洞。

两个受伤的中年男人虽没逛成翠云楼，但却意外发现仇人新去处，他们感到无比惊喜，于是，宋捕头和龙老四便赶着小马车离开了成都。在回郫县的路上，宋捕头和龙老四一直在商议，如何复仇才能解他俩的心头之恨。经过反复商量，最后他俩终于达成共识：要充分发挥林雪谦的骑射本领，黑夜放火焚烧翠云楼，以便逼出刘三几人，再趁乱射杀刘三一伙！

鸡叫头遍时，宋捕头和龙老四才赶回郫县。两人分手时，宋捕头对龙老四说："四哥，你先回去等我消息，过两天我去平乐书院找雪谦商量，看他多久能请到假，待我和他安排好时间后，我就派人通知你来县城会合。"

"行，也只有这样安排了，我回去先准备几大瓶桐油，若要放火焚烧翠云楼，我看缺少桐油是绝对不行的。"

"嗯，四哥说的有理，下次去成都，我也骑马去，射杀刘三几人后，我们撤离就快多了。"说完，宋捕头就仰头大笑，"哈哈哈，弄死那割了老子耳朵的丐帮头，那痛快复仇的日子就快到啦！"

三天后，宋捕头借老爸生病为由，回了唐昌老家。回家后，早已得知扬雄在平乐书院教书的宋捕头，不便直接去书院找林雪谦，便让老爸去通知雪谦，让他晚上来趟自己家。不到亥时，林雪谦果然按约而来。由于有多次交往的基础，宋捕头单刀直入问道："雪谦，你们书院最近多久放假？"

"雨水节时，书院刚放了两天假，我估计要到惊蛰才能放假了。"

"你们书院平时请假方便吗？"

"宋叔，您是有啥事需要我做吗？"

"前几天，我终于找到那几个杀人逃犯的藏身处，经请示王县令，县令已同意我的射杀方案。"

"若是这样，要不您去跟君平先生说说，帮我请几天假即可，我想做为民除害的事，君平先生会同意的。"

宋捕头一听，忙摇头说："嗯，不行不行，这射杀方案只能秘密进行，要是走漏了风声，那帮家伙逃走咋办？"

林雪谦为难说："宋叔，我们书院学子平时是不能随意请假的，除非自己生病和家里死人，君平先生晓得我是孤儿，所以，我没法用这两条理由请假。"

宋捕头想了想又问道："雪谦，你能确定惊蛰会放假吗？"

"应该会的，平常我们书院是十天放一次假，但逢农时节气，大都会放两天，我的小先生扬雄就总是放假时回家去的。"

"既然这样，我就不难为你了，那射杀逃犯的计划就推迟到惊蛰进行。惊蛰上午，我在县衙门口等你如何？"

"行，惊蛰上午巳时过半时，我一定准时赶到县衙大门外同您会合。"雪谦忙说。分别之际，宋捕头从怀中掏出个小陶瓶说："雪谦，这瓶里装的是毒药，你回去用水溶化后，把箭头浸泡在药水半个时辰即可，这样就可保证中箭逃犯必死无疑。"说完，宋捕头就把小陶瓶交给了林雪谦。待林雪谦刚收下陶瓶，宋捕头又问道："雪谦，你平时练骑射时，箭袋里装有多少支箭？"

"一般装有十五至二十支吧。"

"那箭袋最多能装多少支？"

"应该能装三十支。"

"好，惊蛰那天你最好装满三十支毒箭同我会合，老子就不信，那几个杀人犯还有本事活着逃脱！"宋捕头咬牙说。待一切商量好后，林雪谦就怀揣陶瓶，悄然离开了宋捕头的院落。

复仇心切的龙老四和宋捕头，终于盼到惊蛰的到来。

惊蛰上午巳时过半时，用红绸巾束发的林雪谦骑马赶到县衙门外时，宋捕头和赶着小马车的龙老四已候在那里。林雪谦诧异地盯着右脸蒙着灰布巾的龙老四，向宋捕头问道："宋叔，这是谁，他也跟我们一块去成都？"

宋捕头忙指着龙老四介绍道："雪谦，这位受害者你应该叫他龙大叔，几年前，那几个杀人犯曾抢过他钱财，还打伤了他，听说我要去追杀那几个杀人犯，龙大叔也愿助我们一臂之力。"

龙老四见宋捕头回身向背弓箭的林雪谦介绍他后，便指着小马车上的六大陶瓶桐油说："嘿嘿，我来助阵的目的，就是要用大火焚烧翠云楼青楼，然后逼出那几个亡命逃犯，那时哟，就靠你林帅哥的神箭发威，将他们一个个射杀。"说完，右脸漏风的龙老四还发出几声古怪笑声。

"我们走，到土桥镇喝酒吃中午饭去，这不是说话的地方。"宋捕头说完，

第七十五章　翠云楼被焚，一代名妓殒命亲弟之手

便跃上马背领头朝成都方向跑去。不到半个时辰，宋捕头三人就来到土桥镇一家苍蝇馆子，宋捕头要了一盘卤猪耳朵、一只卤鸭子，外加五个卤猪尾巴和一盘油酥花生米。见宋捕头点好菜后，龙老四便要了三斤酒。此时，宋捕头立即向店老板纠正说："老板算了，我们下午要进城办正事，你还是先给我们来两斤酒吧。"转眼间，店老板就把酒和下酒菜端上了桌。

机灵的林雪谦忙为宋捕头和龙大叔倒上酒，然后才给自己斟了一杯。端起酒杯的宋捕头看了看二人，压低声音说："来，预祝我们今夜的秘密射杀行动成功！"随即，宋捕头就主动先干了杯中酒。待龙老四也喝完杯中酒后，林雪谦疑惑地问道："宋叔，我们不是去追杀逃犯吗？咋个是秘密射杀行动呀？这似乎有些不光明正大嘛。"

立马反应过来的宋捕头意识到他说得有些欠妥，立刻转弯说："雪谦，你还是个学子，社会上的事你还不懂，你知道这几个杀人犯有多凶残吗，他们其中有两人还会使用飞镖，要是我们正大光明去抓捕他们，很可能被他们飞镖扎伤。为安全起见，我才采用秘密射杀方案的。"

"对对，秘密射死那些亡命逃犯，当然比正面去抓捕安全多了。"龙老四忙附和说。仍有些不解的林雪谦心里吐槽道：呵呵，郫县县衙不是还有七八个捕快嘛，为啥抓逃犯不派他们来协助呀？

几杯酒下肚后，林雪谦望着缺耳朵的宋捕头和说话漏风的龙老四，颇感滑稽的他竟忍不住笑起来。感觉有点奇怪的宋捕头忙问："雪谦，你笑啥？"

林雪谦忙回道："宋叔，我在笑那伙杀人犯手段有点奇葩，居然采用小儿科的破相方法来整人，真正的杀人犯应该是杀人如麻、手起刀落之人，或许，那帮家伙是爱搞恶作剧的社会混混吧。"

"雪谦，你在胡思乱想啥哟，那群杀人不眨眼的家伙，可是真正的杀人犯，我们县衙捕快曾几次抓捕他们未成，今夜，你无论如何要拿出神射手的本事，给我把那些坏家伙全部干掉，以解王县令之忧，也解我和龙大叔的心头之恨！"说完，宋捕头还主动跟雪谦碰了一杯。

很快，一个多时辰就在喝酒闲聊中过去了，待酒肉吃喝得差不多后，宋捕头对龙老四说："四哥，我们到营门口喝茶去，顺便在那儿把马喂饱，晚饭后等天黑我们再进城。唯有如此，我们的行踪才不会被刘三一伙发现。"尔后，见龙老四点头，宋捕头便从腰间掏出两枚五铢钱，龙老四见状，一个箭步蹿到店老板面前，从身上掏出三枚五铢钱塞在店老板手上。当宋捕头刚跃上马背，店老板忙跑出说："喂，客官，你的钱给多了。"

龙老四将马鞭一扬说："老板，今天我高兴，故意多给你些钱。"说完，宋捕头三人就朝营门口奔去。

亥时刚过一半，宋捕头三人就在翠云楼外不远处下了马，当走到翠云楼对面树下时，宋捕头就把马缰扔给林雪谦说："雪谦，你在这稍等一会儿，把龙大叔的小马车看好，我们去看看就回来。"说完，宋捕头就朝翠云楼旁的小巷走去。宋捕头和龙老四一面察看翠云楼的地形，一面商议在哪放火才能烧毁这座楼。翠云楼大门没去，宋捕头两人来回沿着左右和后面巷子走了两遍，最终确定了淋洒桐油的点火地点。颇有社会生活经验的宋捕头和龙老四清楚，只要他们点燃大火，不出一个时辰，这座木质结构的翠云楼就会被彻底烧毁。

在二人回到林雪谦身边前，宋捕头就定下丑时准时放火。子时快完时，宋捕头和龙老四就悄悄拉着小马车，朝翠云楼后巷走去。到确定好的点火处后，他俩就分别把六瓶桐油淋洒在放火位置。淋洒完桐油后，宋捕头麻利地把小马车又拉回林雪谦身边，然后让雪谦把马套上小马车。很快，返回的宋捕头同龙老四将手紧紧一握，就开始按事先分工点火，不到五分钟，数处被淋有桐油的木柱和木板就开始燃烧起来。很快，翠云楼内就传来一阵惊呼声："着火啦，快来救火哪……"

随后，跑到林雪谦身边的宋捕头忙令雪谦先射杀门口灯笼下的陆远强和王成山。只听嗖嗖两箭，中箭的陆远强和王成山就倒在大门口。当火势越来越大时，院内不断有赤身裸体的嫖客和妓女冲扑到大门口，在宋捕头发狂的指令中，一支支箭又射向这些无辜的人群。阵阵惊叫声中，越烧越大的火就蹿上了房顶。此时，只见一些端盆提桶的人不断用水泼向院内燃烧处。在蜂拥而出的人群中，眼尖的宋捕头突然指着扶着一姑娘的刘三，对林雪谦命令："快射那拉着女人的男人，最好把两人都给我射死！"随即，又是两声弦响，中箭的刘三和梅香姑娘很快倒下。

从院内冲出的陆小青见刘三中箭，忙回头对院内救火的李二娃喊道："三帮主，不好，有人在大门外放冷箭，刘帮主已中箭啦。"很快，手拿飞镖的李二娃就冲出大门，向黑暗处不断张望。此时，龙老四发现了手持飞镖的李二娃，忙指着李二娃对林雪谦说："快射那拿镖家伙，他是刘三一伙的。"就在林雪谦举箭的刹那间，已有两支飞镖唰唰朝林雪谦飞来，一支飞镖还扎在了弓背上。大惊的林雪谦忙躲到大树后，然后又举弓放了两箭。这时，只听李二娃一声大吼："快捉人哪，那放冷箭的家伙在对面大树后。"尔后，几个拿大刀的护卫就冲了过来。

当林雪谦又放翻两个护卫后，其余的人都吓得不敢再上前，宋捕头见情况危

第七十五章　翠云楼被焚，一代名妓殒命亲弟之手

险，便催龙老四快走，说天亮后我们在土桥小酒馆外会合。由于龙老四赶的是小马车，速度没骑马快，回身的龙老四立即跳上小马车，很快就撤离了双方对峙之地。此刻，冲出的陈山岗手持飞镖，从李二娃指着方向又带人扑了过来。宋捕头立即命令说："雪谦，快给我射死这个杀人犯。"很快，嗖嗖两箭后，陈山岗和另一护卫也倒在了地上。

翠云楼内外，四处是一片救火声和哭喊声，火光中，李二娃见陈山岗倒地，又从身上拔出两把飞镖朝放箭的林雪谦甩来。由于距离稍远，一支飞镖扎在了林雪谦左肩，一支扎在了宋捕头大腿。怕又中毒镖的宋捕头立马喊道："雪谦快走，我们任务已完成！"随即跳上马背的二人就朝西大街方向狂奔而去。狞笑的宋捕头回头看到，翠云楼大火已殃及周围不少民居，大火已映红大半个成都城……

第七十六章

神箭手为姐报仇，射杀骗他的两恶人

冲天火光映照下，内心充满复仇快感的宋捕头，率被他蒙骗的林雪谦挥鞭打马朝城西奔去。由于是太平盛世，故成都的城门常常不会关闭，刚跑到茶后子，宋捕头二人就追上了赶着小马车奔跑的龙老四。见身后并无人追来，跃下马的宋捕头就紧紧抓住龙老四的手说："四哥，太他妈解恨了，今夜我俩终于报了大仇！"

听到这，非常吃惊的林雪谦内心一震：宋捕头，您不是让我去射杀人逃犯吗？咋我射杀那些人却是为你和龙大叔报了大仇？还没等林雪谦想明白是咋回事，龙老四从怀中掏出两金递给林雪谦说："给，神箭手，今夜你射杀有功，这是我特奖赏你的两金。"说完，龙老四就把两金塞在林雪谦手上。有些不解的林雪谦忙推辞说："龙大叔，如果我射杀逃犯有功的话，那应该是县衙奖励我才对呀。"

宋捕头怕龙老四说漏嘴，忙抢着回道："哎呀，雪谦，龙大叔见你武艺高强，他有心奖赏你，你就快收下呗，何况，你左肩还受了镖伤，请记住，你回书院后要及时请郎中瞧瞧，我怕你中了毒镖。"说完，宋捕头用刀割下上身一节布条，立即给雪谦流血的左肩缠上。缠好布巾后，宋捕头便说："雪谦，你先回书院吧，记住，明天上午定要请郎中看看，我同龙大叔还要商量点事，改天我俩再见面，给你说说王县令对你表现神勇的嘉奖哈。"

不知宋捕头仍在继续骗他的林雪谦，听宋捕头这样说后，只得翻身上马，打马朝郫县方向奔去。清凉的月辉下，宋捕头见马蹄声渐渐消失，才仰头大笑说："哈哈，老天有眼，四哥，我俩血仇终于让雪谦给报啦！"

"宋捕头，你当真亲眼看到毒箭射翻了刘三？"龙老四不放心地问道。

"四哥，若我没亲眼看到那丐帮头被射翻在地，我能有这么开心吗？实话告诉

第七十六章 神箭手为姐报仇，射杀骗他的两恶人

你吧，我不仅看到刘三被射翻，还有刘三牵着的女人也一同被射死，我估计，那女人一定是刘三的老婆，说不定那女人肚子里还有他崽哩。"

龙老四眨了眼又问道："宋捕头，你看没看清，还有两个耍飞镖的家伙也被射死了？"

"雪谦是在我指认下放的箭，没看清那两个持镖的家伙，我咋敢保证刘三几个主要帮手被灭了呢？大火之中，连续放箭的雪谦估计也误伤了不少人，管球那么多干啥子哟，既射死丐帮头刘三，又烧了名气大的翠云楼，我俩真是一箭双雕呀！"

"哈哈哈……"宋捕头和龙老四一阵狂笑，两人一个赶着马车一个骑在马背上，像打了鸡血般朝郫县方向慢慢走去。

几天后，骑马的西门云飞匆匆赶到平乐书院，给扬雄转告了一个惊人的消息:翠云楼被焚毁，陈山岗、陆远强、王成山等兄弟已被毒箭射死，刘三左臂因中毒箭已被切除，李二娃右大腿中毒箭，已被郎中挖走一大块肉，现虽保住了右腿，但会留下终身残疾。刘三和李二娃正在聚义客栈养伤，时常昏迷的刘三非要我来通知你去趟成都，他说他要给你交代一些事。

扬雄听西门云飞说后大惊，他忙向严君平请了几天假，便骑马跟着西门云飞来到聚义客栈。盯着仍昏睡在床已无左臂的刘三，童年的情谊猛然激荡胸中，扬雄顿然流泪哭喊道："刘三兄、刘三兄你醒醒啊……"

过了好一阵，睁开眼的刘三忙抓住扬雄的手说："老铁，你终于来、来了。"说完，刘三两眼就滚落下两行热泪。这时，张德川忙拉起扬雄，秀娟递了杯水给扬雄。一旁被烧掉许多头发的陆小青，抹泪对扬雄说："扬雄哥，这几天中，每当刘老大醒来，他第一个喊的就是你。"说完，陆小青望着抹泪的扬雄也抽泣起来。见刘三仍闭目流泪，过了片刻，扬雄低声对张德川说："德川兄，你能否派人去通知席兄和铁伦今晚来这儿，我们应分析分析出这么大事的原因，好研究下一步的应对措施。"

"放心吧子云，在你到后，我已派伙计去通知这二位了，他俩在晚饭前一定会赶到客栈的。"说完，张德川又带扬雄去另一房间看望躺在床上的李二娃。由于李二娃伤势比刘三轻，故李二娃就较详细地讲了惊蛰晚上翠云楼被烧和遭冷箭的情况。最后，李二娃还说，要不是他向放冷箭的家伙甩去几镖的话，估计还有更多人会遭到射杀。

晚饭后，扬雄、席毛根、西门公子、卓铁伦、张德川和袁平几人，再次来到刘

659

三房间。由于喝过镇痛药水，清醒许多的刘三靠在床头，第一次向众人讲了惊蛰晚上，翠云楼突发大火、他们遭冷箭射杀的经过，最后，刘三告诉扬雄：他最遗憾的是梅香姑娘中毒箭死了，翠云楼被烧他不怕，只要有梅香姑娘在，他再开办一家青楼可同样挣大钱，但梅香姑娘不在人世了，即便自己今后身体好起来，他也没心气再办了。

扬雄问道："刘三兄，这次翠云楼被烧又被毒箭射死那么多人，你认为是不是同行嫉妒所为？"

刘三摇摇头说："谁知道呢，买下翠云楼后，老子就秉承和气生财的理念，尽量跟同行、各级官员，还有一些地痞流氓保持良好关系，从不主动做得罪人的事。"话音刚落，席毛根忙对众人说："各位，我建议大家最近多听听成都各界对焚烧翠云楼的反应，我最担心的是霍振山手下实施报复，或许我们能从一些蛛丝马迹中，找出真实原因来，一旦找出杀人放火的凶手，我席毛根一定宰了这些伤天害理的东西！"

扬雄说道："席兄说的有理，我们还要发动身边的人去收集社会流传的信息，也许焚烧翠云楼的真相就隐藏其中。这里我想问问刘兄，你是如何安葬那些死者的？"

刘三指了指陆小青说："惊蛰当夜陆小青见我和李二娃伤势严重，就把我俩送到了聚义客栈，并及时请郎中来医治，好在时间抓得紧，我和李二娃才保住了性命。第二天早上小青才去处理现场和死者后事的。"说完，刘三就示意陆小青讲讲情况。

陆小青看看众人，对扬雄和席毛根说："第二天天刚亮，我就赶到翠云楼现场，当时有些木柱还在冒烟，从清理现场看，我们翠云楼兄弟共死了七人，梅香姑娘和其他妓女加在一块，共死了八人，男嫖客跳楼的、被乱箭射死的共有九人。分管城防治安的官员要我登记死者姓名，说两天内无人认领的尸体，就要我拉到城外埋掉。我回来请示刘老大后，没人认领的尸体一律拉到北郊凤凰山乱文岗埋掉，他还特别叮嘱我，在请人掩埋时，一定要把梅香姑娘单独埋，并给她立一块墓碑，因为梅香姑娘曾给我们翠云楼赚了不少钱。另外，我们几个护卫兄弟也要同埋一处，还要给他们立块墓碑。由于人少事多，我把其他嫖客和妓女就合埋在一起了。"

卓铁伦听后颇觉奇怪，不解地问道："小青，你为啥不把妓女和嫖客分开埋呀，他们又不是一家人，混埋在一块不太好吧。"

"有啥不好的？嫖客不是喜欢妓女吗，老子就成全他们，从此后，他们不就可天天厮混在一块了嘛。"说完，陆小青就"嘿嘿"笑了两声。小青这一笑不打紧，众人也跟着笑了，顿时房内气氛轻松了许多……

第七十六章　神箭手为姐报仇，射杀骗他的两恶人

第二天午饭后，扬雄再次看望了养伤的刘三，并问刘三到底有啥事要交代。刘三说如果他出了意外，就请老铁每年到他妈坟头代他烧一炷香，还要去青城山下清风庄园告诉他干爹干妈。答应刘三后，扬雄便告辞离开了聚义客栈。扬雄为啥要提前赶回书院，这其中有个不为人知的原因，原来，昨晚深夜睡在床上时，扬雄猛然想起他惊蛰从家返回书院后，发现了林雪谦左肩受了伤，被缠的白布上还浸有血迹。扬雄问雪谦肩上的伤是咋回事，林雪谦淡淡说是被大树掉下的枝丫砸伤的。更为奇怪的是，当天下午，林雪谦竟主动要请他去镇上喝酒。当时感到纳闷的扬雄就想过，这雪谦哪来的钱请他喝酒？由于花钱不多，扬雄就不便追问酒钱的来历。

昨夜越想越觉得蹊跷的扬雄，决定今天赶回去问问林雪谦，要是他跟翠云楼案无关的话，他就不再提及此事。回到书院后，扬雄见离给君平先生煮饭的时间尚早，就悄悄叫上看书的雪谦朝书院外河边走去。

站到河边树下后，扬雄突然指着林雪谦肩头说："雪谦，你这肩头是惊蛰晚上受的伤？"

"是呀，你咋知道的？"没反应过来的林雪谦忙说。

"这伤应该是在成都翠云楼外，被人用飞镖扎伤的吧？"

"先、先生，你咋晓得的喃？"大惊的林雪谦睁着大眼反问道。扬雄心里一震：果然这家伙参与了翠云楼纵火射杀案，待我问出真相，我再做出下一步决定。想好后，扬雄为镇住极为尊重他、信任他的林雪谦，生气地说："哼，你为啥要骗我，说肩头的伤是被树枝砸的？"

林雪谦忙理直气壮地说："子云小先生，春秋战国时期的侠士们，他们奉行的就是做好事却不愿留名的侠士准则，我去助人射杀杀人逃犯，有必要在先生面前显摆吗？"

扬雄一听就来了气："这么说来，惊蛰晚上在翠云楼大门前你林雪谦用毒箭头，射杀了不少男女逃犯啰？"

"啊，先、先生，你咋晓得我的箭头有毒，还射杀了不少男女？"林雪谦大惊失色地问道。

"你到底射杀了多少人？给我说清楚！"

林雪谦犹豫回道："大、大约有二十人吧。"

扬雄盯着林雪谦，恨恨骂道："蠢货，你知道你射杀的女人中，其中有你亲姐姐林雪梅吗？"

愣了片刻的林雪谦，突然用手指着扬雄说："子云先生，我敬重你的学识和才

华,但我不允许你污蔑我姐,我姐咋可能去那肮脏龌龊的青楼呢?"

扬雄见林雪谦根本不相信他所说之事,于是,只好把他离家出走后雪梅的情况告诉了雪谦,并说你姐是翠云楼唯一卖艺不卖身的姑娘。最后,扬雄还说他几年前去过翠云楼,也拜会过他姐。说完,扬雄从怀中掏出一张白绸帕,递给了林雪谦。

林雪谦仔细看过绸帕后,突然流泪说:"这、这真还是我姐的东西啊。"伤心的雪谦就蹲在河边呜呜抹起泪来。扬雄指着绸帕低声说道:"雪谦,这是你姐听说我要结婚,托刘三老板送给我的礼物。为让你了解更多真相,过两天书院放假,我领你去趟成都,你就知道你上了多大的当,被人利用杀了那么多无辜的人。"说完,扬雄拉起雪谦,就慢慢朝书院走去……

在书院几年间,扬雄曾听闻过林雪谦偶尔跟县衙宋捕头有些交往的消息,在扬雄意识里,他们交往可能仅限于对武艺的交流。心地纯善的扬雄哪里知道,有骑射本事的林雪谦已被宋捕头猎选为复仇杀手。为帮助涉世不深的林雪谦认清宋捕头凶残歹毒的一面,他必须带雪谦去见刘三几人,让亲历者刘三来揭露宋捕头的真面目,若有必要,他还想让林雪谦见见受害人杏花。一旦林雪谦认清宋捕头本性,那么,接下来报案再抓捕杀人放火的幕后真凶,就是顺理成章的事了。出于对宋捕头这个恶人的痛恨,书呆子扬雄毅然做了此决定。

林雪谦左肩上伤不重的原因,是刘三一伙在经营翠云楼几年间,没遇上大的矛盾纠纷,故李二娃就藏起了毒镖。惊蛰晚上挨了李二娃一镖的林雪谦,回书院后第二天上午,就到镇上请郎中进行了包扎处理,几天后伤情就渐渐缓解许多。两天后放假时,按事前安排的,早饭后扬雄和林雪谦便骑马朝成都奔去。一个多时辰后,扬雄二人就在聚义客栈门前下了马。当扬雄刚一跨进客栈大门,大惊的张德川便迎上问道:"子云,你咋又来了?"

"德川兄,我有急事要见刘三兄,不知他这几天伤情恢复得咋样?"扬雄忙问道。

"子云,自你那天来看刘三后,加上有郎中每天来换药,他的伤情和精神都比前些日子好多了。"

"那就好,请你把陆小青和李二娃叫到刘三房间来,我要跟大家说一件跟翠云楼杀人放火案有关的大事。"说完,扬雄就领着林雪谦进了刘三房间。很快,陆小青背着李二娃,张德川、秀娟和小芳等人也来到刘三房间。见人到齐后,扬雄慎重对大家说:"各位友人,我今天又突然来此的原因,是带来我的一名学子,他与翠云楼案有着重大牵连,在事情没讲完之前,我希望大家别动怒更别匆忙打断。"

第七十六章 神箭手为姐报仇，射杀骗他的两恶人

躺在床上的刘三，一听带来的此人跟翠云楼案有关，猛地挣扎从床上坐起盯着林雪谦，李二娃也探头朝林雪谦仔细看。扬雄见众人点头后，便扭头对林雪谦问道："雪谦，宋捕头让你主要射杀的，是不是一个叫刘三的人？"

林雪谦忙点头说："嗯，宋捕头说这刘三是杀人犯中的主谋。"

扬雄忙指着床上断臂的刘三对林雪谦说："你知道吗，这床上养伤的，就是刘三，他也是我的童年老铁，同时也是翠云楼老板。"

"啊！"林雪谦一声大叫，便直愣愣盯着怒视他的刘三。

这时，李二娃迅速从怀中掏出飞镖捏在手中，陆小青也悄悄从腰间拔出七星短剑。扬雄见势不对，立即对李二娃和陆小青喝道："你俩把东西给我收起来，我带雪谦来这儿，是为抓捕翠云楼杀人放火案幕后真凶。你们知道这林雪谦是谁吗，他就是梅香姑娘的亲弟弟。"话音刚落，众人就纷纷议论开来。这时，只见刘三右拳猛地砸在床板上，仰头大叹："唉，你龟儿子咋个是梅香姑娘的弟娃嘛！"说完，不断摇头叹气的刘三两行热泪潸然而下。

停了片刻，扬雄对刘三说道："刘三兄，你给雪谦讲讲你跟龙家大院和宋捕头结仇的过程吧，只有让雪谦了解真相，他才能协助咱们揪出杀人放火案的幕后真凶。"

沉默良久，刘三才缓缓说道："那是十七年前的事了，当年我要饭被龙家放狗出来追咬，还被龙耀文两兄弟欺负，我的老铁扬雄为我打抱不平，就帮我去找龙家两兄弟打架，后来我俩被他们龙家大人抓住，龙老四还把我和扬雄绑在大树上打了一顿。从那之后，为报复龙家，我长大些后就盗走了龙家两块墓碑石，再后来，我从天师洞下来被抓住关进县衙大牢。由于宋捕头收了龙家好处，他就把我押回花园场游街示众。当年，要不是西门兄弟几人把我救出，我早就被宋捕头和龙老四整死在花园场了。"

当刘三说到这时，吃惊的林雪谦忙对刘三说："刘老板，这次翠云楼纵火，就是龙、龙老四用小马车运的几大瓶桐油去的，我亲眼所见，是他和宋捕头两人分头泼油放火烧的翠云楼。"

刘三听后咬牙说："哼，狗日的这两个老王八蛋，坏事做绝到如此地步，老子伤好后不灭了这两恶人，简直就是天理不容！"随后，刘三想了想又继续说："那次从花园场被救到成都后，我才养好了伤。几年后，老子听说宋捕头迷奸了杏花，我去替杏花报仇也只是向宋捕头和龙老四实施了小惩罚，就根本没想要他俩的命。狗日的，这次他俩不仅烧了我翠云楼，还杀死二十多人，其中，就包括你亲姐林雪梅啊！"说完，刘三便盯着左肩缠有白纱布的林雪谦。

林雪谦见刘三盯着他，扑通跪下哭着说："刘老板，怪我轻信了宋捕头之言，把你和你的兄弟当成杀人逃犯了，要不然，我咋可能射杀你们嘞。"

　　"为证实我说话的真实性，过两天，我让陆小青带你去花园场，让豆腐饭店的覃老板，给你讲讲当年宋捕头祸害杏花的事。待你把一切弄清后，我们再报官府抓人吧。"刘三说道。

　　林雪谦说："刘老板，我看这事你们就不用报官府了。江湖事江湖了。等我左肩伤好后，我自会亲自了断宋捕头和龙老四这两个骗子的。从某种角度说，就是这两个王八蛋害死了我姐。事完后，我自会给子云先生一个交代。"说完，两腮颤抖、脸色铁青的林雪谦，把双拳紧攥得嘎嘣直响。

　　午饭后，几乎没吃什么东西的林雪谦，执意要去北郊凤凰山看他姐的墓地。扬雄见他态度坚决，就让陆小青带路，一起去墓地看看。临行前，扬雄请德川派人去通知席毛根和卓铁伦晚上到客栈一聚，以便商议下一步行动。尔后，扬雄三人一路骑马狂奔，半个多时辰后，陆小青就在凤凰山乱坟岗找到了梅香姑娘的墓。

　　当林雪谦来到这座新垒的坟前，看到墓碑上刻有"梅香姑娘之墓"时，他终于扑在墓碑上号啕大哭。这个从小就与姐姐关系要好的雪谦，回想起姐姐在家教他识字、唱歌、捉迷藏的往事，想起家庭变故后的打击和姐姐的不容易，他心中的千言万语已无法再向自己的姐姐诉说。更为伤心悔恨的是，是他亲手用毒箭杀死了爱他疼他的姐姐。撕扯心扉的痛悔使林雪谦几乎快要哭昏在墓前。含泪的陆小青几次去试图拉起坟前的林雪谦，都被扬雄阻止。扬雄低声说："小青，让雪谦痛快哭出他心中的悲痛与悔恨吧，这样他心里才好受些。"

　　就在林雪谦趴在姐姐坟前痛哭时，早已泪流满面的扬雄，慢慢从怀中掏出梅香姑娘曾送给他的绸帕，凝视帕上"燕声呢喃春风里，谁知柳枝遥相思"的诗句。尔后，扬雄终于忍不住也哭出声来。凌空春燕飞过，和煦的春风拂过，然而，此时又有谁能理解扬雄那复杂而又悔恨的心情呢？

　　突然，趴在坟前的林雪谦蓦地站起，大声哭喊："姐姐，我对不住你，是我亲手害死了你啊！"随着撕肝裂胆的哭喊声，林雪谦一头撞向墓碑。当扬雄哭喊着扑向林雪谦时，面色苍白昏死过去的林雪谦，额头已鲜血直流。陆小青匆匆替林雪谦包扎后，扬雄把林雪谦抱在怀中喃喃说："雪谦，这都是那可恶的宋捕头骗了你呀，不然，你咋可能用毒箭去杀死你姐姐哟……"

　　下午酉时，悲伤至极的林雪谦竟执意独自回了平乐书院。晚上扬雄同席毛根、张

第七十六章 神箭手为姐报仇，射杀骗他的两恶人

德川、刘三、李二娃、西门公子、卓铁伦几人商议时，在报不报官府的问题上，张德川和卓铁伦坚持说，既然现已弄清是谁烧了翠云楼又杀死那么多人，让官府来审判处死宋捕头和龙老四不是挺好嘛。但刘三、席毛根、西门公子与李二娃，他们都坚持不同意报官府，他们的理由是这样会牵连到林雪谦，很有可能射死那么多人的雪谦也会被秋后问斩。最后，在双方争执不下时，他们只好把目光投向了扬雄。

扬雄放下酒杯沉思片刻后说："各位，你们意见各有其道理，但我比你们更了解林雪谦。此人平时言语不多，但却是个心思缜密、意志坚定之人。既然他已说出江湖事江湖了的话，我相信，他肩伤好后会去找宋捕头和龙老四算账。我回书院后，最近会时常找他谈心，凭我同他的关系，我相信他会告诉我下一步行动。要是他亲手处死那两个王八蛋，大家不就省事了嘛。"话音刚落，刘三一拳砸在桌上说："老子现在虽然成了独臂人，要是林雪谦没弄死那两个混蛋的话，老子照样可组织人马，去弄死宋捕头和龙老四，不然，我刘三就枉活人世！"

二十天后，左肩镖伤痊愈的林雪谦，压抑着内心复仇的冲动，连续在平乐书院外的土坝上骑马练了几天箭术。见箭术恢复得差不多了，冷面的林雪谦还真的跟小先生讲了他即将复仇的打算，不放心的扬雄交代说："事完后你一定要回来告诉我，若你不想再在书院求学，我可推荐你去一个适合你的去处。"

"真的？"林雪谦有些难以置信地问。

两天后，做好一切准备的林雪谦，在扬雄协助下请假离开了书院。

由于林雪谦在翠云楼射杀了刘三几人，高兴的龙老四曾赏了林雪谦两金，身上有钱又化装藏起弓箭的雪谦，第一站到的就是郫县县城。他找一家僻静小客栈住下后，就开始到县衙外侦察宋捕头的行踪。异常冷静的雪谦清楚，宋捕头是个有武功的人，正面交手他会吃亏，要弄死宋捕头替冤死的姐姐报仇，他只能采用暗地射杀的方式，那就必须掌握宋捕头活动规律，然后再寻机下手。

春天虽是春耕农忙时节，但来县城买卖农具、食盐，以及卖各种农产品的农人仍有不少。由于雪谦年轻视力好，通过几天远距离观察追踪，化了装的他基本摸清宋捕头的活动规律：白天宋捕头大都在县衙内处理或调解治安纠纷，要不就是协助王县令审理案子，有时也带两个捕快在县城巡逻或抓捕犯事者，若无事，晚饭后宋捕头总爱去县衙后不远的柏条河边，脱光上衣在河边林中练一阵拳脚功夫，直到夜幕降临才回县衙歇息。

掌握宋捕头的活动规律后，林雪谦察看了柏条河一带地形，决定在夜幕降临

时，从大树后射杀赤裸上身练武的宋捕头。时已快至谷雨时节，川西平原上的草木已长得非常茂盛，借树林掩护，林雪谦感觉他完全有把握完成复仇之愿。第二天黄昏将临时，戴着草帽、肩挎黑布弓箭袋，林雪谦悄悄潜入柏条河边的树林。

说来也巧，一个月前林雪谦去翠云楼时，足足准备了三十支毒箭，由于当时撤离翠云楼太匆忙，箭袋中还剩三支毒箭没射完，林雪谦决定，他要用仅剩的三支毒箭，射杀宋捕头和龙老四。潜入树林后，天已快黑尽，林雪谦迅速取出弓箭，让毒箭上了弦。当宋捕头正在林中挥拳蹦跳时，举箭的林雪谦怒目圆睁，猛地拉弓朝背对着他的宋捕头射去。刹那间，中箭的宋捕头挣扎晃悠几下，就重重扑倒在地。心有疑虑的林雪谦快速上前，察看后心中箭的宋捕头确实口吐鲜血而亡，已成冷面杀手的林雪谦，才迅速逃离了河边树林。

退了客栈房间后，林雪谦立即骑马朝花园场赶去。按林雪谦计划，他争取在几天内灭掉龙老四，为姐报完仇后，就回书院去找子云先生，然后再听听先生给他介绍一个怎样的去处。由于心中充满期待，林雪谦行动就更加急迫迅速。

亥时刚过一半，快马加鞭在月夜奔驰的雪谦就到了花园场。在花园客栈订好房间后，林雪谦就独自在花园场小街上转悠起来。由于天色已晚，花园场店铺全都打了烊，在寻到豆腐饭店后，林雪谦见店门紧闭，就决定明天上午再来看看，顺便了解下龙家大院的情况。回客栈上床后，林雪谦就设想起明天上午即将袭击县城的宋捕头凶杀案来。

第二天在客栈吃过早饭，做事沉着的林雪谦，就朝豆腐饭店走去。由于乡场上有小吃店卖早餐，故一般饭店是从不卖早餐的，覃老板见这么早有人来饭店，忙上前问道："客人，我们饭店是不卖早餐的，你若要吃早餐，就请上别处去吃吧。"

林雪谦答道："覃老板，我已吃过早餐了，我来您这坐坐，喝杯茶可以吗？"

覃老板仔细看了看英俊的林雪谦，想了想说："帅哥，我看你不是花园场的人吧，我可从没见过你，你咋晓得我是覃老板呢？"

林雪谦笑道："呵呵，我不仅晓得您是覃老板，我还晓得您有一个漂亮女儿叫杏花，对吧？"说完，林雪谦就注视着刚从后院走出来头发有些乱的杏花。杏花见有人看她，便羞涩地冲林雪谦笑了笑，然后又神情木讷地玩着手上一件陶制鸳鸯。见杏花如此这般傻乎乎的模样，雪谦心里不禁怒道：狗日的宋捕头，居然把大美女祸害成这样了，看来，老子不仅要替我姐报仇，也是在为遭罪的杏花小姐姐报仇啊。

覃老板把泡好的一杯茶，放到坐在桌边的雪谦面前说："这位公子，你是花园

第七十六章 神箭手为姐报仇，射杀骗他的两恶人

场谁的朋友呀？欢迎你往后来我饭店用餐，别的大话我不敢说，包你在我这儿吃得满意舒服是没丁点问题的。"

微笑的林雪谦从身上摸出一枚五铢钱说："覃老板，这是我给您的茶钱，往后只要我在花园场，除早餐外，我一律在您这儿吃饭，好吗？"

覃老板抓起五铢钱塞回林雪谦手上说："哎哟，大帅哥，你贵姓呀，你既然要在我这消费，我咋可能收你茶钱嘛。喂，你该告诉我你是谁的朋友呀。"

"覃老板，我姓林，是扬，哦，是成都刘三老板的朋友。"说完，林雪谦心里叹道：唉，我要在这杀人，咋能牵连我的小先生喃。覃老板一听林帅哥是刘三的兄弟伙，顿时就高兴起来。此时，杏花急忙走过来坐在桌边，愣愣地盯着林雪谦问道："林帅哥，你当真是刘三哥朋友？"刚问完，杏花忙站起指着林雪谦说："我、我认识你，去年扬雄哥结婚时，你就做他的伴郎嘛。"

"杏花姐，你眼力真好，一下就认出了我。"

"因为，扬雄哥的婚礼我是去了的，你和伴娘给我留下了深刻印象。"说完，杏花又傻傻望着雪谦笑个不停。林雪谦知道扬雄结婚那天有人跳了河，但他却不知跳河的就是杏花。见女儿不再同林帅哥说话，覃老板问道："林帅哥，那你这次又为啥事来花园场呀？"

"覃老板，遵刘三兄安排，我要到扬家小院办点事，还要到龙家大院了解点情况，呆几天后，我就要离开。今后若有人问起我，刘三兄一再提醒说，要我告诉您和杏花，往后不要提起我来过花园场，懂吗？"

覃老板沉默片刻后说："嗯，我懂，刘三同龙家有深仇大恨，怕有啥事龙家会栽赃刘三。"

黄昏，化了装的林雪谦独自一人慢慢朝龙家大院方向走去。由于去年扬雄结婚，雪谦来过扬家小院，他曾听扬雄说过，对面不远就是龙家大宅院。到龙家大院后，怕撞见龙老四的林雪谦就远远围着龙家大院走了一圈，熟悉地形和方位后，他决定在夜深人静的下半夜，再爬上大院外的黄角树，去观察院内的情况，一旦确定射杀位置后，他就好选择射杀时间。

由于是春夜，下弦月被云层遮住看不清院内情况，虽然不时有狗叫声响起，但林雪谦仍然决定，他得在树上待到天亮看清院内布局再下树离去。他相信清晨人少，他下树是不会引起人怀疑的。当清晨他看清院内布局后，才信心满满地迅速下树离去。

当天深夜，已做好准备的林雪谦，带上弓箭和两支毒箭上了大树。林雪谦决

667

定,在第二天天亮后,寻机在树上射杀院内恶人龙老四,完成他的复仇计划,即使逃离时被抓,他也必须为姐报仇。第二天早饭后,泡了一杯茶的龙老四又端了一把竹椅,靠着椅背晒起春阳喝起茶来。躲大树上的林雪谦,慢慢调整好射杀的位置,见靠在椅背上的龙老四侧面对着他,雪谦决定用毒箭射中龙老四太阳穴,唯有这样,方能一箭要了坏人的老命。

不一会儿,当龙耀武老婆背着儿子去花园场后,似乎大院中的人声渐渐稀落下来。抽着叶子烟的龙老四刚惬意地从口中吐出几个烟圈,只听一声弦响,毒箭嗖地射中龙老四太阳穴,只见龙老四两眼一翻,蹬了几下腿,叶子烟杆从手中滑落后,头一歪就毙命在院中竹椅上。此刻,见四下无人的冷面杀手林雪谦,把弓箭藏入黑布袋后不慌不忙下了树。当他离开院坝不远后,见四下无人注意,便匆匆朝花园场街上走去……

第七十七章

几年苦读，扬雄终成饱学之士

县衙宋捕头和龙老四亭长被毒箭射杀的消息很快轰动了郫县县城，也迅速传遍郫县各乡镇，甚至成都部分官员和一些民众也知道了此事。一时间，神秘神箭手取人性命的传言弄得人心惶惶，一到晚上竟使许多人不敢出门。如果说，翠云楼杀人纵火案有可能是社会地痞流氓所为，那么，同样被毒箭射杀的宋捕头和龙老四，他俩的死又跟翠云楼有啥关联呢？蜀郡府在原有调查杀人纵火案的班子里，又立即增调了郫县王县令来，郡守下令，一定要彻查此案，给民众一个交代。

调查中，由于翠云楼老板刘三和李二娃一直说他们根本不知是谁杀人纵火，所以致使翠云楼案陷入停滞状态。刘三否认的原因，就是在等待林雪谦的复仇结果。这期间，刘三已做好第二套方案，如果林雪谦没能射杀宋捕头和龙老四，那么他就同李二娃一道重新组织杀手，一定要结果这两个恶人的性命。当扬雄一接到林雪谦已处死宋捕头和龙老四的消息后，他立即领着林雪谦朝聚义客栈奔去，因为，他知道刘三、李二娃和席毛根等人，一直在苦等林雪谦的复仇结果。

当天晚上的酒桌上，林雪谦详细介绍完他射杀宋捕头和龙老四的经过，曾有些愤恨林雪谦射杀了翠云楼不少人的刘三和李二娃竟高兴地举杯向林雪谦敬了酒。接着，扬雄、席毛根、张德川、西门公子、卓铁伦、陆小青、袁平等人，也敬了林帅哥一杯酒。酒桌上，观察许久的席毛根低声对扬雄说："从林学子毫无表情地叙述他射杀两恶人的过程看，似乎他具有冷面杀手的潜质，我看，还是让他远离矛盾重重的社会去山林隐居为好。"

扬雄听后低声回道："席兄，我也正有此意。"

谁也没想到的是，当聚会快接近尾声时，一直沉默寡言的林雪谦，突然起身把酒杯往地上一砸，大声哭喊说："姐姐，老天有眼，我终于为你报了仇了！"

第二天上午，面色冷峻的林雪谦带上香烛和一瓶酒，执意一人去凤凰山乱坟岗给姐姐上坟。他想去告慰姐姐亡灵。临行前，雪谦希望小先生等他回来再议下一步他的去处。扬雄答应了他的请求。

当林雪谦走后，扬雄向刘三、西门公子和李二娃几人，说出了他昨晚酒桌上同席毛根商量的意见。西门公子听后先是一惊，尔后拍手赞道："嗯，这建议不错，我师父近段时间身体欠安，但我遵老爸之意，下一步要接手管理两个丝锦坊和客栈，是不可能长久待在天师洞的。小帅哥雪谦有文化，他不是心气浮躁之人，他去天师洞的话，正好可接替我师父做天师洞主持。"

刘三听后也说："这两天蜀郡府的办案官员，又来我这调查翠云楼杀人纵火案的线索，看来，官方对这起案子挺重视。老子虽不会替官府操心，但我得为雪谦着想，他是梅香姑娘的亲弟弟，又是替我杀了宋捕头和龙老四的功臣。老子现在没了左臂，干啥事都没兴趣了，若雪谦去天师洞，我今后就回灌县接管清风庄园，老子下半辈子就在清风庄园和天师洞过清闲日子。"

接着，李二娃和张德川也表示了同样态度。见大家都赞同让林雪谦去天师洞隐居，以避官府追查，扬雄便对刘三和西门公子说："既然这样，那我今天下午就赶回平乐书院，让雪谦做好去天师洞的准备，明天下午申时，我们在青城山脚下会合，一同上天师洞见张大师如何？"

西门云飞说："很好，我赞同子云的意见，把雪谦这事安排好后，我就该回来准备立夏时同桃花的婚礼了。"

刘三笑道："对头，我喝完你的喜酒后，就去清风庄园见我干爹干妈，不知他们两位老人还认不认我这个曾经的丐帮头哟……"

第二天下午申时，按事前约定，扬雄领着林雪谦在青城山脚下，同坐马车赶到的刘三、李二娃、西门公子和陆小青会合。扬雄见刘三给师父张云天买了不少礼物，当马车寄放到山下小客栈后，扬雄就把礼物分别驮在他和雪谦的马背上，牵着马朝山上走去。山道上，扬雄同西门公子再次商量了让张大师能留下雪谦的办法，当他俩对编的善意谎言满意后，扬雄决定让西门公子去给张大师说较妥。

原来，当头天黄昏扬雄从成都回到书院，就直接问林雪谦是想继续留在书院读书，还是另有打算。因为扬雄清楚，受骗上当的林雪谦用毒箭前后杀了二十多人，加上又冤杀了自己亲姐，在他这个年轻学子心中，定会留下前所未有的创伤。

第七十七章　几年苦读，扬雄终成饱学之士

尽管林雪谦表面冷静，但扬雄已从昨夜酒桌上雪谦爆发的哭喊中，感受到他内心的痛苦与打击。当林雪谦向他讲明再也无法静心念书后，扬雄便把让他去天师洞隐居的建议告诉了林雪谦，并一再强调唯有远离俗世，他才可能逃过官府追查。林雪谦听后竟一口答应了扬雄。

山道上，扬雄让西门公子给雪谦较详细地介绍了张大师的情况，并告诉雪谦，刘老板和李老板（李二娃）也曾是张大师的弟子。快到酉时，扬雄和西门公子等人才牵马慢慢来到天师洞。夕阳即将西下，气色不好身体欠安的张云天此时正同廖芝香坐在石桌边喝茶聊天。西门云飞上前禀报张云天后，张云天便吃惊地盯着已是独臂的刘三和走路有些跛的李二娃。待刘三和李二娃向师父请安后，张云天才示意扬雄几人坐下喝茶。

方小桥给众人泡好茶后，张云天对刘三没一点笑意地说："老子早就晓得，你们几个徒弟下了山，迟早会在江湖上惹事的。刘三，你如实告诉我，二徒弟陈山岗今天咋没来呢？我已病了好几个月，你们咋不来看看我？难道，你们几个龟儿子就是这样对待师父的？"

刘三见张云天如此严厉问他，自知有愧的他忙扑通跪下说："师父，我们三个徒弟前些日子太忙，加上有西门公子常来天师洞，我们托他捎了礼物后，就没来天师洞了，还望师父原谅徒儿们的不孝，今后，我和三师弟定会常来看您老人家。"

"哼，你们太忙？别以为老子不晓得你几个在忙翠云楼那些破事，现在钱挣够了，人也残了，要不是我给云飞交代要你们几个来天师洞，恐怕老子见阎王那天，也看不到你们人影！"说完，气急的张云天就咳嗽不止，这时，廖芝香忙给他捶起背来。李二娃一见师父气成这样，也忙跪下说："师父，要不是我们前些日子出了大事，我们几个徒儿早就来看望您老人家了。"

张云天用颤抖的手指着李二娃问道："三徒弟，你给我说说，今天二徒弟为啥没来天师洞？难道，他还在忙翠云楼的事？"

"师父，您、您咋晓得我们翠云楼呢？"刘三把目光投向了西门云飞。因为，几年前刘三就给西门云飞打过招呼，千万别把他开青楼的事告诉师父，他怕张云天责怪他不做正经生意。西门云飞见刘三盯着他，忙解释道："刘兄，自我上山成为师父弟子后，师父常关心你们几个下了山的徒弟，我隐瞒了几年，直到去年才向师父解释了你们几个做的啥生意。唉，我再不告诉师父实情，我是怕对不住师父对我们弟子的关心呢，我、我总不能再哄骗我所敬重的师父吧。"

西门云飞刚说完，眼中已噙满泪的刘三忙向张云天磕头说："师父，我对不住

您老人家，我不敢告诉实情是怕您责怪我们几个徒儿。现在，我再也不敢隐瞒陈山岗的情况了，他、他已丧生在翠云楼大火中。"

张云天看看跪在他面前的刘三和李二娃，平静地说："半个多月前，我儿子来看我时，已告诉我翠云楼发生杀人纵火案的事，听说死了近三十人，我就担心其中会不会有我徒弟。唉，现在看来，不光陈山岗死了，而且你俩也被弄成了残疾。俗话说得好，'常在江湖操，哪有不挨刀'。依你们几个人的性格，现在你俩还活在人世，那真是你俩的运气了。"说完，张云天便仰天叹了口气。

晚饭时，扬雄见气氛缓和许多，便低声要西门云飞谈谈林雪谦的事。会意的西门云飞忙恭敬地对张云天说："师父，今天您一直在教训大师兄和三师兄，我就没向您介绍这位年轻学子的事。这位林雪谦是平乐书院学子，由于这两年家庭变故大，自失去所有亲人后，他就看破了红尘，又不知去哪好，于是，经子云介绍，我也认为林学子来天师洞做您弟子较好，所以，今天就特带他来这儿了。"

张云天看了看一表人才、面颊瘦窄的林雪谦，便向西门云飞问道：'云飞，你说林学子做我徒弟较合适，那你给我说几条理由来听听。"

"师父，第一，这林学子年轻有文化，对老庄学说也有一定研究，是个可把天师洞打造成道家文化圣地的传承人；第二，林学子也喜欢武艺，而且他还有不错的骑射功夫呢。"

"这么说来，林学子的箭术本事过硬喽？"张云天向西门云飞问道。其实，当西门云飞介绍林雪谦有骑射功夫时，江湖"老司机"张云天就联想到，翠云楼纵火案中死的人大都是被毒箭射杀的，而且前不久郫县宋捕头和姓龙的也死于毒箭下，他就马上意识到，林学子想隐居天师洞的原因可能跟他的箭术有关，不然，这么年轻的学子咋会萌生避世念头呢？但他不明白也不想明白的是，这林学子为啥跟翠云楼老板刘三一起来天师洞？他们之间又是如何搅到一块的？

酒才喝了一半，不断咳嗽起身的张云天对刘三几人说："今天你们几个徒弟和辞赋高手扬雄在此，我就表个态吧，由于我年岁已高，将不久于人世，关于林学子能否留在天师洞一事，就由你们三个徒弟商定吧。我告别人世后，这天师洞还得由你们几个徒弟来继承我遗愿，把老子的道家精神发扬光大。只要你们往后走正道，老夫就死而无憾了……"

第二天早饭后，扬雄给林雪谦一再做了交代，便下山回平乐书院去了。扬雄走后，刘三和李二娃也告别师父离开了天师洞。下山后，刘三、李二娃与陆小青三人在茶铺商量近一个时辰，到底提不提前去清风庄园看干爹干妈。最近几年由于刘三创办翠云楼后太忙，就仅在去年春节回过一次庄园，现在突然以独臂之身出现在干爹干妈面前，这到底会给干爹干妈造成多大打击？这些年在成都忙碌的刘三，并没把在翠云楼当老板的事告诉他们，所以，陈财主和王干妈并不知这几年打拼中，刘三已积蓄了六十多金的财富。商量到最后，刘三认为早晚都要面对干爹干妈，何不趁现在无事阶段，编个跟人打架致残的理由，瞒过干爹干妈是完全可能的。一切商定后，刘三和李二娃才坐陆小青赶的马车，朝清风庄园走去。

昨晚，当张云天表完态离开酒桌后，刘三、西门云飞和李二娃，一致同意林雪谦留在天师洞，因为这三人清楚，这也是扬雄和席毛根的意思。当这事敲定后，扬雄立马叫林雪谦去张大师房间，向张云天磕头拜师，让张大师接受雪谦留在天师洞。拜完师后，有些无可奈何的张云天就着桐油灯光，对林雪谦说道："雪谦啊，往后，为师已教不了你剑术和飞镖了，你留在天师洞的主要任务，定要在研究老庄学说上多下功夫，你是有文化的人，你的先生应该是书院的扬子云才对。"

"师父，您就放心吧，我拜您为师不要您教我剑术和飞镖，您一生的传奇就够我林雪谦学习一辈子。弟子一定谨遵您教导，往后刻苦研究老庄学说，争取把天师洞打造成道家圣地。"头脑灵活的林雪谦恭敬地回道。

"雪谦，从面相和气质看，你应该是个心性较高之人，你今后定是比刘三和李二娃他俩更有出息的弟子，有你把天师洞打造成道家圣地的愿望，我就放心了，即便我今后在九泉之下，也会为你的成功感到欣慰和骄傲。"

西门云飞再次给林雪谦讲了师父的生活习惯，以及几样师父最喜欢吃的下酒菜。下午时，西门云飞又带林雪谦在天师洞周围山林转了转，并给他介绍了附近林中三个不同的猴群，并一再告诫雪谦要警惕猴群到厨房偷拿东西，还说去年某天厨房忘了上锁，导致猴群把厨房食物洗劫一空的事。最后，西门云飞回到天师洞指着几个石碑上用小篆字体刻的《道德经》说："雪谦师弟，这是你小先生十多年前写的老子之言，若你要练字，这碑上的字体就是你最好的模仿范本。"

晚上吃饭时，西门云飞给方小桥交代，往后这雪谦就是张大师的徒弟兼助手，我不在时，你要多与雪谦商量。雪谦的本事是有百步穿杨的好箭法，若天师洞发生意外不测，林雪谦可用箭保卫天师洞。第二天上午，西门云飞向张云天禀告，他要准备回成都去忙自己的婚事了。张大师和廖芝香向云飞表示祝福后，西门云飞下山骑马就朝成都奔去……

673

为参加西门公子大婚，按约，刘三和李二娃坐着小青赶的马车，提前三天赶到了聚义客栈。在清风庄园，当刘三用跟人打架致残的善意谎言骗过干爹干妈后，年老的陈财主和王干妈并未多问刘三，仍让他们几人在庄园住下了。颇有心计的刘三住下后，并没提接手庄园一事，而是主动掏钱在庄园修建了一座漂亮的亭子和观赏鱼的水池，当陈财主看到自己庄园增添了有文化色彩的亭台水榭后，竟高兴得连连说："刘三变了，变得更加懂事了。"

在陈财主和王干妈记忆里，过去刘三上门找他们时，几乎都让他们掏过钱，现在刘三几人自在庄园住下后，从没开口向他俩要过一枚五铢钱。前不久，刘三还买了两头猛犬来看守庄园，还告诉陈财主说，秋天时，他将在庄园内再修建几间像样的瓦房，让干爹干妈住进新房。见有孝心的刘三这样说后，陈财主曾私下对老妻说："看来，刘三在成都这些年，积攒下不少钱财了。"

由于有课，再加上春天时经常请假，确实耽误了些时间，故扬雄在揣上君平先生送给西门公子和桃花的结婚礼物后，就骑马提前一天朝成都卧龙桥奔去。由于西门松柏和桃花两家经济实力雄厚，西门松柏在自家府上为宝贝儿子举行了隆重婚礼。婚礼前，西门公子曾要求他朋友扬雄、席毛根、刘三、张德川、旦铁伦、袁平、陆小青等人，定不要送现金给他，只要带着愉快的心情参加婚礼就行了，若谁送现金，就不是他的真朋友。

在西门公子和桃花所收礼物中，最有特色的是严君平、扬雄和张云天的礼物。严君平用他苍劲笔力在两尺宽、三尺长的绸布上写下了老子名言，"道法自然"；而扬雄送的是自己创作的用金文写在锦帛上的两句诗，"血性男儿重情义，气质美女轻钱财"；张云天送的是请人绣在锦缎上的墨子名言，"万事莫贵于义"。

在西门公子大婚前，改名换姓的林雪谦就以"静虚道人"名号在天师洞开始重新生活，苦心研究老子的《道德经》和庄子的《天下》《齐物论》《逍遥游》等。闲暇时，他仍坚持练习擅长的箭术。开初，林雪谦常射杀锦鸡和飞鸟来改善伙食，后来，在张云天规劝下，静虚道人便渐渐不再杀生，而改用圈养兔子和鸡鸭来改善生活。

担心林雪谦不习惯山林生活，扬雄在西门云飞大婚前，曾两次上天师洞探望曾经的弟子。见雪谦改名静虚道人后，扬雄知道他已适应天师洞的隐居生活。立夏之后，见自己爱妻肚子一天天大了起来，扬雄在放假时便开始回家照顾秀梅了。农历八月的一天黄昏，秀梅终于在扬家小院产下个白胖胖小子，喜上眉梢的扬凯见自己孙子哭声响亮，便给这扬家孙子取了个简单好记的名字：扬爽。在扬雄升任为父亲时，他已时值二十八岁。扬爽的诞生似乎给扬家小院增添了勃勃生机，每当奶奶听到曾孙的哭闹声时，总是乐呵呵不断念叨："我们扬家又有后人啦……"

过完中秋后不久，扬雄便骑马去成都聚义客栈，请众友喝了一顿扬爽的满月酒。酒桌上，最开心的是已有身孕的桃花，她对扬雄笑道："呵呵，扬子云，估计再过几个月，我也要生个胖小子呢。"

扬雄听后举杯说："桃花小姐姐，我真希望你生个女儿，今后，我们就可成为亲家啦。"说完，开心的扬雄特向西门公子和桃花敬了杯酒。酒桌上，西门公子告诉扬雄，现在他每月仍要去趟天师洞，静虚道人已完全沉醉在对老庄学说的研究中，张大师身体也好了许多，现在，张大师还常向静虚道人请教老庄学说呢。

后来，扬雄又问了他老铁的情况，西门云飞说，刘三几人现正请工匠在清风庄园修建几间新瓦房，同时还在扩建马厩和正厅。

扬雄吃惊问道："清风庄园占地不小，房屋也够他们住的，他这独臂家伙为啥还要去瞎折腾呀？"

还没等西门云飞回话，席毛根就说："子云，难道你不知刘三性格嘛，他这一辈子就是折腾的命，我相信明年端午前，他又会冒出一些新念头来。"说完，自信的席毛根打了个响指，又跟扬雄碰杯喝下杯中酒。

令扬雄和刘三、西门公子不知的是，自从宋捕头和龙老四被毒箭射杀后，变化最大的当属龙耀武这个曾祸害杏花被阉了的家伙，看到自己父亲被射杀在自家大院，他当时就感到这次谋杀可能跟刘三一伙有关。但后来又听大哥龙耀文从县上回家说，刘三的翠云楼已被人纵火焚毁，刘三和他手下也中了毒箭死了不少人。龙耀武听后不仅困惑不已，而且还更加恐惧，在他心中，县上有武艺的宋捕头都能被人射杀，他这个小小没武功的亭长，说不定哪天也会死在毒箭下。

在胆战心惊的日子里，龙耀武一直想弄明白，到底是谁因何原因谋杀了他父亲，如果弄明原因，他就可判断自己的危险系数有多大。在企盼早日破案的头几个月中，龙耀武曾催促他大爸龙廷跃跑了几次县衙，而王县令的回答总说这案子仍在侦破中，在没破案前，他是不敢妄议此案的。后来，龙耀武又听说独臂刘三曾在7月半时，回花园场给他母亲烧过香烛，龙耀武由此推断，这刘三一伙虽然阉了他，但刘三既然敢回花园场，无疑证明这个昔日的丐帮头并没把他放在眼里。

自龙耀武被阉后，他就再没敢踏进豆腐饭店一步，平时大多时间说话声也小了许多，下乡检查工作时，他总要带上两个乡丁在身边。最难受的是，过去莽撞胆大又蛮横的他，竟然不敢向大哥和大爸祖露心中困惑，更不敢提及被刘三一伙惩罚的丑事。时间一长，过去爱说笑做事风风火火的龙耀武，变成一个做事谨慎小心的人了。在不知情者眼中，从文翁学馆毕业的龙耀武亭长，现已变成做事低调的人了。

自从龙老四被射杀后，龙乡长立即托人从外地买回头壮如小牛特胜的藏獒护院，然后又派人爬上黄角树砍掉许多枝丫。尽管这样，最感恐惧的仍是表面装作若无其事的龙耀武。最令他悔恨不已的就是被刘三一伙阉了后，他再也品尝不到人间的云雨之乐，时间一长，龙耀武的怨恨就在心中渐渐发芽，近些日子，他开始渐渐萌发了向刘三一伙复仇的新念头。前不久，龙耀文接替王县令一职担任了新县令，很快，龙廷跃退休后，龙耀武就被任命为花园乡乡长。从此，沉寂几年后的龙耀武又开始在人前趾高气扬起来……

光阴荏苒，斗转星移。扬雄在平乐书院一面当学子一面做小先生的第八个年头到来，君平先生找扬雄谈心，并提出要扬雄离开书院。大为不解的扬雄问道："先生，您为何要我离开呀？"

"扬子云，你是上有老下有小的人，我不忍心看你在这里跟着我一块教书受穷，你现在已是饱学之士，你应该有一份俸禄丰厚的职业。"

"先生，难道就为这您要赶我走？可、可我想一直陪伴在您身边呀。"扬雄真诚回道。

"子云，我让你离开，不完全是因为经济原因，从这八年近距离接触来看，你已是个饱读诗书、满腹经纶的年轻才俊，如果你一直待在书院，你永远就是我弟子，而你一旦离开这儿，无论你是去成都还是长安，你都可成为我大汉有作为的栋梁之材。说实话，我不想埋没你这弟子啊！"

"先、先生，我真的舍不得离、离开您啊，八年中，您教我的知识和做人道理，让、让我受益匪浅啊。"说完，口吃的扬雄眼里竟涌出了泪花。

"不行，你两天后必须离开这里，至于师生情谊，我想我俩自会永远存留心中。"严君平态度仍非常坚决。说后，严君平就离开了扬雄。望着先生离去的清瘦背影，一幕幕往事很快浮现在扬雄眼前……

八年前，自扬雄踏进平乐书院起，在他一面当弟子一面做小先生的漫长日子里，君平先生先后给他讲了《易经》和老子的《道德经》，并谈了自己学习研究这两部大作的心得体会。后来，又在君平先生指导下，扬雄重读了四书五经以及春秋

第七十七章 几年苦读，扬雄终成饱学之士

战国时期的诸子百家。在读完庄子一些著作后，令严君平吃惊的是，扬雄又重读了孔子的《论语》及孟子的许多论述。当时，严君平见扬雄仍对儒家学说抱有浓厚兴趣，就暗中认定扬雄仍是对仕途有向往的人。因为，扬雄在给学子们讲课时，往往会情不自禁引用一些孔孟之言。

自扬爽出生后，扬雄又重新研读了司马相如的辞赋和屈原的诗文，不久，他又试着写了几篇不愿示人的赋文。去年夏，当回忆起羌地考察的日子时，扬雄又拿出七年前写的《蜀王本纪》，本想试着做些修改，但仅凭他过去的游学考察和研究结果，在没啥新内容补充的情况下，他对重新修改《蜀王本纪》缺乏信心。有点小任性的扬雄干脆就放弃了修改的念头，在对待《蜀王本纪》这事上，他曾说，如果没有全新研究成果，他就不再修改此文，好歹都留给历史去评说吧。

深夜，睡在床上辗转反侧的扬雄，第一次认真想到，自己离开平乐书院后，又该去哪里呢。由于有了儿子，扬雄这两年已很少去成都，若离开书院，他第一个想到的是该去成都看望李弘先生，然后再打听下扬庄情况。几年前他就得知，席毛根和西门云飞早已兼任起两家织锦坊的文化监理工作，看来，他是不便再去任文化监理了。由于沉寂多年，蜀郡府早已忘了他这山野村夫了，至于文翁学馆嘛，不知他们那缺不缺教书先生，凭他现在本事，去担任个先生是没啥问题的。已过惯小先生的日子了，现在让他去俗世闯荡打拼，这还真是个问题呢。想着想着，心烦的扬雄竟到鸡叫头遍才渐渐入睡。

第二天下午放学后，扬雄主动找到君平先生，再次表达了他不想离开书院之意。令扬雄没想到的是，严君平竟告诉他，昨晚特为这事打了一卦，卦象告诉他，扬雄必须离开这里才有展翅高飞之日。最后，严君平说："扬子云，不是先生逼你离开这儿，而是你未来使命要你离开这儿。别的话我就不多说了，你我师生都是可著书立说之人，你必须明天离开这里。我相信，几年后，我就能听到你的好消息传来。"说完，严君平便离开书院独自朝不远的柏条河走去。

第二天上午，扬雄让马驮着他的行李，含泪告别君平恩师和弟子们后，就默默离开了平乐书院……

第七十八章

为尽孝，不愿远游的扬雄滞留成都

从平乐书院回家后的第二天上午，渴望了解新信息的扬雄，骑上巨鹰送给他的白马，就急匆匆朝成都聚义客栈奔去。到客栈后，整整已有两年没见到子云的张德川，紧紧拉住小妹夫的手说："子云，你在做啥子哟，咋两年都没来成都了？"

"德川兄，我在书院又当弟子又做先生，再加上儿子扬爽一天天长大了，我两头都要兼顾，确实忙得很，不过，我今天向你通报一个新消息，我昨天已正式离开平乐书院了。"扬雄忙说。

"真的？这就太好了嘛，这下你就可来成都做事了。"张德川兴奋地说。扬雄想了想说："德川兄，你派个伙计去通知席兄、西门公子与铁伦吧，今晚咱们几个老友聚聚，我也想听听大家有无好建议，下一步，我想来成都找个差事做。"

"好，我马上派人去通知他们几个，这区区小事太简单了。"说完，张德川便派了个伙计骑马去通知人。午饭后，扬雄便骑马朝文翁学馆走去。门卫老王头一见扬雄到来，立即笑着问道："扬学子，你是又来找李弘先生的吧？"

"嗯。"扬雄微笑点头后，老王头就让扬雄进了学馆。好在李弘下午没课，见昔日弟子来后，就把扬雄拉到他屋内去喝茶聊天。摆龙门阵中，扬雄如实告诉先生，他的儿子已有四岁了，他在平乐书院待了整整八年，在君平先生指导下，研读了一些经典著作，最后，扬雄如实告诉先生，他在君平先生要求下已离开平乐书院。

李弘不解地问道："子云，你在那里既当弟子又做先生，干得好好的，君平先生为啥要让你离开呢？"

"君平先生说，我待在书院就永远只能是他弟子，还说只有离开他我才有展翅高飞之日。唉,我是真不愿离开年事已高的先生啊。"话音刚落,李弘就哈哈大笑:"哈哈哈,扬子云,君平先生的心意你可明白?他是不愿意你这饱学之士被埋没,而是希望你早些成为我大汉朝的名士呢。"

"先生,您就别取笑我了,我不过是郫县花园乡一介布衣而已。"

"扬子云,若社会上一般百姓不了解你,那还情有可原,难道我还不知你的能耐吗?这几年间,扬庄已来过几次信,每次信中他都会问到你,前两月来信中,他还说希望你到长安去发展呢。既然你现在已离开平乐书院,为何不到长安去试试机会呢?毕竟,扬庄是可帮上你忙的同窗。"

"李弘先生,即便我有去长安之心,但现实对我而言确实有些难,前两年我奶奶病逝后,老父亲身体也累垮了,由于我在书院,家里重担就全落在我妻子和母亲身上,毕竟儿子太小。孔子曾说'父母在,不远游,游必有方'。我不忍心也不应该弃全家老小而去长安。对老人我得尽孝,对儿子我得尽教育抚养之责,先生,故我暂无法去长安。"

"如果暂不能离家,你这文化大家总不能成天泡在田里吧,凭你的本事,应该先在成都找个俸禄不错的工作,这样就可更好地改善家里经济状况。"

"先生,我正有此意。"扬雄坦言道。李弘听后,摇头叹道:"唉,十年前你刚从这里毕业时,学馆当时就有留你做教书先生之意,现在社会风气可不比十年前了,由于这里教书先生收入较高,一些官员就通过权势把子女硬塞进学馆,有的商人或有钱人还通过行贿,也把一些不够格的人安插进学馆。看着这些不正风气大有蔓延之势,我为这事还特向蜀郡府揭发了此类丑事。由于我得罪了学馆主要负责人,他们在工作中就开始故意刁难我。虽然世风日下,但我决不会为此低头!"

聊到下午酉时,扬雄为赴席毛根、西门云飞等老友之约,不得不告别李弘先生。分别时,李弘告诉扬雄,十天后可再来他这儿打听下,看有无适合的工作推荐。说完,扬雄作揖拜别李弘先生,便牵马朝卧龙桥聚义客栈走去。

昨夜跟席毛根、西门云飞几位老友喝一场大酒后,扬雄宿醉到午时才醒来。吃过午饭,扬雄在卓铁伦陪同下,到盐市口商铺买些礼物,就到西门家府上,去看望已当了母亲的卓桃花和她的宝贝女儿。在西门家客厅喝茶时,桃花叫女仆喊来正在园中玩耍的女儿。当扬雄见到长得异常漂亮乖巧的小美女时,惊得连连叹道:"哟,这小美女颜值这么高啊,她叫啥名呀?"

桃花忙叫女儿给子云先生作揖请安,并要女儿告诉先生自己姓名。小美女眨着大

679

眼睛想了想，给扬雄作揖说："子云大先生，我大名叫西门霜雪，小名叫雪花。"说着，西门霜雪回身指着墙上竹简说："我晓得，墙上的《蜀都赋》就是您写的。"

为逗趣小雪花，扬雄忙指着身旁的卓铁伦说："小雪花，这位叔叔是谁呀？"

"他嘛，他是我的大帅哥舅舅，这个您都不晓得嗦。"说完，穿着春装裙裾的小雪花又朝花园中跑去。望着小雪花的背影，扬雄自卑地说："哎呀，看着这么漂亮的小雪花，我几年前说的打亲家一事就不作数了哈，虽然扬爽比雪花大一岁，但我们穷家小户的人，咋敢高攀西门大户人家嘛。"

"哟，你扬子云过去不是心高气傲得很吗，咋个今天这么不自信了？在我和西门夫君心中，你迟早会成为一个人物的，现在别把话说早了，万一把路堵死了，今后后悔就晚啰……"说完，几人就开心笑了起来。

下午酉时刚过，西门云飞就领着席毛根、张德川、秀娟、小芳来到西门家府上，今晚，西门松柏要设家宴款待重出江湖的扬雄。因为，昨夜西门云飞回家向父亲禀告扬雄已离开平乐书院，富商西门松柏早有重用扬雄之意，便特意安排了这个隆重家宴。看着两个仆人先后端上的各种美味佳肴，扬雄心中叹道：哎，比起平乐书院的清贫生活，这里仿佛换了人间一般！

酒过三巡，西门松柏当着众人的面，再次提出请扬雄出任织锦坊文化监理一职，并还慷慨赠予扬雄一成股份。随后，西门公子和席毛根也表态，非常欢迎扬雄加盟到他们团队，以便把事业做大做强，在成都创造出不一样的商业传奇。扬雄虽举杯再次谢过西门伯父、西门公子与席毛根，但没答应他们的盛情之邀。扬雄说他暂不加盟的原因是家父身体不好，农活太多太累，他必须在家尽孝，为父母分忧。其实，扬雄还有一个没告诉大家的原因，那就是君平先生给他临别前打的那一卦，扬雄坚信算命大师说的展翅高飞，绝不是担任文化监理一职，但具体指的是啥，他目前虽不清楚，但可继续观察领悟。一旦加盟西门家商业团队，若他今后再离开不仅会得罪人，更有负大家对他的期望，扬雄一直认为，他的优势不在商界发展打拼，而应该在辞赋创作和著书立说上。

大家听了扬雄不能出任监理一职的理由，也感觉他说的有理，并对这出身桑农之家的友人表示了深深理解。晚宴快结束时，西门松柏对儿子交代说："既然扬雄家眼下有困难，你明天赠他两金让他带回去安排下家里生活，也希望他父亲早日康复。"

晚宴结束后，扬雄同西门公子、席毛根、张德川和卓铁伦几人，又在园中喝茶一直聊到深夜才回聚义客栈歇息。

第七十八章　为尽孝，不愿远游的扬雄滞留成都

第二天早饭后，扬雄从张德川那里拿到客栈垫出的两金后，就告别张德川、秀娟和小芳等人，骑马离开卧龙桥朝花园场方向奔去。一路上，扬雄回想起最近两天他来成都得到的新信息：自桃花生下小雪花后，就很少去琴台路管理文君酒坊了，桃花已把酒坊管理权移交给弟弟卓铁伦。去年，大帅哥卓铁伦已被蜀郡府一高官相中为女婿，由于那家姑娘形象一般，卓铁伦还处在犹豫中。

骑马刚走到青羊肆，扬雄突然想起儿子从没吃过糖油果子，于是便下马去小吃店买了几串，尔后又去布店给秀梅买了几尺做春装的绸布，才又上马朝西奔去。扬雄想起昨夜西门云飞告诉他的，去年秋张云天已病亡在天师洞，张大师咽气前，特向赶来看他的刘三交代，希望他今后遇事冷静，不要意气用事，要学会与人友善相处，在刘三点头后，张云天又对跪在床前的李二娃说："三徒弟，你有一手飞镖绝技，但今、今后千万不要用在邪道上……"没等张云天说完，李二娃就哭着伏在床边答应了师父。

约莫过了一刻钟，张云天用微弱声音喊着小弟子静虚道人的名号，静虚立即上前，用泪眼注视着收留了他的恩师。良久，张云天用颤抖的右手从棉被下摸出一根竹简说："静虚，我晓得你是扬、扬雄的弟子，现在我把这两句诗拿给你，你无论如何要转给扬雄，请他把这两句诗用隶书体写在绢帛上，在我去世后，你请人把它刻在我的墓碑上。"说完，张云天就把竹简递给了静虚道人。一旁的西门公子透过桐油灯光，已看清竹简上写的是"仙风道骨张云天，道家圣地天师洞"字样。好在昨天中午在客栈吃饭时，扬雄已按张云天遗愿，在绢帛上完成了用隶书体写的碑文。过几天，西门公子去天师洞时，就会请人把这两句诗文补刻上墓碑。

当扬雄路过土桥镇时，又想起西门云飞告诉他的，曾经的弟子静虚道人，在天师洞几年间的刻苦钻研中，已成为真正的老庄学说践行者。在张云天去世后，廖芝香师娘已成张大师的守墓人。由于静虚非常尊重师父和师娘，加上关系一直处得很好，后来廖芝香就给静虚讲了张云天姓张，他儿子为啥姓陆的真实原因。当静虚得知师父隐居天师洞的真实原因，联想到自己处境的他，就更加敬重怀念具有传奇经历的师父来……

断臂刘三为啥在清风庄园修建凉亭和鱼池后，又告诉陈干爹秋天打算给二老建造几间新瓦房呢？这其中缘由他已盘算好长一段时间，后来，实在忍不住的他还是把真实想法告诉了铁杆兄弟李二娃。原来，在丐帮和翠云楼呼风唤雨当惯了老大，自翠云楼被烧、陈山岗死后，刘三心里的失落渐渐催生出他无名的烦恼来。

确实，如果让血气方刚的三十多岁汉子，从此在清风庄园过一种近乎退休养老的日子，可想而知那该有多难受！天生爱折腾的独臂刘三，竟然冒出想创办武馆的念头。他曾几次独自研究了近三十亩面积的清风庄园。如果把干爹干妈住的地方腾出来，再在临街的围墙上重新开一道大门，那么，相对独立的空间就可用木栅栏同庄园其他地方隔开，这样的话，就必须去庄园靠里位置另修几间新房。干爹干妈搬进新房住，这样才能腾出近八亩的武馆用地。

没想到，当李二娃听完刘老大的想法后，闲得无聊的李二娃竟举双手赞同创办武馆。秋天，在庄园修建新瓦房时，刘三和李二娃就商量好，一旦二老搬进新房后，刘三就直接把创办武馆的计划告诉干爹。李二娃也认为，年事已高的陈干爹已无力反对这计划了，何况，他们在这计划中不用陈干爹一文钱。见木已成舟，已搬进新房的陈干爹便默认了刘三的计划。

刘三为啥冒出创办武馆的念头？在刘三看来，李二娃是现成的飞镖教练，西门云飞的剑技也是能镇住许多年轻人的，而静虚道人的箭术那是顶呱呱的。有了这三个现成的武术师傅，就只差一个功夫过硬的拳师了。现在他和李二娃都是有钱人，花钱请个好拳师又有何难？刘三分别邀请西门云飞和静虚道人今后十天来一次武馆当教练，二人自然答应了刘三的请求。

刘三为啥要创办武馆，难道仅是为找到当馆长和师爷的感觉？当然不全是。这里有个不为人知的原因：十多年前在帮桃花小姐姐灭掉雷振山黑道团伙时，刘三是佩服雷振山有那么一帮黑道兄弟的。在刘三看来，他未来的人生之路还长，只要拉起一支有武功的队伍，那么，他就可继续创办新青楼，甚至赌场。嘿嘿，到那时，他又可在成都呼风唤雨了。

十多天后扬雄去成都，在李弘先生介绍下，认识了家住盐道街的一位绸布商人。这商人姓吴，家有一个八岁儿子，需请一位有水平的私塾先生来教书。吴富商文化不高，但为人却较为厚道，当李弘介绍完扬雄的情况后，吴商人高兴地说："我晓得扬先生，他就是当年写出《蜀都赋》的大才子嘛。"

在参观吴家居家环境时，扬雄对吴家三进院的院落十分满意，为确定是否留下做私塾先生，有教学经验的扬雄，提出想同即将被教的八岁孩子见个面。在吴商人同意后，扬雄很快见到有些顽皮的吴东升。交谈半个时辰后，心里有数的扬雄感觉这孩子学了些粗浅东西，也会写一些汉字，但由于过去请的先生水平不高，又不善于对孩子进行合理引导，故孩子的启蒙教育还是有所耽搁。

最关键的是，扬雄通过交谈，感觉这东升是个好动有些难以静下来的儿童，只要教学方法得当，这个不笨的东升会在学习上走上正轨的。由于李弘一再强调扬雄已在平乐书院担任过八年先生，吴商人便给出了比过去请的先生高一倍的报酬，并答应扬雄每月休息四天，回花园场照看家里。

扬雄之所以答应留下做私塾先生最重要的原因有三个，一是在教育上，他比一般先生更有耐心和能力；二是每月可回家照顾生病的父亲，帮母亲和妻子分担些农田重活，还可教已开始识文断字的儿子；三是即便今后要北去长安，他离开时也不至于得罪人。再加上盐道街离文翁学馆和聚义客栈不远，今后可在客栈同老友们茶叙聚会。

一切谈好跟吴商人签好契约后，扬雄答应三天后就正式来吴家担任私塾先生。随后，扬雄把李弘先生送回学馆后，就骑马朝花园场奔去……

当雁声的啼鸣消失在辽阔秋空不久，坡坎下河岸边的野菊花便灿然盛开。立冬后一天天渐冷的萧瑟秋风在扫荡地上枯黄落叶时，乡邻们有时总能在花园场街上，看到披头散发的杏花那单薄的身影，她用嘶哑声音哭喊着："扬雄哥，我的扬雄哥啊……"很快，从豆腐饭店奔出的覃老板，追上杏花含泪把患了间歇性疯病的女儿拉回饭店，不久，乡邻们还能听到覃老板母女抱头痛哭的声音……

如果说十多年前，覃老板在花园场街上，还算有几分姿色的话，那么如今，徐娘半老的覃老板虽说才五十多岁，但她额上的皱纹和头上的白发，足以说明曾经能说会道的女老板，已被不幸生活折磨成了老妇人。面对双重打击，还没倒下的覃老板现在活着的目的不是挣钱，而是陪伴守护患着疯病的女儿杏花。

覃老板遭受另一个重大打击的原因是，自龙耀武升任乡长后不久，尝到权力滋味的他，仗着当县令大哥龙耀文撑腰，他选择的第一个复仇对象就是覃老板母女。他找不到刘三一伙报仇，于是这个花园场的地头蛇，就找借口诬陷豆腐饭店长期偷税漏税，必须处以重罚。罚过三金后，每年在原来税收基础上又增加一倍税。无论覃老板怎样去乡衙申诉哭闹，龙耀武不仅没减一分税，而且扬言，若覃老板再闹就彻底封了店门。内心绝望的覃老板曾多次动过去找刘三的念头，苦于疯女无人照看，几次想出门的覃老板又只好回到饭店。

在痛苦煎熬中，许多同情覃老板母女的乡邻，时常有意来照顾她生意，就这样，覃老板在艰难维持中，才没使豆腐饭店关门垮掉。自遭受重税报复后，覃老板母女的营生就只换来有口饭吃而已，至于利润嘛，已成昔日的美好回忆……

就在扬雄担任私塾先生的第三个年头，县令龙耀文在七月半回家上文祭祖时，给龙耀武讲了当年的刘三已在灌县创办"青城武馆"的消息。有些惊讶的龙耀武问道："大哥，你咋晓得刘三在灌县创办了青城武馆呢？"

"两月前，县衙罗捕头还去那武馆招了一名新衙役回来，要不然，我哪知道刘三创办了武馆呢。"好几年了，龙耀武虽对覃老板母女进行了报复，但这报复并没平复他心中的怨恨，他真正最想报复的是阉了他的刘三一伙。很快，这个贼心不死的龙乡长就想出一个办法来，他要去安德镇找他一位姓孙的远房亲戚。因那家姓孙的亲戚有三个儿子，现正值十六七岁年纪，若要复仇，他还须采用迂回方式。

由于龙乡长的到来，孙老汉在开心收下不少礼物后问道："耀武乡长，你当县令的大哥可好？"

"表叔，我大哥挺好，今天我来您这儿，是想告诉您一件好事。肥水不流外人田嘛，有好事我自然就想到您表叔家啦。"随后，龙耀武就哄骗他表叔说，这几年各县都要招一批有武艺的青年当衙役，有的还可能被选为捕快，这吃公家饭的收入可比干农活强多了。于是他就把想推荐表叔的两个儿子去青城武馆学武艺的事讲了，还表示说，这进武馆的学费由他出，并一再说，他龙家亲戚中，今后一定要有几个会武艺的捕快才行。

孙老汉一听，这平时没啥往来的龙乡长，居然送来这等好消息，而且学费还由这远房亲戚包了，天下这种好事若不答应，那岂不是瓜娃子嘛！于是，孙老汉就一口答应了龙耀武，并当着龙耀武的面确定老二和老三去学几年武艺，然后进县衙当差。两个儿子一听今后要去县衙当差吃皇粮，竟感动得跪下给龙耀武磕了几个响头。

离别时，龙耀武从身上掏出一金说："表叔，这是两个表弟今年的学费，明年我仍会送学费过来。不过，这两个表弟去后，千万别说跟我们龙家有亲戚关系，以免给今后留下后患。"

大为不解的孙老汉问道："龙乡长，你说的后患是啥意思呀？"

马上反应过来的龙耀武故作神秘地说："表叔，要是外人知道这两位表弟跟我们龙家是亲戚，若是今后招进县衙当差，别人要告我们走后门咋办？那不是会连累我家当县令的耀文哥嘛。"

孙老汉和他两个儿子觉得说得有理，便一口答应决不向任何人透露他们跟龙家有亲戚关系。见一切按计划安排好后，龙耀武才放心离开了孙家……

有一次扬雄到花园场给父亲买药，无意间在茶铺门口碰上已快满六十的赵老板。赵老板欲言又止的神态引起了扬雄的注意，他便主动向赵老板问道："赵叔，您老人家有啥事想跟我讲吗？"

　　赵老板犹豫片刻说："扬雄，这些年我已很少在花园场见到你了，你该还在外面做事吧？"

　　"赵叔，我前些年在平乐书院教书，从前两年开始，我已在成都当私塾先生了，所以，我来赶场的机会就很少了。"扬雄忙说。

　　"怪不得哟，这几年我在花园场见不到你人影，这么说来，你对花园场街上发生的事一点不清楚了？"

　　扬雄一惊："赵叔，您是要告诉我啥事吧？"

　　赵老板朝四周看了看，压低声音说："扬雄，难道你对覃老板和杏花的事一点不知道？"见扬雄摇头后，赵老板就悄悄告诉他，杏花这些年已患间歇性疯病和豆腐饭店被加税一事，最后，赵老板愁眉苦脸叹道："唉，覃老板母女原是多好的两娘母哟，没想到，这十多年间竟被那些害人的王八蛋给毁了。"正说着，披头散发敲着破铜盆的杏花就从豆腐饭店跑出，刚喊了句"扬雄哥你在哪儿"，就被撵来的覃老板拉了回去。

　　亲眼看见这悲惨一幕后，同情和自责涌上心头的扬雄，顿时眼中就涌出泪来。还没等扬雄开口，赵老板又低声说："扬雄，你是在外做事的能干人，你应该帮帮这可怜的杏花啊，她、她毕竟过去曾同你好过一阵，她可是善良而又无辜的女人啊……"

　　回到成都后，扬雄告诉张德川和西门云飞，只要刘三一来成都，就来盐道街通知他，他要同老铁商量如何帮覃老板母女的事。果然不久，刘三和李二娃来成都买武馆用的训练兵器，在聚义客栈聚会时，扬雄就把覃老板母女现状告诉了刘三和李二娃。刘三一听完，当即就把酒杯往地上一砸说："狗日的龙耀武，他以为他当了乡长，老子就不敢收拾他了，走，老子今天晚上就放火烧了他龙家大院！"

　　在扬雄同席毛根几人劝阻下，渐渐冷静下来的刘三向席毛根问道："席兄，你们劝我要冷静，那你说这事该咋办？我刘三不可能不管覃老板母女！"

　　席毛根沉思片刻后说："刘三兄弟，既然我多年前敢上天台山收拾匪首段煞神，那我今天就敢面对这个乡村恶霸龙耀武！明天下午，我跟你和李二娃去花园场，当我们在覃老板那面了解情况后，再做惩罚决定，你看如何？"

　　刘三听后，忙上前用右手拉着席毛根的手说："席兄，有你这句话，我刘三就放心

685

了。只要有你出马，我就相信，他龙耀武就是有三个脑袋，也不够我们几人上的！"

扬雄听后，忧心忡忡地向西门公子问道："云飞兄，席兄如今管着百花织锦坊，他去妥吗？万一出了事，这、这影响织锦坊生意咋办？"说完，扬雄又看了看刘三和席毛根。西门公子回道："子云，席兄去当然没我去更合适，我毕竟是青城武馆的剑术教练嘛。"随即，西门云飞就摸了摸腰间长剑。

席毛根倏地站起抱拳对西门云飞和刘三说道："各位好友，我到成都这十多年来，承蒙你们帮助关照，使我才有今天的幸福生活。吃水不忘挖井人，现在是该我报答各位的时候了，明天去花园场了解情况，只能由我陪同刘三和李二娃去，眼下，我可是有两个儿子的人了，我今生已再无后顾之忧！"说完，席毛根一拳重重砸在酒桌上。

第二天黄昏，扬雄、席毛根、刘三和李二娃几人骑着快马到了花园场，为不刺激到杏花，扬雄按事前计划住进了花园客栈。等候刘三几人问覃老板后再商量下一步方案。为防意外，身背大刀的席毛根和腰插七星短剑的独臂刘三，就率先进了豆腐饭店，手持飞镖的李二娃便在门外放哨。

昏黄的桐油灯光下，突然冒出的独臂刘三把覃老板母女吓了一大跳。覃老板指着左臂晃荡着空袖子的刘三说："刘三，几年不见，你、你的左臂咋、咋要飞啦？"

"覃老板，世道险恶，我左臂要飞也挺正常嘛。"刚说完，杏花上前抓起刘三左臂衣袖就哭起来："刘三哥，是哪个坏蛋，把、把你左臂砍了呀……"

刘三忙拍着杏花肩头说："杏花妹子，我刘三虽没了左臂，但我可照样活得好好的，你可得向我学学。"说完，刘三扭头向覃老板介绍道："覃老板。这位席兄是我好友，今天他特意陪我和李二娃来的花园场。"

覃老板看了看身背大刀的席毛根，忙问道："刘三你们来花园场有啥事吗？先别忙，我给你们炒几个菜边吃边说。"说完，覃老板就招呼杏花上灶点火。刘三忙止住覃老板说："覃老板，我们不吃饭了，问完事就走。"

"你们想问啥事？"

"我听扬雄说，那龙耀武恨我们阉了他，又没法找我算账，就故意诬陷你饭店偷税漏税，不仅罚了款，还加倍收税，有这事吗？"刘三问道。覃老板想了想说："这扬雄咋把这事告诉你呀？他是不是又想叫你们去找龙乡长算账？实话告诉你吧，刘三，你们整了龙乡长屁股一拍就走人，可、可我在花园场是无法离开的啊。你们走后，他这个心狠手辣的家伙，又要来报复我两娘母，那我们就只有死路一条啊！"

席毛根听后忙说:"覃老板,您放心吧,我们来这儿,就是为解决您后顾之忧的。我们决不会莽撞行事,给您和杏花留下后患。"

"这还差不多。"随后,覃老板就把罚款和加倍税收的事告诉了刘三和席毛根,最后,覃老板一再要求刘三不要给她带来更大麻烦,毕竟,龙乡长是这儿的地头蛇。

刘三与席毛根安慰覃老板和杏花后,并保证决不给他两娘母惹事。说完,刘三留下两金,三人就迅速消失在夜中……

第七十九章

在涪县完成了《绵竹颂》

出了豆腐饭店，刘三三人立即快步朝花园客栈走去。进客栈后，刘三找到老板，让他准备四个人的酒菜，尔后就随扬雄进了订好的房间。点亮桐油灯后，席毛根取下背上大刀说："刘馆长（刘三已是青城武馆馆长），从今天覃老板说的情况看，似乎她有些惧怕龙耀武的报复。"

"狗日的，这些基层乡官鱼肉的就是底层百姓，他们用手中那点权力，敲诈坑害乡民从不手软。老子心里痛恨的，就是这些狗官。"刘三用七星豆刀敲着木桌说。扬雄看了看刘三和席毛根，低声问道："二位，龙耀武对覃老板母女采取的报复，你俩认为，他的恶劣行径达到非要置他于死地的程度了吗？若没到那一步，那我们就该多替覃老板着想，是否可用别的办法来帮覃老板母女？"

"你啥意思？"席毛根忙问。

扬雄想了想说："我可假借刘三之名，给龙耀武写一封措辞严厉的警告信，多年前刘三一伙不是阉了他吗，我想，龙耀武这家伙还是怕拼命三郎刘三的。"说完，扬雄就观察刘三的反应。扬雄知道，这办法刘三若不同意，他也无法完成。有些吃不准的刘三扭头问席毛根道："席兄，你感觉我老铁这办法如何？"

席毛根想了想说："嗯，扬子云这办法可行，我们先礼后兵，若龙耀武不听招呼非要欺负覃老板母女，那就让他尝尝老子大刀的厉害！"很快，店老板把酒菜送来后，扬雄几人就在房间喝起酒来。

第二天上午，扬雄和没再背大刀的席毛根，一同步行去了乡衙。当龙耀武见到扬雄时大惊："扬子云，你、你咋今天有空来我这儿呀？"

扬雄不卑不亢抱拳说道："同窗龙乡长，这位从成都赶来的朋友要转交一封信给你，由于他不熟悉花园场，故让我领他来找你。"听扬雄说完，席毛根便从怀中掏出一张叠好的绢帛，递给了龙耀武。有些疑惑的龙耀武忙展开绢帛看了起来。此时，席毛根又说："刘三是你们花园场人，他说他对你们龙家和龙家大院都很熟悉，我希望你对他的劝告要重视，这样对你们龙家是大有好处的。"

龙耀武看完警告信后，立刻把信塞进怀中，这时，扬雄对龙耀武说："龙乡长，你我曾是同窗，我在这就送你一句贾谊的名言吧，贾生曾说'功莫大于去恶而好善，罪莫于去善而为恶'。对覃老板母女而言，你既是当地的父母官，又是花园场乡邻，杏花现又患有间歇性疯病，她母女二人维持正常生活已很艰难，对豆腐饭店加以重税似乎非常不妥吧。"说完，扬雄和席毛根头也不回地离开了龙耀武。

当天下午申时，覃老板匆匆来到花园客栈，告诉正在房间喝茶的扬雄、刘三、席毛根、李二娃四人，说中午刚过，龙乡长就派乡丁通知了她，从现在起，减免豆腐饭店一年税赋。说完，覃老板就跪下给刘三几人磕了个头，尔后就呜呜抹泪哭了起来……

在成都当私塾先生几年间，扬雄前后跟君平先生通过几次信，还同西门云飞去看过两次先生。扬雄得知先生除教书外，仍在坚持完成他的《老子指归》和《易经骨髓》两部著作。扬雄也告诉先生，他一面做私塾先生，一面读一些不被人重视的杂书，另外就常回家看望已生病的父亲。

有天下午扬雄去文翁学馆拜望李弘先生，聊天时，李弘告诉扬雄一个消息，说从文翁学馆毕业的一个陈姓学子，现已任涪县县令，他来信要我推荐一位有水平的学子去涪县当先生，那位陈县令说，他们那的学子们较有水平，已轰走两位先生。陈县令还说，若有文翁学馆毕业的学子愿去那教书，他可在俸禄上给予优待。

扬雄笑道："呵呵，俸禄上给予优待当然是好事，可我父亲有病在床，我还得常回家看望父亲呢。要是我父亲病情再加重，我也只能辞去私塾先生回家尽孝。"

"尽孝是应该的，我只是告诉你有这事，若今后你遇上愿意去涪县教书的同窗，也可向他们说说此事嘛，真有人愿去，我可亲自给他写封推荐信，我保证去的人能享受到优厚待遇。"

不久，扬凯病情加重，扬雄便辞去私塾的工作，回家尽心服侍了父亲最后两个月，直到父亲去世下葬后，悲恸的扬雄才慢慢缓过劲来。父亲去世不到一个月，扬雄见母亲苍老许多，心疼母亲的扬雄便带着已满八岁的扬爽，在田间地头忙上忙下，秀梅也主动承担起采桑养蚕、喂猪煮饭的全部家务。晚饭后没啥事时，扬雄便教扬爽背《诗经》中的诗并解释给他听，或者给他讲些神话故事与民间传说，有时甚至还讲自己曾去犍为郡、龙门山和羌地的一些见闻。后来，当母亲身体好些后，张氏便一面纺线一面给扬爽讲述牛郎织女和嫦娥奔月的故事。唯有这时，坐在月下小院中的秀梅，看着其乐融融的一家，才是她最开心的。

扬雄在扬家小院过了半年的农耕生活，一天去花园场买盐和桐油的时候，又发现在花园场街上疯疯癫癫哭喊的杏花。内心感到万分内疚和自责的扬雄，就开始动脑子如何才能帮到杏花。夜里，躺在床上的扬雄猛然想起多年前，他曾答应过覃老板，要帮豆腐饭店写一篇赋。后来覃老板一直未落实重新装修饭店的事，加上杏花出事后，扬雄就渐渐忘了这件事。如今，自杏花患了疯病，豆腐饭店生意已大不如从前，如果我帮覃老板母女写篇赋挂在饭店，或许他们生意又会好许多。于是，当夜扬雄就从床上爬起，点亮桐油灯挥笔写了篇八百多字的《白玉赋》。

第二天上午，扬雄把给豆腐饭店写的《白玉赋》拿给秀梅看。秀梅看后沉思良久说："此赋写得倒是精彩，也写出了豆腐的特性和艺术性，但你想过没，杏花病到今天这一步，多少跟你有些关系，若你把这赋让覃老板挂到她饭店，杏花又会咋看？或许她会误以为你心中仍装着她，她对你的相思只会加重。子云，我认为这赋你不能送给覃老板，有时好心不一定有好结果啊！"

沉默好一阵后，扬雄觉得秀梅说的有理，煮午饭时，扬雄一气之下就把写有《白玉赋》的竹简塞进了灶膛，大火中，凝视渐渐化为灰烬的竹简，扬雄再次流下了热泪。从那之后近一个月时间里，秀梅几乎没听到一次扬雄的笑声。见扬雄生活得有些郁闷，理解丈夫的秀梅便劝扬雄出去散散心。扬雄当晚给母亲、秀梅和儿子做了些交代，第二天上午，他就骑上阿鹰送给他的那匹老马，打马朝一直想再去的绵竹奔去……

此时正值仲春时节，在欣赏沿途风光品尝一些特色美食后，心情好起来的扬雄于第二天下午酉时，就寻到他十多年前曾来过的绵水客栈。找到当年的余老板后，已快七十的余老板告诉扬雄，他早已把客栈交给自己大儿打理。不过，热心肠的余老板，当晚仍盛情款待了从成都赶来的扬雄。喝酒时，余老板问扬雄这些年是否又有新赋问世。

扬雄诚恳回道："老人家，我这些年忙于当教书先生，虽写了些作品，但不太令人满意，我就没拿出示人，这次特来重游绵竹，我就打算写一篇跟绵竹有关的赋呢。"随后，扬雄再次对余老板表示了感谢。聊天中，余老板又给扬雄推荐了当地的

第七十九章 在涪县完成了《绵竹颂》

九龙山、仙女洞和莲花湖等景点。扬雄听后说："谢谢您老人家，我这次来这儿没啥急事，从明天开始我就去您说的这几处玩玩，也为我日后写绵竹寻找点灵感。"

果然，在接下来的几天里，扬雄骑马去九龙山、仙女洞和莲花湖尽性游玩了几天。自扬雄多年前从汶山郡回家后，尤其是在平乐书院和当私塾先生这段日子里，扬雄除了责任就是应尽的义务，还要操心家里和儿子的事，再次尝到游玩快乐的扬雄，在第五天上午，就直接打马去了他心心念念的龙门客栈。

自十多年前扬雄离开龙门客栈回成都后，他有时会想起自己曾给舒老板的建议，这些年过去了，孙大牛一伙现在到底过得咋样？他们若继续做绿林强人，肯定早已被官府捉拿或追杀。要是弃恶从善改邪归正的话，也许孙大牛和他手下人的命运已被改写。抱着想探究竟的扬雄，下马仔细瞧了瞧当年他曾住过的龙门客栈，除木制建筑比之前陈旧些外，似乎一切并没有多大变化。将马拴在马桩后，背着包袱的扬雄就径直朝客栈走去。

刚进客栈，年近花甲的舒老板见有人来，忙起身站起。扬雄上前高兴喊了声："舒老板，您还认识我吗？"说完，扬雄就把双手伸向了舒老板。舒老板猛然认出扬雄，惊讶地指着扬雄说："你、你不就是当年的扬军师吗？"

"哈哈，舒老板，我扬雄终于又见到您啦。"说后，扬雄双手就紧紧同舒老板的手握在一起。当天下午，扬雄同舒老板喝酒聊天时，舒老板就告诉扬雄："当年你离去后不久，我就把建议转告了孙大头领。经过反复考虑，孙大牛认为你的建议有远见，也是为大家好，义军内部经过几次商议和争吵，在孙大牛坚持下，他们按你建议分为三拨人，以猴老二为首的带了吴小云等四人，拿着分得的钱财去了涪县，在西山下开了家秋水客栈；以穿山甲为首的带着六个弟兄，留在龙门山过起了狩猎与采药的生活；而孙大头领由于不能在涪县和绵竹露面，他就带着吴成志九人去了汶山郡。"

"舒老板，孙头领去汶山郡找老酋长和释比巫师没有呀？"

舒老板叹道："哎呀，扬军师啊，要不是你说去汶山郡的弟兄可打着你的名号去找酋长和巫师，孙大头领他们咋可能在羌地混得风生水起嘛。一年多后，吴成志回老家路过这儿告诉我，老酋长和释比听说是你介绍的人，那些羌寨首领也真买你的账，不仅提供房子给孙大牛一伙住，还真给他们指派了不少活干，现在，孙头领也在羌地干大发啦。几年后，那些弟兄都先后在羌寨找了当地女人结了婚，有的还生了好几个娃哩。"

"哈哈哈，来，舒老板，为孙大头领一伙有了各自的好归宿，我俩把这杯酒干

691

了！"随即，在碰杯声中，扬雄二人便将杯中酒一饮而尽。

　　第二天早饭后，扬雄告别了舒老板，便骑马朝他真正要去的目的地涪县奔去。原来，扬雄一直没忘李弘先生曾给他讲的一事，那就是涪县陈县令托李弘帮他介绍学子去那儿教书。扬雄自信地认为，凭他十多年的教书经历，他应该是一位称职的教书先生。只要陈县令重视教育，那他这个饱学之士定会成为一位受人尊敬和欢迎的教书先生，何况，从涪县去长安比成都到长安还近了不少路。

　　下午酉时，虽然没有李弘先生的推荐信，自信满满的扬雄就下马直接进了涪县县衙。守门衙役见扬雄直接进了大门，忙上前喝住扬雄问道："你是谁呀？！这县衙也是你随便闯的？"说完，那衙役就将扬雄往外推去。此时，回过神的扬雄忙说："我找陈家福县令，你帮我叫叫他。"

　　"你找县令大人？"衙役从上到下打量了扬雄一番，忙朝里快步走去。片刻工夫，一位身着官服、中等个头、身体稍胖的中年县令，在衙役陪同下来到扬雄面前，他打量扬雄后问道："先生，你有事找我？"

　　"陈县令，我听李弘先生讲，你毕业走后第三个年头，我才进的文翁学馆。"

　　"哦，你原是文翁学馆同窗，这么说来，你定是李弘先生推荐来的吧？"

　　"陈县令，我没让李弘先生给我写推荐信，就自己寻来了，不知这样妥否？"

　　"请问同窗，你能告诉我尊姓大名吗？"

　　扬雄忙抱拳说："在下不才，姓扬名雄。"

　　"哎呀，你就是大名鼎鼎的《蜀都赋》作者扬雄啊，久闻大名久闻大名，我陈家福有失远迎，还望扬大才子见谅。"陈县令说完，忙拉着扬雄朝他县衙走去。待衙役刚给扬雄泡好茶，陈县令即刻对衙役吩咐道："张小全，你马上同王捕快骑马分头去通知我县那十来个文人雅士和黄员外，就说我陈县令今晚在涪城大酒楼请客，欢迎从成都来的大才子扬雄光临我县，我要给扬先生接风洗尘，请他们一块来次酒作陪。"

　　张小全接到陈县令指示后，立马返身离开了县衙。

　　第二天上午，扬雄在陈县令陪同下，带着几个随从来到涪县城外。原来，在昨晚的接风酒席上，陈县令在征求扬雄意见后，就当着当地文人雅士的面宣布，他专门从成都请来曾经的同窗作为西山书院的特聘先生。因这些年间，涪县在陈县令领导下特别重视教育，几年前在涪县西山上创办了西山书院。可没想到的是，来书院读书的学子们，大都崇尚春秋战国百家争鸣的风气，往往喜欢在课堂上发表不同观点和看法，有时还争得面红耳赤。要是先生水平不高，甚至还可能被学子们轰下台去。之前两位先生就是被学子们告状撵走的。扬雄的到来，无疑给陈县令带来重振书院的信心。

步行不久，来到城外西山下的陈县令和扬雄一行，沿山道石阶朝山上走去。扬雄远远望见，在山顶数棵高大苍松翠柏掩映下，那有着青砖黑瓦和飞檐的西山书院，就坐落在西山之上。走了好一阵后，陈县令回头对扬雄说："子云，爬上这个小坡后，上面就是碧波荡漾的玉女湖啦。"

"怎么，这西山上还有湖泊？"扬雄有些意外。爬上小坡后，一座有着上百亩大小的清澈湖泊就呈现在众人眼前，沿湖岸边的数棵柳树，在春风吹拂下不时摇动着翠绿的柳丝。百鸟啼鸣中，见有人站在湖边说话，在湖中游曳的白鹤群，立刻跃出湖面，啼叫着朝不远的山林飞去。扬雄望着离去的白鹤，向陈县令问道："陈兄，这玉女湖的水从哪来的呀？"

陈县令随即指着湖对岸一处洞口说："子云，往后你在书院住下散步时，可去那边看看，那山洞口外有一处清澈的碧潭，这玉女泉水正是这玉女湖的供水之处。我真羡慕你，往后你就每天可在这风景秀美之地教书写文章了。"

"我也没想到，这涪县西山还是如此风景优美之地，真乃我蜀地又一胜景也。"说完，扬雄和陈县令几人都开心笑了。很快，来到书院外的扬雄就看到气势不凡的书院大门上方匾牌上，写有四个隶书体的镏金大字：西山书院。扬雄正待观察周边环境，这时，从书院走出一位白发银髯老先生，微笑着把陈县令和扬雄等人迎进了书院。刚踏进书院正中的大学堂，出乎扬雄意料的是，教室中那一个个矮书桌后，足足跪有二十多个精气神俱佳的学子，而其中还有一个容貌不错的女学子。

稍后，白发老先生就请陈县令讲话。陈县令走到讲台前，提高声音说："我涪县西山书院的学子们，你们不仅是我涪县人的骄傲，也是我大汉朝的幸事。为满足你们对讲课先生的更高要求，我特从成都请来一位从文翁学馆毕业的高才生，严君平大师的高足弟子，我蜀郡的顶级文学大师扬雄先生，来书院做你们的先生，大家满意吗？"

"满意，我们太满意啦……"

"我们就希望这样的人来做我们的先生……"

"我们书院也要出文学大师了……"

学子们震耳欲聋的呼叫声，顿时在书院大学堂中响起……

当天中午吃饭时，扬雄从陈县令和即将离去的白发老先生那里了解到，眼下朝廷对各地学子们考试有了新要求，陈县令也一再要扬雄按朝廷要求来制定教学大纲，他希望本县能多出些供朝廷选用的人才。喝酒时，扬雄还特向白发老先生了解学子们最感兴趣的学习内容。然而，在第一次上课时，扬雄就遇到巨大挑战。

面对二十多双清澈的眼眸，穿着土布灰色长衫汉服的扬雄讲道："学子们，从今天开始，我就是你们的先生了，我不仅要给你们讲明入仕需要考查的今文经学，我还要讲春秋战国期间一些跟考试没多大关系的古文经学，唯有这样，你们才能学到更为丰富扎实的文化知识。"

刚讲到此，一位名叫秦楚的英俊学子问道："先生，难道我们现在学的《诗经》《尚书》《礼记》《周易》和《春秋》这五经，还有今文与古文区别吗？"

"当然有区别。现在的五经，大多是秦始皇焚书坑儒后，在汉高祖时代重新编撰而成的，有些地方很不完整和全面，在高祖后一百多年里，华夏大地又发现一些没受到秦王朝暴政影响的原版五经，这些完整的五经之书，才是我们应该也必须学习了解的经典之书。"

秦楚又问："先生，可朝廷考试，并不要求考古文经学呀？"

扬雄看了看这个爱提问的青年，知道他的问题具有代表性，同时，他也在内心叹道，提问题说明他是在思考问题嘛，若课堂上是一潭死水般无人提问，那样不是很糟糕吗？想到这儿，扬雄说道："学子们，若我们求学目的只为应付考试，那么你就只学好今文经学即可，若我们学习是为丰富知识，提高我们对社会和历史的认知能力，那么，我就建议大家扩大学习领域，不妨也读些古文经学之书，甚至还可了解诸子百家嘛，唯有如此，我们对经典的理解才不会断章取义，才不会偏离五经原本要义！"

扬雄讲到此，学子们就议论开来，大多学子点头表示赞同扬雄所言。这时，名叫黄玉的女学子举手要求发言，扬雄点头示意后，黄玉说道："先生，您对经学的全面学习要求我认为是对的，今后还望先生多给我们对照讲解。先生，今天我还想提个别的建议，可以吗？"

扬雄一惊，忙说："可以。"

黄玉又说："先生，前些年蜀地就广泛流传过您写的《蜀都赋》，我想，先生您肯定还写有不少辞赋作品，我有个小小请求，就是先生在讲授五经之余，能否给我们这些学子，也讲讲辞赋创作呀？"

秦楚听后，有些不屑地盯了黄玉一眼。扬雄有些高兴地说："学子们，我写辞赋，纯属个人业余爱好，若学子们有对辞赋感兴趣的，可多读读司马相如的名篇佳作嘛，要是喜欢辞赋的人多，那我今后在课堂上讲讲辞赋也无妨，如果喜欢辞赋的人不多，那我就同喜欢辞赋的学子私下交流为好。不过，今后我仍可选一些名篇作为赏析，以便提高大家的写作和鉴赏能力……"

在接下来的几天时间里，扬雄利用业余时间，把西山上上下下转了个遍，他这样做的目的一是想熟悉周边环境，二是想写信时好告诉友人和先生他生活的新环境，以便增加写信内容。在全面了解西山独特风景的同时，他无意在一条通往长安的古驿道旁，发现了一座类似道观的庙，庙里供奉的却是一尊老子塑像。出乎扬雄意料的是，不大的庙中，却生活着三位穿着青袍的女道人。另外，扬雄还看到了西山客栈，他不愿再同猴老二这样的人打交道，更怕猴老二常来书院打扰他的宁静生活。扬雄已做好下一步安排，他游览了解完西山地理风景后，就将着手给君平先生、李弘先生、秀梅、静虚道人与张德川各去一封信，告诉他们自己已在涪县西山书院做先生一事。写完信后，他必须马上动手完成打好腹稿的《绵竹颂》。

他从这几天讲课中了解到，居然这书院中还有喜欢辞赋的学子，当他第一天讲课时，那女学子黄玉就提到他的《蜀都赋》。真令人汗颜，自《蜀都赋》问世后，他竟然连一篇像样的作品也没有再传世，原本想让《蜀王本纪》火一把的，最后却落得个压了箱底的结局。唉，要是再不拿出像样的新作，我扬雄还有啥脸面说自己是喜欢辞赋创作的人！

窗外繁星点点，明月高悬，室内桐油灯光映照着桌上绢帛，扬雄提笔第一封信便是写给他最崇敬的君平先生的，他告诉先生自己已在涪县西山书院做了教书先生，也写了西山优美风景和当地对教育的重视。信中，扬雄还问先生写作的《老子指归》和《易经骨髓》进行得咋样，最后，扬雄希望年事已高的先生定要保重身体，他今后回郫县时，定要来看望先生。

扬雄第二封信是写给李弘先生的。扬雄告诉李弘先生，他父亲病逝后不久，他就离家重游了绵竹，之后又到了涪县，并去涪县拜见了陈县令。在接风酒宴上，陈县令已当众聘他为西山书院教书先生。扬雄还解释了他当时走得急没来成都请先生写推荐信的原因。最后，扬雄告诉李弘先生说，西山下有一条通往长安的古驿道，这里每天都来往着不少人和车马，看来，帝都长安不愧是大汉朝的政治、经济、文化中心。

扬雄第三封信是写给自己爱妻秀梅的。他告诉秀梅自己现已被涪县特聘为当地书院的教书先生，而且待遇不低于文翁学馆的教书先生，往后，他会每季度按时给家里寄回他大部分收入。信中，在问候母亲和爽儿身体状况后，特别叮嘱妻子，每天必须要让爽儿读写哪些东西，甚至连背诵哪些诗文也做了交代。最后，扬雄考虑到家里劳力不够，建议妻子可减少喂一头猪，母亲年经已大，千万不要让母亲太劳累。信的末尾，扬雄告诉妻子，他今年估计回不了家，但明年一定要回来一趟。

扬雄第四封信是写给静虚道人的。为啥扬雄要给这个梅香姑娘的亲弟弟、他曾经的弟子写信呢？因为这世上只有他知道，曾经的林雪谦是个孤独偏执的青年，一旦把控不好自己的情绪，他是个完全可以走向另一个极端的家伙。扬雄知道，这个世界上只有他可以影响静虚道人，其他人是难以改变和影响静虚的。扬雄在信中告诉静虚，他现已是涪县西山书院先生，他希望静虚抽空去平乐书院看望君平先生，还可让君平先生给他深度讲讲老庄学说，今后，方能更好地成为青城山天师洞的得道道人。

扬雄最后一封信，是写给既是同窗又是他舅子张德川的。信中扬雄首先问候了西门公子、席毛根、桃花和卓铁伦，然后又问候了秀娟和小芳等人。扬雄在信中告诉张德川，他父亲去世后不久，他就去绵竹待了几天，尔后又到涪县西山书院当了教书先生。扬雄希望德川把这消息告诉友人们，并一再叮嘱德川和席毛根，要多劝刘三和李二娃走正道，不要再去报复龙家，若有机会，他希望刘三和席毛根要代他去多关心覃老板母女，若杏花疯病加重，一定要请刘三设法帮忙解决治疗等。最后，扬雄希望德川把他老丈母接到成都生活，不能让她一人在翠竹乡过着孤独的日子。

写完几封信的第二天，晚饭后散步回到书院的扬雄，磨好墨后便开始在竹简上写下《绵竹颂》的标题。随后，扬雄脑海中便浮现出绵水河那清澈的流水和水中的水草与游鱼，还有那一笼笼绿得让人心颤的翠竹，以及连绵起伏的龙门山，还有龙门山上那茂密的植被和高翔云天的雄鹰。卷涌思绪中，扬雄脑海里又浮现出前不久去游览过的九龙山、仙女洞和莲花湖等地，又想起曾热情款待过他的余老板，想起丰衣足食的绵竹人那悠然自得的生活方式，以及当地的风俗民情和令人怀念的美食和美酒……于是，灵感爆发的扬雄，在激情绽放之际，用颤抖的右手在竹简上飞速写下一行行充满诗情画意的文字，近一个时辰后，当扬雄猛地将毛笔往砚台上一掷，他已完成《绵竹颂》初稿。

第二天上午上课时，扬雄把他修改过的《绵竹颂》在课堂上诵读后，便得到全体学子们热烈的掌声。下午放学时，女学子黄玉非要借走先生竹简，她说要拿回家让她父亲品鉴欣赏。扬雄见黄玉十分喜欢自己的辞赋,就把这凝有墨香的《绵竹颂》送给了漂亮的女弟子……

第八十章

玉女湖见证了女弟子的爱慕之情

过去，受男尊女卑观念影响，尤其是在西汉年间，中国各地不多的书院、学馆中，几乎全是清一色的男学子读书，为啥涪县的西山书院有黄玉这个女学子呢？这其中还有个特殊原因。黄玉出身于书香世家，她的曾祖爷爷曾在当年蜀郡守文翁手下做过事，退休后回到老家涪县，受文翁办学影响，黄玉的爷爷曾在涪县县城内创办过学堂，由于这学堂属私塾性质，故招生的学子有限。后来，在黄玉父亲黄员外多次提议下，陈家福县令便采纳了黄员外的建议，在县城外西山上创办了一所面向社会招生的西山书院。

由于黄玉是黄员外幺女，从小聪明伶俐颇受黄员外宠爱，于是从五岁起，黄员外便教她认字读书，八岁时，黄员外还开始教她宝贝女儿学吹箫。由于漂亮的黄玉家庭条件优渥，身上具有一些男孩顽皮活泼的性格，成长到十三岁时，黄玉不仅学习了四书五经，还能吹得一手令人称赞的洞箫。后来，黄玉接触到屈原、宋玉的作品，又喜欢上司马相如的辞赋。黄玉喜欢屈原作品中的奇异想象，喜欢司马相如辞赋中的浪漫与夸张。两年多前，当她读到扬雄《蜀都赋》时，还曾试着模仿写了《涪水赋》和《桃花赋》。如今，十七岁的黄玉一见到令她崇拜的扬雄来书院当先生，心里自然就特别开心。

大家闺秀的文学女青年黄玉，毕竟不是社会上的江湖儿女，她既无法跟社会上的人交流，也无法接触到同性的文学爱好者，她唯一在写作上可交流的对象就是自己的老父亲。若没爱好辞赋的父亲推荐，她就无法接触到四书五经和屈原、宋玉、司马相如和扬雄的作品。现今黄玉放学回家，就会告诉父亲今天她在课堂上学了哪些东西。所以，当扬雄诵读完他刚创作的《绵竹颂》后，身材高挑、长着瓜子脸、

第八十章 玉女湖见证了女弟子的爱慕之情

大眼睛的黄玉,就迫不及待要借先生的作品拿回家给父亲看。好在扬雄记忆力惊人,当天晚上他又默写抄了几份。扬雄已想好,他要寄一份给李弘先生,然后送给陈县令一份,如果他们反应较好,他再寄一份给扬庄父亲。

出乎扬雄意料的是,第二天上课前,来到书院的黄玉竟给扬雄提来两瓶酒,并告诉扬雄说:"子云先生,我父亲读了您的《绵竹颂》非常开心,他说他有好些年没读到这么精彩的赋了,所以,我父亲特让我带两瓶好酒来,对您送给他的好赋表示感谢。"

当黄玉转交父亲送的两瓶酒时,却被秦楚看见了,秦楚误以为黄玉是有意讨好先生,想让扬雄在学习上给她开小灶。于是,这个有些豪横霸道想追求黄玉的学子,就开始对黄玉产生了不满。秦楚不是文学爱好者,他根本不懂文人间相互欣赏的可贵情谊。

这秦楚出生在当地一豪门家庭,父亲是当地著名的秦百万,他家不仅在长安开有一家货栈,而且还在涪县开有一家大酒楼和一家赌场,另外还有两家缫丝厂。由于秦百万擅经营懂江湖,是当地典型红黑两道通吃的人物,家里不仅仆人众多,还养有八九个有武艺的家丁。令一表人才、自我感觉良好的秦楚不安逸的是,就在他刚开始发起对黄玉追求时,扬雄就被陈县令聘来做了教书先生。你扬子云教书就教书呗,为啥你刚来几天,就要拿出新作《绵竹颂》在课堂上诵读炫耀,完后还要把竹简送给黄美女呢?在师道尊严的年代,一股嫉恨的无名火就从秦楚心中升起。

三天后,扬雄便接到陈县令邀请,要在涪县大酒楼庆贺扬雄写出新作《绵竹颂》,作陪的仍是十天前为扬雄接风的那些文人雅士。扬雄预感到陈县令对他新赋是满意的,否则,就不会安排这个文人雅士的聚会。

酒会欢聚时,精神矍铄的黄员外竟然把他宝贝女儿黄玉也带来了。酒会开始前,陈县令拿出写在竹简上的《绵竹颂》让大家传阅,随后,众人纷纷向扬雄竖起大拇指,大赞扬雄新作大有当年司马相如大赋的特点。酒桌上,陈县令疑惑问道:"子云,你这从成都过来的人,咋对绵竹那么熟悉呀?"

扬雄笑了笑,便把他两次去绵竹的事讲了一遍,甚至还讲了对龙门山、九顶山、绵水河、仙女洞与莲花湖等处的了解。陈县令听后叹道:"子云不愧是文翁学馆的大才子,原来在动笔前就做足了功课,哎,我就没你的文才,否则,我也该写写我们涪县的人文风情和不少风景优美之地。"随后,有人就建议扬雄抽空可去涪县各地考察考察,今后也给我们写一篇《涪县颂》来。

酒过三巡，陈县令放下酒杯向黄员外问道："尊敬的黄老先生，我们今天是文人雅士聚会，您为啥把女儿带来，莫非，您女儿也懂辞赋创作？"

黄员外听后，放下筷子说："陈县令，若我女儿不喜欢辞赋，我咋可能带她来参加你召集的文人雅聚呢？实话告诉你吧，我女儿现是西山书院唯一的女学子，又曾是崇拜屈原、宋玉和司马相如的辞赋爱好者，她曾试着写过几篇辞赋，见子云来书院做了先生，她就一直处在兴奋之中。她多次在家对我说，现在终于有先生可指导她的辞赋写作了。今天，当她得知我要来参加晚宴时，她就一直缠着我非要来。陈县令，你说我忍心拒绝小女的合理要求吗？"

"哦，原来如此，我真还误会你这宝贝女儿了，真没想到，黄玉还是个喜欢辞赋的姑娘。"说完，陈县令忙端起酒杯又说，"黄小姐，在此，我为我的误会向你赔个不是。"说完，陈县令就举杯向黄玉敬了杯酒。见陈县令坐下后，扬雄向黄玉问道："黄玉，这虽不是课堂，我想向你问个问题，可以吗？"

黄玉忙起身回道："先生，您问吧，我保证如实回答您。"

"过去你喜欢屈原、宋玉和司马相如作品我完全能理解，但这些都是男人呀，女性能写出他们那样优秀作品的也不少，难道你就没有喜欢的女性文学家？"

黄玉立即不假思索回道："先生，您说的对，我虽喜欢屈原、宋玉和司马相如的作品，但无论我怎样努力，我也不可能写出他们那样流芳百世的作品来。不过，我喜欢的女文学家在您心目中，或许先生并不十分看重。"

"你怎么知道我不看重呢？不过，我还是希望你说来听听。"扬雄回道。此时，众文人雅士也纷纷要求黄玉把她喜欢的女文人说来听听，因为，大家都充满了好奇心。黄员外见女儿没及时回答，便催促道："黄玉，这有啥不好意思的，你就坦诚说呗，若说的不妥，这些先生还可帮你提示补充，以供你今后学习。"

这时，已吊足众人胃口的黄玉才低声说："我喜欢司马相如妻子卓文君写的《怨郎诗》《白头吟》和《诀别书》，我认为卓文君不仅是一位懂音乐的富家小姐，她还是一位爱好文学的美妇人，否则，她同大文豪司马相如的婚姻就不可能维持到终老。另外，我还喜欢当朝的班婕妤，她写的《自悼赋》《捣素赋》和《怨歌行》也给我留下了极深印象，也是值得我学习的对象。"

"哟，看不出来，你黄小姐文学品位不低嘛，如此说来，你今晚若没来参加这个文人聚会倒是我们这帮人的遗憾了。"说完，陈县令就情不自禁笑了。见陈县令这样说后，黄玉又补充说："陈县令，过去我只知子云先生写了名震里地的《蜀都赋》，如今，我们也知道他又写了不错的《绵竹颂》，我建议县令大人应在我县宣传扬先生这篇新赋,也鼓励我涪县民众热爱家乡。"

陈县令笑了:"呵呵,黄小姐这建议极有道理,明天,我就叫衙役多抄几份《绵竹颂》送到各地去,让我县民众也知道我们西山书院来了位有才华的文学大咖嘛。"

二十多天后的初夏时节,扬雄最先收到的是张德川回信。张德川告诉扬雄,他已把来信给西门云飞、席毛根和卓铁伦看了,大家对他现在在涪县教书感到高兴。大家对扬雄失去父亲感到哀伤,对扬雄家现只剩两位女人和一个小孩有些担心。席毛根看信后预言,说不准哪天扬子云就有去长安发展的可能。张德川代大家向扬雄问好后,在信中还告诉扬雄三个新消息:一是小芳又怀上了老二;二是卓铁伦准备在中秋后举行大婚,如有可能,铁伦希望扬雄回成都参加他的婚礼;三是他打算秋收后,就把母亲接到成都生活。

五天后,扬雄几乎同时收到秀梅和静虚的回信。秀梅告诉扬雄说,只要你找到自己喜欢的工作,日子过得开心就好,她会遵丈夫所说,过两天赶场时,就去花园场卖掉一头半大黑毛猪。自丈夫走后,扬爽在家变得懂事多了,不仅每天准时看书写字,还帮着采桑喂蚕,自那条黄狗老死后,扬爽又养了只小花狗。秀梅还在信中说,最近母亲身体不错,又开始下地干活了。秀梅在信中保证,一定不会让母亲累着,她会承担起全部重活,信的末尾,秀梅表示今后收到寄回家的钱,她会把钱全存起来,以供爽儿今后到成都读书用。

另一封信中,静虚告诉扬雄,他已遵先生之意,骑马去平乐书院看望了君平老先生。近来君平先生身体依然不错,除教十来个弟子外,就是埋头写作。静虚让子云先生放心,他表示每年都会去看君平先生,而且西门师兄已表示,他会资助君平先生一些经费,以改善他的清贫生活。另外,静虚还告诉扬雄,现在他按大师兄刘三要求,每十天去一次青城武馆,教授七八个专门学箭术的弟子。两月前,大师兄已从大邑县聘来一位拳师,这林姓拳师武功不错,有次训练时,十多个弟子围攻他,根本近不了林拳师的身。最后,静虚还告诉了一个消息,说西门师兄几年后,打算在天师洞建一座道观,观内将打造一座一丈高的老子骑牛雕像。静虚说他已想好,道观修造完成前,一定要请子云先生写几副对联,他请先生可提前做些构思准备。

收到秀梅来信第六天,扬雄又收到李弘先生来信。信中,李弘说他已认真拜读了几遍《绵竹颂》,已抄了两份,一份在学馆先生中传看,另一份已让朋友转呈给蜀郡府头头们看。李弘认为,这是一篇可与《蜀都赋》媲美的辞赋佳作,他已向学馆长建议，用《绵竹颂》替换挂在学馆大门外的《蜀都赋》，馆长已派人去制作雕刻《绵竹颂》了。另外，李弘还鼓励扬雄要向君平先生学习，在某个专业领域下些功夫，一旦准备充分，就可将自己的研究成果结集成书，唯有这样才能流传后世。扬雄认为李弘先生建议甚好，往后他将对自己的读书学习写些心得体会，然后再做些读书笔记。

龙耀武离开安德镇的第三天，孙老汉的两个儿子孙家富和孙家贵，拿着钱就去青城武馆报了名。由于武馆有飞镖、射箭、拳击散打、剑术可学，为提高个人技能，武馆规定，每个徒弟只能选一项主要武艺项目，然后再选一样次要项目，绝不允许学员样样都学。刘三为啥要做这样规定，他主要担心如果样样都学，可能带来的就是门门懂样样瘟的结果。

拿不定主意学哪样好的孙氏两兄弟，就骑马去花园场征求龙耀武意见，因为，在孙氏兄弟看来，这钱毕竟是龙家表哥出的。龙耀武听后，详细问了武馆的可学项目和规定，最后，他建议孙家富可学飞镖，次选射箭，而孙家贵可主学射箭，次选飞镖。龙耀武为啥要做这样的决定，其主要原因是他父亲和宋捕头的死均跟飞镖和箭有关，在他看来，能远距离致人性命，自然比近距离靠拳击打倒对手要强。为他未来复仇做长久打算，他给孙氏兄弟做了这样要求。回到青城武馆后，孙氏兄弟自然选择了飞镖和射箭。

一年后，由于陈财主病逝，清风庄园的实际控制权已完全落入刘三手中。为扩大武馆面积，刘三决定将院内木栅栏又往庄园内移出两亩地来。王干妈见刘三已成庄园说一不二的人，也只好在忍让中过着并不快乐的日子。

一天，心血来潮想炫耀自己有许多人脉的独臂刘三，竟同李二娃带着十多名武馆弟子，坐着大马车去花园场看望了覃老板母女。为照顾覃老板生意，刘三特意安排他的人一律在豆腐饭店用餐。午饭后，众人在饭馆内喝茶休息，刘三在后院向覃老板母女了解最近情况。覃老板告诉刘三说，近一年龙耀武没有收她饭店的税，也没找她新麻烦。刘三听后高兴说："嘿嘿，去年扬雄那警告信看来真还起了作用。"之后，刘三又询问了杏花病情，覃老板说，杏花没发病就跟好人一样，一旦发病，她疯疯癫癫样子，真还有些吓人。刘三告诉覃老板，他的青城武馆早已步入正常运作，他希望不赶场时，覃老板可租个小马车，带上杏花来清风庄园住上几天，那时，他就可带覃老板母女去都江堰看看这个了不起的水利工程。

离开豆腐饭店时，刘三在结清所有消费后，还多给了覃老板六十枚五铢钱。望着刘三一伙远去的马车，覃老板竟感动得流下了热泪。

自陈县令在涪县各乡镇宣传扬雄的《绵竹颂》后，很快，涪县百姓就知道过去曾写出《蜀都赋》的扬雄才子，现已在涪县西山书院当了教书先生。无疑，扬雄的到来和《绵竹颂》的诞生，对涪县文学起了推波助澜的作用。不久，涪县县衙就先后收到九篇当地人写的《涪县颂》来。经有辞赋欣赏能力的陈县令过目后，终未能达到他认可的水平，这一批《涪县颂》就被收存在县衙档案室里了。

梦想成为涪县才女的黄玉，自被父亲领着参加陈县令为扬雄举行的祝贺晚宴后，在父亲鼓励下陆续写出《西山赋》和《桃花赋》，几番修改后，黄玉便把这两篇习作呈给扬雄过目。扬雄认真阅过这两篇小赋后，虽觉得黄玉作品还显稚嫩，想象力和立意也欠了些深度和广度，但他心里仍不禁感叹：在我曾教过的所有弟子中，黄玉虽是女儿身，但却是一位发自内心喜欢辞赋的人！

得到扬雄先生指点后，黄玉在业余时间里，便再次认真阅读了司马相如几篇名赋，以及扬雄的《蜀都赋》与《绵竹颂》，甚至还研究了王褒的《洞箫赋》和《九怀》等作品。在接下来的好几个月中，放学后的黄玉却并没急着回家，而是有意拖到其他学子离开书院后，她才从布包中拿出自己的习作，请子云先生指点。扬雄怕饿着了黄玉，就留下黄玉跟他一块吃饭。饭后，他俩就沿着山道去玉女湖边散步，然后同黄玉一同探讨辞赋创作，并传授了许多写赋经验给黄玉听。从此，受益匪浅的黄玉，在辞赋创作上就有了明显提高。

四个月后的一天中午，一名涪县衙役上山来书院，他通知扬雄下午去一趟县衙，说陈县令有急事找他。不知啥事的扬雄宣布下午不上课后，便匆匆下山朝县衙走去。一路上，扬雄一直在猜测，有些时间没见到陈县令了，他今天这样急着找我，难道有啥重要事吗？莫非，陈县令要约我写一篇跟涪县有关的赋？

来到县衙，开心的陈家福指着一位个头稍高、身穿官服的汉子介绍道："子云先生，这是从绵竹赶来的汪县令，他说他今天一定要见到你，所以，我才派衙役上西山来通知你。"

"哦，汪县令好。"扬雄忙向汪县令作揖问好。

汪县令说道："扬雄大才子，自我看到《绵竹颂》后，我就开始寻找你，没想到，前不久去成都文翁学馆找你的人回来跟我说，你在涪县西山书院当了教书先生，这不，我就带人寻到这了。"

扬雄客气地回道："区区小作，哪值得你如此劳神费力跑一趟，真是太辛苦啦。"

"嗯，扬雄大才子，话可不能这么说，过去，我是认真拜读过《蜀都赋》的，你的大作连我们蜀郡太守也非常赏识嘛，没有郡守的大力推荐，我们蜀人咋晓得你的《蜀都赋》呢。自我看了你的新作《绵竹颂》后，我已把它跟《蜀都赋》做了对比，在我看来，你的《绵竹颂》并不逊色于《蜀都赋》嘛，所以，我已在我县各乡镇进行了宣传。如今，我绵竹县各乡镇和县城内，到处都能看到你的《绵竹颂》了。"

扬雄笑道："呵呵，县令大人，你来涪县找我，难道就为告诉我这事？"

"哈哈哈，扬大才子，如果我只为告诉你这事，那你就太小瞧我们绵竹人的慷慨和胸怀啦。我来这找你的目的有两个：一是代表绵竹县向你奖励五金，以示对你宣传绵竹功劳的肯定与褒奖，二是想请你亲自去趟我们绵竹，我要派人用滑竿抬着你，在县城敲锣打鼓游街一天，让我们城中百姓见见你这个为我们绵竹做出贡献的扬大才子。"汪县令说完，立即让身后衙役拿出五金，然后亲自交给了扬雄。

扬雄接受钱后躬身说："谢谢汪县令美意，这五金我就不客气收下了。"随即，扬雄又扭头对陈县令说："今晚请陈县令代我邀请涪县文人雅士一聚，我在涪县大酒楼请您和汪县令一行。另外，由于我在书院教书，学子们课程不能耽误，汪县令，我就暂不去绵竹了，今后若有机会，我再来贵县做客。"

听扬雄说完，陈县令即刻向衙役交代："你立刻去通知我县文人雅士，今晚在涪县大酒楼聚会，扬雄大才子要请绵竹汪县令……"

春节期间，学子们放假后，没回老家的扬雄便利用充足的时间开始研究起《易经》来。他知道君平先生在写《易经骨髓》，但他从没看过先生具体写的内容。出于对《易经》的重视，扬雄总感觉应该写点啥，还没想好完整计划的他，便在研读时写下一些零星感受和领悟。扬雄也没想到，正是他的这些读书笔记和思考，为他晚年完成《太玄》一书打下了坚实基础。

出于对自己所崇敬的先生的关心，春节前，黄玉跟父亲讲了子云先生春节不回家，要在西山书院研读《易经》一事。黄员外同女儿商量后，便让女儿给扬雄送去两瓶上等好酒和两块腊肉，另外还有下酒的花生、黄豆和两条干鱼。大年十五元宵节，黄玉受父亲之托，去书院请扬雄到自己家过节。为答谢黄员外盛情之邀，扬雄特准备了两幅字作为回赠礼物。没想到的是，当黄员外看到用隶书和大篆字体写在绢帛上的"上善若水"和"仁者安仁"时，竟惊得大赞道："子云先生，你这漂亮的书法，完全盖过我们涪县的书法家呢。真没想到，你的辞赋写得那么好，这书法

第八十章 玉女湖见证了女弟子的爱慕之情

造诣也令人刮目相看。"

其他几位来作陪的文人雅士,也纷纷竖起拇指夸赞扬雄的书法。黄玉见众人大赞扬雄,高兴得连连向大家倒酒。席间,黄员外不禁叹道:"哎,我家小女今生能遇上扬子云这样的先生,真乃她三生有幸也!"

大年初五,安德镇的孙老汉领着他两个在武馆学武艺的儿子,带着礼物赶着马车来到龙家大院。龙廷跃见孙家带来不少礼物,便设家宴盛情招待了这几个远房亲戚。席间,龙耀武询问了孙氏兄弟在武馆学习的情况,并要求孙氏兄弟在院中表演了他们已学了几个月的箭术和飞镖之技。到这时,龙耀文县令才明白,孙氏兄弟去青城武馆学艺是耀武之意。

看着两位表弟不算精彩的箭术和飞镖展示,龙耀文鼓励说:"二位表弟好好学吧,往后县衙要招收捕快时,我可优先考虑你俩。"说完,龙县令还认真看了看孙氏兄弟手中的飞镖和弓箭。即便到这时,龙耀文也没明白龙耀武鼓励孙氏兄弟去武馆学习的真正用意。

下午酉时前,当龙耀武代表龙家把孙家三人送到花园场时,不料被正在豆腐饭店二楼喝酒的刘三和李二娃看见。当龙耀武同孙家三人挥手道别时,刘三亲耳听龙耀武说:"表叔表弟,谢谢你们来花园场看望我们,希望两位表弟早些把武艺学到手。"说完,龙乡长再次向远去的孙家三人挥手告别。看到眼前一幕,刘三却在惊诧中陷入了沉思。

一心想女儿成为才女的黄员外,多次鼓励女儿要多写习作,无论是诗文还是辞赋,修改后就去请教子云先生。黄员外多次对黄玉说:"女儿,扬子云是外地人,往后他若不在这教书了,你就是想请教他,也极不方便了。"

有了父亲的提醒和鼓励,春节后书院开了学,黄玉便经常在下午放学后,主动拿出自己的习作请先生指点。为不耽误先生煮饭,黄玉多次在扬雄认真看她习作甚至帮她改稿时,主动帮先生洗菜烧火。怕黄玉饿着肚子,扬雄往往在煮饭时就多抓两把米在锅中。暮春之后,由于天黑得晚,饭后扬雄总要到玉女湖边散步,这时的扬雄便一面散步一面分析黄玉的作品,并提出较完整的修改意见。经常当面聆听先生修改建议,充满灵气又聪明的黄玉,竟成功修改出《西山赋》和《桃花赋》。当涪县文人雅士再次茶叙时,黄员外高兴地看到大家对女儿作品的肯定。从那之后,黄玉被公认为涪县文人雅士之一,往后就有资格参加当地文人聚会了。

黄玉被涪县文人沙龙接纳的消息，很快在西山书院传开，而妒火中烧的就是一直想追求黄玉的秦楚。在秦楚看来，他这聪明的富二代，也算是涪县顶级大户，黄玉之所以没答应同他耍朋友，肯定跟扬雄这个教书先生有关。因为，由于年龄和阅历的局限，秦楚永远不会明白，一个文学女青年需要的是学识与才华的吸引，需要的是文学创作的指导与提携。黄玉经常从家里带酒给扬雄，经常帮先生洗衣煮饭，经常陪先生在西山和玉女湖边散步聊天，其根本原因就是倾慕子云先生的学识与才华，就是想在先生指导下获得写作上的提高。

端午节后，心生嫉恨的秦楚便时常躲在西山树林中，监视偷窥起扬雄和黄玉下午放学后的行踪来。

第八十一章

西山的刀光剑影，迫使扬雄奔向长安

扬雄寄出信后快一年，才收到先生严君平的回信。君平先生并未解释迟回的原因，而是在信中大讲君子在世应做的三件大事，那就是立功、立德和立言。严君平还说，看来这一生你我师生二人要立功是不可能了，但立德和立言是能做到的。君平先生为啥要在信中说这些呢？难道仅仅是提醒和劝导扬雄？非也。

因严君平时常想起扬雄离开平乐书院前打的那一卦，并说出离开后才能展翅高飞的预言。扬雄是离成都市区较近的郫县人，若为照顾家里，他选择在成都教书才是正常的。几年后，这扬子云突然来信，说他已去涪县当了教书先生，涪县不是离长安更近些吗？看来，扬子云潜意识中仍有对孔孟倡导的儒家入世观念有所认同，如是这样，那仕途就是他人生必将面临的课题。严君平知道扬子云对他意见的看重，但从自己人生选择和个性看，他又不可能劝扬子云去争取为官。

很有头脑的严君平在信中说，帝都长安是人才荟萃之地，若要交流学术和文学上的问题，在长安见见世面是颇有益处的。严君平还在信中说，他曾到过涪县两次，当地求学之风盛行，文人雅士也不少，他鼓励扬雄在教学之余，可主动同当地文人墨客交流切磋。最后，严君平劝扬雄要在立德、立言上多下功夫，不要浪费自己的才情，要给后世留下有研究性和启发性的著作和作品。

扬雄把君平先生来信反复看了两遍，然后才放下信说："还是先生了解我，立德、立言自然是我扬子云终生要追求的，至于去长安同那些有水平的学术和文学大咖交流嘛，等今后有机会我再考虑也不迟……"

一天黄昏，在暮色降临大地时，秦楚率一小跟班出了县城，匆匆朝西山爬去。

跟在秦楚身后的王三娃不解地问道："秦哥，你不是在书院读书吗，这黑灯瞎火的还往书院跑干啥呀？"

秦楚答道："王三娃，你给老子啰唆啥子嘛，今天下午我家里有事，我请了假回家，现在我没事了，上山是想去侦察下，看书院里有没有奸情，若有奸情，老子明天就让全城的人，晓得发生在西山书院的桃色大新闻。哼，这爆点新闻一旦在县城传开，我看他这所谓的才子先生还敢留在书院吗？"说完不久，秦楚二人就悄悄来到书院外不远的大树后。观察好一阵，秦楚透过淡淡月光，见书院大门紧闭，他将手一招，王三娃就随他朝书院大门蹿去。

来到大门外，秦楚试着推了推大门，尔后，又趴在门上透过门缝往里瞧去。由于看不清院内，有些气恼的秦楚又退回墙下，秦楚沉思片刻，然后示意王三娃蹲下，随即秦楚踩着王三娃肩头朝墙上攀去。翻上墙后，秦楚趴在墙头朝扬雄卧室望去。此时，扬雄书桌上堆有一大堆竹简，他一手端着桐油灯，一手在翻看竹简，似乎在查找什么资料。足足一刻钟过去，趴在墙头的秦楚，并没发现他想看到的桃色新闻，于是摇了摇头的秦楚，只好将脚踩在王三娃肩头，然后从墙上翻下，随即悻悻离开了书院。

贼心不死的秦楚，返回县城又朝黄员外家走去。来到一座小院门前，秦楚又叫王三娃蹲下，他踩着肩头又翻上了墙头。没想到的是，秦楚刚一露头，就被院中大黑狗发现，汪汪的扑叫声中，黄员外立即从屋内走出。很快，正在闺房吹箫的黄玉，也匆匆跟了出来。

见势不妙的秦楚立即跳下墙头，尔后拔腿朝一小巷逃去。黄员外打开院门朝四处看了看，见月夜中没人，于是，黄员外和女儿又将院门关上，然后回到各自房间。远处小巷中，秦楚从身上摸出三枚五铢钱说："王三娃，今夜你陪我有功，这钱赏你拿去喝两杯吧。我回去睡觉，老子明天还要去书院上课。"说完，王三娃从秦楚手中拿过钱，就迅速朝不远的小酒馆跑去……

深夜，聚义客栈内，喝酒的刘三向席毛根、西门云飞、张德川和卓铁伦几人，讲了他在春节期间回花园场遇到的一件怪事。刘三说："老子明明看到龙耀武在花园场街上，送我武馆习武的孙氏兄弟，嘿嘿，等过完元宵节武馆开馆后，我问孙氏兄弟跟花园乡龙家是啥关系，没想到，这两兄弟居然否认他们跟龙家有关系。我见这两兄弟平时言语不多，对人也尊重，为不使这孙氏兄弟难堪，老子就没把发现他俩的事说出来。席兄，你说说看，这孙氏兄弟否认跟龙家有关系，这到底是为啥呀？"

席毛根听后，向刘三问了孙氏兄弟是哪里人和家里情况，便提醒刘三说："刘馆长，这本是一件平常事，但从孙氏兄弟非正常的反应来看，我劝你要对此二人引起重视。你想想看，孙氏兄弟为啥要否认他们同龙家关系？这孙家既不是富裕家庭，为啥要让两个马上就成为主要劳动力的青年到武馆习武？仅从这点看，这事就让人生疑。"

听席毛根说后，刘三马上扭头向陆小青问道："小青，从你平时跟孙氏兄弟接触看，这两兄弟是否有啥不正常行为？"

陆小青答道："老大，我没发现孙氏兄弟有啥不正常行为，这两兄弟除练飞镖和箭技刻苦外，平时干活还是挺勤快的，还常帮着伙房劈柴和挑水哩。你可别冤枉这孙氏兄弟哈。"说完，陆小青还看了看席毛根。席毛根有些不高兴地放下酒杯，盯着陆小青问道："小青，你回答我，既然刘馆长亲眼看到龙耀武送别孙家三人，那这两兄弟为啥否认他们跟龙家有关系呢？难道，你不觉得奇怪吗？"

刘三见席毛根对陆小青有些不满，忙打圆场说："小青，那你改天去孙氏兄弟那打听打听，他两兄弟为啥要来习武。"

"要得嘛。"陆小青忙点头说。

席毛根喝了一口酒说："刘馆长，我的担心你听也罢不听也罢，反正我先把丑话说在前头，你的武馆千万别培养出把自己送上断头台的恶人来，否则，到时自己连后悔的机会都没了。"

第二天，刘三在成都买些训练用的刀剑和飞镖后，就让陆小青赶着马车朝花园场奔去。因为，明天就是七月半中元节，刘三要给他妈上坟，上完坟后，他打算兑现自己的承诺，把覃老板母女接到清风庄园去耍几天，顺便再陪覃老板母女去看看都江堰。在刘三看来，这次无论如何要说服覃老板休息几天，即便豆腐饭店关门几天有点小损失，他刘三完全可以给覃老板补偿嘛。

刘三为啥现在不怕出现在花园场呢？一是龙老四已死，二是龙耀武前次收到扬雄送的警告信后，乖乖地免了覃老板一年的税，而且还答应一年后仍按往年标准交税。如此看来，他龙耀武还是怕老子的。何况，现在我已创办了武馆，我武馆中的每个弟子，都会听我指挥，即便有啥事发生，老子派出武馆弟子，照样可以收拾你龙耀武。所以，在盛夏烈日照射下，早已没惧怕感的独臂刘三，就在下午酉时前赶到了花园场。

在花园客栈写好房间、寄存好马车和物品后，刘三和陆小青就穿着短黑绸褂来到豆腐饭店。杏花见刘三二人到来，忙从桌边站起朝后院喊道："妈，刘三哥来啦。"说完，杏花就将两碗凉开水端了过来。刘三见杏花没发病，便高兴问道："杏花，你想不想跟着刘三哥，去青城山玩呀？到了灌县，我还要带你和你妈去都江堰玩哩。"

杏花听后点头说："刘三哥，我想去青城山玩，但我说了不算数，要我妈同意才行。"刚说到这，覃老板就从后院走了出来。杏花忙上前抓住她妈手激动地说："妈，刘三哥这次来花园场，要接我们两娘母去青城山玩，您同意不？"

"真的？"覃老板忙向刘三问道。

刘三点点头："覃老板，这是真的。这么热的天，我想您的生意也好不到哪去，这样吧，您两娘母不妨歇息几天，跟我去青城山下的清风庄园避避暑，要几天再回来也是可以的。"

覃老板终于笑了："呵呵，要得嘛，老娘累了这么多年，也真想歇息一阵子。好，我和杏花明天就跟你们去青城山下。"说完，覃老板就让杏花去煮荷叶稀饭，她要好好炒几个拿手菜招待刘三。刘三忙告诉覃老板说："覃老板，今晚子时，我要去给我妈上坟，上完坟我就同小青去花园客栈休息。明早上在您这吃过早饭后，我们就趁天凉快上路，到清风庄园后，您和杏花就开开心心在我那好好耍几天哈。"

覃老板和杏花听后，都开心笑了，突然，覃老板问道："刘三，我们清风庄园住处够不够，我们两娘母去后给你添麻烦咋办？"

"覃老板，您老人家就放心吧，甭说只有您和杏花，就是再去十个人，我都能让你们住的舒舒服服、吃得巴巴适适，我刘三是谁呀，本人现在是清风庄园主人，也是青城武馆的馆长啦！"

春去秋来，涪县西山的枫叶在大雁鸣叫声中，又开始泛起她那殷红的色泽。自扬雄到西山书院担任教书先生近三年来，先后收到秦楚不少求爱信、劝阻信和恐吓信的黄玉，并未理睬这个狂傲霸道的同窗，依然按她自己心中的追求，在读书的同时，坚持着对诗文和辞赋的写作练习。在师道尊严的年代，秦楚虽极为不满黄玉主动求教扬雄的举动，但他对扬雄并未有过激动作。就这样，憋了一肚子妒火的秦楚，在难受的煎熬中时常监视黄玉行踪。

自立秋后的两个月里，扬雄的业余时间，一直在为搜集和辨识生僻字下功夫，日子虽有些清苦和寂寞，但下午放学后常有弟子黄玉的求教与陪伴，多少给了扬雄

第八十一章 西山的刀光剑影，迫使扬雄奔向长安

一些快乐。一天放学后，当其他学子离开书院后，黄玉拿出一小捆竹简，诚恳对扬雄说："先生，我昨晚刚完成一篇《枫叶赋》，想请您帮我看看，给这新赋提些修改意见，然后我再进行修改，好吗？"

扬雄接过竹简笑道："呵呵，黄玉，你真是个勤奋的弟子，今年以来，你已写了不少习作呢，照这样下去，你成为涪县才女那是肯定的啦。"说完，扬雄把竹简放在桌上，挽起衣袖又说："黄玉，我俩先煮夜饭吧，吃完饭去玉女湖边散步时，我再谈谈对《枫叶赋》的感受，好吗？"

"要得嘛，那我帮你先点火淘米哈。"黄玉说完，立刻到厨房忙碌起来。半个多时辰后，喝了酒吃完饭的扬雄，看了一遍《枫叶赋》后，就同黄玉一同朝玉女湖走去。沿湖走了一大圈，扬雄望着宁静湖面和缤纷落叶，颇有感触地说："黄玉，先生今天喝得有点微醺，我俩就在湖边坐坐，然后我谈谈对你新作的修改建议哈。"

"嗯，好的。"黄玉说完，就扶扬雄坐在了湖边大石上。扬雄望了望晚霞即将消失的西边天际，尔后回头对站在一旁的黄玉说："来，你也坐下吧，我坐着你站着让我多过意不去呀。"说完，扬雄就拍了拍身边的大石。黄玉应了一声，然后就挨着先生坐了下来。见黄玉坐下，扬雄微笑说："黄玉，那我就谈谈对你作品的意见了？"

"好的，先生，您说吧，我正洗耳恭听呢。"

"黄玉，你是我弟子中最勤奋的一个，从这篇新作来看，你对世间万物的观察是细致而独具眼光的，而且这赋也比先前的作品更加成熟，但此篇作品仍存有四个问题，第一，行文跌宕起伏不够，个别句子对仗还欠些工整；第二，你的想象不能仅局限在涪县西山，心中要有整个华夏大地所有枫叶的特点与共性；第三，整篇辞赋写得温婉平实，缺了些生命激情；第四，此赋立意离高远境界尚有一定距离，你再认真挖掘下，枫叶为啥在百花凋零时刻，傲然绽放出独特的生命光焰？"

黄玉沉思片刻，认真回道："谢谢先生宝贵意见，我会根据您提出的这几个问题进行修改，改完后，我再请先生过目。"

扬雄摇摇头说："黄玉，我建议你放一段时间再修改为好，你先要领悟这几个存在问题的根本原因，唯有领悟透彻后，你今后再写其他作品时，才不会犯同样毛病，知道吗？"

"嗯，先生说的对，我又犯心急老毛病了。"说完，羞涩的黄玉便掩面笑了笑。这时，黄玉突然发现一只秋虫爬在扬雄头顶上，于是，黄玉忙伸手去捉先生头上的秋虫。就在这时，躲在树林中跟踪的秦楚，看见了黄玉这一举动，脸被气歪的秦楚，头也不回朝山下跑去。听觉灵敏的黄玉，似乎听见了秋风中急切的脚步声……

711

天刚黑不久，把黄玉送到西山下，扬雄又朝山上书院返去。下山后，忧心忡忡的黄玉便朝县城走去。一路上，黄玉一直在想，今天同先生坐在湖边聊同创作的新赋，肯定又被偷窥她行踪的秦楚看见，那隐约而去的脚步声，定是秦楚留下的。这个同窗秦楚，为啥要死皮赖脸追求自己呢？我不是已多次给他说过吗，我俩志趣不同，我不能同意他的追求。唉，像黄玉这种书香门第出身没染过俗尘的小姐姐，她业余时间大都在读书、练习写作与吹箫中度过，青涩懵懂的她，哪懂人世还有嫉恨的存在。

作为先生的扬雄，是位比秦楚大二十岁的饱学之士，刚到西山书院时，秦楚跟书院其他学子一样也对虽有点口吃但极有才学的子云先生极为尊敬。个性偏执要强的秦楚没想到的是，扬雄虽是教书先生，但却有写作辞赋诗文的才华，还是擅吹竹笛懂音乐之人，而自己所喜欢的黄玉美女，却又是热爱文学擅吹箫的文艺女青年。时间一长，这黄玉为得到扬雄指点帮助，竟然在下午放学后主动留在书院，去帮扬先生洗菜煮饭，似乎他们之间感情有超越师生关系的可能。正因这样，心理越来越畸形的秦楚，在下午放学后就常躲在西山林中，偷窥扬雄和黄玉的行踪。今天，当看见黄玉去捉扬雄头上秋虫时，他就误以为黄玉对扬雄有了亲昵举动，一怒之下的他就冲下了山，去召集他在社会上的兄弟伙。秦楚已下决心，若再不采取行动，黄玉就可能投入扬雄怀抱了。

今天在湖边听见脚步声的事，黄玉并没告诉喝得微醺的扬雄。因在两年多时间里，尽管秦楚有过气恼和不满，但他毕竟没做出什么过激的事来。今晚黄玉感觉离去的脚步声有些异样和匆忙，聪明的黄玉明白，在秦楚没把她追到手之前，他不太可能对她咋样，但秦楚这个狂傲的家伙，也能这样对待子云先生吗？有些吃不准的黄玉一面想着心事，一面慢慢朝自家住处走去。

县城中，一些饭馆和商铺仍挂着灯笼在营业。路过一家小酒馆时，黄玉突然听到酒馆内传来秦楚的声音："兄弟们，今晚我们就先在这喝酒，反正书院在城外西山上，过了子时我们再上山动手。这里，老子再说一遍，此次行动主要用刀剑恐吓那个迂夫子，必要时可把他弄伤至残，绝不可要他性命，否则，弄出人命大家都脱不了爪爪，大家听清楚没？"

"秦大少爷，我们晓得了。"待众兄弟回答秦楚后，秦楚立即从怀中掏出一袋五铢钱，然后对王三娃说："三娃，你先给各位兄弟各分五十枚五铢钱，事完后，我再各送五十枚给你们。"说完，秦楚就举杯向兄弟伙敬酒。黄玉听到这，立即匆匆朝另一条小街跑去。

第八十一章 西山的刀光剑影，迫使扬雄奔向长安

来到一座宅院前，黄玉猛地拍响了大门。很快，一位赤膊腰系红绸的中年汉子打开了大门。那汉子吃惊问道："黄玉，你晚上来我家有啥事吗？"

"大强哥，我肯定有急事才来找你嘛。"

"若有急事，那就进院来呗。"说完，堂哥黄大强就把黄玉领进了后院。走进后院的黄玉一看，院中还有几个赤裸上身练家子正在练棍棒和刀剑。黄大强低声对黄玉说："这些都是我多年练武的好兄弟，若不下雨，我们每晚都要在这练一个时辰。"

黄玉点头后，忙把黄大强拉到一旁低声说："大强哥，我早就晓得你有一帮习武朋友，今夜，我想求你帮我一个忙，不知行不？"

"帮你忙，帮你啥忙呀？"黄大强吃惊问道。黄玉忙把手附在黄大强耳边一阵低语，结尾时，黄玉故意提高声音说："对，那些地痞流氓要去欺负一位有才学的教书先生，难道你们这些习武之人不管吗？"

当黄玉说完，很快那些汉子就围了过来，纷纷向黄大强了解情况。随即，黄大强就把刚才黄玉给他说的讲了一遍，众汉子听后，都要求黄大强领着他们去以暴制暴。黄大强点头后，便向黄玉了解书院内部情况，这时，只听一汉子说："黄哥，你难道忘啦，我四年前曾在西山书院上过学，我对那里熟悉得很。"这汉子刚一说完，另一汉子也说道："黄哥，我每年都要去西山打几次猎，我对西山上的书院也了解。"

当大家这样说后，黄玉对大强说："大强哥，我估计那帮家伙会在子时过后翻进书院动手。你们可先去西山林中隐藏起来，若那帮流氓没动手，你们就不必理他们，要是那帮家伙真动手，你们再惩罚他们也不迟。"

"嗯，堂妹这主意好，我们等会儿就去西山。明天晚上你再来我这听消息吧。你放心，我们这帮习武的兄弟，都是有血性的见义勇为的汉子，谁要是不尊重甚至伤害教书先生，那我们对这样的恶人就决不轻饶！"

皎洁的秋月高挂夜空，整座西山显得格外沉寂。子时刚过一半，秦楚领着手拿刀剑和梭镖的一群兄弟，就说说笑笑离开了小酒馆，尔后摇摇晃晃朝城外西山走去。上西山后，秦楚就示意兄弟们不要再说话，蟋蟀鸣叫声中，不时响起夜鸟啼鸣，更显出西山之夜的寂静。不到二十分钟，穿过玉女湖的秦楚几人，就来到西山书院外。

秦楚警惕地朝四周张望后，就独自走到书院大门处，然后将耳贴在门缝听起院内动静来。很快，秦楚就听见院内传来扬雄的鼾声。窃笑的秦楚晃了晃脑袋，然后招呼两个小兄弟搭人梯翻上墙，并低声向王三娃交代："你翻进去后，先把大门打开，然

后外面的弟兄就不用再翻墙了。记住，打开大门前，你得用尿把门斗淋湿。老子担心大门响声会惊动那迂夫子。"说完，秦楚就朝王三娃做了个翻墙手势。此刻，令秦楚一伙不知的是，早躲在林中的黄大强几人，已把秦楚一伙的举动看得一清二楚。

过了片刻，书院大门就慢慢被王三娃打开一条缝，蒙上黑面巾的秦楚将手一招，立即率先悄悄钻进院内。见六人全部进去后，王三娃指了指房门问道："秦少爷，我们现在动手吗？"

秦楚犹豫片刻说："老子的主要目的是把他赶出涪县，而不是要把他弄死，这样吧，我上去踹响门后，你们就用刀剑和梭镖，给我使劲捅窗户，并要大声谩骂恐吓那个迂夫子。"说完，见几个弟兄点了头，秦楚便朝仍响着鼾声的房间走去。走到房门前，秦楚猛地一脚踢向房门，然后又用双拳击打房门，此刻，王三娃几人蜂拥而上，立马用刀剑和梭镖捅破窗户，尔后大声喊叫道："狗日的骗子先生，你给老子滚出来。欺骗女弟子的王八蛋，你用花言巧语哄骗谁呢？冒充文字大神的老男人，你他妈太不要脸了……"

屋内，被刀剑声、恐吓声和谩骂声惊醒的扬雄，立即从床上坐起，随即跳下床把一根板凳抓在手中，当扬雄再次听见屋外地痞们的骂声时，他立刻明白今晚来人报复恐吓他的真正原因。怒火顿时从胸中燃起的扬雄，挥着板凳就朝伸向室内的刀剑砸去。只听一阵金属脆响后，一把长剑和梭镖已被扬雄板凳砸断，这时，屋外有人叫喊道："狗日的，这个迂夫子还胆敢还手，兄弟们，快冲进屋去收拾他！"随即，猛烈的撞门声再次响起。

就在这危急关头，几个脸蒙黑巾、手持刀剑和三节棍的汉子冲进书院，对着秦楚一伙就是一顿猛揍，只听劈劈啪啪三截棍挥动声中，几名地痞被打得抱头鼠窜。随即，黄大强一步上前，用大刀背使劲朝秦楚左肩砸去，只听秦楚"哎哟"一声大叫，就猛地捂住左肩朝大门外狂逃而去。见秦少爷逃走，其余几个地痞也哀号着逃出书院。手抓板凳的扬雄猛地拉开房门，月光下，望着院内几个壮实的蒙面汉子，有些蒙的扬雄丢下板凳抱拳问道："各位好汉，你们是哪路贵人？为何要救我这教书先生？"

蒙面的黄大强抱拳说："先生，我们是涪县爱打抱不平的义士，对那些地痞流氓的恶行，我们有责任捍卫人间道义。往后，只要有危险威胁到先生，我们这些义士依然有保护您的义务。"说完，黄大强上前一步看了看扬雄身体，低声问道："先生，那帮王八蛋没伤着您吧？"

"暂时还没有，要是你们这群好汉再迟来片刻，或许我这教书先生就会遍体鳞

第八十一章 西山的刀光剑影，迫使扬雄奔向长安

伤了。"扬雄感慨说。

"只要先生没受伤就好，请先生保重，那我们就告辞了。"说完，黄大强就率蒙面汉子们快速离开了西山书院。

丑时刚过，扬雄走到大门前，望了望月光下沉寂的山林，然后又把大门关上，慢慢走回屋内点亮桐油灯。看着被刀剑捅烂的窗户，看着从桌上捅掉在地的竹简和毛笔与砚台，扬雄摇头叹息道："唉，没想到一位有才华的女弟子在这儿求学，仅仅因她喜欢文学，竟遭到追求者嫉恨，现在这疯狂的报复竟冲着我来了。"随即，扬雄就回想起黄玉这一年多来，先后给他讲的秦楚对她的求爱与恐吓，而让她最接受不了的，是秦楚劝她不要再喜欢文学，创作什么劳什子辞赋，秦楚说他家里有的是钱，完全可以让她过上锦衣玉食的生活。

渐渐的，有些伤心的扬雄眼中就噙满了泪水。扬雄回想起他自担任西山书院先生后，不仅受到陈县令和涪县文人雅士的尊敬和欢迎，就是那些家长也大赞扬雄是个称职又有水平的好先生。过去经常有学子去县衙打书院先生小报告，希望换掉缺水平的教书先生，自扬雄上任后，竟然没一个学子去说子云先生的不是。陈县令常在文人茶叙时说："扬子云才是蜀地的饱学之士，他能在西山书院教书，是我们涪县的荣幸。"

没心情收拾房间的扬雄，想到或许今夜的报复仅仅是开始，要是往后经常发生此类事件咋办？我哪还有心思在这学习、研究、创作我喜欢的东西？从这两年多情况看，黄玉根本看不上那个狂妄只想仕途捞钱的秦楚，要是黄玉因我的存在影响她今后的择偶选择，那么无疑秦楚下一个要报复的人就是追求辞赋写作的黄玉。这个富二代秦楚虽还是个学子，但他骨子里的狂傲与目空一切的做派，定将成为自己再待在涪县的巨大威胁。看来这是天意，非得让我离开这儿不可了，要是再待下去，今后若发生不幸，哪有义士每次都保护我的可能？

沉思一阵后，扬雄一拳砸在桌上说："三十六计最后一计不是说，'走'为上计吗？我既然不想再留涪县，何不去长安见见老友扬庄呢。"说完，扬雄便收拾他需要带走的衣物和极为重要的文稿和书籍。待一切收拾好后，他便立马坐在桌前，给黄玉和陈县令分别写了一封极短的信，然后将绢帛叠好放在桌上。

做完一切后，扬雄背上包袱去了书院后的马厩，当牵出白马走到书院大门前，他回头再次望了望书院大门上方四个大字，便含泪朝山下走去。下山后，扬雄跃上马背，挥鞭打马，头也不回朝长安奔去……

715

第八十二章

初到长安，落魄中寻生机

　　清晨，气喘吁吁的黄玉小跑着冲进西山书院。推开扬雄房门，看到乱糟糟的屋中，桌上和地下到处散落着一些零乱物品，惊慌的黄玉忙回身跑出来，随即高声喊叫："子云先生，子云先生！"

　　空寂的书院除树上麻雀叽叽喳喳叫声外，并无人应答。着急的黄玉脑中回想起昨夜同堂哥的对话，便惊诧自语道："莫非，堂哥他们没能打赢秦楚一伙，先生被那伙地痞流氓绑架了？"说完，小心脏怦怦直跳的黄玉又返回房间，这时，她发现了砚台下压着用绢帛写的信。黄玉迅速从砚台下取出绢帛，然后打开看了起来。第一封信是写给陈县令的，黄玉来不及细看就打开第二封信。黄玉见这封信是写给她的，便认真读了起来：黄玉弟子，你有写赋才华，切望坚持下去，吾去长安也。

　　双手颤抖、泪水夺眶而出的黄玉猛然冲出房门在院内仰头大喊："子云先生，您为啥要去长安啊！！"

　　一个时辰后，在通往长安的驿道上，女扮男装的黄玉骑着一匹高大的黄骠子，挥鞭打马朝长安方向奔去……

　　八天后，早出晚歇的扬雄，经过艰辛奔波，终于骑马来到大汉帝都长安。由于扬雄身上钱不多，他便选择了西市一家较便宜的大漠客栈住了下来。扬雄选择这里的原因，是西市离皇宫不是太远，他要找好友扬庄的话，住这儿要方便一些。在客栈整整休息一天后，扬雄便向客栈姬老板打听好路线，开始步行浏览起长安城来。

　　西汉时期的长安城，首先是由未央宫、长乐宫和建章宫等宫组成的庞大建筑群，整个皇宫占地面积是非常惊人的大，彰显出大汉王朝的庄严与气派。长安城共

第八十二章 初到长安，落魄中寻生机

有十二门，东南西北城墙每面各有三个城门。每个城门都有三个门道，每个门道各宽八米，各个城门通向城内的街道都以三条平行街道组成。街道中间一条宽约二十米的大道被称为驰道或御道，是专供皇帝出行使用的。

长安城内纵横交错的街道形成了无数丁字路口和十字路口，最长的是安门大街，最短的是洛城门大街。由于纵横南北东西的大街众多，为便于管理，城防管理部门便把区域位置划分为西市和东市。在游览转悠过程中，扬雄看到许多商铺内都堆满货物，穿着汉服和匈奴游牧民族服装的人，都在各自忙碌买卖货物。商铺中那些粮食、皮货、锦缎、丝毯、水果、陶器、刀剑、家具、鲜花和各式餐馆，还有不时走过的马队与驮有货物的商队，都给扬雄留下了深刻印象。

扬雄整整逛了三天，才基本弄清西市和东市的主要街道和城市布局，由此，他才明白自己居住在西市的大漠客栈，原是一家供贩夫走卒住宿的低档客栈。他不禁叹道："难怪这家客栈收费不贵嘛。"说完，扬雄就离大漠客栈不远处，寻了一家成都餐馆走了进去。因扬雄来长安接连吃了几天面食后，想吃点米饭的他，才做出这样的选择。由于扬雄在长安除扬庄外，不认识别的什么人，吃饭时，扬雄已想好，从明天开始，便去寻找好友扬庄。

黄玉离开涪县前把扬雄写给陈县令的信交到县衙，陈县令看后大惊，他知道扬雄不辞而别定有不为人知的隐情，但当务之急是不能耽误学子们上课。情急之下，陈县令便派人通知几位具备教书资格的先生来县衙商议。没料想，几位来县衙的文化人听说扬雄已离开书院，他们都谢绝了陈县令聘用，三人共同的理由是，有水平的扬子云都不敢任教的书院，他们绝对不敢再去当教书先生了，因为他们没有饱学之士扬子云那样的能力。无奈之下，陈县令又只得提笔给李弘先生写信，并说明求援先生的原因。随后，陈县令又派出县衙中的师爷，上山代管西山书院，直到落实新的教书先生为止。

秦楚再次去书院上课时，发现不仅扬雄离开了书院，而且黄玉也不见人影，气急败坏的他认为，黄美女同扬雄一道私奔了！若是私奔，那他们又会去哪儿呢？心眼多头脑灵活的秦楚，私下买通他家酒楼一分管厨房的妇人，一番交代后，那妇人便拿着一小捆竹简朝黄员外家走去。到黄家门外，那发福的胖妇人就敲开了黄员外家大门。神情有些憔悴的黄员外开门见是一妇人，忙问道："你、你是谁呀？"

"这是黄玉家吧？"

"是呀，这是黄玉家，我是她父亲。"

"哟，您就是大名鼎鼎的黄员外，我侄儿说，这是他借的黄玉同窗的书，这几天他不见黄玉到书院，所以，特让我来还给黄玉小姐。"

黄员外叹气说："唉，我女儿不在，你把这书给我吧。"说完，黄员外伸手去拿竹简。胖妇人忙把竹简往身后一藏说："我侄儿说，让我亲手把这书交给黄玉小姐，他怕今后黄小姐忘了，再找我侄儿要书咋办？"

黄员外有些不高兴地说："唉，我女儿现不在家。"

老妇想了想说："那我明天再来还呗。"

"你明天别再来了，我女儿这段时间不会在家。"黄员外忙说。

"黄小姐去哪了，为啥不在家呀？"

犹豫片刻，黄员外摇头说："唉，我那女儿已去长安找她先生了。"

当天下午，秦楚领着跟班王三娃，二人骑马便朝长安奔去……

女扮男装的黄玉整整比扬雄晚了三天到达长安。到长安后，黄玉在东市找了家中档客栈住下，便开始早出晚归寻找起扬雄来。黄玉为啥要不远千里到长安寻找子云先生？这有两个重要原因：一是黄玉觉得很对不起先生，从扬雄室内零乱程度看，秦楚一伙是严重袭扰了先生的，或许还给先生造成了伤害；二是黄玉潜意识里已把扬雄当成可以信任的家人（甚至还有她也说不清的爱慕之情），在惊慌又急切想见到扬雄心情的驱使下，她从家里带上私房钱留下一封信后，就不辞而别骑马朝长安撵来。黄玉毕竟是女儿身，她每天赶路的速度自然比不上扬雄，所以就迟到几天才赶到长安。

黄玉到长安后，扬雄已基本转悠完长安主要街区，接下来他要去皇宫找曾经的同窗好友扬庄。没想到的是，扬雄几次想靠近宫门，都被手持长矛、腰挎军刀的守卫士兵驱离，无论扬雄怎样解释，卫兵根本不听，甚至还举着长矛戳扬雄，三天后，无奈的扬雄便开始在长安的茶坊酒肆寻找，看能否碰上扬庄。

十天后，当扬雄路过西市一十字路口时，突然发现路口一空地上搭有一个比武擂台，擂台上有个中年汉子高声说道："今天，我们巴人剑客巴尚武，在此继续设擂台比武、切磋剑技，若有战胜巴人剑客者，可获得三金和一把上等宝剑。"说完，身穿剑服、飘着银髯气宇轩昂的巴尚武，就走到台前向台下众人拱了抱拳。扬雄一见年迈的巴人剑客，猛然想起二十年前发生在天师洞的事来，为王三不懂江湖规矩，张云天还耿耿于怀好多年呢，甚至，后来西门云飞还去巴蛮子老乡寻找过巴人剑客。张云天虽已离世，但我此时仍可替张大师了却这个曾经的遗憾。

想到此，扬雄便跳上擂台，抱拳对巴尚武说："尊敬的巴人剑客，我是蜀地成都人扬雄，您是否记得，二十年前在青城山天师洞，同张云天大师切磋剑技一事？"

巴尚武上下打量扬雄后问道："先生，你咋知道这件并不愉快之事？"

"剑客老伯，当年我就是其中围观青年之一。您这胜者的不满离去，皆因张大师徒弟不懂江湖规矩所致。自您走后，张云天大师一直感到对不起您这剑技高超的巴人剑客，为此，他还把那徒弟逐出了天师洞。"

"哦，真还有这事？"

"剑客老伯，为这事，我的一位好友西门云飞曾到你们三峡边的巴人山寨代张大师找您赔礼道歉，没想到，那时您到中原一带游历去了，他就没能见到您。"

"嗯，是有这事，当年我回山寨后已听说成都有位爱剑青年来找过我，原来是来向我解释原因的，当时我还以为是来向我讨教剑术的。"巴尚武忙说。

见台下围观的人越来越多，扬雄忙抱拳说："剑客老伯，此事虽已过去二十年，今天晚辈有幸在长安遇见您，在此，我代表去世的张云天大师向您赔个不是，请您原谅他不懂江湖规矩的徒儿犯下的错！"

"哈哈哈，扬雄先生，真没想到，你和张云天剑客都是为人正直重义之人，这事已过去整整二十年，我都早已忘记，你们不必向我道歉，当时也怪我气量太小，没弄明真相就离开了天师洞。说实话，张云天真不愧是蜀地隐居民间的优秀剑客。"说完，巴尚武就紧紧握住扬雄的手。扬雄低声说："剑客老伯，在这盛世太平的年代，您老真是英雄无用武之地啊。"

时间过得真快，扬雄来长安时还是秋天，转眼间一个多月后立冬时节就匆匆来临。长安的冬天来得比成都早，气温也比成都低许多。每天住店和吃饭开销，已用去扬雄身上所带的大半钱财，为不受冻，扬雄赶紧去旧货市场买了棉衣棉裤。为增加收入，扬雄开始找一些货栈帮着搬东西，当起了临时搬运工。过去，扬雄每天要吃三餐，自他身上仅剩十来枚五铢钱后，他便开始每天只吃两餐了。十多天后，体力有所不支的文化人扬雄，就被货栈老板辞退了。无奈之下，换了几处货栈当搬运工的扬雄，最后都被开掉走人。

扬雄也知道，他虽出身于川西桑农之家，但他毕竟不是一直在乡下干重体力活的汉子，相比北方那些长期干体力活的高大汉子，饱学之士扬雄在干搬运工这行当，就根本不是他们的竞争对手。好在有自知之明的扬雄，也不是一个死脑筋的书呆子，他又去选择了不费重体力的餐馆服务员工作。餐馆老板见扬雄面相有些忠厚又是外地人，便欺负有四川口音的扬雄说："喂，外地汉子，我还不知你行不行呢，这样吧，我先试用五天再说，这五天我管你吃喝，但没工钱，你愿干吗？"

"行，那我就先试着干干吧。"别无选择的扬雄只好答应下来。日后扬雄在长安待了一段时间，渐渐熟悉了一些长安话，也开始学着模仿起了陕西腔。出乎扬雄意料的是，平常跟长安人交流起来还问题不大，可餐馆中午人多生意好时，有时客人点完菜报菜名时就要求语速快捷简短。第二天头戴白帽、腰系围裙的扬雄一时紧张，给厨房报菜名时就闹了个笑话："喂，靠窗第三桌客人，要三碗羊肉泡馍，一只葫芦鸡，外、外加一个带、带把肘子和、和一碗拌豆皮，一、一碟花生米和两斤老、老烧杜、杜康酒。"口吃的扬雄刚一报完菜名，客人和店里员工听着，顿时乐得哈哈大笑。

第三桌一位着头戴狐皮帽的中年人忍不住对店老板说："喂，老板，这长安城这么多人，你为啥偏偏找个口吃家伙来当服务员，这样整下去，你不怕这小工报错菜名，给你们餐馆带来损失吗？"

还没等老板开腔，扬雄忙微笑向那汉子道歉说："大哥，请、请你高抬贵手嘴下留情，我初来乍到，心、心里紧张，又怕报错菜名，所、所以就、就结巴了。"说完，扬雄就向那汉子鞠了一躬。待扬雄刚一抬头，走过来的店老板啪地甩了扬雄一巴掌："快滚，昨天你来找工作时，你说话咋不结巴呢？今天中午生意好，你就给老子出洋相，要是真报错菜名，这些高档菜你这穷小子赔得起吗？"说完，那老板还踹了扬雄一脚。无奈之下，含泪的扬雄只好解下围裙，在众人哄笑中悻悻离去。

北风呼啸雪花飞舞，不久，寒冬便降临偌大的长安城。由于天冷，长安城内行人骤然减少许多，然而情绪异常低落的黄玉，仍坚持每天上街寻找子云先生。为尽快找到先生，会动脑的黄玉开始频繁地换住宿客栈，一面打听扬雄下落，一面继续上街寻找扬雄。

一天，天气晴好，牵马沿街行走的黄玉，东张西望注视着来往行人。突然身后响起马蹄声，两匹马在前面不远处猛地停了下来。秦楚勒住马缰对身边马背上的王三娃说："从这人身形看，似乎有些像黄玉小姐。"说完，跃下马背的秦楚把马缰扔给王三娃后，就径直朝牵马的黄玉走去。黄玉已认出秦楚，忙低头想避开秦楚绕前走去。黄玉举动更加引起秦楚怀疑，他忙拦住头戴毡帽、脸遮围巾的黄玉。就在黄玉抬头刹那间，秦楚从黄玉那长睫毛大眼睛已认出她就是黄美女，于是，秦楚猛地拉下黄玉脸上围巾说："嘿嘿，黄小姐，以为女扮男装我就认不出你吗？实话告

第八十二章 初到长安，落魄中寻生机

诉你吧，你就是跑到天涯海角，我秦楚也有办法将你寻到！"说完，秦楚就伸手去抢黄玉马缰。

气急的黄玉侧身飞起一脚，朝秦楚胸部踢去，没留意的秦楚在后退时竟滑倒在地。说时迟那时快，高挑的黄玉立即翻身上马，朝前面不远的十字路口奔去。待秦楚爬起时，骑马的黄玉已消失在十字路口。王三娃急忙跑过来扶起地上的秦楚说："秦大少爷，你没伤着吧？"

气急败坏的秦楚起身一脚朝王三娃踢去，然后愤愤骂道："好你个瓜娃子，刚才你为啥不给我拦住黄玉小姐？"

趴在地上嘴角流血的王三娃大惊："秦、秦大少爷，刚才那头戴毡帽的人，真、真是黄小姐呀？唉，早知她是黄小姐，我说啥也要拦住她嘛。"

秦楚咬牙说："狗日的，你王三娃就会放他妈的马后炮。"

腰拴草绳、头戴破棉帽的扬雄，一面跺脚一面手哈热气远远注视着有士兵守卫的皇宫。寒风呼啸，不时有雪尘从地上扬起。凄凉的暮鸦叫声中，黄昏的大氅很快遮住远处雄伟的皇宫。

长安城内街道两旁的餐馆与酒肆，摇曳着像哭得眼睛红肿的红灯笼，仍在执着殷勤地召唤着顾客的光临。从那散发出的热气和食物香味，不时传出的笑声和喧哗声，像一只利爪撕扯着扬雄饥饿难耐的肠胃。是的，由于所带的五铢钱快用完，扬雄已整整两天没敢吃食物了，饥寒交迫的他已做出决定，若三天内没找到工作，他就卖掉那匹阿鹰送给他的老马，然后沿路乞讨回故乡去。

扬雄艰难挪动脚步在雪地走着走着，突然听到一客栈门前的灯笼下，有位银须老人正站在桌前高声吆喝："哦，过两天就是腊八节了，新年就快到了，谁家需要写对联写牌匾的客人，请到我这来吧，我的大篆字体定会给你全家带来财运安康。快来吧，我愿为大家写迎接新年的对联哟！"

有点吃惊的扬雄忙走过去，看了看桌上还没取走的两副对联，扬雄认真问道："尊敬的老伯，您的大篆写得不错，您老人家还会写小篆和隶书吗？"

老人看了看扬雄说："这年头没人要石鼓文和金文，我的小篆和隶书字实在拿不出手，就只有靠我的大篆字换点钱度日了。"

"老伯，您在长安城卖字，一天能挣多少钱呀？"

"外地来的汉子，我凭大篆字一天少则能挣两三枚，运气好时能挣五六枚五铢钱哩。"

"哦，长安真是个好地方，卖字也能挣钱度日，老伯，我祝您老人家生意好，争取多挣点钱过个好年。"扬雄说完，就快速离开朝回走去。刚掀开门帘走过客栈，姬老板就对扬雄说："扬先生，你已欠我三天房钱，若明天再不交房钱，就真怪我撵人了。"

　　扬雄拍了拍头上和肩头的雪花说："放心吧，姬老板，我明天黄昏前一定给您结清所欠房钱，望您老人家理解我暂时的难处。"

　　"你、你明天就有钱啦？"姬老板有些不相信问道。

　　扬雄自信笑道："呵呵，姬老板，到时您自会拿到钱的，若拿不到钱，我扬雄即便睡雪地，也会搬出您的大漠客栈。"说完，扬雄就听到姬老板低声嘀咕了一声："除非，你有贵人相助。"

　　第二天上午，正好是阳光明媚的晴好天气，扬雄在客栈借了几支毛笔、砚台和一张方桌，在客栈门外摆了用小篆、大篆与隶书在绢帛上写好的三张样品字体。当一切准备好后，腰系草绳的扬雄就高声吆喝起来："写春联啦！写匾卓啦！春节快到，价格大优惠啦！！"

　　一些行人见扬雄头上戴了一顶破棉帽，破旧棉衣上又系了一根草绳，有些不屑地说："现在长安人多，啥样的骗子都有，看这人一副叫花子样，还要卖字赚钱，这不是有辱斯文吗？"不一会儿，一位商人模样的人路过，看了看桌上的样品字问道："先生，这些样品字是你写的？"

　　扬雄点头说："是呀，这字是我亲自写的。"

　　那商人再次看了看桌上的字又看看扬雄，从怀中掏出两枚五铢钱说："我要照桌上一样的隶书字体，请给我写一副对联，若字体一样，我就付你两枚五铢钱，要是字体不一样，我就分文不给，你同意吗？"

　　"先生，没问题。"扬雄自信地说。随即，那商人从怀中掏出两张两米长八寸宽的黄色绸布，递给了扬雄。接过黄绸，扬雄问道："先生，你想写啥样的对联呀？"

　　"我是生意人，你给我写两句跟生意有关的对联吧。"

　　"那好，我给你写两句生意祝福语。"说完，扬雄就一面想一面铺过黄绸布。待铺开黄绸，扬雄便用稍粗的毛笔写下"生意兴隆通四海，财源茂盛达三江"。那商人汉子看对联后，又用样品字对照黄绸上的字，反复对比后，满意地说："没想到，先生书法功力深厚，真不愧是书法大家啊。"说完，那商人又从怀中掏出一枚五铢钱说："先生，你的字真不错，我给你再添一枚钱。"

第八十二章 初到长安，落魄中寻生机

突然，围观人群中有位老者说："哟，真是人不可貌相，没想到这穿得如此寒酸的外地人，还是位书法高手哩。"老者说完，一位穿得富贵的中年妇人对扬雄说："先生，你给我写副吉祥喜庆点的春联吧。"扬雄点头后，便在红绸布上写下"三星高照平安宅，百福齐临富贵家"，写完后，扬雄拿起用小篆字体写的对联当着众人高声念了一遍。众人听后，立即对扬雄报以热烈掌声，那贵妇从怀中掏出两枚五铢钱递给了扬雄，尔后才拿着对联乐颠颠离去。

突然，围观人群中一汉子高声说："先生，我已看过长安城内不少于十个卖字写春联的人，但他们的字都不如你写得棒，我要一副用大篆字体写的春联，你给我来两句大气点的，咋样？"

扬雄立马抱拳说："谢谢先生谬赞，我马上给你写，请问你要用红绸还是黄绸？"话音刚落，那汉子从包中掏出两块蜀锦说："先生，你给我写在这蜀锦上吧。"

扬雄接过蜀锦折叠好尺寸后，一面大声念，一面挥笔写下"万事亨通时运好，九州昌盛气象新"，写完，扬雄大声说道："先生，我给你写的这春联，内容具有家国情怀，你可满意？"随即，扬雄就把散发墨香的春联举起向围观人群展示。那汉子上前认真看过对联后，向扬雄鞠了一躬说："先生书法一流，对联一流，我自当出高价酬谢！"说完，那汉子就将手中四枚五铢钱奉上。很快，众人蜂拥而上，把扬雄的桌前围得水泄不通，大家纷纷要扬雄给他们写春联。

当天下午申时，扬雄在客栈外忙完写春联一事，就把欠姬老板的房钱结清了。在姬老板建议下，快饿晕的扬雄在一家餐馆买了两个肉夹馍，一面吃一面朝卖冬装的商铺走去。在商铺中，扬雄挑选了一套中档冬装和一顶有护耳的棉帽。当回到客栈换过衣服后，姬老板说："扬先生，你这穿着打扮，才像读书人嘛，明天你写完对联后，能否用隶书体帮我重写'大漠客栈'四字，我想换个新牌匾过新年。"

"姬老板，莫得问题，我明天就帮您写，而且分文不要。"扬雄忙说。尽管天寒地冻，扬雄在客栈外一直干到大年二十九才收摊。由于扬雄在近二十天时间里，共挣了一百多枚五铢钱（有时收费才一枚钱），故在大年三十那天黄昏，孤独的扬雄为排解这两月穷困潦倒的郁闷之气，他竟报复性去长安"三秦大酒楼"，要了一份"紫阳蒸盆子"和"带把肘子"特色高档菜，喝了整整八两杜康酒，直到爆竹声炸响在子夜，扬雄才偏偏倒倒醉意朦胧回到大漠客栈。

春节过后，扬雄依然天天坚持在客栈外替人写春联和牌匾，出乎扬雄意料的是，原想好好再大干一场的他，春节后几乎就没人再来照顾他的生意了。不懂生意

的扬雄哪里知道，大汉民人只是在春节前有写春联的需求，当过完春节后，人们大都不会再有这需求了。无论扬雄怎样挥动毛笔在客栈外吆喝，路过的行人总是匆匆离去。

虽然姬老板和客栈附近的市民，都知道扬雄的字写得好，但地处贫民区的大漠客栈附近，毕竟缺少文化人和富贵人家，穷人是没钱求好字的。近两月下来，仅接了不到十单活的扬雄，又渐渐陷入生活困境。无奈的他，只得又常去皇宫外守候，看能否碰上他的老友扬庄。而令扬雄一直不知的是，他的女弟子黄玉，此时仍在偌大长安城寻找他……

第八十三章

进汉宫成为满血复活的黄门侍郎

从皇宫传出的钟声,再次唤醒初春。

在扬雄满四十岁这天,为解决生计问题,他再次站在客栈门旁的木桌前,挥动手中毛笔高声叫喊:"写字啰,无论大篆小篆,还是隶书字体,我扬雄愿为大家代写匾牌店招,若不满意,本人分文不收哈……"

此刻,从附近成都餐馆走出的扬庄,听见这有些熟悉的叫喊声,想了想便朝不远的大漠客栈走了过来。快到客栈时,身穿官服的扬庄愣住了:这、这人有些像扬子云,咋的,李弘先生并没来信说扬子云要来长安呀?难道,这人相貌跟扬雄相似?为避免因误会引起的难堪,扬庄便驻足观望卖字人的举动。

此时街上人不多,挥动毛笔叫喊的扬雄突然在扭头间,发现了身穿官服、面庞白皙的扬庄。整整快二十年没相见了,岁月已给扬雄脸上增添了些许沧桑,而高大的扬庄似乎还保养得不错,整个人都显示出精气神。扬雄高举的手臂在空中僵了片刻,指着不远的扬庄说:"你、你可是扬庄?"

扬庄一听扬雄这样问他,倏地蹿上几步抱住扬雄激动地说:"扬子云,果然是你啊!你多久来长安的?我咋没收到李弘先生和你的信呢?"

"庄兄,我来长安已半年有余,由于事发突然,我从四川涪县来的长安,加之我不知你在皇宫哪个部门工作,无法写信给你,但我多次到皇宫来找你,都被守卫的士兵强行赶走。唉,我是莫法找到你啊!"

扬庄看了看桌上毛笔和砚台,问道:"子云,你咋在这贫民区卖字呢?"

"庄兄,我要生活,又没手艺,就只能在这卖字为生啊!否则,我早已饿死在这长安城了。"扬雄忙说。扬庄摇了摇头,叹道:"唉,你这饱学之士的大才子,竟沦落到如此地步，真是我大汉朝的不幸啊！"说完，扬庄又看了看客栈招牌。随后，扬雄把扬庄拉到自己小房间，对扬庄讲了他目前的窘境，并希望扬庄帮他找一份工作，先在长安稳定下来再说。

扬庄听完扬雄诉苦和求他帮忙一事，想了想说："子云，你先别急，我们联系上就方便了。前不久，我听说车骑将军王音想找一位文化人做他的门下吏，帮他处理文秘工作上的事。这几天你最好别外出，待我问问王将军，若他同意你去他府上做门下吏，我就立即来通知你。"

"要得嘛，庄兄，我这几天哪也不去，就在客栈等你消息。"扬雄忙回道。见扬雄回答后，扬庄从身上掏出十多枚五铢钱说："子云，我身上只有这么多钱，你先拿去对付几天吧。"说完，扬庄就离开了客栈。望着扬庄远去的背影，扬雄眼中噙满了感激之泪……

整整几个月过去，黄玉阴差阳错竟在长安城没寻到子云先生。黄玉想了许久，她甚至产生了子云先生是否真的来长安的想法，但她相信子云先生不会对她说谎，只是没机会碰上而已。聪明的黄玉在几个月后，便从东市转入西市寻找。

自去年初冬时节，秦楚发现女扮男装的黄玉后，他便坚信黄玉美女并没在长安同扬雄相会，要是他俩相会了的话，黄玉就没必要再女扮男装。秦楚的分析有些道理。后来，秦楚带着王三娃在长安城又发现过两次黄玉，但黄玉决绝的态度令自尊心极强的秦楚异常气恼。秦楚认为，若扬雄在长安的话，他俩应该早已见面，黄玉之所以还在长安寻找扬雄，大概是扬雄并没来长安所致。后来，一气之下的秦楚，在春节前就回了涪县。秦楚离开长安时对王三娃说："老子坚信，扬雄那迂夫子定不在长安，黄美女不出两个月，就会乖乖回到老家来。"说完，无比自负的秦楚，就率跟班王三娃朝陈仓（现宝鸡）方向奔去……

深信子云先生就在长安的黄玉，仍用自己的方式，逐条街搜寻子云先生下落。夜深人静时，黄玉也曾多次问自己，为啥要如此执着寻找子云先生？大多时候，黄玉得到灵魂深处的回答是，他会帮助我成为一位女文学家。有些时候，她也反问自己，难道我真爱上了子云先生？但极少时候，黄玉脑中会闪过这样念头：子云先生会娶我为妻吗？

在桃花盛开的春天，一天下午酉时，黄玉从另一家客栈换到大漠客栈后，姬老板拿着钥匙把黄玉领到一间房门说："先生，这间房虽不宽敞，但这里安静，我保证你不仅在这儿可睡个好觉，而且还能静心看书思考问题。"说完，打开房门的姬

第八十三章 进汉宫成为满血复活的黄门侍郎

老板就把黄玉领进了房间。

进门后，黄玉看了看从窗外透进的阳光问道："老板，这散发着墨香的房间我喜欢，我先向你打听一个人咋样？"

姬老板笑道："没问题，只要我知道或认识的，本人一定如实相告。"

黄玉："老板，有一位名叫扬雄的先生，来你这住过吗？"

"小伙子，你问的可是那位字写得挺棒的卖字先生？他可是四川成都人呢。"姬老板忙说。

黄玉大喜："对对对，老板，我问的正是此人。"

姬老板笑着走到床前，随即拍着床头说："这成都人扬雄，今天上午午时前，被他一个皇宫当差的老乡接走了，听说到一位将军家去当文秘去了。"

"真的？"黄玉大惊。

姬老板忙指着桌上砚台和毛笔说："小伙子，我姬老板是不说假话的人，你看，这曾是扬雄先生使用过的东西，我还没来得及收到楼下去哩。"说完，姬老板就伸手去拿砚台和毛笔。黄玉忙止住姬老板说："这些东西就放这儿吧，或许我用得着。"

姬老板忙缩回手"哦"了一声，只听黄玉又问道："老板，您知道扬雄先生去了哪位将军家吗？我有事想见见扬先生。"

"小伙子，这个我就不知道了，当时他跟我结清房钱后，就拿着行李牵着马跟着他当官的老乡走了。你应当明白，我们开客栈的小老板，哪敢随便打听皇宫来人的情况，更不敢过问他们要去哪儿。"

黄玉想了想说："嗯，老板说得不错，百姓们是不能随便打听官人情况的，这样就能避免杀身之祸。"说完，黄玉就放下手中行李。在接下来两天时间里，黄玉也去皇宫外转悠了好几趟。非常失望的黄玉终于知道了子云先生下落，她为先生有了落脚之处而庆幸。万般无奈的她，只好告别长安骑马朝故乡奔去……

仲春时节的成都，早已是鲜花盛开群燕疾飞之时，碧波荡漾的锦江上，随处可见装满货物的木船。每当这时，远在青城武馆的刘三，就要率他两个铁杆兄弟李二娃和陆小青，来到他刚到成都时创办的聚义客栈，同老友张德川、西门云飞、席毛根、卓铁伦几人茶叙聚会。尽兴玩几天后，刘三才买些需要的东西返回武馆，若没啥急事，刘三有时还会绕道花园场，去看看令他牵挂的覃老板母女。

这次刘三在同席毛根几位老友喝酒时，他忍不住向几位老友炫耀说："嘿嘿，老子真没想到，自从我接覃老板母女去清风庄园耍了三次，不知咋的，杏花的疯病竟好了许多，我听覃老板说，杏花已有大半年没发病了。"说完，刘三运故意问席毛根说："席兄，你说说看，这是啥原因呀？"

席毛根想了想问道："刘馆长，这里我想问问，杏花妹子对武馆和庄园哪个兴趣更大？"

"嘿嘿，那还用说，杏花自然对武馆兴趣更大呗。"

"为啥呢？"席毛根又问。

"我估计从小在花园场长大的杏花，从没见过耍飞镖、练射箭和舞刀打拳的场景，她在我武馆耍时，有时看汉子们练半天也不愿离去。"

席毛根放下酒杯扭头向李二娃问道："李副馆长，刘馆长说的可是真的？"

李二娃点头微笑说："席兄，刘老大说的一点不假，杏花还真喜欢看我们武馆学员练武哩，练得精彩时，杏花还会拍手叫好。"

席毛根听后猛地将双手一拍说："哈哈，这就太好了，既然是这样，我倒有个好主意，不妨说出来供兄弟们听听，大家若觉得我这主意好，那么，我们就请刘馆长照此办理，好不好？"

众友听后，都弄不懂席毛根想说啥，卓铁伦忙问道："席老板，你就别装疯迷窍了，有啥好主意就竹筒倒豆子，全说出来听听嘛。紧接着，西门云飞和张德川也催席毛根快说是啥好主意。"

席毛根严肃地向刘三问道："刘馆长，据我这二十年的了解，你一直很感恩覃老板两娘母曾对你当叫花子时的施舍，对吧？"

"是呀，滴水之恩当涌泉相报。"刘三忙说。

"这么说来，今后你也会这样对待覃老板两娘母啰？"

"那是当然，我必须这样做才对得起自己良心。"刘三认真说。

"那我问你，到今天为止，你同覃老板母女关系一直很好，中间没闹别扭吧？"

"从没闹过别扭，关系一直很好。"

席毛根笑了："既然这样，我建议你就娶了杏花，这样的话，往后你照顾她两娘母不就方便了嘛。"话音刚落，西门云飞拍手笑道："嗯，此建议甚妙，我完全赞同。"接着张德川和卓铁伦也表示对这主意非常赞成和肯定。刘三愣了，他沉思良久说："我、我之前从没想过这事，兄弟们别着急，这事你们得允许我认真考虑一阵子才行……"

半年后，大将军王音突然患急病去世，不久，做王府门下吏的扬雄，只得托人

728

第八十三章 进汉宫成为满血复活的黄门侍郎

带信告诉扬庄这不幸消息。得知好友这一消息后，扬庄便开始动起了脑筋。扬庄在汉宫担任的是值宿郎，虽然职务不高，但他有一个常人不具有的优势，那就是他是当朝皇帝汉成帝身边的近臣。

说来也许是天意，汉成帝刘骜虽然是个较为平庸的皇帝，但此人有个特殊爱好，就是喜欢文学，特别喜欢司马相如写的大赋。汉成帝闲得无聊时，就让具有较高文化修养的值宿郎给他诵读司马相如或宋玉的赋给他听。喜欢歌功颂德和比喻夸张的汉成帝，一旦听到他喜欢的句子和漂亮的对偶排比，竟会拍手大呼"甚妙"。为解决扬雄就业问题，一次在与汉成帝独处时，扬庄故意有选择性地给刘骜诵读了《绵竹颂》和《蜀都赋》，然而在诵读前，扬庄有意没说作者是谁，特意埋下了伏笔。

当汉成帝听完《蜀都赋》最后几句时，竟情不自禁站起拍手说："精彩，写得太精彩了，此赋绚丽的文采、宏大的结构、工整的对偶、浪漫奇崛的想象与夸张，唯我大汉辞赋大咖司马相如才能写出这有声有色有气势的上乘大赋也！"刚说完，汉成帝突然向站在一旁的扬庄问道："值宿郎，这就奇怪了，朕是熟知司马相如大赋的，这篇《蜀都赋》之前朕咋没读到过呢？"

扬庄忙躬身回道："陛下，这篇《蜀都赋》不是司马相如所写，而是……"

"啥？此赋不是司马相如所作？难道，我大汉还有能与司马相如比肩之人？"汉成帝吃惊问道。

扬庄立马再次躬身说："陛下，正如您所言，我大汉还真有与司马相如一样的写赋人才，他就是我的成都老乡扬雄。"说完，扬庄便把《蜀都赋》和《绵竹颂》呈在了汉成帝面前。汉成帝从扬庄手上抓过竹简，快速看后问道："值宿郎，这写大赋的扬雄现人在哪里？"

"陛下，扬雄现就在长安城内。"扬庄忙躬身说。

汉成帝立即命令道："值宿郎，你立刻去给朕把扬雄找来，朕要见见此人！"

下午申时，午睡醒来的汉成帝在龙床上伸了个懒腰，然后向候在不远的太监问道："值宿郎现在哪？"

身穿黑衣的中年太监喏喏回道："陛下，值宿郎领着您要召见的人，已在殿外候有半个时辰啦。"

"快，你让值宿郎把扬雄给朕带进殿来，朕要见见这个能写大赋的蜀人。"汉成帝命令道。

"喏。"太监小声回答后，便躬着腰转身快步朝殿外走去。不一会儿，扬庄便领着穿得整洁的扬雄，来到身穿龙袍的汉成帝面前。跪在成帝面前的扬庄，指着跪在他身旁的扬雄，对汉成帝说："陛下，我已把扬雄带来。"

"哦，你俩都平身吧。"说完，汉成帝指了指前面不远的锦缎地毯，示意扬雄跪坐与他说话。灵醒的扬庄忙躬身退后几步，站在扬雄后侧。随后，汉成帝指了指茶几上两小捆竹简说："扬雄，这《蜀都赋》和《绵竹颂》，都是你写的？"

扬雄忙颔首说："回陛下，《蜀都赋》是我当年在成都写的，《绵竹颂》是前几年在四川涪县当教书先生时所作。"

"扬雄，你的赋写得不错，朕认为你的赋有当年司马相如大赋的特点，看来，你是一位偏好写赋之人啰？"

"回陛下，本人从小喜欢辞赋，在家父培养下，我十三岁就能背诵司马相如的《子虚赋》《上林赋》《长门赋》等作品，再后来，我就开始练习写赋。当年作品虽幼稚浅显，但却是我初学写赋的真实经历。"

"哈哈，朕看你还是个实诚之人嘛。扬雄，你除喜欢写赋外，还有什么爱好，又读过哪些书呢？"汉成帝为考察了解扬雄，故有意询问他。

扬雄忙躬敬回道："回陛下，我少年时在四川临邛翁孺学馆读过几年书，后来又在成都文翁学馆做了几年学生，为写《蜀王本纪》，我曾考察过蜀北的犍为郡和汶山郡，后来，我又拜严君平先生为师，在他创办的平乐书院跟着严先生学了八年《易经》《道德经》《庄子》和孔孟与诸子百家学说。再后来，我在成都当了几年私塾先生，随后又去涪县西山书院做过教书先生。陛下，这就是我的人生经历。"

汉成帝听后微微颔首道："看来，你扬雄还是位饱学之士嘛。"接下来，成帝又问了扬雄怎样看待司马相如、宋玉，以及屈原的文学创作等问题，扬雄综合分析司马相如作品后，就一面回答成帝之问，一面有意选择性背诵了这些文学大咖的部分经典作品。汉成帝听后虽没直接夸赞扬雄，但却不断颔首微笑给了肯定。不傻的扬雄心里清楚，今天若不征服汉成帝，他今后再要进宫面见成帝，就绝无可能了。天遂人愿，今天在同汉成帝对话时，或许是成帝的温和与对文学的热爱，一点不紧张的扬雄，居然没露出口吃毛病。直到申时快结束，满意的汉成帝又对扬雄问道："扬雄，你今后还愿写赋吗？"

扬雄忙回道："请陛下放心，只要您需要扬雄作赋，我一定愿为陛下效犬马之劳，写出令您和世人满意的大赋来。"

"好，朕就等着你这句话，从明天开始，你就来朕身边吧，朕先给你个黄门侍郎干干，若你干得令朕满意，朕自不会亏待你。"说完，汉成帝就示意太监送客。扬雄再次躬身谢过汉成帝后，在太监护送下，就跟着扬庄离开了皇宫……

得到汉成帝赏识的扬雄，被赏赐了"黄门侍郎"的官职，从此，民间文人扬雄就算是汉宫内一位有级别的正式公职人员了。相比皇宫内众多官员，黄门侍郎虽是个职位较低年俸仅有四百石的小官员，但毕竟是侍从皇帝的近臣，较一般官员来说，侍郎升迁机会就比其他官员要容易些。想当年被汉武帝赏识的司马相如，后来官职不就升为中郎将嘛。若说当时扬雄心中还存有不少孔孟儒家入仕愿望的话，那么，已入宫的扬雄也算正式步入了仕途。

自扬雄成为黄门侍郎，结束他不稳定的漂泊生涯后，他内心甭提有多欢喜和激动。因为从此他就可同好友扬庄同朝为官，加之汉成帝赏识他的写赋才华，往后汉成帝自然要用他之所长。一想到有知遇之恩的汉成帝，扬雄不仅在内心谢了隆恩千次万次，而且还多次暗暗发誓，一定不辜负成帝期望，若有机会，一定要用大赋来报答成帝的提携和赏识。

自进入皇宫后，扬雄不仅每天准时上下班，而且还奉行了他谨言慎行的行为原则，从不与同事们争长论短。更为重要的是，扬雄自己安排的工作内容，就是再次重读司马相如的大赋作品，让自己生命氛围笼罩在大赋气场中。一般人是不明白扬雄用意的（包括扬庄），只有扬雄坚定预感到，总有一天，汉成帝会将他的写赋才华，派上用武之地。

宫中，比扬雄年龄小一些的同僚王莽和刘歆，见扬雄是位态度温和能写大赋的饱学之士，时常在上朝后来请教扬雄一些学术问题，渐渐地，扬雄就同王莽和刘歆成了好友。后来，外地来的扬雄就经常被王莽和刘歆邀请到家中做客，谈论诗文和交流分享部分学术研究成果。进宫不久，扬雄第一次在长安城吹响了他久违的竹笛声……

当扬雄熟悉了黄门侍郎的工作后，才提笔写了三封信。第一封是写给妻子秀梅的，他告诉秀梅和母亲，他去年秋来到了长安城，今年春已被慧眼识珠的汉成帝钦定为"黄门侍郎"，现自己每天都在皇宫上班，年俸已有四百石了。有了这份稳定年俸，虽谈不上荣华富贵，但自己再也不会为吃穿发愁了。他会珍惜这来之不易的工作，要认真完成宫里交给自己的差事，决不辜负汉成帝对自己的赏识和栽培。信中，扬雄要妻子好好培养儿子扬爽，要照顾好年迈的母亲。最后，扬雄告诉妻子，今后一旦条件成熟，他就会把全家接到长安团聚。

扬雄第二封信是写给李弘的。信中，扬雄告诉先生，他去年秋已从涪县西山书院来到长安，在好友扬庄帮助下，他目前已被汉成帝特招为宫中的黄门侍郎，为不辜负先生曾经的帮助和培养，他一定会在皇宫中好好干，争取为母校文翁学馆增光。扬雄为啥要写信告诉李弘先生自己已在皇宫工作呢？因为在那皇权高于一切的年代，外地人能到皇帝身边工作，尤其是担任服侍皇帝的郎官，这对普通百姓来说，就是件值得光宗耀祖的大事，何况，有点小虚荣的扬雄，又曾是文翁学馆的高才生。李弘一旦在学馆传开此事，曾特许扬雄作为旁听生的李弘，脸上不也会洋溢傲娇光彩吗？

扬雄第三封信是写给他舅子张德川的。扬雄知道聚义客栈是他三要友人的会聚地，一旦张德川收到他已进皇宫担任黄门侍郎的消息，德川一定会在第一时间，把这特大好消息通报给席毛根、西门云飞、卓铁伦、桃花、刘三、李二圭、秀娟和小芳。担任武馆教员的西门云飞同样会把这消息告诉天师洞的静虚道人，静虚去看望君平先生时，自会把这消息告诉给君平先生。扬雄始终没忘记，已离开平乐书院前君平先生打的那一卦，虽然君平先生本人对仕途没一点兴趣，但也并不反对我扬雄走仕途呀。我能在汉成帝身边做郎官，也算是给先生争了光。扬雄相信，君平先生一定会把这消息告诉给平乐书院的弟子们，这可激励那些弟子们认真读书学习嘛。

几封信寄出后，扬雄还特在休沐时，穿着官服带着礼物去了趟大莫客栈，特向姬老板曾借给他桌子在门前卖字表示感谢。姬老板紧紧拉着扬雄的手说："扬先生，我从那些买字人的目光中，就看出你哪是池中的平庸之辈，事实证明你是人中龙凤嘛。不简单，你扬先生真是个了不起的非凡人物哩。"后来，姬老板又告诉扬雄，说你春天离开客栈的那天下午，来了一位名叫黄玉的英俊小伙子找你，恰巧，他也是住的你住过的那个房间。他说他已在长安城寻你整整有半年了哩。

扬雄诧异问道："姬老板，那黄玉现在人在哪？"

"扬先生，当我告诉他你被宫中一位官人接走了，那小伙子第二天就离开长安回四川老家去了。"

"唉，太遗憾了，我在长安待了那么久，咋就没碰上黄玉呢？"说完，扬雄便陷入了沉思。尽管没能同漂亮女弟子见上面，颇有遗憾但回到皇宫的扬雄，每天仍像打了鸡血般精神，期盼着汉成帝重用他的时刻到来了……

第八十四章

扬雄四赋，轰动整个大汉王朝

最先收到扬雄信的，是居住在成都市区的李弘和张德川。

当李弘看完扬雄来信后，就把这一消息告诉了文翁学馆负责人。在李弘建议下，学馆负责人就在师生大会上，把曾经的寒门学子扬雄，现已被当朝皇帝特招为黄门侍郎的事，向学馆全体师生讲了，并鼓励学子们要好好读书学习，今后要像扬雄那样，争取到长安皇宫工作，给我们文翁学馆争光。很快，学馆领导就以扬雄为榜样，在学馆掀起一个刻苦读书的小高潮。过去不太重视文学和辞赋的学子，有的也在研读司马相如和扬雄赋中，练习起写作来。

张德川收到扬雄来信时，就派了一个伙计，骑马去青城武馆通知西门云飞和刘三等人，让他们一块到聚义客栈一聚，庆贺扬雄入宫担任黄门侍郎。从此，他们这帮兄弟伙，就有了一个在皇宫做事的官人朋友了。第二天下午申时，刘三、西门云飞、李二娃、陆小青几人，就一同赶到聚义客栈，不久，席毛根、卓铁伦、桃花与袁平也来到客栈。在张德川安排下，晚宴时秀娟、小芳、冬梅与瑞华也参加了进来。

晚宴开始时，张德川拿出扬雄来信当众念了一遍后，又传给在坐每个人看。由于大家对扬雄熟悉，所以识字和不识字的人看着扬雄来信都感到亲切。待众人传看后，站起的张德川举杯说："来，我们这些扬雄的好朋友，为子云能进皇宫当上黄门侍郎，衷心祝贺！"当众人把杯中酒喝下后，刘三突然把酒杯往地上一砸说："日他妈哟，要是我老铁早些进了皇宫，那狗日的宋捕头和龙老四，咋个敢来烧老子的翠云楼嘛。"说完，刘三竟抹泪哭出声来。

很快，在席毛根和西门云飞劝说下，刘三才渐渐止住了哭声。让张德川感到奇怪的是，在刘三为保命切去左臂时，他也没掉过泪，咋今天一听到他老铁在汉宫当了官，就激动得哭了起来。其实，难怪众人难以理解刘三的反常行为，因为从小当叫花子的刘三，哪会想到他小时的邻居扬雄竟有进皇宫当官的那天，在刘三现在意识里，他从此就有了可依靠的对象啦！

庆祝宴快完时，刘三告诉了大家一个好消息，春节前，他打算在清风庄园娶杏花为妻，希望朋友们到时来庄园朝贺。席毛根听后问道：刘馆长，这事是杏花亲口答应你的？

"席兄，我今年问过杏花三次，她对我仍有些害羞，既没答应也没反对嫁给我。后来，我就悄悄问了覃老板，覃老板说一切由老娘做主，能嫁给刘馆长，如今是杏花最好的选择。所以，我今天就断然决定，在春节前把婚事办了。我后半生会对杏花好的，这也算对我老铁有个交代。"众人听后，又举杯祝刘三早日成亲……

说来有些令人难以置信，秀梅晚两天才收到丈夫来信，当她看完信把内容告诉她婆婆后，母女俩竟相互抱在一起哭成了泪人。是啊，张氏一直深知儿子的努力有多艰辛，雄儿年满四十才进皇宫做事有多不容易。两天后，当秀梅说要是扬雄真要接我们去长安生活咋办？张氏笑道："哎哟，你们去就得了，我就留下看家。说实话，我还真舍不得自己喂的鸡鸭和猪狗，还有地里的庄稼哩……"

公元前13年（汉成帝永始四年），也就是扬雄快满四十一岁时，成帝刘骜结婚已二十四年，坐上皇位也整整二十二年，年龄已到盛年四十岁，遗憾的是，汉成帝竟然还没一个儿子。汉成帝没有儿子咋成，谁来接大汉的班呀？为这事，皇太后王政君可操碎了心。首先王太后给汉成帝找了无数可供刘骜播种的妃子，而且还同意汉成帝让赵飞燕替换了没生儿子的许皇后。汉宫一姐赵飞燕为表忠心，更想稳固自己皇后之位，竟奉献上自己的胞妹赵合德。一段时间过去，无论汉成帝怎样在龙床上颠鸾倒凤，舞女出身的赵氏姐妹肚子依然没有丁点动静。

求子心切的汉成帝同皇太后一番商议，认为或许是对老天的诚意不够，于是决定到咸阳郡淳化县甘泉宫泰畤坛去求天，尔后再到山西汾河的后土祠去拜地，他们坚信，只要完成这最具虔诚心意的祭拜活动，上天定会赐给汉成帝几个儿子。当这一重大决定在朝廷宣布后，大臣们便按各部门分工忙碌起来。

喜爱辞赋的汉成帝当然清楚，如此重大活动没人写赋咋行。于是，汉成帝和皇后赵飞燕便召见了黄门侍郎扬雄。大殿里，汉成帝对候在面前的扬雄亲切说道："爱卿呀，你知道这次重大祭祀活动，朕为啥要钦点你去参加吗？"

扬雄躬身回道："陛下，微臣知道。"

"哦，你知道？那你说给朕听听，你知道啥呀？"汉成帝有些惊讶。

"陛下，您是要用微臣所长，为此次重大祭祀活动写出能流传后世的大赋。"

汉成帝笑了："哈哈哈，爱卿不愧是饱学之士，看来你是懂朕心思的嘛。你说得不错，朕要你去的用意，就是希望你像当年的司马相如那样，给朕写出类似《上林赋》那样的佳作来。你能办到吗？"

扬雄犹豫片刻后回道："陛下，微臣定将尽力为之，争取写出令您满意的大赋来，在没完成此次重大祭拜天地活动前，微臣不敢乱夸海口，吹嘘自己能写出司马相如那样精彩的大赋，若是那样，微臣可担当不起欺君之罪。"

"扬爱卿，这次你跟随朕去祭祀天地，至少写出的赋不会差于《蜀都赋》和《绵竹颂》吧？"

扬雄再次躬身回道："陛下放心，不为别的，就为报答您的知遇之恩，微臣也会倾尽全力，写出超过《蜀都赋》的大赋来，让皇上在喜获皇子之前，感到万分欣慰。"

"嗯，扬爱卿说得不错，朕要是喜获皇子，也有你一份功劳嘛，到时，朕会重赏你的。"成帝刚说完，赵飞燕也在一旁说："黄门侍郎，你也知道皇上对你有知遇之恩，要不是皇上赏识你才华，你咋可能来皇宫工作呢。这次祭祀，你要认真观察记下皇上每天重大活动事宜，更要参加每个祭祀环节，发挥出你非凡想象力和创造力，定要写出能流传后世的大赋来，唯有这样，你才不会辜负皇上和我对你的期望。"

"是，谢皇后娘娘点拨开导，微臣一定竭尽全力写出大赋。"扬雄忙颔首对赵飞燕回道。

正月初四，汉成帝率文武百官和众多嫔妃，朝近两百里路外的甘泉宫赶去。一路上，有众多身穿铠甲手持剑戟长矛的御林军卫士，以及由千乘万骑组成的浩荡祭祀队伍，尤其是那辆有华盖的豪华大马车上，坐着的正是有皇后赵飞燕陪伴的汉成帝。远远望去，那顶巨大富丽的华盖下，移动的仿佛就是各色旌旗簇拥的微型宫殿，而行进在前举着各色彩旗的仪仗队，不时响起的鼓乐声，仿佛混搭着寒冬的雪花，给绚丽斑斓的上万祭祀人群锦上添花。此刻，侍臣扬雄正跟随在汉成帝大马车后，观察着行进中的各编队情况，并已牢牢记在了脑中。

甘泉宫为秦时所建，汉武帝时期又进行过扩建，它不仅是西汉王朝的重要官方活动场所，也是皇族们盛夏时的最佳避暑胜地。从某种意义上讲，离长安有近二百里的甘泉宫，是仅次于未央宫的一个重要行宫，宫内装饰的豪华程度，也是一般百姓无法想象的。汉成帝此行的重要祭祀之处泰畤祠就在甘泉宫内。

泰畤祠内有个特殊建筑叫圜丘，圜丘由下而上共有九层，每层共有九级阶梯相连。圜丘中心点有个独特的通天洪台，通天洪台极高，仿佛直插天穹一般，人只有在此才能跟天神沟通，而配跟天神交流的人，只有大汉的皇帝刘骜。汉成帝来此祭天神的目的和意义，就是要在此承接天帝恩赐他的皇子。

据《史记·孝武本纪》记载："神灵之休，祐福兆祥，宜因此地光域立泰畤坛以明应。"故至西汉起，甘泉宫的圜丘就成为天子祭祀天神之处。进入甘泉宫后，肩负写赋使命的扬雄，就认认真真、详详细细参观了甘泉宫内的所有重要场所，并给予了考证和记载。经过重新装修的甘泉宫，不少宫殿到处都能看到熠熠生辉的黄金和美玉，那飞檐下的风铃，那宫内无数的奇花异草，那屋脊上生动的飞禽走兽雕塑，以及殿内各种奢华讲究的器物，都给扬雄留下了非常深刻的印象。

当祭祀红烛、长香之烟在甘泉宫上空萦绕，祭祀鼓磬之声在泰畤祠奏鸣，群臣匍伏在泰畤祠内，汉成帝在圜丘洪台虔诚地念完祭祀之文时，扬雄的创作灵感便开始渐渐涌动起来。回长安路上，渐渐成熟的《甘泉赋》已诞生在扬雄脑海。一回到家，"竹简侠"扬雄就伏案挥笔在竹简上写下了《甘泉赋》的标题。紧接着，扬雄又笔走龙蛇写下开头几句："惟汉十世，将郊上玄，定泰畤，雍神休，尊明号，同符三皇，录功五帝，恤胤锡羡，拓迹开统。于是乃命群僚，历吉日，协灵辰，星陈而天行……"

写着写着，扬雄便想起去甘泉宫途中的情景，于是，他又写下"流星旄以电烛兮，咸翠盖而鸾旗。敦万骑于中营兮，方玉车之千乘……"随后，扬雄又想起在甘泉宫内看到的感受，他又奋笔写下"于是大厦云谲波诡，摧嶊而成观。仰桥首以高视兮，目冥眴而亡见……"挥笔疾书时，扬雄又想起堆金砌玉甘泉宫内的各殿，想起一路浪费的民脂民膏，想起皇宫中的挥金如土，但不敢直言的他，只能用曲笔隐喻写下"乘云阁而上下兮，纷蒙笼以捼成。曳红采之流离兮，扬翠气之宛延。袭琁室与倾宫兮，若登高妙远，亡国肃乎临渊"。最后，扬雄并未忘记汉成帝去甘泉宫的主要目的，并在结尾处点题写下"光辉眩耀，降厥福兮。子子孙孙，长无极兮"。

写完《甘泉赋》后，激动的扬雄并没急着呈交皇上，而是经几番润色修改，最终定稿后才交给分管部门上呈给汉成帝过目。当值班太监把散发着淡淡墨香的《甘泉赋》呈给汉成帝时，成帝听说黄门侍郎扬雄已完成《甘泉赋》，立马展开竹简阅读起来。看着看着，刘骜就忍不住大声诵读开来。待诵读完后，满意的汉成帝把竹简往茶几上一扔，拍手大声说："此赋甚佳，黄门侍郎没辜负朕也！快传朕口谕，着令有关部门派人多眷抄数份《甘泉赋》，先让宫中大臣传阅！"

"遵旨。"黑衣太监应了一声，便匆匆退出成帝寝宫。

阳春三月，求子嗣心切的汉成帝，又率文武百官和嫔妃们离开长安，朝东面三百里外的山西汾阴后土祠赶去。这后土祠也是武帝时所修建，它的建筑群规模同样宏大富丽。在中国古人观念中，一直存有天圆地方之说，所以，作为祭祀后土娘娘的后土祠建筑，最显著特点就是运用了象征大地的正方形图案，从祠的平面构造到每一处建筑，都设计建造成正方形形状，与甘泉宫的泰畤祠以象征苍天的圜丘形成鲜明呼应。

为什么扬雄跟随汉成帝刘骜，去后土祠祭祀写的赋叫《河东赋》呢？因为后土祠属于河东郡地域，而且离去甘泉宫仅有两月时间，故扬雄取这样的赋名，皇宫所有参加祭祀的人一看便知。从历史上看，河东郡是原夏、商、周三朝的首善之地，后土祠建在此地是有其深厚历史渊源的。虽然祭祀人员还跟去甘泉宫一样，但祭祀对象和地点已发生重大变化，在参加两次祭祀求子嗣活动后，扬雄对皇家的铺张浪费有了更深感受，于是，他在赋中忍不住直言道："雄以为临川羡鱼不如归而结罔，还，上《河东赋》以劝，其辞曰……"可惜汉成帝求子意愿强烈，成天又被赵氏姐妹侍候得神魂颠倒，就没在意黄门侍郎的奉劝之辞。随后，汉成帝仍对《河东赋》给予了肯定。

俗话说，不擅折腾的皇帝，就是没啥出息的皇帝，然而，此时的汉成帝已彻底拜倒在赵飞燕两姐妹的石榴裙下。为怕失去这两个天生尤物，汉成帝竟默许或假装看不见赵飞燕同"小鲜肉"鼓琴师张世安的私通侍寝。为保住自己皇后和昭仪之位，歹毒心狠的赵氏姐妹竟让曹宫女生下的龙子彻底消失。更令人想不到的是，当有一定地位的许美人生下龙子后，在赵合德的哭闹纠缠威逼下，荒诞无能、色迷心窍的汉成帝，竟将自己的龙子扼杀在汉宫……

为求子嗣降临，汉成帝不惜劳民伤财，亲率上万之众去甘泉宫、后土祠祭天拜地，然而当有了皇子后，为博得赵氏姐妹欢心，又残忍纵容赵氏姐妹甚至亲手杀死自己的儿子。在先祖武帝启发下，他又异想天开想到司马相如作品，既然黄门侍郎是个能写大赋之人，我又何不效仿武帝去打打猎，让扬雄再写出不输于司马相如的大赋呢？想到此，汉成帝决定去皇家园林狩猎！

公元前13年，注定是扬雄大赋创作的丰收之年，年初完成的《甘泉赋》，春天完成的《河东赋》，十二月去狩猎后完成的《羽猎赋》，均是扬雄在多年写赋基础上得心应手创作的必然产物。羽猎之意,就是张弓搭箭手持刀剑射飞禽猎杀走兽的意思。上林苑位于长安郊外,地域辽阔、林木茂密而山峦起伏,苑内不仅建有御宿苑、宜春苑、五柞宫、长扬宫等,苑内还放养有黑熊、群猴、野猪、麋鹿、山羊、野鸡和野兔等动物,而负责上林苑警卫工作的正是皇家御林军。作为汉成帝身边一名侍臣,扬雄目睹了整个奢靡的狩猎过程。

由于感受真切,再加上赋的文体具有夸张和溢美作用,于是,扬雄在他的《羽猎赋》中写道,"……壁垒天旋,神抶电击,逢之则碎,近之则破。鸟不及飞,兽不得过。军惊师骇,刮野扫地。及至罕车飞扬,武骑聿皇;蹈飞豹,绢嗚阳;追天宝,出一方;应骅声,击流光。野尽山穷。囊括其雌雄,沈沈溶溶,遥噱乎纮中……"。仅从这撷取的少量文字看,就知道扬雄的想象和驾驭文字功力有多深厚。难怪汉成帝要醉心扬雄大赋的文采和极富浪漫的夸张语词,故对扬雄寓意其中的讽与谏就视而不见,或根本就忽略不计了。

扬雄在一年时间里,共完成《甘泉赋》《河东赋》《羽猎赋》,得到汉成帝赞赏后,扬雄心里多少有些欣慰。毕竟,在扬雄看来,他终于算是报答了刘骜的知遇之恩。尽管他在赋中,隐含有讽谏规劝之意,好像汉成帝根本也没把他不痛不痒的讽谏当一回事。令扬雄心里稍感平衡的是,他认为自己没完全昧着良心去写一些不着边际的溢美奉承之辞。原以为可以歇几年的扬雄,没想到又接到新的写赋圣旨。

公元前11年秋,得知蒙古族将派使者到长安朝见自己后,汉成帝便下令民众网罗捕获些新的飞禽走兽,圈养在长扬苑中,他要彰显大汉朝的辽阔疆域,向蒙古人炫耀特产丰富的同时,还要强势地呈现大汉帝国军人的勇武。得到圣令的民众,即使在影响秋收的情况下,也得进山林捕猎豺狼虎豹、野猪熊罴等猛兽。捕获后再用车送至长安,全部饲养于长扬苑的射熊馆,以供彪悍威猛的蒙古人到时与猛兽相搏。这人兽相搏又可供皇家观赏的搏杀场面,有些像古罗马角斗场,那惊险刺激的血腥滋味,足可让观赏者大呼精彩过瘾。看来,中西方古人都有嗜血欲望,仅从这一点看,人性中就有共同的兽性阴暗面。

或许今天的人们已无法得知,当年在长扬苑射熊馆,到底在惨烈的人兽搏杀中死了多少武士和猛兽,但可以肯定的是,作为大汉天子的刘骜,一定被激烈的血腥场面刺激得欣喜若狂、激动万分。

跟随汉成帝进入长扬射熊馆的扬雄,哪敢怠慢半分,他不仅要观察苑中秋色,还要观察各类飞禽走兽和惨烈搏杀场景。聪明的黄门侍郎怕文章与《羽猎赋》类同，又不愿直写血腥的拼杀死亡场面，便采用了主客问答方式，来完成这一具有挑战难度的创作。最后呈现在汉成帝面前的《长扬赋》，不仅有汉高祖的创业艰辛、文景二帝休养生息的无量功德，还有汉武帝开疆拓土大胜匈奴的巨大贡献。赋中，扬雄用了灵巧之笔，还暗暗提示刘骜要继承先帝遗愿，要居安思危关注民生国运。

跟之前完成的三赋一样，玩得开心的汉武帝看完《长扬赋》后，仍给了扬雄大赞。皇帝金口一开，其他大臣哪敢说个不字。很快，扬雄四赋在没有印刷术没有纸张的年代，便以传抄在竹简或丝绸绢帛的方式，流向了大汉王朝各郡县。大汉子民终于在一百多年后，又看到一位犹如司马相如的大文人出现，于是各地郡县的文人墨客以及书院学馆学子们，均以阅读模仿创作像扬雄那样的辞赋为荣。

一年多前，当黄玉在大漠客栈从姬老板那了解到子云先生已被皇宫来的老乡带走，无缘找到先生的黄玉，在万般无奈下，只得骑马回到四川老家涪县县城。望眼欲穿的黄员外见女儿回到家，竟激动地抱住黄玉哭了起来。原以为此生再也见不到爱女的老员外，哭过之后，又忙吩咐女佣给黄玉烧水洗澡换衣。吃过晚饭后，黄员外才让女儿讲述她北上长安的经历。

为排解老父这么长时间的郁闷挂念之苦，懂事的黄玉还是坦诚向父亲讲了她到长安后的经历。听完女儿讲述后，黄员外诧异问道："小玉，这么说来，你外出这么久，竟连子云先生人影也没见到？"

"父亲，看您说的，您知道子云先生为啥突然离开西山书院吗？因为先生遭到秦楚指使的一群地痞袭扰。那群流氓地痞为啥要去袭扰子云先生，就是因为先生常在下午放学后给我进行文学辅导。秦楚这家伙是心胸狭隘之人，他一面追求我，一面又阻拦我对文学的追求与热爱。正是由于恶少秦楚对子云先生的嫉恨，他才做出那些下作事的。我追去长安寻找先生，就是想看看他们伤着先生没有。"

"既然子云先生被皇宫来的老乡接走，我想，他应该没被那帮地痞伤着吧？"老员外忙说。

黄玉点头说："嗯，我想也应该是这样。我原以为我追到子云先生后，只要他没受伤，我就会尽快赶回家的，谁想到，长安那么大，每天在各条大街上川流不息的人马又那么多，整整半年，我就是没能碰上子云先生。要不是我后来变着花样换客栈住，最后找到了子云先生离开的那家客栈，我还真不知他被皇宫来的人接走了哩。"

黄员外听后叹道："唉，傻女儿呀，你为何要执着在长安呆那么久，难道就为见上子云先生一面？"

"我、我想请子云先生给我讲讲创作上的秘诀，既然今生我选择了文学，那么，我就想听听先生对我有哪些忠告。"黄玉忙回道。老员外听后，低声说："哦，你这喜欢文学的姑娘家，难道如此痴心寻找先生，你、你就不怕他产生误会？"

"误会什么呀，子云先生可是正人君子，他绝不会有啥误会的。"黄玉说完，老员外就摸着胡须笑起来："嗯，那就好那就好……"

不久，当秦楚得知黄玉已独自回家后，便立即给当地媒婆使钱，带上礼物到黄员外家提亲。媒婆的话还没说完，气急的黄玉便把媒婆撵出了院门。不死心的秦楚三番五次换媒婆上黄家提亲，实在没招的黄玉，万般无奈下只好进了西山下的道观，从此，便绝了秦楚的求婚之念……

从扬雄的《甘泉赋》开始，通过陆续的传播与发酵，扬雄四赋在大汉疆域的影响越来越广、越来越大。此时，说扬雄四赋轰动了整个大汉王朝，一点也不为过。就连在皇宫内级别比扬雄高的各朝臣同僚，再也不敢小瞧黄门侍郎扬子云了。他们大都明白，扬雄文学艺术价值极高的四赋，将会像司马相如大赋那样，载入历史被后人仰慕学习。为此，同乡好友扬庄和同僚王莽与刘歆，还私下请扬雄喝酒以示祝贺。

在成都，先后得到扬雄四赋消息的是文翁学馆的李弘先生。而李弘信息的来源，一是扬庄的来信，是一位在蜀郡府工作的老友，在一次聚会上给他讲了扬雄四赋的影响。那位官员告诉李弘说："由于当朝皇帝特喜欢扬雄四赋，已下令要在各郡州县宣传，所以，蜀郡守已通告四川各地官员，要刊刻或誊抄扬雄大赋，作为宣传大汉盛世的亮点，若不做好此工作，各地主要官员就有丢乌纱帽的危险。"

第二天李弘在上课前，也得到学馆主要负责人通知，要在学子中宣传我学馆毕业生扬雄的四赋。之后，学馆便很快掀起诵读学习四赋的热潮。校门外墙上，又换上了扬雄的《甘泉赋》。最令李弘感到意外的是，学馆负责人为了拍汉成帝和扬雄马屁，竟在学馆会议上，商议是否有必要在学馆内为扬雄塑一座雕像。在清醒的李弘的劝阻下，学馆主要负责人才停止了可能给扬雄带来负面影响的举动。

仲春的一天夜晚，当西门松柏宴请完蜀郡府一些官员朋友回到府上时，他便立即告诉儿子和儿媳关于蜀郡府将很快大力宣传扬雄四赋的消息。第二天西门云飞赶到聚义客栈，向张德川讲了此事，并让他通知席毛根和卓铁伦，明晚在客栈聚会。说完，西门云飞就朝青城武馆奔去。

第八十四章　扬雄四赋，轰动整个大汉王朝

两个多时辰后，到了青城武馆的西门云飞，就把这好消息告诉了刘三、李二娃和静虚道人。为了让覃老板母女高兴，西门云飞还特意把这好消息，告诉了已同刘三结了婚的杏花。杏花听后淡淡一笑说："我从小就知道，扬雄哥是个会写文章的能人。"

当天晚上，没回天师洞的静虚，在武馆同西门云飞、刘三、李二娃、陆小青和武馆中学员们，在武馆开了个庆祝会。酒桌上，独臂刘三当众宣布："下次我老铁回到成都，老子一定要请他给我们武馆重新写个招牌，还要让他给我们题个词什么的，老子相信，只要有了扬雄这块金字招牌，来我们这学武的人就会暴增，那时呀，我们就得扩建武馆啰……"

此时，令西门云飞几人没想到的是，郫县县令龙耀文也得到上方通知，要大力宣传扬雄四赋，这是为我大汉增光的事。龙耀文回到龙家大院时，就把扬雄四赋一事告诉了乡长龙耀武。龙乡长听后沉思良久说："哥，既然你回了家，我俩明天去扬家小院看看扬雄家人如何？长这么大，我俩还从没进过扬家小院哩。毕竟，现扬雄已是皇帝身边的红人了，我想，就是他回到成都，郡守也得尊重他几分吧。"

龙耀文笑了："兄弟，你终于比从前成熟多了，知道做事要为自己留后路啦……"

第八十五章

汉宫皇后赵飞燕，欲收买辞赋大咖

有些令人难以置信的是，当扬雄四赋在华夏大地创造惊天流量时，汉宫皇后赵飞燕，竟背着汉成帝拉拢辞赋大咖扬雄，希望黄门侍郎模仿当年司马相如，为陈阿娇写出《长门赋》那样，也为她两姐妹写一篇能青史留名的赋来。为啥贵为皇后的赵飞燕，也想用重金收买扬雄为她写赋呢？这还得从赵飞燕身世说起。

赵飞燕出生于贫寒之家。在重男轻女的农耕社会，赵飞燕父母嫌弃家中女儿过多，于是，在飞燕出生几天后就悄悄把她抱入山林，想让她悄无声息地自生自灭。三天过后，当母亲再去山林中察看时，没想到幼小的飞燕不仅没被野兽吃掉，而且仍在林中啼哭挣扎。唉，这或许就是命不该绝她吧，不忍心的母亲又将女儿抱回了家。就这样，赵飞燕在贫苦家中长成了一名模样俊俏的少女。

为改变命运，从小有着艺术天赋的赵飞燕，终被颇有心计的阳阿公主选进了她精心打造的演艺班子。经几年苦心训练，能歌善舞的赵飞燕，便练就能在掌上起舞身轻如燕的舞蹈绝技。阳阿公主见时机成熟，就开始主动邀请汉成帝到她府上赴宴。于是，一场精心设计拉拢皇帝的序幕，就在阳阿公主安排下拉开。

说实话，汉成帝刘骜也不是天生的好色之徒，由于在皇宫，许多大事均有权欲心极重的太后王政君插手，加之王政君又安排她王家众多外戚担任了朝中重臣，把持操控了宫中许多重要岗位和大事，心情郁闷无法施展自己抱负而又懦弱的汉成帝，渐渐就当上了汉宫的甩手掌柜。万般无奈心灰意冷后，开始不思进取的汉成帝，除保持对文学、辞赋的兴趣爱好外，慢慢就把多余精力转向了女色，转向了使他走向荒淫奢侈的不归路。

到阳河公主府上，汉成帝酒足饭饱后，欣赏起歌舞表演。琴瑟鼓乐声中，赵飞燕那轻盈婀娜的舞姿，那曼妙的身材，还有那勾人魂魄的目光和动人的歌声，早把汉成帝迷得神魂颠倒。回宫时，贪色的汉成帝就顺理成章提出要带走赵飞燕。成帝这要求正中阳阿公主下怀，假装不舍的阳阿公主，就把舞女赵飞燕送给了汉成帝。就这样，在公元前18年，赵飞燕就正式进入汉宫，成为汉成帝专宠的女人。

春花秋月两个寒暑后，被汉成帝临幸过无数次的赵飞燕，却一点没有怀孕迹象，若要保住当前受宠地位，她必须采取非常手段才行。于是，头脑灵活、心眼颇多的赵飞燕，便向汉成帝献上她漂亮妹妹赵合德。在赵飞燕看来，只要妹妹怀上龙子，她一样能保住自己的皇后地位。当朝许皇后为啥被废，不就因为没生龙子吗？可天不遂人愿，被封为昭仪的绝色美女赵合德，同汉成帝滚过无数次床单后，依然不见肚子凸起。难道，舞女出生的女人，就真的难以怀孕吗？心有不甘的赵氏姐妹，在御医多次用药不见成效后，就把嫉恨目光投向其他可能生下皇子的宫女嫔妃们。

汉成帝和身为皇后的赵飞燕，为啥要去泰畤祠和后土祠祭天拜地，不就是求子嗣吗？如果说，动用了汉室上万人马去求龙子，要是仍不见有皇子诞生的话，那么，这罪责可能就会落到赵氏姐妹头上，因为汉宫里的人都知道，当朝天子汉成帝宠幸的可是你们赵氏姐妹！后来，在汉成帝夜夜同赵合德颠鸾倒凤时，为借种怀孕，赵飞燕胆大妄为到同"小鲜肉"张世安在密室中疯狂折腾。

为灭掉其她宫女怀上的龙种，歹毒的赵飞燕首先干掉的就是她的侍读官曹宫女，之后，赵合德又逼汉成帝亲手处死许美人生下的皇子，不久，又让许美人在世上消失了。求子不成又害死皇子和宫女，赵氏姐妹为保住皇后和昭仪之位，竟在后宫恣意妄为做出人神共愤之事。夜深人静时，赵飞燕便渐渐产生了恐惧感，她深知，老皇后王政君是个厉害女人，自己若怀不上皇子，总有一天，她像曾经的许皇后那样，也可能被其她女人替换掉。要是自己做的恶事被揭露，甚至还有被送上断头台的可能。越想越害怕的赵飞燕同妹妹商量后决定，由她亲自出面，请名气如日中天的辞赋大咖扬雄，为她两姐妹写篇既能感动成帝又能流传后世的大赋，若能达此目的，今后无疑就能成为她两姐妹的免死牌。

赵飞燕最先约见扬雄的地点，是选在她能掌控的后宫。结果扬雄一听去后宫见皇后，就谢绝了来通知他的太监。扬雄知道，后宫是皇后和嫔妃们待的地方，除皇帝和太监外，里面住的全是女人。扬雄告诉黑衣太监，若要跟皇后见面，在承明殿最好。因是求黄门侍郎为自己写赋，不好生气的赵飞燕就同意了扬雄的要求。

在管事太监安排下，扬雄在承明殿被赵飞燕召见。寒暄之后，有些诚惶诚恐的扬雄便向赵飞燕问道："皇后娘娘，不知您有何事召见微臣，这里不妨告知微臣吧。"

打扮得风姿绰约的赵飞燕微笑说："黄门侍郎，你前后写的四赋我已认真看过，你写得真好，我和成帝都非常喜欢。你领到的皇上奖赏，还是我建议给你的呢。"

扬雄忙躬身回道："谢谢皇后喜欢我的辞赋，谢谢您对皇上的建议。微臣在此对皇后娘娘表示衷心感谢。"

"黄门侍郎，那你该咋谢我呀？"

"微臣衷心祝皇后早生龙子，今后微臣定要干好宫中交给的每项工作，定为朝廷效犬马之劳。"扬雄又躬身回道。

赵飞燕听后，颔首说："嗯，你黄门侍郎有此态度，令我非常高兴，往后，你要再接再厉，写出更多的好赋来，我会建议皇上再给你升迁机会，你以为如何？"

"谢皇后娘娘美意，往后微臣争取不负您期望，尽全力去构思创新的辞赋，为皇上和您增光添彩，为我大汉留下盛世之佳作。"

赵飞燕听后，高兴得连拍几下巴掌说："好好，你黄门侍郎有这创作态度，作为皇后的我，在此预祝你写出像四赋那样的大赋，好留名青史。"说到此，赵飞燕看了看低头的扬雄，突然话锋一转说："黄门侍郎，我想在此交给你一个任务，你能圆满完成吗？"

扬雄愣了，自他进宫几年来，工作上的事，从来都是分管他的领导交给他的，这宫内哪有皇后给臣子直接交代任务的规矩呀？难道，皇后要打破宫中常规？嗯，这事若处理不好，她赵皇后倒没啥，可我就可能吃不了兜着走。想到此，扬雄便喏喏小声问道："皇、皇后娘娘，您、您要交给微臣啥任务呀？"

赵飞燕仍面带微笑说："黄门侍郎，说任务也谈不上，我两姐妹想请你帮我们写一篇赋，就像当年司马相如给陈阿娇写的《长门赋》那样，要有理据还要以情动人，这样一来，你我三人不都能留名后世了嘛。"

扬雄听后，心里吐槽道：赵皇后啊赵皇后，你两姐妹把汉成帝玩废了，我是管不着，但你两姐妹请我写赋这事，可能会要了我扬雄小命哪！很明显，您是想我扬雄为你俩歌功颂德，可、可汉宫里的人，谁又不知你姐妹俩是哪样的女人？唉，我早已听闻你俩都是狠角色，我若为你俩写赋，不仅会遭到世人耻笑，还会毁了我好不容易挣来的好名声。但、但你赵飞燕是皇后，既可让皇上奖赏我，也可让皇上惩罚我，甚至将我逐出汉宫。想到此，扬雄是既不敢答应，更不敢拒绝赵飞燕。那该如何办才好呢？心里七上八下的扬雄，此刻额上已急出毛毛汗来。

见扬雄既没答应也没推辞，早有准备的赵飞燕从茶几上拿过一个白绸包袱，然后打开包袱指着不少黄金说："黄门侍郎，当年陈阿娇为请司马相如写赋，是给了百金的，我这五十两黄金也算是给你的酬谢费吧，请你定要收下。"

本来心情就紧张的扬雄，见赵皇后要用五十金请他写赋，更觉这事非同小可。并不贪财的扬雄认为，他本就不愿给有非议的赵氏姐妹写吹捧的无稽之赋，若要是收下这黄金，那不是就非得昧着良心当赵氏姐妹的"舔狗"吗？哼，不行不行，我在汉宫写的四赋，那可是皇上交给的任务，何况祭祀天地本就跟江山社稷有关，至于《羽猎赋》嘛，司马相如不也写过皇家狩猎吗？赵飞燕虽贵为皇后，但她咋能跟汉成帝相提并论？面对这烫手山芋的艰巨任务，吓得不轻的扬雄忙急中生智说："皇后娘娘，我扬雄给您写赋是应该的，哪能先收您五十金呢？若收下您这么多钱，或许我的灵感就再也出不来了，又咋能写出令您满意的大赋呢？"

不懂文学创作的赵飞燕听后，颇为疑惑地问道："黄门侍郎，此话怎讲，本后有些搞不懂，为何收下这钱，你创作灵感就出不来？"

皇后娘娘，您不知，若收下您给我的这么多财富，我会整夜睡不着觉，在巨大压力下，我的创作灵感就会消失，就再也写不出东西了。扬雄忙用善意谎言解释说。

赵飞燕又是一惊："哟，你收下五十金，反而会写不出东西？"

扬雄忙点头说："就是，皇后娘娘，我看这样吧，若我灵感来了为您写好赋后，您再奖励我就行，但千万别给多了，给多了我怕自己又睡不好觉哩。"说完这话时，扬雄已想好对付赵皇后的办法——拖。

不知扬雄用计的赵飞燕听后，竟微笑点头说："要得嘛，黄门侍郎，待你为我姐妹俩写完大赋后，我再奖赏你也不迟哈……"

在青城武馆毕业前夕，为早些落实去县衙当捕快，孙氏兄弟在武馆放假休息时，就骑马到花园场龙家大院，向龙耀武说了他俩将毕业的事。孙氏兄弟告诉龙耀武的目的，是想让他早些去给当县令的大表哥通报，以便早点安排他俩的工作。龙耀武在院中检验孙氏兄弟飞镖和射箭武艺后，竟满意地点头说："嗯，你俩学得不错，箭技和飞镖练到这份上，远比现在县衙那些捕快强。"

745

老二孙家富忙说:"二表哥,若你觉得我两兄弟武艺不错的话?那就请你转告大表哥,能否早些给我俩在县衙落实捕快工作,到时,我们全家定会感谢你们的。"

"感谢就不必了,既然我们是亲戚,帮忙是应该的。不过,你俩知道吗,几年前我为啥要花钱让你们去青城武馆学武艺?"龙耀武严肃地问道。

孙家贵想了想说:"二表哥,你不是想给我们两兄弟找个捕快差事吗?我记得当时你就说,我们亲戚中应该有会武艺的人才行。"

"对,我是说过这话,但我花钱让你们去学武艺,也不全是为你们今后能当上捕快,我还有一个比你们当捕快更重要的目的。"

孙家富大惊:"二表哥,你、你还有个更重要目的?那是啥目的呀?"

龙耀武咬牙说:"复仇!"

"复啥仇?二表哥,你能告诉我俩吗?"孙家富急忙问道。

龙耀武看了看孙氏兄弟,突然大声说:"你俩知道我爸是怎样被人射杀的吗?你俩知道我和耀文哥当年在成都读书时,是怎样被人敲诈派款的吗?咳,老子前些年在成都住客栈时,又是那丐帮头派人来整了我,你们说,我这憋了多年的恶气,这大仇该不该报?"

"二表哥,这杀父之仇当然该报,可说了半天,我也不知你所指的仇人是谁,你该告诉我兄弟俩才对呀。"孙家富问道。

龙耀武咬牙说:"这仇人就是原来的丐帮头子,现在你们青城武馆馆长刘三!"

"啊?!"孙氏兄弟听后,顿时愣住不知所措……

第二天,回到青城武馆的孙氏兄弟,一直陷入深深的矛盾心理中,一边是替他们出钱上武馆还将为他俩解决工作的龙耀武表哥,一边是武馆正副馆长刘三和李二娃。经反复私下商议,为未来能有一份吃皇粮的捕快工作,那就必须按龙表哥要求去做。在反复权衡下,胆子不算大的孙氏兄弟不愿也不敢对刘三二人痛下杀手,他俩最大顾虑是怕偷鸡不成蚀把米,到头来没弄死正副馆长,反而丢了自己的性命。最后,按老二孙家富的主意,他俩决定在后天夜里放火烧清风庄园马厩和厨房,只要刘三带人救火,他俩在暗处放箭或甩飞镖,去偷袭刘三和李二娃即可,只要弄伤或弄残这二人,他俩就算对二表哥有了交代,自然,今后当捕快就没问题了。

为庆祝第二天就要召开的青城武馆第二届毕业大会,头天刘三就下令厨房伙计去灌县,买了不少鸡鸭鱼肉放在厨房内。下半夜时,各拿一陶瓶桐油的孙氏兄弟,就带上弓箭和飞镖摸到了马厩和厨房位置,孙氏兄弟按分工,孙家富负责放火烧厨

第八十五章 汉宫皇后赵飞燕，欲收买辞赋大咖

房，孙家贵负责烧马厩，几乎在同一时间，二人引燃了马厩和厨房，很快，蹿起的火苗就映红了夜空。随后，连在一起的青城武馆和清风庄园，就传来阵阵惊呼声："着火啦，快来救火啊……"

　　床上，被呼喊声惊醒的杏花，忙摇动身边打着鼾声的刘三。惊醒的刘三忙下床打开门一看，立刻冲出房门高声喊道："武馆全体学员，快出来救火哪！！！"随着刘三呼喊声，武馆人员立即冲出房门，有的用木桶，有的用铜盆或木盆装水，纷纷朝着火处冲去。此刻，躲在暗处的孙氏兄弟，拿着弓箭和飞镖，在救火人群中寻找刘三和李二娃，孙氏兄弟认为，除完成表哥针对这两人的复仇外，他俩没必要伤及其他无辜之人。

　　夜色中，很快孙家富就看见刘三在指挥众人救火，而副馆长李二娃正手提水桶麻利地穿梭在鱼池和厨房之间。孙家富立即让他兄弟用箭射翻刘三，他用飞镖唰唰朝教他飞镖之技的李二娃甩去。李二娃毕竟功夫不错，他一听见异常风声，立即就地一滚，从腰上拔出两把飞镖。此时，孙家贵射出的箭已将刘三后背射中，中箭的刘三忙趴在地上高喊："不好啦，有人用箭偷袭我们。"随即，救火的学员们，立马四处张望寻找放箭之人。很快，挥镖的李二娃冲到救火学员面前说："弟子们，有人在用飞镖暗算老子，大家快四处寻找这甩镖的家伙！"

　　孙家贵见刘三倒地，忙对二哥说："二哥，我已射翻刘三，你放翻李馆长没？"待孙家贵刚说完，李二娃便率弟子们搜寻过来。刘三仍趴在地上大声说："弟子们，大家别再救火了，给老子把放冷箭的人抓到要紧！"这时，孙家富一面拉着三弟衣服一面说："兄弟快逃，既然刘馆长被射中，我们就算完成任务了。"说完，孙氏兄弟就逃出清风庄园消失在夜中……

　　由于木质结构的马厩和厨房面积不是太大，大火把两处烧塌后，火势就渐渐弱了下来，被弟子包扎好的刘三在杏花搀扶下，打了几声呼哨，找人的弟子就渐渐返回到他身前。李二娃看了看杏花递过的箭杆，突然大声说："武馆学员立即清点人数！"很快，清点人数后，值班弟子罗明生就告诉李二娃："李教头，人数清点完毕，只有孙氏兄弟不在。"

　　"罗明生，你立即带人去孙氏兄弟屋内看看，他俩在房间没？"李二娃话音一落，罗明生就带人朝武馆住房跑去。这时，陆小青外出请的郎中已到，李二娃忙让杏花把丈夫扶回房间，让郎中先包扎伤口再说。随后，一旁的覃老板见马厩和厨房被烧得精光，便抹泪哭着说："哎呀，这是哪个砍脑壳的王八蛋哟，为啥要烧我们庄园房子嘛……"

走了几步的刘三回头对覃老板说："老妈，您哭啥子嘛，只要人没遭，我刘三很快就会重修一间厨房和马厩，老子就不信，那些龟儿子还敢来放火！"说完，刘三就被杏花强行拉走。此时，罗明生跑回报告："李教头，孙氏兄弟不在房间，奇怪的是，他二人的包袱也不见了。"随后，李二娃举着箭杆说："弟子们，你们看，这放箭之人用的就是我们武馆的箭，射杀我们刘馆长的，这箭杆上刻有青城武馆四字哩。"

　　惊讶中，弟子们纷纷上前，仔细察看李二娃手中箭杆。李二娃举着一根燃烧的木棍向罗明生交代："你带人再分头检查下厨房和马厩，一定要将明火浇灭，若死灰复燃就更麻烦了。"随后，当罗明生带人走后，李二娃拿着箭杆快步朝刘三房间走去……

　　赵飞燕欲用重金收买扬雄的一个月后，妹妹赵合德就再次同皇后姐姐见了面，寻问黄门侍郎写赋一事进展情况。赵飞燕告诉妹妹说："哎，不知咋搞的，黄门侍郎这个迂夫子，竟没收下我送给他的五十金。"

　　赵合德大惊："咋的，当今红得发紫的辞赋大咖，竟没答应为我俩姐妹写赋？这小小黄门侍郎，他难道吃了熊心豹子胆啦，竟敢拒绝大汉皇后的指令？"

　　赵飞燕笑道："妹妹，你完全理解错了，扬雄暂没收我的黄金，他是给我讲了老实话的，不是要拒绝为我俩写赋。"

　　"他若没拒绝，那就该收下酬金，要是没收，就是拒绝我俩嘛。"赵合德又说。

　　"妹妹，你是不知，这扬雄的胆子没当年司马相如的胆子大，司马相如收下陈阿娇百金，那是眼睛都没眨一下，而穷人出生的扬雄，他哪见过这么多钱。他说了，他要是先收下我的五十金，他不仅睡不着觉，恐怕连写赋的灵感也被吓走了。这黄门侍郎不是不想要钱，而是怕先收了钱压力大，反而影响他为我俩写赋。"

　　"这么说来，这扬雄还是要为我姐妹俩写赋啰？"

　　"扬雄说了，待他写好赋，再让我赏给他几个小钱就成，赏多了他觉得过意不去。"

　　"这黄门侍郎竟是这等胆小如鼠的家伙，枉他还是火遍我大汉朝的辞赋高手，这也太奇葩了嘛。姐姐，不过你要催紧他，他应该是个创作快手，不长时间里，他居然就写出名震大汉的四赋。我希望在下个月内，就能看到黄门侍郎为我俩写的佳作。"赵合德又说。

　　"妹妹，你就放心吧，只要扬雄在宫里任职，难道我这皇后是吃素的？呵呵，我是一点不担心扬雄的。你想想，在这汉宫里，他不为我和成帝写赋，难道还可能去给其他人写赋吗？我借他十个胆子，他扬雄也不敢违抗我的命令！"

赵合德笑了："好好好，姐姐，我完全相信你的绝对权威，我俩会在不久，就能读到扬雄为我俩写的大赋，到那时呀，就连那老不死的皇太后，恐怕也要被气得吐血哩。"说完，赵氏姐妹就开心笑了起来……

饱学之士扬雄进入汉宫后，他跟一般走仕途之人最大的区别是，别人认真谨慎干好工作，是为有朝一日能有升迁机会，而扬雄干好工作，是为回报汉成帝的知遇之恩。除此之外，他就是想利用再也不愁吃穿的安稳日子，去研究他日后想做的学问，去著书立说流传后世。自进宫不久，他就打听到未央宫内的天禄阁和石渠阁，有着丰富藏书和典籍资料。渴望增长知识的扬雄，曾无数次幻想，他要是能去这两阁当值该有多好。

在同王莽、刘歆成为好友后，扬雄终于弄清，当朝著名学者、光禄大夫刘向，既是刘歆之父，还是石渠阁和天禄阁负责人，而大多时间，刘向就在石渠阁工作。如今，在赵皇后提出请扬雄为她姐妹俩写赋后，心不甘情不愿的扬雄，竟非常幼稚地冒出一个念头：我要是去石渠阁工作，不就能躲过赵飞燕的催问吗？

完成四赋后，虽然在汉宫内外产生了巨大影响，但要提出去令许多人羡慕的石渠阁和天禄阁工作，自己总得有个合适的理由呀，若没充分理由，汉成帝是不会同意这请求的。于是，不笨的扬雄就以他想提高自己写赋水平，甘愿停俸三年去天禄阁和石渠阁看书学习，向汉成帝上奏了自己请示。汉成帝一看，这黄门侍郎是为提高写赋水平而想去石渠阁的，他水平提高后，不是可更好地为朕写赋吗？于是，对扬雄存有好感的汉成帝，不仅准了他去石渠阁的要求，而且还恩准他不必停俸，仍按先前待遇每月领取该领的月俸。

汉宫大学者刘向听说辞赋大咖要来石渠阁工作，就对儿子刘歆说："看来，黄门侍郎扬雄是个求知欲旺盛的人，你应该好好向他学习。"

刘歆答道："父亲，扬雄是除您之外，我们汉宫内真正的饱学之士，可令我没想通的是，他这写赋高手，为啥要来您这工作呢？"

"歆儿呀，这就是扬雄的过人之处。你想想看，凭辞赋已博得巨大声名的扬雄，如此低调请求来我手下工作，他贪恋的可不是世俗之利，而是有流芳百世之志。"刘向说道。

刘歆点了点头："嗯，父亲说的对，扬雄这志向，正是值得我学习之处。"

尽管扬雄去了石渠阁当值，但赵飞燕仍找到他问道："黄门侍郎，你去石渠阁那清静之地后，又多久给我两姐妹写赋呀？"

749

"请皇后娘娘放心,待我写赋水平再提高些,一旦有了灵感,微臣定一定完成您交给的重任。"扬雄忙躬身说。

"很好,黄门侍郎,那我就等着早日读到你为我写的精彩大赋……"

第八十六章

扬雄再次研究方言

天禄阁和石渠阁均为汉初丞相萧何主持所建。石渠阁位于未央宫西面，天禄阁位于其东面，两阁相距520米。为防火灾，高台建筑石渠下有石渠导水，故取名为石渠阁。天禄阁和石渠阁为中国最早的国家图书馆和档案馆，两阁中收藏的典籍资料极为丰富。当扬雄第一次踏进两阁看到众多典籍资料时，就兴奋得彻夜难眠。

扬雄在天禄阁上班第三天，收到妻子秀梅来信，信中，秀梅告诉他一个迟来的好消息，说老二已满三岁了，至今还没见过自己父亲。原来，当初扬雄在涪县教书最后一个春节回家不久，秀梅就怀上了老二。为给丈夫一个惊喜，秀梅就没写信告诉扬雄这消息。谁想到，一直盼着丈夫回家的秀梅，在近两年后才收到扬雄已进皇宫当上黄门侍郎的消息。又惊又喜的秀梅仍然稳起，在给丈夫回信时，仍没告诉老二扬信（小名童乌）已满一岁的事。春去秋来又过了两个寒暑，仍不见丈夫返乡的秀梅，在婆婆张氏催促下，只好把扬信已满三岁的事写信告诉了扬雄。

扬雄在接到秀梅信的当天下午，就主动找到扬庄，他要把心中的喜悦分享给好友。自进汉宫后，扬雄在好友扬庄告诫下，怕引起同僚们误会，一直谨言慎行，即便在宫内同扬庄碰面，也仅是点头打个招呼而已。扬庄曾给他讲过，宫内侍臣一旦走得过近，容易给人有私结朋党之嫌，所以，扬雄谨记"官场老司机"扬庄的告诫，主动跟扬庄保持心照不宣的距离。

对同属川人的扬雄、扬庄而言，长安的吃食算是北方饮食，扬雄要请好友扬庄吃饭，自然就想起离大漠客栈很近的成都餐馆。于是，二人兴冲冲朝他俩喜欢的川菜馆走去。进饭馆后，扬雄让扬庄随便点菜："庄兄，今天你无论点啥巴适的菜，我都全买单哈。"随后，扬庄就点了几个扬雄也爱吃的菜，另外要了一碟油炸花生米与一瓶上等好酒。喝上了酒，扬雄便主动给扬庄讲了家又添丁的喜事，扬庄高兴地问道："子云，你就为这事请我？"

扬雄端起酒杯笑道："嘿嘿，我老婆整整瞒了我几年，今天我收到家书才得知此事。庄兄，你是晓得的，我扬家已整整五代单传，如今，我已有了两个儿子，老天如此眷顾我，你说，我、我能不开心吗？"说完，扬雄就主动喝干杯中酒。接着，扬庄又给扬雄倒上酒，并举杯说："来，子云，你进宫已三年整，我俩还是第一次这么开心痛饮，我衷心祝你喜添贵子，我俩该再满上一杯！"随即，二人又把杯中酒喝干。

接着，扬庄意味深长地建议说："子云，你已在皇宫干了三年，应该把你老婆儿子接到长安来生活。我相信你老婆是个能干女人，有她照顾你生活，你可以好好教育两个儿子。我相信，你这饱学之士，定会培养出两个有出息的儿子来。"

"庄兄，听你这样一说，我还真动了想回川去接妻儿老母的念头，可我不明白的是，你为啥不把老婆儿女接到长安来呢？"扬雄不解地问道。

"哎，我那婆娘是富家小姐出身，她曾来长安住过两月，由于不习惯这儿的饮食和气候，回成都后就再也不愿来长安了。这下可把我给害苦了。每两年我都得请假回成都一趟，平时也无法管教儿女。唉，这没老婆的日子真难熬啊。"

随后，扬雄扭头偷偷瞧了瞧餐馆内的食客，低声把赵皇后请他写赋的事告诉了扬庄，并一再叮嘱说："庄兄，这写赋一事你千万别跟同僚讲。"见扬庄点头后，扬雄叹道："这事还真让我犯难，我是推又不敢推写又不敢写，这烫手山芋咋会落到我手上嘛。"

扬庄听后又悄悄看了看四周，低声说："子云，你是写赋大师，赵皇后不找你写找谁呀？"

扬雄放下酒杯想了想说："嗯，我要借回去接妻儿来长安之机，先拖一阵子再说。"

扬庄笑了："呵呵，贤弟是智者，你自有办法对付那姐妹俩的……"

快到亥时，酒足饭饱的扬雄二人走出饭店准备返回各自住地。就在扬雄准备同扬庄分手时，他突然听到大漠客栈门前传来一阵吵闹声，吵闹声后很快又传来不同地域的对骂声，正是这不同地域的对骂声和劝架声，引起喝得微醺的扬雄注意，他忙回身对扬庄说："庄兄，你是值宿郎，万一半夜宫里有事叫你，你得去，那你就先回去休息吧，我到大漠客栈看看去，过一会儿再回住地。"随后，听扬雄说完的扬庄应了两声，就摇摇晃晃朝住地走去。

扬雄几年前曾在大漠客栈住过，那时南来北往的住栈客人也多，为啥今夜不同地域的口语声引起扬雄高度重视？因为那时住在大漠客栈的扬雄，成天为生计奔忙，故对不同地域口音的方言无暇顾及。而如今，扬雄四赋已轰动大汉各地，现又刚调到石渠阁工作，一心想做学问的扬雄见此情景，突然想起他离开临邛时林间先生的泣血重托。时间过得真快，我曾答应过翁孺先生要继续研究方言，我可不能成为一个言而无信之人。想到这儿，扬雄才支走扬庄，独自朝大漠客栈走去。

在说长安话的姬老板和操一口中原腔汉子的劝说下，那高大匈奴汉子和中等个头的闽越男人才渐渐停止欲拔刀的动作。过了好一会儿，听不同方言看热闹的扬雄，才逐渐明白那匈奴汉子的意思，但无论如何，侧耳细听的扬雄始终没弄明白闽越汉子的意思。

过去十多年间，扬雄之所以提不起方言研究兴趣，是因为扬雄一直生活在四川境内。蜀郡各地虽有些语言小差异，但毕竟说的都是川话，其特点是没有实质上的大差异。而长安就不同了，大汉版图上，来这儿办事做生意的人（甚至外国使者）非常多，这些来自不同地域的口音就有显著的区别。今夜来大漠客栈门前看热闹的扬雄就是为听不同方言而围观吵架之人的。

快到子夜时，扬雄才回到住地房间。没有睡意的他磨好墨后，就提笔在竹简上记下一些不同地域汉子的语言发声特点。连扬雄也没想到，他今夜的方言记录，开启了他长达二十七年的方言研究，直到他去世为止。

黄玉自从进入涪县西山道观后，就开始研读《道德经》和庄子学说，再不就是读一些辞赋诗歌方面的文章，有兴趣时，她也写些小赋和文章。看淡世事的黄玉对道观外的俗世没了兴趣。在黄员外几次劝说无果后，面对执拗的女儿，黄员外也感到无可奈何。

黄员外毕竟是涪县的老文化人，在陈县令和文人雅士邀约下，仍每年要参加几次当地文人的茶叙。前年聚会时，陈县令就带来扬雄的《甘泉赋》和《河东赋》，并告诉众文友，扬雄在汉宫写的新辞赋极受汉成帝喜欢，这两赋已在大汉各郡流传开来。当众文友拜读并热烈讨论这两赋后，大家不仅谈了不同的读后感，还一致希望黄员外去说服黄玉，今后扬雄回家乡路过涪县时，让黄玉请扬雄先生来给大家讲讲他创作新赋的经验。老员外虽答应了众文友，但却一直不敢把邀请扬雄的事告诉黄玉，他怕黄玉受到刺激枉生烦恼。

今年初，陈县令下令在县衙内，再用红木增刻扬雄的《羽猎赋》和《长扬赋》，以便挂在县衙墙壁上，供衙役们学习了解。很快，接到陈县令指示的西山书院，也增补刊刻了《羽猎赋》和《长扬赋》，挂在书院内供学子们作为范文研读。不久，陈县令又效仿绵竹汪县令，下令各乡、亭也要刊刻挂出扬雄四赋，以供乡民了解大汉最新辞赋，激励那些读书学子向扬雄学习。

黄员外拿到陈县令赠送的《羽猎赋》和《长扬赋》后，再也没敢怠慢了，因为陈县令明确表示，要黄员外把这后两赋同样拿给黄玉看看，以便今后扬雄到涪县时，请文学爱好者黄玉陪同才更有谈资。加上自陈县令上任这些年来，他这父母官一直对当地文人墨客非常尊重，多次请大家茶叙。心有愧疚的黄员外拿着扬雄四赋就去了西山道观。

见到女儿后，黄员外对黄玉说："女儿呀，这可是陈县令要我交给你的，之前，我怕影响你在道观的清静生活，就没敢把子云先生的赋给你送来。如今陈县令说了，希望你今后仍要参加我县的文人雅士聚会，要是你见到回老家的扬雄路过这儿，一定要留他来我县聚聚，请他为我县文人介绍他的创作经验。"

黄玉快速浏览扬雄四赋后，才得知子云先生现已在皇宫工作，而且写出了轰动大汉的新四赋。良久，双眼湿润的黄玉抚摸着竹简说："父亲，往后别的俗事您可以不给我说，但只要关于子云先生的消息和他写的辞赋，您都要告诉我。我会在道观中研读先生作品，以便提高我的写作水平。"

"要得嘛，我今后就照你说的办。"待老员外说完，他发现女儿眼中已噙满泪水。当天晚上，黄玉再次认真拜读完这四赋，并写下两千多字的读后感，直到黎明时分，才在疲惫中睡去……

尽管清风庄园内的厨房和马厩被孙氏兄弟烧毁，三天后上午，在刘三坚持下，没受伤的副馆长李二娃和馆长助理陆小青，仍在青城武馆向学员们发放了结业证书。中午，带伤的刘三和李二娃仍去灌县城内，找了家中档餐馆，宴请了西门云飞、静虚道人、林拳师和近二十名弟子。酒桌上，刘三除了感谢学员积极参与救火外，还当众宣布留下罗明生的决定。惊喜万分的罗明生当着众人表了态，他往后一定要在武馆好好干，决不辜负刘馆长期望和信任。

喝酒时，毕业的学员再次向教了他们武艺的李二娃、西门云飞、静虚道人和林拳师表示了感谢，大家在罗明生提议下，表示每年中秋前，都要回武馆看望刘馆长和教过他们武艺的师父们。酒足饭饱后，学员们回到武馆，才拿着自己的行李，离开了青城武馆。

学员们走后第二天，在刘三安排下，李二娃带着陆小青和罗明生，分头去灌县城内买了些建筑材料，请了建房工匠师傅，不到十天工夫，新厨房和新马厩就已建好。为冲晦气和避灾，在厨房和马厩落成当天，李二娃还买了几串爆竹在清风庄园大门外点燃。

半月后，箭伤已痊愈的刘三同李二娃和陆小青二人商议，该如何捉拿审问孙氏兄弟，刘三和李二娃一直没想明白的是，他俩跟孙氏兄弟无冤无仇，为何孙氏兄弟要放火烧房，还要躲在暗处谋害他俩？经反复商量，刘三决定先派罗明生送毕业证为由，去孙氏兄弟老家安德镇看看再说。刘三一再叮嘱罗明生千万不要打草惊蛇，要装作什么事也没发生一样。无论孙氏兄弟在不在家，去后要立即返回武馆，他同李副馆长再研究下一步行动方案。

当天午饭后，怀揣孙氏兄弟毕业证的罗明生，就骑马朝几十里外的安德镇奔去。终于问到孙家后，在田间劳作的孙父得知罗明生也是武馆学员，忙惊奇问道："小兄弟，你有啥事找我两个儿子呀？我儿子说，你们武馆不是最近要改造修建房舍，现已放了长假吗？"

不傻的罗明生一听，就知扯谎的孙氏兄弟在糊弄他老爸，而孙父并不知武馆发生的事。罗明生忙恭敬地说："伯父，武馆是放了假，但武馆领导考虑到学员要找活计，所以就提前颁发了毕业证书，今天我就是来给孙家富和孙家贵送毕业证的。"

孙老伯一听，忙喜滋滋跳到田埂上说："我那两个儿子这些天不在家，你把他俩的毕业证交给我吧，等他俩回来，我拿给他们便是。"说完，孙老伯还在衣服上擦了擦手，做好接收毕业证的准备。罗明生见此，忙说："伯父，我们武馆大当家说了，要我亲手把毕业证送到家富和家贵手上，否则，他会不放心的。"

有点诧异的孙老伯忙说："哦，你们武馆大当家还挺负责嘛，但我那两个儿子去花园乡龙家大院帮忙去了，还不知这两兄弟哪天回来呢。"

"哦，既然我的两个师兄不在，那我就改天再来一趟，伯父请理解。"说完，罗明生告别孙父，就骑马离开了安德镇。

回到武馆，罗明生向刘三和李二娃汇报了去孙家的情况，刘三听后，当即决定要去花园乡捉拿孙氏兄弟，并当着三人的面表示，他不弄清孙氏兄弟暗害他的原因决不罢休！李二娃和陆小青也赞同刘老大的决定。这里，值得一提的是，刘三和李二娃为啥要留下曾经的学员罗明生呢？罗明生从小不喜欢下田劳动，却喜欢跟着村里那些练武的大人跑上跑下，后来他就渐渐喜欢上棍棒之术。当溺爱他的父亲听说青城武馆开始招收学员时，家里并不富裕的父亲还是设法凑了学费把他送到青城武馆学武艺。由于武馆没有教棍棒的师傅，进武馆后罗明生就选择了学箭术。没想到的是，头脑灵活的罗明生在两年后，竟练得百步穿杨的功夫，就连李虚道人也说："这个罗明生天生是个学箭的料。"在武馆中，罗明生也是干杂活最积极的人，经常帮着厨房伙夫跑上跑下，有时甚至还去帮着马厩铲马粪。去年冬天，罗明生父亲生了重病，几个已成家的哥哥无钱资助小弟继续在武馆学艺。当刘三得知此事后，不仅送了一金给罗明生拿回家为父亲治病，还免了罗明生学费。被感动的罗明生待父亲病好后，回到武馆，便更加认真苦练箭法和拳击。看在眼里的刘三跟李二娃商量后，一致决定留下他俩都喜欢的弟子罗明生。正是从那时起，刘三就意识到，这个年轻而有武艺的罗明生将是一个比陆小青厉害的助手。

为去花园场龙家大院寻找孙氏兄弟，刘三决定启用歇业一年多的覃老板母女，回花园场给他几人打掩护。刘三认为，已很少回花园场的他，一旦带人去花园场露面，无论住不住客栈，他在花园场的消息都会传到龙耀武耳中。加上龙家大院有孙氏兄弟住在那儿，若稍有不慎，龙耀武这个地头蛇乡长很可能动用乡丁和有武艺的孙氏兄弟，来跟刘三几人对抗，要是弄不好的话，刘三一伙被地头蛇算计也是完全有可能的。

研究好行动方案后，一天夜里，陆小青赶着一辆带篷大马车，刘三一伙藏在马车中直朝花园场奔去……

晚上子夜时分，陆小青赶的大马车在花园场豆腐饭店门前停了下来。覃老板和杏花忙打开饭店大门，随后，刘三、李二娃和罗明生才跳下马车，钻进了饭店。按事前分工，陆小青把马车赶到花园客栈，租了间房住下。覃老板点亮桐油灯把后院门打开后，才让杏花先收拾房间，她便拿着扫帚端着另一盏桐油灯上了饭店二楼，一番收拾后，覃老板又下楼从她房间拿出几床被褥和毯子，然后又上楼铺好地铺。

为熟悉方位和地形，李二娃提出想带罗明生去看看龙家大院和乡衙，刘三想了想说："可以，但你俩只能各带几把飞镖行动，明生必须把弓箭留在饭店，即便有人看见你俩，也不至于引起怀疑。"很快，李二娃和罗明生就闪出饭店。好在初夏之夜有半轮明月高挂夜空，淡淡月辉洒满大地。花园场街上，偶尔响起的狗叫声打破乡镇的寂静。很快，走到花园场尽头的李二娃，指着不远的黑瓦白墙院落说："明生你看，那儿就是花园乡的乡衙。"见罗明生点头后，李二娃领着他沿土路朝不远的龙家大院走去。

接下来几天中，化了装的李二娃、陆小青和罗明生无论是白天还是晚上，都没发现龙耀武和孙氏兄弟人影，怕待久了暴露行踪的刘三同李二娃商量后，决定先撤回武馆再决定下一步捉拿方案。两天后的晚上，陆小青赶着带篷大马车，拉着刘三一伙与覃老板母女俩，又悄悄离开花园场朝清风庄园奔去……

又过了十多天，基本熟悉石渠阁与天禄阁工作后，扬雄才向主管部门提交了请假报告，并说明回川接妻儿的原因。由于扬雄属于宫中特殊人才，主管部门不敢擅自做主，便把黄门侍郎请假报告呈转给了汉成帝批复。在等待刘骜批复期间，扬雄每天按正常作息时间在石渠或天禄阁工作，下班之后就在宫门外询问那些来自不同地域大臣的方言情况，并做了较详细记录。宫中休沐时，扬雄就到长安一些商铺、货栈、市场与客栈等处，向来自不同郡县的客商和旅人了解方言（包括发音与语义）。

通过深入民间询问了解，扬雄才大致明白，在大汉朝版图内，存在有中原、关中、闽南、西域、湖广、西南等不同的大区域方言，而其他小地方方言，那就更多了。很快，他的好友扬庄、王莽和刘歆等人，对扬雄调查方言一事有了疑惑和不解。尤其是扬庄和王莽，他俩认为扬雄去搜集调查方言有些莫名其妙，有辱"辞赋大咖"声誉。王莽甚至认为，子云不去拓展继续发挥自己的写赋优势，而经常跑到宫外去跟那些下里巴人打交道，这会影响自己的仕途。而好友刘歆却不同，他详细向扬雄了解了调查方言的动机和目的，当他知道扬雄原是想完成林间先生遗愿，想写一部关于方言的著作时，刘歆便把扬雄的想法告诉了父亲。刘向听后沉思好一阵，才对刘歆说："歆儿啊，黄门侍郎的愿望，可是前无古人的创举，王莽和扬庄等人，他们根本没弄明白扬雄的意图，今天我可肯定地告诉你，如果扬雄真能按他愿望完成方言一书，就凭这，他就是个了不起的人。"

"父亲，您真是这样认为的？"刘歆惊讶地问道。

"歆儿呀，这还用问吗？我也算宫中饱学之人吧，据我所知，这天禄阁和石渠阁中，可没一册跟方言有关的书籍，扬雄的目的，是想填补这一学术空白。"

"父亲，这么说来，扬雄还是个志存高远之人了？"

"歆儿哪，你想想看，之前我们认为扬雄的优势是作文写赋，可他自从到我身边工作后，我感觉他似乎对赋的兴趣并不大。他工作时，挑选看的书籍都是民间难以看到的古籍原版。我从跟他的几次聊天感觉到，扬雄知识面是很宽的，他这饱学之士见解也不俗。歆儿，你应该好好向你这位朋友学习。"

"嗯，好的。"刘歆忙点头向他崇拜的父亲回道。

一个月后，见扬雄还没回老家接妻儿，心里异常纳闷的扬庄，借休沐之机，便在成都餐馆回请了一次扬雄。喝酒时，扬庄向扬雄问道："子云，端午已过，你咋还没回老家接妻儿呀？"

"庄兄，请假报告我早就递上去了，这段时间我也几次催问过，他们说已将报告转呈给皇上了。"

"啥？你的请假报告为啥要转呈皇上？这、这不是岂有此理吗？"扬庄不满地说。

"庄兄，主管大臣说，我是宫内特殊人才，他们担心皇上有重要活动我不在宫，怕皇上怪罪他们，所以、所以就呈给皇上了。"

"哦，原来是这样。唉，谁叫你子云是我大汉写赋第一高手呢？主管大臣的担心是有道理的。"扬庄笑道。

"庄兄，可不是嘛，我也等得毛焦火辣的，唉，唯有去搜集些方言，方能排解我心中的烦躁郁闷。"

扬庄放下酒杯，夹了一块麻辣鸡丁，放在嘴里嚼了一阵问道："子云，我一直没想通，你这辞赋大师，为啥不多写两篇大赋，而要去弄那些叽里呱啦听不懂的方言，你这不是捡了芝麻丢了西瓜吗？"

扬雄愣了，扬庄的话是宫内大多数人的看法。这几年来，扬雄一想起他在四赋中苦心隐含的讽与谏，似乎根本对汉成帝就没起任何作用。在扬雄看来，越来越昏庸的汉成帝除了对赵氏姐妹迷恋外，根本不关心民生疾苦和国家大事，这样下去，既会影响国运，还会给大汉王朝埋下无穷隐患啊！有些话扬雄是不敢与扬庄说的，于是，越想越气的扬雄回道："庄兄，关于写赋嘛，那是童子所为的雕虫小技，壮夫再不想为也！"

扬庄听后大惊，若是别人说出这样的话，那还情有可原，可、可大汉朝的写赋第一高手说出此言，怎令值宿郎扬庄不惊诧呢？沉默好一阵后，扬庄低声问道："子云，你真是这么认为的？"

"是的，我现在就是这么认为的。"扬雄直言回道。

"这么说来，你今后要把写作重点转向方言研究？"

扬雄想了想说："或许是吧，庄兄，我近些日子在石渠阁读了很多我过去没读过的书籍，我常常想，可能我今后要研究和写的东西还多，只是眼下暂定的方向在方言研究上。"

　　扬庄似乎有些理解扬雄了，便点头说："哦，若是你对写赋没兴趣的话，把研究方向转向方言，那我就能理解了。子云贤弟，你是能著书立说之人，我祝你今生多写些能流传后世的好作品来，唯有这样，才不辜负你在石渠阁和天禄阁的工作嘛。"

　　"谢谢庄兄真诚祝愿，往后，我定会努力而为……"

第八十七章

岁月静好——家人齐聚长安后的幸福生活

　　十天后，扬雄终于得到通知，汉成帝恩准他两个月时间，回川将家人接到长安生活。欣喜的扬雄一面做回川准备，一面将他回家的消息告诉了好友扬庄。扬庄托他把一个特殊礼物给昔日恩师李弘带去。当天晚上，扬庄就把用精致木盒装的礼物给扬雄送了过来。扬雄说他也给李弘先生准备了礼物，现在我们相互都不打听彼此的礼物，等回成都听听李弘先生见了礼物的感受吧。

　　第二天早饭后，扬雄把他装着行李和礼物的木箱，搬上提前租好的马车，就离开长安朝四川方向奔去。此刻，穿着便服头戴草帽的扬雄，虽是大汉旷写赋大师，但他毕竟是桑农之家出身的农家子弟，所以在吃苦耐劳和赶马车喂马方面，仍有较强能力。好一番早起晚歇的赶路，八天之后，扬雄终于到达四川涪县。当晚在一家中档客栈住下后，扬雄一面喝酒一面思考，他明天是否该去黄员外家打听黄玉的情况，黄玉可能早已嫁人了吧？她是否还热爱辞赋创作？她应该已知道四赋的影响了吧？直到深夜，躺在床上的扬雄还在为见不见黄玉而发愁。

　　第二天早饭时，扬雄算了算他已离开长安九天，还有几天才能到成都，到成都后还得去聚义客栈会会老友们，还要去文翁学馆看望李弘先生，还要回扬家小院接老母和妻儿，在家还要处理诸多杂事，没十来天时间是绝对不行的。感到时间紧迫的扬雄，将牙一咬说："算了，不见她了。"随后，喂完马的扬雄，又赶着马车匆匆朝成都奔去……

　　二十多年过去，当年羌寨的猎人阿鹰，早已成为一个大羌寨头领的中年汉子，而过去的羌族大美女羊角花现也是一位有了四个儿女的中年妇女。不久前，离开羌

第八十七章 岁月静好——家人齐聚长安后的幸福生活

寨骑马到成都贩卖虎骨、熊胆、麝香等名贵药材和皮张的阿鹰，从成都回羌寨后，就带着羊角花，到大雕楼向年过七十的老释比，禀告了在成都打听到的扬雄的情况。

如今的阿鹰早已不是当年的毛头小伙子了，自他跟羊角花结婚后，由于有当酋长的老丈人关照，阿鹰跟着有文化的释比学了不少知识，甚至还学认了一些简单汉字。这十年间，阿鹰曾去过成都三次，前两次他没打听到丁点有关扬雄的消息。这一次去成都，他终于打听到扬雄四赋已轰动大汉朝的好消息。激动了好几天的阿鹰卖完所带药材和虎皮、豹皮与狼皮后，就到盐市口市场买了几捆有扬雄四赋的竹简。

火塘边，阿鹰把竹简打开，指着竹简说："尊敬的释比，这就是扬雄哥写的轰动大汉朝的《甘泉赋》《河东赋》《羽猎赋》和《长扬赋》，听说，扬雄哥早已在皇宫当了官，当朝天子汉成帝挺赏识重用他的。"阿鹰刚说完，释比和羊角花就拿起竹简看了起来。良久，老释比放下竹简说："唉，难怪当年扬雄要离开我们羌寨，他呀，他本就不属于我们羌寨，他是属于我们大汉朝的一位辞赋大师。真要是扬雄当年在我们这儿做了释比，那可就埋没这个大文人了……"

过了一阵，嚼着烤羊排的羊角花，对阿鹰说道："阿鹰呀，我不遗憾当年扬雄哥没留下跟我婚配，要是他不走，他在我们羌地，咋能写出这么棒的文章呢？不管扬雄哥今生在哪，我羊角花心里一直装着当年的扬雄哥。"说完，羊角花就从烤架上拿起一根羊排递给了阿鹰。阿鹰接过羊排回道："羊角花，你都快成老女人了，难道还爱着过去的扬雄哥？你晓得不，扬雄已在皇宫当官了，或许他早已把你忘啦。"

"我相信，扬雄哥不会忘记我的，他曾说过，要为我们羌人写些东西，扬雄哥是有诚信的人，只是我们还没看到他写我们羌人的文章而已。"羊角花自信地说道。老释比放下酒碗，看了看阿鹰和羊角花说："扬雄的写作水平和能力，是我们无法判定的，但我相信，羌地之行他会终生受用的，因为，我们这个古老的族群，曾善待过这个了不起的大文人，你们说对不对？"

阿鹰和羊角花听老释比说后，忙端起酒碗。阿鹰含泪说道："老释比，此生我会永远感激我的大恩人扬雄，没有他的主动离去，我、我哪能同羊角花婚配。"说完，阿鹰就将碗中酒一饮而尽……

离开涪县的第四天下午，风尘仆仆的扬雄终于赶着马车来到卧龙桥聚义客栈。当头戴草帽手拿马鞭脚穿草鞋的扬雄走进聚义客栈时，没认出扬雄的冬梅忙上前问道:"客官,你是要住店吗?"

扬雄忙揭下草帽说:"冬梅,你看我是谁?"

冬梅定睛一瞧大惊,忙指着扬雄大声说:"啊,你、你原来是扬雄嘛,你晒得这么黑,又长了胡子,我刚才还真没认出你来。"说完,冬梅就回头对客栈院内高声喊叫:"扬雄回来了,在皇宫当了官的扬雄回来了……"

正埋头在柜台打算盘的张德川忙起身窜了过来,紧紧拉着扬雄的手说:"子云,你、你咋回来啦?整整六年不见,大家都想你哩。"话音刚落,秀娟和瑞华也跑了过来把扬雄团团围住。这时,扬雄忙对张德川说:"德川兄,你派个伙计把我木箱从车上搬下来,然后把马牵到马厩好好喂点精饲料,它整整跑了半个月,真够辛苦它了。"待扬雄说完,张德川正想去厨房叫伙计,冬梅忙对张德川说:"张掌柜,我去搬箱子和喂马,你派人去通知席毛根、西门云飞与卓铁伦吧,我想今晚你们几个老友肯定要聚聚。"

"嗯,冬梅说得好,今晚我们确实要好好聚聚,如今的子云可不是从前的子云了,他已名满天下,又是在汉宫当了官的友人,我们肯定要好好招待他。"说完,张德川不仅派出伙计去通知席毛根几人,他还派了另一个年轻伙计去青城武馆通知刘三、李二娃、静虚道人和陆小青,要这几个老友务必在明天下午酉时前赶到聚义客栈。

很快,就在扬雄坐在柜台边歇息时,秀娟忙给她的小妹夫端来一碗青城山的老鹰茶:"妹夫,你快先喝下这碗老鹰茶解暑热。"随即,扬雄接过茶碗,就把泛红的老鹰茶一口饮尽。当秀娟接过茶碗时,扬雄擦了擦嘴叹道:"太巴适了,还是家乡的茶水好喝!"

过了一阵,在秀娟和小芳强烈要求下,扬雄只得从木箱中取出官服穿上。秀娟、小芳和瑞华几人看着换上官服的扬雄,竟拍手笑道:"哟,这大文人穿上官服,真还像皇宫中的人嘛。我们没想到,一个文绉绉的迂夫子,竟一人赶着马车走一千多里路,从长安硬是回到了成都……"

晚上喝酒时,席毛根代表众人,向写出四赋又在皇宫当官的扬雄,表示了衷心祝贺。众人高兴地喝了两轮酒后,西门云飞非要扬雄讲讲这几年情况和咋进皇宫的事。很快,众人就附和着要求扬雄讲讲这几年经历,因为,大家非常好奇,一个众人曾熟悉的农家子弟,一个其貌不扬的教书先生,咋几年间就进了皇宫,还写出名震天下的四赋?

无奈之下,扬雄为满足老友们要求,就讲了他离开扬家小院,去往绵竹、涪县,并在涪县西山书院当先生时写下了《绵竹颂》。在涪县教了两年多书后,自己突然觉得该去长安看看（扬雄没讲女弟子黄玉和被地痞袭扰之事），因为他曾经的好友同窗在皇宫工作。谁想到一般百姓根本接近不了皇宫，他在宫外等过扬庄多次也没见到扬庄。"后来，我的盘缠快用完了，我就开始去货栈当搬运工，你们想想，我那时为节省用钱，一天只吃两顿饭，由于没力气干活，我干不到一个月就被两个货栈辞退。幸好天无绝人之路，我见长安有人在春节前帮人写春联卖字，于是，我就发挥特长，也在客栈门外摆起卖字摊来。你们晓得，我的字还是写得可以的，于是，在我山穷水尽准备打道回川时，我竟在春节前小赚了一笔钱。有了支付客栈的房钱后，我就仍在客栈门前卖字，没想到有一天，到成都餐馆吃家乡菜的扬庄总算遇见了我。"

"这么说来，是扬庄把你介绍进皇宫的？"西门云飞迫不及待问道。

"为帮我这个无业中年，老友扬庄确实是动了脑子的。你们不知道吧，如今的皇上虽然不务正业成天跟赵飞燕两姐妹鬼混，但这个汉成帝却是个文学爱好者，他特喜欢司马相如的大赋，值宿郎扬庄就利用汉成帝这个特点，在给他读赋时，就把我的《蜀都赋》和《绵竹颂》读给了皇上听。谁知皇上听后就问扬庄，咋之前从没看到过这两篇赋呢？扬庄回答说，这赋不是司马相如的。诧异的汉成帝就问扬庄，那这赋是谁写的。这时扬庄才告诉皇上，这是他老乡扬雄写的。汉成帝就问扬雄现在在哪儿，扬庄就告诉皇上，说扬雄现就在长安城内。哎，就这样，喜欢我辞赋的汉成帝就召见了我。"

"子云，皇上召见你时，那天你没犯口吃毛病吧？"卓铁伦忙问。

扬雄笑道："呵呵，说来也奇怪，那天下午我跟皇上整整聊了近两个时辰，竟然没口吃，汉成帝居然被我的丰富知识镇住了，就这样，我扬雄就征服了当朝天子汉成帝。"

"哟，原来你这草根就是这样逆袭成黄门侍郎的。"席毛根终于笑着竖起拇指说。

"来来来，大家再敬我小妹夫一杯。"张德川说完，大家又举杯朝扬雄端着的酒杯碰去……

第二天临近午时，身穿便服的扬雄带上他和扬庄的礼物，快步朝不远的文庙街文翁学馆走去。刚走到学馆，扬雄就看到学馆外墙上，贴着用红木刊刻的他的《甘泉赋》。走到大门口一看，原来的老王头已换成跟自己年纪相仿的中年汉子。那汉子见扬雄欲进校门，忙拦着他问道："你找谁？"

"我找李弘先生。"

"学馆有规定，下午放学后才能会客，中途一律不准先生见客人。"那汉子忙说。

扬雄一惊："过去学馆可没这规矩呀。"

"这规矩是去年才定的，先生，你好像对这儿挺熟嘛。"

扬雄笑道："呵呵，我就是在这儿毕业的，自然对这儿熟悉，你看，这校外墙上贴的《甘泉赋》，还是我的作品哩。"

中年门卫一愣："啥子嘛？你、你就是写出四赋的大文人扬雄？"

扬雄点了点头："对，本人正是扬雄。"

"先生，你虽然是大名鼎鼎的扬雄，但我也不敢破坏学馆规矩，否则我就有可能丢了饭碗。这样吧，我帮你把李弘先生喊出来，你俩悄悄到外面去谈，好吗？"

"要得嘛。"扬雄点头后，那中年门卫就匆匆朝学馆内走去。不一会儿，两鬓已开始泛白的李弘就走了出来。扬雄忙上前紧紧握住李弘的手，亲切喊了一声："李弘先生。"

李弘一看是扬雄，也吃惊问道："扬子云，你从长安回来啦？"说完，扬雄便拉着李弘先生，朝他们曾多次吃过饭喝过酒的餐馆走去。一阵亲切的交谈后，扬雄便从包袱中拿出一个不大的木盒说："先生，这是扬庄送给您的礼物，我也不知他送的啥哩。"随后，扬雄又从布袋中取出一方砚台，呈给李弘说："先生，我千里迢迢从长安回来，没别的礼物，这是我在长安市场淘的一方砚台，望先生收下我的心意。"

接过砚台的李弘仔细看了看七寸长五寸宽的砚台，很快露出笑容说："扬子云哪，你这辞赋大师送给我的，可是一方出自南越国端州的端砚，这么珍贵的礼物，我真是受之有愧哟。"

"先生，您千万别这样说，这不成敬意的小小礼物，怎能报答您当年留我做旁听生的大恩呢？没有当年我留在文翁学馆读书，哪有我的今天嘛？"扬雄忙真诚地说。随后，放下端砚的李弘，又拿过木盒说："来，让我俩都看看扬庄这个高干子弟送的啥礼物给我。"说完，李弘就打开精致木盒。李弘见盒中有黄绸包着的东西，于是便拿出盒中之物慢慢打开。当看到桌上礼物时，二人都愣住了，原来扬庄送给李弘先生的，竟是一个雕刻精美的玉琮。喜欢收藏的李弘知道，这玉琮是过去部落大王用于祭祀的礼器，是被华夏子民视为神物的东西，这扬庄又是从哪儿弄到的呢？怕引起其他食客关注，李弘忙又将玉琮包好放入盒中。尔后，李弘叹道："扬子云，你回长安定要问问扬庄，这么珍贵的宝贝他是从哪儿弄来的，要是来路

第八十七章 岁月静好——家人齐聚长安后的幸福生活

不清楚，先生是不敢收这宝物的。"

"好的先生，我回长安定要问问扬庄，无论结果如何，我都来信告诉您这玉琮的来历。"

扬雄说后，同李弘又喝了一阵酒，然后告诉先生，他这次回来，是准备接家人去长安生活。李弘听后高兴地说："子云，你常年在外奔波，现如今已是皇宫的官员了，你是应该好好照顾下家人才对……"

由于李弘下午有课，所以吃完饭他就同扬雄分了手。回到聚义客栈的扬雄就同张德川拉起家常来。扬雄告诉德川，他这次回川的主要目的，是想接家人去长安共同生活。张德川听后非常开心，他意识到自己小妹也要离开艰苦的农村，去大城市长安生活了。在成都，聚义客栈是各路朋友的信息汇集中心，张德川就是了解信息最多的人。聊天中，张德川告诉扬雄，袁平已从过去的小叫花子，彻底转变成一个懂织锦技术的专业人才，他不仅是席毛根的得力助手，前两年还被西门家提拔为百花织锦坊副厂长。自从跟冬梅结婚后，袁平已是两个孩子的父亲了。而你那花园场的小同乡桂子，也从一个小叫花子变成卓铁伦手下一个得力的销售助手，由于文君酒坊越做越大，前几年已被卓铁伦提升为管事，他现在也是有三个儿女的父亲了。

扬雄听后感叹道："唉，还是大城市好哇，只要人勤快点，到处都有工作做。世事变迁沧海桑田，袁平和桂子都是遇上好老板，要是他俩没走上正道，可能下场也是挺惨的。"

"可不是嘛，我曾听刘三说过，他在郫县的丐帮兄弟，一些要不是在打架斗殴中被打伤致残，就是冬天冻毙或生病死在桥洞下。唉，人啊，一旦没有或失去正当职业，是很容易堕落为社会混混的。若是成为无业游民，那人生后果就很难预料了。"

张德川犹豫片刻，还是忍不住告诉了扬雄刘三同杏花结婚的事，并且还说这是席毛根的主意。席兄认为，刘三虽是独臂之人，但他毕竟有伙兄弟，也挣了些钱，有了刘三保护，杏花和覃老板日子就会好过许多。

扬雄听后先是一惊，随即沉默片刻后说："嗯，席兄这主意不错，毕竟杏花患有间歇性疯病，覃老板既要开店又要照顾杏花，日子确实挺难的。唉，我这老铁虽没文化，但他一直很感激覃老板母女曾对他的施舍，有了刘三关照，杏花和覃老板生活就没那么难了。"

"子云，你还不知道吧，自从刘三跟杏花结了婚，覃老板就关了花园场的豆腐饭店，被刘三接到青城山下清风庄园去享福了。去了不久，覃老板母女就成了青城武馆的食堂大厨，学员们都夸奖覃老板母女炒的菜好吃。"

"嗯，她们毕竟是开饭店出身的，炒菜水平自然不会差。"正说着，卓铁伦就领着桂子走进了客栈。

不到酉时，刘三、李二娃、静虚和陆小青，坐着徒弟罗明生赶的马车，风风火火赶到了聚义客栈。刚一进客栈，刘三挥着右臂大声嚷道："我的老铁在哪儿？"

在房间正喝茶聊天的扬雄一听刘三的声音，忙走出房门回道："刘三兄，我在这哩。"说完，扬雄就主动朝刘三走去。刘三忙奔上紧紧用独臂抱着扬雄说："哎呀，我的老铁，老子今生做梦也没想到，你居然混到皇帝老儿身边当了官，真给我们这帮兄弟争了气！"

扬雄挣脱刘三，看了看刘三身后，忙问："刘三兄，咋杏花没来？"

"唉，自从我们庄园马厩和厨房被烧，杏花脑子受了刺激，最近她又开始神神道道了。老铁，你知道吗，那狗日的龙耀武竟暗中指使武馆学员使坏。差点烧了我武馆和清风庄园，哼，还差点把老子射死！"刘三恨恨地说道。

扬雄大惊："真有此事？"

"唉，现在暂时不说这些扫兴事，否则，会影响我们喝酒。"接着，刘三就拉过身旁长着国字脸、头拴红绸巾的罗明生说，"老铁，这是我武馆留下的罗学员，此人箭术和飞镖之技都不错，他算是我青城武馆的后起之秀。"

干练的罗明生忙抱拳对扬雄说："晚辈罗明生拜见扬师叔，今后还请扬师叔多多关照。"没等罗明生再说啥，刘三一巴掌朝罗明生肩头拍去："徒娃，你给老子要弄醒豁，我老铁扬雄是当今大汉朝的写赋大师，又是朝廷当官的，你要称他扬大师才对，叫他师叔那是太小瞧我老铁啦！"

罗明生点头后，再次抱拳对扬雄说："晚辈拜见扬大师，往后请多多关照。"说完，罗明生跪下给扬雄磕了一个响头。扬雄见状，忙拉起罗明生说："哎呀，使不得使不得，我扬雄何德何能，受你如此大礼呢。"刚说完，静虚上前对扬雄鞠了一躬说："先生，静虚向您请安。"

扬雄紧紧拉着静虚的手说："嗯，谢谢。静虚，从面相和气质看，你已成为一位真正的修道之人。我深信，你对老庄学说的研究造诣，早已超过我这在红尘中摸爬滚打之人。祝你早日成为青城山的修道高士。"

"谢谢先生指教鼓励，我静虚定当不负先生所望，争取继续在青城山研究老庄学说，创立出独具特色的青城道家学派。"

"好好好，你静虚有这远大抱负，我扬雄感到非常欣慰，你不愧是君平大师的高徒，我相信，往后你在君平大师指教下，定会在研究道家学说上更上一层楼。"扬雄鼓励说。此时，罗明生在刘三耳边小声嘀咕后，刘三立即对扬雄说："老铁，趁现在大家还没喝酒，请你给我青城武馆题写个馆名，如何？"

"嗨，这区区小事，我遵命便是。"刚说完，秀娟忙从柜台后拿出毛笔和砚台说："走，我们到饭厅去，那里宽敞写字方便。"说完，大家就跟随扬雄朝饭厅走去。小芳拿来早备下的绢帛，秀娟磨好墨后，拿着毛笔的扬雄向刘三问道："刘馆长，你希望我用大篆还是小篆或是隶书题写馆名？"

刘三笑了："呵呵，老铁呀，你又不是不晓得，我刘三是个没文化的丐帮头，我哪知用啥字体题写馆名好嘛，反正只要好辨认就行。"

扬雄想了想说："那我就用隶书题写馆名吧。"说完，扬雄就挥笔在绢布上写下"青城武馆"四个隶书体大字。题写完后，扬雄把毛笔搁在砚台上，笑着向刘三问道："刘兄，这字体你该满意吧？"随即，刘三指着绢帛说："老铁，我满意啥子嘛，你还没在上面落下你大名哩，你把你大名补上后，我这当馆长的才满意。"

扬雄听后笑着说："呵呵，你这没文化的刘馆长不傻，居然懂得起匾牌要有题名才显得有意义。"说完，扬雄又拿起毛笔，在馆名结尾下方写下自己的名字。刚写完，席毛根、西门云飞与袁平三人已到客栈。这时，只听张德川高声说："朋友们，团聚晚宴马上开始，今晚大家为欢迎扬雄回家乡，一定要尽兴喝巴适。"

"哦，要得嘛。"众友随即在客栈大声呼应起来⋯⋯

昨夜，黄门侍郎扬雄在聚义客栈，同友人们喝了一顿大酒，直到凌晨丑时才结束。刘三、席毛根、李二娃和西门云飞都已喝得断了片，而张德川、卓铁伦、静虚、陆小青、袁平、罗明生也喝得二麻二麻的，有的甚至还吐了。酒桌上，众友不断纷纷向扬雄敬酒，祝贺他写出名震大汉的四赋，又在皇宫当了官，众友说扬雄不仅为扬家光宗耀祖，还为我们这些友人争了光。没想到，酒量还可以的扬雄坚持到最后，才醉得瘫倒在桌下。

直睡到中午，缓过酒劲的扬雄才慢慢醒来。虽然宿醉一场，但扬雄仍然十分开心，他自文翁学馆毕业以来，即便在羌地也没这么疯狂喝过酒。唉，真是人生难得几回醉啊！待扬雄喝了碗荷叶稀饭后，张德川才告诉他，席毛根和卓铁伦已回去处理各自业务了，其他友人或仍在睡觉或在喝茶聊天。不一会儿，刘三几人就在饭厅中围着扬雄摆起龙门阵来。扬雄向老友们介绍了他在皇宫的生活与工作情况,尤其当扬雄讲到未央宫和长乐宫的雄伟与富丽堂皇时,听得刘三和李二娃等人直咂舌。刘三也跟扬雄讲了,几个月前发生的放火与被暗害事件。刘三非常肯定地说:"这起针对他和李二娃的报复事件定与被阉的龙耀武有关。"扬雄劝刘三要尽量不去激化矛盾,几十年前的恩怨情仇也该渐渐淡忘才是。第二天早饭后,扬雄同老友们告别,才赶着马车匆匆朝花园场跑去。

由于扬雄四赋早在家乡产生了巨大影响,当花园场街上的人们发现他衣锦还乡时,有的人便高声喊叫开来:"哟,扬雄回来了⋯⋯"很快,花园场乡邻们就把扬雄回来的消息传得人尽皆知。就在马车快赶到扬家小院时,戴着草帽正在秧田除草的秀梅直起腰时看见了马车上的扬雄,两腿沾满湿泥的秀梅拔腿便朝他跑来。扬雄见妻子跑来,立即跳下马车将秀梅紧紧搂在胸前:"秀梅,我、我回来接你们啦。"

"你终于回来了。"说完,激动的秀梅竟伏在扬雄怀中哭起来。不一会儿,从小院跑出的扬爽领着小童乌,愣愣地望着有些陌生的父亲,童乌看了片刻,突然扭头跑回小院。

在接下来的十来天日子里,扬雄同母亲和秀梅商量后,就紧急处理了家中饲养的猪、鸭和喂的十多竹簸大白蚕,并把长势很好的三十多亩水稻托付给要好的乡邻代收。扬雄告诉几家要好乡邻,在他家人未回扬家小院前,他们可分种他家土地,收成全归种的人所有。有趣的是,自扬雄回来后,每天都有乡邻来邀请他去喝酒吃饭,由于扬雄太忙,除个别跟扬家关系极好的邻居外,扬雄谢绝了绝大多数乡邻的盛情之邀。

说来有些意外,龙耀武以同窗之名两次来扬家小院,请扬雄去龙家大院做客,并一再说这也是县令龙耀文的意思。考虑到龙耀武两兄弟既是同窗又是乡邻还是当地父母官,扬雄还是答应了龙耀武。第一次踏进龙家大院,他同龙氏两兄弟喝了一次别是一番滋味的酒。回家后第十四天上午,当秀梅锁上扬家小院,全家坐上装有不少行李的马车,扬雄一家便在众多乡邻欢送下,赶着马车离开了花园场⋯⋯

近二十天后,经过一路长途颠簸,扬雄赶着载有妻儿老母的马车,终于来到长安城。搬进扬庄提前租好的小院后,秀梅和母亲就忙碌开来,好在有大儿扬爽协助,不到两天就把小院打扫得干干净净。头两天吃饭时,扬雄一再告诉家人,你们要做好常吃面食和粗粮的准备,长安不比老家,这吃大米的时候不多。民众主要以

第八十七章 岁月静好——家人齐聚长安后的幸福生活

面食为主。其他人很快适应了长安吃面食的饮食习惯，唯有小童乌，经常闹着要吃白米干饭。为不让他扫兴，扬雄要妻子暂时迁就下还没适应北方饮食习惯的童乌。

按请假时间，扬雄提前两天去宫里报到上了班。三天后，扬雄便悄悄通知扬庄、王莽和刘歆，说明天是休沐日，他要请几位好友去他家小院一聚。当扬雄告诉王莽、刘歆住址后，刘歆笑道："呵呵，扬大才子，你的住家离皇宫不远嘛，我们当然要来看看嫂夫人和你那两个宝贝儿子啦。"

第二天上午，扬庄买了几斤猪肉和一条大鲤鱼，提前来到扬雄家，快到午时，王莽和刘歆说笑着走进了扬雄小院。很快，秀梅就给王莽和刘歆端上从家乡带来的明前新茶。王莽指着桌上他带来的两陶瓶酒说："子云兄，这酒不错，这是我刚从市场买来的，今天中午我们就饮此酒如何？"

"哎呀，你们是客人，今天就喝我从家乡带来的文君酒吧，你的酒就留着改日再喝呗。"扬雄忙微笑着对王莽说。这时，刘歆打开布包说："子云兄，这是我送给你两个儿子的礼物。"说完，刘歆就从布包中取出两个砚台和四支毛笔。扬雄忙把扬爽和小童乌喊到客室，向王莽和刘歆介绍了两个儿子。扬爽和童乌懂事地作揖问候了王莽和刘歆。此时，刘歆就把砚台和毛笔分别送给了扬爽和小童乌。当两个晚辈高兴地拿到笔和砚台后，刘歆笑道："呵呵，我们辞赋大咖的公子，咋能少了文房四宝呢。"

不到半个时辰，扬雄就请扬庄、王莽和刘歆到院中大树下的餐桌饮酒。当王莽看到桌上色香味俱佳的菜品时，忙问道："子云兄，你这是些啥子菜哟，咋看到就让我吞口水呢？"随即，把酒坛放到桌上的扬雄，便指着桌上几个菜向王莽和刘歆介绍道："二位贤弟，这些都是我们家乡菜，快来尝尝。"

刘歆见此，忙伸着脑袋闭着眼睛用鼻子朝桌上菜肴做了个深呼吸，尔后叹道："哎呀，用你们四川话说，这些菜做得太巴适了嘛，漂亮的嫂夫人真是能干嘛。"这时，扬雄一面打开酒坛一面说："你嫂子的厨艺还可以，不过，今天先品尝下我们家乡的文君酒再说，要是你三位对今天的酒菜满意的话，我扬雄随时欢迎你们来我家做客。"说完，扬雄就为大家倒上了酒。还没动筷子的王莽和刘歆一闻到酒味，就惊奇地相互看看，然后情不自禁端起酒杯用舌尖尝了尝。尔后王莽叹道："好酒啊，这文君酒真不错，相比之下，我这两瓶酒根本不好意思拿上桌。"说笑之际，四人就分坐桌边，海阔天空聊起天来。

从那之后扬雄每天从宫中回家，都能吃到秀梅和母亲做的可口饭菜。晚饭后，扬雄就教小童乌认字练字和读《诗经》，有时还会检查给扬爽布置的读书进度。多

769

少年了，扬雄再次体会到不一样的家庭温暖，从此，扬雄在长安过上了同妻儿老母团聚的幸福生活……

第八十八章

王昭君在大漠的悲情岁月

回四川接妻儿老母到长安后，扬雄虽过上家人团聚的幸福生活，但他并没忘记李弘先生的交代，他私下问扬庄，你送给李弘先生的精美玉琮到底是哪儿来的？扬雄对扬庄说："庄兄，当李弘先生见到你送他的玉琮时，先生真是又惊又喜。我知道也喜欢古玩收藏的先生是非常钟爱这件宝贝的。但先生同时也有些担心，他说市面上几乎看不到买卖玉琮的，先生要我向你打听，这玉琮你到底是在哪儿搞到的。"

聪明的扬庄很快明白，李弘先生担心的是玉琮的来历问题。由于西汉时期官府有规定，盗窃国家重要文物是要判重罪砍头的。为使先生和好友放心，扬庄就把扬雄带到自己住的小院，然后打开一间从不向外人展示的古玩收藏室。当扬雄在收藏架上看到几根粗壮的象牙化石，以及众多青铜器和几个木箱中的玉佩、玉爵、玉璧、玉圭、玉印、玉梳、玉琥、玉盘、玉蝉、玉杯、玉镯、玉璜、玉瑁和玉斧等各式玉器时，为之大惊。扬雄诧异地问道："庄兄，据我所知，你之前在文翁学馆读书时，对这些老古董并无兴趣嘛，咋现在竟成了一位收藏家了？"

扬庄笑道："呵呵，子云贤弟，我俩从文翁学馆毕业，如今也有二十多年了吧，当年我从成都来长安时，是带有二十多金的，父亲让我带的钱原是准备打通关系用的。哪想到，这二十多金真要用来打点关系是远远不够的，无奈之下，我认为在宫里做个值宿郎也不错，就把这二十多金省了下来。进宫第三年，有天休沐时我去逛旧货市场，无意中发现有人在买卖古玉器，后来，我就开始渐渐对收藏古玉器产生了兴趣。"

"庄兄，这么说来，你送给李弘先生的玉琮，是你在旧货市场买的？"

没搭话的扬庄，从另一个木箱中拿出个精美木盒打开，慢慢取出黄绸包着的东西，扬雄一下认出这个玉琮跟送给李弘先生的玉琮一模一样，扬雄惊讶地问道："庄兄，你、你哪来这么多宝贝？莫非，如今你已成了一个宫中的文物贩子？"

"子云，我堂堂的宫中值宿郎，岂敢去做一个贩卖文物的贩子？实话告诉你吧，这对玉琮宝贝，我是没花一分钱弄到手的，你信吗？"

"我当然不信，这么贵重的一对玉琮，没有六十金以上，是绝对到不了手的。"对古玩稍有了解的扬雄回道。扬庄又小心翼翼把玉琮放回盒中，然后起身说："子云，我扬庄从没对你说过假话，走吧，到我客室去，让我把这对玉琮的来历告诉你吧。"说完，扬庄锁上收藏室，就把扬雄领到他的客室。扬庄包上扬雄从家乡带来的春茶后，就开始讲述七年前的一段往事——

有一天，穿着官服的扬庄办完事后，来不及回家换便服，就去了附近的旧货市场。在观赏询问几家古玉摊主过程中，扬庄引起了近五十岁胡姓摊主的注意。那位长着络腮胡的摊主便主动上前搭讪，给扬庄说他有不少好货，拉着扬庄去他摊后房间看了不少各式古玉器。在聊天过程中，那胡姓摊主就问扬庄在哪儿当差，当扬庄如实回答在宫内当差后，那胡摊主就对扬庄更加热情，甚至从床下拖出一个木箱，取出盒中精美玉琮让他欣赏。不傻的扬庄清楚，这胡摊主敢拿如此贵重玉器给他看，或许是想把这宝贝卖给他？于是，扬庄只好说："胡老板，我虽在宫中当差，可也没那么多钱买您这宝贝呀。"

胡老板微笑问道："扬大官人，您喜欢这玉琮吗？"

扬庄笑道："呵呵，胡老板，您我都是喜欢玉器之人，谁要说不喜欢这样难得的宝贝，那不是在说违心话嘛。"

胡老板再次打量面相温和的扬庄，略一沉思后说："扬官人，我想求您帮个忙，若您能办到，我就送您这对玉琮，咋样？"

"真的？那您说来听听，看我能帮到你不。"或许是出于对扬庄的信任，胡老板就说出了想求扬庄帮忙，把他从军的儿子从汉匈边境调回长安一事。扬庄听后诚恳地说："胡老板，您说的话可绝对算数？"

胡老板一听心中大喜，忙说："扬大官人，我胡某行走江湖几十年，从来说话算数，不信，我可对天发誓，如我胡某人有半句假话，愿遭炸雷劈死！"

扬庄见胡老板发了毒誓，便低声说："胡老板，今天我信您的发誓，这样吧，我去努力试试，争取把您戍边的儿子调回长安城。若我没办成这事，我就分文不要，若我真办成此事，您再送我这对宝贝不迟。"随后，胡老板就把他儿子的姓名及所在军队的将领姓名告知了扬庄。扬庄为啥敢答应这件极难办到的事,因为,扬庄跟车骑将军王音的副将关系较好,这副将曾与他父亲是战场上的生死兄弟。

其后两月间,穿便服的扬庄去了两次旧货市场,把胡老板儿子调动进程告诉了胡老板,第二次扬庄离开时,胡老板说啥也要扬庄带走一个玉琮,因为,胡老板已深信,扬大官人定能办成此事。第三月末,胡老板儿子果真被调回了长安,在直城门当了个基层小军官。欣喜的胡老板兑现了自己的承诺,把另一个玉琮也送给了扬庄。酒桌上,胡老板坦诚对扬庄讲了这对玉琮的来历。原来,胡老板和他亲弟以前是关中著名盗墓人,这对玉琮就是从一个大型古墓中盗出的文物之一。后来,他兄弟在盗墓中被垮塌的墓穴砸死后,无法再继续盗墓的胡老板,才开始在旧货市场买了间铺面,干起了买卖古玉器的营生。

当扬雄听完扬庄讲述玉琮的来历后,叹道:"唉,还是权力好哇,当权力可以作为利益交换时,它往往可以给人带来意想不到的收获。如今,我总算把玉琮来历搞清楚了,今晚,我就可给李弘先生去信说明啦。"

扬庄一听,忙叮嘱道:"子云,你千万别把这玉琮复杂来历告诉李弘先生,让他担惊受怕可不是我愿看到的结果,你就说这是我去长安旧货市场淘来的呗,这样的话,先生就可放心收藏啦。"

"庄兄,你难道认为我扬雄有那么傻吗?我决不会让李弘先生忐忑不安的。"说完,二人就爽声笑了起来。

中秋后的一天,皇后赵飞燕陪着汉成帝来到天禄阁,汉成帝坐着跟刘向聊了一会儿天,就提出想看《商君书》。刘向一愣,忙问道:"陛下,您平时不是喜欢读辞赋吗?咋今天想看这类驭民之书呀?"

汉成帝笑道:"呵呵,最近有大臣向朕再次推荐了此书,说什么只要朕明白了商鞅的治国之道,就能使我大汉强盛。刘爱卿,你想想看,若真能有使我大汉强盛的书,朕又岂能不读呢?"

听皇上说完,刘向立即吩咐扬雄,去书架上查找《商君书》,取来呈给皇上。见扬雄领命朝众多书架后走去,赵飞燕立刻对汉成帝说:"皇上,这里的书多得宛若海洋,我也想跟着黄门侍郎去看看,如果能一块查找到您要的书,岂不是我的幸运。"说完,赵飞燕见成帝点头后,便提着薄如蝉翼的粉红裙裾,朝扬雄跟去。

按书籍分类目录,扬雄朝靠里的一排大书架走去,待他刚搬来一架木梯,赶来的赵飞燕低声问道:"黄门侍郎,我听说你已把妻儿老母接到长安啦?"

773

"回皇后娘娘，托您和皇上洪福，我确已把妻儿老母接到长安来了。若不是皇上恩准我回川，我的妻儿老母还来不了长安哩。"扬雄忙说。

赵飞燕看了看扶着木梯的扬雄，又问道："黄门侍郎，你家人已适应长安生活了吧？这长安可不比成都，这里可没有天天吃米饭的条件。"

"谢皇后娘娘关心，我家人已渐渐适应了长安的生活。"

"哦，那就好。"

聪明的扬雄心里明白，赵皇后此时是想逼他回答写赋的事。果不其然，赵飞燕张开她那樱桃小嘴说："黄门侍郎，你现已如愿在天禄阁和石渠阁工作，又把全家接到了长安，你应该明白，这都是皇上对你的恩赐哟。"

扬雄忙躬身回道："微臣明白，我扬雄能有今天的幸福生活，全是皇上和娘娘的恩赐，微臣永远铭记皇上和娘娘的大恩。"

"黄门侍郎，既然你说到大恩，咋我请你写的赋，就一直没见踪影呢？难道，你把这事给忘啦？"

"皇后娘娘，您交代的事微臣岂敢忘呢？只因这些日子我仍在构思孕育此赋，还没到成熟期我是万万不敢动笔的。"

赵飞燕一愣："黄门侍郎，你这话啥意思？"

扬雄眼珠一转，忙回道："皇后娘娘，您是我大汉王朝近两百年少见的绝代佳人，您想想看，要为您写赋，我不构思成熟能动笔吗？要是写得令您不满意，那不是有辱您和皇上对我的关爱嘛，所以，我必须认真对待，对吧？"

赵飞燕终于笑了："呵呵，原来你迟迟未动笔是这原因呀，那我就能理解了。这样吧，你黄门侍郎就利用在这静心工作之机，争取在春节前写出令我姐妹俩都满意的赋来吧。"

汉成帝拿着竹简《商君书》同赵飞燕离开天禄阁后，扬雄却陷入深深的忧虑中。扬雄已意识到，如果汉成帝身体康健，赵皇后又长期稳坐后宫，那他是无论如何也得给赵氏姐妹写赋的。唉，这可如何是好？前不久，他才听扬庄手下告诉他，听说皇太后王政君越来越讨厌成天缠着汉成帝又生不出儿子的赵氏姐妹，若这事是真的，那我为赵氏姐妹写赋，老太后定不会高兴的。面对这耗子钻风箱两头受气的差事，我该咋办呢？想了许久的扬雄决定，如果万不得已真要给赵氏姐妹写赋，看来还得收集些历史上有名女人的资料才行，一篇赋中多加进几个女人事迹和典故，一来可削弱对赵氏姐妹的赞美，二来才能写得更加丰富。想到此，扬雄脑中便拟定好了名单：商王武丁之妻女将军妇好，为越王复仇的大美女西施，历史上著名女剑客越女，还有远嫁匈奴为汉匈和平做出贡献的王昭君。

博览群书的扬雄对妇好、西施和越女的经历是较为熟悉的，唯独对王昭君出嫁匈奴后这二十多年的情况不了解。做事认真的扬雄再次想到，自己进宫以来，虽风闻过关于王昭君的情况，但那毕竟是传闻，若引用有误，那不是要被人诟病。想到此，扬雄决定问问汉宫中的三朝元老刘向，唯有饱学之士光禄大夫刘向，才是汉宫中知事最多的老人。做出这一决定后，扬雄便端着茶杯朝正编纂新书目的刘向走去。

在扬雄请求下，刘向在异常安静的天禄阁，给扬雄讲了关于王昭君嫁到匈奴后的故事——

说实话，呼韩邪大单于还是挺爱王昭君的，昭君也在大漠过了近三年的幸福生活，其间，昭君生下一子，大单于给自己儿子取名为伊屠智伢师，被封为右日逐王。不幸的是，王昭君同呼韩邪大单于生活不到三年，大单于就因病去世了。不久，王昭君就向汉廷上书要求回国。继位不久的汉成帝怕昭君回归影响汉匈关系，便敕令王昭君要"从胡俗"。啥叫"从胡俗"？意思就是你王昭君不必回归汉廷，依胡人风俗"收继婚制"办就行了。见大汉皇帝下了如此敕令，无奈的王昭君只得复嫁呼韩邪单于长子复株累单于。

从那之后，美丽的王昭君带着儿子又跟第二任丈夫复株累单于生活了十一年，又生下两个女儿，长女名叫须卜居次，次女叫当于居次。如果说，当年王昭君是为渴望爱与自由受命嫁给呼韩邪来到大漠的话，那么，当汉人王昭君再次嫁给呼韩邪单于大儿子，可以想象，作为深知汉人习俗的王昭君心里，对这近乎乱伦的"收继婚制"是多么的不适应。在那女人就是"弱者"的代名词的年代，孤独无助的王昭君一年年在草原大漠望穿秋水，一次次站在山岗眺望远方汉廷，她永远得不到汉廷对她的关爱与召唤，因为对汉廷来说，她的使命就是汉匈和亲，用生命换取无须流血的和平。

王昭君的命运似乎永远跟不幸相连，在鸿嘉元年（公元前20年），她的第二任丈夫复株累单于也去世了。之后不久，王昭君再嫁搜谐若鞮单于（呼韩邪单于的另一个儿子），五年后，王昭君就病逝草原，匈奴人就把这命运凄苦的女人葬于青冢。

扬雄听刘向讲完昭君故事后，眼中已噙满泪水，他做梦也没想到，当年风光出塞远嫁匈奴的王昭君，命运竟是如此不幸。当即，扬雄就在心里暗暗发誓，要是今后真还有写赋冲动的话，我宁愿写为汉匈和亲立下大功的王昭君，也不愿写淫乱后宫残害皇子和宫女的赵氏姐妹。

　　在成都同扬雄欢聚完，刘三回到青城武馆后，很快就把扬雄题写的匾牌，换上挂在了武馆大门上方。在刘三、李二娃、陆小青几人吹嘘炫耀下，有不少乡民还真来武馆门外围观著名文学大咖扬雄亲书的匾牌。正是从那时起，刘三就开始征召新一届武馆学员。不到三天，刘三就招了二十名新学员。

　　放假休息日，刘三和李二娃带上罗明生，三人骑马又去了安德镇，在刘三看来，若不抓住孙氏兄弟审个明白，他是绝不会罢休的。冤有头债有主，要是龙耀武真是孙氏兄弟的幕后指使人，那么，刘三就下决心要除掉这个曾被闹过的恶人。结果，当罗明生又拿着毕业证再次找到孙家时，孙老伯便如实对罗明生说："小兄弟，我那两个儿子不久前托人带信说，他们已去成都做生意了，估计今年都回不了家。"无奈之下，罗明生只得将这一消息向刘三和李二娃做了禀报。刘三听后顿时傻了眼，若要在偌大的成都城找到孙氏兄弟，这也太难了，何况，平时他和李二娃主要在武馆工作，李二娃和罗明生今后还是武馆教练（罗明生将接替静虚担任箭术教练），若没这二人同去成都，我和陆小青都是没啥功夫的人，即使寻到孙氏兄弟，我俩哪能制服住那两兄弟？

　　令刘三几人不知的是，当初孙氏兄弟放火逃走后，求功心切的他们就立马去了花园场，向龙耀武禀报了他俩放火与射杀刘三等人的过程。龙耀武听后大惊，责骂孙氏兄弟咋能事没办完就逃了呢？这不是明摆着告诉刘三一伙，这杀人放火的事就是你俩干的！当时，气得龙耀武抓住喝水的陶碗就朝孙家富砸去。孙氏兄弟也觉得龙家表哥骂得有理，便连连向龙耀武道歉，一再说是他俩缺少经验所致。

　　后来，冷静下来的龙耀武说："你两兄弟这两年是断不能回家或在郫县做捕快的，一旦刘三一伙抓住你俩，我想按刘三脾气，你俩是绝不会有好果子吃的。"其实龙耀武真正担心的是，孙氏兄弟一旦被抓住供出他是幕后真凶的话，他一定会被刘三一伙亡命徒弄死。为不留下后患，龙耀武立即决定要孙氏兄弟先去成都躲一阵再说。只要为孙氏兄弟找到适合他俩的工作，他俩就可在成都生活了，那远在青城武馆忙碌的刘三几人，就难以在成都寻到孙氏兄弟了。

　　不久，龙耀武在蜀郡府找到当年在文翁学馆的同窗帮助，真还在成都最大的一家赌场，为孙氏兄弟找到适合他俩的保安工作。当赌场老板验证孙氏兄弟的箭术和飞镖之技后，高兴得连连拍手叫好，当即就录用了他们。交代完诸多注意事项和确定好今后的联络方式后，龙耀武才独自骑马回了花园场。刘三在安德镇没寻到孙氏兄弟，无奈之下，只好又返回了青城武馆。李二娃给刘三建议，只要罗明生有空闲时间，便可独自去成都寻找孙氏兄弟，而明生的落脚点就可选在聚义客栈。刘三听后摇头叹道："唉，老子也暂无别的好办法了，就按你副馆长的主意办吧……"

　　立冬过后不久，小雪就接踵而至，一天休沐时，扬雄在木箱中翻找资料，无意中发现了二十多年前写的《蜀王本纪》，他再次认真看了一遍竹简上的内容，似乎感觉没有新的内容用来增补和修改，毕竟，这二十多年来，扬雄再也没在古蜀历史研究上下过功夫了。难道，这篇我曾花了不少精力（主要是考察）写出的东西，就这样永远压在箱底？心有不甘的扬雄突然冒出个念头，我何不把这篇文章拿给见多识广、博览群书的刘向老先生看看，或许他能对我这篇文章提出不同于常人的看法，若能提出新的修改意见，岂不更好？

　　第二天去天禄阁上班时，扬雄替刘向泡好茶后，就将《蜀王本纪》一文呈给了刘向，并解释了当年写此文的前因后果，但扬雄暂没说当年一些人对此文的不解与种种意见。西汉大学者刘向认真看完《蜀王本纪》后，就摸着自己银白胡须沉思起来，足足有五分钟后，刘向低声问道："扬子云，难道你这二十多年前写的古蜀王史，就一直没拿出来给人看过？"

　　扬雄忙躬身回道："尊敬的先生，当年我刚写完此稿时，曾给我身边几个学友看过，他们虽喜欢我写的《蜀都赋》，但对我用较为虚化方法写的《蜀王本纪》，却有些不太理解。多数人认为，写史应该像太史公马迁那样，要有根有据实写才对。但我认真考察研究的古蜀历史，基本都是口耳相传的东西，更无文字记载，所以，要我有根有据准确写出古蜀历史，那几乎是不可能的。"

　　"这么说来，你就采用了类似神话传说的方式，再加上较为虚化的创作方法，完成了你的《蜀王本纪》？"

　　扬雄忙点头回道："是的，我一直没找到更好的方法，来完成这篇具有史料价值的文章。严君平大师曾说，我这篇文章不是写给当下人看的，而是写给未来人看的。"

　　"哟，君平大师真是这么说的？"刘向有些惊诧。

　　扬雄点头后又说："先生，自君平大师说了这话后，我就把这文章压了箱底，再没拿出给人看过。"

　　刘向笑了："呵呵，此一时非彼一时也，扬子云，如今的你已是我大汉的辞赋大师，也是我汉宫中数一数二的大文人，大多数人是有从众心理的。我敢断言，现在你一旦拿出《蜀王本纪》，老夫相信，没人敢否定当今皇上认可的黄门侍郎。哎，或许你当年在文中运用的虚化方法，正是写神话传说的好方式哩。"

"真的？那就太谢谢您这光禄大夫的吉言啦。"扬雄忙高兴地说。

当又一个休沐日来临时，新都侯王莽邀请扬雄、刘歆和扬庄三人去他家做客。喝茶聊天时，有备而来的扬雄拿出他的《蜀王本纪》请大家阅读。轮流读完后，最后肯定扬雄文章的，竟然是不熟悉古蜀王历史的王莽。王莽挥动手中竹简说："我认为，扬子云这篇写史文章极具创意，他竟采用了浪漫和夸张的手法，再加上虚化创作方式，这样一来，这辞赋大师写的古蜀王历史文章，就有别于太史公的《史记》了。"

时任中垒校尉的刘歆也赞道："黄门侍郎的文章总是跟常人写得不一样，你们看看，这几年他写的四赋，哪一篇没受到当今皇上夸赞呀？今天，再看他之前写的《蜀王本纪》，无论从遣词造句，还是对古蜀王的研究，或是他文中极富浪漫的想象与夸张，哪一处没给我们留下深刻印象呀？"

扬庄见王莽和刘歆对《蜀王本纪》给予了高度肯定，业余时间只对古玩感兴趣的值宿郎也附和说："嘿嘿，我早就晓得，扬子云是个写文章的高手。当年我就是在学馆看着他完成的《蜀都赋》。子云，这篇文章是我离开成都到长安后，你完成的吧？"

"是的，庄兄，我当年去犍为郡和汶山郡考察后写的，时间已过二十多年了。"

扬庄说道："好文章就有历久弥新的作用嘛。扬子云，我建议你也该把此文章呈给皇上看看，只要他金口一开，你这文章又可在我大汉火上一把哟。"刚说到这，王莽和刘歆也拍起掌来。扬雄却愣了："难道人一旦出了名，他（她）写的任何东西都是值得肯定的？要是这样，那谁还敢质疑名人写得不咋样的作品呀？"

尽管扬雄想了许多，但他一想到经学大家刘向都没对《蜀王本纪》说三道四，这也证明自己的文章并不差嘛，当年那些对他文章提出不同看法的先生和友人，只能证明他们水平没刘向、王莽、刘歆这些人高。渐渐高兴起来的扬雄决定，他要多抄几份《蜀王本纪》，寄给涪县县令、黄员外和绵竹的汪县令，还有成都的李弘先生、席毛根、西门云飞和静虚道人，他想看看这些人又是咋评价他作品的。哦，对了，还应该寄一份给羊角花和阿鹰，当年自己不是答应过老酋长和释卜巫师，要写跟羌人这个古老民族有关的东西吗？虽然过了这么多年，寄给他们也算是兑现了我当年的承诺。想到这儿，扬雄便端起酒杯说："各位好友，今天我听了你们对《蜀

第八十八章 王昭君在大漠的悲情岁月

王本纪》这篇文章的夸赞与鼓励，我扬雄心里非常高兴。在此，我谢谢大家对我的褒奖，以便我往后写出更多有价值的文章来。"说完，扬雄几人就将杯中酒一饮而尽。

吃喝一阵后，扬雄突然想起刘向给他讲的王昭君的故事，于是，他便向在宫中待了许多年的扬庄、刘歆和王莽问道："各位好友，前不久我听经学大师刘向老先生给我讲了当年王昭君的事，我听说王昭君共生了一子和二女，你们谁知道昭君大儿子现在的情况？"

王莽立即说："我知道呀，当年王昭君生下伊屠智伢师，这个儿子就被呼韩邪封为右日逐王，随后不久呼韩邪病逝，王昭君又改嫁给呼韩邪大儿子复株累单于，再后来，伊屠智伢师又被晋封为右谷蠡王。按年龄算，这伊屠智伢师现在该是年轻力壮的小伙子了。"

扬雄一听，忙问："新都侯，那这伊屠智伢师被封为右谷蠡王后，他手下有兵马吗？"

"这个我就不太清楚了。据我所知，匈奴人的兵马主要掌握在大单于手中，至于其他一般王嘛，即便手下有点兵马，那数量也不会多的。子云兄，你今天咋突然问起王昭君和他儿子的事？"

扬雄哪敢说赵飞燕请他写赋一事，更不敢说他想为王昭君写文章，于是只好回道："新都侯，我只是想了解眼下汉匈之间的关系，才想起当年为和亲远嫁大漠的王昭君。唉，如此看来，王昭君的命运还真有些不幸哩。"

刘歆听后，忙放下酒杯说："听说呼韩邪大单于死后，那远嫁大漠的王昭君可谓命运异常凄惨，否则，她咋会早早去世呀？"

扬庄忙补充说："我听说王昭君是满含忧愤死在大漠的，因为，她一直想回归汉廷……"

[第八十九章]

为争皇权，宫斗愈演愈烈

自张氏被儿子扬雄接到长安后，确实过了一年多的享福生活。看着儿子每天去皇宫上班，两个孙儿每天都在认真完成扬雄给他俩布置的学习任务，儿媳秀梅又是个能干的贤内助，不仅把每天的生活安排得舒舒服服，还把不大的院落打扫得干干净净。可谁也没想到的是，当院内的槐花盛开时，张氏便常常站在槐树下，眺望夕阳西下的遥远天际，说什么她已看见丈夫在扬家小院旁的田里挖土，还听见扬凯喊她的声音，有时竟捡起院中的槐花，说她养的大白蚕又要吐丝结茧了……

对母亲这些反常表现，开初扬雄以为是年近七十的母亲，可能想她生活近五十年的扬家小院了，所以，劝慰母亲后就没特别在意。后来他才发现，母亲这幻听的现象似乎越来越严重。在跟母亲谈了几次心后，扬雄终于明白，母亲不仅对父亲有着深深思念，还有对故土的异常眷恋。这二者交织在一起的力量，竟使自己深爱的母亲产生了幻觉，这该咋办呢？

跟妻子商量后，秀娟表示对婆婆行为的理解和不安。扬雄说，母亲跟我们生活在一起，本应享受全家团聚的天伦之乐，可她对父亲的思念、对故土的眷恋，似乎具有超越理性的力量，使母亲无法自控。见母亲一天天消瘦下去，心疼母亲的扬雄便想试试能否请到假，若行的话他就陪母亲回家乡散散心。秀梅对丈夫的决定表示了支持。谁想到，请假的扬雄却遭到刘向批评，他说："在不到两年时间，又想请长假回川，有关部门是绝对不会同意的，你扬雄最好打消请假念头，否则会给你带来麻烦。"扬雄觉得刘向先生说的有理，就没把请假报告交上去。

真是天无绝人之路，扬雄猛然想起刘三手下的徒弟罗明生，他决定去言试试，若刘三派罗徒弟来长安帮忙接母亲回川，那也是个不错的主意。很快，扬雄就把求助信寄给了青城武馆的刘三。刚过一个半月，扬雄就收到刘三托静虚写来的回信，说他即将派罗明生赶马车来长安，他让老铁放心，小罗徒弟一定会圆满完成任务的。

收到刘三回信前，扬雄仍多次做母亲思想工作，希望她老人家安心在长安生活，而张氏的回答异常简单，她想回去给丈夫上坟。扬雄见母亲回乡心切，只好对秀梅说："唉，老母亲想落叶归根，看来我们只有顺她心意了。"收到刘三回信的第五天，赶着马车的罗明生就按地址找到了扬雄家。明生在扬雄家住了两晚后，第三天上午，秀梅就带足盘缠陪婆婆坐马车离开了长安。好在大儿扬爽已学会炒菜煮饭，张氏和秀梅走后，扬爽就成了家里的伙夫兼清洁工。

就在秀梅陪母亲回故乡的第七天，扬雄去刘歆家做客时，在好友刘歆的要求下，刘歆的大儿子刘棻竟成为饱学之士扬雄的弟子。在王莽和扬庄见证下，刘棻还认真在客厅向扬雄行了拜师礼。从那之后，刘棻就可去扬雄家或扬雄就能到刘歆家，给弟子刘棻讲解五经要义和生僻字了。

当扬雄分别寄出他的《蜀王本纪》两个月后，他就陆陆续续收到陈县令、汪县令、李弘与西门云飞的回信。回信中，他们大都肯定了扬雄的才华，也认可他这种特别的写史方式。由于绵竹的汪县令认识汶山郡的老释比，他便派衙役抄了两份《蜀王本纪》寄给了老释比。老释比收到汪县令寄来的《蜀王本纪》后，立即通知阿鹰、羊角花和当年认识扬雄的羌人首领们，到他大雕楼一聚。当老释比向各寨落的头领们诵读完《蜀王本纪》后，最先从火塘边站起的阿鹰说："扬雄哥真不愧是个守信之人，他果然在回去后就写出了跟我们羌人古蜀王有关的文章。如今，当年的扬雄哥已是我大汉朝的文学大师，我建议今夜我们用酒和我们羌人的歌舞来好好庆祝扬雄大才子为我们写出了《蜀王本纪》。"当老释比点头后，众汉子和姑娘们就在大雕楼中跳起了莎朗舞喝起了咂酒……

更有意思的是，当西门云飞回家把《蜀王本纪》拿给他老父亲看后，西门松柏第二天在宴请成都管理织锦丝绸的一位锦官时，就把抄在竹简上的《蜀王本纪》拿给了那锦官看。那锦官看是扬雄写的文章，就非要呈给新上任的蜀郡太守看。那新上任的王郡守为显示自己鉴赏能力强，也效仿当年宣传扬雄《蜀都赋》的老郡守，下令各州县都要张挂文学大师扬雄的《蜀王本纪》。很快，四川各地官员和百姓就知道了当朝辞赋大咖的新作。有的小官员甚至还吹捧《蜀王本纪》开创了写史的新方法。在老释比拿到汪县令送来的《蜀王本纪》不久，阿鹰和羊角花也收到了扬雄寄来的《蜀王本纪》。

扬雄看到西门云飞回信后，更加坚定了他的看法：人只要一旦写出了名，那么，大多庸众就会不分好坏接受他所有作品，一旦那出名的人手中握有一定权力的话，那么，百姓盲目从众心理就会更加恣意泛滥，有时，舆论的推波助澜会发展到十分荒唐的地步。

就在秀梅陪婆婆张氏回到故乡两个月后，扬雄收到了秀梅来信。秀梅告诉丈夫，母亲回家做的第一件事，就是去给父亲上坟。第二件事是回家第三天，母亲又养了八竹簸小蚕。好在乡邻们得知她们回来后，就把前年托收的谷子送了回来。一生勤劳的母亲坚持要去花园场买两头小猪崽回来喂养，同时还要养十来只鸡鸭。母亲说，她只有听见鸡鸭声、猪叫声和大蚕吃桑叶的沙沙声，才能吃得香睡得着。扬雄看完信叹道："唉，原来我的老母亲是不习惯长安的清闲生活。"随后，扬雄急忙又给秀梅去了一封信，告诉秀梅要好好在家照顾母亲，若明年他能请到假，就一定回扬家小院来陪陪她们。信中，扬雄还告诉秀梅，大儿扬爽弄的饭菜水平已提高许多，小儿童乌最近懂事多了，他已能背下《诗经》中的许多首诗了。最后，扬雄叮嘱秀梅，家里的水田就让要好乡邻种着，自家种几亩地的蔬菜和小麦就行了，千万别累着老母亲……

扬雄在天禄阁和石渠阁的主要工作就是协助刘向整理古籍，查阅校对图书资料，编排一些新书目录。除此之外，扬雄还偶尔应诏，去跟喜欢辞赋的汉成帝谈论赋和诗文，有时还给成帝讲些诸子百家中的佚文趣事与不同观点。汉成帝常感慨说："扬爱卿不愧是记忆力惊人的饱学之士，看来，朕准你去天禄阁做事，真是太适合你啦。"说完，开心的汉成帝还赏赐了笔墨和砚台给扬雄。令汉宫中一些人不知的是，这一时期扬雄写的咏物小赋《绣补》《灵节》《酒箴》和《龙骨铭》等，就是在与汉成帝唱和时所作。

之后不久，好友王莽火箭式升迁确实让扬雄吃惊不小，在悄悄问过扬庄后，扬雄才弄清王莽被飞速提拔的原因。原来，汉成帝母亲王政君在一朝天子一朝臣的封建集权社会，指使汉成帝先后分封了王氏家族九个侯爷、五个大司马。由于王莽父亲死得早，就失去了被封的机会。王莽虽在清贫中长大，但他却是王姓子弟中最争气最有头脑的人，在王莽三十岁那年，时任大司马、大将军的伯父王凤生病，王莽几月衣不解带伺候左右，大为感动的王凤在临终前对皇太后王政君和汉成帝说："我王家享受了荣华富贵，可我们却亏了一个人，那就是大哥王曼儿子王莽。我看了几年，王莽这小子不错，是国家栋梁之材，你们一定要照顾好他，我在九泉之下也瞑目了。"

王凤死后当年，王莽就被汉成帝封为新都侯，职务上升为年薪二千石的骑都尉，并兼任光禄大夫、侍中等职务。公元前9年的十一月，大司马王根因病去世，去世前王根向汉成帝举荐王莽接替自己的职务，汉成帝恩准后，王莽就成为王氏家族第五任内阁首辅，时年王莽才三十八岁。看着在太后王政君操控下，王氏家族势力在朝中越来越强大，赵飞燕两姐妹是又恨又怕，自王莽上任后，赵飞燕再也不敢去催扬雄给她姐妹俩写赋了。赵飞燕曾听闻扬雄跟王莽关系要好，她怕王莽抓住把柄今后找她的碴，尤其是在汉成帝身体一天不如一天的情况下。

为保住自己获取的地位和利益，赵氏姐妹无论是想借种生子还是谋杀其他嫔妃生下的皇子，其手段可谓歹毒阴狠。毕竟，专宠赵氏姐妹的汉成帝，到四十多岁居然没有一个皇子，心急如焚的王太后见儿子刘骜身体一天天垮下去，不免忧心忡忡。按朝廷传下的规矩，那就必须先立储君太子。很快，王政君等人就把目光聚焦在刘骜两个叔伯弟弟的儿子身上。汉成帝这两个侄子，一个叫刘欣，一个叫刘箕子，刘欣为之前傅婕妤的孙子，刘箕子为冯婕妤的孙子。

谁也没想到，嗅觉灵敏颇有心计的傅婕妤虽人老色衰，但她通过一番行贿拉拢赵氏姐妹，为孙儿刘欣在汉成帝面前大说好话，几番神操作后，刘欣竟被正式册封为皇太子。按理说，刘欣被册封为太子又即位当了皇帝（汉哀帝），傅婕妤应该知足感恩才对，然而，正是这个心胸狭隘、报复心强的傅老太，却导演了另一场血腥宫斗剧。

公元前7年的4月，吃了过量春药的汉成帝终于死在同赵合德的床榻上，时年四十五岁。公元前6年刘欣继位成为汉哀帝，他母亲丁姬成了皇太后，而当年的傅婕妤便成了太皇太后。此后不久，太皇太后的傅家亲戚们，也纷纷被提拔为朝中重臣。由此，过去以老太后王政君为首的王氏家族，同新上任的傅氏家族之间，便展开了白热化的宫斗倾轧。毕竟先皇汉成帝已逝，当朝汉哀帝已即位，傅氏家族仗着是皇亲国戚和朝中重臣，首先是曲阳侯大司马王根被免职，接着成都侯王况也被罢官。见形势不妙，时任大司马大将军的王莽就主动提出辞职，但被王政君坚持留任。后来王莽终因"议尊号"一事跟太皇太后闹翻，由傅喜接替王莽出任大司马。以上仅是显赫大位的罢免，而稍小些的宫斗闹剧那就多得不值一提了。

在扬雄看来，汉哀帝刘欣即位后，朝廷政治愈加黑暗，官吏愈加腐败，在缺少正气的朝廷中，小人更加喜欢投机钻营，欺下媚上之风愈演愈烈。据谏大夫鲍宣的奏章披露，当时大汉各地水旱灾害不断，瘟疫肆虐，各地饿殍遍野，百姓生活在水深火热中。在几年宫廷生活中，扬雄见证了皇位的更替，看到了权力争夺的血腥残忍,甚至还目睹了宫中官吏们利欲熏心的各种丑态。年轻的汉哀帝根本不懂辞赋,也不知文学大咖扬雄的价值。被边缘化冷处理的扬雄,此时正好逃避在天禄阁中,进行他的学术研究,为他想要坚持儒家的"民本思想",去探寻最有说服力的反证,这就是他将开始写作《太玄》的目的和动机。

后来发生的一件报复性宫斗事件,大大出乎扬雄和宫中官吏们意料,那就是已是太皇太后的傅老太,竟没忘三十年前跟冯婕妤争宠之事。在汉元帝时期,当年年轻貌美的王政君是皇后,傅、冯二位均是汉元帝的婕妤(后来二人均被提升为昭仪)。有一天,汉元帝领着一帮嫔妃到长扬苑的老虎馆去观看老虎和黑熊搏斗撕咬。汉元帝坐在看台前排正中,别的嫔妃则按等级依次坐于后排。谁也没想到,熊虎搏斗异常凶猛惨烈,在相互扑咬对方时,竟撞断了围栏,很快,冲出围栏的黑熊就朝看台扑来。在这千钧一发的危险时刻,嫔妃们早已吓得惊叫着四处奔逃,冯婕妤却勇敢上前,冲到惊慌失措的汉元帝面前,挡住了黑熊去路。及时赶来的卫兵们很快杀死了黑熊。正是冯婕妤的勇敢感动了汉元帝,第二年被提升为昭仪。

当年的冯婕妤被提升为昭仪后,便遭到其他嫔妃们的嫉恨,而其中恨得咬牙切齿的就是傅婕妤(尽管她后来也被提升为昭仪)。谁料三十年过去了,当年的傅昭仪现今终于握有大权,对冯昭仪还是恨之入骨。于是,报复心强的傅老太便罗织罪名,派酷吏去河北找到当年的冯昭仪,在严酷逼供拷打下,当年的冯昭仪愤而自杀。此后,仍没解恨的傅老太又编织罪名将冯家的十七人全部诛杀。

汉成帝死后不久,赵氏姐妹苦心经营的势力就土崩瓦解。在王政君和众多大臣看来,汉成帝的早逝跟赵氏姐妹有关,大家便把积怨多时的愤恨发泄到赵氏姐妹身上。由于赵飞燕是皇后,又为汉哀帝刘欣登上帝位有帮助,大家便把怒火烧向了妹妹赵合德。在皇太后王政君指使下,由宫廷总管、首辅等重要官员组成的审讯班子,开始审问赵合德。

赵合德清楚,汉成帝早死肯定与她两姐妹有关,何况,赵氏姐妹还害死过曾经的皇子和嫔妃。汉成帝活着时,可保她赵氏姐妹平安无忧,现在汉成帝已死,最恨她赵氏姐妹的,就是过去的王政君老太后。既然王老太后和宫中官员要为汉成帝申冤,自己还可能活在人世吗?看来,要保住皇后姐姐不被杀害,只有舍弃自己小命换取姐姐项上人头了。思前想后的赵合德在被反复提审几天后,就以自杀方式告别了汉宫和人世。

美女赵合德虽死,但宫中要严惩赵飞燕的呼声仍不绝于耳。汉哀帝清楚,他登上帝位赵氏姐妹是出了大力的，在傅老太授意下，汉哀帝并没对赵飞燕下手，为平息众怒，只是把享受了十多年荣华富贵的赵氏亲属，全部发配到一千多公里外的辽西郡（今河北卢龙县）充军。从此，红极一时权倾朝野的赵氏姐妹就从历史舞台上匆匆谢了幕……

此时，猖狂得志的傅氏家族在汉哀帝庇护下，取得了不小的宫斗战绩，让以王政君为首的王氏家族遭受到较为惨重的损失，致使王氏家族的干将一个个失去官位。然而，让扬雄和扬庄没想到的是，得胜的傅氏家族内部，也开始了争权夺利的争斗，而这一切的始作俑者同样是心胸狭隘、小肚鸡肠的傅太皇太后。

自王莽被逼退调离后，傅氏家族中的傅喜便成为许多人心中的主心骨。傅太皇太后是个权欲心极强之人，傅喜便多次规劝她不要过多干预朝政，反对她取得太皇太后尊号，谁想心怀不满的她便动了要拿下大司马傅喜之心。在汉哀帝用左将军师丹代替王莽担任大司马不久，便赐给傅喜黄金百斤，交回将军印信，以光禄大夫身份回家养病。见傅太皇太后权斗阴谋得逞，大司空何武、尚书令唐林都上书汉哀帝，说傅喜行为符合礼仪廉洁，他是忠诚为国的内辅重臣。其实，汉哀帝本人也是看重傅喜的，只是因扶自己登上帝位的傅太皇太后在背后操控使坏，出于一时权宜之计和万般无奈，才让傅喜回家休养。

傅太皇太后导演的宫斗倾轧还不止于此，为彻底架空汉哀帝便于自己操控朝政，心狠手辣的她收买唆使御史大夫朱博，编织理由弹劾丞相孔光。悲哀的是，汉哀帝果真免去了孔光之职。当侍郎谒者正要宣布朱博和赵玄二人新任命时，大殿内却响起异常怪异而洪亮的鼓声。坐在金銮殿上的汉哀帝向黄门侍郎问道："扬爱卿，这、这是咋回事呀？"

熟读经典的扬雄当然知道，古代典籍《尚书》中有篇叫《洪范》的文章，该文章写有治理国家的九条根本大法，故被称为"洪范九畴"，其中以五行居首，用天象、人事、刑政、吉凶、祸福等自然现象和社会现象来比附朝廷中发生的大事。加之儒家观念认为，天道与人事之间可以相互转换感应，当不同的自然现象出现时，往往会被经学家认为是上天对施政者的褒奖，这就是所谓的"瑞兆"。如果出现天灾或各种反常现象，便被认为是不幸的"灾异"，这就是所谓的失德所致。古时的谏大夫们，就是用这些所谓的五经之说，来约束帝王做出任性决定的。此时的扬雄当然清楚，心里七上八下吃不准的汉哀帝，就是想听听他的意见，然后再做决定。

很快，扬雄便给汉哀帝和殿上文武大臣解释了《尚书》中《洪范》一文的意思。接着，扬雄躬身对汉哀帝说："陛下，鼓妖的出现，我个人认为既非人祸也非天灾，但它奇异的叫声似乎在提醒我们，我大汉朝廷或许有用人不当之处，它确实是老天给陛下某种警示啊。"

这时，金銮殿上的汉哀帝愣了，殿上的大臣们也傻了眼，大家都没想到，这黄门侍郎扬雄咋敢这样直言对皇上说这样的话呢？这不明摆着要得罪朱博和赵玄吗？大臣们都知道扬雄是正直之人，过去连有恩于他的汉成帝，他都敢用辞赋小文讽谏劝说，难怪，今天面对他看不惯的势利小人朱博和赵玄，他能当众说出这样对他本人并不利的话来。后来，尽管汉哀帝刘欣并没采纳扬雄警示之言，还是让侍郎谒者宣读了任命诏书。但朱博的结局跟扬雄在大殿说的一样，几个月之后，朱博和赵玄就成了幕后宫斗老手傅太皇太后的替死鬼，头脑简单的朱博便自杀了。

第九十章

不屑钻营的黄门侍郎，只醉心天禄阁

在扬雄进宫写出四赋后，慢慢就与同僚王莽和刘歆成了好友。但王莽和刘歆怎么也没想到，一个有点口吃比他俩稍大的黄门侍郎居然能写出轰动大汉的大赋来。自视甚高的刘歆和王莽逐渐从交流中感受到，扬雄还是个读了不少书的饱学之士，有时在谈论某部作品时，记忆力惊人的扬雄竟然能一字不差把原文背出来。刘歆父亲刘向本就是汉宫里公认的饱学之士，在父亲教育培养下，学问也不差的刘歆原来在宫中还算是有点小傲娇的校书小官员，自深入了解扬雄后，刘歆的傲娇就渐渐转化为继续学习的动力了。

在汉成帝去世的前几年，由于皇太后王政君插手，王莽的职务如火箭般往上飞升。为此，刘歆还几次主动请客，祝贺王莽的升迁。扬庄曾以为，王莽升迁后，有才华的扬雄或许会跟着沾光，职务会往上挪动挪动。出乎扬庄意料的是，这时扬雄反而离王莽渐行渐远，有时还以各种理由婉拒王莽的酒局。后来，在扬庄一再逼问下，扬雄才向扬庄坦言："宫内人际关系复杂，像我这样没权势背景的人，最好就待在天禄阁看书做学问为好，至于能否升迁，那不是我这小小黄门侍郎该考虑的事。"

扬庄听扬雄说后，竟点头说："嗯，子云说得有理，现在朝中是王氏家族的天下，老太后不提拔王家的人，难道还会提拔异姓之人，你我就老老实实干好本职工作得啦。"

就在扬雄静心在天禄阁动笔写他的《太玄》一书时，公元前6年的一天，七十一岁的刘向，突然生病辞世。刘向的去世，无疑是大汉王朝的一个巨大损失。熟悉五经的大学者刘向在汉宫天禄阁和石渠阁曾奉命领校秘书，所撰的《别录》为我国最早的图书类目录。除此之外，诸子百家被视为中华文化的正统渊源，刘向在天禄阁整理了已濒临亡佚的诸子残篇，其对古籍贡献功不可没。

在天禄阁，刘向、刘歆父子在儒学作为经学一统天下后，又重新研究和整理诸子百家学说，刘向是强调从诸子百家中汲取思想营养，以改善儒学的重要人物。刘向在对《管子》《晏子》《韩非子》《列子》《关尹子》《战国策》等著作整理基础上，认为他们皆有符合儒家经义的地方。在汉元帝和汉成帝掌权时期，刘向在当时独尊儒术情况下，大力倡导研究诸子百家之学，对解放思想拓展统治者思路是有积极意义的。更为重要的是，刘向联合儿子刘歆，还共同编订了《山海经》和《楚辞》等作品。

为更好完成刘向未竟事业，被提升为中垒校尉的刘歆升任天禄阁和石渠阁总负责人后，便继续领校《五经》，编写《七略》，成了扬雄的顶头上司。由于扬雄过去一直跟刘歆关系较好，加之刘歆也极尊重学富五车的扬雄，故扬雄在干完他本职工作后，就有了更多自由阅读和写作的时间。为此，衣食无忧的扬雄，才有条件更好地创作他的《太玄》，做了不少读书笔记。而此时的扬庄，却有了更多时间去旧货市场淘他喜欢的古玩，偶尔，扬庄也会悄悄赠送一件质地不错的小玉器给扬雄。自刘歆升任为天禄阁总管后，休沐时，扬雄就只能悄悄请扬庄一人到他住处喝酒了。喝酒时，扬雄时常感叹："刘向老先生的去世，使他在汉宫失去了一位可以请教的文化高人……"

自青城武馆新学员又开始训练之后，心有不甘的刘三，曾三次派徒弟罗明生去成都寻找孙氏兄弟。每当西门云飞按计划来武馆给新学员教剑术时，刘三总要在喝酒时提醒西门云飞，要他在成都留意孙氏兄弟行踪，一旦发现孙氏兄弟，就派人来通知他，他好率李二娃和罗明生去擒拿孙氏兄弟，然后逼孙氏兄弟交代出杀人放火的幕后真凶。

虽说西门云飞在清风庄园出事时不在现场，但对孙氏兄弟印象不错的他怎么也想不到这二人会做出杀人放火的事来。所以，当老友刘三要他在成都寻找孙氏兄弟后，西门云飞还真在成都，寻找了几次孙氏兄弟，遗憾的是，跟徒弟罗明生一样，均是一无所获。

好在扩大厂房面积和业务的百花织锦坊，有席毛根和袁平的认真管理，利润在每年上升的基础上，已把业务扩展至长安、中原和西域等地。西门云飞已取得父亲同意，下次扬雄回川时，他将同扬雄商量，打算在长安买一处可作蜀锦销售点的铺面，请扬雄先帮忙看下长安的铺面。之后，西门云飞在刘三协助下，已挑选好三名武馆老学员，作为今后长途运送蜀锦和丝绸的押运镖师。后来，卓铁伦与姐姐桃花商量，他决定跟姐夫一道在长安买铺面，以便出川卖他所经营的文君酒，两家铺面挨在一起，今后还可相互照应。在西门云飞看来，万事俱备就只等扬雄回川的东风了。

不久，心急的西门云飞便给扬雄去了一封信，信中，西门云飞不仅问扬雄何时回川，还催问他，给天师洞道观写的对联完成没有？若写好了，近期回来的话，就可一同带回，要是暂回不来，先寄回也成。

为兑现当年给张云天大师要在天师洞修建道观的承诺，西门云飞在成都找了好几个具有房屋设计和建造经验的大师级人物，比较之后，西门云飞最后选定了一位曾主持扩建过青羊肆的庄大师。西门云飞为啥要选五十来岁的庄大师上青城山修建天师洞道观呢？一是对建筑颇有研究的庄大师极其崇拜对老庄学说造诣颇深的严君平，庄大师本人文化虽不是很高，但他也是个喜欢《道德经》的人；二是庄大师提出建天师洞道观的修建理念，非常符合西门云飞的想法。在接庄大师去天师洞参观修建现场时，静虚道人也对庄大师的构想较为认可。经西门云飞跟静虚商量后，最后才决定让庄大师来主持修建道观工程。

修建道观一事定下后，西门云飞就立即下山去青城武馆找刘三和李二娃，商量抽调两名学员上天师洞做帮手的事。已四十多岁的老帅哥西门云飞清楚，一旦庄大师带领十多名工匠进入施工现场，光是每天早、中、晚三餐就得忙一阵子，何况，下劳力的人都有个习惯，在下午收工后，总喜欢喝上几杯以解一天的疲乏。这样一来，每天要消耗许多粮食和蔬菜肉类自不必说，可中年老伙夫方小桥一人哪能完成这样艰巨的伙房任务？刘三几人非常清楚，方小桥偶尔弄一两顿六七个人的饭菜还勉强凑合，一旦要长时间做十多个人的饭菜，他是绝对无法完成的。想了好一阵的刘三拍桌子说："嗨，如此说来，我他妈还非得派老丈母覃老板上山才行，好在最近杏花没犯疯病，她俩上山不就可解决厨房问题了嘛。"

李二娃听后也说："刘老大，你派老丈母和杏花去弄伙食最好，她两娘母毕竟开过馆子，做的饭菜也巴适。老大，你想过没，十多个工匠每天要吃那么多大米、蔬菜和肉类，要买这么多东西还必须下山去市场才行，你认为挑选哪两个学员去为好？"

"三帮主，你是武馆副馆长，成天在同那帮学员打交道，你比我更了解他们，你指派两个手脚勤快点的就行。若耽误了他们练功学艺，今后延长他们几个月毕业就行了呗。"刘三忙说。

没等李二娃开腔，罗明生就插嘴说："刘馆长，据我这一年来观察，我认为陈志和与刘加元较为合适，这二人做事麻利，腿脚也勤快，他俩是跑腿的料。"听罗明生说完，李二娃也同意派这二人去天师洞。安排完覃老板母女和两个跑腿学员上山后，西门云飞就提出从明天开始，他要刘三和李二娃在灌县市场去协助他购买所需的木材和砖瓦，陆小青还要组织人马，用马车把这些建筑材料运到青域山脚下，然后再雇人把东西送到天师洞。最后，西门云飞还告诉大家说："十天后，庄大师就将带领他的修建团队，到天师洞正式施工了。"说完，西门云飞就拿出一个装有二十金的皮口袋，交给了做事认真的独臂刘三。

就在汉哀帝刘欣在傅太皇太后操控下，大肆打击清除他们看不惯或不听话的异己时，遭冷遇的扬雄正躲在天禄阁中，一面完成校书工作，一面进行他的《太玄》一书的写作。刘歆深知黄门侍郎扬雄学养深厚，对扬雄到底在写怎样的书有着极浓的兴趣。为啥刘歆极为关注扬雄的写作呢？这里有个极复杂而又简单的心理因素，那就是在扬雄没进汉宫前，刘向父子是被宫内官吏公认的学富五车之人，何况刘向还撰写了不少具有学术价值的文章。自扬雄进宫任黄门侍郎后不久，他就写出了轰动大汉的四赋。刘歆仅比扬雄小三岁，家学渊源也是常人无法相比的，所以就对扬雄的文学才华非常认可，并给予了充分肯定。

眼下，当父亲刘向去世后，刘歆就成了天禄阁的一把手，他对其他工作人员可以不管不问，但对扬雄要写新作的举动就格外上心，刘歆关注的原因有暗中较劲的意图，他已在文学上输给了桑农之家出身的扬雄，若在其他学术领域再输给有些口吃的黄门侍郎，这叫他颜面往哪儿搁呀！在刘歆关心询问下，一向谨慎低调的扬雄，并没向刘歆袒露他真实的创作意图，只是淡淡回道："子骏呀（刘歆字子骏），我目前还没确定将要写作的全部内容，往后一旦构思成熟完成写作，一定首先交给你审示并请提出宝贵意见。"

扬雄为啥不愿告诉刘歆他写作的内容呢？由于几年相处下来，扬雄直觉到刘向父子虽对他极为友好尊重，但刘歆却是个比他父亲更好面子更看重名誉利益之人。扬雄知道刘歆缺少文学才华，不可能写出大赋来，但刘歆是个有着丰富学养之人，他可以写不同学术著作，一旦他弄清我写的内容后，虚荣心极重的刘歆要是抢在他前头完成类似《太玄》一书咋办？他的地位和权势足可让我的著作成为胎死腹中的废品。多了一个心眼的扬雄就没告诉刘歆将写什么内容。

第九十章 不屑钻营的黄门侍郎，只醉心天禄阁

扬雄收到老友西门云飞来信后，回想了青城山天师洞的场景，回想了他当年给天师洞石碑写的老子《道德经》。于是，扬雄便挥笔写下两副对联，一副为"清风流云鸟语香；月明星稀夜空净"，另一副为"撷来朝霞烹茶叶；劈碎松根煮菜根"。写完后，扬雄想放上两天，若无修改之处，他再寄给西门云飞。哎，许多年了，在世事不断变迁中，自己能为老友云飞和梅香姑娘的亲弟弟做点事，这该有多好啊……

大大出乎扬雄意料的是，就在他给天师洞道观写好对联的第二天，他又收到妻子秀梅来信。秀梅在信中告诉丈夫，母亲近两月身体一直不好，经常出现幻觉的她多次站在父亲坟头眺望北方，喃喃呼唤雄儿之名。秀梅原以为在扬家小院过一段日子后，再陪母亲一同回到长安。没想到的是，无论怎样劝说母亲，母亲再也不愿出远门了。自病重卧床后，母亲就非要写信给你，让你在她死之前回来一趟。信的最后，秀梅还询问了扬爽和童乌的情况。

看完信后，扬雄立即写了请假报告，并找到刘歆讲了母亲病危的实情，还把秀梅来信给刘歆看了。刘歆安慰扬雄别急，他说他会拿着扬雄家书去求汉哀帝开恩，恩准扬雄回川探望。扬雄含泪告诉刘歆说："子骏，我大汉不是倡导仁孝吗？在我母亲临终之际，若我回不去尽最后之孝，那我扬雄便成了不可饶恕的罪人！"

扬雄尽孝之心不仅感动了刘歆，也感动了汉哀帝。当汉哀帝听刘歆说完扬雄母亲病危的情况，又看过扬雄家书后，便当即恩准扬雄三月假期，回川探望。扬雄见汉哀帝准假，便立马谢过刘歆就回家准备回川事宜去了。扬庄听说子云母亲病危，当天下午他就赶到扬雄家，送给了他三金作为路上盘缠。扬雄认为扬庄的礼有点重，就推辞想谢绝，可扬庄却微笑说："呵呵，子云，你是上有老下有小的困难户，就你那点俸禄，哪够回一趟老家呀，起码你得再租一匹马和一辆车吧。你晓得不，这三金是我上次休沐时，在旧货市场倒卖古玉器赚的。嘿嘿，我赚钱的门路多，挣钱手段比宫内那帮家伙强多了。"说完，扬庄硬把三金塞给了扬雄，便匆匆离开了。

当天晚上，扬雄就给大儿扬爽做了交代，第二天上午他去租马车，扬爽必须在家烙十个大饼带上，以备路上食用，然后还要带上换洗衣服，尤其不要落下弟弟要穿的衣服等。夜深人静时，躺在床上的扬雄突然想起曾在王音大将军家做门下吏时，他卖掉了当年阿鹰送给他的那匹老白马。那是一匹多有灵性的老马啊，要是它还健在，我明天就不用租马了。唉，晃眼间那匹老白马离开扬雄已整整五年了，要

是那老马还在，可能也快不行了吧。想着想着，两行冷泪就从扬雄面颊流下。

第二天中午，吃完午饭的扬雄就让扬爽和小童乌把简单行李和烙好的面饼带上马车。心急如焚的扬雄一面赶马车，一面教扬爽学赶马车，小童乌知道奶奶病重，现在他们爷仨是回去看望奶奶的，所以也心情悲痛、沉默不语。或许，一些人会疑惑，扬雄不是在朝廷做黄门侍郎吗，他为啥还要带上面饼在路上充饥呀？扬雄在朝廷当的是年俸只有四百石的小官，其收入在汉宫算是极少的，扬雄家里五口人，全靠他不多的年俸维持生计。当秀梅送母亲回老家时，几乎带走了家里所有积蓄。而留在长安的扬雄爷仨，每天还需有生活开支，尽管扬雄非常勤俭节约，家里日子过得仍很拮据，家里的困难只有外人扬庄一人知道。所以，在得知扬雄即将回老家探望时，扬庄便及时雨般给扬雄送来三金。

九天后，尽管是夏末，赶着马车的扬雄进入涪县地界时，便遇上了一场瓢泼大雨，无奈的扬雄只好将马车赶到西山道观屋檐下避雨。雷雨闪电中，走出道观的黄玉猛然发现了扬雄和他两个年龄相差较大的儿子。这时，只听小儿对扬雄说："父亲，我们中午才吃了烙饼干粮，晚上总不能再吃这些干巴巴食物吧？"

扬雄望望黄昏即将降临的天空，叹道："唉，童乌啊，你看这雨下得这么大，你让我上哪儿去给你弄白米干饭吃嘛。要是雨停就好了，我就带你和你哥去县城找家馆子吃顿有肉菜的米饭，要得不？"

"要得嘛。"童乌忙点头说。

雷雨交加中，夜色很快就笼罩了大地。这时，只见一位小道姑端着一个木盘向他们走来，木盘中装有一大碗土豆红烧肉和一碟红油泡菜，另外还有三大碗白米干饭。闪电中，小道姑走到扬雄面前说："先生，天已晚了，这是我们道观赠送给先生的充饥食物，请先生收下。"

扬雄愣了，他猛地想起这次回川沿途看到不少流民，有的竟饿毙在乞讨路上，迟疑片刻，扬雄忙推着木盘问道："小道姑，请、请问，你们道观常施舍食物给路人吗？"

小道姑看了看清瘦又留有黑胡须的扬雄，淡淡回道："先生，人生一世，相识是有缘分的，施舍与被施舍同样也需有缘才行。从面相上看，先生似乎跟我西山道观有极深缘分，所以，有缘之人接受一份食物，那是非常正常的。"说完，眉清目秀的小道姑就返身回了道观。闪电与雷声中，还在沉思回味小道姑话的扬雄见童乌两眼直勾勾盯着香喷喷的红烧肉和白米饭，便对二子说："既然小道姑说我们跟西山道观有缘，那我们就吃了这顿饭吧。"扬雄话音刚落，小童乌和扬爽就端起米饭猛吃起来。随后扬雄夹了一块红烧肉放入嘴中咀嚼起来。尔后叹道："哎呀，这红烧肉味道硬是巴适得板嘛……"

几天后的未时,心急火燎的扬雄赶着马车,终于到了成都卧龙桥聚义客栈。张德川见扬雄到来,便吃惊地问道:"子云,你要回家乡,咋不先来封信呢?"不待德川说完,扬雄就急忙告诉他母亲病危的消息,并拿出秀梅的信让张德川看。秀娟听说扬雄爷仨还没吃午饭,立即通知厨房先弄几个菜再说。扬雄来聚义客栈,就是想让他舅子派人去通知席毛根、西门云飞、卓铁伦、刘三、李二娃和静虚几人,他怕这次回家伺候母亲脱不了身,无法见到他想见的朋友们。离开客栈时,扬雄对张德川说:"我希望老友们三天后来我扬家小院一聚,你告诉云飞兄,我已把他要的天师洞道观对联写好带回。"说完,吃饱喝足的扬雄带着两个儿子,又赶着马车匆匆朝花园场方向奔去。

酉时刚过一半,扬雄的马车就到了龙家大院外的黄角树下,许多乡邻便围上来问这问那。此时,跳下马车的扬爽拉着小童乌,立刻朝自家小院跑去,扬爽一面跑一面挥动手臂高喊:"妈,奶奶,我们回来啦……"

待应酬完乡邻们后,扬雄立即将马车赶到扬家小院外停住,然后拿着马鞭就匆匆走进熟悉的小院。此时,扬雄听见两个儿子在厢房中呼喊奶奶的声音传来。消瘦的秀梅冲出房门,立即朝丈夫怀中扑来:"子云,你、你们终于回来了。"随后,流泪的秀梅又指着房门说:"快去,母亲快、快不行了。"

"啥,母亲咋啦?"扬雄问后,丢下手中马鞭就朝房内跑去。此时的张氏仍闭目躺在床上,晚霞的余晖照进屋内,含泪的扬雄看到,仅一年工夫,母亲额上和手背上的皱纹又增添了许多。过去母亲脸上没多少老年斑,如今脸上已增添不少。嘴唇颤抖的扬雄突然喊了一声:"妈,您的雄儿回来了。"说完,哭泣的扬雄就跪在了母亲床前,随后两手便握住母亲那辛劳一生的双手。

这时,张氏慢慢睁开双眼,含笑拉着扬雄的手说:"雄儿,你、你从长安回来啦?"刚说完,扬雄就示意扬爽和童乌给奶奶跪下。张氏又慢慢移动手掌,拉着扬爽的手说:"爽儿,你是我从小带大的乖孙,你要带、带好弟弟童乌,今后要听你爸妈的话,要给我们扬、扬家争气,也、也要向你爸那样,要进皇宫当官哈。"说完,张氏又用手摸着小童乌的头,尔后用微弱声音说:"童、童乌,来,再喊我一声奶奶。"

童乌听后,立刻扑到张氏身上哭喊道:"奶奶,奶奶,我不要您生病嘛,呜呜呜……"

在小童乌的哭喊声中，张氏勉强睁开眼看了看床前的儿子、儿媳和两个孙子，然后低声对扬雄交代着："雄儿，我希望往后你从朝廷退休后，仍要回到我们扬家小院来，这儿才是你的根。我、我死后，你要把我同你父亲葬在一起，记着每年都、都要给我和你父亲上坟哟。"

"母亲，您、您就别说那些不吉利的话好不好，我们全家还希望您老人家长命百岁哩。"含泪的扬雄仍跪在床前，握着母亲的手说。张氏听后微笑着闭上了双眼。当晚深夜丑时，年迈的张氏就病逝了。深夜中，扬家小院传出撕心裂肺的哭喊声……

第二天早上，扬雄一家四口还围跪在张氏遗体旁悲恸大哭。有位种了扬雄家水田的乡邻汉子主动来扬家小院问他，家里有无安葬老人的棺材？这时从悲痛中清醒过来的扬雄摇头后忙从怀中掏出十多枚五铢钱交给乡邻，那汉子接过钱后，立即朝花园场跑去。一个多时辰后，那汉子带领几个乡邻就把新棺材抬进了扬家小院。随后，大家就协助扬雄，把换上寿衣的张氏遗体放进了棺材中。

由于一天没生火，下午酉时，猪圈中的两头半大黑猪饿得嗷嗷乱叫。扬雄忙叫秀梅去生火煮饭，两个儿子早已饿得哭不出声来。晚饭时，扬雄告诉秀梅，明天上午估计你哥和席毛根、西门云飞、刘三等人，会来我们扬家小院。秀梅听后大惊："要来这么多人，家里乱糟糟的，我又没准备那么多酒菜，这、这该咋招待客人呀？"

"秀梅，家里有白布没？"扬雄忙问。

"白布倒还有几丈，家里没酒，也没下酒菜，我愁的是这个。"秀梅忙说。

"有白布就好，明天老友们原本是来探病的，谁想到大家会来奔丧嘛？既然碰上丧事，我们就得给老友们准备孝帕吧，不然，乡邻们会笑话我扬雄不懂仪礼。至于酒嘛，我估计卓铁伦会带些来，若不够，我到时再喊刘三派人去花园场买。"

"那肉食呢？你总不能让朋友们都吃素菜吧？"秀梅又急着问。

"猪肉有的是，那猪圈里的两头半大黑毛猪，正好可杀来招待客人。"

"子云，那两头半大黑毛猪杀了多可惜呀，它俩还没长大哩。"

"可惜？难道你还要独自留在扬家小院，把猪喂大过完年才去长安？实话告诉你吧，皇上只给了我三个月假，办完母亲丧事，待庄稼收完后，我们全家四人都得回长安去。"

听丈夫说完，秀梅就不再开腔了。当夜，在扬爽和秀梅的协助下，扬雄第一次操刀，把两头半大黑毛猪给杀了。一直忙到子夜时分，扬雄把两个儿子和秀梅喊去睡觉后，又独自跪在母亲灵前守灵。鸡叫头遍时，爬起的秀梅想替换丈夫去休息，扬雄却说："秀梅，你一人已伺候老母几个月了，这守灵的事就让我这扬家唯一的大男人来做吧。我身体不错，能扛得住。"无奈之下，秀梅只好陪丈夫一道给母亲守灵。

已时刚过一半，赶着马车的罗明生就把刘三、杏花、李二娃、陆小青和静虚几人载到了扬家小院外。杏花原本同覃老板去天师洞给修建道观的人煮饭，昨天下午下山买肉的她听说扬雄已从长安回家看望生病的母亲，她便非要跟着丈夫刘三来扬家小院不可。过去，杏花没嫁人时，是从不敢独自来扬家小院的。二十年前扬雄结婚时，她曾跟着众乡邻来扬家小院外看过热闹，没想到受人讥讽的杏花一气之下还跳了河。如今，她已是刘三明媒正娶的女人，何况，刘三还是扬雄童年老铁，刘三又知她过去同扬雄的关系，所以当杏花提出要一同前来看望扬雄生病的母亲时，一点不鸡肠小肚的刘三也没说个不字。

当刘三风风火火跳下马车闯进扬家小院时，顿时就愣住了，他没想到扬雄一家四口竟齐刷刷跪在一口新棺材前不停哭泣。瞬间明白一切的刘三忙返身用食指朝后面的人做了个小声的动作，尔后就轻脚轻手走到扬雄身边也跪了下来。很快，涌出泪水的刘三便双手捶地号啕大哭："哟喂，我的老妈啊，您、您咋就走了嘛，您儿子扬雄在长安城当官，您还没享到清福啊，您老人家走得太早了呀……"

在刘三的哭声中，眼睛红肿的秀梅拿出已准备好的白色土布孝帕，给刘三几人披戴在头上。正当静虚去问扬雄母亲得啥病去世时，这时坐大马车赶到的席毛根、张德川、西门公子、卓铁伦、秀娟、小芳等人也赶到了扬家小院。确实，扬雄母亲的去世太出乎所有人意料，除张德川和秀娟知道张氏病重外，其他原想借探病之机到郊外秋游的人，顿时心情沉重起来。

当夜，扬雄的老友们全都为扬雄母亲守了灵。黎明过后，扬雄率扬爽、席毛根和罗明生几人，在扬雄父亲坟旁挖了一个大坑。早饭后，扬雄将母亲埋在了扬凯坟旁。谁也没想到的是，当众人刚把新坟垒好，一直没说话的杏花猛地扑在新坟上放声大哭。秀梅和秀娟想去拉起悲恸大哭的杏花，刘三却阻拦说："就让杏花哭一阵吧，让她把心中苦水吐出来，或许她今后就不会犯疯病了。"

此刻，唯有扬雄清楚，这杏花哭声中，隐含有她多年遭受的不公与委屈……

795

两个多月后，扬雄在去看过他恩师严君平和李弘先生后，让儿子扬爽赶着马车，又回到长安城家中，已很少有笑意的扬雄去宫里报到后，就一头再次扎进曾研究过多遍的《周易》和《道德经》中。不久，从失母悲恸中渐渐振作起来的扬雄脑中便塞满了卦象和各种神秘图示，因为他动笔创作的《太玄》一书，就跟《周易》和《道德经》有关。很快，进入创作状态的扬雄就在天禄阁和自己家中，准备好数捆竹简和一大箱墨。此刻的刘歆已预感到，黄门侍郎扬雄将要写出更伟大的新作品了……

第九十一章

历时四年，高深《太玄》终于问世

一天下午，正当扬雄在自家院中地上用树枝描画他正创作《太玄》中的图示时，突然，院门被敲响。感到奇怪的扬雄忙抬头问道："谁呀？"

这时，院门外传来扬庄的声音："子云，是我。"扬雄一听是扬庄的声音，看了看地上图示，低声嘀咕道："唉，你庄兄真来得不是时候。"说完，扬雄用脚擦掉图示，就走去打开了院门。这时，只见扬庄左手提了两瓶酒，右手提着一包散发着卤味的肉食，他笑道："子云，你别见怪，今天我淘到一件和氏璧玉器，一时高兴我就不请自来啦。"说完，扬庄就跨进了院门。

由于已是深秋时节，院里已有不少落叶，扬雄忙把扬庄迎到客室。刚坐下，扬雄喊道："童乌，快给你扬叔泡茶。"很快，小童乌就麻利地为扬庄端上一杯家乡绿茶。接过热茶，扬庄指着桌上卤菜说："小童乌，把这卤菜交给你妈，我们晚上蒸热吃哈。"随后，小童乌拿起卤菜就朝厨房走去。

刚喝一口茶的扬庄放下茶杯忙从怀中摸出一块直径足有七寸、中间有孔的圆形玉璧说："子云，你看，这是我今天只花了三金从胡老板那淘来的宝贝。"说完，扬庄便把手中和氏璧递给了扬雄。饱读诗书的扬雄当然知道战国时期赵国外交家蔺相如与和氏璧的故事，更明白和氏璧的贵重性。可令扬雄费解的是，如此金贵的宝贝，懂玉器的"老司机"胡老板咋会舍得三金就卖给扬庄呢？聪明的扬雄猛然明白，江湖老手胡老板定是又有啥事想求扬庄，所以才如此让利给扬庄的。于是，扬雄问道："庄兄，据我所知，一般和氏璧价格应该在二十金以上吧，若是上等和氏璧，起码也要值三十金。"

"嘿嘿，我就费解了，你这黄门侍郎是个不爱逛旧货市场的家伙，咋对这玉器行情还如此了解呢？"扬庄有些吃惊。

"庄兄，我不是受你影响才关心玉器行情的嘛，你这哪是在捡漏，分明是胡老板又有啥事有求于你嘛。"

扬庄一听顿时愣了，稍停片刻，他突然指着扬雄笑了起来："呵呵，子云，你哪仅是文学大咖，你这熟悉《周易》的人，分明就是个神算子嘛。来来来，你为我这和氏璧打一卦如何，看看这件宝贝今后能为我赚多少钱？"

"哎呀，庄兄，这还用打卦吗，我敢断定，你这件和氏璧三年之后至少给你挣近四十金。"扬雄忙说。

扬庄笑了："呵呵，那敢情好，到时赚了钱，我请你们全家去长安大酒楼多嗨几顿，咋样？"

"那是几年后的事了，等以后你赚了钱再说吧。庄兄，我托你看的铺面有眉目没？"扬雄又问。

"我今天来你这的第二件事，就是告诉你，胡老板帮我找了个准备回西域的胡人，那胡人货物在路上被抢光后，他家已再无本钱在长安维持生意了，所以，准备卖了铺面回老家去。"

"那铺面有多大？"

"你不是说要两间大点的铺面嘛，那是两间前可做店后可住人的好铺面，那铺面离旧货市场不远，可算是西市的黄金地段了。咋样，明天下午下班后，我俩去看看好吗？"

"庄兄，不用去看了吧，有你把关，我是一百个放心的。你把地址给我，我明天下午过去把定金先交了再说。下次休沐就可把房契办了，然后我就可给西门云飞去信，让他来长安做生意了。"

"子云，当年的西门公子到底来长安做啥生意？"

"西门公子和他舅子卓铁伦想来长安做蜀锦和文君酒生意。你认为如何？"

"做别的生意我不敢保证，若做蜀锦和文君酒生意，我敢肯定说，他们会赚到不少钱的。"扬庄回道。扬雄想了想，低声问道："庄兄，你还没告诉我，那胡老板要求你帮啥忙哩。"

扬庄笑道："哈哈，子云，你别好奇心太重，你还是把心思放在你的《太玄》写作上，等我把胡老板的大忙帮完后，再详细告诉你这秘密吧……"

第二年刚过完元宵节，西门云飞就带着席锦阳等三人，卓铁伦带着桂子等三人,他们用大马车拉着各自的蜀锦和文君酒,在几个镖师护卫下来到了长安。在西门云飞和卓铁伦等人拜望过扬雄后,他们把店铺按各自需求重新装修一番,然后就开始了营业。他们两家各打出的招牌是"蜀锦庄"和"文君酒坊",所做业务是零售兼批发,只要客户要货数量大,他们就通知成都大本营把货送到长安,运费自然是要加进销售成本的。不到三个月,席锦阳负责的蜀锦庄和桂子负责的文君酒坊就渐渐在长安小有了名气,生意也开始红火起来。

　　扬雄创作《太玄》进入第二年后,他除完成天禄阁正常校书工作外,几乎已把全部精力投入写作中。由于《太玄》一书受《易经》影响较大,再加上有《道德经》和《河图洛书》启示,以及还将涉及天文学中浑天学说,所以,按扬雄设计的一玄、三方、九州、二十七部、八十一家、七百二十九赞,就得再次研究《周易》中的两仪、四象、八卦和六十四重卦与三百八十四爻。扬雄《太玄》中的赞辞就近似《周易》中的爻辞。《太玄》中的"玄"源自《道德经》中的"玄之又玄",意为玄奥之意。《太玄》的核心思想是想建立一个以"玄"为宇宙万物本源的哲学体系,它以不一样的"玄"为中心思想,糅合儒、道、阴阳三家思想,希望成为这三家思想的混合体。扬雄想运用阴阳、五行思想及天文历法知识,以占卜形式,描绘出一个奇特的世界图式。

　　自视甚高的扬雄,想创新写出一部华夏还未有过的著作,他虽是熟读五经和了解诸子百家学说的文化大咖,但在写作《太玄》时,同样遭遇了尚需解决的瓶颈问题。古时,为占卜打卦,算者往往用蓍草作为打卦工具,若按《易经》中的六十四卦推演,扬雄无疑是非常在行的,现在包含天、地、人三分法的《太玄》,却比《易经》卦象难度系数还复杂许多。为解决他设计的三分法问题,扬雄是绞尽脑汁也没把这方法想好。

　　一个休沐天的下午,扬雄正在院中树下摆弄数根蓍草,坐在一旁玩耍的童乌,见有只彩蝶从头顶飞过,忙起身去捕捉彩蝶。谁料想,疯跑的童乌没留意地上蓍草,追彩蝶时竟把老爸的蓍草弄得乱七八糟。还没想出解决办法的扬雄顿时火起,一巴掌拍在童乌头上说:"你这野小子咋搞的,竟把我正在演算的蓍草整乱了!"

　　"我不是故意的嘛。"不服的童乌用川话回道。

　　扬雄看了看已长得有他肩头高的童乌,这小子平常比他哥机灵许多,我何不把遇到的难题抛出,试他一试,他若能说出点启发我思路的点子也好呀。想到这儿,扬雄忙指着地上蓍草说:"我这有四十九根蓍草,你把它折为两节,以每四根为一组,去掉余数后,再连续折为两节,分上两次,使它们余数同三分法的余数一样,你小子能算出来吗？"

童乌听后想了想，便盯着地上一堆蓍草凝思起来。随后，蹲下的童乌口中反复念叨："四十九根蓍草，每四根一组，去掉余数，再连续折为两节分上两次，使余数同三分法余数一样。"突然，站起来的童乌把手一拍说："父亲您难不倒我，用九去除不就解决这个问题了嘛。"说完，童乌就观察起父亲的反应来，因为小童乌晓得，若他父亲不赞同他算法的话，还得逼他另想法子。

听童乌说完，扬雄立马愣了：是呀，九是三的三倍，四十九根蓍草连分三次，这里面就包含有九呀。为证实童乌想出的算法，扬雄立即用树枝在地上进行了演算，结果令扬雄十分满意。于是，扬雄上前搂住童乌说："嘿嘿，你小子今天有功，今晚上我们全家到外面馆子去吃饭，奖励你半只葫芦鸡哈。"

由于西门云飞请的主持修建天师洞道观的庄师傅去年突然生了一场重病，工期延长了整整半年之久。待西门云飞和卓铁伦在长安把商铺装修完，开始卖货时已到初春时节。观察十来天销售行情后，西门云飞和卓铁伦回到成都时已是姹紫嫣红的春天了。去百花和浣花织锦坊与聚义客栈了解完生意情况后，西门云飞又马不停蹄赶往青城武馆。在给学员补上几节剑术课后，腰挎长剑的西门云飞忙叫刘三和李二娃叫来庄师傅和十来个工匠。西门云飞忙给工匠们交代明天将上天师洞重新开工一事，庄师傅也对众人表达了歉意。由于工期延后耽误了一些工匠挣钱，仁义的西门老板还向每个工匠补贴了十枚五铢钱。

第二天，西门云飞就同庄师傅和工匠们上山，在天师洞检查了又修建了一半的道观工程。下午，覃老板和杏花在陆小青、陈志和与刘加元陪同下，把肉菜和粮食挑上了山。静虚和方小桥见西门云飞重启道观工程，都跑上跑下配合庄师傅的安排。好在堆放在天师洞的木材和砖瓦没受损失，在第二天正式开工后，西门云飞才同静虚一道下山，骑马朝平乐书院奔去。

西门云飞为啥要叫上静虚跟他一道去平乐书院呢？因为西门云飞有几件事要求严君平，有了静虚在一起，把握更大些。严君平好些年已没见着扬雄好友西门云飞了，听书院弟子禀报后，严君平便热情接待了他们。寒暄几句后，西门云飞非要请君平大师去镇上喝酒。拗不过盛情之邀的严君平只好随西门云飞去了唐昌镇上的逍遥饭庄。

两杯酒下肚后，西门云飞便开口对严君平说："君平大师，我今天同静虚来找您，有三件大事想求您帮忙，望您老人家一定要答应我和静虚的请求。"

第九十一章 历时四年，高深《太玄》终于问世

"有啥事你先说来听听？"心里没数的严君平忙问道。

"第一件事，我们在天师洞修建的道观，两个月后即将竣工，到时，我同静虚想请您这个易学大师、老庄学说的权威研究人，上天师洞为新落成的道观剪彩。第二件事，我想请您老为道观亲笔题写个观名，这观名就叫'天师洞道观'。第三件事嘛，就是我想请教先生，我们想在道观正殿雕塑一尊老子的骑牛塑像，我一直吃不准的是，到底用啥木头雕塑为好。"

已年近八十的严君平用手捋了捋银须，微笑着说："呵呵，西门老板，凭你我这些年交情，凭你是我得意弟子扬雄的好友，我先答应你前面两件事。至于为老子塑像选哪样木头，我可给你两个建议。首先，你可选择紫檀，紫檀的颜色为棕紫色，它的材质坚实细腻，是做木雕的上乘首选，塑像完成抛光上蜡后会呈现墨玉色，极其美观。其次，你也可选乌木做老子雕像。乌木质地异常坚实，色黑而有纹。辨别真假乌木有个诀窍，那就是放入水中沉则为真，若不沉则为假。这乌木也是极适合精雕细刻做雕塑的。你俩也知道，老子仅凭他的《道德经》，就成为我华夏顶级的文化大师，为他塑像，那自然该选择最好材质的木头。我建议你俩就在紫檀和乌木中二选一吧。"

西门云飞笑道："呵呵，我今天所求的三件事，均得到圆满解决，来，君平大师，就让我和静虚敬您一杯美酒吧。"

秋空明净，当一行行大雁飞向南方，川西大地又是野菊绽放的时刻。霜降前，从长安赶到成都的几个订货客商，在参观考察完百花和浣花织锦坊后，就向西门云飞提出想去都江堰游玩的要求。考虑到这批客商不仅跟西域有关系，而且其中一位还是汉宫一位上层人物的亲戚，于是，在西门云飞亲自陪同下，不仅用豪华马车载着他们去游览了伟大水利工程都江堰，第二天，还带这几位重要客人上了青城山天师洞。

在参观道观时，西门云飞指着道观门楣上方几个大字，对客人介绍道："各位老板请看，这门楣上方'天师洞道观'五个大字，还是我们蜀地易学大师严君平亲自手书的哩。这飘逸潇洒的五个大字，很能体现君平大师道骨仙风的特点。"几位客商听后连连称赞。突然，那跟皇宫有亲戚关系的傅老板指着正殿门两旁柱上的对联念道："'撷来朝霞烹茶叶，劈碎松根煮菜根。'嗯，这副对联写得不错，很有道家味嘛。"

西门云飞听后，忙上前指着不太显眼的落款人姓名说："傅老板，你知道吗，

801

这对联是汉宫中那响当当的辞赋大咖扬雄写的。"

傅老板大惊，忙上前仔细看过落款人姓名问道："西门老板，你认识汉宫里的黄门侍郎扬雄？"

"我何止认识，扬雄在成都时，我俩还是经常在一起喝酒的好友。"说完，西门云飞就把老板们带进道观大殿。众人望着那尊墨黑色的老子骑牛雕像又纷纷议论开来。傅老板上前用手抚摸生动的牛头说："西门大老板，我看这天师洞道观，就凭观门外几块扬雄亲书的《道德经》石碑和撰写的对联，还有这老子骑牛木雕和君平大师亲书的'天师洞道观'几个大字，这青城山的天师洞在不久的将来很可能成为大汉的道家圣地。"

陪着参观的身穿青色道袍的静虚也在一旁说道："尊敬的傅老板，期望天师洞成为道家圣地，也是原天师洞蜀地剑客张云天大师的心愿，我同西门师兄也是一直朝这个方向努力的。"

"什么，这天师洞原住有一位蜀地剑客？"微胖的傅老板惊讶问道。静虚答："是呀，剑客张云天大师是我和西门师兄的剑术师父，此人也喜欢老子学说，他隐居天师洞几十年，就是想把天师洞打造成道家圣地。"

"这么说来，你们的剑客大师是一位隐藏民间的高人啰？"

"那当然啦，走呗，我们到客室品茶去，让这位静虚道人给你们讲讲我师父的传奇人生吧。"西门云飞说完，就领着傅老板几人朝观外茶室走去……

参观完天师洞道观后的第二天，富二代西门公子又带着傅老板几人回到成都，去锦江的游船上，听歌女们弹琵琶唱曲欢快饮酒玩了一下午，晚上去冀都大酒楼品尝成都特色美食。第二天下午在客栈喝茶时，傅老板说他们几人明天就将动身返回长安，临行前，有个小愿望，就是想去成都赌场玩玩，试试手气。

既然这些重要客商提出要求，为尽地主之谊，西门云飞又咋好不同意呢？晚饭后，西门云飞就带这帮长安富商去了春熙路附近的悦来赌场。

就在西门云飞端着茶杯喝茶时，朦胧光影中，从他跟前走过的一名保安引起了他的注意。西门云飞定睛一瞧，这中等身材的保安，不正是过去武馆学员孙家富吗？过了一会儿，西门云飞又发现了同样当保安的孙家贵。

面对曾经的两个武馆学员，西门云飞一直在考虑，要不要把孙氏兄弟在此的消息告诉刘三，若告诉了刘三，会不会引起一场腥风血雨……

第九十一章 历时四年，高深《太玄》终于问世

光阴荏苒，斗转星移中四年过去，年过五十的黄门侍郎扬雄，耗费不少心血终于在汉哀帝元寿二年（公元前2年），完成了他人生最重要的作品《太玄》（亦称《太弦经》）。由于饱学之士刘歆过去是扬雄好友，如今又是扬雄的顶头上司，自信满满的扬雄，为兑现之前的承诺，他最先征求意见的人，就是刘歆。出乎扬雄意料的是，刘歆看后竟摇头说："子云，天下无数人要读懂《易经》都不容易，若要弄懂你的《太玄》，那会比登天还难哩。如果我这饱学之士都感到难懂，那么，你的玄之又玄的《太玄》，我看一般百姓就只能拿来压酸菜缸。"

自命清高敢比肩先贤的扬雄，听刘歆说后，心里暗暗吐槽道：嘿嘿，你子骏官职不是比我高许多吗？要不是你父亲是刘向，要不是你跟皇亲国戚沾边，你能坐上天禄阁头把位置吗？不敢也不愿得罪刘歆的扬雄，于是只好笑而不答地摇了摇头，端起茶杯又喝起他喜欢的家乡茶来。

在扬雄一生求学中，过去他一直认为经莫大于《易》，传莫大于《论语》，他写作《太玄》的目的，就是想挑战像《易》这样高难度的作品，写出跟《易》不一样甚至比《易》还高深的著作来。难道，饱学之士文学大咖扬雄竟是如此狂妄无知之徒？非也！这正是扬雄敢于挑战先贤不畏困难的可贵勇气与品质，是集他多年研究天、地、人关系的一次学术成果展示，是他留给后人一笔难得的精神文化财富！

《太玄》根据《周易》的阴阳学说和《道德经》中的天道观，结合流行于西汉天文学上的浑天说，建立起属于扬雄自己关于世界形成与变化的哲学体系。他通过自己呕心沥血的思考与研究，企图揭示天、地、人中最根本的关系本质。《太玄》以"玄"为核心，糅合儒、道、阴阳三家学说，成为三家哲思流绪混合的"世界图式"。

《太玄》是一部天、地、人合一的经学巨著，充满了辩证之思。《太玄》中的天、地、人是各自独立又相互联系的存在。在扬雄看来，人乃世界之根本，宇宙之至尊，天地之精华。人之安危，物之兴衰，宇宙奥妙之无穷尽，皆归于他认为的"玄"也。正如他在《太玄·玄摛》中所说："玄者，幽离万类而不见形者，资陶虚无而升乎规，神明而定摹，通同古今以开类，错阴阳而发气。一判一合，天地备也。天日回行，刚柔接矣。还复其所，终始定矣。一生一死，性命莹矣。仰以观乎象，俯以视乎情，察性知命，原始见终。三仪同科，厚薄相劘。圜则杌棿，方则啬吝。嘘则流体，唫则疑形。是故阖天谓之宇，辟宇谓之宙……"

可以说，扬雄的《太玄》不是仿《周易》而作，而是在研究《周易》之后，超越了《周易》的著作，是汲取《道德经》精华又跳出《道德经》局限自成一体的

哲学著作。《太玄》在宇宙生存、天象历数、人事规律、自然法则等诸多方面均有独到分析和见解。《太玄》一书中原有《玄图》一章，这足可证明《太玄》曾有许多图示解释书中文字，可惜的是如今图已佚，从此就给阅读此书的读者带来诸多不便，或许还有造成误读的可能。

正如刘歆所预言的那样，在刘歆反复看过扬雄的《太玄》后，汉宫中有几位学识较丰富的同僚也拜读了扬雄散发着墨香的《太玄》。他们都一致认为，黄门侍郎的《太玄》难懂，或许将成为一部难以破译的天书。但自视甚高的扬雄坚持认为，这些读不懂《太玄》的人，是他们学识不够，对《周易》和《道德经》与天、地、人的关系还无法理解，他们的认知还停留在传统陈旧的天人关系上，一旦有人读懂了《太玄》，那这人便是超越时代局限的知音和智者。

尽管如此，头脑清醒的扬雄，面对那些读不懂《太玄》的同僚与好友，他还特意写了一篇序。他说，无数事实说明，用赋劝阻皇上，是难达到劝诫目的的，因而我不想写赋了。我在研究浑天学说基础上模拟天、地、人三者关系，析画为三，而分为方、州、部、家四重为一首，共得八十一道。另外又析画为三，而三分阴阳为每首九赞最后共得七百二十九赞，这就是自然的法则。阅读《周易》的，看见卦象就能认识它的名称，阅读我《太玄》的，数画数就可确定它的位置。

令扬雄和刘歆两个文化大咖都没想到的是，《太玄》问世一千年后，北宋著名政治家、史学家、文学家司马光，以及"北宋五子"之一的理学家、数学家、诗人邵雍（字尧夫），却对扬雄的《太玄》产生了极大兴趣。司马光深入研究《太玄》后感慨说："扬子云真大儒者也！孔子既没，知圣人道者，非子云而谁？"而比司马光研究《太玄》更深更全面的，那一定是学养极高的邵雍。邵雍是北宋易学象数一门中的集大成者，其学术研究在某些领域跟扬雄有相似甚至相同之处。"北宋五子"中的程颢和程颐曾说，"康节之学似子云"。清人著名理学名臣李光地也说，"邵易似从《太玄》悟出"，又说"先天生卦造图法用《太玄》"，明确指出邵雍的《皇极经世书》中六十四卦图均脱胎于《太玄》。

研究《周易》和《太玄》的人常说，欲知《太玄》应先知历理，自古学者皆认为历易同理。扬雄能写出《太玄》，证明他是知易理，又知历理的人，因为真正的易学大师，是没有不精通历法的。在邵雍看来，修订了太初历的落下闳仅仅是知历法而已，而扬雄才是真正既知历法又知历理的文化大师。东汉杰出天文学家、数学家、文学家张衡曾说："《太玄》可以跟五经媲美，这是汉朝建立二百年来最伟大的著作！"

　　不久，汉宫便流传扬雄写了一部天书的说法。于是，扬庄便从扬雄那借走《太玄》一阅。扬庄毕业于成都文翁学馆，也算是汉宫里有文化的小官吏，没想到的是，扬庄还没看完一半，就将一大卷《太玄》奉还给扬雄，并说："子云，你的这部大作，才是真正写给未来人看的，相比你的《蜀王本纪》，这部《太玄》更像一部有字有图的天书哩。"

　　无论汉宫中的官吏怎样议论评价扬雄的《太玄》，自傲的扬雄依然坚信，他费尽心血的《太玄》一书定会流传后世……

春秋墨香 下部 扬雄别传

第九十二章

为避汉匈交恶，扬雄敢于上书直谏皇上

扬雄写完《太玄》一书后不久，就在宫内陆续听到一些对《太玄》一书和他个人的评议。有人认为他写这天书，是在哗众取宠；有人讥讽黄门侍郎为得到皇上奖赏的宝马香车，在故作高深卖弄学问；有人甚至挖苦说，扬雄这么有才学，咋还是个不被皇上重用的小小黄门侍郎呢？听到这些评议或嘲讽，甚至是不怀好意的中伤，平时仁义友善的扬雄再也抑制不住内心不满，于是有针对性地写下他著名的争辩忠告小文《解嘲》。

"客嘲扬子曰：吾闻上世之士，人纲人纪，不生则已，生则上尊人君，下荣父母，析人之珪，儋人之爵，怀人之符，分人之禄，纡青拖紫，朱丹其毂。今吾子幸得遭明盛之世，处不讳之朝，与群贤同行，历金门上玉堂有日矣，曾不能画一奇，出一策，上说人主，下谈公卿……"。《解嘲》一文虽不长，但包含内容却极为丰富，这里，特挑选有针对性的几条，来看看扬雄对嘲讽他的人说了些啥。

扬雄认为世上有钱人家的房子容易被盗贼所盯上，争权夺利的人容易在官场中死去，而老实本分的人则易于生存；人要安于寂寞，懂得无为，能够清争，这才是坚守道德的基础。有些人却用鸷枭嘲笑凤凰，拿蜥蜴笑龟龙，这又怎能不大错特错呢！在这无所作为的时代，我白也好黑也好，我能安于清贫不贪富贵，你们那些人地位虽比我高，却潜伏着不一样的生存危机。我扬雄确实不能与衮衣者公相比，所以我只能默默艰辛写作我的《太玄》一书。

虽然心情郁闷的扬雄为发泄心中不满，写下流传至今的《解嘲》，但值得欣慰的是，宫中也有人对《太玄》一书持褒奖的态度。当时在宫中比扬雄小三十岁的青年桓谭，虽是黄门侍郎中负责典漏刻事工作的低级官员，但他对天象和历法都有研究，正直的桓谭在看过《太玄》后说："扬子云才智开通，能入圣道，卓绝于众，汉兴以来未有此人也！"宫中饱学之士刘歆听闻桓谭之言，也颇感诧异，而其他一些人却认为，桓谭对扬雄的评价太夸张。

生活中，扬雄也并不是死钻牛角尖的人，针对那些看不懂《太玄》的人，他又拿出耐心写了《太玄赋》和《解难》，给予了解释和答疑。在《解难》一文中，扬雄坦率说，宏大高明的论述、艰深复杂的道理可与普通人共享。即便是仰观天象、俯察地理的高人，有时也有深不可测的理论留存于世啊。不是因为那些高人在故弄玄虚，实则是因为某些道理本就如此高深……

这里，有必要说说当朝皇帝刘欣的一个特殊爱好，相比前任汉成帝来说，汉哀帝这一特点跟汉成帝形成了强烈反差。汉成帝时期，由于王政君皇太后的专权干政，使性格并不强势的汉成帝，渐渐堕落成贪恋女色的平庸帝王。而身体羸弱没见过多少世面的汉哀帝，坐上大汉皇位后，却对后宫佳丽一点兴趣也没有，反而同性恋倾向却渐渐显露出来。

汉哀帝与汉成帝有着相同的际遇，这两个皇帝背后都有着专权干政的人。每当早朝时，病恹恹的汉哀帝总是提不起精神，若是臣子有事奏报，汉哀帝也仅是听着而已，大多时候他都不能表示决断，因为，他知道还得同他母亲和奶奶商量行事。一天早朝时，刘欣突然发现殿下出现了一张异常俊美的新面孔，他立即询问此人是谁？很快有人便向汉哀帝禀奏，此人是新来的郎官，名叫董贤。刘欣从没见过如此英俊漂亮的男人，很快，有了想法的汉哀帝，就把董贤破格提拔为伴随他左右的黄门侍郎。

在同董贤相处不长的日子后，汉哀帝竟同董贤成为一对名正言顺的"好基友"。看着成天厮混在一块的哀帝与董贤，大臣们虽有千般不满，但都不敢对当朝天子说三道四。一天汉哀帝午睡醒来，本想下床的哀帝见董贤未醒，不想破坏董贤好梦的刘欣，见自己衣袖压在董贤身下，于是抓起短剑就把自己衣袖割断。从此，中国历史上便有了"断袖之癖"这一成语，后来也有人把这称为"断袖之交"。

心情渐渐好起来的汉哀帝，竟然"色"迷心窍到头脑发昏的地步，为感激董贤给自己带来从未有过的体验与感受，刘欣居然在同董贤相处一段时间后，就把他从黄门侍郎晋升为驸马都尉、侍中，后来更为荒唐的是，把根本没有作战经验从未带过兵的董贤任命为全国武装部队总司令。更令众大臣敢怒不敢言的是，未立寸功的董贤还被滥用皇权的汉哀帝赏赐了巨额财富。

自送走长安客商傅老板几人后，纠结了几个月的西门云飞还是把孙氏兄弟在成都悦来大赌场当保安的事，告诉了刘三和李二娃。不过，在告诉刘三和李二娃后，西门云飞提了一个要求，他说几年过去了，虽然孙氏兄弟当年烧了马厩和厨房，刘三也受了伤，但毕竟没出人命，如果这事查出真是孙氏兄弟所为，他希望教训下孙氏兄弟即可，千万别弄出人命来。刘三当即表示，只要孙氏兄弟交代出幕后指使者，他决不会对孙氏兄弟下狠手。

待西门云飞回成都后，在聚义客栈同席毛根、张德川和卓铁伦喝酒时，他便把孙氏兄弟在赌场的事告诉了几人。席毛根听后沉思片刻说："西门老板，其实据我所知，刘三一直想寻找的是幕后真凶，他坚信无冤无仇的孙氏兄弟，绝不会主动来杀人放火谋害他和李二娃。唉，我最担心的是一旦从孙氏兄弟嘴中问出幕后真凶，疾恶如仇的刘馆长是不会善罢甘休的。"

西门云飞点头道："是啊，从刘三多次提到孙氏兄弟来看，他一直不疑幕后指使者可能是被他阉了的龙耀武。大家想过没，前年龙耀文已升官调到了蜀郡府，若刘三要报复龙耀武的话，现在可不比过去了，有了龙耀文这后台，心狠手辣的龙耀武也是啥事都干得出的人。"

张德川听后，忙对大妹夫席毛根说："席兄，西门老板说得有理，刘三是比较尊重你意见的人，下次刘三来后，你得认真劝劝他才行，我也不希望已是独臂的刘三再弄出人命来。"尔后，卓铁伦也放下酒杯说："哎，要以和为贵嘛，在生意场上，和气才能生财，做人也应该以和为贵，这样才能避免血光之灾。"之后，几人就为如何劝解刘三议论起来。最后，席毛根表态说："若刘三来客栈后，一定要通知他来见见，若有必要，到时他可陪刘三去见孙氏兄弟，一定把控住不要整出人命来。"

临别之际，张德川对席毛根和西门云飞说："二位，我家老二张振川，今年满十七岁了，他已几次向我提出，想去青城武馆学武艺，你俩以为如何？"

"你问过振川没，他为啥想学武艺呀？"席毛根问道。

张德川说："你是不知，我家老二非常佩服有剑术功夫和飞镖之艺的西门云飞与李二娃，他说他学好武艺后，就可在今后新创办的客栈中当老板，若要遇上流氓地痞捣乱，他就可收拾他们。"

"哈哈哈，少年张振川还是个有想法的人，面对这个并不安宁的社会，他这想法是有一定道理的，我支持振川来青城武馆学剑术，到时我一定带好这个徒弟。"西门云飞高兴地说。最后，张德川又向西门云飞和卓铁伦询问了长安店铺的经营情况，夜深人静时，几位老友才在微醺中散去……

第九十二章　为避汉匈交恶，扬雄敢于上书直谏皇上

　　自刘三从西门云飞口中得知孙氏兄弟在成都悦来大赌场当保安后，已同李二娃和陆小青商量多次，都确定不下到底用啥方式能抓捕到孙氏兄弟。因为刘三清楚，凭他几个是无论如何都不能硬闯大赌场的。他明白，这悦来大赌场中至少也有十多个有功夫的保安，另外，孙氏兄弟认识刘三、李二娃和罗明生，一旦孙氏兄弟发现他们出现在赌场，肯定会逃跑或采取反制措施。实在没招的刘三便带着李二娃和罗明生去了成都聚义客栈。刘三希望有勇有谋的席毛根能拿出个好办法来。

　　时已进入初秋，待张德川派伙计去通知席毛根、西门云飞和卓铁伦时，已是下午酉时。当刘三几人的茶杯换成酒杯后，谈话很快进入正题。首先，刘三向老友表示了他必须捉拿孙氏兄弟的原因，然后，刘三又向几位老友坦言了他这些天一直没想出好办法的苦恼，最后，刘三对席毛根直言说："席兄，你是我们这群兄弟伙的智多星，你年轻时就曾独自上天台山杀过匪首段煞神，今天对如何抓捕孙氏兄弟，我希望你能拿个好主意出来。"

　　席毛根沉思片刻，扭头向西门云飞问道："西门老板，你是去过大赌场的，能否简要说说赌场情况？"

　　西门云飞立马回道："这悦来赌场地处成都市中心繁华地段，也是成都最大赌场，赌场前门有四个保安把守并负责迎客，赌场中有近二十张大桌，供赌客们掷骰子赌输赢用。另外，除中间大场子外，四周还有十来个小包间。赌场有个后门通往华兴街，这个后门由两个保安把守。我前次陪长安来的客人去赌场，感觉赌场内起码还有八名保安。"

　　听完西门云飞的介绍后，席毛根又向刘三问道："刘馆长，这么说来，由于孙氏兄弟认识你和李副馆长，那你俩是不能直接进入赌场的了？否则，孙氏兄弟发现你们中的任何一人，都会打草惊蛇达不到捉拿的目的。"

　　"对呀，就是这问题难住了我，不然，老子早就采取行动了，何必跑来麻烦老友们。"刘三说完就喝了一大口酒。西门云飞也在一旁叹道："唉，这还真他妈是个难题哩。要不是我那晚在躺椅上隐藏得好，我也可能被孙氏兄弟认出来了。不然的话，这孙氏兄弟又不知会躲到哪里去了。"

　　用指头敲着桌面不断思索的席毛根突然对刘三说："刘馆长，我想你既然是追问杀人放火的情况，没必要非要同时抓捕孙氏兄弟二人吧？"

　　李二娃忙抢着回道："席老板，你说的对，我也认为只要抓住孙氏兄弟其中一人，就准能从他嘴中掏出实情。"

　　席毛根一听，立马仰头哈哈大笑，尔后他压低声音对众人说："这不就简单了

嘛。刘馆长，你必须给我调来两个学员，只要有认识孙氏兄弟的罗明生办助，我保证不出半月，就让你能亲自审问孙氏兄弟中的其中一人。"

"真的？"惊喜的刘三忙向席毛根问道。

"若连这点区区小事都办不好，我席毛根还算当年的孤胆英雄吗？"

就在刘三和李二娃坐着罗明生赶的马车往青城武馆奔去时，静虚却牵马下山，独自朝成都文翁学馆奔去。原来，已命在旦夕的廖芝香提出，她想在临死前，再见见张云天儿子陆小龙一面，她要把一些东西转交给小龙。下午未时刚到，赶到文翁学馆的静虚就让门卫通知陆小龙。当小龙听说是廖芝香病危，立马借了一匹马，跟着静虚打马朝青城山奔来。

七十多岁躺在床上已病入膏肓的廖芝香听见小龙跪在床前用哭腔呼唤她时，她艰难地睁开双眼。陆小龙见廖芝香醒来，忙用手紧抓住廖芝香手哭喊道："廖姨，您、您不能走啊，这几十年来，您一直陪伴我父亲，我、我还没报答您呢，您不能走啊……"

廖芝香用枯瘦的手指抚摸小龙的头说："小龙呀，我跟你父母有缘，要不是你母亲临死前托付我照顾好你父亲，或许我早就回老家嫁人了。你千万别怪罪他，当年要不是官府追查得紧，你父亲早就会让你来见他了。他是怕、怕连累你才让我没告诉你的，你知道吗？"

陆小龙哭着点头说："廖姨，您、您老人家现在别说这些了，我、我这当儿子的完全明白父亲的苦心，只是这几十年来，您为照顾我父亲，付出太多了，我、我这当儿子的还不知该怎样感谢您呢。"说完，陆小龙就趴在床前像孩童般放声大哭。过了一阵，廖芝香用颤抖的右手，从被盖下摸出一张用白绸包着的东西说："小龙，你、你把这绸帕中的镯子拿回去吧，这是当年你母亲送给我的礼物，正是收下这个镯子，我才向你母亲发誓说，我、我一定要照顾好你父亲的。"

随即，泪眼蒙眬的陆小龙从廖芝香手中接过镯子，又放声大哭起来。过了片刻，廖芝香指着绸帕说："小龙，这是我这些年积攒下的七十多枚五铢钱，现在你拿回去补贴家用吧。你、你现在去把静虚叫来，我、我要当着你俩的面交代一件事。"

陆小龙听后，立刻出门把静虚叫到床前。微弱的桐油灯光下，廖芝香让陆小龙给她垫高枕头，然后对二人缓缓说道："云天大师临走前，就跟我说过，他希望我离开人世后，让我跟他葬在一起，你二位一个是张云天亲儿子，一个是张云天关门弟子，我希望你、你二位一定要按张云天大师交代的办。"

静虚和陆小龙立即跪下说："好的，我们一定照您交代的办。"稍后，廖芝香又对静虚说："静虚呀，我、我谢谢你这二十多年中，对我的关照，使我在、在天师洞安度了晚年。你还要代我感谢西门公子，谢谢他为天师洞捐建了一座可流传后世的道观。另外，我想拜托你帮我和云天大师办件事，这也是你师父生前要我转告你的。在我临终之际，我、我得把这事告诉你，拜托你转告你的小先生扬雄，求他为张云天和我合写一篇墓志铭。若这事能完成，我和云天大师在九泉之下也无遗、遗憾了。"

静虚见廖芝香慢慢闭上双眼，急忙哭着说："师娘，您就放心吧，我一定会转告扬雄，让他为您和我的恩师写一篇墓志铭。"

星月早已隐入云层，阵阵山风吹过，那哗哗掀动的林涛仿佛在送别渐渐离开人世的廖师娘。

一日早朝，身体虚弱多病的汉哀帝像往常一样蜷缩在宽大龙椅上，艰难履行着他作为天子要上早朝的责任与义务，哪怕是徒有虚名的假过场。因为，病中的他也怕失去令人敬畏的皇权。汉哀帝前一天就知道，今天早朝要商议一件跟匈奴有关的要紧大事。正当汉哀帝用无神双眼望着殿下大臣们时，只听侍郎谒者拖着噪音说："有本早奏，无本退朝……"

见大殿一片沉默，汉哀帝微微欠身对群臣问道："众卿，你们说说前两天匈奴大单于派使者来我长安，想、想来朝见朕的事，朕到底要不要答应匈奴大单于来长安呀？"说完，汉哀帝就把目光投向他无比信任的董贤。此时，已任军队最高总司令的董贤却摊开两手说："陛下，我不大懂外交上的事，您还是问问分管外交的大鸿胪为好。"说完，仅有二十五岁的董贤就把目光投向离他不远的大鸿胪。

官场"老司机"大鸿胪见董贤把球踢给他，立马上前一步对汉哀帝说："陛下，关于匈奴大单于请示朝见您的事，我认为您千万不能答应。"

"为啥呢？"汉哀帝冷冷问道。

大鸿胪解释道："陛下，微臣认为匈奴居于黄河上游，从地理上看，有以上凌下之势，若您身体好时，这倒也无所谓，因为您是驰骋天地的真龙天子，匈奴大单于是伤不到您分毫的。可陛下您正在病中，我担心匈奴的邪气会伤到陛下龙体。从我大汉历史来看，每当匈奴大单于来长安朝见，我大汉不是发生地震，就是发生蝗灾、水灾，要不就是天子的龙体受到影响，故微臣认为陛下此时不宜接受大单于朝见的请求。"

811

听完大鸿胪之言，汉哀帝似乎觉得有些道理，于是就点头应了一声："嗯，你这话有些道理。"

汉哀帝话音刚落，一大群阿谀奉承的大臣们以为皇上已赞同大鸿胪建议，不再接受匈奴大单于朝见了，于是纷纷献媚说："对呀，大鸿胪说的有道理，请皇上爱护龙体为上，就别答应匈奴使者啦。"随后，大司空、大司农以及御史大夫等人，也先后表达了和大鸿胪相同的意见。

就在众人一片溜须拍马的迎合声中，谁也没想到的是，广平王刘广又出列，向汉哀帝拱手奏道："启禀皇上，微臣有异议，恭请陛下容臣禀告。"随即，大殿便陷入一片寂然，众臣哪会想到，此时会冒出一个胆大的异议者！

吃惊的汉哀帝也没料到，在他正要宣布退朝时，居然有异议者出现。于是，诧异的刘欣往殿下看去，原来是刘姓人家的广平王想发表异见，哦，广平王是刘姓自家人嘛，让他说说不同看法也无妨。于是，汉哀帝抬了抬龙袍罩着的右手说："广平王，你说吧。"

此刻，站在众大臣后面的黄门侍郎扬雄，清楚听见广平王对汉哀帝说："陛下，自我大汉朝建立以来，匈奴一直不断侵犯我边境，为平息边患，我大汉多次采取和亲的怀柔之策，得以保护边民能有和平生活。如今匈奴主动来向我大汉示好，我们怎能拒绝大单于的友善之举呢？"

广平王话音刚落，董贤立即出列拱手对汉哀帝说："陛下，我不同意广平王意见，我大汉地大物博、兵强马壮，岂有畏惧小小匈奴的道理？只要匈奴胆敢犯我大汉边境，微臣一定亲率大军，亲自去剿灭那些蛮族之军！"话音刚落，一大帮早被专制皇权训化成奴才的大臣们就对董贤发出了一片献媚讨好的附和声……

回到家的扬雄，拿出卓铁伦送给他的文君酒，吃着油酥花生米喝起闷酒来。朝堂上，人微言轻又有口吃毛病的扬雄，是不敢同董贤、大鸿胪等人论争的，就连广平王从大局着想的直言相告，都被那帮依仗皇权狐假虎威的家伙们打压下去，难道我还有什么办法对抗那伙趋炎附势之徒？！越想越气的扬雄一口便把杯中酒喝干，将酒杯往地上一砸说道："我虽是无权无势的黄门侍郎，但毕竟是拿了朝廷俸禄的人，我说不赢你们那帮昧着良心蒙骗皇上的家伙，难道我不可以发挥自己所长，用上书直谏方式向哀帝陈述拒绝单于的最终恶果吗？"说完，饭也没吃的扬雄就气呼呼朝书房走去。

秀梅和两个儿子见门砰的一声关上，他们几人便大气都不敢出地匆匆吃过饭，

第九十二章　为避汉匈交恶，扬雄敢于上书直谏皇上

就各自做该做的事去了。坐在书桌前的扬雄沉思一阵后，点亮桐油灯，在砚台中磨好墨，然后展开竹简挥笔写下《谏不许单于朝书》七个大字。随即，已构思成熟的扬雄写道，"臣闻六经之治，遗于未乱，兵家之胜，贵于未战。二者皆微，然而大事之本，不可不察也。今单于上书求朝，国家不许而辞之，臣愚以为汉与匈奴从此隙矣。本北地之狄，五帝所不能臣，三王所不能制，其不可使隙甚明。臣不敢远称，请引秦以来明之。以秦始皇之强，蒙恬之威，带甲四十余万，然不敢窥西河，乃筑长城以界之。会汉初兴，以高祖之威灵，三十万众，困于平城，士或七日不食……"。随后，扬雄在文中列举这一百多年来，大汉同匈奴的多次战争所造成的恶果，以及前朝诸多皇上对匈奴的各种怀柔之策（包括和亲）。之后，扬雄在文中恳切地说，"今单于归义，怀款诚之心，欲离其庭，陈见于前，此乃上世之遗策，神灵之所想望，国家虽费，不得已者也。奈何距以来厌之辞，疏以无日之期，消往昔之恩，开将来之隙……"。

最后，扬雄在文中结尾劝谏道，"乃以制匈奴也，夫百年劳之，一日失之，费十而爱一，臣窃为国不安也。唯陛下为留意于未乱未战，以遏边萌之祸"。写完稿后，扬雄再次修改了两遍，直到他认为满意后，才放下手中凝有墨香的笔。当夜，扬雄有些开心，因为他觉得他写的《谏不许单于朝书》，一是为大汉尽了忠，二是对朝堂上那帮吹牛拍马、趋炎附势小人是一次有理有据的回击。明日早朝呈给汉哀帝再说吧，若皇上仍听信谗言，那我这小小黄门侍郎就没办法了。想到这儿，扬雄才慢慢合上双眼……

第二天早朝，扬雄毫不犹豫地把他昨晚写的《谏不许单于朝书》上奏给了龙椅上的汉哀帝，刘歆和扬庄一听，扬雄上奏的是昨天讨论的关于单于朝见之事，扬庄便替扬雄捏了一把汗，刘歆心中也叹道："唉，你这个写了天书的扬子云，难道现在莫不是把脑壳写方了，那么多官职比你高的人都劝皇上不接受单于朝见，你咋要逆众人之意而执迷不悟呢？朝廷大事有你扬雄说话的份吗？"

正当刘歆还在心里埋怨扬雄不识时务时，龙椅上的汉哀帝想着黄门侍郎扬雄毕竟是写出轰动大汉四赋的大才子，前不久又听说他写出了天书《太玄》，难道这个平时言语不多的扬雄另有什么高见要对朕说，不然，他咋会如此慎重用竹简写成文字上奏给朕呢？想到这儿，汉哀帝便对侍郎谒者说："那你就把扬爱卿的奏本念念吧。"说完，病恹恹的哀帝就蜷在宽大龙椅中，慢慢闭上眼睛。

领命的侍郎谒者展开竹简，便高声诵读起来。念着念着，出乎朝堂上所有人意

813

料的是，蜷缩在龙椅中的哀帝又慢慢睁开双眼，尔后又坐了起来。当侍郎谒者刚一读完，汉哀帝就招手对侍郎谒者说："你，快给朕把扬爱卿的奏章拿过来，朕要认真看看这难得的好文章。"说完，汉哀帝就从侍郎谒者手中抓过了竹简。

大殿上，精神骤然焕发的汉哀帝迅速浏览完扬雄的《谏不许单于朝书》，突然用竹简敲着龙椅扶手说："众位爱卿，你们应该向黄门侍郎学学，这有理有据文章中呈现的，可是扬爱卿一片为国忠心啊。大鸿胪，你立即派人去把匈奴使者的国书换回，朕要采纳扬爱卿建议，热烈欢迎大单于来长安朝见朕。"尔后，汉哀帝又当众下旨，要每个朝臣都要抄一份扬雄的《谏不许单于朝书》学习，因为，仅凭扬雄洗练的文笔，层次分明的说理，有根有据的论说，还有一颗拳拳爱国之心，就值得汉廷每个官员学习。

随后，董贤、大鸿胪等高级官员纷纷向扬雄表示祝贺，有的官员甚至当众表态，待拿到抄写的《谏不许单于朝书》文稿后，就要背诵下来。汉哀帝见一些官员向扬雄竖起了拇指，于是马上宣布，立即赏赐扬雄一些绸缎和黄金。退朝后，只见扬庄上前对扬雄耳语道："子云，今晚你要请客。"

"那是当然！那是当然！"扬雄忙高兴回道。

第九十三章

瘟疫肆虐，扬雄相继痛失二子

在刘三去聚义客栈求教席毛根如何捉拿孙氏兄弟后的一个深夜，早已谋划好的席毛根腰插短刀，坐着陆小青赶的带篷大马车，直朝悦来大赌场奔去。马车中还坐着腰插两把七星短剑的独臂刘三、身藏数把飞镖的李二娃，以及身背弓箭、腰插飞镖的罗明生、陈志和与刘加元。按席毛根的设计方案，他今夜将装扮成有钱的大老板，稍作化装的罗明生和陈志和二人要装成席毛根马仔一同进入赌场。罗明生必须去的原因是只有他认识孙氏兄弟，若是孙氏兄弟意外认出罗明生，那罗明生就说他是赌场大老板的私人保镖。手脚麻利的陈志和跟随席毛根的理由，是他已将一个大麻袋折叠好，用一张鞣制的薄羊皮包住，装成有不少钱的大皮包。一旦行动成功，陈志和必须用最快速度打开麻袋。

来到事前早已踩好点的华兴街，提前下了马车的席毛根领着罗明生和陈志和进了赌场后门，留下的刘加元在后门外作为联系人以防不测。为啥早已挣了不少钱的席毛根要冒如此风险来帮刘三捉拿孙氏兄弟呢？因席毛根重情义，他一直觉得自己没帮上曾是结拜兄弟刘三的忙，当年兄弟中，西门云飞不仅是真正的大老板，而且又身兼武馆教练和天师洞道观主持，家里还有三个宝贝儿女。要说徒手搏斗的话，西门云飞和张德川都不是席毛根的对手，加之孙氏兄弟认识刘三和李二娃，一旦这二人出现在赌场，甚至可能会在堂子野的赌场丢了小命。所以，席毛根才决定由他本人出面，智擒一个孙家兄弟准能追问出杀人放火的原因来。

进赌场后，席毛根就在靠墙椅上坐了下来。罗明生与陈志和分别坐在席毛根身旁。装作喝茶的席毛根扫视光线并不敞亮的赌场，低声向罗明生问道："你发现孙家兄弟没？"

罗明生盯着不远处一个中等身材的保安，朝那努了努嘴说："席老板，那人就是孙家贵。"随即，席毛根压低声音说："我马上去赌几局，赌完后我就去后门等你，我走后你就叫小陈去喊这人到后门来，就说有大老板想问一件事，那老板会给赏钱。到时，你一定要提前把捂嘴的绸巾准备好。"说完，席毛根就起身朝掷骰子赌输赢的赌桌走去。尔后，机灵的罗明生一面看着在赌桌上大声叫喊兴奋不已的席老板，一面搜寻在赌场来回走动的孙家贵。

过了一会儿，赌完几局的席毛根装作突然有事的样子朝赌场后门走去。这时，罗明生马上指着孙家贵对陈志和说："兄弟，那人就是孙家贵，你立即去把他哄到后门来。"说完，见陈志和朝孙家贵走去后，罗明生便起身朝离后门不远的茅厕走去。

很快，走到孙家贵身后的陈志和拍了拍他肩头说："朋友，我家老板想问一件事，老板说了，如果谁回答了他的问话，他会奖赏不少钱哩。"两眼贼亮、头发蓬松的孙家贵上下打量陈志和，不屑地问道："小兄弟，你家老板想问啥呀？我们赌场可是从不出老千的，若问关于出老千的事，我可没那闲工夫见你们老板。"

头脑灵活的陈志和忙把手附在孙家贵耳边说："大哥，好像我家老板对你们赌场很有兴趣，他想了解关于入股赌场的事，你去告诉他赌场有几个投东不就行了嘛。"

"真的？你家老板就问这事？"孙家贵有些兴奋。

"大哥，你刚才没看见，我们老板在赌桌上可是一掷千金的人，即便输了那么多钱，他连眼睛都没眨一下。"说完，陈志和拉起孙家贵就朝赌场后门走去。罗明生见陈志和领着孙家贵朝后门走来，立刻低声对席毛根说："席老板，人来了。"随即，点头后的席毛根朝门外的刘加元做了个手势。刘加元见席毛根手势后，立即朝停在不远的马车跑去。

待孙家贵刚到席毛根面前，席毛根忙指着孙家贵身后问道："那是你们老板吗？"在孙家贵扭头的刹那，席毛根一记重拳朝孙家贵头部砸去，只听孙家贵"哎哟"一声大叫，就被罗明生掏出的白绸帕塞进嘴中。此刻，只见陈志和打开麻袋，罗明生立即将昏迷的孙家贵装入麻袋。由于刚刚孙家贵"哎哟"的大叫声，引来几名保安朝后门跑来。见情况危急，席毛根立即从腰间拔出短刀说："你们快走，我来断后！"

这时，冲到后门的孙家富几人见淡淡月影中有人抬着蠕动的麻袋朝不远的带篷马车跑去，孙家富立即喝问道："你们几个干啥的，给老子站住！"说完，孙家富

第九十三章 瘟疫肆虐，扬雄相继痛失二子

立即从腰间拔出飞镖。席毛根见两个保安朝抬着麻袋的罗明生和陈志和撵去，立即扑上用短刀把两人放翻在地。这时，跳下马车的李二娃也用飞镖朝追来的几个保安甩去，保安负责人孙家富见有人用镖扎伤了他的人，立即朝拦着他们去路的席毛根甩去两镖。夜中，席毛根听见了飞镖声，他误以为是李二娃在用飞镖扎人，大意的席毛根顿时被孙家富飞镖扎中额头和右眼。刹那间，只见席毛根大叫一声便仰面倒地。在血泊中挣扎的席毛根猛地跃起，他拔出眼中飞镖朝马车方向大声喊道："别管我，你们快走！"说完，又挨了几刀的席毛根蜷缩在地，用手捂着冒血的眼眶。

刘三见从赌场涌出的保安越来越多，他在马车下仰头叹道："这狗日的大赌场，哪来这么多保安？"说完，刘三和李二娃就跳上了马车。先上马车的罗明生立即抓起弓箭射翻朝马车扑来的一个保安，其余保安见有人中箭，吓得连连后退再不敢上前。这时，痛得蹲在地上捂着冒血右眼的席毛根猛地站起，举着短刀朝孙家富捅去。连退几步的孙家富飞起一脚，将额头还插着飞镖的席毛根短刀踢飞，随即，孙家富指着浑身是血的席毛根说："兄弟们，把这家伙给我砍了。"话音刚落，众保安有的拿刀，有的用矛，有的用剑，一同朝仅用双拳反击的席毛根砍去。片刻后，随着他一声声撕肝裂胆的喊叫，席毛根很快就倒地死在了众人的刀剑之下。

这时，只听远处马车上，刘三一声肝胆俱裂的哭喊声回荡在夜空："席兄，你的侠肝义胆，足够我刘三用三条命来报答啊……"

公元前2年（元寿二年）秋天，长安城开始流行传染性较强的瘟疫，最开始的防疫方式竟是一些有大爱之心的药铺老板捐献出一些草药熬成药汤，装入大缸中，他们在药铺门前设摊点，让广大民众免费喝下。半月之后，药铺老板见瘟疫仍在流行才慌了手脚，他们联名上书朝廷，希望朝廷举国家之力救治被瘟疫击倒的民众。

在长安的蜀锦坊和文君酒坊也有员工病倒，惊慌的席锦阳和桂子当即决定低价卖掉铺面和剩下的蜀锦绸缎与文君酒，迅速撤回成都。就在席锦阳几人走后不久，扬雄家中的大儿扬爽也被瘟疫传染病倒在床。秀梅见儿子病倒，急得哭着哀求扬雄："夫君，你去宫中向御医讨要有效药方吧，我每天去街上药铺端回的药汤似乎没啥作用，你得想想法子救救大儿啊。"

心乱如麻的扬雄只好到天禄阁求刘歆帮忙，要他出面向御医讨要药方。乱哄哄的皇宫中，御医竟指着宫中大药缸说："刘大人，我们皇宫的药汤已是当今长安最有效的治病汤药了，这些汤药就是按我们全体御医共同商定的药方熬制的，您让我哪还拿得出别的药方。"无奈之下，刘歆只得把御医的话转告了扬雄。扬雄听后摇

817

了摇头，只好用陶罐装满药汤带回家。

小童乌见哥哥病倒，父母又不让他再出去玩耍，早已没心情背书的童乌就在屋中帮着父母做些杂事，要不就站在院中发呆。尽管这样，扬雄曾私下警告过童乌，你人小抵抗力弱，没我允许，千万别踏进你哥房间，要是你再被传染上瘟疫，我们一家就全完了。好在小童乌较懂事，牢记父亲之言，再没敢踏进哥哥房间。家中，照料扬爽的重担，就全落在了秀梅肩上。

一个月后，长安城内病死人的现象越来越严重，许多店铺早已关门或倒闭，即便是大白天，街上也极少有行人。不知是城外野狗大批涌入城内，还是城内部分家狗已无人看管，此时的长安城内，竟四处流窜着一群群流浪狗，只要它们发现有倒毙的路人，群狗就会一拥而上，很快将尸骨啃光。尽管扬雄每天从宫内将汤药带回家，让病倒的扬爽喝下，尽管秀梅每天悉心照料，一个月之后，已跟父亲一般高的扬爽还是被病痛折磨得离开了人世。深夜，扬雄家的小院响起秀梅呼天抢地的悲恸哭声……

天蒙蒙亮时，当陆小青赶着马车刚走到犀浦镇，刘三见麻袋中的人挣扎起来，便喝令陆小青把马车赶到路边不远的树林中。刘三跳下马车想了片刻，立即对陈志和说："志和，你立即骑马回城中赌场后门，看看席毛根伤势如何，若席老板没死，老子就是豁出命也要去救他。"说完，刘三就叫陆小青把拉马车的马解开套绳，让陈志和骑马朝城内奔去。

陈志和骑马走后，刘三立即让罗明生和刘加元打开麻袋，把孙家贵绑到林中树干上，他要亲自审问孙家贵。刘三上前一把扯出孙家贵嘴中白绸帕，厉声喝问道："孙家贵，你狗日的晓得不，老子为啥要绑你来这？"

目光中并无惧意的孙家贵看了刘三两眼，却没理他。顿时火冒三丈的李二娃上前一巴掌朝孙家贵脸上扇去，啪的一声后，鲜血顿时从孙家贵嘴角流出。陆小青上前，用手提着孙家贵衣领说："孙家贵，你兄弟俩几年前为啥要在清风庄园杀人放火，今天你必须老实交代出幕后指使人，否则我们决不会饶了你！"话音刚落，被绑的孙家贵突然飞起一脚，猛地朝陆小青下身踢去，蓦地，陆小青就蜷缩在地痛得打起滚来。

见孙家贵竟敢如此猖狂，气急的刘三立即拔出腰间七星短剑，朝孙家贵左眼刺去，一声大叫后，孙家贵眼中喷出的鲜血溅了刘三一脸。罗明生见状立马上前，用镖割下孙家贵右耳，然后用镖敲着孙家贵脑袋说："孙家贵，老子过去看你兄弟

第九十三章 瘟疫肆虐，扬雄相继痛失二子

俩并非恶人，几年不见，你在赌场就变成地痞流氓了？"还没等罗明生说完，孙家贵将嘴中鲜血朝罗明生脸上吐去："好你个姓罗的，如今你咋变成丐帮头的狗腿子了，老子看不起你！"

"少给我啰唆，小罗，你去马车上拿根绳子来，把他脚也给老子捆上！"刘三立即向罗明生命令道。很快，找来绳索的罗明生从孙家贵身后将他双腿也绑在树干上。这时，慢慢挣扎从地上爬起的陆小青，从腰间抽出七星短剑，一剑朝孙家贵大腿刺去，鲜血很快染红了孙家贵裤腿。随后，刘三上前，用短剑敲着孙家贵额头说："姓孙的，老子再给你一刻钟，若你硬是不说，老子就立即送你去见阎王！"

这时，双手微微颤抖的刘加元从车上抓出马鞭就使劲朝孙家贵头上抽去。过了几分钟，不断流血的孙家贵用右眼盯着刘三恨恨地说："刘三，我孙家贵也是重情重义、知恩图报的男人，老子决不会出卖我的恩人。你狗日的做梦去吧，你休想从老子嘴中掏出杀人放火的真实原因。来吧，今天要杀要剐随你便，老子要是求一声饶，就不算真男人！"话音刚落，刘三咬牙将短剑朝孙家贵心窝捅去，一声惨叫后，清晨的小树林又慢慢沉寂下来……

刚过一个时辰，陈志和便打马飞奔回到河边树林。跃下马背的陈志和扑到刘三跟前说："刘、刘馆长，那悦来赌场的保安们，已把席老板打死了，他们把席老板遗体放在路边，向路人介绍说，这家伙昨夜率人企图抢劫赌场，被他们英勇的保安们给宰了。那、那帮可恶的家伙，他们正在展示席老板遗体。"

刘三一听，仰头哭喊道："席兄，我刘三对不住你啊，你要是不掩护我们撤离，你咋可能被那帮畜生杀死哟……"说完，刘三又挥着七星短剑发疯似的连捅孙家贵几剑。这时，李二娃和罗明生立即上前，抱住浑身是血的刘三，李二娃劝道："老大，冤有头债有主，要不我们今后再设法报复赌场便是。"

"不不，二帮主，老子今夜就要去烧了赌场，替我的席兄报仇啊！"待刘三说完，李二娃突然对罗明生和刘加元命令道："你两个立刻把孙家贵尸体扔到河里去，我们马上赶回武馆再商量下一步行动方案。"

刘三听后立即说道："二帮主，我们不回武馆，现在立马去聚义客栈，席兄被杀我还得告诉张德川和秀娟，否则，我就太对不起席兄亲人了。"说完，见孙家贵尸体已被抛入河中，刘三命令陆小青赶着马车，拉着几人匆匆朝城内卧龙桥奔去。一路上，刘三已同李二娃商量好今夜焚烧赌场的行动方案。

到聚义客栈后，为不惊动客栈员工和住店客人，刘三和李二娃在张德川房间，

819

流着泪向张德川、秀娟二人讲述了昨夜席兄遇难的经过。秀娟刚一听完，便止不住号啕大哭起来。含泪的张德川低声说道："刘馆长，这次席兄执意同你们去捉拿孙氏兄弟，没想到这次竟栽在了悦来赌场。"

刘三抹泪说："席兄原本是可以不出意外的，他完全是为掩护我们逃离，中镖后才被那蜂拥而出的保安们杀害的。德川，你今天派两个伙计去帮我买五大瓶桐油回来，好吗？"

双眼噙泪的张德川忙问："刘馆长，你要五瓶桐油干啥？"

刘三咬牙回道："老子要为义薄云天的席兄报仇，今夜我们就去烧了那悦来大赌场。"

"好，我下午就亲自带人去买五瓶桐油回来。"张德川忙回道。

凌晨寅时刚到，吃饱睡足的刘三几人坐上陆小青赶的马车，又悄悄朝悦来赌场跑去。马车后，跟着骑马的是张德川大儿张兴邦。原来，在吃晚饭喝酒时，刘三就同张德川商量好，为放火后不再回客栈向德川告知焚烧赌场的情况，让张兴邦跟着去远距离观察就行了，待大火燃起后，兴邦就可离开现场回客栈。刘三一再向张德川保证，决不让兴邦介入此次行动。

马车到悦来赌场正大门街对面后，李二娃、陈志和与刘加元就各自提了瓶桐油下了车，然后蹲在街沿边观察赌场动静。随后，陆小青又赶着马车绕到华兴街赌场后门，放下提着桐油的刘三和罗明生，之后陆小青又赶着马车到前面不远处停下等候。

之前去悦来赌场的赌客们，一般在深夜丑时后，大部分就会离开赌场回家，仅剩下个别赌性大的赌徒会继续赌。由于昨晚赌场出了人命案，整整折腾了大半夜，今晚赌场几乎没啥赌客，老板见众保安困得要命，就在前后门各留一名保安，让其余人回去睡觉。刘三同李二娃在车上已约定，他俩分开一刻钟后，就伺机用飞镖射杀保安，然后泼油点火。火燃起后，他们可各自观察一会儿，然后立刻撤离现场，到西门外营门口等候会合。

蹲在大门对面的李二娃三人，见赌场没人进出，一盏红灯笼下仅有一名保安坐在竹椅上值班。大约过了一刻钟，李二娃独自一人就从腰间拔出两把飞镖，干净利落地朝那人扎去，只听一声惨叫，头中两镖的保安就仰面倒在了大门口。李二娃顺势提起桐油瓶领着陈志和与刘加元，疯了般朝赌场大门内冲去。很快，对着木柱、木桌和门窗泼洒完桐油的三人，立刻用火将门窗点燃。顷刻间，熊熊大火就在前门

第九十三章　瘟疫肆虐，扬雄相继痛失二子

内燃了起来。张兴邦见李叔三人一切顺利，就打马朝赌场后门奔去。

由于刘三估算时间有误，当罗明生用飞镖放翻后门保安时，已整整晚了两分多钟，前门大火燃起时，后门的刘三和罗明生才开始泼洒桐油。这时，赌场内很快响起救火的惊叫声，在赌场内睡觉的众多保安，手持各式武器便朝后门逃来。就在后门大火燃起时，有个别冲在前的保安已蹿出后门。退到门外的独臂刘三忙命令罗明生用飞镖射杀企图逃走的保安。罗明生放翻几个人后，有的人惧怕地喊叫着又退回着火的赌场。

此刻，大火夹杂着滚滚浓烟，火势越来越大，赌场内有人吼叫道："快逃啊，前门火势太大，大家从后门逃命。"哀号与咒骂声中，冲在前的人又被罗明生飞镖放翻。这时，只见独臂刘三挥着右手中的七星短剑，守在门外朝冲出的人一阵猛刺。不料，罗明生身上仅带的九把飞镖已用完，这时，罗明生忙朝刘三喊道："刘馆长，我镖已用完，我们还是撤了吧！"

杀红眼的刘三立马回头说："明生，你先撤，我马上就来。"就在罗明生朝不远的马车跑去时，从火海冲出的孙家富一把抱住正举短剑的刘三，一头朝刘三面部撞去，鼻血涌出的独臂刘三根本无法抱住孙家富。这时孙家富已认出独臂刘三，立马用手中飞镖又朝刘三胸部扎去，愤怒反抗的刘三用七星短剑想刺死孙家富，年轻的孙家富身子一闪，立马从一名保安手中夺过一把大刀，然后挥刀朝刘三脖子砍去，只听咔嚓一声，刘三脑袋就滚落在地，鲜血从颈上喷涌而出。张兴邦见状，立即打马冲到马车边说："罗兄快走，刘叔已死，你们不必等他了。"说完，张兴邦狠狠挥鞭抽了几下马屁股，受惊的马便拉着马车箭一般朝前冲去……

长安城内，尽管朝廷和市区大小药铺采取了较严的防控措施，但瘟疫像令人谈虎色变的魔鬼，仍在无声无息地吞噬着人们的生命。就在扬爽死后的一个月，被扬雄夫妇悉心呵护的小童乌，最终也被肆虐的瘟疫击倒。心急如焚的扬雄顾不了许多，竟带着不多积蓄去街上药铺，哀求药铺老板卖给他最有药效的秘方，他要设法抢救他们扬家唯一的香火。药店老板见扬雄穿的是官服，只好对扬雄说："官人，我手上哪有啥秘方嘛，我们防疫配方已熬制成药汤，现每天都在施舍给民众喝，要不，你多盛点药汤回去？"

扬雄为求秘方救子，跑了近十家药铺，得到的结果几乎都是同样的。原本抱有希望的扬雄万般无奈下只好从宫中又将熬制好的汤药带回家，让他疼爱的小童乌喝下。小童乌稍清醒时，会对父母说："我、我不想死啊，我想活下来跟你们一起过

821

日子，今后，我还要跟着父亲学习写赋，我还要为您二老养老送终哩。'说完，双眼含泪的小童乌就会可怜巴巴望着守候在床边的父母。每当这时，扬雄也会紧握童乌的手说："童乌，你放心吧，我们会设法让你好起来的，我们一定要让你渡过这道鬼门关，让你慢慢健康起来。"

进入冬季后，呼呼寒风常夹杂着雪花，在长安城的大街小巷鬼哭狼嚎般哀叫。小童乌在病倒两个月后，最终在秀梅怀中停止了心跳。绝望的扬雄从秀梅怀中夺过小童乌尸体，冲出房门跪在院中，凝望漆黑夜空用嘶哑嗓子高喊："老天啊，你为啥要夺走我小童乌的生命啊！为啥要夺走我小童乌的生命啊！！！"随后，悲痛欲绝的扬雄，就昏倒在院中雪地上……

长安城与汉宫熬过了一个恐怖而又萧瑟的冬季。惊蛰后，扬雄就向宫里递交了请假报告，他要将儿子扬爽、扬信的骨灰送回故乡。生前，扬爽在病中，曾几次请求父母，若他死后，希望父母把他的骨灰送回扬家小院，将他跟爷爷奶奶埋在一块。扬爽死后，病危中的小童乌也给父亲提了同样要求。疼爱儿子的扬雄在经历白发人送黑发人的悲剧后，决定遵两个儿子遗愿，把他们骨灰送回故乡。

直到春分时，疫情已减弱许多的长安城才终于有了大疫后复苏的景象：街上行人开始增多，一些商铺又开门营业，外地来的客商和驼队渐渐多起来。货栈的搬运工又开始逐渐增多。这时的扬雄才得到宫里同意的两个月假期，得以把两个儿子的骨灰送回故乡掩埋。一切准备好后，在好友扬庄送别下，头戴白色土布孝帕的扬雄和秀梅才赶着租来的马车朝秦岭方向走去。

一路上，心情沉痛的扬雄夫妇极少说话，每当他俩回想起几年前，一家四口从成都回长安路上的欢声笑语，都不免更加黯然神伤。最令扬雄伤心的是，五代单传的他再也没延续扬家香火的可能了，已年过五十的秀梅也不可能再怀孕生子。扬家香火就此断在了他扬雄手上。有着深深负罪感的扬雄一路自责地赶着马车，慢慢朝故乡走去。

第十天路过涪县西山道观时，扬雄猛然想起几年前的雷雨之夜，想起他们爷仨曾在道观享用一顿红烧肉加白米饭的美食，于是，怀着感恩之心的扬雄便把马车赶到道观外停下来。扬雄停下的原因极为简单，他要去道观内上一炷香，捐一点钱，感谢几年前的恩情。停好马车后，扬雄扶下瘦弱的秀梅，慢慢走进了道观。

就在扬雄、秀梅上香作揖时，从殿侧走出穿着青色道袍的黄玉，他已发现了扬雄夫妇。吃惊的黄玉心里叹道：咋啦，子云先生有亲人去世？还没等纳闷的黄玉想明白，扬雄和秀梅将二十枚五铢钱放在香案上，便离开了西山道观。当扬雄又赶着马车上路后，追出的黄玉久久凝望先生背影，突然嘴角抽动，潸然泪下……

第九十四章

王莽终于登上历史舞台

那夜火烧悦来大赌场后,陆小青赶着载有罗明生的大马车,一直奔到城西外营门口才停下来,不到半个时辰,李二娃领着陈志和与刘加元一路狂奔气喘吁吁赶来同罗明生二人会合。李二娃没看见刘三,忙向罗明问道:"刘馆长呢?"

停了片刻,罗明生哭丧着脸抹泪说道:"刘、刘馆长被冲出的孙家富一伙,杀、杀死了。"

"那你为啥不去救刘馆长喃?"随即,愤怒的李二娃一记耳光朝罗明生扇去。罗明生见既是他教练又是副馆长的李二娃如此发毛,忙跪下哭着说:"李、李副馆长,我原是想去救刘馆长的,可刘馆长非要我们先撤走,他或许是抱着必死之心,为席老板复仇才没撤的吧,要不然,他、他咋会发疯般用短剑刺那些侵宴呢?"

罗明生刚说完,疯狂的李二娃又一脚朝罗明生踢去。"好你个蠢货,即便这样,你也应该拉走刘馆长呀!"话音一落,陆小青冲上一把抓住李二娃扬起的手说:"三帮主,这事怪不得罗明生,是我亲眼所见,刘老大命令小罗先撤的,当时,刘老大已被众人团团围住,走不脱的,他哪是那帮有功夫的对手!当时,在车上的小罗正要跳车去救老大,张兴邦用马鞭狂抽马屁股,马车才撤离了华兴街的。三帮主,你可不能冤枉了小罗!"

见陆小青这样说,李二娃猛地抓扯着自己头发仰天哭喊道:"刘老大,我李二娃对不住你啊,几十年了,你都是我重情重义的老大,如今,没有了你,我、我活着还有啥子意思嘛。"说完,李二娃抽出飞镖,就朝自己大腿扎去。陆小青和罗明生几人见状,猛扑上前死死抱住情绪极度失控的李副馆长。尔后,陆小青命令罗明生三人,将李二娃扶上马车,然后陆小青便赶着马车迅速朝灌县方向跑去。

第九十四章 王莽终于登上历史舞台

回到青城武馆第二天晚上,在杏花一再追问下,陆小青只好把刘三死讯告诉了她。不到一刻钟,疯病又复发的杏花便哭喊着朝庄园外大河奔去。要不是陆小青和罗明生一路守护着杏花,或许当夜杏花就被大水冲走了……

扬雄夫妇回到扬家小院,很快就在父母坟旁,把扬爽、扬信骨灰埋下,垒起一座新坟。为纪念二子,扬雄特为他们立了块墓碑,上面写着"爱子扬爽、扬信之墓"。由于痛失二子扬雄遭受打击太大,回故乡没见任何人就回了长安。尽管异常痛苦,扬雄竭力克制住哀伤,又拿起毛笔,开始了他构思已久的《法言》的写作。曾拜扬雄为先生的刘棻在父亲刘歆提醒下,有时也带上礼物来看望已衰老许多的子云先生。

元寿二年(公元前1年)九月,有着"断袖之癖"的汉哀帝驾崩,时年仅有二十五岁。谁也没想到的是,专权"老司机"王政君一听说哀帝已死,立即就命人陪着她去宫内,寻找到具有绝对至高皇权的玉玺,并将其带回自己寝宫。难道,如此看重玉玺的王政君是想欣赏下她从未拥有过的玉玺?非也!接下来的事实证明,王政君是比傅太皇太后更有头脑的人。

在傅家得势时,有才能的王莽被排挤到外地,当汉哀帝下葬后,王政君做的第一件事,就是把王莽重新调回朝廷,并担任了最重要的军职太尉一职。王政君明白,只要掌握住军权控制住军队,接下来一切事情就好办了。由于汉哀帝无子嗣,王莽几人最终商量皇位继承人是冯昭仪的孙子、仅有九岁的刘箕子为西汉第十二任皇帝(被称为汉平帝)。朝中官员都知道,刘箕子奶奶冯昭仪,当年就是被傅太皇太后害死的,可想而知,在王政君操控下,傅家接下来将会倒多大的霉!

首先被逼自杀的,就是被免职的汉哀帝宠臣董贤夫妇,接着自杀的是汉哀帝老婆孝哀皇后,然后就是傅家帮与丁家帮被彻底清算。为雪前耻,掌控军权的王莽最终将傅太皇太后的坟墓铲为平地。为惩罚曾有汉哀帝撑腰的老美女赵飞燕,王政君将其贬为庶人,并下令让她去给汉成帝守墓。曾贵为皇后的大美女赵飞燕哪受得了这般奇耻大辱,一气之下也用自杀方式结束了自己的生命。

刘箕子成为汉平帝后,王莽把他正式登基这年年号定为了"元始"元年(即公元1年),在王莽和王政君看来,作为皇帝的刘箕子之名似乎欠雅,于是就建议把刘箕子的名改为刘衎。毕竟临朝的汉平帝只有九岁,他又不懂军国大事,在众多拍马屁大臣的建议下,辅佐汉平帝的王莽就被封为了"安汉公"。更为滑稽可笑而有深意的是,在公元4年时,安汉公王莽通过一番神操作,把自己十三岁女儿王孝平嫁给了同样只有十三岁的汉平帝刘衎。在众臣一片朝贺声中,王孝平就正式成了皇后,而深谋远虑的王莽就成了当朝皇帝的老丈人。更令扬雄和世人想不到的是,宫斗剧情跌宕起伏急转直下,公元6年2月,想篡位的安汉公王莽竟用毒酒毒死了自己的女婿小皇帝刘衎。至此,西汉历史进入到一个命运多舛的十字路口……

就在王莽忙于编织他宏伟帝王的蓝图时,变得沉默少言的扬雄已把生命的主要精力投到《法言》的写作中。理解丈夫的秀梅虽仍生活在失去二子的阴影中,但她坚持无微不至地照顾扬雄的基本生活。她除了每天换着花样给扬雄做可口饭菜,晚饭时还尽可能地给扬雄准备二两小酒。现在夫妻虽然言语比过去少了许多,但从各自眼神和形体动作中,相互都能领会到对方无需多言的心理感应。

过去,扬雄除了同老友扬庄偶尔有些往来外,跟宫里其他人几乎就没啥来往,原因是曲高和寡的扬雄跟其他人没啥话题可谈,心里想的东西完全不在一个层次上。最近,年龄相差三十岁的忘年交桓谭却常在休沐时带点小礼物来扬雄家聊天。桓谭除向扬雄请教如何写赋外,还时常聊音乐、五经,以及屈原与司马相如的作品,当然聊得最多的还是天文学中的"盖天说"与"浑天说"。

过去,扬雄受传统"盖天说"影响,在天文学认知上有些许局限,正是年轻的桓谭坚持用事例向扬雄讲解"浑天说"原理,才使扬雄逐步舍弃"盖天说"而接受了"浑天说",所以,扬雄《太玄》一书中才坚持了天文学上"浑天说"的新理论,从而得出那个时代较为科学的结论,由此才写出关于天文学的重要文章《难盖天八事》。扬雄虽是汉宫中著名的文学大咖,但他却异常尊重作为小辈的桓谭。加之勤奋好学的桓谭对子云先生大作《太玄》有着比常人更深的认识和理解,故扬雄打心眼里喜欢桓谭。所以扬雄常在交流中,给正直上进的桓谭讲一些五经方面的知识与学习体会,一步步引导桓谭对学术、对科学的重视。故后来桓谭在东汉成了著名哲学家、经学家、琴师和天文学家,这无不跟扬雄对他帮助有很大关系。

一个休沐日的下午,正当扬雄潜心在家写《法言》时,买有酒肉的扬庄又乐呵呵来到扬雄家小院。被打断写作思路的扬雄虽有些不太愉快,但值窄的扬庄毕竟是有恩于他的老友,故扬雄替扬庄泡好茶后,便微笑着问道:"扬庄兄,你是无事不登我家小院的人,看你今天情绪不错,你来我这儿是有啥好事要告诉我吧?"

"呵呵,扬子云啊扬子云,有人说你的《太玄》是《易经》第二。你居然还没打卦就晓得我有好事要告诉你喃?"扬庄也笑着打趣道。扬雄瞥了一眼扬庄放在茶几上较为沉重的包袱，微笑说："庄兄，你今天又买酒又买菜来我这儿，莫不是在旧货市场又赚了一笔？"

扬庄笑道："哈哈，子云老友，我何止小赚一笔，我今天是赚大发啦。"说完，扬庄突然笑而不语地看扬雄反应。扬雄一见扬庄故意卖起关子来，便平静地说："你扬庄是个玩古玩的'老司机'，赚点钱我并不感到意外，有啥好事你就直说呗。"

扬庄品了一口茶，放下茶杯说："子云，我今天有两件高兴事要告诉你，但这事你要替我保密，绝不能向外人透露丁点消息，否则，就会给我带来大麻烦。"

"庄兄，你我交往几十年，难道你对我还不放心？还需你特别给我打招呼？"扬雄小有不满地说。

"正因我俩是老友，我啰唆两句也无妨。子云，我第一件事要告诉你的，是几年前我曾用三金买的'和氏璧'之事，你可还记得？"

"我当然记得，那'和氏璧'哪是你买的，分明是胡老板有大事求你，故意变相送给你的，对吧？"

"你说的不错，当时你还问我是啥事，我怕办不成，当时就没告诉你这件事。前两天，我终于把胡老板求我的事办好了。哎，这么难的事居然让我给办成了，我终于了了胡老板心愿，你说，我该有多高兴呀。"

"到底啥事你还是没告诉我呢。"

扬庄看了看扬雄，压低声音说："子云，我同王莽交往几十年，过去我从没求过他，自哀帝去世王莽又回朝掌握军政大权，我明白，胡老板求我的事终于有望解决了。两个月前，我带着一块质地不错的玉佩，找到王莽说，王大将军，这玉佩是你特殊的护身符，它会护你再登高位，请你一定要收下。当时，王莽高兴地收下玉佩就问我，值宿郎，你说我会再登高位是啥意思？嘿嘿，我扬庄哪敢说下文呢，于是只好对他说，你的职位绝不会止于大将军。"

扬雄听后有些不信，疑惑地问道："庄兄，你当时真对王莽是这样说的？"

"我不仅对王莽这样说，我见他十分开心，接着我就把要求他帮忙的事跟他讲了，就是求他把守城门的胡老板儿子调到汉宫内的御林军任职。呵呵，我当时只说了一句这可是自己人啊，握有最高军权的王莽就答应我了。"

"咋的，你就那么准确抓住了要害，让王莽答应了你？"扬雄诧异问道。

"子云，你想想自哀帝死后，九岁的汉平帝继位这段非常时期，不是政局一直不太稳吗？王莽最想拉拢和依靠的就是宫中的各级军官们呀。不出半月，王莽就把胡老板儿子调到宫内御林军中，担任了一名中层军官，作为了自己人使用。为感谢我帮了大忙，会来事的胡老板三天前就给我引见了一位从扬州来的大老板，今天中午，我那几年前买的'和氏璧'就以四十金价格卖给了那扬州大老板。子云，你说说看，面对我这两件大喜事，我能不开心吗？"

扬雄听后叹道："值宿郎啊值宿郎，你虽没在宫里捞钱，可你却是个懂古玩又善于利用关系的家伙，在汉宫中，你这个不热衷升迁的'菜鸟'却是个不显山露水做事低调的隐形富翁啊。"

自原丐帮三头目中陈山岗和刘三死后，纵有飞镖绝技但缺少组织领导力的李二娃悲痛欲绝，再无独自支撑青城武馆的信心了。刘三死后半月，李二娃叫上陆小青和罗明生，去成都聚义客栈找张德川、西门云飞和卓铁伦几人，商量他想关闭青城武馆的想法。毕竟，张德川的二儿子张振川还在武馆习武。

自席毛根为帮刘三捉拿孙氏兄弟战死在赌场，人气旺的聚义客栈就渐渐冷清了下来。之前聚会时只要有席毛根在，那客栈饭厅总是喧哗声不断。当西门云飞把席毛根死讯告诉老父亲后，西门松柏竟悲痛地流下眼泪说："唉，儿子啊，我家失去席老板这样的管理人才，可是我家商业上的巨大损失。这三十年来，他可是为我家立下汗马功劳的人，不管咋样，我们都不能亏待席老板的家人。"

"父亲，您有啥好建议吗？"

"前几年，席老板大儿席锦阳在长安干得咋样？"西门松柏问道。西门云飞忙说："有文化又肯吃苦的席锦阳干得不错，长安瘟疫流行前，他是给我家赚了钱的，发展的业务关系至今还在向我们织锦坊要货。"

西门松柏略一沉思说："云飞，我看这样吧，既然席锦阳不错，先让他暂做袁平的副手，两年后，如果锦阳仍干得令人满意，就让他接替他父亲位置，正式成为百花织锦坊总经理，而且，他家所占股份仍旧不变。"

"好，父亲，我也正有此意。"西门云飞赞同说。

当张德川见李二娃三人来后，他便立即派人通知了西门云飞、卓铁伦和袁平来客栈。酒桌上，个头不高的李二娃把他不想再办武馆的想法向众友倾诉了。众人听后纷纷议论，张德川建议道："李馆长，我认为这期武馆学员还有一年就正式毕业了，好在这武馆中的教练都在，你能否再咬牙坚持下，等这批学员毕业后再停办也行。"说完，张德川就把目光投向了西门云飞。西门云飞很快明白张德川之意，忙附和说："张老板说的有道理，这批学员都是抱着想在武馆学些真功夫，今后好谋出路的，他们已预交了全部学费，我也希望李馆长等这批学员毕业后，再关闭武馆也不迟。"

接着，罗明生、卓铁伦和陆小青也表示了相同看法，最后，李二娃抹泪说道："各位老友，我并不是想关武馆，你们难道不知，这几十年我同刘老大出生入死相依为命，那生死感情不是一般的深，自他死后这十多天，我每天都要梦到刘老大，我、我实在是心里难受哇。"说完，李二娃又哭了起来。西门云飞见状，忙说："李馆长，我是武馆的剑术教练，最近我没啥事，这次我跟你回武馆去，我在武馆多陪你住些日子，咋样？"

"要、要得嘛。"李二娃擦泪点头说。

很快，众人就李二娃提出如何妥善安置杏花一事进行了讨论。张德川、西门云飞与卓铁伦几人都明白，刘三是李二娃的生死大哥，杏花是刘三明媒正娶的女人，眼下讨论患有间歇性疯病杏花的问题，就是考虑如何妥善安置刘三遗孀的问题。但有些问题李二娃又不好独自决定，他希望有人提出合理建议他再拍板最好。

当大家议论好一阵后，西门云飞说道："我认为，大家的建议都各有其合理性。自我从十多岁跟刘三的丐帮兄弟打交道起，我就知道，跟杏花接触最多的是扬雄和刘三，毕竟，他们三人是花园场的乡邻。除扬雄和刘三外，跟杏花打交道最多的就是陆小青，大家都晓得，小青过去是刘老大的贴身助手，几十年来，杏花也一直对陆小青印象不错。我个人认为，陆小青现住在武馆，跟清风庄园仅一墙之隔，王干妈和覃老板都是七十岁风烛残年的老太婆了，所以，照顾杏花今后生活就该是陆小青义不容辞的责任，不知老友们是否同意我的看法？"

当众友都赞同西门云飞意见后，陆小青搓了搓两手说："正如西门大哥所说，过去除刘老大和扬雄外，我是大家伙中跟嫂夫人杏花接触最多的人，几十年来，我俩从没闹过别扭。既然大家都希望我今后去照顾嫂夫人，那我就当着老友们的面表个态，朋友之妻不可欺，我这个单身狗一定好好完成大家交给我的艰巨任务，一定把杏花照顾好。"

李二娃见陆小青表了态，起身端着酒杯对小青说："小青兄弟，你我几十年交情，在此，我当着众老友的面代刘老大向你表示感谢，愿你今后照顾好嫂夫人杏花，一旦有啥意外之事，请你及时告诉我。等我这批学员毕业后，老子再去寻孙家富和龙耀武报仇！"说完，李二娃同陆小青碰杯后，就把杯中酒一饮而尽。李二娃刚喝完酒，便把酒杯往地上一砸，猛地拔出腰间飞镖说："老子不替刘老大报此血仇，就他妈不是男人！"

一个休沐日的下午，扬雄在自家院中刚给弟子刘棻讲解完几个少见的生僻字，突然听见有人敲门叫喊："这是黄门侍郎扬雄家吗？"扬雄忙起身开门问道："你是谁？我不认识你呀。"

那穿戴不差的中年男人忙躬身回道："扬大人，我姓章，是安汉公王莽家的管家，我家主人请您去大将军府上，马车已候在院外大街上了。"

扬雄心里一惊，立刻想到这些年来，自王莽被王政君扶上高位，把自己帮逼到外地去后，他几乎跟热衷权力的王莽就没啥交往了。自汉哀帝去世，王莽扶持汉平帝登基成为安汉公后，王莽也从未找过自己呀。难道，安汉公今天请我去他府上，是要我为他写什么重要东西？想到此，扬雄忙问道："章管家，你知道安汉公因何事请我去他府上吗？"

章管家说道："好像我家主人最近为一些大事拿不定主意，心烦意乱的他想请您去府上替他打上一卦。"说完，章管家又做了个邀请手势。

此时的扬雄已明白，王莽正徘徊在人生十字路口，他这个姓王的正为自己能否取代刘姓，把安汉公变为"真天子"而煞费苦心。不傻的扬雄绝不敢正面拒绝王莽的诚心之邀，又不愿去王府替王莽打出极具风险的一卦。算准了，他怕王莽这个无毒不丈夫的家伙杀了他，若算的结果与即将发生的大事不符，他又怕王莽说他无能，头顶易学大师之名原是个冒牌货。左右为难下，扬雄便想推掉此事，于是，便找借口说："章管家，我在此院已生活多年，从气场和阴阳上讲，我打卦早已适应了此院的风水和方位。若离开此院，我担心自己打卦不灵，所以，安汉公若真想问卦，就请他自己来这简陋小院吧。"

在扬雄看来，现正走大运占据着汉宫绝对高位又握有实权的王莽是绝不会屈就来这破旧小院的。章管家听扬雄说后，只好无可奈何地说："扬大人，我可回去将你原话禀告大将军吗？"

"可以，你完全可以将我原话告诉大将军。你想想看，我要是给大将军打不准卦的话，那该是多令人遗憾的一件事啊。"扬雄客气地送走了章管家。然后走回院中树下，又给刘棻讲起他非常熟悉的《孟子》来。

下午申时刚过一半，刘棻离开扬雄家不到一刻钟，扬雄家小院又响起了敲门声，颇感奇怪的扬雄只好又打开院门。令扬雄大感意外的是，身穿铠甲军服的王莽出现在院门外，王莽身后，还站有八名佩带兵器、身穿铠甲的卫兵。当扬雄惊得张口结舌时，王莽笑道："呵呵，子云，你这黄门侍郎竟给我摆起架子来了，看来，我不亲自出马,是请不动你这大汉易学大师的了。"说完,王莽就主动跨进了院门,然后回头对卫兵示意后,就立刻关上了院门。

在窗口望了一眼的秀梅见王莽到来,忙泡了杯茶,端出递给坐在树下的王莽。见夫人回了屋,扬雄忙低声问道:"安汉公,你真有大事想找我问卦?"

王莽微笑着说:"是呀,我问卦不找你这易学高人,难道要让我去找宫中那些有点三脚猫功夫的家伙?说实话,在问卦这事上,自刘向先生去世后,偌大汉宫中,我就只信你扬子云打的卦了。"

"安汉公,难道你就这么信任我?"

王莽喝了口茶,再次盯着扬雄认真说:"扬子云,今天求的卦涉及天机,在汉宫中,我就相信你这一心只读圣贤书的人,至于那些喜欢溜须拍马说奉承话的人,老子是不太相信的。"随后,王莽说他晚上还有一个重要饭局,希望扬雄快点给他打上一卦。

自扬雄从王莽口中听到"涉及天机"四字,他就明白王莽求卦的真正目的了。二话不说的扬雄立即起身去屋内拿出装有蓍草的竹筒,和绘有阴阳八卦的一张正方形白色土布,然后将土布铺在王莽面前说:"大将军,你想着心中所求之事,然后闭目使劲摇动这装有长短不一蓍草的竹筒,待从竹筒飞出的蓍草落在白布上,它会自然呈现出你所求的卦象来。"说完,扬雄便把竹筒递给了王莽。

随后,没再开腔的王莽就按扬雄要求,闭目使劲摇起了竹筒。不久,一些蓍草草茎就从快速摇动的竹筒口飞落在白布上。当扬雄挥手喊停时,王莽才把手中竹筒紧紧抱在胸前。过去,王莽是读过《易经》的,也对《易经》中的六十四卦有些粗浅了解,毕竟王莽不是做学问的人,太热衷权力的他一门心思想的是在汉宫运筹帷幄,想的是汉平帝死后,他该如何登上历史舞台。因为此时的汉宫许多官员都认可王莽是个有能力有抱负的人,同时,也明白王莽已是个权倾朝野的强势者。

扬雄俯身认真看过白布上的蓍草说:"安汉公,你摇出的蓍草图式,分明是个坎卦嘛。"

王莽忙疑惑道:"子云,此卦啥意思,该如何解释这'坎'卦?"

"大将军,这坎卦为《易经》中的第二十九卦,这个卦是同卦(下坎上坎)相叠,坎为水为险,两坎相重,险上加险,险阻重重。这卦一阳陷二阴,但所幸阴虚阳实,从卦象看虽有险阻,却能在拼搏过程中显示出求卦人的人性光彩来。"

听完扬雄对坎卦的简单解释和隐含的溢美之词,王莽仍疑虑道:"子云,如此说来,这坎卦预示着某种困难和风险啰?"

扬雄见王莽面色沉郁，心里立马明白，王莽对他将采取的重大行动有所顾忌，但扬雄一想起自他入宫以来经历的汉成帝、汉哀帝和汉平帝三朝，这些平庸的天子哪是在治国，而是在无能中祸国殃民。相比之下，安汉公王莽却是个有能力有决断的领导人，若他来管理朝廷，定比之前那几个皇帝强许多。想到此，扬雄便一转话锋说："大将军，世上所有想干大事的人，都会遭遇艰难险阻，只要尔一心为国为民，谨慎行事，任何卦象只能起预示作用。请你记住，世间万事万物均在不断变化中，我相信，只要你事在人为不断进取，就定能改变坎卦的预示。唯有强者，才能改变和创造历史！"

王莽听完扬雄之言，立马起身紧紧握住扬雄的手说："子云，谢谢你对坎卦的解释，更谢谢你高瞻远瞩充满人生哲理的鼓励与鞭策。我会永远记住你今天告诫我的肺腑之言。但今天我来求卦之事，请你千万别对任何人提起，以免影响我下一步行动。"说完，王莽从怀中掏出两金塞在扬雄手上，就匆匆离开了。

从那求卦之后不久的公元六年，王莽就在刘姓家族中挑选了一个仅有两岁的小屁孩刘婴，做了西汉王朝第十三位末代皇帝，年号为居摄。此时的王莽仍谨慎而又充满信心地操控着大汉王朝和小小的傀儡皇帝，他在静待改变历史时刻的到来……

第九十五章

扬雄新作不断问世，王莽用技登基

一年多后，作为青城武馆负责人的李二娃和副手罗明生在送走毕业学员后，征得西门云飞和林拳师同意，正式关闭了创办有十多年的青城武馆。李二娃留下了刘加元。在一年多时间里，中等个头的刘加元在林拳师指导下，其近身搏击散打功夫有了长足进步，三五个徒手汉子是难以近身的。李二娃在跟罗明生商量后，他俩共同认为，他俩已有飞镖之技和百步穿杨的箭术功夫，唯独缺的就是能近身搏击的功夫。加上刘加元曾协助他们去悦来赌场捉人放火，若往后要替刘老大和席毛根复仇，有了他们这新组合的铁三角，难道还怕弄不死孙家富和龙耀武？

关闭武馆第二天，买了酒菜和香烛的李二娃让刘加元挑着担子，三人便步行上了天师洞。当静虚道人请李二娃三人饮过青城山明前春茶后，李二娃便领着罗明生和刘加元，向张云天大师之墓敬烧了长香与红烛。李二娃特在墓前，给并不十分熟悉张大师的两个徒孙，讲述了他们师爷张云天的传奇故事。刘加元好奇地指着墓碑向静虚问道："静虚师父，这廖芝香是张大师的夫人吗？"

静虚忙回答说："小兄弟，廖芝香师娘不是张大师夫人，但却胜似夫人。你仔细看看前不久扬雄先生寄来的墓志铭吧，这花岗岩石碑上刻得非常清楚。"随后，刘加元忙凑上前，认真看起凿刻在石碑上的墓志铭来。

张振川从武馆毕业回到成都，他老爸张德川同夫人小芳商量后，愿拿出家里大部分积蓄，替二儿子收购一家中档客栈，让个性要强的张振川独自经营，然后从聚义客栈抽调几个熟手去支持振川。很快，他们在城西通锦桥附近收购了一家客栈，张振川待客栈重新装修完，就把过去的"通锦客栈"改名为"振川客栈"。为安慰有点不开心的大儿子张兴邦，张德川在征得大股东西门云飞同意后，就让张兴邦接了自己的班，成为聚义客栈新老板，张德川心甘情愿当了两家客栈的顾问。就这样，张德川两个儿子子承父业，在人口流动大的成都干起客栈老本行。而席毛根大儿子席锦阳，自前不久提前上任百花织锦坊老板后，他灵活的商业头脑加上这些年锻炼，对大股东西门云飞提出了经营新思路：要把生意做到比西域更远的地方去。高兴的西门云飞竟对徐娘半老的夫人桃花坦言："还是年轻人厉害，他们比我们更有开拓市场的勇气和能力，看来，创造更大利润的机会只能属于他们这些年轻人啦……"

王莽离开扬雄后，牢记扬雄"世间万物均在不断变化中，唯有强者，才能改变和创造历史"之言，在把小皇帝刘婴年号定为居摄后，不满足于尊号为"安汉公"的他又效仿周公辅佐周成王，为自己加尊号为"宰衡"，自称"上公"主持朝政。一时间，众大臣见王莽已完全操控汉宫生杀大权，无数趋炎附势又惧怕被王莽边缘化的大臣便纷纷表态或想方设法站队到王莽阵线。

而此时懂八卦会算命的扬雄虽然对王莽专权没一点兴趣，但也知道，王莽要上位路途十分艰难，弄得不好，还有功败垂成的风险。尽管扬雄通过解"坎"卦警示过权欲心极重的王莽，但扬雄仍希望大汉王朝能有好的领导人出现。或许是天命吧，若岌岌可危的大汉真需要一位"安汉公"，那就让王莽这家伙去折腾吧。心中已有数的扬雄在天禄阁工作时，便不再关心一些人的升迁，而把主要精力放在了《法言》写作和《方言》研究上。

王莽儿子王宇见父亲把刘箕子母亲赶回封国，王宇认为父亲做事偏激，想给自己留条后路的他就暗地里同刘箕子舅舅卫宝拉近关系。这事有人告发给王莽后，凶狠的王莽将刘箕子母亲卫氏家族全部杀死，王宇的老师吴章也被腰斩，被关狱中的王宇也含恨自杀。自那之后，凡是不愿投靠王莽的人几乎全被王莽以各种理由清除，其中还包括敬武公主，王莽的叔叔王立，名臣何武、鲍宣等人。

不久，王莽便想起给他打过卦的扬雄。王莽知道扬雄不贪恋权力和官位，所以从不求他给自己提拔一下。心理已被权欲扭曲的王莽早已清楚扬雄成天躲在天禄阁或石渠阁中，是为了写他期望能流传后世的文章或著作。既然你不来交我，又不表态站到我阵营中来，老子也不会轻松成全你这黄门侍郎！想到此的王莽决定，你扬雄对四书五经熟悉，有的篇章你还能倒背如流，我知道你过去曾吹过竹笛，但音乐却不是你强项，老子就让你给朝廷写本关于音乐方面的著作，这既可中断你的《法言》写作，还可填补失传《乐经》的遗憾。有这一箭双雕办法，何乐而不为呢？当你扬雄完不成音乐一书时，我到时看你还求不求我？想到此，握有汉宫最高权力的王莽便在朝堂上当众宣布，要扬雄完成一部类似《乐经》的音乐书，并要求扬雄必须在两年内交稿。

扬雄的优势就是好学且善于动脑子，甚至还有不耻下问的优点，为写《方言》一书，他在这些年间，已求教了数不清的人。在接到王莽写音乐书的指令后，扬雄就想起他曾在天禄阁看到过刘向编纂的《别录》中保留有《乐经》二十三篇目录，虽说《乐经》已失传，但看看这些目录也是深受启发的。很快，回到天禄阁的扬雄便找出目录认真研究起来。

功夫不负有心人，扬雄在向宫廷乐师们学习了解汉宫音乐后，又深入民间，去采集渭水流域、关中地区和中原、南越一带的音乐和古琴曲，在不到两年间，扬雄终于完成中国音乐史上一部极其重要的著作《琴清英》。该书记载了不少古琴和古琴曲，而且还有《诗经》中的乐府诗，以供世人传唱。出乎扬雄和王莽意料的是，扬雄所著的《琴清英》一书后来竟成了宫廷和民间乐坊使用的一本权威音乐教材。

饱学之士扬雄创作的《法言》涉及的内容非常广泛，按他构想该书共有十三章，对于这个浩大的写作工程，是绝不可能在短时间内完成的，何况，在写作过程中，还可能增补或删减。扬雄毕竟是天禄阁的人，有时难免还要完成本职工作上的事。在汉平帝去世前后，扬雄还完成了一些其他重要文章和著作。可以毫不夸张地说，这一时期的"竹简侠"扬雄已成为大汉唯一的疯狂写作机器，他的写作成果也令世人叹为观止。

在扬雄之前，华夏共存有两种跟文字有关的字书，一是周宣王时（公元前827-前782年）由太史所造的西周籀文，二是秦时由丞相李斯亲自主持，与赵高、胡母敬分别用小篆编写的字书《苍颉》七章、《爰历》六章、《博学》七章，这些文字教材被称为小篆，而西周籀文则被视为大篆。春秋战国时代，华夏有不少部落方国和大小不一的诸侯国，这些诸侯国大都有自己的文字。秦统一中国后虽推行了"车同轨，书同文"政策，但由于历史原因，造成一些人对之前留下的不同古文字难以辨认。而扬雄恰恰是汉宫中对古文字最有研究之人，刘歆儿子刘棻拜扬雄为师，其中要学的内容就有辨认众人无法识别的生僻字。

汉初，汉廷曾将李斯等人编纂的《仓颉》《爰历》《博学》合编，尔后统称为《仓颉》。合编后的《仓颉》有五十五章共三千三百字。在汉武帝时期，由于国力强盛，显然《仓颉》一书中的三千多字已远远不能适应社会发展需要，司马相如、史游、李长三人受命又合编了《凡将篇》《急就篇》《元尚篇》等，但他们基本沿用的还是《仓颉》中的字，新增的却极少。在现存文字已不能适应社会发展需要之时，西汉末年急需一部文字更为丰富的字书，来解决社会交流发展的需要。无须指派和强令，这历史使命自然而然就落在大汉认识古文字和生僻字最多的扬雄头上！

通过艰辛努力，扬雄终于完成《仓颉篇》续篇《训纂篇》，新增二二零四十个新文字。由于有了三十四章的《训纂篇》问世，就基本解决了当时经学研究中的文字问题。后来，在东汉许慎编纂的《说文解文》中，就采用了扬雄《训纂篇》中所选用的大量文字。

汉平帝刘衎被毒死前的元始五年，在把持朝政的王莽主持下，修改了公卿、大夫、八十一元（博）士的官名和位次，把汉朝原十三州调整为十二州，重新确定了州名与边界。很快，王莽为显示他的权力和操控能力，又调整了朝廷百官的官名与级别。自从调整州界和百官级别后，一时间朝廷上下呈现出一派乱象。投机钻营者为升迁四处活动，阿谀奉承者大赞安汉公是最有能力的汉宫杰出人物。不久，就有官员私下议论，安汉公有可能成为汉宫真正一哥……

汉平帝虽仍坐在龙椅上，但一个仅十多岁的傀儡小皇帝又怎敢对强势的王莽说个不字。扬雄用心写出十二州的《州箴》，以及二十五官的《官箴》。以真诚规谏劝诫方式，表达了他对各级官员应忠于职守的看法与意见。人们不难从扬雄费尽苦心写的《州箴》和《官箴》中，看到他坚持原则、勤勉做事、清廉敬人的高尚人品。

当权倾朝野的王莽看到扬雄的《十二州箴》和《二十五官箴》后，也不得不认可黄门侍郎扬雄的才华，何止局限在文学上（因王莽也弄不懂《太玄》，故他不敢随意评判，怕被人贻笑大方）。扬雄的《州箴》和《官箴》又产生新影响后，若是这时他去向王莽示好，王莽完全有可能给扬雄加官进爵。然而，给王莽打过卦的扬雄依然高冷地按时在天禄阁上下班，仍不向王莽说半句奉承话，他极有耐心地静观着汉宫的变化。

《十二州箴》到底写了哪些新确定下的新州呢？它们是《冀州箴》《青川箴》《兖州箴》《扬州箴》《徐州箴》《豫州箴》《荆州箴》《雍州箴》《幽州箴》《益州箴》《交州箴》和《并州箴》。《二十五官箴》有《司空箴》《尚书箴》《大司农箴》《侍中箴》《光禄勋箴》和《大鸿胪箴》等。汉平帝被毒死后，王莽年轻的女儿便成为寡妇皇后，在后来的岁月中，这个年轻寡妇皇后王孝平跟她父亲不一样，她用决绝的态度表示了对父亲的不满和抗议……

汉平帝下葬后，年已花甲的扬雄原以为专权的王莽会很快登上帝位。然而，扬雄同宫中许多大臣都失算了，擅长权力游戏的王莽虽不热衷类似汉成帝那样的滚床单把戏，但这个有谋略有胆魄的摄政王竟然找来一个仅有两岁的孺子婴做了西汉的末代皇帝。此后，王莽就以"假皇帝"身份居摄朝政，被汉宫官吏称为"摄皇帝"。由于孺子婴太小，别有用心的王莽就没再取年号，便用"居摄"二字代替了年号，为他即将上位埋下世人都懂的伏笔。

汉成帝在世时，曾提示过有文才、办事严谨认真的扬雄，希望他能续写太史公司马迁的《史记》，因为，在汉成帝看来，《史记》仅写到汉武帝为止，虽然后来司马相如等人又从太初续写到汉昭帝，总共也只有三十年。这几十年间，汉宫竟然就没人再续写《史记》了。由于司马迁名气太大，虽然扬雄一直利用在天禄阁的便利条件，长期在默默准备和阅读相关历史资料，但做事低调的他却从没在汉宫声张他在写跟历史有关的人和事。他怕汉宫中官职比他高的人，给他施加压力，妨碍他以公正之心写史。

就这样，在汉宫近二十年时间里，笔耕不辍的扬雄在汉平帝死后，居然又拿出让汉宫官员震惊的《续史记》来。扬雄写的内容时间从汉宣帝一直写到汉平帝共计八十年。当扬雄拿出《续史记》后，王莽和刘歆等汉宫官员都不得不承认，扬雄是汉兴以来继司马迁之后，又一位重要的历史学家。

一个正常的封建王朝，是应该有自己年号的，一个王朝没有正常年号而改由"居摄"代替，这本身就是极不正常的现象。在风雨飘摇的西汉末期，身处汉宫的扬雄何尝不明白，大汉已处于危急时刻，然而充满善念的扬雄仍想劝谏王莽和他的追随者，要顾及社会秩序和百姓生计，要想法使社会步入正轨。不便直说的扬雄在忧国忧民之心支配下，用连珠文的方式，表达了自己的看法："臣闻，天下有三乐，有三忧焉。阴阳和调，四时不成，年丰物遂，无有夭折，灾害不生，兵戎不作，天下之乐也。圣明在上，禄不适贤，罚不偏罪，君子小人，各处其位，众人之乐也。吏不苟暴，役赋不重，财力不伤，安土乐业，民之乐也。乱则反焉，故有三忧。

兼听独断，圣王之法也。在之人主所以统天者，不远焉。"

扬雄这则短文取名"连珠"。其实"连珠"就是有别于赋的一种简短文体，它无赋那样的铺陈、夸张和溢美之词。后人认为，是扬雄创立了这种言简意赅的短小文体——连珠。连《文心雕龙》作者刘勰也认为扬雄"肇为连珠"。连珠文体的出现对东汉抒情小赋产生了较大影响。"天下之乐"既是扬雄对美好社会的期盼，也是对摄政王王莽的忠告。但一心想做大汉一哥的王莽，正在紧锣密鼓运筹他的宏伟登基计划，此时的居摄王，又咋可能听得进扬雄的忠告呢？

一段时间后，众臣见王莽已牢牢掌握了中央大权，一些趋炎附势与被清除出汉宫的官吏，就开始表态站队到王莽阵营来，因谁都怕站错队没有好果子吃，处于弱势的官员们就开始变着花样讨好握有生杀大权的王莽。王莽见时机成熟，又想起扬雄给他打卦说的那番鼓励之言，于是便向幕僚们授意，拿出了"君权神授"的把戏。这是谁也不敢反对的正当理由，于是，一场在暗中操作的"符命"闹剧，就开始粉墨登场了。

最早出现"符命"一说是在公元6年。一天，有人上奏说，在遥远的江西萍乡武功山掏井时，捞出个上圆下方的白石头，上面刻有八个红色大字"告安汉公莽为皇帝"。这种人为操作的"符命"闹剧，居然在那个年代就有人相信。啥是"符命"？在那缺少科学依据、缺少逻辑常识的年代，迷信的人们往往把"符命"看作上天预示帝王受命的符兆。

在江西萍乡符兆出现不久，刘姓宗室广饶侯刘京上书报告说，他的封邑临淄县昌兴亭有位亭长，晚上做了一个梦，梦中一位神仙对他说，天公让我来告诉你，"假皇帝"应该成为真皇帝，若你不信，你管辖的地界会生出一口新水井。第二天亭长去看，果然他院子里出现一口新水井。

接着，车骑将军的属官也报告，在巴郡地区（今重庆），发现了一头刻有符文的石牛。太保王舜的属官也报告，在雍县也发现了刻有符文的石头。此时在天禄阁校书的扬雄发现，在王莽命令下，那些刻有各种符文的大小石头，已被运进未央宫堆放在承明殿外。扬雄心里非常清楚，这些所谓的"符命"不过是王莽授意玩出的把戏，其真实用意不过是他想当真皇帝的借口与托词而已。

通过一番逆天神的操作，王莽竟然向王政君禀报，说未央宫那些各地献来的"符命"石头上，有的竟刻有"天告帝符，献者封侯，承天命，用神令"。王政君听完自然非常开心，她的目的跟王莽一样，希望王莽能用和平方式登上帝位。但心机颇深的王莽没忘扬雄给他打出的"坎"卦，他没急着登基的原因，就是一直在期待一种最令他满意而又对天下最具说服力的"符命"出现。

一天黄昏，在供奉高祖刘邦神位的高庙门外，走来一位手拿铜匦的青年人，这个叫哀章的年轻人把刻有文字的铜匦交给了管事的仆射。仆射见铜匦上文字非同一般，立马向安汉公王莽做了禀报。王莽认真阅读铜匦上文字后，当即一巴掌往桌上一拍说："这符命来得太是时候了，快，我要召见献'金匮'之人！"

哀章是何人？为啥他献的铜匦（也称"金匮"）令王莽欣喜若狂？这金匮上到底写有啥样令王莽十分满意的文字？

原来这哀章是四川梓潼人，是当时在长安读书的一名博士弟子。具有投机天分的哀章看到王莽做了假皇帝后，竟把"符命"视为神明。很快哀章就判断出，王莽迟早要当真皇帝。此后，颇有心机的哀章就一直暗中关注研究"符命"中的文字，同时还收买了几个有宫廷背景的同窗，为他提供各地汇聚汉宫的"符命"信息。哀章毕竟是有文化的人，通过他分析得出，到目前为止，各地献的符瑞均属小儿科把戏，都没能解决王莽登基能令天下人臣服的最佳理由。经他不断自我头脑风暴，这个没有靠山的哀章终于在关键时刻策划出令政治强人王莽也叹服的金点子。

原来，哀章提前偷偷做了两检铜匮，一检上写着"天帝行玺金匮图"，另一检上写着"赤帝行玺某传予皇帝金策书"，金策书中明确写着刘邦将皇位传给王莽，还写有王莽登基后，应该授予哀章何种官职。有着各种信息渠道的哀章见时机成熟，便抓住时机献出了谋划已久的"金匮"策书。

王莽紧急同亲家刘歆商量后，就在接受金匮策书第二天（公元8年十一月二十五日），率文武百官到高庙"拜受金匮神禅"。同年十二月，有了金匮策书心里异常踏实的王莽，便把五岁的末代皇帝孺子婴抱下龙椅，正式登基成为梦寐以求的真皇帝。坐在龙椅的王莽在享受他人生高光时刻时，也没忘假情假意对众大臣说："据考证，我王莽是黄帝的后人，汉高祖刘邦在天之灵奉黄帝之命，非要把天下社稷传给我，我是迫不得已才坐上皇位的，请诸位大臣要理解朕的难处。如今朕已是新王朝的新皇帝，那当今国号就叫新吧。"

又过了一月，到公元9年新年时，王莽把新朝年号正式定为始建国元年。既然新朝建立，自然免不了要有一批新的人事任免。被封为嘉新公的刘歆已当上国师；投机大师哀章终于如愿以偿被封为美新公。令扬雄没想到的是，没有从政经历的哀章竟与刘歆、王舜、平晏三人，成为新朝四辅，享受到上公待遇。曾给王莽打过卦算过命又鼓励过王莽的扬雄终于被提升为朝中的中散大夫。这一年，头发和胡须已花白的扬雄已整整满了六十二岁。

这里，不得不说有个不为汉宫官员所知的秘密，就是在王莽率文武百官去太祖高庙拜受金匮策书的第二天下午，王莽在未央宫独自召见了辞赋大咖扬雄。在天禄阁接到通知去承明殿时，扬雄还异常纳闷，这即将登基的摄政王找我干嘛，莫非他又要向我问卦？唉，我的打卦工具可在家里呀。心里有些忐忑的扬雄在殿侧见到了已候在那里的王莽。

寒暄两句后，王莽单刀直入说："扬子云，我到你家求卦时，你不是曾忠告我说，唯有强者，才能改变和创造历史嘛，没有你的鼓励，我王莽还没这么快下决心取代孺子婴创立大新朝。"说完，坐着的王莽就气定神闲地看着站在他面前的扬雄。

此刻的扬雄已明白，在短时间内，王莽就将取代小皇帝登上历史舞台。随后，扬雄脑中迅速闪过汉成帝、汉哀帝、汉平帝的身影，确实，这三个皇帝加在一块也没王莽能力强。同王莽接触这二十来年，他也清楚王莽是个有能力、做事干练、胸怀大志之人，于是，扬雄不卑不亢说："居摄王，祝贺你，你用你的能力和意志，早已改变坎卦的预示。眼下你是汉宫最有能力改变历史的人，愿你的聪明才智和执政能力，为大汉子民带来福音。"

聪明的王莽见扬雄领会他下一步意图，便坦率说道："扬子云，你既已明白我即将创立新朝，难道你这名满天下的辞赋大咖就不能为新朝写一篇《新朝赋》？至于从哪几个方面来写，我就不用提示你这饱学之士了吧。"

扬雄愣了，今天来此之前，他设想了王莽叫他来这儿的几种可能，唯独没想到王莽会叫他提前写一篇歌颂新朝的《新朝赋》。天下还有谁能比扬雄更明白赋的功能和作用？那些华丽的溢美之词，那众多的排比、对仗与夸张，那充满无穷想象的浪漫夸赞与粉饰，他扬雄自完成汉成帝交给"四赋"任务后，早就发誓不再写什么大赋了。眼下，即将成为新皇上的王莽向他提出写赋要求，他该如何回答王莽呢？

头脑机敏的王莽见扬雄迟迟没说话，于是，他又说："扬子云，我知你有好些年没写大赋了，但你毕竟是辞赋高手，偶尔写一篇大赋那绝对是没问题的。你就放心吧，我王莽是个重情重义之人，只要你完成《新朝赋》，新朝一旦建立，我王莽是绝对不会亏待你这老黄门侍郎的。"说完，信心满满的王莽又看着扬雄。此时的王莽相信，有他这番职务升迁的诱惑之言，扬雄岂有不答应之理？

异常自负的王莽确实又失算了，若是换了别人，那定会答应即将登上帝位的王莽。早过知天命之年并不热衷升迁的扬雄却机智回道："尊敬的居摄王，我已许多年没写过大赋了，写大赋是需要激情和灵感的。已年过花甲的我，早没当年的激情和灵感了，但是，请你放心，在你这有能力有抱负之人登上帝位时，我扬雄定会献上一篇对未来有重大期许的文章，我相信，我的文章定会让你满意！"

"哦，若是这样，那就太好啦！"王莽听后十分开心地说。

一个月后，王莽宣布登基建立新朝。按汉代历来规矩，每当新皇帝登基，百官都要前来朝贺，以示对新天子的衷心祝贺。百官们献上了各种不同礼物，扬雄也兑现了给王莽的承诺，他献上了一篇凝有墨香的《剧秦美新》的文章。扬雄为啥要献上这篇让后人不断诟病的文章呢？这原来是有深刻历史原因和背景的。

过去，在统治者多年宣传洗脑下，所谓"正统"观念认为，既然汉代开创之祖是刘邦，那么后来的皇帝都应该姓刘才对。然而，经历自汉成帝几朝皇帝后，在汉宫的扬雄零距离深切体会到，这些所谓的天子不过是些庸才而已。同王莽打交道二十多年来，勤奋好学做事认真心系大汉的王莽远比那几个昏庸无能的皇帝强多了，要是王莽这样的能人能掌权执政，无疑会给民众生活带来改变，会给社会增加发展动力，社会就会减少动乱和灾祸。当时的扬雄就是这么想也是这么做的。

那么，《剧秦美新》到底是篇啥样的文章？其实，"剧秦"就是言说秦王朝的暴政和灭亡原因；"美新"就是夸赞王莽曾为民做了许多好事，希望他称帝后仍要继续发扬光大，希望新朝建立更多功德与新政绩等等。毕竟王莽登基前后，无论在大小朝会上，他都多次表示过，要改革过去的陋习，要在新朝建立合理的新政，要把天下人民放在重要地位等等。正是王莽的一些新的施政纲领让扬雄看到了希望，所以，扬雄才发自肺腑认同了王莽的新朝施政理念，也就真诚写下他无法超越时代的《剧秦美新》。

由于受司马相如《封禅书》影响，扬雄在《剧秦美新》中难免对王莽和新朝有溢美之词，即便这样，扬雄对改革者王莽的夸赞，以及对新朝的殷切希望是极为真诚的。历史历来是胜者书写的。王莽新王朝只存在了短短十六年，要是王莽新朝不亡于风起云涌的农民起义，那么，可以肯定地说，后来那些所谓正统理学家们，就绝不会认为《剧秦美新》有什么大问题。难道，刘姓的大汉只能姓刘，李姓的大唐只能姓李，朱姓的明朝只能姓朱？任何改变前王朝的后来者，可都是新王朝的创立者呀，也不都成为史书记载的新历史吗？历史上某些所谓的"正统"观念在今天看来，是何等荒谬可笑……

[第九十六章]

为证清白，扬雄跳楼自杀以死明志

刘三在悦来赌场战死后不久，为安慰疯病复发的杏花，李二娃、陆小青和罗明生就带着杏花回了花园场。在刘三母亲坟旁，李二娃几人给他垒了个"衣冠冢"。谁知两个月后，受到惊吓刺激一病不起的覃老板也在哀伤中离世。后来，李二娃打算把覃老板安葬在清风庄园内，谁知杏花死活不同意，非要坚持把操劳一生的老母亲遗体运回花园场，埋在刘三的坟边。杏花的理由是，今后便于她给自己老母亲和丈夫刘三守墓。

李二娃同陆小青、罗明生商量后，只好赞同了未亡人杏花的要求，把覃老板遗体用马车运回花园场石埂子亭。在刘三衣冠冢旁安葬完覃老板后，杏花就趴在母亲坟上哭了一天一夜。之后，杏花对李二娃和陆小青提了个要求，她要在扬家小院旁搭一间茅草屋，她要在茅屋中为母亲和丈夫刘三守坟。无奈之下，李二娃几人商量后，就撬开铜锁，打开扬家小院，让杏花和陆小青住了进去，这样就省去再搭建茅屋的麻烦。李二娃一再表示，他会把此事告诉西门云飞和张德川，今后扬雄从长安回来，他们也可帮着说明杏花住进扬家小院的原因。

杏花一见她能住进已被打扫干净的扬家小院，疯病突然消失，竟站在院中爽声笑道："呵呵，几十年了，我杏花终于能住进扬家小院啦，等扬雄哥回来，我一定要跟他美美睡一觉，以圆我几十年一直盼望的同房之梦。"随后，李二娃和陆小青看着已满六十的杏花，都朗声大笑起来。

此时，正忙着写《法言》和《方言》的扬雄不会知道，他人生最重要的恩师严君平竟在郫县唐昌的平乐书院安然去世，享年九十五岁。在静虚、西门公子和原平乐书院部分弟子操持下，他们遵先生遗嘱，把著名易学家、卜筮家、算命大师严君平安葬在平乐山上。此后，每年都有来自不同地域的人，来平乐山凭吊这个享誉民间的易学大师。

王莽建立大新王朝后，便将汉高祖庙改为了"文祖庙"，还尊封姑母王政君为"新室文母皇太后"，将女儿孝平皇后改封为"定安太后"。王莽对自己十多岁女儿被封为"定安太后"并不满意，有愧自己女儿的王莽左思右想，为使年轻女儿今后能有机会再嫁人，后又改封王孝平为"黄皇室主"，为今后的王孝平改嫁埋下伏笔。

就在百官弹冠相庆、加官进爵的日子里，被封为"更始将军"的甄丰在家却显得极为不满。因资格较老并为王莽登基做过很大贡献的甄丰，期望的地位应是四辅或三公之一，现在连哀章胡乱编造的人名王兴和王盛，这两个市井之徒也升为跟他一同上朝议事的将军，他堂堂的甄丰这老脸还往哪搁？将父亲对朝廷的不满看在眼里的儿子甄寻（官至侍中兼京兆尹）深知这一切皆因符命所致。头脑灵活自以为是的甄寻想到既然你王莽喜欢符命，那我就再用符命来替我父讨回公道。于是，想了几天的甄寻真还策划出一个连哀章也想不出的金点子。他私下制作出一道表示天意的符命，说新朝的天子应仿效周公的做法，以陕县为界，把天下一分为二，任命二"伯"治之：以更始将军甄丰为"右伯"，负责治理陕县以西，以太傅平晏为"左伯"，负责治理陕县以东。

连甄丰也没想到，在王莽登基后符命闹剧早已降温淡出人们视线时，儿子甄寻炮制出的新符命居然得到了新天子认可，很快就封他为右伯，封太傅平晏为左伯，王莽着实还把管理权交了出来。王莽毕竟是靠符命登上帝位的人，他哪能不知符命的虚假性。在隐忍不长时间后，有苦难言的王莽怕再出现瓜分他权力的符命，于是发布了一道圣旨，对各地进献符命者，除皇宫《符命》文集收集记录外，一律收监论罪。在王莽看来，有了这新颁布的圣旨，大新王朝就不会有人再献所谓的符命了。

谁知，为父亲争得权力尝到甜头的甄寻，一想到自己父亲将握有大新朝半壁江山权力，自己又是长安握有实权的京兆尹，利令智昏的甄寻哪管什么新圣旨，一心想成为新驸马的他，很快在疯狂野心驱使下，又炮制出一道新符命，"故汉氏平帝后，当为甄寻妻"。王莽一看这个新符命，气得肺都快炸了，立即下决心要收拾这个癞蛤蟆想吃天鹅肉的甄寻。

之前，王莽一直深感自己对不起女儿，才把王孝平改封为"黄皇室主"，这改封为公主之意，就是希望年轻的女儿能再嫁人。这段时间以来，王莽好不容易暗中为女儿选上立国将军孙建的儿子孙豫。这孙豫虽长得帅气，但毕竟是读书甚少的不

843

学无术之辈。没想到，在用尽一切办法撮合他二人见面时，孙豫无礼主动拉扯的拙劣表演，竟让黄皇室主感到讨厌恶心。在巧妙逼退孙豫后，黄皇室主从此就不再想见父皇推荐的其他男人了。

为自己选人失败伤了女儿心而正在气头上的王莽，一看到甄寻敬献的新符命，一把摔在地上大声骂道："这甄寻小儿太他妈不知天高地厚了，竟敢打起黄皇室主的主意来，快来人哪，把那甄寻小儿给朕抓起来！"随后，被吓得要死的甄寻听闻王莽发怒，便立即逃进重峦叠嶂的华山。

王昭君在世时，曾无数次给自己儿女讲述汉宫中的故事，讲述汉人风俗和不同的饮食习惯，讲述不同乐器的形制和音调区别，甚至教女儿唱一些汉地流行的民歌。尤其在讲到丝绸、织锦、织机和各种美食时，听得大女儿须卜居次（"居次"是匈奴贵族妇女称号，相当于汉廷的"公主"）对大汉朝心向往之。在新朝建立前后，漂亮而又精通汉学的须卜居次曾向来匈奴的汉廷官员多次表示，她想替母亲了却生前心愿，回大汉看一看。当王政君得知此事后，便对王莽说，我希望见见仍在为汉匈和睦做贡献的王昭君女儿。有了王政君发话，王莽在建立新朝后，就派人去大漠接须卜居次来到长安。

出乎王莽意料的是，王政君对美丽而又知书识礼的须卜居次非常有好感，因为有着汉匈血统的昭君女儿异常聪明，不仅给王政君讲了许多不为人知的匈奴人生活习俗和草原风情，还唱了许多匈奴歌，并讲了汉匈和睦的重要性。王政君见须卜居次能歌善舞，还对维持汉匈关系提出不少好建议，就留须卜居次在长乐宫多住了些时间。在这段时间里，聪明的须卜居次有时就主动去服侍王政君太皇太后。此后，王政君就把能说会道又有孝心的须卜居次当自己孙女一样看待。

时间一长，王莽怕留下须卜居次引起匈奴人不满，在同王政君商量后，便给对新朝极有好感的须卜居次交代，要她回大漠后，要观察了解那些单于和将军，他们分别对新朝的态度，若遇亲近并看好新朝的单于，他希望须卜居次来长安向他禀告。最后，在须卜居次离开长安那天，王莽才悄悄告诉她，新朝将扶持亲近新朝的单于统领匈奴。当明白王莽意图的须卜居次离开长安回到草原后，她向匈奴人宣传的，仍是汉匈和睦的重要性……

王莽听说甄寻已逃离长安，立即下令派兵包围甄府，还未来得及正式上任"右伯"一职的甄丰，见儿子闯下如此大祸，深知自己也脱不了干系，为不招致牢中刑讯之苦，便以自杀方式结束了自己的生命。正在气头上的王莽见甄丰已死，甄寻又逃得没了踪影，便下令在全国张贴布告通缉捉拿甄寻，然后彻查与甄寻来往密切之人。噤若寒蝉的众大臣见王莽如此发怒对待进献符命的甄寻，早已明白过去所谓的符命事件，不过是一场心知肚明的闹剧而已。一旦皇上下令，下面哪有不跑断腿之理？

经过层层追查，一年后，不仅逃跑的甄寻被抓捕落网，在严酷刑讯拷打下，甄寻被迫供出他与国师刘歆长子刘棻交往甚密，还跟刘歆另一个儿子刘泳、大司空王邑的弟弟王奇、刘歆的门人丁隆（时任侍中骑都尉）等人关系也甚密。重刑之下，被抓的多人又供出一些所谓关系密切之人，显然，无数人跟甄寻私下炮制的符命根本扯不上关系，但在中国，只要皇上要抓的大案，几乎都免不了要扩大化，因为一是办案人都想立功，二是真怕漏掉有问题的人而担责，所以，宁肯错杀三千也不放过一人的恶习，就再次在大新王朝轰轰烈烈上演。

一天在提审刘棻前，有人揭发说，刘棻常去天禄阁找扬雄，不知他俩有啥密谋，随后审问刘棻时，刘棻也交代他同扬雄关系不错，曾经常去天禄阁和扬雄家里吹牛聊天，但他们谈话的内容主要是在古文奇字和诸子百家。审问人哪信刘棻的话，在拷打刘泳时，刘泳也承认他哥跟扬雄关系较好，而且是不错的师生关系，但刘棻和扬雄的谈话内容他并不十分清楚。既然皇上要严查跟甄寻、刘棻、刘泳和丁隆等人有关联的人和事，哪还有不认真追查到底之理？主办官员将手一挥，立马带着十多个士兵说："走，跟我去天禄阁抓中散大夫扬雄！"

扬雄向王莽呈上《剧秦美新》后，便不再热衷朝廷普遍升迁和又出现的符命闹剧，继续静心在天禄阁写他的《法言》或补充修改《方言》。他虽曾听天禄阁其他官员议论过甄寻逃走甄丰自杀一事，但这些事毕竟与他无关，就没引起他的重视。当刘棻、刘泳和丁隆等人被抓进大牢，又被多次刑讯逼供打得皮开肉绽哭爹喊娘后，竟先后牵连出几百人被抓进牢房，甄寻的符命案才稍微引起扬雄关注。

为完成自己人生使命和追求的理想，扬雄已把生命献给了他为生民立命、为往圣继绝学的事业，就是写出能流传和启示后人的作品来。尤其当他痛失二子后，除了抓紧时间写他要写的东西外，已对其他身外之物再无多大兴趣。今天，当他正埋头在天禄阁写作时，突然大门外响起嘭嘭嘭的敲门声和喧哗声，有些心烦的扬雄从阁楼上窗口探头大声问道："谁胆敢擅闯皇家重地天禄阁，你们这是不想要命了吗？"

很快，闯进大门的卫兵小头目，用大刀指着扬雄问道："你就是中散大夫扬雄吧？"

"是的，本人就是扬雄。"扬雄不屑回道。

"好，你这老家伙给我等着，我们抓的就是你！"说完，卫兵小头目率七八个士兵，穿过回廊朝楼上奔来。

猛然间，扬雄脑中迅速闪过甄丰自杀和刘棻等人被鞭打的情景，他这把老骨头若被抓进大牢，他还有活路吗？与其在狱中被毒打折磨致死或屈打成招，不如老夫自我了断为好。于是，听见楼梯响起咚咚脚步声的扬雄，便朝楼下高喊一声："士可杀不可辱！"喊完后，头发花白的扬雄爬上窗口，就毅然纵身朝天禄阁楼下跳去……

扬雄投阁一事终于惊动王莽，在质问相关办案负责人后，王莽拍桌骂道："你们这帮愚蠢的笨蛋，难道在宫中这么长时间，你们竟连扬雄是刘棻老师都不知道。这几年间，扬雄这迂夫子对哪件符命感过兴趣？哼，甄寻跟扬雄素无往来，他又咋可能跟甄寻、刘棻是一伙之人？！"

吓出一身冷汗的办案负责人，忙跪下对王莽解释说："陛下，我、我们只是想向扬雄问话，并没给扬雄定罪呀。"

王莽仍怒骂道："据我所知，你是带着一群士兵去天禄阁的，有这样问话的吗？！"

"陛、陛下，我、我不是怕扬雄逃离天禄阁嘛，所以，才带了士兵跟着去的。我万万没想到，我还没见面问话，扬、扬雄他、他就自己跳楼了。"办案官员忙辩解说。

王莽一听，瞪着双眼说："真是个愚不可及的蠢货，你难道不知，自扬雄进宫以来，他就是个自尊心极强的饱学之士，过去，就连成帝、哀帝和平帝都极尊重这个写出名震天下四赋的扬子云，你带那么多士兵去天禄阁，他当然会以为你们去抓他。如此看来，他跳楼也是你逼出的结果。朕问你，眼下扬雄伤势如何？！"

"回陛下，经宫中御医抢救，扬雄目前只是摔断了腿，身体其他地方看无大碍。"

王莽眉头一紧，即刻下令说："你得给朕派人日夜照料扬雄，若他出现生命危险，你就得用自己脑袋来陪葬！"说完，王莽便挥了挥手，那办案官员立即退出了大殿。

回来后他立即调集几个随从赶着马车，亲自去狱中将扬雄接出来上马车，然后把扬雄送回了家。从那之后，宫中御医就每天去扬雄家，给扬雄受伤的腿治伤换药，还上了木夹板。为照顾受伤的扬雄，王莽又下特令："中散大夫扬雄可在家中写作，俸禄不变。"

随后不久，扬庄提着礼物来看望扬雄时，曾悄悄问过扬雄："子云，你咋这么傻呢，事还没弄清前，你为啥要跳天禄阁呢？"

靠在床头的扬雄生气回道："庄兄哪，我是不想被那帮恶狗似的家伙们，屈打成招啊，若是那样，那不是毁了自己一世清名吗？"

"哦，你原是想以死明志，证明自己是个不可辱的名士。"

扬雄点点头说："嗯，知我者，唯庄兄也。"

停了好一阵，头发花白的扬庄低声说："子云，过几天我就退休回老成都去了，我走后，你要照顾好自己，今后千万别再做自杀的傻事了。你不是还有许多著作没写完吗，你今后就认真著书立说吧，我坚信，你还将写出不少能流传后世的好作品来。"说完，扬庄就从怀中掏出个精美玉佩送给扬雄说："子云，但愿我这护身符能给你带来好运，祝你健康长寿。"

含泪的扬雄紧紧握住扬庄的手说："庄兄，谢谢你的美意，这几十年来，你珍贵的友谊一直温暖着我。或许，今生一别，你我再无机会相见了，你回到成都，请代我去问候李弘先生，我已好些年没跟先生通信了。"

扬庄忙点头说："子云，你就放心吧，我回成都第一件事，就是登门拜访，去看望你我二人都极为敬重的李弘先生……"

自李二娃把杏花和陆小青安顿在扬家小院住下后，杏花每天都要去刘三衣冠冢前磕两个头，然后就是去自己母亲和刘三母亲坟前呆立一阵，尔后又到扬雄父母和两个儿子坟前扯几把荒草，才回扬家小院扬雄住过的房间静静坐下，抚摸扬雄曾送给她绣有鸳鸯的枕套默默流泪。

陆小青在照顾杏花时，坚定秉承了中国传统观念中"朋友之妻不可欺"的理念，从没跟杏花住过一间房。他虽同杏花朝夕相处，每天还要生火煮饭给杏花吃，但陆小青从未产生动杏花的邪念。有着传统观念护身的杏花，自住进扬家小院后，就再没发过疯病。她常常呆坐在小院大桑树下喃喃自语："我要守护好扬家小院和院外几座坟墓，等着扬雄哥哪天从长安城回来，我就告诉他，我除了替刘三和我妈守墓外，我还替他父母和两个儿子守了墓……"

之后，李二娃带着罗明生和刘加元，亲自去聚义客栈向张德川、西门云飞和卓铁伦三人，解释了为啥把杏花安排进扬家小院的原因。张德川听后说，他完全赞同三帮主的安排，这样既满足了杏花守墓的愿望，又不致使扬家小院朽烂下去。有人照看和没人照看的小院是完全不一样的。

西门云飞听后却问道:"三帮主,陆小青要照顾杏花,每天的生活一定要替嫂夫人安排好,刘帮主不在人世了,我们这帮老兄弟都有责任照顾好一生都不幸的杏花啊。我想问的是,陆小青要照顾杏花生活,费用够吗?若不够,我可资助他们。"

李二娃忙摆手说:"西门大老板,刘帮主在世时赚了一大笔钱,陈财主和王干妈去世后,也留下了一些钱财,现在杏花已继承了这笔可观的财富,所以,陆小青生活已完全有了保障,请西门老板放心,何况还有我这三帮主在,我们说啥也要让杏花这个苦命女人安享晚年生活。"

当张德川和西门云飞满意地点头后,卓铁伦也补充说:"三帮主,这样吧,你们这次走时,我可送十坛文君酒给你们几人,一是你们回清风庄园可留下一部分,另一部分你们可送到扬家小院去,大家在照顾嫂夫人时,也不能太苦了陆小青,我晓得陆小青过去是喜欢喝两杯的。"

李二娃微笑着点头说:"要得嘛,那我就代表杏花和陆小青先谢谢卓老板了哈。"说着,李二娃又看了看张德川和西门云飞,低声说:"你们晓得不,自刘三战死在赌场后,杏花就开始喝酒了,而且,她现在酒量并不比陆小青差哩。"几人听后都笑了起来。

李二娃三人赶着马车离开成都后,直接回了石埂子亭的扬家小院。当几人把十坛上等文君酒抱进小院厨房时,陆小青便低声对李二娃和罗明生说:"昨天下午,我去地里摘菜时,发现了在龙家大院外做飞镖表演的孙家富。"

"真的?"李二娃异常惊诧地问道。接着,罗明生和刘加元也急切追问起陆小青来。陆小青忙解释说,他一直坚持在扬家小院外要戴草帽的原因,就是怕龙耀武或孙家富认出他来。昨天下午他戴着草帽下地摘菜,就听见龙家大院外的黄角树下,不时传来一阵阵喝彩鼓掌声。他定睛一看,原来是孙家富在黄角树下向龙耀文等几个蜀郡府官员表演飞镖之技。表演完后,抱拳的孙家富还特向龙耀文等官员和看热闹的乡民大声致谢。而且从声音和体形看,那人无疑就是孙家富。

李二娃认真想了想,便对身旁的罗明生问道:"明生,你咋看这件事?"

罗明生立马回道:"李馆长,我认为自悦来大赌场被我们烧后,没去处的孙家富可能就来禀告了龙耀武。龙耀武得知孙家贵已死,如今有功夫没去处又不敢回老家的孙家富来找他,他不敢拒绝孙家富,就把他留在了龙家大院。估计昨下午在蜀郡府当官的龙耀文,带着几个同僚来花园乡考察转悠,为炫耀龙家大院有高人护院,龙耀武就让孙家富在龙家大院外做了飞镖绝技表演。不然的话,陆师叔咋会知道孙家富在龙家大院呢？"

"我完全赞同罗师兄的分析。"刘加元忙说。

李二娃听后点头说："嗯，明生分析得有道理。老子一直想寻孙家富替席老板和刘老大报仇，嘿嘿，真是踏破铁鞋无觅处，得来全不费功夫。如此看来，当年焚烧清风庄园马厩和厨房的幕后指使人，就定是这龙耀武了，不然，当孙家富落难，他为啥到龙家大院来躲起？"

罗明生忙问："馆长师父，您的意思是我们几人，得找孙家富和龙乡长报仇？"

"那还用得着问吗，报仇是必须的。"刘加元忙附和罗师兄说。李二娃探头看了看站在小院中的杏花，低声对几人说："今晚等杏花睡后，我们再详细研究复仇之事，这事一定别让杏花知道，我们不能再让她担惊受怕了。"

罗明生和刘加元听后，忙低声回道："要得，今夜等杏花师娘睡后，我们再商量复仇之事。"

[第九十七章]

为捍卫儒学道统，终于完成《法言》大著

跳天禄阁的扬雄没摔死，之后还得到王莽特殊关照，这就注定大难不死的扬雄会成为中国文化史上一个传奇。在慢慢治腿伤的过程中，扬雄又拿起他还未完成的《法言》写了起来。扬雄最担心的是，他怕受伤后影响自己思考和写作，有些出乎扬雄意料的是，当他动笔继续写作时，他感到自己的思维并没受什么影响，只要他一提起凝有墨香的毛笔，他笔下就会有流畅如溪流般的文字呈现在竹简上。

一天，在一队御林军护卫下，身穿便服的王莽，带着慰问品来看望扬雄。寒暄之后，王莽问道："扬爱卿，你现在腿伤咋样？在宫中御医治疗下，你的腿应该好多了吧？"

扬雄忙起身说："谢陛下关心，我的腿伤确实好多了，如今，我又可坐在书桌前，继续完成我的《法言》写作了。"

王莽微微颔首道："哦，那就好，当你完成大作后，朕希望能在第一时间读到扬爱卿的新作。"

扬雄又躬身回道："谢陛下鼓励，微臣定当全力完成《法言》写作。不过，臣可先向陛下透露点此书信息，这部《法言》可比《太玄》一书好懂多了，再不会有人认为这是看不懂的天书了。"

"那好啊，扬爱卿，朕知道你是位有才华的饱学之士，但你要多写些让民众能读得懂的书嘛，如果你写的东西连宫中官员都读不懂，那你的书又咋能普及到民间呢？"王莽又说。

"陛下说的对，微臣今后写作时，尽量不写或少写阳春白雪曲高和寡的文章，多写些民众能读得懂的作品。陛下，您今天大驾光临寒舍，应该对我是有啥事要交

第九十七章　为捍卫儒学道统，终于完成《法言》大著

代吧？"

王莽笑了："呵呵，扬爱卿不愧是聪明之人，朕确实有两件事要告诉你。第一件事，是朕已把逃亡一年多的甄寻捉拿归案，甄寻一案已审得差不多了，朕打算把与此案有牵连的刘棻、刘泳和丁隆等人处死，另外一部分人朕打算把他们流放到遥远边地去，由于你是因刘棻关系被牵连冤枉受的伤，朕想问问，你对朕这样处理还有别的建议吗？"

扬雄听后大为不解，他不知王莽为啥要告诉他自己已决定的事，扬雄怕自己说错什么遭到王莽不满，于是，忙转换话题说："尊敬的陛下，国师刘歆可是好人，二十多年交往中，我知道刘歆一向做事谨慎，他应该没被牵连进甄寻一案吧？"

王莽颔首道："嗯，扬爱卿说的对，国师刘歆是朕最信任的人之一，要不然，朕咋会让他做朕大新朝的国师呢。不过，刘歆那两个儿子刘棻和刘泳，朕是决不会宽恕的，他俩领罪也是罪有应得。"

"陛下英明，您不放过一个罪人，也不冤枉一位好人，仅凭这点看，大新朝就会迎来新的好国运，您也会成为一位改变历史的好新君。"

王莽满意地点点头又说："扬爱卿，朕来你这第二件事，就是想请你为我大新朝打一卦，看看这新朝的运势如何？"

扬雄一听，忙惶恐地说："陛下，难道您忘啦，我十年前曾跟您说过，生病或有伤之人，是不能替别人打卦的，因为这时打的卦，往往带有不吉之兆。陛下，若您非要我为大新朝打一卦，也要等我腿脚好利索才行。"说后，扬雄心里吐槽道：您来我这，不就想向我求一卦嘛，之前您告诉我甄寻一案的处理结果，那不是掩人耳目的多此一举吗？

王莽拍了拍自己额头说："唉，你扬子云十年前是曾说过，有病或有伤之人，是不能随便给人打卦的，我咋就忙忘了呢？行，扬爱卿，那就等你腿伤好后再给大新朝打一卦。不仅你要打上一卦，待你写完《法言》后，你还要为朕献上一篇像《剧秦美新》那样的新文章才更好嘛。"

陆小青发现孙家富躲在龙家大院的当天晚上，李二娃同徒弟罗明生与刘加元，就商量出向龙耀武和孙家富复仇的办法：焚烧龙家大院，射杀孙家富和龙耀武。为不让杏花再受到惊吓致使疯病复发，陆小青必须把杏花送回清风庄园。等复仇完后，李二娃几人再去清风庄园会合。

自扬雄家人离开扬家小院去长安后，扬雄家的田地就分给了几户要好乡邻使

用。龙耀武虽察觉扬家小院外有人种田挖地，但在他意识中，也不过是附近乡邻而已，对于稳坐乡长之位的龙耀武来说，那些借种扬雄家田地的乡邻不过是他管辖的草民罢了，他又咋可能把这些底层乡邻当一回事呢？正是刘三的死让龙耀武放下了戒备之心，他便让住在他大院的孙家富，可随意在龙家大院外和花园场走动，要不然，在田里摘菜的陆小青，咋可能发现在黄角树下表演飞镖之技的孙家富呢？

　　第二天上午，赶着马车的陆小青同杏花离开扬家小院后，刘加元便挑着箩筐，去花园场街上买了六陶瓶桐油和三斤猪肉，另外还买了几包灭鼠的毒药。晚饭前，罗明生和刘加元就喂饱拴在竹林中的马。晚饭喝酒时，李二娃对两个徒弟做了交代，半夜时，他们先用有毒的猪肉毒死几条护院大狗，然后再翻进龙家大院泼洒桐油，待桐油在门窗和桌椅木柱上洒完后，他们就点火焚烧龙家大院。火燃起后，身背弓箭的罗明生就出院爬上大黄角树，然后借火光寻机射杀孙家富和龙耀武。李二娃一再叮嘱罗明生，我们只杀这两个有仇的家伙，龙家其他人跟我们无冤无仇，我们没必要滥杀无辜。罗明生向师父做了保证，他决不射杀其他人后，李二娃才点头说："当年你们师爷张大师，就是不准我们乱伤人的。"

　　子时刚过，李二娃师徒三人就提着油瓶离开了扬家小院。在离龙家大院不远时，李二娃三人把桐油瓶放在田埂下，然后猫着腰朝龙家大院摸去。刚走到离黄角树不远时，三条大狗就汪汪大叫朝李二娃几人扑来。极有经验的罗明生，忙把早准备好的几块有毒猪肉，分别朝三头大狗丢去。扑往肉的大狗分别咬着肉朝不同方向跑去。很快，叫着叫着，三条大狗的声音就开始弱下来。不久，一条大狗率先倒在黄角树下，接着另两条大狗也摇摇晃晃倒在土坝上，嘴里还发出呜呜之声。李二娃见状，忙把手一挥，三人就蹿上土坝，分别举镖朝地上挣扎的大狗扑去。只见手起镖落，三条大狗很快就没了响动。

　　见三条大狗已死，李二娃三人又迅速返回田坎下，各提两瓶桐油冲到龙家大院外高墙下。江湖"老司机"李二娃放下油瓶后，忙掏出飞镖朝大门内门闩拨去。一阵轻微响动后，李二娃见仍没打开大门，就向刘加元招手，然后李二娃就弓步站在墙下用手掌做了个托举动作，明白意图的刘加元退后数步，一个冲刺到师父身前，李二娃随即用双手托举，瞬间就把刘加元送上了高墙。上了墙的刘加元借着月辉朝院中望了望，发现没有大狗后，就倏地跃下高墙，并很快打开了院门。随即，进院的三人就各提两瓶桐油，按事前分工，朝木制门窗木柱、木椅，麻利地泼洒起桐油来。

第九十七章 为捍卫儒学道统,终于完成《法言》大著

很快,熊熊大火就在龙家大院燃起,李二娃三人迅速蹿出龙家大院,身背弓箭的罗明生,立马攀上了黄角大树,然后张开弓箭寻找他将射杀的人。不久,龙家大院内便传来一阵阵哭喊声和救火声。这时,手持飞镖的李二娃和刘加元,却分别躲在龙家大院外的墙角,紧紧盯着龙家大院唯一出口的大门。尔后,最先逃出大院的是两个老人和一群孩子。

无论孙家富几个汉子在院内怎样用铜盆和木桶泼水灭火,已蹿上房顶的大火哪是几桶水能扑灭的。在院中捶胸顿足的龙耀武,望着早过百年的房屋在大火中燃烧,一面叫骂着一面对孙家富几个救火汉子喊道:"你们快撤离大院,老子今后再重建龙家大院就是。"说完,龙耀武就冲出了大院。树上的罗明生见龙耀武跑出,一箭射出正中龙耀武的天灵盖。龙耀武两腿一蹬,挣扎片刻就死在了龙家大院大门外。

这时,许多乡邻提着水桶端着铜盆朝龙家大院跑来,他们也想帮着灭火救人。大火中,有些乡邻见龙乡长头插长箭倒在地上,便惊呼喊叫起来:"不好哪,龙乡长被箭射死了,龙乡长被箭射死了……"随即,火光扑闪的龙家大院外顿时乱作一团。在院内仍提桶泼水的孙家富,一听到"龙乡长被箭射死"的惊呼声,就立刻意识到这是有人在报复龙家,于是,他丢下水桶,两手从腰间拨出飞镖就朝大门外冲来。

在树上的罗明生又举箭时,奔出的孙家富立马被前来救火的乡邻围着问道:"孙大侠,这龙家咋遭火啦?啷个龙乡长被人用箭射死了?"由于多人围着孙家富追问,树上的罗明生怕误射乡民,急得在树上仰天叹道:"唉,狗日的孙家富,你虾子休得活过今晚!"说完,罗明生收起弓箭很快就下了大树。

令罗明生没想到的是,在他刚下树时,李二娃早发现跑出大院的孙家富,当他刚要朝孙家富甩镖时,孙家富就被前来救火的乡民围着问了一通。急了的李二娃两手持镖咬牙朝孙家富奔来:"恶人孙家富,今夜看你还往哪逃!"说完,李二娃一镖朝孙家富脑袋甩去。熟悉李馆长声音的孙家富立即将头一埋,躲过了李二娃飞镖,随即他侧身一闪,却向扑来的昔日师父回了一镖,报仇心切的李二娃哪想到孙家富胆敢回他一镖,而这一镖还扎中了李二娃胸膛,李二娃根本没管胸上挨了一镖,又朝孙家富甩去一镖,这一镖正中孙家富眉心。此刻,从侧面刘加元也唰地朝孙家富甩了一镖,这飞镖扎进了孙家富耳心。

并没倒下的孙家富又唰唰朝李二娃回了两镖,一镖扎进李二娃额头,一镖扎进了右眼。这时,只见李二娃又唰地朝孙家富甩出最后一镖,这一镖正中孙家富心

窝，几乎在同时，昔日的师徒二人就重重倒地，完成了他俩最后的生死对决。就在乡邻吓得四散奔逃时，蹿上的罗明生手起镖落，朝浑身是血的孙家富脑袋又补了两镖："狗日的，老子看你还往哪逃！"说完，抬头的罗明生见刘加元已背起师父，火光中，举箭的罗明生忙掩护刘加元朝扬家小院外竹林跑去……

　　自王莽来探望扬雄走后几个月中，在家的扬雄在老妻秀梅精心照料下，腿伤已恢复许多，为不再给大新王朝打卦，便不再去天禄阁上班，而是在家坚持写他的重要著作《法言》。扬雄认为，既然老天没让他摔死在天禄阁楼下，那么他就应该抓紧时间完成他生命中最重要的著作《法言》和《方言》。已六十多岁的扬雄计划好，在他写完《法言》后，他就着手《方言》的写作，因他最近梦中，常出现林间先生泣血重托的情景。

　　自从老友扬庄退休回成都后，来看望扬雄最多的，就是异常崇敬他的年轻人桓谭。此时懂音律的桓谭，在新朝诞生之初，就被王莽封为了掌乐大夫。每当休沐桓谭来看望扬雄时，他都要给他尊敬的子云先生买些下酒菜和两瓶好酒。在饮酒畅谈中，扬雄跟桓谭聊得最多的仍是天文、音乐和经学方面的内容，有时桓谭还要向子云先生求教《太玄》一书中的某些内容，这时的扬雄，总会给桓谭提出的问题做较详细的解答。一段时间下来，在宫中官吏中，桓谭无疑成为对《太玄》最为了解之人。

　　由于痛失二子的打击，秀梅跟丈夫扬雄一样，都遭受了白发人送黑发人的巨大痛苦，然而所不同的是，扬雄安葬二子从蜀地返回长安后，经济已十分拮据的他，就化悲痛为力量，把生命理想融注到对《法言》的写作中，这样无疑就减轻了丧子的痛苦。但秀梅却和扬雄不同，她过去主要精力全放在了照顾扬雄和抚养二子身上，当二子染疫去世后，遭受重大打击的秀梅，就只有把巨大痛苦埋在心中，她怕她过多表现出悲伤影响到沉迷写作的丈夫。自二子走后，秀梅的言语就少了许多，尤其在扬雄跳楼未死摔断腿后，秀梅担惊受怕的同时，又增添无尽的忧伤。长年的过度忧伤和郁闷，使秀梅显得比丈夫苍老许多。

　　在侍候丈夫摔断腿的这些日子里，秀梅每天都在提醒自己：千万不能倒下，我若倒下谁来侍候躺在床上的丈夫呀。咬牙坚持的秀梅，硬是把丈夫侍候到能下床慢慢走动。一天，当桓谭走后秀梅收拾桌上碗筷时，她便低声对丈夫说："子云，若我先你离开人世，今后桓谭来看你，你就只能上馆子请他吃饭了。"

　　扬雄听后埋怨道："老婆子，你说啥子不吉利话哟，你活得好好的，要走也是

第九十七章 为捍卫儒学道统,终于完成《法言》大著

戎走在你前头嘛。"

经过数年做读书笔记和思考,加上这些年的勤奋写作,扬雄终于完成他仿孔子《论语》而作的散文体著作《法言》。充满哲学性思考的《法言》共有十三大篇,其中有《学行》《吾子》《修身》《问道》《问神》《问明》《寡见》《五百》《先知》《重黎》《渊骞》《君子》《孝至》,最后还有一篇自序。扬雄的《法言》内容十分丰富,从哲学、政治、经济、伦理,到文学、艺术、科学、军事、乃至历史上的人物、事件、学派、文献等等,几乎均有所涉及与论述。

扬雄为啥在完成《太玄》一书后,又花数年心血来完成他另一部极其重要的著作《法言》呢?他的写作背景和目的究竟是啥?自汉武帝罢黜百家独尊儒术后,儒家学说就成为当时的主导思想。至元帝、成帝时期,今文经学及阴阳谶纬之学盛行,对此异端现象,扬雄表现出极为不满和痛恨,他认为现行著述对儒家经典的阐述严重失实,真正的儒学已名存实亡。扬雄"窃自比于孟子"(《法言·吾子》),他要理清儒学传播中的障碍,要恢复儒家经典的真正内涵,要捍卫孔孟之道的基本精神。

《法言》是一部扬雄晚年的重要著作,在他所处的西汉政权走向衰落和瓦解时期,由于土地兼并徭役繁重,民生完全处于凋敝阶段,而农民起义运动已开始渐起,统治集团内部矛盾重重,在位的皇帝不是幼小就是没有实权,要不就是迷恋女色或热衷"断袖之交"。政治不稳定必然影响到西汉王朝的统治思想,以董仲舒为主导的思想由于畸形扩张而逐渐走向极端,从而丧失了它维护国家统治秩序的机能。在这种社会历史背景下,扬雄开始对旧的统治思想产生了怀疑和不满,他想通过对旧思想的改造,为统治阶级创造出一套新的统治理论,来达到恢复社会秩序、维护国家长治久安的目的,而这一切努力,均是他通过撰写《太玄》和《法言》来期望实现的。

扬雄写作此书目的是想纠正诸子"诋訾圣人"、不合乎儒家圣道的言论,他企望重新建立符合圣人之道的思想和理论。《法言》一书虽模仿《论语》而作,颇有代圣人立言之意,而全书的形式也是和《论语》一样的语录体。至于取名《法言》,则可能本于《论语·子罕》中"法语之言,能无从乎",以及《孝经·卿大夫章》中"非先王之法言不敢道"。由此看来,扬雄的《法言》就是判断事物是非的准则之言。

扬雄写完《法言》后，又用小篆在竹简上抄了一份留在自己家中。当桓谭又来看望他时，他就把《法言》交给他极为信任的桓谭，并叮嘱桓谭说："君山啊（桓谭字君山），你看完《法言》后，可代我呈给国师刘歆，因我过去曾答应过他，我写的重要东西都要请他过目。刘歆是宫中少有的学富五车之人，听听他对此书的意见也是我的心愿，若有不妥之处，我再进行修改嘛。"

"是，子云先生，我一定照您说的办。"桓谭回道。

一个月后，扬雄接到宫里通知，要他明天一定要上早朝。待宫中小吏走后，扬雄便动起脑子来。他之前不是答应过王莽，若是身体康复去天禄阁上班，要替王莽的大新王朝打上一卦嘛，为不再给王莽打卦（扬雄怕无端又生出什么事来），他就是去参加早朝，也必须伪装成并没好利索样。

第二天早朝前，扬雄拿着他曾使用过支撑身体的拐杖，趁黑快走到皇宫大门时，他便装作一瘸一拐用拐杖支撑着身体走进皇宫大殿。早朝开始前，扬雄仍寻思今天要他来参加早朝的原因。早朝上，王莽在对众大臣抱怨眼前宫里钱粮吃紧，希望众大臣出主意解决眼下这一急迫难题。王莽见众大臣面面相觑，无人回答他的问话，有些恼怒地用一小捆竹简敲着龙椅扶手说："你们这些臣子今天咋哑巴啦？为啥不愿替朕分忧解难，提出些解决问题的办法来？"

哀章见王莽发火，忙上前一步拱手说："陛下，请您息怒，解决财政吃紧一事，我想大家是能想出好办法的，只是陛下今天第一次提及此事，一时没反应过来，微臣想，过两天大家就一定有好办法禀奏陛下了。"

话音刚落，因符命从市井小民被提升上来的王兴和王盛，也相继奏道："陛下息怒，我们这些朝廷命官，肯定不会白拿朝廷俸禄，就是脑壳想烂，也要想出些搜刮民财的主意来；若没别的法子，陛下就可下令加税嘛，若哪个敢抗税，本将军就带兵去剿灭那些坏种！"

王莽一听这两个没文化的家伙说的话，气不打一处来，又用竹简敲着龙椅扶手说："众臣请看，我手中竹简就是中散大夫扬雄前不久刚完成的《法言》。他在书中强调说，'君子强学而力行'。你们听听，中散大夫说得多好呀，什么才是君子，只有坚持强学的人，才可能成为君子，才能成为真正大新王朝的有用之人！"随即，王莽用竹简指着王兴和王盛说："你们不读书学习，不提高自己的文化，在朝堂上居然用市井刁民语气来同朕对话，你、你们该当何罪？"

王兴二人一听，忙跪下磕头说："陛下，我、我们罪该万死，死了喂狗，狗都不吃。我们是、是没文化，可、可是，是你们宫中官吏硬拉着我们进宫当官的啊……"

王莽怒目起身将手一挥说:"来人,快把这二人给朕乱棒打出宫,快打出宫去!"说完,差点气疯的王莽便跌坐龙椅上。贪恋皇权的王莽,并不是个迷恋女色和钱财之人,年轻时,他也是个好学青年,否则他后来就不可能成为刘歆和扬雄的好友。今天,早已看过《法言》的王莽,对过去的市井之徒发火,正是他对比又写出大著的扬雄的强烈反应。甄寻一案中,他杀了刘歆两个儿子,却并没对刘歆下手,原因正是刘歆是个有真才实学的人,他深信老友刘歆绝不会整他害他,所以仍让刘歆继续担任他的国师。

停了好一阵,情绪缓过来的王莽,突然挺直胸膛说:"众爱卿听着,前段时间因甄寻和刘棻之案,朕为什么要保护从天禄阁跳下摔伤的扬雄?朕早就明白,中散大夫扬雄是我大新王朝不可多得的特殊人才,是一位坚定的儒学捍卫者。你们看看,他在家养病期间,坚持写完了又一部非常重要的著作《法言》。朕相信,扬雄这部《法言》一定会流传千年,也会奠定他在历史上的文化地位!"

王莽话音刚落,大殿就响起群臣交头接耳的议论声和赞扬声。站立群臣前的刘歆听后,却向扬雄投去复杂的羡慕嫉妒恨的目光……

[第九十八章]

"载酒问字"的故事

火烧龙家大院那天夜里,杀死龙耀武和孙家富后,刘加元背起师父回到扬家小院外拴有马的竹林中,罗明生从加元手中接过师父,见师父还没咽气。他便跃上马背抱着师父同刘加元朝青城山方向跑去。罗明生清楚,若他们不及时撤离扬家小院,就可能被抓住关入县衙大牢,甚至可能被花园乡愤怒的民众打死。

过郫县县城后,罗明生就放慢了马的奔跑速度,当跃下马背的罗明生再摸师父脉时,李二娃已停止了心跳。伤心哭过一阵后,罗明生又把师父遗体抱上马背,然后挥鞭打马朝清风庄园奔去。到清风庄园后,罗明生见天还未亮,就叫刘加元翻墙进去打开了大门。当二人牵马进庄园后,罗明生忙把师父遗体藏在了水池边亭子里,然后二人就敲响了陆小青房门。

陆小青起床出门后,罗明生怕惊动隔壁睡觉的杏花,慌忙把师叔陆小青拉到水池边亭子中,然后指着师父遗体,把火烧龙家大院经过以及射杀龙耀武,还有师父同孙家富飞镖对战的经过告诉了陆小青。陆小青听完便跪下抱着李二娃遗体哭道:"三帮主,你为了报仇,死得好惨啊!我、我陆小青是没啥功夫的笨蛋,要不然,我说啥也该加入火烧龙家大院行动中去。就是我死,也不能让你重情重义的三帮主死在龙家大院啊!"随后,罗明生和刘加元也抹泪跪在他们师父遗体边。

待陆小青哭过一阵后,起身的罗明生忙对陆小青说:"陆师叔,由于我们火烧龙家大院又杀死龙耀武和孙家富,龙家的人肯定会禀报在蜀郡府当官的龙耀文,而龙耀文定会责成郫县县令严查此事。为躲避官府追查,我建议暂时先低调埋了师父,以不引起外界注意为好。等几年后,我们再给师父修建一座像样的墓,您以为如何?"

很快，刘加元也表示赞同师兄的建议。陆小青想了一阵，最后点头说："嗯，这建议有道理，那我们就这样办吧。"说完，陆小青又自语道："这、这把三帮主埋在哪好喃？"

罗明生说："陆师叔，我看这样吧，若埋在清风庄园，我怕惊动刺激到杏花师娘，我建议把师父埋在青城武馆吧，而且埋后我们还得把坑填平，以免引起外人注意。"随即，当陆小青点头后，罗明生和刘加元就找来锄头和铁锹，陆小青便抱着李二娃遗体，三人悄悄朝一墙之隔的武馆走去……

当王莽在朝堂上肯定了扬雄的《法言》后，宫中就安排小官吏照全书抄了几份《法言》，以供众大臣传阅学习。后来，王莽还下令，把扬雄的四赋、《太玄》、《琴清英》、《法言》等，都收藏于天禄阁书库中。随后不久，扬雄自己又抄了两份《法言》，分别寄给了成都的扬庄和张德川。

令扬雄怎么也没想到的是，就在他写完《法言》两个月后，操劳一生的秀梅终于病倒在床。望着他深爱的老妻秀梅，慌了神的扬雄忙去药房请郎中来给秀梅瞧病。当老郎中摸过秀梅脉后，便把扬雄叫到院中说："扬先生，你老妻已走到生命尽头，吃啥药也没用了，估计明天清晨前，她就可能离开人世，请你为她准备后事吧。"说完，老郎中分文不受就叹息着离开了扬雄家。

为不使即将离开人世的秀梅过度伤心，默默回屋的扬雄，便坐在炕沿边紧紧握住她双手，已明白一切的秀梅靠在炕头，低声对扬雄说："老头子，我、我再也无法侍候你了，往、往后，你可要自己照顾好自己。"扬雄听后，便像孩子般伏在秀梅身上呜呜哭了起来。黄昏降临不久，夜就渐渐黑了下来，仍清醒的秀梅低声说："老头子，别哭了，快去把油灯点亮，我想在有光亮的屋里离开你。"随即，应了一声的扬雄，就按秀梅盼咐点亮了桐油灯。

尔后，不吃不喝的扬雄又坐在床边，紧紧抓住秀梅的手，仿佛他的秀梅马上要离开他似的。此时的扬雄脑中，便浮现出近五十年前翠竹乡见到秀娟和秀梅的情景来，那时，秀梅还是个不到十五岁的少女。自扬雄同秀梅订下终身大事，他又两次长时间外出考察，尤其是把秀梅娶进扬家小院后，她就一直照料着自己的奶奶和父母，成了家中主要劳动力。感到有些自责的扬雄觉得他这一生大多时间都在外奔忙，自己很少照顾到家里，为奶奶和父母送了终的是秀梅，把扬爽和扬信拉扯大的也是秀梅，他猛然感到自己在长安这么多年，也是秀梅在悉心照料自己，他觉得太对不起操劳一生的秀梅了。想到这儿，扬雄就抱着瘦弱的秀梅又放声大哭。

良久，缓过劲的秀梅，用枯瘦右手抚摸着扬雄花白的头说："老头子，我死后，你这把年纪也不用把我送回故乡去，请你找个地方把我埋了就是，我、我不会怨你的……"随即，秀梅眼中就流出两行昏浊冷泪。放声大哭的扬雄猛然把秀梅搂进怀中，哭着说："秀梅啊，你可是世上最最典型的贤妻良母啊，没有你一生为我们扬家操劳付出，哪有我扬雄今天啊……"

黎明之前，秀梅在扬雄怀中停止了呼吸。遵秀梅遗嘱，扬雄在长安郊外长扬苑附近，为秀梅选了一块墓地，然后雇人把秀梅埋在了墓中。墓碑上，是扬雄亲自用隶书体题写的"爱妻张秀梅之墓"……

掩埋李二娃第二天，在杏花执意要求下，陆小青只好赶着马车又把杏花送回扬家小院。在离开罗明生和刘加元前，陆小青对罗明生坦言道："明生，你得记住，只要嫂夫人健在，我想她大概就住在扬家小院或清风庄园了。若你二位今后要来找我，只需来这两处就行了。我同你师娘去花园场后，你和加元可上天师洞禀报静虚师父，他眼下还不知席老板、刘老大为复仇已战死在悦来大赌场，更不知三帮主为替席老板和刘老大报仇，在火烧龙家大院时，在同孙家富对战中，不幸中镖已死在了龙家大院外。不过，你也得告诉静虚师父，你已杀死龙老四坏儿子龙耀武，孙家富同样也被李馆长杀死。不管咋样静虚师父是我们自己人，定要让他知道这两个月中发生的一切。"

"好，小青师叔，我和加元一定照您交代的办。"说完，同陆小青和杏花分手后，罗明生和刘加元就骑马朝天师洞方向奔去。当罗明生二人牵马上山后不久，就来到天师洞道观见到了静虚道人。静虚诧异问道："小罗，咋刘馆长和李馆长没来呀？"

罗明生听后，忙把静虚师父拉进茶室，向静虚讲了席老板和刘馆长为复仇，先后战死在悦来大赌场的事，接着，罗明生又讲了刘馆长处死孙家贵、李馆长把杏花安顿住进扬家小院的事，还讲了无意中陆师叔在龙家大院外发现他们一直寻找的仇人孙家富。为向龙耀武和孙家富复仇，李馆长决定火烧龙家大院，寻机射杀龙耀武和孙家富。"就像当年您在黄角树上射杀龙耀武父亲那样，我也在大黄角树上射杀了龙耀武。但没想到的是，李馆长在同孙家富飞镖对决时，双方都中了飞镖，这师徒二人都被对方杀死。唉，要不是当时救火乡民太多，我莫法射杀孙家富，李馆长咋可能被孙家富用飞镖扎死嘛。"

静虚听罗明生讲完席毛根、刘三和李二娃的死讯后，沉默片刻说了一句老子名言:"死还是生,命也。何时生又何时死,天意也。安之若命,岂不自在?"

没多少文化的罗明生和刘加元听完静虚之言,不好意思问师父啥意思的罗明生,想了想说:"静虚师父,由于成都的德川老板、西门老板和卓铁伦老板,他们还不知李馆长已死的消息,我同加元还得赶去成都,向这几位老板禀报他们老友李馆长战死的消息,这是小青师叔特给我二人交代了的。"

静虚点头道:"嗯,你二人是得去成都禀告才行,李馆长同这几人都是四十年的老交情了。不过,我还想问问,自刘老大去世后,是谁在照料有疯病的杏花嫂夫人呀?"

罗明生忙说:"静虚师父,自刘馆长战死后,李馆长曾带着我和加元,去了趟聚义客栈,经西门老板同德川老板、李馆长共同商量,他们一致决定,让熟悉了解杏花师娘的小青师叔负责照料杏花。由于小青师叔过去一直是刘馆长的助手,所以,小青师叔就答应了下来。眼下,杏花师娘和小青师叔大多时间都住在扬家小院。"

"啥?杏花和陆小青住在扬家小院?这、这也太离谱了吧。"静虚大惊。

"静虚师父,您是不知,因刘馆长的衣冠冢埋在他母亲坟旁,扬雄父母的坟和他两个儿子的坟,也跟覃老板的坟离得比较近,杏花想为刘馆长和她母亲守墓,就想在扬家小院旁搭一间茅屋,当时李馆长不同意,就撬开了多年无人住的扬家小院。安顿好杏花和小青师叔后,李馆长还特去聚义客栈,向德川和西门老板做了解释。他们都说这安排好,既解决了师娘的守墓问题,又替扬雄照看了扬家小院,就是子云先生今后回来,房子也不至于朽烂。"

"哦,杏花住进扬家小院,原来是这原因嗦。嗯,若是这样,那我就完全理解也非常赞同这样的好安排。"静虚说完,罗明生二人告别他后,就急忙牵马下山,两人下山后,立即打马朝成都奔去。

公元12年的长安,自进入腊月后,天气就格外寒冷,长乐宫更是笼罩在一片凄寒氛围中。专权干政多年的王政君太皇太后似乎已走到生命尽头。感觉不妙的王莽,隔三岔五率心腹大臣来探望这位有大恩于他的姑妈。可以说,没有王政君的胆略与谋划,王莽不仅难以回朝重掌大权,更不可能登上大新王朝帝位。望着即将离世的姑妈,王莽除下令宫中御医仔细诊脉和熬制汤药外,似乎也没其他好办法来延缓她的生命。

公元13年(新朝始建国五年)早春三月,被王莽尊封分"新室文母太皇太后"的王政君,终于停止了心跳。仔细算来,自王政君当年成为汉元帝皇后起,她历经六朝竟活了八十四岁。王政君未死前,王莽就想到了宫中擅写文章的扬雄,待王政君刚咽气，王莽就令扬雄写一篇祭文，来悼念太皇太后。扬雄得知王政君病逝消息时，他就想起了汉成帝，毕竟这是对他有知遇之恩成帝的母亲。

在隆重的追悼大会上，头披白色孝帕的王莽，含泪诵读了扬雄写的《元后诔》，"新室文母太后崩，天下哀痛，号哭涕泗，思慕功德。咸上柩，诔之铭曰：惟我有新室文母圣明皇太后，姓出黄帝，西陵昌意，实生高阳。纯德虞夸，孝闻四方……四海伤怀，擗踊拊心。若丧考妣，遏密八音。呜呼哀哉，万方不胜。德被海丧，弥流魂精……"听着王莽声情并茂的诵读哀音，被《元后诔》再次感动的扬雄，还是情不自禁流下了伤心的眼泪……

罗明生和刘加元急切赶到聚义客栈后，明生就向张德川讲了李馆长已死在龙家大院的情况。张德川听后大惊，急忙派伙计去通知西门云飞、卓铁伦和袁平。晚上饭厅中，流着泪的罗明生详细讲述了小青师叔如何在龙家大院外发现孙家富，又如何商议火烧龙家大院和射杀龙耀武与孙家富的计划，尤其在讲到李馆长死得有些冤枉时，罗明生和刘加元都号啕大哭起来。因为，已没结婚打算的罗明生与刘加元，过去一直把教他俩武功的李二娃，当作父亲看待。

沉默好一阵后，袁平也抹泪说道："唉，我们郫县过去创建的丐帮团伙，三个帮主都死了，我、我感觉他们死得太可惜了。明年清明节，我一定要去扬家小院和青城武馆，烧香纪念刘老大和三帮主。没有他们，哪有我袁平今天的幸福生活啊。"随后，西门云飞也说："人的一生，也太短暂了，想当初我同刘老大结拜为兄弟时，我们还是十多岁没长醒的少年。一晃几十年过去，就连远在长安的扬雄，我也好些年没他音讯了。我看这样吧，现在李馆长已死，小罗和小刘已暂无其他事，我建议曾去过长安的小罗，代表我们这帮老兄弟，去长安看看扬雄现在过得咋样，他可不能当了官出了大名，就把我们这帮老兄弟给忘了。"

张德川听后忙点头说："对对，这主意好，我有五六年也没收到他来信了。"当张德川刚说完，卓铁伦和袁平也表示了赞同。随后，罗明生就说："要得嘛，既然各位老板和师叔希望我代表你们去看望有名望的子云先生，那明天我就骑马去长安，反正我找得到他长安的家。"

这时，西门云飞、张德川和卓铁伦三人忙各从身上摸出两金说："小罗到长安后，你要多买些好礼物，我想，自扬雄两个儿子死后，扬雄两夫妻过得肯定不开心。"尔后，西门云飞对刘加元说："加元，小罗去长安后，我建议你到百花织锦坊来，去年我们又扩建了两个车间，现正缺几个护卫，你来后就可组建一个护卫班

第九十八章 "载酒问字"的故事

子,你就是护卫队的负责人。至于报酬嘛,我自不会亏待你的。"

刘加元听后,忙躬身对西门云飞说:"谢谢老板师父对我的信任,我一定不辜负您的期望,定把织锦坊保安工作干好。"这时,罗明生忙向西门云飞问道:"西门大老板,那我从长安回来,我又做啥喃?"

张德川忙起身拍了拍罗明生肩头:"小罗,我听说你武功不错,人又仗义,你从长安回来后,就来聚义客栈协助兴邦吧。到时,我们会考虑送你一些股份的。"待头发花白的张德川说完,罗明生单腿跪下抱拳对张德川说:"十分感谢张老板的仁心,我来聚义客栈后,一定协助兴邦干好本职工作。关于股份嘛,你们送不送我都无所谓,我只要有饭吃就行。"说完,单腿跪地的罗明生又转身抱拳对西门云飞说:"老板师父,我有个小建议,不知当说不当说?"

"啥建议,你就直说呗,好在今天大家都在这儿。"西门云飞忙说。

"我想我从长安探望扬雄先生回来后,希望大家每月抽两天时间,去扬家小院看望下杏花师娘和小青师叔,不知你们同意我的建议否?"

"要得,这建议好得很。"待众人赞同罗明生建议后,西门云飞忙拉起地上的罗明生,坐上了饭桌,很快,在一阵碰杯声中,大家喝起酒来……

秀梅去世前,扬雄为抢救两个儿子四处求良方找郎中,已花去不少钱,后又将先后病亡的两个儿子骨灰送回老家,在租马车时早已将最后一点积蓄用尽。秀梅去世后,几乎从不下厨煮饭的扬雄,竟变成孤独的老年"单身狗"。他除了买简单熟食充饥外,就是带着酒瓶下馆子美美喝上半斤酒,然后再醉醺醺回家倒床便睡。说实话,秀梅的死对扬雄打击太大,无处倾诉心中悲苦的扬雄,除了清醒时继续写《方言》一书外,天气好时要么在院中树下打瞌睡,要么就独自去大街逛逛。为了解不同地域的方言,许多货栈老板早已认得这个写出四赋的辞赋高手。

由于王莽在朝堂上当着文武百官的面肯定并赞扬了扬雄的《法言》,比《太玄》好懂的《法言》不久便在长安流传开来。并不太长的《元后诔》也在长安多处用竹简挂出。长安百姓常看到提着酒瓶、头发花白蓬乱、走路有点跛的扬雄,有的市民便悄悄指着扬雄在背后议论说:"哦,这白发老头就是宫中的扬雄嗦,他咋经常喝得偏偏倒倒像个酒疯子呢?"那些认为扬雄像酒疯子的人,他们哪知这是文化大咖扬雄在痛苦中麻醉自己啊。

不久,扬雄"酒徒"的名气就渐渐在市井中大起来。更让百姓感到惊讶的是,这头发花白的扬雄老头,竟还是个识得各种古文奇字之人。有两位有些文化的年轻

863

后生，拿着几个从石鼓上描画下来的古文字请扬雄辨认。很快，扬雄当着大街上不少围观群众说："呵呵，这不就是石鼓文嘛，这七个字，不就分别是'到戟''止戈'和'山水月'吗？"

那俩后生硬拉着扬雄去馆子请扬雄喝了一台酒，并要拜扬雄为师。扬雄虽然好酒，但他哪是随便收徒之人。酒足饭饱的扬雄在离开馆子前，向两个后生提了个要求，限他二人必须在十日之内，给他交上一篇不少于两千字的文章，若他满意就收他俩为徒。一个月后，经常下饭馆喝酒的扬雄，却再也没见到这两个想拜他为师的后生。

后来，桓谭来看望扬雄，每当聊得差不多时，扬雄总以在家弄饭不方便为由，拉着桓谭到酒馆喝酒聊天。久而久之，饱学之士扬雄好酒的名气，就渐渐传遍了长安城。很快，有些好学者为请教《太玄》或《法言》，还有为求教生僻字之人，就主动买上一瓶酒和菜，来扬雄家求教。由此，"载酒问字"的佳话就渐渐在长安城流传开来。

这时，令扬雄不知的是，年轻学子侯芭从钜鹿（今河北石家庄）来长安寻找写出《太玄》和《法言》的扬雄，他早已注意到行为有些怪异的子云先生。年轻俊朗的侯芭怎么也没想到，一位写出可同《周易》《论语》相提并论名贯天下的老先生，生活竟潦倒到无法让人接受的地步。为接近深入了解他所崇敬的老先生，侯芭跟那些"载酒问字"的人一样，也买上酒菜到扬雄家，向先生求教《太玄》书中不解的问题。开初两次，侯芭的求教并没引起扬雄注意，他跟对待其他人一样，回答完问题后，就让侯芭离去，扬雄说他还要继续写《方言》一书。

并未生气的侯芭，在接下来的日子里，不仅天天来求教扬雄关于《法言》和赋方面的问题，有时还求教天文学中的星象和"浑天说"问题。喝酒时，专心的侯芭故意放慢节奏，了解起扬雄的家庭情况。几次询问下来，侯芭终于弄清子云先生原是四川郫县人，曾有两个可爱的儿子病逝在瘟疫流行时期，老妻也在一年前病逝，眼下孤独年老的子云先生是一个人在生活，无儿无女的先生过的日子显得十分随意潦倒。当弄清这一真相后，经过认真思考的侯芭，做出一个极其重要的决定：他要独自陪着有大才的子云先生走完人生最后一程，让先生写完他非常看重的《方言》一书。

两天后，当思考成熟的侯芭把他想作为先生弟子而留下的想法告诉扬雄时，扬雄听后竟有些不敢相信地问道："侯芭，先生除了满腹学问和这个破旧小院外，我是没丁点积蓄的人。难道你愿跟着先生受穷？"

"尊敬的子云先生，我虽不是富家子弟，但供我二人吃饭的钱我还是有的，我拜您为师愿留下照顾您的唯一目的，就是想跟着先生多学一些知识，因我非常喜欢您写的《太玄》和《法言》，但书中有些内容我弄不太懂，我想，我成您弟子后，您会仔细讲解给我听的，对吧？"

看着真诚又朴实的圆脸侯芭，有些感动的扬雄坦言道："侯芭，若你真要成为我弟子，你须答应我三个条件，若这三条你都能做到，那我就收你为弟子。"

"先生，请告诉我您的三个条件吧。"

"第一，你必须接受我在学习上的严格要求；第二，你必须要习惯忍受清贫生活；第三，你不得阻拦来向我求教的其他人。侯芭，你认真想想，你能做到这三条要求吗？"

侯芭笑了："先生，莫说您仅有这三条要求，就是您再加三条，我侯芭依然能做到。"

"好，从今天开始，你就是我扬雄的关门弟子了。"扬雄说完，就笑着吩咐侯芭给他倒酒……

罗明生怀揣西门云飞、张德川和卓铁伦拿的几金，第二天骑马就从成都出发，代表几位老友去看望他们思念的扬雄。心情不错的罗明生第二天下午申时，就来到涪县县城。之前，罗明生去长安时，曾听扬雄说过，他曾在涪县西山书院教过书，若有机会，他希望小罗代他去看看现在的西山书院办得咋样了。由于是秋天，四十来岁的罗明生在客栈找好住房就把马牵进了马厩，问好路线的他便心情愉悦地朝城外西山走去。

上山经过玉女湖来到西山书院的罗明生，看了看书院大门上方"西山书院"四个大字，便叩响了书院大门。随后，一位守院大爷开门问道："客人，我们书院已放学了，你来这儿这有事吗？"罗明生忙回道："老人家，我不找谁，我来这儿只是想替当年在这儿教过书的子云先生看看，子云先生曾说，只要书院仍在办学他就放心了。"

守门老人一听便笑了："呵呵，你这汉子原是替子云先生来看看书院嗉，那好说，请进来看吧，我们书院教室里，还挂有子云先生写的大赋哩。"听老人说完，罗明生就快步进了书院，认真看过书院中的教室、课桌和教室墙上的《甘泉赋》，又出教室看了看院中的森林古柏，然后就告辞离开了西山书院。回到县城已是黄昏，为更多了解涪县情况，到长安跟子云先生有更多话题，罗明生便去涪城大酒楼吃晚饭。

无事的罗明生要了一瓶酒、一拼盘卤菜、一碟油酥花生米就独自饮起酒来。令罗明生有些吃惊的是，这涪城大酒楼的生意出乎意料的好，难道这通往长安的必经之路上客商就如此多吗？望着被多个灯笼照亮的酒楼饭厅，还没想明白的罗明生，就听见一声弱弱的要钱声从背后传来。长着国字脸的罗明生回头望去，见一个六七岁女童牵着个瞎眼老人，正伸着小手向五六个喝酒的中年汉子要钱。看那群汉子的穿着，农村出身的罗明生判断出，这几个汉子应该是当地有钱人。

突然，从罗明生身后传来几声用筷子敲打的声音，一中年男子骂道："你这个老不死的叫花子，弄球个小女子在我们这桌要啥子钱嘛，浑身脏兮兮臭烘烘的，快给老子爬远点。"说完那男人又敲了小姑娘头上几筷子。没想到钱没要到又挨了打的小姑娘就抹泪呜呜哭起来。罗明生见状，忙起身上前对那打人汉子说："喂，我说你这位大哥，你不给钱可以，但你没必要欺负要钱的小姑娘。"说完，罗明生就牵着小姑娘和瞎眼老人，来到他桌边。

这时，不安逸被教训的中年男人，快步走到罗明生面前挥拳说："你小子竟敢来教训老子，哼，你也不打听打听，难道在这涪县码头，还有你小子说话的份！"说完，身穿绸服的男人就甩了罗明生一巴掌，鲜血顿时从罗明生嘴角流出。没理睬的罗明生擦了擦嘴角，却从怀中摸出几枚五铢钱塞在小姑娘手上说："小姑娘，你牵着爷爷上别处去吧，往后，你们就别上这儿来要钱了。"随后，小姑娘向罗明生鞠了一躬说："谢谢好心的叔叔，好人有好报，祝叔叔健康长寿发大财。"说完，小姑娘就牵着瞎眼爷爷离开了酒楼。

突然，罗明生回身一个飞腿，朝那打他的男人脑袋踢去，那中年男人倒地后，立即从腰间抽出一把短剑，倏地跃起朝罗明生腰部刺来。并不慌张的罗明生侧身一闪，又一脚踢飞那男人手中短剑，然后一拳打在那男人脸上，顿时，那人口鼻流血就倒地叫唤起来。其余几人见状，忙从腰间抽出匕首，朝罗明生围了过去。不惊不诧的罗明生立马拔出飞镖，朝不远的灯笼扎去，见灯笼落地后，坐下的罗明生端起酒杯对几个围来的汉子说："你们谁再敢上前一步，老子就用飞镖扎爆你脑袋！"说完，罗明生就仰脖喝下杯中酒。

那几个汉子见罗明生如此镇静喝酒，又亲眼所见被打翻在地的同伙和被飞镖射落的灯笼，心有余悸的几个汉子相互看看，便慢慢退出了酒楼。此时，在柜台边将这一切看在眼里的涪县黑道老大秦楚，便对一跑堂伙计低声吩咐几句，那跑堂伙计立刻朝厨房跑去。

随后不久，跑堂伙计端出一碗汤走到罗明生桌前说："大哥好身手，这是我们老板奖励你的一碗圆子汤，老板还说，他希望你经常来我涪县地界打黑除恶，为民伸张正义。"尔后，微笑的伙计放下汤碗就离开了罗明生。

罗明生当然不认识秦楚，更不知秦楚就是当年逼走子云先生之人。此时已成为涪县黑道老大的秦楚，在涪县开了两家酒楼和两家青楼，另外还控制了一家赌场和两个码头。当年没追到黄玉的秦楚，在第二年就另找了个美女结了婚。婚后十年的他又娶了四房老婆。为报复黄玉，他坚持每年都要去西山道观上香，故意捐点小钱来气黄玉。尽管作为道观主持的黄玉不理睬秦楚，但他依然用这种软办法来坚持报复长得窈窕漂亮的黄玉。

当晚，罗明生被汤中蒙汗药放翻后，秦楚下令抢走了他身上所有钱财，然后将罗明生分尸，各肢体被抛入滚滚涪江。一个多月后，见罗明生仍未返回成都的西门云飞几人，以为罗明生已被扬雄留在长安做事了……

第九十九章

令人难以忘怀的忠诚弟子侯芭

很快又一年过去,有天晚上扬雄做梦时,突然梦到刘三、席毛根、西门云飞、张德川、卓铁伦、桃花等人,他们在聚义客栈喝酒时,席毛根向他请教《太玄》中的问题,随后西门云飞也向他讨教了《法言》中一些值得商榷的地方。醒来时,扬雄突然想起,曾寄给扬庄和张德川各一份《法言》,他咋没收到张德川回信呢?过去舅子张德川收到他信,可是每次都回了的呀。有点懒的扬庄不回信倒是有可能,勤劳的德川不回就不正常了。难道,时局动荡不稳的大新朝,邮车在漫长而艰险的蜀道被盗贼所劫?想到此,吃过早饭后扬雄便给张德川去了封信,首先讲了秀梅病逝的事,然后讲了他曾寄过新作《法言》一事,并代问了席毛根、刘三、西门云飞、卓铁伦和李二娃等人好。

二十多天后,收到扬雄从长安寄来的信,张德川大惊,过去从没丢失过信的德川立即意识到,小妹夫扬雄曾寄给他过信,邮车有可能在驿道被山贼劫了,前些日子也有住店客人讲过邮车偶尔遭劫一事。还有,罗明生去长安半年了,咋扬雄在信中没提小罗的事?心细的扬雄绝不会忘记小罗代大家去看望他的事。待西门云飞、卓铁伦和袁平来聚义客栈时,张德川便把扬雄来信拿了出来,大家看后也是一头雾水。《法言》现已在蜀地有所流传,西门云飞说他明天就可搞到,但罗明生去长安扬雄一句没提,这就太不正常了,难道,小罗在路上发生了不测?在众友建议下,当夜张德川就给扬雄回了封信,说他并未收到《法言》。随后他重点告诉扬雄,详细讲了为复仇,席毛根和刘三先后战死在成都悦来大赌场,后来,李二娃和罗明生等人,为替死去的席毛根和刘三报仇,他们在火烧龙家大院后已杀死龙耀武和歹人孙家富,在李二娃同孙家富飞镖对决中,师徒二人均被对方扎死。

信中，张德川还告诉扬雄，杏花为纪念自己丈夫刘三，在刘三母亲坟旁为刘三垒了个衣冠冢，覃老板死后，杏花也把自己母亲埋在了刘三坟边。为守墓方便，现在杏花已住进你家小院。张德川还特向扬雄做了解释，当时李二娃还来聚义客栈向他和西门云飞征求了意见，大家一致赞同杏花住进扬家小院。信的末尾，张德川问扬雄见到罗明生没有，半年前，他们几位老友委托小罗来长安看望他，咋他信中一句也没提小罗的事？是否他已安排小罗在长安工作？第二天寄走信后，张德川就一直盼着扬雄回信。

自侯芭正式成为扬雄弟子住进扬雄家后，有心的侯芭用微笑的软办法，渐渐改变了扬雄过去每天要喝两次酒（中午和晚上）的习惯。为让先生限酒，侯芭常在扬雄面前说："先生，您是写出那么多重要文章和著作的人，您若不限酒，成天处于醉意朦胧状态，又咋能完成您所看重的《方言》一书呢？"听侯芭劝说几次后，扬雄也认为弟子说得有理，从此就改为每天只在晚饭前喝两杯了。见先生改了喝酒习惯，侯芭就竖起拇指夸赞先生说："先生不愧是说话算数之人，弟子佩服也。"随后，扬雄呵呵一笑说："侯芭，你真是个用心良苦的好弟子。"

吃完早饭，侯芭给扬雄泡好茶后，就请先生进书房，扬雄要不就继续研究写作他的《方言》（原名叫《輶轩使者绝代语释别国方言》），要不就整理修订他过去的作品。一旦扬雄确定他不再修订的作品，就由助手侯芭统一存放进大书柜中。下午，扬雄除接待一些来求教之人外，还要安排出时间，给侯芭系统讲解《太玄》和《法言》中的要义，或回答侯芭提出的一些学习上的问题。晚饭后，侯芭便扶着腿有点跛的先生，到住家附近散散步，给先生讲些河北老家中一些有趣故事和方言俚语。

后来，当桓谭再来看望子云先生时，他俩就不用再去外面酒馆喝酒了，侯芭就会在厨房弄出几个像样下酒菜，让先生和桓谭在家无所顾忌地聊天，侯芭便坐在桌边给二人倒酒，或静听二人谈论。很多时候，当送走桓谭收拾完屋子后，机敏好学的侯芭，就会坐在桌前的桐油灯下，记录下他从先生二人谈话中受的启发和感受，一段时间后，侯芭足足攒了几大捆竹简的心得体会。

有一次桓谭同扬雄聊天时，告诉了扬雄一件事，说国师刘歆已向他打听两次扬雄写的《方言》多久完稿，刘歆一再表示，他很想看看扬雄写的《方言》。扬雄听后笑道："呵呵，君山啊，其实刘歆本应该成为一个学者，他这饱学之士咋成天沉迷在权力游戏中嘛。我实话告诉你，刘歆想看我的《方言》，其实他真正担心的是我又写出能传世的著作。他呀，不仅恋权贪权，还是个嫉妒心有点强的人哩。"

桓谭回道："子云先生，您说的对，国师刘歆本是个做学者的料，可他却舍弃了天禄阁，而去朝中干些其他人也可干的事，唉，一个学富五车的人，真是太可惜了……"

又一个月后，收到张德川来信的扬雄大惊，他怎么也没想到，德川直还没收到他寄去的《法言》一书。更出乎他意料的是，居然席毛根为帮刘三复仇，战死在成都悦来大赌场，而他的童年老铁刘三为替席毛根报仇，也死在了悦来赌场。为席毛根、刘三复仇的李二娃也死在了龙家大院外。扬雄最痛心的是老友席毛根和刘三，这二人跟他有着非常深的感情。扬雄为这两个铁杆老友的离世流下了悲伤的眼泪。扬雄不禁叹道："冤冤相报何时了，为啥老是去复仇嘛，我这两个老友死得好可惜哟。"

当扬雄缓过情绪再往下看信时，让他感到万分惊诧的是，大半年前受张德川几位老友委托的罗明生，并没来长安呀，可这朴实敦厚的小罗是来过长安我家的人，有武功的小罗咋会没到我家呢？始终没想明白的扬雄哪知道，有武功的罗明生已被四川涪县黑道老大秦楚害死，并把分割肢体抛入了滔滔涪江。

最后，张德川说他已把秀梅去世消息告诉了秀娟，秀娟说她对小妹病逝并不感到意外，她让大哥转告小妹夫，她有儿子锦阳照顾，晚年的日子还过得不错。她希望仍在皇宫任职的扬雄，一定要珍爱自己身体，多写些可流传后世的书来。当扬雄看到张德川告诉他，杏花为给刘三和覃老板守墓，已住进无人的扬家小院时，扬雄凄然苦笑："呵呵，这扬家小院原本就是杏花的归宿地，可命运跟她开了个残酷玩笑，竟让她两次被恶人骗奸，最后成为刘三的女人。杏花这单纯善良的女人命太不好了，如今成了守墓人。唉，我若再有回扬家小院的机会，我定会请杏花妹子好好喝一次酒，我要把扬庄送给我的好玉佩，亲自挂在她脖子上，我要让杏花明白，我这一生从没忘记过她。"

感觉非常不解的侯芭，见先生一面看信一面流泪，有时还含泪苦笑，便一再求先生给他讲讲信中内容。看完信沉默好一阵后，对侯芭极为信任的扬雄，就从他小时跟刘三交往讲起，还有去临邛上学与席毛根、张德川、卓铁伦成为同窗，后来张德川父亲被土匪杀害，为报仇除恶，席毛根又上天台山杀匪首的经过。自然，其中讲得较多的还有林间先生与严君平、西门公子、张大师与当年的桃花小妹姐。在讲到杏花时，扬雄一再感叹太令人遗憾了，花园乡的头号大美女杏花虽是他初恋，由于遭恶人祸害，自己父母又无法接受失了身的杏花，所以，他就错失了可杏花的姻缘。但扬雄赞扬了跟随他一生的秀梅，秀梅对扬家的巨大付出与奉献，他永远也不会忘记。他对侯芭坦言，今生他最对不起的女人就是秀梅与杏花。随后，听完先生讲述的人生故事，侯芭感叹说："先生，看来我今后要寻找的女人，也应该是贤妻良母型的姑娘才对。"

"侯芭，若你今生想成为一个追求学问的人，那我真还建议你往后选择一位贤妻良母型的姑娘，只有这样的女人，才会支持你所追求的事业，而且她们往往还无怨无悔。"

侯芭听后忙点头说："先生，弟子已明白您讲的意思了，我今后一定会按您的建议去做。"

两天后，扬雄再次提笔给张德川回了信，说他一直没在长安见着罗明生，若小罗真离开成都来长安看他，这么长时间过去，小罗或许在蜀道出了意外。最后，扬雄告诉张德川，他非常愿意让杏花住在扬家小院。他还希望张德川在清明时可代他去他父母和两个儿子坟前烧点香烛。信的末尾，扬雄坦言他现在腿脚已不方便，还不知今生能不能再回川。他希望德川代他向西门公子、卓铁伦、静虚、秀娟、小芳、杏花、袁平、陆小青等人问好，若有来世，他仍愿同之前的好友们再做朋友……

由于扬雄仍拿着俸禄，腿瘸的他虽享受着平常可不去天禄阁上班的优待，但宫里一旦有事要交给他做，或是宫中有重要朝会要他参加，他这年老的瘸腿人仍需去宫里报到。若是上早朝时，扬雄就得摸黑走路去宫里。侯芭发现这个问题就开始动起脑子来，该如何解决先生这一难事呢？

显然，随着先生年龄增大，腿脚有点跛的他今后行走就会越来越困难，先生住的院子小，院外小巷也不宽，要使用马车显然不现实也做不到。侯芭到旧货市场去转了两次，突然发现有车轱辘卖的他，决定买两个不大的车轱辘回去，他要为先生做一个小推车，这样他之后就可推着先生上朝或在城内转转了。

经过一番捣鼓，侯芭真还在两天后，在院中给子云先生做了个小推车，请先生试坐后，侯芭又给小车加装了扶手垫高了靠背，直到先生满意后，侯芭才对扬雄说："先生，您今后若要上早朝，我就可用这小车推着您去了。"扬雄听后，只是淡淡说了句："侯芭，你可替先生想得真周到。"说完，感动的扬雄眼眶湿润地走回了房间。此刻的扬雄心里非常清楚，他晚年收下的弟子侯芭，可真是一位既勤奋好学，又对他无微不至关心体贴之人，人世间，他能遇上这样的好弟子，也是自己前世修来的福啊。

随着年龄增大，脑力工作者扬雄就养成了午睡习惯，一旦先生午睡后，侯芭总要让来人安静等候，并解释先生午睡的重要性。在侯芭耐心解释下，来求教的人也只得等扬雄午睡醒后，才能踏进院门。自扬雄生活有了规律，便加快了《方言》的写作。若有宫中小吏来通知扬雄需上早朝，那侯芭第二天一早，便推着小车送先生去未央宫大门外，直到早朝结束，他又把子云先生推回住的小院。

在忠诚、充满善念的弟子侯芭悉心照料下，扬雄终于在公元16年（新朝天凤三年），完成了令后世瞩目的《方言》一书的写作。《方言》的完成，宣告了中国、也是世界最早一部方言学著作的诞生。扬雄这部《方言》从公元前12年正式动笔到公元16年完稿，整整花了二十八年时间。不难想象，扬雄为追求心中理想实现人生价值，他的韧性与执着是少有人能相比的。无疑，《方言》是一部研究汉代方言、汉代语言学、中国语言文字史不可或缺的重要文献性著作。

《方言》原书名《輶轩使者绝代语释别国方言》中"輶轩使者"是啥意思？其实在中国周秦时代的每年八月，中央王朝都会派出輶车（一种轻便的车），让宫中使者到各地去调查方言、民俗、民歌、民谣和俚语等。周秦灭亡后，这种輶轩使者就渐渐消失。过去四川临邛的林间翁儒先生，就对輶轩使者采集各地方言、民歌和俚语极感兴趣，所以他才写了《方言梗概》。由于受地域所限，他未完成自己所追求的方言写作，就把《方言梗概》托付给了弟子扬雄，细想下来，林间先生从托付扬雄开始，已整整过去五十个春秋。

扬雄为什么要坚持这么长时间来完成林间先生的未竟事业？因为扬雄牢记了林间先生曾说的话，"考八方之风俗，通九洲之异同，主海内之音韵，使人主居高堂知天下风俗也"。后来，扬雄也曾在天禄阁对刘歆和桓谭等人说，《方言》可以"令人君坐帏幕之中，知绝遐异俗之语"。怕家里失火使《方言》失传，扬雄就自己又抄了一份。后来当桓谭来看望扬雄时，扬雄就拿了一份《方言》给桓谭，让桓谭看后再转交给一直想索取《方言》一书的刘歆。

为什么饱学之士刘歆，一直想索取《方言》一睹为快？因为在过去的华夏，大中国地域广大，人口众多，方国部落林立，各地域人们的习俗、方言等差异较大，中国各地的文字由鸟虫书、石鼓文、金文、大篆向小篆和隶书不断转型，故学者历史文化知识掌握的不同程度，就取决于他对民俗方言俚语和古文字的掌握了解程度。也就是说，如果对民俗方言和古文字了解得越多，就证明你的文化知识水平越高。刘歆一直想阅读《方言》一书,不外乎是想看看,扬雄到底在《方言》中写了些啥他不知的东西,另外还有暗中取长补短又不失自己颜面的想法。刘歆一直巧妙掩藏着对扬雄写出四赋、《太玄》《法言》和《琴清英》的嫉妒,他急切想阅读《方言》的目的,就是想看看扬雄是否又写出可流传后世的重要著作。

二十天后,当桓谭又来看望他崇敬的先生时,在一旁的侯芭亲耳听到掌乐大夫桓谭对他先生说:"尊敬的子云先生,当国师看完《方言》后,他沉默好一阵才对我说,扬子云真乃神人也,仅凭《方言》一书,他就做出了华夏先贤们从没做出过的大事来。这部新作,足可流传人间千百年。唉,从学术上看,我确实不如扬子云也……"

在弟子侯芭用心管理下,扬雄的书房比过去干净多了,他的衣裤也换得比过去勤了许多。每当侯芭催先生换衣服时,扬雄都会笑着说:"侯芭,就是你师娘活着时,我的衣服都没换这么勤,莫非你有洁癖?"

这时,侯芭总是低声说:"先生,我小时听奶奶跟我爷爷说,人老了身上有股老人味,衣服不换勤点会让人笑话的。我要常推您去外面转悠,您想想看,若是那些前来向您问候或求教的人,闻着您身上异味那么不好呀。所以,先生往后不仅要常换衣裤,而且还要常洗澡哩。"随后的日子里,扬雄果然听了弟子的话,不仅主动常换衣服,还乖乖听话让侯芭给他烧水洗澡。

为让先生吃到他常提起的家乡川菜,侯芭曾在扬雄指导下,在厨房多次尝试过,不知咋的,不笨的侯芭做出的川菜,扬雄却总感到不像是当年他吃的川菜味。无可奈何的侯芭只好说:"子云先生,若您真想吃正宗川菜,那我就推您上街到川菜馆去吃,咋样?"

扬雄只好笑着说:"要得嘛,看来你我师徒二人要吃上正宗川菜,就只能去街上川菜馆了。"随后,侯芭推扬雄外出时,爱回忆往事的扬雄就给侯芭讲了他青年时期去犍为郡和汶山郡的考察经历。当听到年轻的扬雄曾进强盗窝当了一个多月军师时,侯芭哈哈大笑说:"先生,您要是不冒死逃出强盗窝,或许早就死在官军剿杀的乱箭下了。"

扬雄还给侯芭讲了去羌地的一些故事,他给推着他闲逛的侯芭说,羌地的羌民非常质朴善良,要不是当年溺水的他被猎人阿鹰救回羌寨碉楼,他肯定会被野狼吃掉。扬雄还对侯芭讲了许多他在羌地的游学考察经历,并幸福回忆说,要不是我是家里五代单传的话,我就留在羌地当一名释比巫师,也跟十分喜欢我的酋长漂亮小女儿羊角花结婚了。每当听到这些让侯芭吃惊的人生故事，侯芭总会感叹："哎呀，真看不出先生这老学究样，年轻时居然还有这些传奇经历，我真羡慕先生极具浪漫色彩的青春年华。"

坐在小推车上的扬雄笑道："呵呵，我的那篇《蜀王本纪》，那可是我用命换来的考察成果哟。只可惜我现在年老走不动了，若时光能倒流，我还真想再回羌地重游一次……"

王莽为向宫中大臣显示他对人才的尊重，竟在朝堂上当众宣布，从今往后，年老体弱、腿脚不便的扬雄，可破例坐推车进未央宫、到天禄阁。从此以后，过去只能把先生推到未央宫大门外的侯芭，现在可把先生推到天禄阁，让先生去看看同僚和翻翻散发墨香的书简了。由于扬雄腿脚一直没好利索，忍了几次的王莽，终还是打消了要扬雄再为大新朝打上一卦的念头。

有一天，扬雄从天禄阁告别几位来看望他的同僚后，桓谭指着桌上《太玄》《法言》与《方言》说："子云先生的著述非常丰富，文义也相当深刻而又不违圣人之道，若他处在武帝时期，我想武帝定会像对待司马相如那样对待扬雄。如今，大学者扬雄知音甚少的原因，一是因他著作内涵深奥，加上朝廷对他宣传不够，所以，扬子云没得到他在学术上应该获得的崇高地位。本人敢断言，不久的将来，子云先生定会获得他应获得的历史地位。"

有人听后，惊异问道："桓谭兄，你就那么高看中散大夫扬雄？"

比桓谭大几岁的中大夫张竦，接过桓谭话头激动地说："我认为，君山并没高看扬雄，仅就扬雄《方言》来说，这部前无古人的著作，就是部悬诸日月的不刊之书，扬雄的《太玄》《法言》和《琴清英》等书，在未来岁月里，一定会大放异彩，流传后世。"随后，怕过分议论引起非议的桓谭，忙对同僚们说："今天，我们对子云先生的评议，仅属个人看法，大家没必要外传，以免引起不必要的麻烦。好了，今天就到此为止，大家散去吧。"

当大家离开天禄阁后，张竦忙上前几步对桓谭说："君山贤弟，改天我俩找个机会，再深入聊聊子云先生的著作，咋样？"

"嗯，很好嘛，我也正有此意。"桓谭回答后，二人便相互作揖分了手。

公元17年秋天，正当大雁南飞时，有天下午午睡后，头发花白已年近七十的扬雄，突然要侯芭推他到西市的大漠客栈去。一路沉默不语的扬雄到客栈却没下车，

第九十九章 令人难以忘怀的忠诚弟子侯芭

而是在客栈门前静坐一会儿，就让侯芭把他朝旧货市场推去。

一路上，扬雄便给侯芭讲了三十年前，他刚从四川北上来长安时，他就住在大漠客栈的往事，接着他又讲了当他带的盘缠快用完时，他又去货栈当搬运工的事。在那一天只能吃两顿饭的日子里，饿得头晕眼花的他，哪还有力气搬运东西嘛。最后，拼不过力气的他竟前后被两家货栈老板辞退。侯芭听后颇感诧异地问道："先生，您这首屈一指的大文人，真还有下苦力当搬运工的经历呀？我咋有点难以相信呢？"

"侯芭，实话告诉你吧，当年我钱快用完差点被老板赶出客栈时，还是我的书法让我挣了点钱，才在长安留了下来，不然，我的北上生活早就结束了。"扬雄回忆说。

"先生，您到底是咋用书法渡过北上危机的，您能具体给我讲讲吗？"

"当年已进入腊月，我在街头突然发现有人在绢帛或黄绸上写春联卖，我认真看了看那春联，我感觉他们的字还没我写得好，于是回到客栈后，我便借了一张方桌，也开始在客栈外卖起春联来。真没想到，我的大篆、小篆和隶书字体均受到不少百姓欢迎，所以，就卖了些钱过了年关。"

侯芭听后想了想又问："先生，从这几年我的观察来看，您并不是一位有官场背景的人，您又是咋进的皇宫，被汉成帝封为黄门侍郎的呢？"

扬雄笑道："这就跟我老乡值宿郎扬庄有关了，他给汉成帝读我的《蜀都赋》和《绵竹颂》，汉成帝听后误以为是司马相如写的，他就问扬庄，说他这个喜欢辞赋的天子，咋没读过司马相如这两篇大赋呢？扬庄才解释说，这赋不是司马相如写的，而是他老乡扬雄写的。就这样，我被汉成帝召进汉宫询问考察了一番，或许是成帝对我印象不错，就把我留在汉宫做了黄门侍郎。"

说着说着，侯芭就推着扬雄来到长安的旧货市场。扬雄指着偌大的旧货市场说："侯芭，我刚给你讲的值宿郎扬庄，你还记得吗？"

"先生，我记得，就是扬庄推荐您的赋，才有后来汉成帝把您安排进宫当黄门侍郎的事，对吧？"

扬雄笑了："呵呵，对对，你可别小看这个值宿郎，他虽不热衷官场升迁，却是个倒腾古玩的高手。"随后，扬雄不仅跟侯芭讲了玉琮的故事，还讲了因"和氏璧"赚大钱的故事。听完后，不断摇头的侯芭感叹说："像扬庄这么会玩古玩的人，要是他没利用宫中上层关系，我看他也是发不了大财的。话又说回来，即便他扬庄赚再多钱，他永远无法跟您写出那么多重要作品相比呀。先生的作品能流传千百年，还可供后人学习研究受益，那些有再多钱财的人，他们一生又能吃多少用

875

多少？这些有钱人死后，谁知道他们是世间哪位匆匆过客呀。"

"侯芭，正如你所说，钱多钱少对我倒无所谓，但一个人的阅历有时却很重要。其实，我最适合的职业是教书和干文字工作，年轻时我虽写过些赋，但我绝没想到我会进宫做了黄门侍郎，更没想到受命于汉成帝写出较有影响的四赋。由于过去我曾在君平先生指导下研究过《易经》和老庄学说，加之有天禄阁和石渠阁的学习条件，我才先后写出大大小小不少文章和《太玄》《法言》《琴清英》与《方言》。我后来的发展变化，是我在自己青年时期从没敢想过的呀。"

"先生，您给我说的话中，是否包含有一个人的经历对一个追求者来说，有着非常重要意义的意思？"

扬雄领首道："对头，侯芭，先生看你也想有所作为，我建议你不仅要多读些书，要研究诸子百家学说，更重要的是你还要去多经历些事，要用不一般的经历和体验，来塑造自己不一样的生命。一个没把有用知识融入自己血液中的人，一个没有崇高理想追求的人，即便他读再多的书，也仅是一名作用不大的学究而已。唯有创造性生命，才能给世间留下宝贵的精神文化财富。"

推着小轱辘车的侯芭点头回道："谢谢先生指教，我已把您的谆谆教诲铭记在心了……"

第一百章

书写辉耀千古的不朽先贤

明净高远的秋空，早已将一行行大雁飞影掩藏。滔滔的岷江之水，顺着都江堰向东而下，不舍昼夜地流向成都平原，浇灌着这神奇而又富饶辽阔的川西之地。当又一个深秋时节来临，穿着蓝花薄夹袄、头发已花白的杏花，伫立在扬家小院旁不远的刘三坟前，用她那瘦长的右手掌放在眉头，久久凝望北方天空喃喃自语："扬雄哥，我住进你家小院已近十年了，你咋还不回来呀？莫非，你在长安享受荣华富贵，早把石埂子亭河湾里的扬家小院忘啦？扬雄哥，我杏花还盼着你回来看看我呢……"

几天前，当袁平赶着马车，把西门云飞、张德川和卓铁伦载到扬家小院，来看望杏花和陆小青时，杏花就几次问过西门云飞和张德川，扬雄哥现在身体咋样，他啥时再回扬家小院？随后，无奈的张德川只好告诉杏花，扬雄还在长安皇宫里写书，他还忙着呢。

杏花听后，十分遗憾地说："唉，我杏花从小就知道扬雄哥是个会写文章的聪明人，要是他当年不去临邛念书，我同他早就成夫妻了……"

公元17年冬天，身体欠佳的扬雄就常咳嗽不止。弟子侯芭去药铺请来郎中，吃几服药仍没见有所好转，急了的侯芭便对来看望扬雄的桓谭说："君山先生，您能否报告皇上，请皇上派宫中御医来瞧瞧子云先生的病，或许，只有医术高明的御医，才能治好我先生的病。"

随后，回宫的桓谭真还向当朝天子王莽禀告了扬雄患病的事。王莽深知扬雄是无儿无女之人，为显示他对特殊人才的重视，特下旨派出宫中御医，前往扬雄家给扬雄瞧病。待御医走后，侯芭忙去街上药铺抓药，然后回屋把药煎上。后来，刘歆和张竦等人听说扬雄病得不轻，也纷纷前来扬雄家探望。离开前，刘歆还特问扬雄："子云兄，我听桓谭说，你还在修订你的《方言》一书，这可是真的？"

靠在炕头的扬雄点头回道："国师大人，君山说的没错，我前段时日一直在增补修订《方言》一书，只是我病倒后，这事就停了下来，待我病好些后，我仍会继续修改增补《方言》。"

刘歆沉思片刻，忙对扬雄说："子云兄，你既然已病倒在床，何不把没修改完的《方言》，让我带回去瞧瞧，或许我还可以给你提点修改建议。"

扬雄咳嗽几声，有些气紧地缓缓回道："国、国师大人，正因我日病在床，我、我才有更多时间思考需要修改的地方，我那竹简上，可记有需要修改的提示与符号，你、你若拿走《方言》，我、我就没法修改了，还请国师原谅我暂无法把《方言》拿给你。待我修改完后，一定再、再请你过目审示。"当刘歆失望离去后，扬雄忙对侯芭说："侯芭，你千万要、要给我记住，即便我离开人世，你只能把我的文章和著作，交给君山先生，而不能拿给国师刘歆。"

侯芭极为不解地问道："为什么呀？刘大人的地位不是比君山先生高许多吗？"

扬雄想了想说："侯芭，你一定要记住我的话，一个人的人品与胸怀，跟他个人地位毫无关系。一个权欲心、嫉妒心、自私心很重的人，是啥事都可能干得出来的。"随后，沉思片刻的侯芭忙点头回道："先生，弟子明白您说的意思了。"

天穹阴沉，寒流滚滚，雪花飘飞。整座长安城笼罩在一片酷寒之中。

大年三十之夜，长安城内骤然炸响的爆竹声，再次将昏睡中的扬雄惊醒。睁开眼的扬雄看到，含泪的侯芭坐在炕沿边，正守候着病中的他。侯芭见先生醒后，忙从炉上端来一碗汤药说："先生，趁热，请您把汤药喝了吧。"说完，侯芭便把药碗端在了扬雄面前。睡在炕上的扬雄挣扎片刻，却没能坐起。侯芭见状，忙把手中药碗放到桌上，然后慢慢扶起先生。待扬雄靠在炕头后，侯芭又把药碗递给了先生。

喝了两口药的扬雄，又不断咳嗽起来。侯芭见先生咳得厉害，忙上前用手掌轻轻拍打先生后背，待先生咳得轻些时，侯芭便用勺子给先生喂药。听着窗外的爆竹声，喝完药的扬雄问道："侯芭，今夜是年三十了吧？"

"是的，先生，今夜是大年三十。"

扬雄叹道："唉，侯芭啊，年三十之夜，你本该回家跟你父母和兄弟姐妹团圆的，没想到，你却在我这冷寂屋中，侍候我这病得厉害的老人，先生太对不住你这弟子了。"

"先生，您可千万别说这见外话，侍候病中的您，是弟子应尽的责任。"停了片刻，侯芭忙把油灯拨亮了些，然后说道，"先生，我侯芭今生能成为您的弟子，可是我的荣幸哩。在这大年三十之夜，您想吃点啥，您只管吩咐便是，弟子去给您做就是。"

靠在炕头的扬雄，睁了睁昏浊的眼睛，摆手说："我现在啥也不想吃，趁现在我人还清醒，侯芭，先生要给你交代两件大事，请你一定要记住！"随即，起身的侯芭又忙坐回炕沿边说："先生，您说吧，我侯芭定会遵您交代的去做。"

"嗯，那就好。"扬雄停了片刻，十分认真地说，"侯芭，你作为我这无儿无女之人的弟子，你就是先生的亲人，我要说的第一件事，就是我的《方言》无论修改到啥程度，一旦我不幸离世，你就把此书交给桓谭，请他把存放在天禄阁最先完稿的那本《方言》换回，今后就以我修订过的为准。第二件事，若我死后，你若有条件可把我部分遗骨送回四川郫县石埂子亭河湾里扬家小院，把我葬在我父母坟旁，我想魂归故里。这、这两件事你可记住啦？"

"先、先生，弟子记住了。"说完，侯芭就抹起眼泪来。稍后，扬雄把扬庄曾送给他的玉佩，轻轻放在侯芭手上说："侯芭，先生已没别的东西留给你，我把这玉佩送你做个纪念吧。"

扬雄带着些许遗憾，终于在公元18年初春，走完他人生之路，病逝在自己家中，终年七十一岁。在来吊唁扬雄时，桓谭和张竦就从侯芭嘴里得知，扬雄先生生前没钱为自己购买墓地。为更好安葬自己所崇敬的先生，桓谭跟张竦商量后，就在朝堂上向当朝天子王莽提出，他俩愿出钱为扬雄购一处墓地，恳请皇上恩准一块风水不错的好地方。

头脑好使的王莽非常清楚，桓谭二人所指的风水不错的地方是世上谁人不知的皇家陵园。既然你二位想为写出不少传世佳作的扬雄讨要购买好风水的墓地，这人情岂能让你俩去做？你桓谭不是曾预言，扬雄的著作定能流芳百世嘛，那么，还是让朕来为扬子云选一处好墓地吧。钱嘛，你二人就不用出啦。想到这儿，王莽便在朝堂上当众说道："桓爱卿建议甚好，为我大新朝特殊人才扬雄选一处好墓地，这是朕不可推卸的责任。那就这样吧，朕看汉惠帝刘盈的安陵就不错，那就把扬雄葬到安陵去，让扬雄这位难得的人才，去陪伴汉惠帝也是不错的。至于费用嘛，桓谭和张竦二位爱卿也不用出啦。"

出殡那天，长安城许多百姓，都自发前来为名震天下的文化大咖扬雄送行。披麻戴孝的侯芭，扶着扬雄灵柩痛哭不已。当扬雄遗体去咸阳城东安陵下葬后，忠诚弟子侯芭，竟在先生扬雄墓旁搭了间草屋，替他崇敬的先生整整守了三年孝。当桓谭和张竦得知守墓的消息后，桓谭连连感慨说："像侯芭这样的好弟子，世间真难找啊……"

桓谭拿着侯芭转交给他还没彻底修订完的《方言》，征得宫里同意后，遵扬雄遗嘱，桓谭把先前存放在天禄阁书库中的《方言》换出。经桓谭仔细比对，扬雄确实在《方言》中又修订增补了一些内容。事后，桓谭曾对张竦感叹说："子云先生真是个做学问之人，他对自己著作精益求精的态度，是值得我们永远学习的。"

《方言》一书诞生，无疑奠定了扬雄在我国语言学史上的重要地位。也正是因为《方言》这部著作，扬雄被尊为全世界方言学鼻祖。经两千年岁月淘洗，从历史角度看，这部著作具有几个显著特点：一、扬雄注意到语言在时间上的变化和空间地域的转移；二、扬雄提出了当时汉语方言的分区问题；三、扬雄提出了（转语）概念；四、扬雄在收集方言上采用了口头调查的体验方法。以上几点，无疑证明扬雄当时对方言的认真研究，是处于世界领先地位的。事实告诉我们，扬雄的心血之作《方言》跟汉字发明一样，对后来中华民族统一起到了无可替代的作用。

回望扬雄一生，人们发现他最早以赋进入西汉文坛引起人们重视，其代表作有《蜀都赋》《绵竹颂》《甘泉赋》《河东赋》《羽猎赋》《长扬赋》。其后，扬雄又在历史学方面有所建树，先后写下了《蜀王本纪》和《续史记》。天文学方面有《难盖天八事》，音乐学方面有《琴清英》，文字学方面有《训纂篇》，外交方面有《谏不许单于朝书》，哲学和思想方面有《太玄》与《法言》，语言学方面有《方言》。另外还有较有影响的《十二州箴》《二十五宫箴》，以及民众喜欢的《逐贫赋》《解嘲》《反离骚》《酒箴》和《连珠》等等。许多国人不知的是，跟扬雄有关的成语就有一百多个，其中较为典型的有：载酒问字、临川羡鱼、有的放矢、攀龙附凤、壮志凌云、羊质虎皮、玉律金科、言为心声等等。

扬雄的一生，是勤奋好学异常励志的一生，他为实现自我人生价值，为写出能启发后人、警示当世的作品，竟敢在大赋中讽谏规劝皇上，这正直勇毅之心并不是每个文人都能做到的。扬雄"不戚戚于富贵，不汲汲于贫贱"的一生，为他之后的无数文人学者树立了光辉榜样，使那些贪恋金钱地位名利的小人相形见绌。《汉书》对扬雄的评价是中肯而准确的，扬雄一生"清心寡欲，恬于势利，光明正大，不沽名钓誉"。跟扬雄同朝为官的桓谭，曾这样评价扬雄"扬子云才智开通，能入圣道，卓绝于众，汉兴以来未有此人也"。张竦也曾尊称扬雄为"西道孔子也"。

唐代大诗人李白在他的《侠客行》诗中，曾写下"谁能书阁下，白首太玄经"，其中"太玄经"指的就是扬雄的《太玄》。同样是唐代大文人的刘禹锡在他的《陋室铭》中，也写下跟扬雄有关的佳句"南阳诸葛庐，西蜀子云亭"。诗圣杜甫也曾在诗中写下赞美扬雄诗句"赋料扬雄敌，诗看子建亲"。大诗人王维也曾写下"闻道甘泉能献赋，悬知独有子云才"的诗句。白居易也是非常推崇扬雄的大诗人，他在诗中曾发出令人震惊的感叹："汉廷卿相皆知己，不荐扬雄欲荐谁？"

更出乎许多人意料的是，唐宋八大家之首的韩愈，竟把扬雄列入儒家道统谱系。韩愈的儒家道统谱系是这样的：尧、舜、禹、商汤王、周文王、周武王、周公、孔子、孟子、荀子、扬子。在这谱系中，前面六位是所谓的"圣王"，周公和孔子是所谓的"圣人"，是为全民树立的文化精神领袖，而后三位所谓的"贤人"，是为"宣教立德"儒者树立的榜样和导师。在中国人的传统意识中，能进入这个谱系的，才是真正意义上的"圣贤"。后来，北宋时期的史学家、文学家司马光曾这样评价扬雄说："扬子云真大儒者也！孔子既没，知圣人之道者，非子云而谁？"同样为北宋时期的文学家、思想家、改革家王安石，也曾在《扬子二首》诗中写道"儒者陵夷此道穷，千秋止有一扬雄"。

南宋著名学者、教育家、政治家王应麟，曾在他著的《三字经》中说，"五子者，有荀扬，文中子，及老庄"。这"五子"就是指荀子、扬雄、王通（王勃的爷爷）、老子、庄子。《三字经》把扬雄与老子、庄子并列，可见扬雄对后世的影响非常巨大。至于其他许多对扬雄一生文章著作了解的人，也对扬雄在中国文化史上的崇高地位给予了高度认同和肯定。无数事实证明，扬雄是一位中国历史上十分受人崇敬的文化先贤。

"路漫漫其修远兮，吾将上下而求索"。

扬雄用他艰辛求索的一生，向世人证明：唯有创造性生命，才能给世间留下宝贵的文化精神财富，才能绽放自己独特的思想和生命光焰，才能挺立在历史高处，向后来者昭示生命不断进取的意义。

历史的长风吹过，回望两千年前的华夏大地，从成都到长安的距离虽没三万里之遥，但四十岁才走向长安的扬雄，不仅在长安留下他凝有墨香的许多文章和重要著作，还像一骑绝尘而去的旷世先贤，留下中国古人唯一百科全书式人物的惊世传奇……

后 记

在每天都要花两个小时关注俄乌冲突的情况下，我结束了长达两年、历经三个酷暑的创作（2021年7月—2023年8月），终于完成长篇历史小说《春秋墨香——杨雄别传》。说到这部书写文化先贤扬雄的长篇小说的创作缘起，我还真得感谢两位跟扬雄有关的有缘人，一位是美国国际文化科学院院长褚成炎先生，另一位是成都扬雄学会于润石会长。

2019年夏，我从工作近十年的北京返回家乡成都。由于过去写诗和小说的缘故，回成都后，经常和家乡的文友们茶叙聚会，聊文学、影视与国内外一些大事。没想到在当年秋天，跟褚院长喝茶聊文学时，他就提起了前不久认识的于会长，褚院长问我知道四川十大历史名人之一的扬雄吗？我说知道呀，他是汉赋四大家之一嘛。院长说，若你仅知道扬雄是写赋的文人，那就知道得太少了，我给你介绍一位对扬雄十分了解的于会长，让他给你讲讲真实的扬雄，说不定今后你可能产生想写扬雄的念头。

不久，褚院长就约上于会长，我们几人再次在茶楼相聚。于会长对我们大讲四川文化先贤扬雄的故事和众多作品。说实话，我还没听完就产生了震惊。我虽生在成都长在成都，但对扬雄了解竟是如此肤浅，我不禁感到汗颜。了解我较深的褚院长建议我去出任扬雄学会艺术总监，今后可为宣传扬雄出一份力。当即于会长就表了态，欢迎我加入扬雄学会，我也愉快接受了邀请。尔后不久，我便应邀前往郫都区友爱镇，参观扬雄故里的墓地和子云书院，较全面了解扬雄生平事迹。

后 记

第二年深秋时节，在褚院长提议下，要我写一部跟扬雄有关的电影，由于我是学会艺术总监，自然要承担这个责任，于是，在于会长给我提供大量资料后，我便开始研究扬雄一生事迹来。几个月后，我便拿出了电影剧本《扬雄传奇》。写完剧本不久，由于我对扬雄一生有了较为详细了解，仅凭扬雄是中华古人中被世界公认为"百科全书式"的人物，就应该被大力书写宣传。苦于历史原因对扬雄的遮蔽和不公待遇，到目前为止，中国人对先贤扬雄知之甚少。非常遗憾的是，国内书写扬雄的作品寥若晨星。

不久，我便产生了想创作一部长篇历史小说的念头。跟于会长谈了我的创作思路后，于会长当即表示将大力支持我这较有规模的写作计划。我深知，若要真下功夫细写关于扬雄一生的长篇历史小说，我曾读过的资料是远远不够的，今后还得更加深入查阅大量资料才行。我把想法告诉于会长后，把宣传扬雄文化作为毕生使命的于会长再次表态，他一定尽全力去为我收集更多资料，尽量满足我的创作需要。

在接下来一段时间里，于会长便通过各种渠道（包括网购），为我再次提供了尽可能全面的资料（这里，我尤其要感谢卫志中和纪国泰先生的资料，以及众多写出扬雄学术论文的专家）。在其后的日子里，我便开始反复研读扬雄史料，并逐步完成人物设置与主副线的故事设计。初步完成小说框架和构想后，我深知，要支撑百余万字的长篇小说，仅仅只写扬雄个人故事那绝对是不够的，也不会太精彩，必须以扬雄为主线，至少设计两条副线来辅助推进故事发展才行。另外，书中还需呈现西汉末年蜀地风俗民情以及长安的一些史实内容，这其中无疑将涉及与扬雄同时代的大美女王昭君和赵飞燕。

好在我是成都人，对扬雄曾生活的四川风俗民情、方言、地理山川较为熟悉，扬雄曾游学考察过的地方，我全部去过。为掌握第一手跟主要人物有关具有现场感的资料，我利用节假日又驾车去郫都唐昌古镇和平乐山，以及当年羌地文山郡一些地方考察。后来，于会长又开车送我去四川绵阳西山（当年扬雄教书的地方），考察了子云亭与玉女泉等地。资料研究和故事构思基本完成后，我便在疫情期间进行了《春秋墨香——杨雄别传》的创作。我深知，没有褚院长的引荐，没有于会长的全力支持，我是不可能创作长篇历史小说《春秋墨香——杨雄别传》的，在此，我对二立先生再次表示深深的谢意。

为静心创作，在两年写作过程中，我不仅婉拒了不少友人的饭局和旅游之邀，还竭力把休闲娱乐活动控制在最低限度。无论散步、开车、阅读与睡觉（偶尔在梦中），只要我脑中闪现跟小说有关的人物、情节、环境、方言等，我都会立即认真记下，有的会用入小说中。庆幸的是，在这两年中，我还得到不少友人的鼓励支持，他们均表示希望早日看到小说的完成。

有位老友曾说，你写了炎黄时代发明汉字的仓颉，现在又写西汉文化大师扬雄，这是两位极有写作难度的人物，看来，你是冥冥中跟这两位文化先贤有生命之缘，否则，你不可能用百万字去抒写他们。这位友人说得对，看来我这写作者今生真还跟仓颉和扬雄有缘。尤其在写作扬雄时，在某些学习与创作心路历程方面，我在初学为文时竟与先贤扬雄何其相似乃尔！

在此需做个小解释的是，自西汉著名茶祖吴理真开始，至唐代茶圣陆羽写出《茶经》，中国的茶文化还处于并不十分发达的阶段。我为书中情节需要，把后来宋代之后才有的饮茶习惯写进小说中，望读者能理解我这善意安排。类似的名物或称呼设计还有很多，比如回锅肉等川菜在西汉并没有发明，但我依然将其作为日常饮食中的一个场景，相信读者会理解我这样的安排。

这里，我还要感谢成都时代出版社对我写作的信任（该出版社曾出版过我的长篇小说《牧狼人》），责编读了我小说内容简介和部分样章后，认为此选题不错，故事也写得较为精彩，且还有悬念，随后出版社就确定了对该书作为重点书的出版计划。让我庆幸的是，出版社也认为，这是一部较有生命力的长销书，要把这类书写得好看真还是件不易之事。加之《牧狼人》出版不久，自在喜马拉雅上线热播得到好评后，《牧狼人》很快就销售一空。看来，出版社跟我一样，对该小说的出版与发行充满了信心。

感谢岁月感谢命运，在三年疫情期间，我有些文友不幸染疫去世，而我却健康活着创作完这部厚重的小说。同时，我还要再次感谢不朽的先贤扬雄，是他一生的奋斗精神和丰硕的文化成果激励了我，使我成为一名崇敬他的文化后学。只要我在成都，我每年清明节前，都会去参加扬雄祭祀活动。

历史的长风吹过。我的这部心血之作，是献给我所崇敬的扬雄先生的一曲长歌。但愿我的努力，能告慰子云先生的在天之灵，能让世人真正了解到一位百科全书式的文化先贤。

2023年8月25日